한국 작가가
읽은
세계문학

증보판

한국 작가가 읽은 세계문학

증보판

김연수
김애란
심보선
신형철
최은영 외 지음

문학동네

들어가는 말

문학전집, 왜 읽는가

도정일(문학평론가)

문학은 이상하다. 나온 지 수천 년 수백 년 된 책들을 사람들은 지금도 읽는다. 기원전 700년의 『오디세이아』를 지금도 읽고 17세기의 『실낙원』을, 19세기의 『안나 카레니나』를 지금도 읽는다. 왜 자꾸 읽는가? 작년에 읽은 시를 나는 금년에 또 읽고 10년 전에 읽은 소설을 오늘 다시 읽는다. 친구가 읽은 책을 내가 읽고 내가 읽은 책은 친구들이 읽는다. 내 인생 속으로 걸어들어와 이리저리 얽힐 기약이야 있건 없건 나와 함께 한 세월 이 지상을 걸으며 삶을 꾸려가는 사람들, 일하고 장보러 다니고 가끔 꽃집에 가고 카페에 앉아 사랑과 음모의 저녁 시간을 나누는 사람들, 크고 작은 상실과 배반에 가슴이 멍든 사람들—그들이 나처럼 문학을 읽고, 또 기이하게도 종종 같은 책을 읽는다. 문학은 꿀통인가? 오르페의 연주장인가? 한겨울 모닥불? 왜 사람들은 꿀통에 벌 모이듯 문학의 집으로, 오르페의 숲으로, 문학의 모닥불 앞으로 모이는가?

문학은 이상하다. 같은 작품인데도 읽을 때마다 다르다. 고등학생 때 읽었던 소설을 10년, 20년 후에 다시 읽으면 같은 소설이 다른 얼굴, 다른 메시지, 다른 주파수로 다가온다. 20대에 만난 카프카, 도스토옙스키, 발자크는 중년에 또는 노년기에 만나는 카프카, 도스토옙스키, 발자크가 아니다. 그들은 보물 감추듯 내게 무엇을 감추고 있었던가? 세월이 내게 다른 눈을 주었는가? 내가 더 예민한 가슴의 탐정이 되었는가? 이상한 일은 또 있다. 같은 작품인데도 읽는 사람에 따라 반응, 수용, 해석이 다르다. 내 친구 김개똥이 읽은 개츠비 이야기는 또다른 친구 이소똥이 읽은 개츠비 이야기와는 다를 수 있다. 20대 여성 독자가 『폭풍의 언덕』에서 만나는 폭풍은 같은 연배의 남성 독자가 만나는 폭풍이 아닐 수 있다. 좀 튀겨서 말하면, 하나의 작품에 대한 읽기와 반응의 가짓수는 읽은 독자의 수만큼이나 많을지 모른다.

사람들이 문학작품을 읽고 또 읽는 이유는 사람을 끌어당기는 강한 자력이 문학에 있기 때문이다. 그 매혹의 비밀을 단숨에 말할 수 있는 방법은 없다. 사람들은 문학작품을 읽다가 문학에 끌리는 것이지 매혹의 비밀을 미리 알고 문학을 찾는 것이 아니다. 그 비밀의 열쇠를 건네주는 것은 문학연구자도, 비평가도, 편집자도 아닌 나 자신의 '읽기의 경험'이다. 한 번도 먹어본 적 없는 음식을 좋아할 수 없듯 한 번도 문학을 접해본 일이 없는 사람이 문학을 좋아할 방법은 없다. 읽기의 경험이 '문학적 경험'이며, 사람들이 문학세계의 이상한 매혹을 알게 되는 것은 '읽는다'는 구체적 경험을 통해서다. 이 경험의 풍요화를 위해 만들어지고 향수되는 것이 문학전집이다. 전집 중에서도 세계문학전집은 인간의 손에서 문학이란 것이 창조되기 시작한 이후 지금까지 이 작은 유성의 동서남북으로부터 건져올려진 최상급의, 그래서 사람들이 흔히 고전, 명작, 혹은 걸작 등등의 이름으로 불러주는 작품들을 선별적으로 집성해놓은 문학 컬렉션이다. 그것은 문학의 숲이고 문학의 나라이며, 가장 작은 이름으로 불러도 '문학의 집'이다. 그 숲, 나라, 집에 발을 들여놓을 때에만 우리는 문학이 가진 매혹의 비밀들을 알게 된다.

그러나 이렇게만 말하는 것은 좀 무책임하다. 문학은 시간과 장소에 충실하면서도 동시에 높은 이동성을 갖고 있다. 나온 지 오랜 작품들을 사람들이 지금도 찾아 읽는 것은 시간을 건너뛰고 장소를 넘나드는 문학의 '마술적 이동성' 때문이다. 이 이동성이 문학의 몇 가지 큰 특성들의 집합에서 발휘되는 효과 같다. 우선 주목할 만한 것은 문학이 지식 전수를 목적으로 하는 학문체계가 아니고 과학의 경우처럼 진眞이냐 위僞냐의 검증에 종속되어야 하는 가설의 구축도 아니라는 점이다. 이를테면 학문으로서의 과학은 '참'을 추구하고 이 추구작업은 진/위의 판별을 요청한다. 참이 아닌 것으로 판명된 지식이나 가설은 즉시 폐기되어야 하고 오류는 반드시 수정되어야 한다. 문학은 그런 의미에서의 지식의 추구가 아니다. 문학에서는 많은 경우 오류조차도 진실이다. 중세가 막을 내리고 있었던 시대에 중세적 기사도의 길에 올라서고자 한 것은 돈키호테의 시대착오이며, 시계를 과거로 되돌려 옛날의 연인을 되찾아올 수 있을 것이라 생각한 것은 개츠비의 환상이다. 그들은 그 착오와 환상의 오류 때문에 죽는다. 보바리 부인과 안나 카레니나 같은 여성인물들은 사랑과 욕망의 강렬한 불길에 휩싸여 파멸한다. 그 불길을 선택한 것은 그들의 오류다. 그러나 이런 오류와 실패, 착각과 패착 때문에 문학 속 인물들의 이야기가 폐기처분되는 것은 아니다. 그들의 이야기가 초시대적 생명을 획득하는 것은 오히려 오류의 진실 때문이다. 오류의 진실이란 오류를 통해서 드러나는, 경우에 따라서는 오류를 통해서만 드러나는, 인간 경험의 진실성이다. 이 진실성은 인간이라는 나약한 존재(예나 지금이나 나약하지 않은 인간은 없다)가 뿜어내는 눈부신 광채다. 문학의 시공간 초월성의 비밀 하나를 말해주는 것은 그 진실의 광채다.

경험의 진실성이라는 말은 다소 애매한 느낌을 줄 수 있다. 인간은 그의 소망이나 의지에 상관없이 반드시 맞닥뜨려야 하는 항구한 경험의 조건들 속에서 살아간다. 그가 죽어야 하는 유한한 존재라는 사실은 그런 경험의 조건들 가운데 가장 대표적인 것이다. 인간은 이 유한성이 발생시키는 경험들로부터 전혀 자유롭지 못하다. 그는 세 가지 전형적인 유한성의 조건들을 경험해야 한다. 무한히 살 수 없다는 생의 유한성, 무한한 자원을 가질 수 없다는 자원의 유한성, 모든 일을 다 할 수 없다는 능력의 유한성이 그것이다. 유한성은 인간 공통의 보편적 조건이다. 상실, 좌절, 이별, 배반, 실망 같은 고통의 경험도 그 조건으로부터 나오고 사랑과 욕망, 기쁨과 성취조차도 그 조건에서 나온다. 그런데 그 유한성의 공통 조건에 대응하는 방식은 사람마다 다르다. 사는 법이 다르고 죽는 법이 다른 것은 그런 대응방식의 차이 때문이다. 이 차이가 경험의 특수성을 구성한다. 유한성의 조건들은 항구하고 일반적이되 그 조건에 맞서는 개인들의 이야기는 일반적이지 않고 추상적이지 않다. 우리가 삶에서 마주치는 유한성의 조건들은 모든 사람에게 공통적이고 보편적인 것이지만 그 조건에 맞서는 한 사람 한 사람 개인들의 이야기는 특수하고 특이하다. 문학이 다루는 것은 그런 특수하고 구체적인 경험이다. 우리가 경험의 진실성이라 부르는 것은 바로 그 개인적이고 특수한, 그리고 많은 경우 모순적인 인생 경험의 거부할 수 없는 진실성이다. 삶의 고비고비에서 사람들이 겪는 난관과 딜레마와 선택의 어려움에 관한 개인적 경험의 치열성으로부터 발산되어 나오는 광휘, 그것이 경험의 진실성이다. 이 진실성은 특정의 문제에 대한 모범답안이 아니고 시효를 가진 지식도 아니다. 사람들이 문학을 읽고 또 읽는 이유는 읽을 때마다 그 이전에 보지 못했던 새로운 진실의 광휘를 만나고 발견하기 때문이다.

내 생각에 문학은 기본적으로 그리고 본질적으로 '알레고리'다. 어떤 특정한 것의 알레고리가 아니라 많은 것들의 알레고리일 수 있는 것, 그것이 문학이다. 이것은 논란을 일으킬 수 있는 과감한 진술이지만 나는 그 진술을 포기하지 않는다. 가장 사실적인 소설도 알레고리라는 광주리에 담길 수 있을 때에만 '문학'이 된다. 『모비 딕』은 미국의, 백인 문명의, 욕망과 죽음의 알레고리다. 『동물농장』은 소비에트, 전체주의, 혁명의 알레고리이면서 동시에 역사의 알레고리다. 파우스트 서사는 무한 욕망에 대한 알레고리이면서 동시에, 좀 우습게 들릴지 모르지만, '돈'에 대한 알레고리이기도 하다. 나는 시간과 공간을 뛰어넘는 문학의 마술적 이동 가능성의 또다른 중요한 비밀이 문학의 이 알레고리적 성격에 숨겨져 있다고 생각한다. 2천 년 전 오비디우스의 신화시집 『변신』에는 '에뤼식톤 이야기'라는 것이 있다. 자본주의와 관계없었던 시대에 나온 그 에뤼식톤 이야기가 21세기 독자에게는 영락없는 자본주의 알레고리로 읽힐 수 있다. 이런 방식으로 읽으면 파우스트 서사도 우리 시대의 자본주의 문명과 그 문명의 굴레 속에서 살아가는 인간들의 운명에 대한 알레고리가 된다.

문학작품은 완결된 최종 텍스트가 아니라고 사람들은 곧잘 말한다. 맞는 말이다. 문학은 냉장고, 자동차, 진공청소기 같은 완성품 생산체제가 아니다. 문학의 이런 비결정성은 문학 자체가 알레고리라는 넓은 암시성의 언어적 구조물이라는 사실에, 그리고 문학이 생산의 시간과 수용의 시간이라는 두 시간대를 모두 포괄한다는 사실에 연유한다. 알레고리는 열대의 우림과도 같다. 그것은 수많은 읽기를 가능하게 한다. 작품은 완성품의 형태로 생산되어 독자에게 전달되는 일방적 유통체계가 아니고 특정의 의미를 특정의 방식으로 읽어내도록 설계된 닫힌 회로도 아니다. 문학읽기에서 오늘날 상식처럼 되어 있는 것은 읽기 자체가 창작행위이고 생산행위라는 주장이다. 독자가 작품을 완성한다는 말은 이 주장을 요약한다. 그러나 독자가 자기 혼자 작품을 완성하는 것은 아니다. 작품이 최종성을 거부한다면 독자의 읽기에서도 종결성은 거부된다. 문학이 비종결적이라는 말은 읽기 자체가 비종결적이라는 말과 사실상 같은 의미다. 어떤 탁월한 독자도 한 작품에 대한 그의 읽기가 최종적 읽기라고 천하에 자랑할 수 없다.

문학의 나라에는 최소한 네 종류의 구성원들이 참여한다. 작가, 작품, 독자, 그리고 시대가 그 구성원들이다. 이 구성원들이 문학의 공동체를 이룬다. 문학을 읽는다는 것은 이들 네 구성원들 사이의 대화, 협상, 경청의 과정이다. 동일한 작품에 대한 읽기의 내용이 사람마다 다르고 시대마다 다를 수 있는 것은 구성원들 사이의 대화와 교섭의 결과가 다르기 때문이다. 독자라는 구성원 하나만 놓고 봐도 그렇다. 독자 그 자신도 바뀐다. 그의 경험, 감성, 사유의 능력은 세월과 함께 바뀔 수 있고 이런 변화는 읽기의 변화를 독촉한다. 10년 전에 읽은 작품이 지금 달리 읽힌다면 그 변화에는 '나의 변모'가 개입해 있다. 나의 읽기에 변화를 일으키고 나의 문학경험을 풍요하게 해주는 것은 다름 아닌 당신의 읽기, 그 여자의 읽기, 그 남자의 읽기다. 나와 당신과 그가 같은 작품을 놓고 각각 다른 방식으로 읽어낼 수 있다는 사실 때문에 문학공동체는 대화의 공동체, 마음의 공동체, 소통과 이해와 공감의 공동체가 된다. "넌 이 작품 어떻게 읽었어?"라고 서로 묻는 것이 그 공동체 사람들의 습관이다. "그 사람은 어떻게 읽었을까?"라는 것도 그 문학의 나라 구성원들이 갖고 있는 깊은 궁금증이자 관심이다.

왜 그럴까? 이건 순수 바보의 질문이다. 문학공동체 사람들은 함께, 그러나 서로 다른 눈으로, 문학읽기에 참여한다는 것이 인생 경험을 심화하고 인간 이해와 공감의 가능성을 확장시킨다는 것을 잘 알고 있다. 삶을 기쁘고 즐거운 것이게 하는 비결의 하나는 바로 이런 종류의 심화와 확장의 경험이다. 읽는다는 것은 삶 그 자체이고 우리네 인생이며 이 지상에 살아 숨쉬는 동안 우리가 누릴 수 있는 짧은 영광의 순간이 아닌가. 이 책은 바로 그런 즐거움과 영광을 위해 이런저런 방식으로 이런저런 작품들을 읽어낸 이런저런 독자들의 작은, 그러나 값진 기여다.

차례

가장 위대한 사회소설이 말해주는 것

『안나 카레니나』 레프 톨스토이

이현우

너무도 유명한 작가와 소설에 대해 간략하게 말하기, 이게 내게 주어진 미션이다. 톨스토이의 『안나 카레니나』를 읽은 소감을 적는다는 미션. "『안나 카레니나』는 예술작품으로서 완전무결하다"는 도스토옙스키의 평이 『안나 카레니나』 뒤표지에 박혀 있는데, 이건 사실 톨스토이 자신의 자부심이기도 했다. 작품의 주제가 뭐냐는 질문에, 그걸 말하려면 첫 문장부터 마지막 문장까지 읽어야 한다고 했다던가. 요컨대 군더더기라곤 한 군데도 없는 완벽한 작품이라는 뜻이리라.

완벽한 작품에 대해서 우리가 할 수 있는 일이란 많지 않다. 경탄이 아니라면 경탄에 경탄 정도? 독일문학을 대표하는 토마스 만조차도 예외가 아니었다. "『안나 카레니나』는 세계문학사상 가장 위대한 사회소설이다"라는 게 그가 남긴 경탄이다. 무얼 덧붙이겠는가. 햄릿의 말처럼 "그리고 침묵". 위대한 작품에 대해선 침묵하는 게 옳다. 일단은 그렇다. 그럼에도 몇 마디 거들려고 한다면 뭔가 다른 빌미가 필요한데, 이번에도 출처는 톨스토이 자신이다.

『안나 카레니나』를 쓰고 난 직후 소위 '정신적 위기'를 경험한 톨스토이는 『참회록』을 쓰면서 모든 예술을 부정한다. 너무도 '과격한' 톨스토이였기에 자신의 작품조차 예외가 아니었다. 예술작품으로서의 소설은 더이상 쓰지 않겠다는 게 그의 결단이었다. 만년에 그가 서가에서 빼낸 책을 읽다가 너무 재미있어서 표지를 보니 『안나 카레니나』였다는 전설적인 에피소드가 나오게 된 배경이다. 가장 완벽한 작품이지만 동시에 작가에게는 잊힌 작품. 근대소설의 정점을 보여주지만 동시에 작가에게는 그 한계를 깨닫게 해준 작품. 『안나 카레니나』의 문제성이다. 이걸 어떻게 이해할 것인가.

너무도 유명한 첫 문장이 실마리이자 맥거핀이다. 실마리처럼 보이지만 아무짝에도 쓸모없는 게 히치콕이 즐겨 구사했던 맥거핀이다. 톨스토이는 이렇게 적었다. "행복한 가정은 모두 고만고만하지만 무릇 불행한 가정은 나름나름으로 불행하다." 이 문장은 1부의 첫 문장이기에 전체 8부로 구성된 소설 전체의 첫 문장이기도 하다. 그리고 통상 작품의 대략적인 내용과 주제까지 암시해주는 문장으로 읽힌다. '행복한 가정'과 '불행한 가정'이 있다는 것, 그리고 행복한 가정은 서로 엇비슷하지만, 불행한 가정은 제각각이라는 것. 소설의 초점은 물론 불행한 가정들에 맞춰진다.

행복한 가정은 엇비슷하기에 새로운 이야기가 나오지 않는다. 소설의 재미는 무엇보다 남들의 가지가지 불행한 가정사를 읽는 재미다. 아이들 가정교사와 바람을 피우다 들통이 나는 바람에

곤경에 처한 스티바와 돌리 커플의 이야기부터가 얼마나 흥미로운가! 오빠 부부를 중재하기 위해 페테르부르크에서 모스크바로 기차를 타고 달려온 안나가 젊은 장교 브론스키와 눈이 맞아 열애에 빠지게 되는 이야기는 또한 얼마나 위력적인가! 고위 관리이면서 가정에서도 사무적인 남편 카레닌이 안나의 불륜에 대한 응징으로 이혼을 거부함으로써 안나와 브론스키의 관계는 교착상태에 빠지고 점차 삐걱거리게 된다. 브론스키의 애정이 예전 같지 않다는 생각에 상심한 안나는 심리적으로 불안정한 상태에서 결국은 기차에 몸을 던져 자살하고 만다.

대략 이런 줄거리라면 러시아식 '막장 드라마'의 소재로도 변주될 만하다. 여주인공 이야기의 기본구조만 보자면 플로베르의 『마담 보바리』와 『안나 카레니나』의 거리는 몇 뼘 되지 않는다. 그런데 플로베르와 다르게 톨스토이는 안나의 이야기에 또다른 이야기를 병치시키고자 했다. 그것도 동등한 비중으로. 바로 레빈의 이야기인데, 건축으로 비유를 들자면 안나 이야기와 레빈 이야기는 『안나 카레니나』를 떠받치고 있는 두 기둥이다. 공정하게 제목을 붙이자면 『안나와 레빈』이라고 해야 맞을 만큼 레빈은 이 작품에서 적잖은 비중을 차지한다. 놀라운 것은 이 두 주인공이 거의 만나지 않는다는 점이다. 7부에 가서야 레빈은 안나를 찾아가 독대하고 그녀의 솔직함에 좋은 인상을 받는다. 바로 7부 끝부분에서 안나가 자살하게 되므로 둘의 만남은 분명 뒤늦은 감이 없지 않다. 대체 안나와 레빈의 이야기를 한데 묶어주는 '연결의 미로'는 무엇인가? 어째서 두 인물은 주인공이면서 각기 다른 장면에 나오는가?

물론 이런 의문을 작가가 의식하지 못했을 리 없다. 톨스토이는 소설의 두 기둥을 덮어주는 지붕이 작품에 존재한다고 시사했다. 잘 찾아보라고? 개인적인 견해를 밝히자면 이 작품에선 레빈만이 아니라 안나 또한 작가 톨스토이의 분신이다. 곧 레빈이 정신적 자아를 대표한다면, 안나는 육체적 자아를 대표한다. 톨스토이 자신이 레빈처럼 삶의 의미라는 형이상학적 물음에 과도하게 사로잡힌 인물이었고, 안나처럼 강렬한 육체적 욕망의 소유자였다. 문제는 이 두 자아의 통합이다.

육체적 욕망에 의해 결합된 안나와 브론스키 커플이 결국 파국에 봉착하는 데 반해서 레빈과 키티는 서로에 대한 이해와 교감을 통해 이상적인 커플상을 보여주는 듯싶다. '행복한 가정'의 모델이라고 해야 할까. 하지만 8부의 마지막 장면에서 레빈은 자신의 깨달음을 혼자만의 비밀로 간직한다. 비록 사랑스러운 아내이지만 키티는 형이상학적 물음에는 별다른 관심을 보이지 않는다. 그녀는 레빈의 고뇌를 특이한 성벽 정도로 이해할 공산이 크다. 실제로 톨스토이의 아내 소피야 역시 남편을 그런 시각으로 바라보았다. 그렇다면 가정의 행복은 어디에 있는가?

얼핏 행복한 가정과 불행한 가정을 대비시키려는 듯 보이지만, 『안나 카레니나』는 행복한 가정의 가능성 자체에 회의의 그림자를 드리우며 마무리된다. "행복한 가정은 모두 고만고만하지만 무릇 불행한 가정은 나름나름으로 불행하다"란 첫 문장이 맥거핀이라고 말한 이유다. 불행한 가정에 대한 소설적 탐구는 작가 톨스토이로 하여금 '가정의 불행'이란 결론으로 이끈다. 모든 가정은 필연적으로 어긋날 수밖에 없다는 것이 그가 도달한 결론이다. 하지만 이 결론을 그는 『안나 카레니나』 안에는 적어두지 않았다. 아마도 이런 정도의 문장이지 않을까. "무릇 모든 가정이 행복을 꿈꾸지만 행복은 가정 안에 깃들지 않는다."

톨스토이에게 인생의 진리와 함께하지 않는 행복이란 가능하지 않으며, 설사 존재한다 하더라도 기만에 불과하다. 그리고 가정은 그런 진정한 행복의 공간이 아니었다. 그래서 톨스토이는『참회록』에서 예술과 함께 가정을 삶의 진리를 은폐하는 기만으로 간주한다.『안나 카레니나』를 떠나면서 톨스토이는 예술로부터, 그리고 가정으로부터 떠난다. '죽음'이라는 인생의 진리 앞에서 완벽한 예술도 행복한 가정도 모두가 기만에 불과하다. '위대함의 허무'를 보여준다는 점에서『안나 카레니나』는 한번 더 위대한 소설이다.

이현우 서평가. 한겨레 등에 서평과 북칼럼을 연재하고, '로쟈'라는 필명으로 '로쟈의 저공비행'이라는 이름의 블로그를 꾸리면서 '인터넷 서평꾼'으로도 활발히 활동하고 있다. 지은 책으로『책을 읽을 자유』『로쟈의 세계문학 다시 읽기』『로쟈와 함께 읽는 문학 속의 철학』『로쟈의 러시아 문학 강의 20세기』, 옮긴 책으로『개를 데리고 다니는 여인』『레닌 재장전』(공역)『폭력이란 무엇인가』(공역) 등이 있다.

작가들이 꼽은 최고의 고전문학

『안나 카레니나』 레프 톨스토이

백영옥

『안나 카레니나』를 처음 본 건 초등학교 4학년 어두운 다락방에서였다. 거실에는 세계문학전집이 있었는데, 집안 식구들 중 아무도 들춰보지 않던 무거운 책들은 곧 다락방 차지가 되었다. 비가 쏟아지던 일요일, 밖에 나갈 수 없던 나는 어두운 다락방에서 금빛 글씨가 반짝거리던 톨스토이의 『안나 카레니나』를 집어들었다. 그러나 곧 오래된 책에서 나는 퀴퀴한 냄새와 '~스키'와 같은 익숙지 않은 이름들, 발음하기 힘든 지명들과 세로쓰기에 눈이 어지러워 책을 덮었다.

고전이 전화번호부만한 그 악랄한 두께로 보통 사람의 '기'를 짓누르는 건, 세계 공통이다. 도대체 짧게 쓴 '고전'이란 게 있긴 한가 싶을 정도로 '걸작'이라 부르는 책들은 엄청난 분량을 자랑한다. 게다가 행갈이 없이 이어지는 만연체를 감당할 만한 사람이 몇 명이나 되겠는가. 내가 『안나 카레니나』를 다시 정독하게 된 건 그러므로 10년이 훌쩍 지나서였다. 고해성사를 하자면, 고전은 작가들도 읽기 '되게' 힘들다(그러므로 '고전'이란 몇 번의 실패와 포기 끝에 '마침내' 읽게 되는 속성을 가지고 있다). 오죽하면 파울로 코엘료는 자신의 에세이 『흐르는 강물처럼』에서 작가들이 인정하는 유일한 책은 제임스 조이스의 『율리시스』뿐인데, 실상 이 책에 대한 내용을 물어보면 하나같이 횡설수설한다고 적어놓았을까.

고전에 대한 엄숙함을 잠시 접어두고, 다소 불량스럽게 얘길 하자면 『안나 카레니나』는 '사랑과 전쟁'의 19세기 러시아판이다. 그것은 남들이 보기에 부족할 것 없는 고관대작의 부인 '안나'가 젊은 장교 '브론스키'와 사랑에 빠지면서 벌어지는 이야기로, 체면 때문에 자신과 이혼해주지 않는 남편과 어린 딸과 아들 사이에서 지독한 불행을 견디지 못한 그녀가 달리는 기차에 스스로 몸을 던진다는 내용이다. 기념비적인 저 마지막 기차 투신 장면을 '불륜의 말로'라고 정의해버리고 나면 곧이어 이어지는 결말은 계몽주의에 입각한 탄식일 수밖에 없다. 이쯤 되면 우리는 왜 이 책을 읽어야 하는가, 란 의문을 가질 수밖에 없다.

톨스토이는 49세에 이르러 『안나 카레니나』 집필을 마무리한다. 『안나 카레니나』는 톨스토이의 삶에 이정표를 세운 작품으로, 진실한 사랑과 결혼, 예술, 종교, 죽음 등 삶에 관한 모든 것을 쏟아부은 톨스토이 문학의 집대성이다. 톨스토이는 이 시기를 기점으로 세계관이 크게 바뀌는데, 자신이 잘못 살았다는 통렬한 심정으로 참회록을 쓰기에 이른다. 참회록 집필 후, 그는 위대한 베스트셀러 작가에서 전 인류에게 훈계하는 계몽주의적 스승으로 극적인 변환점을 맞는다.

한 인간이 자신의 삶과 문학을 일치시키려 이토록 발버둥친 역사는 별로 없었다. 그러나 그런 안간힘과 상관없이 그토록 자신이 지향한 인물과 점점 멀어져간 사람도 거의 없었다. 톨스토이는 자신이 소설에서 비판하고 경멸했던 것들, 가령 도시의 환락과, 무위도식, 사랑 없는 결혼, 거짓과 허위의 예술을 버리고 인간을 사랑하며 삶과 죽음을 겸허하게 받아들여야 한다고 설파에 가까운 '설교'를 했다.

톨스토이가 안나를 비극적 죽음으로 내몬 까닭은 단순히 그녀의 사랑이 불륜이었기 때문이 아니라, 비극적인 죽음을 통해 당시 러시아 귀족사회의 연애와 결혼제도, 생활방식과 가치관에 대해 얘기하고 싶었기 때문이다. 그는 어떻게 사는 것이 옳은 것인가를 고민하며 자신만의 방식으로 질문했다. 좋은 소설이란 '답'이 아닌 그 시대를 산 인간의 다양한 가능성에 대한 것으로, '질문'을 던지는 방식으로밖엔 이루어질 수 없기 때문이다. 질문에 대한 답은 시대에 따라 바뀔 수 있고, 변화할 수 있다. 고전이 매번 사람들에게 다르게 읽히는 것은 그런 이유 때문이다.

초등학교 4학년 때, 내가 기적처럼 『안나 카레니나』를 완독했다면 말할 것도 없이 나는 이 소설의 주제가 '인과응보'였다고 대답했을 것이다. 바람난 여자가 기차에 치여 죽었으므로 슬프긴 해도 삶은 원래 그래야 하는 것, 이라고 실컷 잘난 척했을 것이다. 그것은 철저히 이솝우화적인 세계로, '교훈'을 찾는 것이 진정한 독서의 의미라고 생각했던 열한 살 내 가치관과도 들어맞았을 것이다. 그러나 서른일곱에 다시 읽는 『안나 카레니나』는 '이렇게 사는 게 나쁘다!'가 아니라 '어떻게 사는 것이 바른가?'라는, 선뜻 대답하기 힘든 질문으로 뒤바뀌어 있었다. 말할 것도 없이 내가 실패를 거듭하며 이 소설의 첫 장에서 마지막 장까지 읽는 동안 내가 그은 밑줄은 상당 부분 바뀌어 있었다.

나는 읽을 때마다 예전에 그은 밑줄이 달라지면 달라질수록 좋은 소설, 이란 편견을 꽤 오랫동안 가지고 있었는데, 『안나 카레니나』 역시 그런 소설 중 하나다. 이번의 독서에서 나는 '안나'가 아닌 그녀의 남편 '카레닌'의 마음에 훨씬 더 감정이입되었다. 그것은 결혼 10년차 주부라는 내 개인적인 삶의 조건과 연결되어 있었다. 나는 마침내 『참을 수 없는 존재의 가벼움』의 주인공 테레사가 왜 자신의 '충견' 이름을 '카레닌'이라고 지었는지 이해할 수 있을 것 같았다. 카레닌은 테레사가 보기에 타고난 희생양이었고, 그녀는 스스로 자신을 이 19세기 러시아 남자와 동일시한 것이다.

톨스토이는 절제하고 금욕하는 구도자의 삶을 원했다. 이웃에겐 사랑을 베풀라 설파했지만 아내에겐 냉정하기 이를 데 없었다. 그는 노동자를 착취하는 게으른 귀족을 경멸했지만 자신은 귀족이었고, 성욕을 혐오했지만 육체적 욕망을 주체하지 못했고, 결혼제도를 증오했지만 결코 이혼하지 않았으며 모든 것을 버리고 청빈하게 살기를 원했지만 낭비벽이 심했다. 언제나 눈물겹게 노력했지만 이상과 현실 사이를 도돌이표처럼 반복했다. 이런 괴리가 다행스레 '정신병' 대신 '걸작'을 만들어냈으니 위대한 아이러니라 부를 수도 있을 만하다.

'고전이 재밌다'라는 말을 말 그대로 받아들이면 곤란하다. 그건 마치 뜨거운 욕탕에 들어앉아 '어! 시원하다' 하는 아빠의 거짓말과 일맥상통한다. 고전은 어렵고 읽기 힘들다. 고전 읽기엔 상당한 유혹의 기술이 필요하다. 그러므로 나는 이렇게 말하겠다. 하버드에서 철학을 공부중인 첼리스트 장한나가 최고로 꼽는 소설은 『안나 카레니나』다(그녀는 몇 번씩 이 소설을 반복해서 읽는 중이란다). 톰 울프, 스티븐 킹 같은 최고의 영미권 작가 125명이 꼽은 최고의 소설 1위 역시 『안나 카레니나』다. 13년을 신춘문예에 낙방했던 내가 기적처럼 등단한 건 우연히도 『안나 카레니나』를 읽고 난 후였다.

백영옥 소설가. 2006년 단편소설 「고양이 샨티」로 문학동네신인상을 수상하며 작품활동을 시작했다. 세계문학상을 수상했다. 소설집 『아주 보통의 연애』, 장편소설 『스타일』 『다이어트의 여왕』 『실연당한 사람들을 위한 일곱시 조찬 모임』, 산문집 『마놀로 블라닉 신고 산책하기』 『곧, 어른의 시간이 시작된다』가 있다.

안나 카레니나 Анна Каренина(1877)

러시아의 대문호 톨스토이의 걸작 중 하나다. 사랑과 결혼, 가족 문제라는 보편적인 소재를 다뤄 발표되자마자 전 러시아인의 마음을 사로잡았다. 농노제 붕괴에서 러시아혁명에 이르는 19세기 후반 러시아 사회의 풍속을 150명이 넘는 등장인물과 사실적인 묘사, 엄청난 깊이와 힘으로 완벽하게 반영해냄으로써 도스토옙스키에게 "완전무결한 예술작품"이라는 찬사를 받았을 뿐 아니라, 세계 여러 나라에 번역되어 "역사적 시대에 예술적 공식을 이끌어낸" 작품의 전범으로 후대 작가들에게 많은 영향을 주었다. 2007년에는 영국의 노턴 출판사에서 실시한 영어권 작가 125명이 뽑은 최고의 문학작품에 선정되었으며, 2009년 『뉴스위크』 선정 100대 명저 중 1위를 차지했다.

레프 톨스토이 Лев Толстой(1828~1910)

러시아 야스나야 폴랴나에서 태어났다. 1852년 「유년 시절」을 발표하고, 잡지 『동시대인』에 익명으로 연재를 시작하면서 왕성한 창작활동을 펼쳤다. 결혼 후 『전쟁과 평화』 『안나 카레니나』 등의 대작을 집필하며 세계적인 작가로서 명성을 얻었지만 『안나 카레니나』의 뒷부분을 집필하던 1870년대 후반기에 죽음에 대한 공포와 삶에 대한 회의에 시달리며 정신적 갈등을 겪었다. 이후 원시 기독교에 복귀하여 러시아정교와 사유재산제도에 비판을 가했고 금주, 금연 등 금욕적인 생활을 하며 빈민구제 활동을 하기도 했다. 1899년 발표한 『부활』에서 러시아정교를 비판했다는 이유로 종무원으로부터 파문을 당하고, 1910년 사유재산과 저작권 포기 문제로 부인과의 불화가 심해졌다. 이후 집을 나와 방랑길에 나섰다가 폐렴에 걸려 아스타포보 역(현 톨스토이 역) 역장의 관사에서 82세의 나이로 숨을 거두었다.

이 이야기는 익살과 농담과 웃음을 요구한다

『판탈레온과 특별봉사대』 마리오 바르가스 요사

정홍수

'스페인 아마존'에 들어가 『판탈레온과 특별봉사대』를 검색해보았다. 여러 판본이 뜨는데 표지 이미지가 있는 것은 세 가지다. 다 재미있다.

하나는 여성의 하체를 삽화로 썼다. 자세히 보니 왼쪽 다리만 하이힐을 신은 늘씬한 여성의 것이고, 오른쪽 다리는 군복 하의를 입고 있어 성별을 알 수 없다. 특별봉사대(정식 명칭은 '수비대와 국경 및 인근 초소를 위한 특별봉사대'로, 군 '비'공식 문서에서는 '수국초특'으로 약칭)가 실질적으로 1950년대 페루 육군 산하의 엄연한 군 조직이라는 점을 생각하면, 그 우스꽝스러운 위장을 꼬집고 있는 것 같다. 군복 입은 한쪽 다리를 특별봉사대의 헌신적인 조직자이자 리더인 판탈레온 판토하 대위의 것으로 볼 수도 있겠다. 좀더 안정적인 일자리를 찾아 아마존 수비대의 불쌍한 '불알들'을 털어주는 '국가적' 사업에 신나게 몸을 바치기로 한 여성들과, 상부의 명령이라면 언제든 최선을 다해 완수함으로써 몸 바쳐 '애국' 군인의 표본이 되기로 작정한 판탈레온 대위의 그 기묘하고 어처구니없는 '이인삼각'적 결합을 슬그머니 떠올려볼 수도 있기 때문이다.

또하나의 표지는 많이 야하다. 이번에도 여성의 하체인데, 한쪽 허벅지를 흠뻑 드러낸 채 묘한 자세로 다리를 포개고 누워 있는 그림이다. 반짝이는 스타킹에 가터벨트, 주홍빛 하이힐이 아찔함을 더하고 있다. 하긴 특별봉사대가 공공연한 비밀이 된 뒤, 처음에는 수비대의 일반 병사들에게만 주어지던 그 '특별한 봉사'를 확대해달라는 요청이 군軍 내에 빗발치고 나중에는 아마존 주변의 주민들마저 청원을 넣게 되는 상황(결국 욕정을 참지 못한 일군의 주민들이 봉사대 수송선을 납치하는 일이 벌어지게 되거니와 이 비극적 사건에 대해서는 로레토 지역 신문 〈오리엔테〉의 '비장한' 특종 기사가 소설 후반부에서 자세히 알려준다)을 떠올려보면 이해가 가는 그림 컷이다. 그 그림 위로 유유히 흘러가는 수송선 '이브'호가 한 폭의 풍경화로 배치되어 여기서도 부조리한 상황의 아이러니는 충분히 표현된다.

그냥 눈이 시원하기로는 몸에 붙는 원피스 수영복 차림의 풍만한 젊은 여성 네 명이 환하게 웃으며 포즈를 취하고 있는 촌스러운 표지 쪽이다. 영화의 스틸 컷이 아닐까 짐작되는데, 서문을 보면 이 작품은 소설과 시나리오 작업이 동시에 진행되었고, "영화계의 황당한 술책에 휘말려" 작가 자신이 공동 감독의 한 자리를 차지하기도 했다고 한다. 나는 그 사진 속의 누가 '판티랜드'(판탈레온 대위의 이름을 따서 세상 사람들이 부르는 특별봉사대의 속칭)의 꽃으로 판티랜드의 영욕을 함께했던 '미스 브라질'일지, 또 누가

'미스 브라질' 이전 봉사대의 '인기짱'이었던 '젖퉁이'일지 한참 들여다보았다. 그런데 이렇게 쓰고 있자니 뒤통수가 조금 서늘해진다. 지금 이 소설이 다루고 있는 이야기가 이렇게 속없이 히히거려도 될 만큼 가벼운 것인가.

1980년대 중반 내가 처음 읽었던 이 소설의 번역본 제목은 『빤딸레온과 위안부들』(민용태 옮김, 중앙일보사, 1982. 여기서는 본문 속의 '특별봉사대'도 '위안대'로 옮기고 있다)이었다. 스페인어 사전을 찾아보니 원제의 'visitadoras'는 '찾아가는 사람들' '방문객들' 정도로 옮길 수 있을 듯하다. 원제도 그렇지만 우리말 역어들도 완곡어법의 요구를 감당하고 있다는 점에서 다 고심의 산물이라 할 만하다. 그녀들은 수송선 '이브'호나 수상비행기 '델릴라'호를 타고 아마존 수비대의 군인들을 방문하는 이들일 뿐, 거기서 무엇을 하는지는 '공식적'으로 철저히 비밀이어야 하기 때문이다. '특별한 봉사'나 '위안' 정도가 페루 군대 내에서 '비공식적'으로 허용될 수 있는 최대치의 언어인 것이다. 그런데 한국 독자에게 이 '방문객' 주변의 어휘들은 즉각적으로 일제강점기의 '여성정신대', 그러니까 '성노예로 일본군에 강제로 끌려간 위안부들'의 치욕의 역사를 떠올리게 만든다. 조금만 생각해보면 '미스 누구' 운운할 계제가 아닌 것이다. 아니, 식민/피식민의 강압을 떠나 자국의 군대이면 여성들이 '특별한 봉사나 위안'을 목적으로 돈을 받고 군인들을 '방문'하는 일이 용납될 수 있는가. 군대가 조직적으로 매춘을 조장하고 주선하는 뚜쟁이 역할을 맡고 나선 것인데 말이다. 바르가스 요사 역시 1950년대 말과 1960년대 초에 아마존 지역을 방문해 '특별봉사대'라는 어처구니없는 조직의 실체에 대해 알게 된 뒤, 처음에는 아주 정색을 하고 이 문제의 소설화에 매달렸다고 하지 않던가(옮긴이 송병선 교수의 해설에 따르면 이 소설 이전의 요사의 초기 작품들에서는 거의 유머를 찾아볼 수 없다고 한다. 그는 라틴아메리카 '붐 소설'의 많은 작가들이 그랬던 것처럼 반체제적인 좌파 작가로 출발했다).

그런데 읽어본 이라면 누구라도 동의하겠지만, 이 소설은 정의감이나 윤리의식에 불을 지펴 독자를 정색하게 하기는커녕 시종 '흐흐흐' 하는 웃음이 입가에서 떠나지 않을 정도로 경쾌하고 재밌다. 병사들 개인당 월평균 희망 횟수와 평균 희망 소요시간까지 조사해 도표로 첨부하는 판탈레온 대위의 너무도 꼼꼼한 '수국초특' 관련 보고서를 읽으며 웃지 않을 도리는 없다. 남편의 비밀 업무를 모르는 대위의 아내 포치타가 판이하게 달라진 남편의 맹렬한 성욕을 두고(나중에야 미스 브라질에 빠져 정신을 못 차리게 되지만, 이 무렵만 해도 대위는 업무 파악차 아내를 상대로 다양한 실험과 실습을 해보던 참이었다) "이제 이 도둑놈은 이틀에서 사흘꼴로 흥분하면서 덤비거든" 하며 동생에게 편지로 은근한 자랑을 늘어놓는 대목은 이 거국적 비밀 기획이 관계 당사자 모두에게 철저히 '진지한' 수위에서 수행되는 작업이며, 바로 그 '진지함의 아이러니'가 참을 수 없는 웃음의 쏘시개가 되는 상황을 정확히 가리켜 보여준다.

그렇다면 대화의 몽타주식 병치, 보고서·편지·기사 따위 다양한 서술 양식과 관점의 도입 등등 현대적 소설 기법들을 세련되게 구사하면서 신나게 펼쳐지는 이 한바탕 질펀한 풍자와 익살의 서사는 독자들에게 어떤 '특별봉사'를 하고 있는 것일까. 이 소설에는 온갖 인간 군상들이 등장하거니와, 말의 온전한 의미에서 악인은 단 한 명도 없다. 다들 열심히 진지하게 정신없이 이리 뛰고 저리 뛰지만, 조금씩 가련하고 조금씩 우스꽝스럽다. 어딘가가 잘못된 것 같은데 그걸 살필 겨를도 시야도 없다. 불쌍한 불알들이 문제일까. 가난이 죄일까. 당시 남미의 후진적 정치체제에 책임을 물어야 하나. 문득 '델릴라'호에서 내려다본 아마존의 풍경은 어땠을까 싶다. 미스 브라질은 거기서 무슨 생각을 했을까. 이 구차하고 비루한 삶들이 이렇게 우스워도 되는 것일까. 설마, 웃는다고 해서 내동 그렇게 웃고만 있으랴. 웃음이 주는 해방의 쾌감과 시야가 분명 여기에 있는데, 그게 뭐라고 딱 꼬집어 말하지는 못하겠다. 계속 간지럽다. 다만 다음과 같은 작가의 말에는 나도 한껏 동의한다는 것만은 분명히 말할 수 있겠다. "처음에는 아주 진지한 어조로 이 이야기를 쓰려고 시도했다. 하지만 그럴 수 없다는 것을, 이 이야기는 익살과 농담과 웃음을 요구한다는 것을 깨달았다." 그러나 어쨌든 이 소설의 유머를 정색하고 나무라고 싶은 사람도 있을 수 있겠다. 그렇다면 작가가 플로베르의 『감정교육』에서 따온 소설의 제사題詞를 음미해보는 것도 조금은 도움이 될 듯하다. "이 세상에는 여러 가지 일 중에서도 뚜쟁이로 봉사하는 것을 유일한 임무로 삼는 사람들이 있다. 우리는 그들을 마치 다리처럼 건너간 후 계속 걸어간다." 그 크고 긴 아마존강에는 그 시절 그렇게 건너간 다리가 어지간했으랴.

정홍수 문학평론가. 1996년 월간 『문학사상』에 「김소진론」을 발표하며 평론활동을 시작했다. 평론집 『소설의 고독』이 있다.

판탈레온과 특별봉사대 *Pantaleón y las visitadoras*(1973)

라틴아메리카 문학의 거장으로 일컬어지는 마리오 바르가스 요사의 대표작이다. 페루 국경 아마존 지역에 주둔하는 병사들의 성욕 해소를 위해 페루 군부가 창설한 '특별봉사대'를 소재로 삼은 이 소설은 실제 사실에 바탕을 두고 있다. 처음에 바르가스 요사는 이전 작품들처럼 매우 진지한 어조로 소설을 쓰려고 했지만 이 이야기는 익살과 농담과 웃음을 요구한다는 것을 깨닫고는 초기 작품과는 아주 다른 소설을 써내려갔다. 작가는 익살과 유머가 넘치는 이 작품을 쓰며 재미를 만끽하였고, 진지한 문학에서 해방되는 경험을 하게 되었다고 술회한다. 이 소설은 군보고서, 편지, 연설문, 신문기사 등 다양한 형식을 도입해 독창적인 기법으로 스토리를 전달한다. 유머로 가득찬 내용 속에 위선적인 군부를 조롱하는 정치적 의미가 함축돼 있다.

마리오 바르가스 요사 Mario Vargas Llosa(1936~)

페루 아레키파에서 태어났다. 1952년 레온시도 프라도 군사학교를 중퇴한 후 신문과 잡지에 글을 쓰며 문학 경력을 쌓아갔다. 리마의 산마르코스대학에서 문학과 법학을 공부했고, 스페인 마드리드대학에서 박사학위를 받았다. 1963년 『도시와 개들』을 발표하며 주목받는 작가로 떠올랐고, 1966년 출간한 『녹색의 집』으로 로물로 가예고스상을 수상하며 세계적 명성을 얻었다. 1985년에는 프랑스 정부가 수여하는 레지옹 도뇌르 훈장을 받았다. 정치 참여에도 적극적이었던 그는 1990년 페루 대통령 선거에 출마했지만 알베르토 후지모리에게 패해 낙선했다. 1994년 스페인어권에서 가장 권위 있는 문학상인 세르반테스상을, 2010년 노벨문학상을 수상했다.

자기 땅에서 유배당한 자

『황금 물고기』 르 클레지오

황석영

장 마리 귀스타브 르 클레지오J. M. G. Le Clézio라는 외우기도 곤란한 긴 이름을 가진 그는 보통 르 클레지오라는 성으로 통칭된다. 나도 그와 친해지고 나서는 그냥 장이라고만 부르게 되었다.

그는 나보다 세 살 위인 1940년생이고, 1963년 스물세 살 때에 『조서調書』를 발표하고 르노도상을 받으면서 등단했다. 내가 그와 첫 대면하게 된 것은 2001년에 나의 단편집 『삼포 가는 길』과 『한씨연대기』가 프랑스에서 출판되고 나서 그가 대산문화재단의 행사에 초청받아 방한했던 무렵이었다. 비슷한 연배에 등단한 장과 나는 활동시기의 동시대성 때문이었는지 당시 대담이라든가 토론 행사에 국내외에서 자주 동석할 기회가 있었으며, 특히 처음 만났을 때에 모 일간지가 주선한 세 시간여의 대담은 매우 흥미로운 것이었다. 신문사 회의실의 작은 방에서 통역자를 사이에 두고 대화가 오갔는데, 그 자리에서 다른 무엇보다도 장과 나의 개인적인 삶에 대한 이야기가 풍부하게 거론되었다. 기억을 더듬어 당시의 대화 내용을 조금씩 되짚어보려고 한다.

그는 아프리카에서 잉태되었고 프랑스 니스의 외가에서 태어났을 때 곁에는 아버지가 없었다. 전쟁과 이산의 유년기를 보내고 그는 여덟 살 때였던 1949년 아프리카에 가서 아버지라는 낯선 사내를 처음 만났다. 내가 2차대전의 와중에 식민지 조선도 아니고 일제가 만주 침략의 거점으로 세운 만주국 수도 장춘長春에서 태어난 것처럼, 그는 제국의 식민지였던 아프리카 나이지리아와 카메룬 접경의 외진 촌락에서 흑인 아이들에 둘러싸여 소년기를 보내게 되었다. 그런 의미에서 그와 나는 모두 생애의 첫출발부터 토박이가 아닌 '떠돌이 이야기꾼'의 운명을 타고난 셈이다.

장의 아버지는 집안이 파산하는 바람에 정부장학금에 의존할 수밖에 없었고, 런던에서 의학 공부를 마친 후에는 개인병원을 차릴 기회나 영국의 병원에 자리를 얻지 못하고 아프리카 나이지리아의 원주민들을 위한 순회의사로 발령받았다. 그는 두 아들이 태어났을 때에 얻은 두 번의 짧은 휴가를 제외하고는 의사생활을 마감할 때까지 다시는 유럽으로 돌아오지 못했다고 한다. 장의 아버지의 삶에서 즐거운 순간이 있었다면 파리에 사는 삼촌 집에 갈 때뿐이었다고 하는데, 그것은 사촌 여동생에게 가졌던 열정 때문이었다. 나중에 두 사람은 결혼을 했고 두 살 터울의 형과 장을 낳았다.

> 그들은 사랑에 빠져 있다. 자연 그대로이면서 너무나도 인간적인 아프리카는 그들의 신혼의 밤이다. 태양이 온종일 그들의 몸을 태웠다.

> 그들은 비할 데 없는 엄청난 힘으로 충전되어, 흙과 나뭇가지로 만든 닭장처럼 좁은 오두막 안에 누워 있다. 그날 밤 그들은 땅 아래로 진동해오는 북소리의 리듬에 맞춰 어둠 속에서 서로 부둥켜안고 사랑을 나누었을 것이다. (…) 바로 그 시기에 어머니는 두 차례 임신을 하게 된다. 전통적으로 아프리카인들은 아이가 어머니의 뱃속에서 나오는 날 태어나는 것이 아니라, 수태되는 순간 그 장소에서 이미 태어났다고 생각한다. 나는 나의 탄생에 대해 아무것도 모른다(모든 사람의 경우가 그럴 것이다). 그러나 내 안으로 들어가 내면을 들여다보면서 직관적으로 포착하게 되는 것은 바로 그 힘, 그 에너지의 부글거림, 하나의 인체를 만들기 위해 당장이라도 결합하려는 액체 상태의 미세한 입자들이다. _『아프리카인』, 101~104쪽

그리하여 나중에 소설가가 된 장은 자신이 부모의 육신에서 잉태되던 그 순간에 선행하는 아프리카의 모든 것을 관념적인 것이 아닌 구체적인 사람들의 삶과 풍경으로 포착한다고 털어놓았다. 장이 사춘기에 아프리카를 떠나 남프랑스의 니스로 가서 백인 아이들과 함께 유럽식 교육을 받게 되었을 때 받은 충격은 그가 아버지를 처음 만났던 일보다 더욱 낯선 것이었다. 그의 아버지는 아프리카의 끔찍한 가난과 질병과 야만적 폭력에 맞서면서 백인 지배층의 위선과 허영 그리고 인종적 우월주의 등을 경멸하기는 했지만, 아버지가 오지에서 체득한 금욕적 엄격성이나 완강한 가부장적 질서에 장과 그의 형은 숨이 막힐 지경이었다. 장은 원주민 아이들과 더불어 거칠 것 없이 놓여난 야생의 자연스러움을 온몸으로 받아들였던 것이다. 그러한 장 마리가 사춘기 소년이 되어 다시 프랑스로 돌아와 겉으로는 얌전한 모범생 노릇을 하면서, 유

럽식 교육체제와 프랑스 지방도시 중산층의 생활방식에 대해 소외와 고립감을 느끼게 되었던 것은 너무나 당연해 보인다.

르 클레지오를 대번에 유명하게 만든 『조서』는 전통 소설 기법으로 쓴 작품이 아니었고, 당시 프랑스의 새로운 문학운동이었던 누보로망의 경향과도 관련이 없다고 그는 스스로 주장했다. 그러나 그의 작품이 평론가들에 의해 '펜 카메라' 작법으로 평해졌을 만큼 객관적 서술과 사물의 물질적 외형을 집요하게 묘사한 점이 누보로망의 여러 경향과 만나고 있음을 부인할 수는 없다. 누보로망은 줄거리, 주제, 인물, 구성, 기승전결 등등 종래의 소설 기법들을 무시하고 실제 기사 자료나 서사 장르의 특성들을 뒤범벅으로 혼합시킨다거나, 기억의 실마리를 앞뒤 없이 연이어 서술한다거나, 일체의 사건이 없는 지루한 일상을 재현하는 등, 작가와 작품에 따라서 다양하지만 그 특성은 어쨌든 삶과 사물의 순수한 핵심에 근접하겠다는 의도가 강한 것으로 보인다. 이는 전후 유럽의 갖가지 관념과 삶의 혼돈에 대처하여 모던하게 표현하려던 차세대 문학인들의 전위적 문예운동이었다.

1950년대에서 1960년대 초의 프랑스는 구식민지 베트남에서의 패퇴에 뒤이어 식민지 알제리의 독립항쟁을 막으려다 역시 실패하고 물러나게 되는 시기였고, 유럽의 식민지 직접 지배가 냉전시대를 맞아 세계의 패권이 미국과 소련으로 양분되는 전환기였다. 이때에 문학청년 장 마리는 사르트르와 카뮈의 논쟁에 이은 결별 과정이나 알제리 혁명에 참여했던 프란츠 파농의 저작들을 읽었으며 그의 행동에 대해서도 잘 알고 있었을 것이라고 짐작된다. 장의 아버지는 '의사라는 직업이 결국은 제국주의자들의 권력에 조종되는 현지 경찰이나 재판관, 군인들과 다르지 않다는 것'을 깨닫게 되었고, 결국 의료행위 또한 원주민들에게 권력을 행사하는 것을 의미하며 의료 시술이 정치적 감시와 동등한 기능을 수행한다고 생각했다. 그러한 깨달음이 자기가 인생에서 실패했다는 비관적인 생각 속으로 밀어넣으면서 그를 더욱 고독과 고립감 속으로 빠뜨렸다. 르 클레지오는 훗날 아버지가 생의 말년에 이르러 "다시 시작한다면 의사가 아니라 차라리 수의사가 되겠노라고, 자기 자신의 고통을 받아들이는 존재는 동물뿐이기 때문"이라고 말했던 것을 자전적 소설인『아프리카인』에서 쓰고 있다. 그는 전쟁 뒤에 유럽이 식민지 직접 지배의 방식을 바꾸어 원주민 독재자를 대리인으로 내세우거나 종족분쟁을 조장하여 간접 통치하는 등, 아프리카와 중동이 끝없는 폭력의 소용돌이에 휩싸이는 것을 지켜보았다. 그런 시대에 "알제리 독립전쟁이 일어나 자식까지 징집될 위기에 처하자 아버지는 극도로 참담한 마음을 가눌 수가 없었고, 드골이 취하는 기만적인 이중적 태도를 결코 용서하지 않았다"고 장 마리는 회상했다.

장 마리는 아버지의 뜻이기도 했던 징집거부를 결심하고 영국과 네덜란드를 방황했는데, 첫 작품『조서』를 쓰던 무렵이었다. 이 작품은 군대에서 탈영했거나 정신병동에서 탈출한 듯한 사내의 이야기다. 작품에 드러난 세계는 황량하고 절망적이고 비인간적이며 주인공은 분열증의 혼란을 거쳐 정신병동의 폐쇄된 독방에서 오랫동안 바라던 휴식과 평화를 갖게 된다. 그는 내가 베트남 전쟁에 가 있던 시기에 드골의 사면 후 '대체복무'로 방콕에서 프랑스어를 가르치고 있었다고 내게 말했다. 그는 바로 지척에서 벌어지고 있던 또다른 제국주의적 전쟁을 목격했던 셈이다. 그는 이후 멕시코로 갔다가 중남미를 떠돌며 글을 썼고, 이후 다시는 파리라든가 프랑스에 정착할 수 없었다. 그는 마치 여행자처럼 일 년에 한두 번씩 귀국했다가는 다시 임시 체류하는 나라로 되돌아가곤 했다.

내가 파리에 체류하던 시절에 잠깐 귀국했던 장과 만난 적이 있었는데, 그는 내게 "어떻게 파리에서 글을 쓸 수가 있느냐"고 물었다. 내가 "그럼 당신은 여기서 글을 쓸 수 없느냐"고 되물었더니 그는 "파리에서는 시끄러워서 못 쓴다"고 대답했다. 나는 좀 어리둥절했고 그가 다시 설명을 해주었다. 소음이 아니라 거리를 나다니는 사람들의 얼굴과 인상이 자기 방까지 쫓아들어와 와글거린다는 것이었다. 그의 외방 이야기꾼으로서의 떠돌이적 성격은 그가 스스로 쫓겨나거나 탈출한 것이 분명했다. 언젠가는 그가 내게 "이야깃거리가 많은 나라에서 태어난 당신이 부럽다"고 말했고, 나는 그에게 "당신의 자유가 부럽다"고 말했던 것이 생각난다. 바로 이러한 대화는 일본에서 오에 겐자부로와 만났을 때에도 비슷하게 나눴던 대화였다. 우리네 같은 이른바 제3세계적 조건의 사회에서는 '이야깃거리'란 무수한 억압과 고통의 산물이기가 십상이고, 저러한 말이 내심으로는 '빈정거림'으로 들리기 쉬운 때문이다. 내가 그들에게 '자유'가 부럽다고 한 것은 정치적 의미도 포함되어 있지만 이를테면 창작의 전제조건으로서의 그 자유를 말하고 싶었던 셈이다. 우리 작가들에게 짊어지워진 무수한 책임에 대한 억압으로부터의 자유라고나 할까. 그렇지만 나로서는 여행지의 현실을 비켜 지나가는 그의 '자유'가 '순진무구'하다고 빈정거릴 수는 없었다.

유럽을 떠나 주변부 세계를 떠돌게 되던 무렵부터 그는 '서구적인 사유의 틀'을 벗어나 그의 말대로 '언제나 유년의 아프리카로 끊임없이 돌아가려는' 길에 들어서게 된다. 이를테면 유럽이 사회 내부에서 변혁을 기도하고 파시즘과 싸우며 지난 시대의 피나는 경험들을 반추하던 2차대전의 전후 시기가 지나면서 문학은 문득 막다른 벽에 도달한 것처럼 보였다. 유럽의 20세기 후반부 문학이 조금씩 활기를 회복하게 되는 것은 이른바 제3세계로부터의 수혈에 의한 것이라는 설이 있는 것처럼, 오지이자 주변부였던 그곳에서 장 마리는 질병과 고통과 굶주림 가운데서 사람과 자연을 새롭게 재확인하고 근원적인 삶에 대한 통찰을 얻게 된다.

1996년에 쓴 『황금 물고기』는 자기 땅에서 납치되어 유럽과 미국을 떠돌다가 다시 고향으로 돌아가게 되는 흑인 소녀 라일라의 '이동'을 다루고 있다. 르 클레지오는 1961년에 런던에서 만났던 영국 여인 로잘리와 이혼하고 1975년 모로코 사하라 출신의 아랍 여인 제미아와 재혼했다. 이는 그가 중남미에서 인디언들과 생활하기 직후의 일이며 아마도 그 시점이 르 클레지오가 문명적으로나 철학적 사유에서 유럽을 벗어나던 변화의 시기였을 것이다. 『하늘빛 사람들』 『사막』에 그의 아랍인 아내의 영육이 원형으로 녹아 있는 것을 눈치챌 수가 있으며, 실제로 몇몇 작품은 그의 아내와 함께 쓰기도 했다. 『사막』에서 사하라의 유목민 처녀인 랄라가 남프랑스 마르세유의 빈민가에서 이민자로 살아가는 이야기는 『황금 물고기』에서도 같은 분위기와 배경으로 진행되고 있다. 랄라가 여러 우회로를 거쳐서 고향인 사막으로 돌아가는 것처럼 라일라도 대륙과 대륙을 순회하다가 드디어는 사하라의 촌락으로 돌아가게 되는 것도 비슷하다. 제미아와 랄라와 라일라가 끝내 돌아가려는 '그곳'은 어쩌면 장 마리가 끝없이 떠돌며 그리워하는 바로 거기일 수도 있다.

『황금 물고기』의 주인공 흑인 소녀 라일라는 납치되어 모로코의 아랍 매춘가에서 자라다 난민촌을 거쳐 임신한 창녀 후리야와 함께 스페인 말라가로 밀항하고 피레네를 넘어 프랑스로 밀입국한다. 그리고 파리의 불법체류자들이 모이는 빈민가에서 허드렛일을 하면서 선의와 악의의 백인들을 만난다. 그녀를 사랑하는 권투선수 지망자 노노라든가 대학생 하킴 같은 이민자 청년들을 만나고, 하킴은 라일라에게 프란츠 파농의 『자기 땅에서 유배당한 자들』이라는 책을 준다. 라일라는 서인도제도, 아프리카, 아이티 등지에서 온 거리의 악사들과 어울린다. 하킴의 도움으로 라일라는 마리마 마포바라는 이름과 프랑스 여권을 얻게 된다. 그녀는 지상에 없던 존재에서 그제야 이름과 어디로든 떠날 수 있는 자유를 얻은 것이다. 라일라는 니스의 구제소에서 온갖 나라의 이민자며 빈민들과 어울리다 파리로 돌아와 하킴이 바랐던 대로 대학입학 자격시험을 보지만 떨어진다. 그녀는 미국으로 가서 보스턴과 시카고 등지를 방황하며 프랑스어 선생 장을 만나 아이를 가졌다가 낙태하고, 피아노 재간 덕분에 사람들 눈에 띄어 프랑스 니스의 재즈 축제에 갔다가 다시 옛날 친구들을 만나고, 문득 스페인, 모로코를 거쳐 사하라의 끝자락에 있는 힐랄 부족의 땅에 이르러 자기가 납치되었던 곳이 거기였음을 깨닫게 된다.

어찌 보면 밋밋한 편력의 기록이라고나 할 『황금 물고기』는 그의 작품들 가운데서 그래도 비교적 자세한 줄거리로 진행되는 서사인데, 그런 점에서 『사막』과 앞뒤로 읽을 만한 친연성을 가지고 있는 작품이다. 라일라가 가장 중요한 소지품으로 우여곡절 많은 여로에서 늘 간직하고 다니던 것이 프란츠 파농의 『자기 땅에서 유배당한 자들』이라는 책이며, 그녀가 여러 장면에서 읊조리고 있는 것이 역시 파농처럼 프랑스 식민지 아이티 출신으로 흑인들의 정체성을 일깨웠던 시인 에메 세제르의 『귀향 수첩』의 구절들이다. 파농도 그의 책 『검은 피부, 하얀 가면』의 출발점으로 에메 세제르를 인용하고 있다.

> 내게는 나의 춤을
> 못된 흑인의 춤을
> 내게는 나의 춤을
> 족쇄를 깨는 춤
> 감옥을 날려버리는 춤
> 흑인이란 아름답다 — 착하다 — 정당하다는 춤을
>
> _에메 세제르, 『귀향 수첩』(『황금 물고기』에서 재인용)

소설의 라일라도 이 시를 거리의 악사들 틈에서 낭송한다. 이 소설이 나올 무렵의 세계는 냉전이 끝나고 19세기 이래의 또다른 '이주'가 세계화하면서 이른바 '탈식민주의' 담론이 활발하던 무렵이었다. 르 클레지오는 바로 이러한 담론을 전면에 내세우지는 않았으나 하나의 화두의 기미로서 파농과 세제르 같은 '소도구'를 라일라의 곁에 던져둔 것 같다. 이 고난의 편력은 현실과 일정한 거리를 두고 진행되는 무성영화처럼 흘러간다. 만약 아프리카와 중동의 작가가 자기 현실을 다루었다면 전혀 다른 그림이 되었을지도 모르겠다. 아무튼 누군가의 지적처럼 초기 작품에 비해 '서구인 취향의 소재주의적 특징을 경계해야 한다'는 것은 일리가 있어 보인다. 그렇기는 해도 그가 내면에서 소년기의 근원적인 땅 아프리카의 기억으로 돌아가려 하거나, 이제는 사하라 출신의 아내와도 떨어져서 세계의 오지를 떠돌고 있는 것은 그의 아버지가 그랬듯이 유럽인으로서의 상처나 환멸 때문은 아닌가 의문스런 마음이 드는 것이다.

황석영 소설가. 고교 재학중 단편소설 「입석 부근」으로 월간 『사상계』 신인문학상을 수상했다. 만해문학상, 단재상, 이산문학상, 대산문학상을 수상했다. 주요 작품으로 『객지』 『가객』 『삼포 가는 길』 『한씨연대기』 『무기의 그늘』 『장길산』 『오래된 정원』 『손님』 『모랫말 아이들』 『심청, 연꽃의 길』 『바리데기』 『강남몽』 『개밥바라기별』 『낯익은 세상』 『여울물 소리』 등이 있다. 프랑스, 미국, 독일, 이탈리아, 스웨덴 등 세계 각지에서 『오래된 정원』 『객지』 『손님』 『무기의 그늘』 『한씨연대기』 『삼포 가는 길』 등이 번역 출간되었다.

결국에는 모두 자신에게 돌아가는 이야기

『황금 물고기』 르 클레지오

김연수

어느 날, 내가 자는 동안 지구가 태양 주위를 무진장 빨리 도는 바람에 하룻밤새 몇천 년이 지나가는 일이 벌어지고 말았으니…… 이제 그만 일어나라고 누군가 흔들어 눈을 떴더니 거기 최첨단 미래 소재로 만든 옷을 입은 여자가 "12080100"이라며 속삭였다. 어리둥절해하니까 그게 내 이름이라고 그녀가 말했다.

"우리는 이제 더이상 이름을 부르지 않아요. 대신에 순간순간 혈압과 혈당 수치로 부르고 있어요."

"난 그냥 김연수가 더 좋습니다만."

"그건 불가능해요."

그녀는 단호하게 말했다.

"지난 수천 년 동안의 연구 결과, 인간의 영혼은 죽는 그날까지 성장하기 때문에 같은 이름으로 불러서는 안 된다는 결론에 이르렀거든요. 1328898."

"그걸 알려고 수천 년 동안이나 연구하다니…… 그나저나 다른 사람들은 모두 어디에 있나요?"

그녀는 하늘을 가리켰다.

"우리의 과학기술은 너무나 발달했기 때문에 한 별에서 모여 살 필요가 없어요. 우주에는 별이 무한하게 많거든요. 지금은 별 하나에 한 사람씩 살고 있어요. 이 별은 당신 별이에요. 난 잠시 방문한 것뿐이고."

"지구가 내 별이라니. 그럼 다른 사람들을 만나려면 어떻게 해야만 하나요?"

"그야 간단하죠. 우리의 과학기술은 너무나 발달했다니까요. 일단 우주선 안에 들어가서 외치세요. 저 별로 가! 그러면 원하는 별로 갈 수 있을 거예요. 다시 돌아오고 싶으면 이 별로 가, 라고 외치세요."

우리는 가까운 별로 가서 과연 거기에는 어떤 사람이 사는지 만나보기로 했다. 그녀와 나는 우주선에 올라탔다. 저 별로 가! 내가 외쳤다. 덜컹덜컹 우주선이 움직였다. 너무 빨리 가면 여행의 묘미를 잊을까봐 일부러 속도를 늦췄다는 게 그녀의 설명이었다. 대기권을 벗어나자 검은 우주공간으로 무수히 많은 별들이 반짝이는 모습이 보였다.

"저걸 보니까 언젠가 읽은 소설의 한 구절이 떠오르네요."

"어떤 소설인가요?"

"르 클레지오의 『황금 물고기』라는 소설이에요. 태어나자마자 납치돼 팔려온 여자아이에 대한 이야기예요. 이름은 라일라. 하지만 진짜 이름은 아무도 몰라요."

"진짜 이름이라는 건 원래 없는 거니까."

미래의 사람답게 그녀가 말했다.

"북아프리카에서 부모 없이 비참하게 살던 라일라는 마찬가지 처지였던 후리야 덕분에 스페인을 거쳐 파리까지 가게 되죠. 거기서 세네갈 출신 노인 엘 하즈를 만나 이런 말을 들어요. '라일라야, 너는 아직 어리니까 조금씩 세상을 알아나가기 시작할 거다. 그러면서 이 세상에는 도처에 아름다운 것들이 많다는 걸 알게 될 테고, 멀리까지 그것들을 찾아나서게 될 거야.' 저렇게 아름다운 별들 사이로 여행하니 그 말이 생각나네요."

"그래서 라일라도 우주여행을 하나요?"

"아시겠지만, 우리 시대에는 우주여행 비용이 너무 비쌌어요. 대신에 하나의 별에 수없이 많은 사람들이 살고 있었죠. 몇십억 명의 사람들이 서로 사랑하고 증오하고, 껴안고 또 때리고, 달래고 욕설을 퍼부으면서. 그렇게 몇십억 개의 삶이 별 하나에 모여 있었죠."

"별 하나에 몇십억 사람들이라, 상상할 수 없군요."

"맞아요, 하지만 지금과 비슷하기도 해요. 비록 라일라가 우리처럼 우주선을 타고 다른 사람을 만나러 가는 것은 아니지만, 마치 여행하듯이 여러 사람들을 만나니까요. 지금 가는 별은 어딘가요?"

"고양이별이군요."

"우리가 고양이별에서 얼마간 시간을 보낸다는 건 우주에 존재하는 다른 수많은 별들을 방문하지 않는다는 것과 같은 뜻이에요. 그래서 고양이별은 어쩔 수 없이 우리에게 특별해지는 거죠. 라일라는 사람들을 만나면서 비슷한 걸 깨닫게 됩니다. 즉, 특정한 인생의 한 시기를 누군가와 보낸다면, 그건 그를 제외한 다른 모든 인간을 만나지 않는다는 뜻이라는 걸. 그러므로 우리가 살아가면서 만나는 사람들은 모두가 특별하고 소중해진다는 걸. 그 사실을 알기 때문에 라일라는 관찰해요."

"관찰?"

"예, 관찰. 마치 낯선 지방을 방문한 어린아이처럼. 또 그 모든 것을 절대로 잊지 않겠다는 듯이. 파리에서 라일라가 한 일은 이런 것이에요. '나는 모든 구역들을 걸어서 돌아다녔다. 바스티유, 페데르브샬리니, 쇼세 당탱, 오페라, 마들렌, 세바스토폴, 콩트르스카르프, 당페르 로슈로, 생 자크, 생 탕투안, 생 폴. 오후 세시에도 잠든 듯 조용하고 더할 나위 없이 세련된 부자들의 구역이 있는가 하면, 사람들로 북적거리는 구역도 있었다. 그 어떤 구역은 무척 소란스러운데다가, 둘러보면 교도소 울타리와 흡사하게 붉은 벽돌로 된 기다란 담, 계단과 난간과 공터들, 이상한 차림의 사람들로 가득찬 먼지투성이 공원들.' 또 이런 문장도 있어요. '나는 지리학과 동물학에 관한 책을 읽었고, 졸라의 『나나』와 『제르미날』, 플로베르의 『보바리 부인』과 『세 가지 이야기』, 빅토르 위고의 『레 미제라블』, 모파상의 『여자의 일생』, 카뮈의 『이방인』과 『페스트』, 슈바르츠 바르의 『마지막 의인』…'"

"끝이 없군요. 라일라는 시간이 무척 많은 여자아이였던 모양이군요."

"그렇다기보다는 자기 생을 사랑했기 때문이죠."

"혹시 책을 안 읽는 사람은 자기 생을 사랑하지 않는다는 말씀을 하려는 건 아니겠죠?"

"정확하게 그 말을 하려는 겁니다. 자신의 삶을 사랑한다면, 그 삶에서 일어나는 모든 것들을 다 알아내려고 애쓸 겁니다. 책뿐만 아니에요. 음악도 듣고, 그림도 보고, 춤도 추고, 외국에도 갈 거예요. 가능한 한 모든 걸 맛볼 겁니다. 이 삶에 눈멀고 귀먹고 입 다문 사람이라면 그물에 걸린 물고기의 신세나 마찬가지죠. 자유로운 물고기라면 자신의 입과 코와 눈과 귀로 자기 앞의 삶을 맛보고 냄새 맡고 보고 들을 거예요. 그게 바로 황금 물고기죠."

"그렇다면 그건 자유 물고기라고도 할 수 있겠군요. 거의 도착할 시간이 다 됐네요. 그 황금 물고기가 하는 일은 뭔가요?"

"자신에게 돌아가는 일이에요. 자기 삶을 사랑하는 사람은 매 순간 성장해요. 바뀌고 또 바뀌죠. 그러다가 최종적으로 자기 자신이 되죠. 마치 우주를 떠돌다가 이 별로 가, 라고 외친 것처럼. 우린 자기 자신이 되기 위해서 늘 새로운 삶 속으로 들어가는 거예요."

"이런, 이런. 뭔가 잘못됐군요. 다시 처음으로 돌아왔어요."

"제가 이 별로 가, 라고 말해서인가요?"

"그런 모양이네요. 잘됐네요. 그 소설 얘기 계속해주세요."

그래서 나는 다시 『황금 물고기』에 대해 설명하기 시작했다. 이번에는 아주 상세하게 설명할 계획이었다.

김연수 소설가. 1993년 계간 『작가세계』에 시를 발표하고 이듬해 장편 『가면을 가리키며 걷기』로 작가세계신인상을 수상하며 작품활동을 시작했다. 동서문학상, 대산문학상, 동인문학상, 황순원문학상, 오늘의젊은예술가상 등을 수상했다. 소설집 『스무 살』 『내가 아직 아이였을 때』 『나는 유령작가입니다』 『세계의 끝 여자친구』 『사월의 미, 칠월의 솔』, 장편소설 『7번국도 Revisited』 『꾿빠이, 이상』 『사랑이라니, 선영아』 『네가 누구든 얼마나 외롭든』 『밤은 노래한다』 『원더보이』 『파도가 바다의 일이라면』, 산문집 『청춘의 문장들』 『우리가 보낸 순간』 등, 옮긴 책으로 『대성당』 『기다림』 등이 있다.

황금 물고기 *Poisson d'or*(1997)

'살아 있는 가장 위대한 프랑스 작가'라는 평을 받고 있는 르 클레지오의 작품으로, 현대 문명의 난폭함과 현대인의 정신적 공황을 다뤘던 초기 작품과는 달리 서양 문명을 탈출하여 자연으로 회귀함으로써 인간의 강인한 생명력과 원시의 힘을 그려낸 후기 대표작 가운데 하나다. 자신이 누구인지, 어디서 나고 자랐는지도 모른 채 어린 나이에 인신매매단에 납치된 한 흑인 소녀의 인생역정을 다루고 있다. '밤'이라는 뜻의 이름을 가진 소녀 '라일라'는 어릴 적 누군가에게 유괴되었다. 그녀의 기억이라곤 자신을 잡아 검은 자루 속에 집어넣은 커다란 손 같은 단편적인 이미지들뿐이다. 팔려온 집에서 잔심부름을 하며 지내던 그녀는 주인 노파가 죽자 가혹하게 자신을 부리는 아들 부부의 집에서 도망쳐나와 프랑스로 떠난다. 하지만 자유를 얻은 이후의 삶 역시 녹록지만은 않다.

르 클레지오 J. M. G. Le Clézio(1940~)

프랑스의 항구도시 니스에서 태어났다. 어려서부터 영어와 프랑스어를 자유자재로 구사했지만, 프랑스 식민지였던 인도양의 모리셔스섬을 영국이 점령한 것을 부당하게 생각하여 프랑스어를 '작가 언어'로 택했다. 1963년 『조서』로 르노도상을 받으며 화려하게 데뷔했고, 1980년 소설 『사막』으로 아카데미 프랑세즈 폴 모랑 문학 대상을 수상했다. 2008년 '지배적인 문명 너머 또 그 아래에서 인간을 탐사하는 작가'라는 평과 함께 노벨문학상을 수상했다. 그의 작품 중 『허기의 간주곡』은 서울에 머무를 당시 집필한 소설이다.

참 찬란한 신세계

『템페스트』 윌리엄 셰익스피어

김미월

아무도 모르는 것에 대해 말하기란 쉽지 않다. 아무도 모르니까. 한편 모두가 아는 것에 대해 말하기도 쉽지는 않다. 모두 아니까. 모두 아는 것에 대해 감히 어떤 말을 보탤 수 있겠는가. 그런데도 나는 지금 고유명사이면서 보통명사이고 나아가 고전의 대명사인 셰익스피어에 대해 말하려 한다. 그의 마지막 작품 『템페스트』를 한 번 읽었더니 또 읽고 싶어졌고 하여 또 읽었더니 뭔가 말하고 싶어졌던 것이다. 좋은 노래를 듣고 또 듣다보면 저도 모르게 따라 부르고 싶어지는 것처럼.

템페스트는 폭풍이라는 뜻이다. 바다 한가운데서 폭풍을 만난 배가 난파당한 후 몇몇 사람이 구사일생으로 섬에 다다르면서 이야기는 시작된다.

그 폭풍은 사실 주인공 푸로스퍼로가 마술로 빚어낸 것이다. 그는 밀라노의 대공이었으나 마술 연마에만 힘쓰다가 동생 앤토니오와 나폴리 왕 알론조의 계략에 의해 쫓겨난 인물이다. 어린 딸 미랜더와 함께 망망대해에 버려진 그는 충신의 도움으로 죽지 않고 외딴섬에 당도하여, 그곳에 살던 괴물 캘리밴과 공기의 정령 에어리얼을 하인으로 삼고 살았다. 그리고 세월이 흐른 어느 날 앤토니오와 알론조 일행이 탄 배가 그곳 근해를 지나가는 것을 보고 복수를 위해 폭풍을 일으켜 그들을 섬으로 유인한 것이다. 하지만 그는 알론조의 아들 퍼디넌드와 자신의 딸 미랜더가 사랑에 빠지자 모두를 용서하고 새로운 세상을 꿈꾸며 마술 책을 버린다.

푸로스퍼로는 아마도 셰익스피어의 분신일 것이다. 그가 전 생애를 통해 갈고닦았던 마술을 마지막 순간에 포기하는 것처럼 평생 왕성한 창작활동을 해온 셰익스피어도 이 작품을 마지막으로 펜을 내려놓았다. 그러나 주인공인 그보다 더 돋보이는 캐릭터는 캘리밴이다. 캘리밴은 시종 악마 같은 존재로 묘사되지만 독자는 그의 악함을 이해할 수 있다. 원래 자신의 것이었던 섬을 빼앗기고 노예로 전락한 캘리밴이 푸로스퍼로에게 반발하는 대목을 살펴보자.

> 당신은 나에게 말을 가르쳐주었소. 그 덕으로,
> 내가 얻은 이득은 저주하는 법을 아는 것이 전부요. _32쪽

식민 치하 백성으로서 캘리밴은 식민 통치자의 언어를 사용하여 푸로스퍼로와 미랜더에게 저주를 퍼붓는다. 그런데 그 표현이

상당히 문학적이다.

> 나의 어머니가 오염된 늪에서 까마귀의 깃으로
> 쓸어 모은 독로毒露가 당신들 두 사람 위에 떨어지리라!
> 남서풍이 당신들에게 불어서 그 몸에
> 온통 물집이 생기게 하리라! _30쪽

물론 문학적이기로는 푸로스퍼로의 응수도 만만치 않다.

> 이 욕설에 대해서는 오늘밤 내가 널 쥐가 나도록 만들겠고,
> 옆구리가 쑤셔서 숨을 쉬기 힘들게 하겠다. 고슴도치들로 하여금
> 만물이 잠든 고요한 한밤중에 그들이 일할 수 있는 시간을
> 전부 너를 찌르는 일만을 하도록 하겠다.
> 네가 벌집같이 꼬집혀서, 벌집을 만드는 벌들이
> 쏘는 것보다 더 아프도록 만들겠다. _30쪽

비경제적이고 비과학적인 수사들의 향연. 요즘 세상에 이런 식으로 말하는 사람은 없겠지만 혹 있다면 나는 그에게 매혹당할 것이다. 한 단어로 말할 수 있는 것을 두 단어로 표현하지 않는 것은 분명 재능이지만, 한 단어로 쉽게 말할 수 있는 것을 두 단어로 어렵고 새롭게 표현하는 것 또한 재능일 것이기 때문이다.

실제로 셰익스피어 작품의 감동은 그 내용뿐 아니라 표현에서도 나온다. 『템페스트』만 보아도 그렇다. 시적 운치가 서린 비유들은 그 자체로 아름답고, 무대 언어 특유의 생동감이 넘치는 대사

들은 지문 없이도 작품의 줄거리를 장악하고 인물의 캐릭터를 완성한다. 이상적인 문학작품이 이야기의 집인 동시에 언어의 집이라면 이 작품은 그 이상적인 예라 할 것이다. 결국 셰익스피어는 만년에 마술 책을 폐기하기 직전 생애 최고의 마술을 선보였다. 그래서 독자들을 멋진 신세계로 이끌었다.

참, 찬란한 신세계로다! _120쪽

섬에서만 자라 아버지 외에는 인간을 본 적이 없는 미랜더는 갑자기 눈앞에 나타난 육지 사람들을 보고 경이에 차 외친다. 올더스 헉슬리가 『멋진 신세계』의 제목을 바로 여기서 따왔다던가. 그러나 헉슬리의 멋진 신세계는 풍자지만 셰익스피어의 멋진 신세계는 감탄이다. 사랑과 용서와 화해의 기운으로 가득한 세상에 대한 희원이다. 서로 증오하고 잘잘못을 따지고 치고받기에 삶은 너무도 짧다. 짧고 덧없고 그래서 아름답다. 작품 말미에서 푸로스퍼로는 말한다.

우리는 꿈과 같은 존재이므로
우리의 자잘한 인생은 잠으로 둘러싸여 있다. _101쪽

폭풍이 지나간 후의 고요 속에서 얻은 깨달음일까. 그것이 노작가 셰익스피어가 돌아본 삶일까.

쓸데없이 말이 길었다. 상찬이 백 마디인들 무슨 소용이랴. 책은 읽어야 맛인 것을. 읽자. 읽으면 알게 될 것이다. 셰익스피어가

왜 셰익스피어인지. 고유명사였던 그의 이름이 어떻게 보통명사가 되고 대명사가 되었는지. 잘 알지도 못하면서 내가 왜 자꾸 『템페스트』에 대해 뭔가 말하고 싶어했는지를 말이다.

김미월 소설가. 2004년 세계일보 신춘문예에 단편소설 「정원에 길을 묻다」가 당선되어 작품활동을 시작했다. 소설집 『서울 동굴 가이드』 『아무도 펼쳐보지 않는 책』, 장편소설 『여덟번째 방』, 옮긴 책으로 『바다로 간 가우디』가 있다.

템페스트 *The Tempest*(1611)

문학사상 가장 위대한 작가이자 가장 사랑받는 극작가 셰익스피어의 마지막 작품. 셰익스피어의 극작품으로서는 드물게 당시 극작의 중요한 규칙이었던, 하루라는 시간 안에, 한 장소에서, 한 줄거리에 관한 것이어야 한다는, 이른바 세 가지 일치들, 즉 삼단일(three unities)을 준수한 희곡이다. 관용과 용서, 화해가 이 극의 주제이며 선은 악과의 투쟁에서 승리하고, 복수와 처벌 대신에 용서와 관용이 있으며, 절망과 암흑 대신에 희망과 빛이 있음을 보여준다. 인생은 악의와 불의와 배반으로 얼룩져 있다고 해도 살아볼 가치가 있음을 비극적인 결말 대신 행복한 결말로 셰익스피어는 말해준다.

윌리엄 셰익스피어 William Shakespeare(1564~1616)

영국 스트랫퍼드 어폰 에이본에서 태어났다. 1590년경 『헨리 6세』를 집필하며 극작가로서 첫발을 내디뎠고, 1592년경에는 이미 천재 극작가로서 재능을 유감없이 발휘하며 큰 명성과 인기를 얻었다. 또한 국왕 극단의 전속 극작가로 활동하기도 한다. 20여 년간 37편의 희곡과 더불어 시를 발표했다. 셰익스피어는 사회적 격변기이자 문화적 번영기였던 엘리자베스여왕 치하의 영국에서 당대의 사회적 분위기를 작품 곳곳에 녹여냄으로써 작품에 역사적 가치를 더했다. 19세기 영국의 비평가 토머스 칼라일이 셰익스피어를 '인도와도 바꾸지 않겠다'고 말한 이야기는 너무도 유명하다. 그의 희곡들은 시간과 장소를 뛰어넘어 지금까지 세계 곳곳에서 가장 많이 공연되는 작품이 되었으며, 셰익스피어는 1999년 BBC에서 조사한 '지난 천 년간 최고의 작가' 1위에 오르기도 했다.

문학동네 세계문학전집 006

멀리, 반짝이는, 다다를 수 없는

『위대한 개츠비』 F. 스콧 피츠제럴드

이혜경

나 어릴 적, 읍내에서 야산으로 올라가는 그 동네엔 담장 높은 집이 몇 채 있었다. 사람 키를 훌쩍 넘는 담장 때문에 안을 전혀 짐작할 수 없는 이층집들. 그 주변엔 어른 키 높이만하거나 그보다 낮은 담을 두른 그만그만한 집들이 있었고, 동네에서 조금 벗어난 야산 산비탈엔 울타리도 대문도 없는 집들이 나란했다. 사람이 지나다니는 길이 바로 앞마당인 격이어서, 오가는 사람의 눈앞에 좁다란 마루 구석에 놓인 요강이며 누추한 살림살이가 드러나는 집들. 그 산비탈에서 내려다보면, 그만그만한 집들 사이에 자리한 담장 높은 이층집은 성채처럼 오만했고 담장 높은 이층집에서 바라보면 산비탈의 집들은 풀죽어 엎드린 어린 짐승 같았다. 길에 나서면 너나없이 한마을 사람인데, 집으로 들어서는 순간 각자 다른 세상을 사는 듯한 느낌.

뉴욕 롱아일랜드, 아주 작은 만灣을 사이에 두고 이스트에그와 웨스트에그가 마주보고 있다. 웨스트에그에 있는 개츠비의 궁전 같은 저택에선 자주 파티가 열린다. 오케스트라의 연주, 넘쳐나는 술과 음식, 화려한 옷을 입고 북적이는 사람들. 사람들이 개츠비에 대해 아는 건 그가 부자라는 것, 누구나 와도 되는 파티를 자주 연다는 것 정도다. 옥스퍼드 출신이라는 둥, 살인 혐의를 받고 있다는 둥, 1차대전 때 독일군 스파이였다는 둥. 사람들은 파티장에 모여 집주인의 정체에 대해 중구난방으로 쑥덕거린다.

농사꾼의 아들 제임스 개츠는 제이 개츠비라는 이름을 쓰던 장교 시절 상류층 여성 데이지를 만난다. 가난하고 야심만만한 이가 선망하는 상류층의 세계, 아름다운 여성 데이지는 개츠비에게 그리로 가는 통로이자 그 세계를 완성하는 상징이다. 개츠비는 데이지를 소유함으로써 그 세상에 발을 들였다고 생각했지만, 현실은 개츠비의 생각을 훌쩍 뛰어넘는다.

> 데이지가 특별하다는 것은 알고 있었지만, 그가 몰랐던 것은 '상류층' 여성이 어디까지 특별해질 수 있는지였다. 그녀는 개츠비에게는 아무 미련도 없이 자신의 부유한 가족에게로, 풍족하고 넉넉한 인생으로 돌아가버렸다. _186쪽

손아귀에 넣은 순간 달아난 무엇, 잠시 쥐었던 그것의 감촉이 손에 아련히 남아 있다. 여기에서 집착이 생긴다. 온갖 수단을 다 해 부자가 된 그는 데이지네 집 맞은편에 저택을 마련하지만 그들 사이엔 만이 있다. '은수저를 입에 물고 태어난' 상류층과 그들로부터 졸부 취급을 받는 신흥 부자를 갈라놓는 만이다. 선망하던

세계에 접근했지만, 거기에 뿌리를 내리는 데에는 한 가지 요소가 더 필요하다. 데이지. 개츠비가 상상하고 꿈꾼 세상은 데이지 없이는 미완성에 지나지 않는다.

즉흥적으로 제 감정을 좇을 뿐인 부박한 여자 데이지, 그녀가 '돈으로 충만한 목소리'를 가졌다는 걸 알면서도 개츠비는 그녀의 자장에서 벗어나지 못한다. 알에서 갓 깨어난 오리새끼가 처음 본 대상을 어미라고 생각하듯, 그렇게 일방적인 붙좇음. 그걸 사랑이라고 할 수 있을까. 책을 읽는 동안 떠오르는 의문. 그러나 한 사람이 그의 생애 내내 오직 하나의 목적으로 일관하고 그를 위해 전력투구했다면, 그리고 그 결과로 오는 모든 것들을 감당해 '위대한'이라는 수식어를 받는다면, 이미 묻는 것 자체가 의미 없게 느껴지는 그런 의문.

스콧 피츠제럴드가 1925년에 발표한 『위대한 개츠비』에는 치솟는 주가와 밀주매매로 떼돈을 번 신흥 부자들의 흥청망청한 생활이 드러날 뿐, 뒤이어 미국을 휩쓸 대공황의 기미는 느껴지지 않는다. 저물기 직전의 해가 내뿜는 환함처럼, 화려한 파티에서 서로 인사를 나누고도 파티장을 벗어나면 좁다란 만을 사이에 두고 관망하듯 대치하는 전통적인 상류층과 신흥 부자들. 자동차 정비소 같은 서민들의 삶은 부자들에게는 그저 차를 타고 스쳐지나가는 길가의 풍경이나 다름없다. 그토록 다른 두 세계는 데이지의 남편 톰과 정비소집 아내의 연애처럼 일시적으로 섞이는데, 그 불륜의 불똥은 엉뚱하게도 개츠비가 꿈꾼 세계에 파국을 가져온다. 정작 원인제공자인 톰과 데이지의 세계는 표면상 아무 일 없었다는 듯이 공고하게 이어지고.

지금도 어떤 사람은 그저 일상이 변함없이 유지되기를 바라는

가 하면 누군가는 '좀더 나은' 무언가를 꿈꾸고 있을 것이다. 그리하여 최저시급 아르바이트에 쫓기며 대학에 다니고, 자존심을 짓밟는 구조 속에서 묵묵히 일하고 있을 것이다. 아주 부유해지는 꿈을 꾸거나, 더없이 완벽한 것처럼 보이는 한 사람의 마음을 얻어 그 사람과 여생을 함께하거나, 누구나 고개를 끄덕일 만한 명성을 누릴 거라는 꿈을 품은 채. 사람과 사람 사이, 집단과 집단 사이를 가르는 경계를 뛰어넘겠다는 열망으로. 그 꿈을 이룬 곳, 그렇게 오른 산의 정상에서 어떤 풍경을 만나게 될지는 아무도 모른다. 그저 그곳에 빛나는 무엇이 있을 거라는 짐작으로 허위허위 오를 뿐.

『위대한 개츠비』를 번역한 소설가 김영하는 이 작품을 이렇게 요약했다. "표적을 빗나간 화살들이 끝내 명중한 자리들." 우리는 표적을 향해 제대로 화살을 쏘아올리고 있는 걸까. 아니, 내가 화살을 겨눈 채 쏘아보는 저 표적은 진정 내가 원하는 바로 그것인가.

이혜경 소설가. 1982년 계간 『세계의 문학』에 중편소설 「우리들의 떨켜」를 발표하며 작품활동을 시작했다. 오늘의작가상, 현대문학상, 이효석문학상, 이수문학상, 독일 리베라투르 장려상, 동인문학상을 수상했다. 소설집 『그 집 앞』 『꽃그늘 아래』 『틈새』 『너 없는 그 자리』, 장편소설 『길 위의 집』, 산문집 『그냥 걷다가, 문득』이 있다.

위대한 개츠비 *The Great Gatsby*(1925)

미국을 대표하는 문호 F. 스콧 피츠제럴드의 대표작. '부와 성공에 대한 열망'과 '사랑하는 미녀를 차지하지 못하는 신분의 장벽'이라는 두 가지 콤플렉스는 피츠제럴드 문학을 평생 지배했는데, 『위대한 개츠비』는 이런 모티프가 가장 완벽하게 구현된 아름다운 작품이며 작가의 자전적 경험이 녹아들어간 이야기다. 영원히 잊지 못할 첫사랑의 신화, 그 찬란한 영광에 인생을 건 남자의 '위대한 환상'을 그린 고전이다.

F. 스콧 피츠제럴드 Francis Scott Key Fitzgerald(1896~1940)

미국 미네소타주 세인트폴에서 태어났다. 1920년 자전적 장편소설 『낙원의 이쪽』으로 큰 성공을 거두며 작가의 길에 들어섰다. 1925년에 발표한 『위대한 개츠비』는 문단의 격찬을 받았고 지금까지도 독자들의 사랑을 받고 있다. T. S. 엘리엇, 거트루드 스타인 등 당대 최고의 작가들과 평론가들로부터 '문학적 천재'로 칭송받으며 미국의 '잃어버린 세대'를 대변하는 작가로 자리매김했다. 그러나 그후 자신은 술에 탐닉하고 아내는 신경쇠약 증세를 일으켜 입원하면서 삶이 추락하기 시작한다. 1940년 『마지막 거물의 사랑』을 집필하던 중 심장마비로 생을 마감했다. 그 밖에 주요 작품으로 『말괄량이들과 철학자들』 『아름답고도 저주받은 사람들』 『재즈시대 이야기』(벤자민 버튼의 시간은 거꾸로 간다) 『밤은 부드러워라』 등이 있다.

용서하지 않고, 하지만 더없이 깊은 자비로

『아름다운 애너벨 리 싸늘하게 죽다』 오에 겐자부로

전성태

독자 입장에서 문학은 인생의 유력한 동무가 될 수 있다. 한 작가를 집중해서 깊이 읽을 때 때로 가능해 보인다.

독서에도 어떤 경지가 있지 않을까 싶다. 일테면 문학에서 인생의 스승을 발견하는 일보다 동무를 찾는 일이 훨씬 어렵다. 소설에서 제 삶을 읽어내는 일도 썩 훌륭하다. 그러나 소설에서 타인의 삶을 온전히 겪어내는 독자라면 더욱 훌륭하다.

오에 겐자부로는 작가의 전형을 보여준다. 그는 문학이 없으면 호흡이 불가능한 사람처럼 보인다. 소설 쓰기를 통해 자신의 존재를 증명하고 세상을 읽어낸다. 문학으로 삶의 형식을 이룬 사람이며, 그에게서 삶의 형식과 문학적 형식은 따로 구분되지 않는다. 작품보다 작가를 얘기해야만 훨씬 명확해지는 문학세계를 지닌 작가다. 이런 세계는 작가들의 로망이기도 하다.

『아름다운 애너벨 리 싸늘하게 죽다』는 오에가 등단 50년을 기념하여 일흔둘에 내놓은 작품이다. 스스로 만년 3부작이라 일컬은『체인지링』『우울한 얼굴의 아이』『책이여, 안녕!』에 잇대어 태어났다. 그러니까 이 작품은 문학 인생 50년에 대한 자기 정리이자, 큰 기획인 만년작의 연장이기도 하다. 오에는 자신이 추구하는 만년의 문학에 대해 독특하고 원대한 견해를 밝힌 바 있다. 독자는 흔히 작가의 만년 작업에서 일정한 패턴을 기대한다. 일테면 원숙함과 조화로움을 지향한다. 노년의 작가들 역시 그 방향으로 작품을 창작하고자 한다. 자연으로 돌아가고 모성, 혹은 고향으로 회귀한다. 자신에게 관대해지고 사회와 화해한다.

그러나 오에는 만년은 한 인간이 개인으로서 끌어안은 모순과 파국을 초월하기도 어렵고 극복하기도 불가능하다고 여긴다. 오로지 심화시킬 뿐이다. 따라서 그는 노년의 문학적 에너지를 초월이나 극복에 두지 않고 개인의 모순과 파국의 예감을 그대로 노출하는 일에 쏟는다. 그 집요한 풍경이 사뭇 불편하다.『아름다운 애너벨 리 싸늘하게 죽다』에 이르기까지 그의 만년작들은 공포와 절망이 주조음을 이룬다. 하지만 그의 태도가 오히려 삶을 냉정하게 바라보게 하며, 독자로 하여금 제 인생에 쉬 타협하지 말라고 요구한다.

오에는 열 살 때 일본의 패전을 경험하였고, 신체에 장애를 가지고 태어난 장남 히카리와 반평생을 함께 지내고 있다. 그는 평생 의문스러웠다. 인간은 파괴하고 파괴당하고 스스로 망가지는 존재인가? 그는 인간 존재 내부는 물론 사회적으로 자행되는 폭력성에서 한시도 눈을 떼지 않았다. 만년에 이르러 그는 인간은 가까스로 회복하는 존재라는 답에 이른다. 이 자애롭고 희망적인 전언은, 그러나 도저한 회의주의자가 평생 몸으로 겪어내며 도달한 진실로서 경청할 만하다.

『아름다운 애너벨 리 싸늘하게 죽다』는 오에의 작품들 중에서 비교적 짧고 이야기가 복잡하지 않다. 그러면서도 오에가 품은 만년작의 기대와 그가 평생 좇은 문학적 세계가 짙게 배어난다. 특히 많은 작가들이 테마로 삼은 '문학의 치유성'에 대한 탐색이 돋보이며, 여성에게 가해진 근대적 폭력과 고통을 이해하고자 하는 자세도 여전히 역력하다.

치유로서의 문학에 대해 언급했지만 이 소설에서는 유년기에서 중년을 거쳐 노년에 이른 긴 시간이 놓여 있다. 시간이야말로 이 소설의 또다른 테마가 아닐까 싶게 작가는 기억의 현재화에 매달린다. 소설 속에서 작가는 '새로운 형식'을 찾는 심경을 밝히고 있는데, 시간성이야말로 이 소설의 독특한 형식이 된다.

시간은 치유의 환유다. 유년의 기억이 노년의 시간으로 현연現然하고, 노년의 시간이 유년의 기억을 간섭한다. 이는 구성적인 측면에서 현재와 과거를 오가는 기계적인 방식과는 지평이 다르다. 과연 인생은 어떤 모습인가? 하는 근본적인 질문에 대응하고 있다.

에드거 앨런 포의 '애너벨 리'와 이미지가 겹치는 국제적 영화배우 사쿠라. 그녀에게는 점령국 미국인에게 성적性的으로 훼손당한 소녀의 초상이 있다. 제 삶을 이해하려는 순간에 진실의 폭력에 휘둘리는 게 인생의 법칙이듯 사쿠라 역시 나락으로 떨어진다. 그녀가 고통과 절망으로부터 가까스로 일어나 제 삶을 마주하게 되는 과정이 냉정하게 그려진다. 배우가 어떤 배역을 온전히 해내는 일은 배우 스스로 감당해온 이력, 개인적으로 치유하고 극복하는 시간을 전제한다는 전언을 오에는 작가 생활 50년에 대한 답으로 제시한다. 노년의 얼굴로 소년을 연기하는 게 가능해지는 세계를 보여준다.

오에가 던져주는 질문은 언제나 묵중하다. 나는 오에를 작가를 위한 작가라고 서슴없이 말해왔다. 적어도 글쓰기에 관한 한 그는 미답지로 멀리 걸어간 작가다. 만년의 지혜를 들려주는 이 작품을 위시한 일련의 만년작들도 마찬가지다. 인생 선배로나 작가로나 큰 가르침이 아닐 수 없다.

인생 마흔에 여전히 스승을 모시고 살 줄 몰랐다. 마흔쯤 되면 스스로 세상의 스승인 양 알고 살 줄 알았다.

전성태 소설가. 1994년 단편소설 「닭몰이」로 실천문학신인상을 받으며 작품활동을 시작했다. 신동엽문학상, 채만식문학상, 오영수문학상, 현대문학상 등을 수상했다. 소설집 『늑대』 『매향埋香』 『국경을 넘는 일』, 장편소설 『여자 이발사』, 산문집 『성태 망태 부리붕태』가 있다.

아름다운 애너벨 리 싸늘하게 죽다 臈たしアナベル·リイ総毛立ちつ身まかりつ(2007)

일본 현대문학의 거장 오에 겐자부로가 2007년 발표한 이 소설은 작가가 등단 50주년을 맞이하여 인생 전반을 돌아보고 정리하며 써내려간 작품이다. 작가 자신을 화자로 내세운 이 작품의 초반부에서 오에는 일흔이 넘은 노인으로서 자신이 겪는 '노년의 곤경'에 대해 이야기한다. 유명 작가라 해도, 한 시대를 치열하게 살아온 지식인이라 해도 피해갈 수 없는 '나이듦'을 담담하게 받아들이면서도, 그로 인해 버거운 삶의 무게에 흔들릴 수밖에 없는 심경을 토로한다. 소설의 모티프가 된 에드거 앨런 포의 시 「애너벨 리」와 클라이스트의 『미하엘 콜하스의 운명』을 비롯해, 나보코프의 『롤리타』 등 오에 겐자부로의 문학적 자양분이 된 작품들을 통해 작가 인생 50년을 정리하며 '문학'에 바치는 작품이라고도 할 수 있다.

오에 겐자부로 大江健三郎(1935~2023)

일본 에히메현에서 태어났다. 1954년 도쿄대학에 입학해 평생의 은사 와타나베 가즈오 교수에게 사사하며 불문학을 공부했다. 대학 신문에 게재한 단편 「이상한 작업」으로 평론가들의 호평을 받았고, 1958년 「사육」으로 아쿠타가와상을 수상하며 작가로서 명성을 얻었다. 1963년 장남 히카리가 지적 장애를 갖고 태어났는데, 이를 계기로 그의 작품세계는 큰 변화를 맞아, 지적 장애아와의 공존이 작품의 주요 테마로 자리잡았다. 솔제니친과 김지하의 석방 운동에 적극 참여해 실천하는 지식인의 면모를 보여주었다. 1994년 노벨문학상을 수상했다. 천황제와 국가주의, 핵무기 문제에 꾸준히 목소리를 내오던 그는 2003년 자위대의 이라크 전쟁 파병을 비판하고, 2004년에는 전쟁을 금지한 일본 헌법 9조를 수호하는 '9조 모임'에 참여하는 등, 작가로서 지식인으로서 반전과 평화, 인류 공존을 역설해왔다. 2011년 3월 11일에 일어난 '동일본대지진' 이후 반원전 운동에도 앞장섰던 그는 2023년 3월 3일 영면에 들었다.

문학동네 세계문학전집 008

키 작은 할아버지 괴테와 연애하게 된 사연

『파우스트』 요한 볼프강 폰 괴테

천운영

괴테가 살았던 집에 간 적이 있습니다. 몇몇 작가와 독일문학 전공자, 그 외 여럿이 함께였어요. 대문호 집을 구경하는 풋내기 소설가는, 그야말로 부잣집에 심부름 간 촌뜨기 하녀였습니다. 뭔가 압도당하는 기운에 입을 쩍 벌리고 섰다가, 괜히 심사가 뒤틀려 뭐 하나 주워갈 거 없나 두리번거리다가, 그러다 마침, 흠잡을 게 눈에 띄었습니다.

침대. 괴테의 침대라고 하는데, 크기가 너무 작아요, 작아도 너무 작아요. 신대륙이라도 발견한 것처럼, 의기양양하게 말했지요. 괴테가 이렇게 작은 사람이었어? 아무리 그래도 기럭지가 어떻게 이렇게 짧을 수가 있어? 기럭지가? 말이 끝나기 무섭게 등짝을 맞았습니다. 그리고 혼쭐이 났습니다. 대문호 괴테에게, 기럭지가 뭐야, 키도 아니고 신장도 아니고. 어디 감히, 괴테에게, 건방지게.

진짜 혼났습니다.

고전이라는 게 그렇습니다. 농담이라고는 씨도 안 먹히게 생긴 근엄한 표정을 짓고 있죠. 덩치는 어찌나 큰지 함부로 덤벼들었다가 혼쭐날 것 같죠. 딱 심술맞고 꼬장꼬장하고 냄새나는 노인네 같습니다. 고전을 읽는다는 건 그런 노인네와 한방에서 시간을 보내야 한다는 것. 그러니 맛도 안 보고 등을 돌리지요. 꼰대하고는 안 놀아. 신과 악마, 선과 악, 비극과 구원을 담은 내용이라면 더욱 그렇겠지요. 괴테의 『파우스트』는 고전 중의 고전입니다. 그런데 이 꼬장꼬장한 노인네, 조금만 친해지면 꽤 재밌어집니다. 귀여운 구석도 있고요.

파우스트와 메피스토펠레스는 한 쌍입니다. 파우스트를 놓고 신과 내기를 하고 있는 중입니다. 파우스트는 모든 학문을 섭렵했지만 진리를 파악하지 못했다고 우울증에 빠져 있던 참이구요. 이때 메피스토펠레스가 거래를 제안하고 파우스트가 받아들입니다. 파우스트의 충실한 삽살개가 될 테니, 만족을 하면 자기한테도 똑같이 되라는 것. 그래서 다음과 같이 피의 계약서를 쓰면서 한 쌍이 되는 겁니다.

> 내가 순간을 향하여, 멈추어라!
> 너 정말 아름답구나 하고 말을 한다면,
> 너는 나를 꽁꽁 묶어도 좋다!
> 그럼 나는 기꺼이 멸망하리라!
> 그때엔 조종弔鐘이 울려도 좋을 것이며,
> 너는 나에 대한 종노릇에서 해방되리라. _1권, 108쪽

메피스토펠레스는 일단 마녀의 물약으로 파우스트에게 젊음을 되찾게 해줍니다. 20대 청춘이 된 파우스트, 사랑부터 해야겠죠. 순결한 그레첸과 만나 단박에 사랑에 빠집니다. 하지만 사랑에는 운명의 장난이 빠질 수 없는 법. 메피스토펠레스의 농간으로 그녀의 오빠가 파우스트의 칼에 찔려 죽고, 그녀는 미쳐서 아이를 살해하고, 감옥에 갇혀 파우스트마저 알아보지 못하고, 결국 죽음을 택합니다. 아, 그야말로 비극의 연속입니다.

이 비극은 언제 끝날까요. 메피스토펠레스는 파우스트의 영혼을 가져갈까요? 파우스트와 그레첸의 관계는 이걸로 끝인 건가요? 아니죠, 이제야 본격적인 모험이 시작되는걸요. 과거와 현재와 미래를 넘나들며, 전쟁에서 승리도 하고, 미의 화신 헬레나와 좋은 시간도 보내고, 간척사업도 일구어내지요. 하지만 그것은 모두 메피스토펠레스의 알량한 수작과 눈속임으로 얻은 것이니, 어느 순간 구름처럼 휙, 사라질 수밖에요.

그래서 파우스트는 악마의 도움 없이, 대담하고 부지런한 일꾼들과 함께 튼튼한 언덕을 만들기로 합니다. 마법의 외투를 입고 도착한 미지의 나라는 결국 허상이라는 걸 알아버린 거죠. 젊음도 사라지고 눈도 먼 채 늙은이로 되돌아온 파우스트. 드디어 인간 지혜의 마지막 결론에 다다르게 됩니다.

자유도 생명도 날마다 싸워서 얻는 자만이 그것을 누릴 자격이 있다는 것. 위험에 싸여 있어도 값진 세월을 보내는 바로 이곳이 가장 아름답다는 것. 사랑만이 사랑하는 자들을 구원할 수 있다는 것. 미래를 꿈꾸며 행복을 예감한 파우스트. 드디어 만족을 느끼며 외칩니다. 멈추어라, 너 정말 아름답구나! 내가 이 세상에 이루어놓은 흔적은 영원토록 사라지지 않을 것이다. 그리고 쓰러집니다.

승리는 이렇게 메피스토펠레스에게 돌아가는 걸까요? 신이 어디 그렇게 호락호락하던가요. 홀리는 기술이야 악마들보다 천사들이 한 수 위죠. 메피스토펠레스가 천사들에게 정신을 팔고 있는 사이, 천사들이 파우스트를 빼앗아갑니다. 나잇살이나 먹은 악마가 속아넘어갔으니 누구 탓할 수도 없고 하소연할 데도 없고. 파우스트는 물론 천상으로 무사히 올라갔겠지요. 그곳에선 천사들의 합창소리 들렸겠지요. 사랑하는 그레첸도 기다리고 있겠지요.

기럭지 흉을 보더니, 아예 침대로 폴짝 뛰어올라가 노인네 수염을 잡아당기고 있는 듯합니다. 그런데 『파우스트』 책장을 덮고 있는 나는 꼬장꼬장한 노인네가 아니라 미소년과 함께 모험을 즐기다 온 것만 같습니다. 매끈한 청년과 절절한 연애를 한 것도 같구요. 그리고 이런 기분. 괴물들 나라에 가서 나쁜 짓 실컷 하며 재미나게 놀다 돌아오니 별일 없이 조용하네? 단, 구원은 '언제나 열망하며 노력하는 자'에게만 해당되니, 대문호 집에서 뭐 주워갈 생각일랑 접고, 죽을 때까지 열심히 쓸 것.

천운영 소설가. 2000년 동아일보 신춘문예에 단편소설 「바늘」이 당선되어 작품활동을 시작했다. 이효석문학상, 신동엽문학상, 올해의예술상 등을 수상했다. 소설집 『바늘』『명랑』『그녀의 눈물 사용법』『엄마도 아시다시피』, 장편소설 『잘 가라, 서커스』『생강』이 있다.

파우스트 *Faust*(1831)

독일문학의 거장 괴테가 일생 동안 생각하고 체험한 모든 것이 집약된 작품이자 인간정신의 보편적 지향을 제시하는 고전. 괴테가 60여 년에 걸쳐 완성한 12,111행의 대작이다. 『파우스트』는 인간 파우스트 박사가 악마 메피스토펠레스에게 영혼을 팔고, 시공간을 초월해 선과 악의 세계를 오가며 갖가지 인생을 경험하는 내용을 담고 있다. 마술의 힘으로 향락을 추구하고, 젊음을 얻지만 사랑에 실패하는 '비극 제1부'와 종교, 철학, 과학, 예술, 국가, 정치 등 보다 심오하고 포괄적인 가치를 통해 인간 구원의 문제를 폭넓게 탐구한 '5막으로 구성된 비극 제2부'로 이루어진다.

요한 볼프강 폰 괴테 Johann Wolfgang von Goethe(1749~1832)

독일 프랑크푸르트에서 태어났다. 1770년 법학 공부를 계속하기 위해 슈트라스부르크대학에 다니던 시기에 셰익스피어의 위대함에 눈을 떴으며, 혁신적 문학운동인 '질풍노도 운동'의 계기를 마련했다. 1772년 베츨라에 있는 제국대법원에서 법관시보로 일하면서 알게 된 샤를로테 부프와 사랑에 빠졌는데, 이때의 경험을 소설로 옮긴 것이 『젊은 베르테르의 슬픔』이다. 이 작품으로 괴테는 문단에서 이름을 떨치게 되었으며, 질풍노도 문학운동의 중심인물로서 활발한 창작활동을 펼쳤다. 1794년 독일 문학계의 또다른 거장 프리드리히 실러를 만나 돈독한 우정을 나누며 독일 바이마르 고전주의를 꽃피웠다. 실러의 독려로 23세에 시작했다가 중단했던 『파우스트』의 집필을 재개해 1806년 제1부를 완성했다. 1831년 필생의 대작이자 독일문학의 최고 걸작으로 일컬어지는 『파우스트』를 탈고하고 이듬해인 1832년 83세의 나이로 영면했다.

문학동네 세계문학전집 009~010

불안한 소년의 실존적 고백

『가면의 고백』 미시마 유키오

정도상

벚꽃이 질 무렵 교토에 간 적이 있었다. 벚꽃이 활짝 핀 벚나무 아래에 돗자리를 깔고 정인情人과 함께 도시락을 먹고 싶었다. 교토가 배경인 소설을 읽다가 약간의 취기와 함께 졸음이 찾아들면, 두툼한 책을 베고 함박눈처럼 흩날리는 낙화를 보다가 깜빡 낮잠에 빠져든다면 얼마나 좋을까. 그렇게 흐르는 순간과 함께 흐르고 싶은 설렘을 안고 교토에 도착했다. 하지만 교토에 머무는 내내 비가 내렸다. 몇 시간 정도 해가 쨍쨍했는데 금각사金閣寺에 갔을 때였다. 아주 오래전에 읽었던, 절대미의 상징이라는 미시마 유키오의 '금각사'를 본다는 생각에 조금은 흥분했었다. 그러나 흥분은 잠시 뒤에 금각金閣을 보는 순간 실망으로 바뀌고 말았다. 작은 호수와 금각은 전혀 어울리지 않았다. 금각은 웅장했고, 웅장한 만큼 인간을 밀어내는 묘한 느낌을 갖고 있었다. 햇살을 받아 번쩍

번쩍 빛나는 황금색의 건물에 문득 적의를 느꼈다. 사실이든 아니든 미시마 유키오가 불을 지르고 싶은 충동을 느낄 만하다고 잠시 생각했다.

고백하자면 고등학교 시절의 나는 매우 탐미적인 소년이었다. "오늘은 죽기에 참 아름다운 날입니다"라는 짧은 유서와 함께 치사량의 수면제를 주머니 속에 넣고 다녔다. 학교에는 거의 가지 않았으며 남산도서관이나 정독도서관에서 잔뜩 폼을 잡고 독서에 열중했다. 무슨 일인가로 유기정학을 맞았는데 너무 기쁜 나머지(정학을 학교에 오지 않아도 된다는 공식적인 허락으로 착각한 탓에), 충동적으로 장거리 운행 트럭의 조수로 일주일 넘게 동해안을 떠돌며 타락을 경험했다. 당시의 나는 존재하지도 않는 여자, 『무녀도』의 주인공 무당 모화의 딸 '낭이'를 사랑했고, 낭이를 떠올리며 격정적인 자위에 몰두하기도 했었다. 미시마 유키오가 악습이라고 했던 자위의 끝은 언제나 허탈했고 또 지독한 자기혐오를 불러일으켰다. 그런데도 왜 악습을 멈출 수 없었는지…… 지금도 그 배리背理를 알 수 없다.

그런 내게 미시마 유키오는 가히 존경의 대상이며 동시에 닮고 싶은 작가였다. 『가면의 고백』의 주인공은 평범한 소년이 아니다. 보통의 소년들은 평범한 경로를 따라 일반적으로 성장한다. 하지만 미시마 유키오는 일반적 경로를 이탈하여 삼계三界를 넘나드는 소년 시절을 보냈다. 욕계欲界의 육체적 성장, 색계色界의 정신적 성장, 무색계無色界의 실존적 성장을, 소년은 전쟁 시기라는 시간과 공간의 불안정 상태에서 겪었다. 전쟁 시기의 일본은 말 그대로 삼계화택三界火宅이었다. 또래의 소년들은 결코 이해하지 못할 경로 이탈의 실존에 대해 소년은 가면을 쓰고 견뎌내는 수밖에 없었다.

그런 점에서 『가면의 고백』은 일반적인 성장소설에서 한참이나 멀리 벗어나 있다. 시민적 교양, 영혼의 구원, 사랑의 실패를 극복한 성숙, 젊은 날의 방황 등은 보이지 않는다.

욕계는 배의 세계이며 색계는 가슴의 세계이고 무색계는 머리의 세계다. 욕계에서는 배의 욕망대로 가슴과 머리가 따르고, 색계에서는 가슴의 욕망대로 배와 머리가 따르고, 무색계에서는 머리의 욕망대로 가슴과 배가 따른다. 욕계를 이탈한 소년은 가면을 쓰고 색계로 이동했다. 소년은 색계에서 욕계의 풍경과 압도적으로 만나곤 했다. 바로 오미의 육체였다. 일반적으로 욕계에서 만나는 풍경은 남성성의 강력한 근육질의 권력이 아니라 여성성의 부드러운 은밀한 유혹이 아니던가. 하지만 주인공은 오미의 무성한 겨드랑이털을 보고 발기했고 또 받아들였다. 그것은 일그러진 영웅의 권력에 대한 일종의 탐미적 동경憧憬이었다.

소년 시절에 쥐덫에 걸린 쥐에게 석유를 뿌리고 그대로 불에 태운 적이 있다. 기르던 개를 전봇대에 매달아 몽둥이로 내려치는 동네 어른들을 따라다니다가 우물가에서 하얀 김이 오르던 생간을 한 점 얻어 소금에 찍어 먹기도 했었다. 생간의 뜨끈한 피는 결핍이었고 동시에 욕구였다. 입술에 묻은 피를 손바닥으로 닦아내면서 내 안의 '남자'에 대해 은근히 자부심을 느끼기도 했었다.

소년다운 잔혹함, 내면의 잔인성, 인간 속성의 악마성, 미묘하고도 은밀한 자살에 대한 의례儀禮적 충동, 파멸적인 공상 그리고 어떤 불안이 『가면의 고백』에는 가득하다. 오미를 비롯한 남성적 근육질에 대한 동경과 취향을 동성애로 해석하는 것에 나는 반대한다. 미시마 유키오의 재앙에 가까운 내면의 충돌을 이해하지 못하면 동성애적 코드만 눈에 띄기 십상이기 때문이다. 욕계의 풍경에서 가까스로 벗어나 색계를 서성거리는 소년의 내면을 조금이라도 들여다볼 수 있다면, 동성애 운운의 바보 같은 해석에 매달리지 않게 될 것이다.

어쩌면 오미에 대한 소년의 동성애에 가까운 흠모와 사랑은 불타는 집火宅의 무너져내리는 마지막 서까래를 지탱하고자 하는 사무라이 정신에 대한 추구가 아니었을까 싶다. 그렇기 때문에 다른 소설 『우국』에서 미시마 유키오는 육군의 군부 쿠데타를 은근히 찬양하는 속내를 드러냈다. 메이지유신 이전의 막부 시절에는 천황보다는 사무라이에게 권력이 집중되어 있었다. 미시마 유키오가 어린 시절에 발생한 쿠데타는 천황에서 막부로 권력의 재이동을 추동한 사무라이의 반란이었다.

『가면의 고백』을 지배하는 내면의 흐름은 '불안'이다. 오히려 욕계와 색계에는 불안이 존재할 틈이 없다. 욕계와 색계는 육체와 정신이 빚어내는 온갖 드라마들로 숨가쁜 세계이지만 무색계는 '나我'가 중심인 세계다. 욕계와 색계가 느닷없이 미천해 보이고, 시시하고 심심하게 느껴지면 다락방에 엎드려 찾게 되는 것이 '나'인 것이다. 욕계와 색계가 색色의 세계라면 무색계는 공空의 세계다. 그러나 소년은 그것을 알 턱이 없다. 다만 느끼는 대로 즉자적이고 즉물적으로 행동할 뿐이다. 주변을 둘러싼 세계에 대한 즉물적 반응은 다른 누구도 아닌 소년의 것이었다. 소년의 불안은 미묘했다. 소년은 확고하지 못한 '나' 때문에 자꾸만 흔들렸다. 곧 일반적인 생활인으로 바뀔지도 모른다는 흔들림 위에 소년의 불안은 존재했다.

무색계는 나我의 세계다. 확고한 나의 세계가 아니라 흔들리는 마음의 세계인 것이다. 절대성의 무언가가 있다고 생각하지만 그것은 착각과 망상일 뿐이다. 소년은 절대성을 죽음에 대한 온갖 종류의 상상에서 찾았다. 죽음에 대한 신앙은 그러나 확고한 나로부터 나온 것이 아니라 전쟁이라는 시대의 음울함이 빚어낸 풍경이기도 했다. 전쟁의 시절에 죽음은 너무 흔했다. 하지만 죽음에는 절대적인 무아無我가 담겨 있다는 어리석은 공상을 소년은 끝없이 이어갔다. 소년은 '나我'가 사라지거나 변할까 두려워했고, 그 두려움은 까닭 없는 불안으로 바뀌어 삶을 지리멸렬하게 만들었다. 소년은 불안을 극복하겠다는 망상과 집착으로 죽음이라는 영생불사를 추구했다. 하지만 소년의 불안은 현실로 구체화되고 말았다.

> 나는 그 복사본을 받아 들고 다 읽기도 전에 사실을 완전히 이해했다. 그것은 패전이라는 사실이 아니었다. 내게는, 단지 나에게만은 무서운 나날이 시작된다는 사실이었다. 그 이름을 듣는 것만으로도 나를 부르르 떨게 만드는, 게다가 절대로 찾아오지 않을 거라고 자신을 속여왔던 인간의 '일상생활'이라는 것이 이제 어쩔 도리 없이 내일부터 시작된다는 사실이었다. _193쪽

패전과 동시에 소년은 찰나에 청년으로 성장했고 쓰고 있던 가면을 벗게 되었다. 가면을 벗어버린 맨얼굴의 주인공은 가면을 쓰고 추구했던 소년 시절의 그것들을 자연스럽게 받아들이기 시작했다. 결혼으로 이어질 뻔도 하였던 소노코와의 재회를 통해 주인공은 부드러운 교양이나 일상으로 돌아갈 수 없다는 사실을 재차 확인했다. 아무리 피하려고 해도 근육질의 남성성, 즉 권력적이고 억압적인 사물에만 내면이 반응하고 발기가 일어난다는 사실을

확실히 깨달으면서 고백을 끝낸다.

『가면의 고백』은 소년에서 청년으로 이어지는 시기의 성장소설이다. 교양 따위는 철저하게 무시했고, 교양의 위선도 멸시했다. 정서의 과잉도 지나간 시절에 대한 미화도 없다. 다만 실존적 고백이 있을 뿐이다. 미시마 유키오는 그 고백을 감각적 문장으로 완성시켰다. 소설을 읽는 재미는 이야기에도 있지만, 이야기를 구성하는 문장에도 있다. 문장의 감각은 사실성을 왜곡하는 독특한 표현으로 완성되는 게 아니라 삶을 통찰하는 작가의 깊은 시선에서 비롯된다. 문장은 테크닉에서 오는 것이 아니라 자신만의 눈길로 사물을 보는 작가의 시선에서 온다는 뜻이다. 『가면의 고백』은 그런 점에서 또다른 '감각의 제국'이었다.

정도상 소설가. 1987년 단편소설 「십오방 이야기」로 작품활동을 시작했다. 단재상, 요산문학상, 아름다운작가상을 수상했다. 소설집 『친구는 멀리 갔어도』 『아메리카 드림』 『실상사』 『모란시장 여자』 『찔레꽃』, 장편소설 『누망』 『낙타』 『은행나무 소년』 등이 있다.

날카로운 칼로 도려낸 소설가의 삶

『가면의 고백』 미시마 유키오

정미경

가령 이런 칼이 있습니다.

누대를 이어온 장인이 만든 이 칼은 자르는 식재료의 본성을 거스르지 않습니다. 이 칼로 다듬은 생선은 비린내가 나지 않으며 다른 칼로 뜬 회와는 맛이 확연히 다릅니다. 세포의 변성을 일으키지 않는 것이지요. 과일을 깎아두면 색과 맛이 변하지 않으며 양파를 다져도 눈물이 흘러나오지 않습니다.

이 칼로 살아 있는 짐승을 단칼에 베면 처음엔 선명한 근육의 결이 미세하게 떨리는 것만을 볼 수 있을 것입니다. 한동안 들여다보고 있으면 그제야 피의 냄새를 먼저 맡을 수 있을 것이며 이윽고 천천히 방울져 맺히는 피를 볼 수 있을 것입니다.

인간 혹은 세계를 한 개의 오렌지라고 가정해볼까요. 소설이란 어떤 형식으로든 이 오렌지를 잘라서 접시에 담아내는 요리라 할 수도 있을 것입니다. 가로로, 세로로, 대각선으로, 혹은 잘게 다져 즙을 낼 수도 있겠지요. 다만 칼 한 자루로.

일상과 영혼을 단 한 번의 휘두름으로 베어낼 수 있는 칼. 처음엔 선명한 단면을 보여주고 다음엔 그 독특하고 유일무이한 냄새를, 마침내 과즙 대신 방울져나오는 피를 맛볼 수 있게 해주는 칼.

소설가라면, 영원한 젊음보다는 이런 칼과 자신의 영혼을 바꾸자는 유혹에 넘어갈지도 모릅니다. 미시마 유키오는 어쩌면 누군가와 이런 거래를 했을지도 모르겠다는 생각이 들게 하는 소설가입니다. 마침내 그 칼을 손에 쥔 그는 가장 먼저 저 자신의 삶을 요리해서 접시에 올려놓았습니다. 『가면의 고백』이지요.

『가면의 고백』은 미시마 유키오가 자신의 출생부터 20대 중반 예술가가 되기까지의 성장과정을 써내려간 자전소설입니다. 하지만 가면과 고백이라니요. 참과 거짓이라는 명제처럼 그 둘은 나란히 연결될 수 없는 단어들이지요. 생을 연기하는 그 가면에 신경과 실핏줄이 연결되고 살이 차오르기 전에는요.

사실 고백의 본질은 불가능입니다. 누구도 자신의 진짜 얼굴을 차마 내놓지 못합니다. 다만 살까지 파고든 가면만이 고백을 할 수 있는 것이지요.

타인의 시선에 진짜 나처럼 보이는 나, 혹은 가면을 쓴 연기를 하는 것처럼 보이는 나. 둘 중 어느 것이 나일까요? '오래도록 나는 내가 태어났을 때의 광경을 보았노라고 우겼다'는 첫 문장은 이어지는 글이 자신의 생물학적 자서전이 아니라 영혼의 자서전임을 못박아둡니다. 그는 가면 속에서 징그럽도록 낱낱이 자신의 내면을 드러냅니다. 자신의 속옷을 내려 보이고 관념의 끝을 보여줍니다.

그는 고백합니다. 다섯 살의 자신을 사로잡은 것이 추한 몰골의 분뇨 수거인이었음을. 화집 속 성 세바스티아누스의 벗은 몸을 보며 했던 수음을. 그리고 나쁜 남자 그 자체인 동급생 오미를 사랑한다고 선언합니다. 오미는 내면 따위 없는 야만 그 자체인 인간입니다. 눈 위에 신발로 제 이름을 새기고 있는 모습에서 그의 고독과 슬픔을 온전하게 이해했다지요. 21세기에도 동성애 성향을 고백하는 것은 쉽지 않은 일입니다. 그 역시 소노코라는 예쁜 소녀를 사랑해보려고 무척 애를 씁니다.

그러나 그는 에로스적인 영감을 끝내 얻지 못합니다. 다만 자신을 '진짜 사랑'해주는 소노코에게 질투를 느끼지요. 양식진주가 천연진주에게 느끼는 것과 같은 견디기 어려운 질투를. 자신을 사랑하는 여자에게 그 사랑을 이유로 질투를 느끼는 남자가 이 세상에 또 있을까요. 결국 소노코가 다른 남자와 결혼한 후에야 그는 다시 그녀를 만납니다. 싸구려 무도장에서 감상적인 유행가를 들으며 탁자 위에 흘러내린 음료수가 내리쬐는 햇빛에 번쩍이는 걸 쳐다보면서 말입니다.

전쟁의 막바지, 방공호 구덩이 속에서 올려다보는 하늘이 벌겋게 불타오르고 폭격기 B29가 도쿄 하늘을 시도 때도 없이 가로지릅니다. 바로 옆에서 폭격을 당하는 사람들을 지켜보아야 한다면, 어떤 생각을 하게 될까요. 죽음이 너무 가까이 있는 그 지독한 순간엔 차라리 먼저 죽는 게 낫다는 생각을 하게 되지는 않을까요. 그런 한편으로 극한의 공포 속에서 오히려 사소한 삶의 결을 탐미적으로 어루만지며 명랑한 얼굴로 거리를 활보하게 될지도 모릅니다. 일종의 자포자기 속에서 화사한 색깔의 옷을 차려입고 꽃구경을 나서는 것이지요. 그것이 인간입니다. 어쩌면 우리는 두려움에 찬 비명소리보다는 생뚱맞게 환한 옷차림에서 불안의 정점에 이른 인간의 심정을 읽을 수 있는 것입니다. 이런 전쟁의 불안을 그는 조각난 일상과 자신의 영혼에 투영시켜 보여줍니다.

이 소설을 읽고 나면 앙금처럼 남는 것이 있습니다. 기이하고 예민한 고백을 관통하고 있는 독특한 자기애입니다. 이 자기애는 이후의 삶 속에서 지독한 국수주의자의 모습으로 변형되지요. 미시마 유키오는 20년 후 우파의 각성을 촉구하며 잘 벼린 칼을 들어 자신의 배를 왼쪽에서 오른쪽으로 그어 생을 마감합니다. 『가면의 고백』은 이 장면에서 비로소 끝나는 것인지도 모르겠네요.

어쩌면 세상의 모든 소설은 '가면의 고백'이 아닐까요? 그나저나 이 남자가 쓴 칼은 어떤 칼일까요? 60년이 지났는데도, 여전히 잘린 부위의 결은 선명합니다. 달큰하고 비린 피냄새조차 납니다. 그렇지만 고통이 아니라 음악과도 같은 나른한 쾌락의 술렁거림이 있습니다.

정미경 소설가. 1987년 중앙일보 신춘문예 희곡 부문에 당선되고 2001년 계간 『세계의 문학』에 단편소설 「비소 여인」을 발표하며 작품활동을 시작했다. 오늘의작가상 등을 수상했다. 소설집 『발칸의 장미를 내게 주었네』 『내 아들의 연인』 『프랑스식 세탁소』, 장편소설 『장밋빛 인생』 『아프리카의 별』 등이 있다.

가면의 고백 假面の告白(1949)

일본을 대표하는 심미주의 작가 미시마 유키오의 첫 장편소설. 파격적인 내용과 유려한 묘사로 출간 당시 일본문단에 신선한 충격을 던져주었다. 그뿐 아니라 이후 미시마 문학을 연구하는 데 가장 중요한 자료적 가치를 지닌 작품으로 평가받고 있다. 그 자신의 내밀한 동성애적 성향을, 출생부터 성인이 되기까지의 성장과정 및 주변환경과 결부시켜 논리적으로 피력한 것 자체가 당시 일본문단에 신선한 충격을 던져주었던 것이다. 평론가들은 "이 작품을 통해 비로소 일본문학의 20세기가 시작된다"는 등의 격찬으로 이 새로운 문학의 등장을 반겼다. 삶 그 자체를 최고의 예술로 생각한 미시마 유키오의 심미주의 세계관을 잘 드러내는 작품이다.

미시마 유키오 三島由紀夫(1925~1970)

본명은 히라오카 기미타케. 일본 도쿄에서 태어났다. 미숙아로 태어나 자가중독 증세 탓으로 몇 차례나 죽을 고비를 넘겼던 그는 할머니의 과보호를 받으며 유년 시절을 보냈다. 1944년 가큐슈인고등학교를 수석으로 졸업, 아버지가 권하는 대로 도쿄대학 법학부에 입학했다. 1946년 단편 「담배」가 가와바타 야스나리의 추천을 받아 『인간』지에 실리면서 일본문단에 정식으로 데뷔한다. 1949년 대학을 졸업하고 대장성에 근무하지만 일 년도 채 안 되어 사표를 제출하고 본격적인 전업작가의 길에 들어섰다. 화려한 문장으로 독자적인 미의 세계를 구축하여 『가면의 고백』 『사랑의 갈증』 『푸른 시절』 『금색』 등의 수작을 잇달아 발표했으며, 『금각사』로 문학적 절정기를 맞이한다. 일본 육상자위대의 이치가야 주둔지에서 자위대의 궐기를 촉구하는 연설을 한 뒤 할복자살로 생을 마감했다.

수레바퀴를 타는 광대 혹은 현대인, 킴

『킴』 러디어드 키플링

박진규

"인도는 좋은 나라예요! 공기도 좋고, 물도 좋고요. 그렇지 않아요?"
킴이 말했다.
"또한 이 나라 사람 모두가 윤회의 수레바퀴에 묶여 있지."
라마승이 말했다. _137쪽

20세기 초 발표된 러디어드 키플링의 소설 『킴』에는 라마승의 입을 빌려 윤회의 수레바퀴 이야기가 종종 등장한다. 불교와 힌두교의 교리에 따르면 인간은 깨달음을 얻지 못하면 이 윤회의 수레바퀴에서 벗어나지 못한다고 한다. 나 역시 아직 인생이 무엇인지 깨닫지를 못한 범부라서 열심히 수레바퀴 위에서 중심을 잡으려 비틀비틀 춤추며 살아가고 있다.

그런데 종교인이 아닌 소설가의 입장에서는 사실 깨달음의 순간보다 수레바퀴에서의 삶에 더 입맛이 당긴다는 걸 고백해야겠다. 모든 인간들이 북적대며 구질구질하게, 때론 협잡하고 때론 뒤통수치며, 종종 덜컹거리다가 결국 약간의 죄의식과 깨달음을 동냥으로 얻어가는 삶. 윤회의 수레바퀴에서 벗어나 해탈한 자가 아니라 그런 수레바퀴에 갇혀 끽끽대는 원색의 삶이 보여주는 세계의 풍경에 나는 혹해버리고 마는 것이다.

소설 『킴』을 읽으면서 그 소설의 주요 줄거리보다 자꾸만 윤회의 수레바퀴가 떠오른 것은 그래서였는지도 모르겠다. 더구나 『킴』은 묵직하고 정적이기보다 수레바퀴가 덜컥덜컥 돌아가는 요란하고 흥겨운 작품이기 때문이다.

이 소설에는 수없이 많은 인물들이 등장한다. 혼혈아, 라마승, 가톨릭 신부, 군인들, 거지들, 장사꾼, 가난하지만 선한 농부, 속물스러운 귀부인, 거만한 자들, 동정심 깊은 자들, 스파이들, 미련한 자들, 더러운 마음, 조금 더러운 마음, 많이 더러운 마음, 더럽지만 먼지를 털어내고 보니 깨끗했던 마음. 인도를 대영제국의 시각으로 재단하려 했지만 어딘지 읽고 나면 인도의 매력에 빠져 허우적거리는 인상을 남기는 『킴』의 작가 키플링. 거기에 더해 『킴』을 읽는 동안 지금 이 시대의 수레바퀴와 함께 굴러가는 나와 당신에 이르기까지.

이처럼 『킴』을 읽는 일은 이 수레바퀴 속의 인물들과 함께 지금으로부터 100여 년 전 인도를 여행하는 과정이다. 그러다보면 어느새 이 인도印度가 하나의 국가가 아닌 우리 누구나가 걷고 있는 인도人道처럼 여겨지는 순간이 찾아온다. 그리고 나는 그 길에서 이 소설의 주인공 '세상 모든 이의 친구'를 만났다.

"어린애들은 카펫을 다 짜기 전에는 베틀을 봐서는 안 되는 법이다. 날 믿어라, 세상 모든 이의 친구야. 내가 너에게 큰 임무를 줄 것이다. 넌 군인이 되지 않아도 된다." _228쪽

말장수 마부브 알리는 혼혈 소년 킴을 세상 모든 이의 친구라고 칭한다.

킴이 세상 모든 이의 친구일 수 있는 까닭은 그의 삶이 어디에도 속해 있지 않기 때문이다. 킴은 완전한 백인이 아니다. 킴은 길거리의 인도인들과 살아가지만 완전한 인도인도 아니다. 총을 든 군인은 아니지만 스파이 짓은 종종 잘한다. 무슬림인 마부브 알리와 친구이지만 불교도인 라마승의 충실한 제자이기도 하다. 가끔은 분장사의 도움을 받아 살갗에 물감을 칠하고 그에 맞는 의상을 차려입어 완벽한 하얀 피부 혹은 완벽한 검은 피부로 변신하기도 한다. 그런 식으로 킴은 자신만의 수레바퀴를 타고서 이곳저곳을 기웃거리며 광대처럼 모두에게 싱긋 웃어주고 농을 걸고 때론 얄미우리만큼 영악하게 군다.

『킴』이 출간되었던 20세기 초반의 수레바퀴를 21세기까지 힘차게 돌려본다. 그러면 혼혈아이자 세상 모든 이의 친구인 킴의 얼굴은 어느새 우리에게 익숙한 인간형의 모습으로 나타난다. 배낭을 메고 낡은 운동화를 신은 채 세계를 떠돌며 인생의 답을 찾아가는 젊은 여행자의 모습이 그것이다. 또한 그 여행자는 2013년의 현대인들이 선망하는 우상의 얼굴이기도 하다. 자아를 찾아 인도

를 여행하고 불교신자였지만 지극히 미국적인 방식의 욕망을 보여 주었던 애플의 스티브 잡스가 그 우상의 얼굴에 가까울 것 같기도 하다. 우리는 그 여행자의 정체성을 가진 이들이 더이상 움직일 수 없을 것 같은 이 세계의 수레바퀴를 다른 방향으로 움직이는 힘을 가지고 있다고 종종 믿는다.

> '나는 킴이다. 나는 킴이다. 그런데, 킴이 누구야?'
>
> 그의 영혼이 그렇게 물었고, 다시 물었고, 또다시 물었다.
>
> 그는 울고 싶은 것이 아니었다. 그의 삶에서 울어야겠다는 감정을 가져본 적이 없었다. 하지만 느닷없이, 너무 쉽게, 바보같이, 눈물이 줄줄 흘러내리고 있었다. 그 순간 귓속으로 찰칵 하는 소리가 들려왔고 자기 존재의 수레바퀴가 외부의 세계와 새롭게 연결되는 것을 느꼈다. 조금 전만 해도 자신의 눈에 전혀 의미 없어 보이던 사물들이 자신의 크기를 가지기 시작한 것이다. _554쪽

하지만 비틀대는 수레바퀴 위에 선 내게 질문은 여전히 7월의 장맛비마냥 쏟아진다.

우리가 움직이는 수레바퀴가 올바른 방향으로 움직이고 있기는 한 것일까? 한 개인의 수레바퀴가 수많은 외부의 수레바퀴들과 연결되면 과연 세상의 온전한 평화와 아름다움이 도래할까? 아니면 우리가 믿는 지금 이 순간에 도래할 힘들도 결국 얄팍한 한 줄의 카피에 지나지 않는 건 아닐까? 세상 모든 이의 친구의 얼굴을 한 여행자란 사실 모든 정보가 낱낱이 공개되는 팍팍한 이 세계를 견디기 어려워 만들어낸 우리 모두의 공허한 얼굴은 아닐까?

당연히 소설 『킴』은 이 질문들에 대해 답을 해주는 경전은 아니

다. 어쩔 수 없는 일. 소설은 믿음의 종교가 아니라 우리가 붙잡을 것 같으면 저만치로 달아나는 질문의 수레바퀴에 가까울 테니 말이다.

박진규 소설가. 장편소설 『수상한 식모들』로 2005년 문학동네소설상을 수상하며 작품활동을 시작했다. 소설집 『교양 없는 밤』, 장편소설 『내가 없는 세월』 『보광동 안개소년』이 있다.

킴 *Kim*(1901)

영어권 작가로는 최초로, 또한 역대 최연소로 노벨문학상을 수상한 키플링의 대표작이다. 러디어드 키플링이 1901년 발표한 이 작품은, 티베트의 라마승과 아일랜드계 혼혈 소년 킴이 라호르에서 히말라야에 이르는 인도의 북서부 지역을 여행하는 이야기로, 모험소설이면서도 명상적 요소가 강한 새로운 형태의 이야기다. 이 작품은 E. M. 포스터의 『인도로 가는 길』이나 살만 루슈디의 『한밤의 아이들』같이 인도를 소재로 한 현대 영국 소설의 선구적 역할을 했다. 작품 속 제국주의적인 요소로 인해 과도한 비판을 받기도 했지만, 현재는 이 작품의 문학성을 복권받아 20세기의 대표적인 영문학 작품으로 새롭게 그 가치를 인정받고 있다.

러디어드 키플링 Rudyard Kipling(1865~1936)

인도 뭄바이에서 화가이자 학자인 존 록우드 키플링의 아들로 태어났다. 여섯 살 때 영국으로 건너가 학교를 다닌 그는 대학을 졸업한 뒤 인도의 라호르(현재 파키스탄 영토)로 돌아와 신문사 기자로 일하며 첫 시집과 여러 편의 단편소설을 발표했다. 1889년에서 그다음해까지 동아시아를 거쳐 태평양과 미국, 대서양을 횡단한 뒤 영국 런던에 정착했다. 1890년대에는 여행과 인도에서 생활하며 얻은 경험을 바탕으로 쓴 단편소설들과 시들이 알려지기 시작하면서 유명세를 얻었다. 대표작으로는 소설 『정글북』 『킴』, 시집 『막사의 담시』 등이 있다. 1907년 노벨문학상을 수상했다.

욕망, 인간 이해의 첫걸음

『나귀 가죽』『루이 랑베르』 오노레 드 발자크

함정임

12월도 며칠 남지 않은 추운 날 아침, 공들여 커피 한 잔 만들어 들고 바다로 면한 서재 책상에 앉는다. 찻잔에서 피어오르는 커피 향이 막 떠오른 태양과 함께 차가운 공기의 입자들을 부드럽게 누그러뜨린다. 오늘의 모닝커피는 지난여름 사셰성城에서 구해온 '발자크 커피'다. 커피광으로 알려진 발자크의 이름을 단 커피인데, 맛이 진하나 뒤끝이 정갈하다. 한 모금 마시자, 소뮈르Saumur에서 시농을 거쳐 사셰로 달려가던 D17 도로, 도로에서 갈라져 들어갔던 숲길, 숲의 울창한 산림, 골짜기 사이사이 눈부시게 펼쳐져 있던 녹지들이 떠오른다.

웬일인지, 프랑스에 갈 때면, 어느 순간, 발자크가 내 행로行路의 중심에 놓여 있곤 한다. 지난여름만 해도 그렇다. 프랑스 중동부 요새도시 브장송에서 중부 고성古城 지대로 이름난 루아르 강변의 소읍 소뮈르를 향해 온종일 달려갔는데, 순전히 발자크 때문이었다. 소뮈르는 그의 대표작 중 하나인 『외제니 그랑데』의 무대다. 뿐인가. 파리에서의 마지막 밤과 아침, 늘 머물던 센강 옆 지인의 아파트를 마다하고 파시 언덕에 있는 허름한 호텔을 잡아들었는데, 이 역시 순전히 투르 출신의 작가 발자크 때문이었다. 생애 후반기 7년을 그 집에서 보내면서 그는 인류사의 전무후무한 소설 프로젝트 '인간극'을 구상하고, 출판사와 전집 계약을 맺었다.

메종 드 발자크Maison de Balzac, 파리 16구 파시, 레이누아르 거리 47번지. 정작 그 번지에 이르면, 집이 아닌 하나의 벽, 하나의 초록색 문과 만날 뿐이다. 집은 파시 기슭의 사면斜面에 터를 닦아 지은 듯 초록색 대문을 열고 가파른 계단을 내려가면 뜰과 함께 자리잡고 있다. 위에서 언뜻 내려다보면 집은 우아한 잿빛 날개의 비둘기 한 마리가 앉아 있는 형상이다. 레이누아르 거리에서 보면 움푹 꺼진 터에 한 마리 새처럼 놓여 있는 듯하지만, 집 반대쪽 베르통 골목에서 보면 3층집이다. 위에서 보면 보이지 않는 개구멍 같은 뒷문이 이 골목으로 통한다. 이 골목 중간에 포도주 박물관이 있고, 박물관의 미로와 같은 동굴들 중 어느 한 동굴에는 발자크가 어둠 속에 등불을 들고 이 와인 저장고로 들어서는 장면이 재현되어 있다.

1840년 파시의 이 집으로 거처를 옮길 당시, 발자크는 빚쟁이에 쫓겨 '무슈 드 브뢰뇰'이라는 가명으로 이 집의 다섯 개의 방을 세내어 숨어살았다. 그는 뜰과 정원이 있는 조용한 집, '둥지이며 도피처'로 자신의 삶을 보호해줄 곳을 원했다. 그가 말하는 둥지가 뜻하는 바는, 언제나 머릿속에 과도하게 흘러넘치는 구상을 종이 위에 써낼 공간으로, 또 도피처라는 뜻은 막대하게 빚을 진 사람들로부터 숨어살기 좋은 곳, 빚쟁이들이 들이닥치면 언제라도 개구멍으로 도망가기 좋은 곳이었다.

어떤 작가들은 한번 만나면 혈육이라도 되는 듯이 오래 관계를 맺고 살아가는데, 내겐 발자크가 그러하다. 그가 인간의 한계를 시험하듯 소설쓰기에 매달려 괴물처럼 살다 간 만큼, 독자로서 그의 전작全作을 읽어내기란 한평생으로 모자란다. 지난 10여 년 동안, 그의 태생지와 거주했던 공간들, 그리고 소설의 무대들을 밟아나간 것은 읽어도 읽어도 끝이 나지 않는, 오히려 읽을수록 더욱더 깊이 빠져드는 그의 어마어마한 '소설 제국'에 압사당하지 않고 오래 공생하기 위한 노력의 일환이다.

다시, 커피 한 모금을 마시며 벽에 붙여놓은 '투르의 발자크 작품 지도'를 더듬어본다. 투르를 중심으로 소뮈르, 시농, 사셰, 투르 그리고 파리의 파시와 그가 묻혀 있는 페르 라셰즈 묘지…… 사셰 성관城館의 벽을 뒤덮고 있던 이파리들이 생생하게 떠오른다. 그리고 성관의 1층 구석에 놓여 있던 판매용 발자크 커피들, 그리고 사업가의 이력을 증명하듯 옆방에 전시되어 있는 인쇄 기계들, 그의 활동 반경과 작품 무대를 소개하는 2층 홀, 3층 홀로 연결되는 계단들과 그의 집필실로 안내하는 나선형 계단들. 집필실 책상 뒤편에 놓여 있던 여행 가방. 발자크는 이곳 사셰 성관에 머물며 그의 불세출의 걸작들을 구상하고 집필했다.

그러나 알고 보면 이 명칭은 어린 발자크의 영혼에 씻을 수 없는 치명적 상처를 주었던 고유명固有名이다. 바로 사셰는 어머니의 정부情夫 장 드 마르곤이라는 귀족이 소유한 성城의 이름인 것. 평생 결혼을 꿈꾸었으나 무모하고 허황된 시도로 매번 불발에 그치거나, 몇 명의 사생아를 남겼을 뿐인 발자크의 불안정한 여성 편력은 바로 이 사셰와 무관하지 않다. 나이 차가 많은 아버지와 애정 없는 결혼생활을 했던 젊은 어머니는 드 마르곤과 사내아이를 낳았고, 발자크는 이 이부異父동생으로 인해 어머니의 사랑을 거의 받지 못한 채 여덟 살에 방돔기숙학교에 보내져 거기에서 6년을 보내야 했다. 흥미로운 것은 훗날 발자크는 이 어머니의 연인과 가까워져, 유년기의 씻을 수 없는 상처의 근원지인 이 사셰성에 일정 기간 머물며 『외제니 그랑데』 『고리오 영감』 『골짜기의 백합』 『루이 랑베르』 등의 소설을 구상하고 썼다는 점이다. 『루이 랑베르』 끝에 '1832년 6~7월 사셰성에서'라고 쓰여 있는 것은 이러한 사정을 바탕으로 한다. 내가 사셰성에서 돌아와 만난 『루이 랑베르』가 새삼 놀랍고, 반가운 이유가 여기에 있다.

여기 한 소년이 있다. 루이 랑베르라는 이 소년은 다섯 살 때 우연히 구약성경을 접한 뒤 오직 책만을 끼고 살아온 유별난 존재. 발자크의 대표작 『외제니 그랑데』나 『고리오 영감』처럼 소설의 주인공 이름을 표제表題로 삼은 이 소설이 한층 흥미로운 것은 이 예사롭지 않은 소년의 신비로운 예지력과 광기가 발자크의 그것과 유사하다는 점이다. 곧 『루이 랑베르』(1832)는 발자크의 자전적 성장소설인 셈. 로댕이 조각으로 재현한 괴팍하고 완고해 보이는 발자크의 모습을 깜박 잊어버릴 정도로 작가 자신이 그린 소년의 초상은 매우 신비롭고 비장하다. 지금까지 한국 독자들에게 발자크와 그의 소설에 대한 인상은 실체보다 훨씬 편협하고 고리타분한 편이다. 그런 의미에서 발자크 소설에 대한 신선한 시각을 제공하는 『루이 랑베르』와 『나귀 가죽』의 등장은 너무 늦은 감이 없지 않다.

발자크는 백 편에 이르는 총체소설 '인간극'을 집필하면서, 마치

과학자처럼 획기적인 작법을 창안해 적용하는데, 대표적인 예가 '인물재등장 수법'이다. 루이 랑베르가 18세에 방돔기숙학교를 나와 만난 여인 폴린은 『나귀 가죽』의 라파엘 발랑탱이 사랑하는 여인의 이름이기도 하다. 또한 『나귀 가죽』에서 라파엘에게 처음 페도라를 소개해주는 인물인 라스티냐크는 훗날 『고리오 영감』에 재등장한다. 『루이 랑베르』와 『나귀 가죽』은 발자크가 2500여 명에 달하는 인간들을 소설에 등장시킨 『인간극』의 세 가지 범주, 즉 '풍속 연구' '철학 연구' '분석 연구' 중 '철학 연구' 편에 속한다. 나폴레옹이 검으로 세계 제패를 꿈꾸었듯이 발자크는 펜으로 세상을 평정하려고 했다. 『나귀 가죽』(1831)은 이러한 거대한 야망으로 변호사의 길을 버리고 작가의 길로 뛰어든 발자크가 10년 가까이 무수한 시도와 참패 끝에 대중의 환호를 받은 첫 '물건'이다. 여기에서 물건이라 지칭한 것은 이 소설이 당시 인쇄출판업과 독서매체의 활성화에 따른 베스트셀러 성격을 지니고 있기 때문이고, 나아가 소설이라는 장르가 '상품'으로서의 교환가치를 획득하면서 자본주의 산업의 총아로 급부상하는 길목에 놓여 있기 때문이다.

여기 한 청년이 있다. 그의 이름은 라파엘 발랑탱, 그는 지금 파리 센 강가를 걷고 있다. 때는 1830년 7월 혁명이 파리를 휩쓸고 지나간 어느 오후. 파리는 혼란 속에 새로운 체제를 모색중이다. 센강을 배회하고 있는 라파엘의 머릿속은 온통 자살 생각뿐이다. 정치 과잉의 시대, 자본 과욕의 시대, 파리 사교계의 꽃 페도라를 향한 과도한 열정이 무위로 끝나고, 그러는 사이 생의 에너지를 모두 소진해버린 결과다. 그의 가슴에는 환멸만이 가득하고, 그의 뇌리에는 오직 죽음의 욕망만이 들끓고 있다. 그런 그 앞에 골동품상 노인이 나타난다. 노인은 그가 원하는 것, 그러니까 그가 그토록 죽고 싶어하는 이유를 듣고는 그의 손에 한 가지 희귀한 물건을 건네준다. 그것을 가지고 있으면 원하는 것은 모두 이루어지는 신비한 마법의 가죽이다. 일명 나귀 가죽. 단, 명심해야 할 것은, 그것을 소유한 사람은 그것을 사용하는 만큼 생명이 줄어든다는 것. 거래의 법칙은 공정하다. 젊음(생명)을 얻기 위해 악마 메피스토펠레스와 거래한 파우스트의 그것처럼.

『나귀 가죽』은 근래 내가 읽은 인류의 걸작 소설 중에서 가장 매혹적인 작품에 속한다. 라파엘 발랑탱을 중심으로 소설이 전개되지만, 사실 이 소설의 진정한 주인공은 '욕망'이다. 소설의 전언은 간단하다. 욕망하라, 그러나 대가를 치르라. 발자크 이후, 플로베르가 한갓 통속소설인 『마담 보바리』(1857)로 현대소설의 선구자로 평가받은 이유는 주인공 에마의 '욕망'에 초점을 맞추어 '욕망'에 사로잡힌 인간의 행로를 구체적으로 재현해 보여주었기 때문이다. 이후, 현대소설의 주인공들에게 문제적으로 요구되는 것이 '욕망'의 허구화임은 두말할 나위가 없다. 이들 소설의 주인공들, 곧 현대인들의 마음을 대상으로 하는 철학, 심리학, 사회학, 정신분석학의 화두 또한 '욕망'임은 이미 잘 아는 사실이다.

나귀 가죽은 그것을 소유했던 라파엘 발랑탱의 죽음과 함께 사라진다. 사실 루이 랑베르와 라파엘 발랑탱은 한 영혼, 한몸이다. 둘 다 나귀 가죽을 뒤집어쓴 채 생의 저편으로 사라진 욕망의 화신들이다. 비상한 독서욕에 사로잡힌 신동神童 랑베르는 나귀 가죽을 소유한 발랑탱처럼 총량이 정해진 생의 에너지(욕망)를 과도하게 쓴 탓에 스물여덟 살의 젊은 나이에 눈을 감고 만다. 그들은 사라졌지만, 돌아보면 도처에 나귀 가죽이 눈에 띈다. 그것은 쥘리앵 소렐의 이름으로, 또 에마 보바리의 이름과 동거하며 세계

소설사에 영원히 살아 있다.

사셰성, 일명 발자크 박물관 3층 집필실 책상에는 『고리오 영감』의 교정본이 펼쳐져 있다. 그리고 파리 레이누아르 거리의 발자크의 집 책상에도 평생 동안 쓰고 퇴고하고 개작한 그의 육필 원고가 펼쳐져 있다. 10년 넘게 홀린 듯 발자크의 족적을 따라다닌 끝에 도달한 생각은 발자크야말로 나귀 가죽의 소유자라는 것, 그 어떤 소설 속 주인공도 발자크만큼 문제적이고, 치명적이며, 매혹적인 '인간-작품'은 없다는 것이다.

이제 며칠 후면 새로운 한 해가 시작된다. 인간의 한계를 뛰어넘는 발자크의 소설 제국으로 떠나는 여행만큼 도전적인 출발이 있을까.

함정임 소설가. 동아대 문예창작학과 교수. 1990년 동아일보 신춘문예에 단편소설 「광장으로 가는 길」이 당선되어 작품활동을 시작했다. 소설집 『이야기, 떨어지는 가면』 『네 마음의 푸른 눈』, 장편소설 『춘하추동』 『내 남자의 책』, 산문집 『그리고 나는 베네치아로 갔다』 『하찮음에 관하여』 『나를 사로잡은 그녀, 그녀들』 『나를 미치게 하는 것들』 『소설가의 여행법』, 옮긴 책으로 『불멸의 화가 아르테미시아』 『만약 눈이 빨간색이라면』 등이 있다.

나귀 가죽 *La Peau de chagrin*(1831)

발자크가 자신의 소설 작품 전체에 이름 붙인 '인간극'의 목록에서 '철학 연구'의 맨 앞자리에 배치되어 있는 중요한 작품. '철학 소설'이라는 부제를 달고 출간되었다. 주인공 라파엘이 원하는 것은 무엇이든 이루어주는, 그렇지만 욕망이 실현될 때마다 가죽을 소유한 자의 운명도 단축시키는 마법의 가죽을 얻게 되면서 벌어지는 일을 담았다. 『나귀 가죽』은 한 편의 '철학 소설' 혹은 '테제 소설'로서 '생의 에너지'의 총량을 의미하는 '가죽'을 통해 '욕망을 위해 존재의 파멸을 부를 것인가, 아니면 존재의 지속을 위해 욕망을 억제할 것인가'라는 선택이 불가능한 모순된 문제를 제기한다.

루이 랑베르 *Louis Lambert*(1832)

발자크가 가장 많은 애정을 가지고 오랜 시간 집필하였으며, 이제까지 알려진 발자크의 다른 면을 보여주는 작품이다. 『루이 랑베르』에서 발자크는 인간의 지적인 활동이 물질적 열정과 마찬가지로 에너지를 소진시켜 인간을 광기와 죽음에 이르게 한다는 것을 보여준다. 화자인 '나'와 돈독한 우정을 나누는 천재 철학자 '루이 랑베르'의 지적 능력과 집념이 광기로 변하고 결국 그 자신을 파멸로 이끄는 과정은 네 가지 단계를 거친다. 절대적 사유에 이름으로써 인간 조건의 한계를 극복하려는 인간의 욕망과 그것의 필연적 실패를 사실적이고도 섬세한 필치로 그려냈다.

오노레 드 발자크 Honoré de Balzac(1799~1850)

프랑스 투르에서 태어났다. 소르본대학에서 법학을 공부했으며, 법률 사무소와 공증인 사무실에서 근무하다가 작가의 길을 선택했다. 1831년 『나귀 가죽』을 발표하여 큰 성공을 거두고 명성을 얻었으며, 『고리오 영감』 『골짜기의 백합』을 비롯하여 많은 작품을 잇달아 발표했다. 자신의 소설 전체를 묶어 세계와 인간을 이해하는 도구로 삼겠다는 원대한 계획을 구상하여 1846년 '인간극'을 출간했다.

문학동네 세계문학전집 013, 038

피아노 치는 여자

『피아노 치는 여자』 엘프리데 옐리네크

정한아

20대의 어느 날, 이 책을 읽고 나는 집으로 돌아오는 길을 잃었다. 온몸에 힘이 다 빠지고, 입속에는 침묵이 가득찼다. 누구에게도 보여준 적 없고, 나 자신조차 무서워 들여다본 적 없는 스스로의 심연을 보아버린 느낌이었다. 어떤 작품은 그 자체로 하나의 시험이 된다. 감당할 힘 없이 진실을 마주했다가, 우리는 자멸해버릴 수도 있다. 나는 그런 식으로 미쳐버린 사람들도 알고 있다. 경고하건대 이 소설은 함부로 첫 장을 넘길 책이 아니다.

에리카. 그녀는 오스트리아 빈 음악원에서 피아노를 가르치는 여선생이다. 서른이 넘은 그녀는 친구도 애인도 없이, 노모와 함께 살고 있다. 노모는 일과표에 따라 딸의 일거수일투족을 규제하고, 통제한다. 어머니는 딸을 위대한 피아니스트로 키우기 위해 세상으로부터 격리시켜왔다.

에리카는 이른 유년 시절부터 피아노의 악보체계에 묶여 있었다. "그 다섯 개의 선은 그녀가 생각이라는 걸 할 수 있을 때부터 그녀를 지배해왔다." 에리카는 피아노 외의 어떤 충동에도 휘둘리지 않도록 훈육받았으며, 어머니의 우상으로 떠받들어져 살아왔다. 정신병을 앓던 아버지는 살아 있을 때도 시체와 다름없었고, 끝내 죽어버림으로써 모녀에게 가난과 공허를 남겼다. 어머니와 딸은 삶을 예술로써 보상받으려 했으나, 결국 별다른 성과를 거두지 못했다. 그렇게 오랜 시간 단둘이 살아온 모녀 앞에 뒤늦게 젊은 남자가 나타난다.

젊은 미남자인 클레머는 자신만만하게 이 병적으로 왜곡되고, 이상에만 매달려 있고, 잘못 떠받들어진 정신에만 의지해 사는 괴상한 지성인 에리카를 변화시키려 한다. 그것은 오래된 연애의 방식이다. 그는 자신보다 높은 데 위치한 그녀를 소유함으로써 예술적 고양을 느끼고, 그녀는 자신을 통해 진짜 삶의 맛이 어떤 것인지 알 수 있을 것이라 생각한다. 하지만 그런 식으로 그는 결코 그녀를 가질 수 없다. 왜냐하면 에리카는 육체 없이 떠도는 유령 같은 존재이기 때문이다.

에리카는 한 번도 어머니에게서 분리된 적이 없으며, 어떤 식으로든 자신의 몸을 느껴본 적이 없다. 그녀의 육체는 스스로에게 낯선 미지다. 에리카가 홀로 비밀스럽게 저지르는 자해나 관음증은 스스로의 몸을 가지지 못한 유령의 불안과 공포를 드러낸다. 오래전에 욕망을 거세당한 에리카는 타인의 욕망을 훔쳐보고, 그것을 억지로 가지려 하고, 여의치 않을 때는 망가뜨리는 쪽을 택한다. 예술적 성공을 꿈꾸며, 피아노 훈련을 하는 동안 모든 것을 차단하고 유보시킨 에리카의 삶은 이토록 기이하게 일그러져 있다.

에리카의 자의식은 성장에 실패한 어린아이의 것과 같다. 자신을 욕망하는 클레머의 시선 앞에서 에리카는 어찌할 바 모르고 딱딱하게 굳어버린다. 그녀는 그저 "어머니 몸속으로 다시 기어들어가 따뜻한 양수 속에서 부드럽게 흔들리고 싶다." 따뜻하고 축축한 어머니의 감옥. 바로 그곳에 갇혀 자신이 이토록 망가져버린 것을 알면서도, 에리카는 언제나 그 감옥으로 돌아간다.

어머니가 주는 안식은 그만큼이나 매혹적이다. 그들은 우리가 태어나기 전부터 거처하던 집이며, 모든 영양분의 공급자이자, 삶의 설계자다. 딸은 어머니의 인생을 보고, 습득하며, 답습한다. 그 안에 치명적인 오류가 있다는 것을 알면서도, 어머니의 삶을 벗어나지 못한다. 어떤 면에서 우리 안에는 영원히 자라지 않는 어린 아이가 있다. 그 아이는 어머니 옆에 들러붙어 어머니의 관심과 사랑을 갈망하며, 어머니만을 바라본다. 이제 서른을 넘긴 에리카는 그녀의 삶을, 육체를, 침대를 점령한 어머니를 끌어안고, 물어뜯으며, 한탄하듯 사랑한다고 외친다. 이것은 우리 모두의 악몽이다. 깨어날 때를 놓쳐버린, 악몽과 같은 삶.

에리카는 클레머에게 자신의 마음과 반대되는 내용의 편지를 쓴다. 그녀는 어째서 고통과 학대를 원한다고 하는가. 그녀는 오직 지배하고 지배당하는 관계밖에 배운 것이 없으며, 스스로 느껴본 유일한 감각이라곤 고통뿐이기 때문이다. 애초에 '피아노 치는 여자'에 대한 환상을 가지고 에리카에게 접근했던 클레머는 점차 그녀에 대한 흥미를 잃는다. 그 여자는 그의 생각대로 고상하지도 않고, 여성스럽지도 않으며, 애초부터 아름답지도 않았다. 에리카가 그에게 매달릴수록, 클레머는 잔인하게 그녀를 조롱한다. 그는 아무것도 건질 게 없는 그녀를 짓밟고 넘어간다.

눈부신 햇살 속, 수많은 사람들이 어울려 움직이는 거리 한가운데 선 에리카는 무엇 때문에 자신이 그 오랜 세월 동안 모든 것에 문을 걸어 잠그고 고립되어 살아왔는가 자문한다. 그녀의 어깨에서 피가 흐른다. 누구도 그녀의 어깨에 손을 얹거나, 그녀의 짐을 덜어가주지 않는다. 누가 그녀를 찔렀는가. 그녀를 구원할 자는 누구인가. 그녀는 어디로 갈 것인가.

정한아 소설가. 2007년 『달의 바다』로 문학동네작가상을 수상하며 작품활동을 시작했다. 대산대학문학상을 수상했다. 소설집 『나를 위해 웃다』, 장편소설 『친밀한 이방인』 『달의 바다』 『리틀 시카고』가 있다.

피아노 치는 여자 *Die Klavierspielerin*(1983)

2004년 옐리네크에게 노벨문학상의 영예를 안겨준 작품으로, 자전적 성격이 짙은 소설이다. 자신의 경험을 바탕으로 만들어진 이 소설은 남편의 빈자리를 딸이 대신해줄 것을 기대하며 딸에게 지나치게 집착하고 간섭하는 어머니와 그에 억눌려 욕망을 비뚤어진 방식으로 표출하는 딸 에리카의 이야기를 그린다. 2002년에 미하일 하네케 감독이 이 소설을 〈피아니스트〉라는 제목으로 영화화하여 칸 영화제 심사위원 대상, 여우주연상, 남우주연상을 수상했다.

엘프리데 옐리네크 Elfriede Jelinek(1946~)

오스트리아 슈타이어마르크주에서 태어났다. 어렸을 때부터 피아노, 바이올린, 플루트 등 음악교육을 두루 받았으나, 어머니의 스파르타식 훈련 때문에 심리적 장애를 겪기도 했다. 1967년 발표한 첫 시집 『리자의 그림자』로 문단의 주목을 받았고 1983년에 발표한 소설 『피아노 치는 여자』로 여성 작가로는 최초로 하인리히 뵐 상을 수상했다. 1989년 출간한 『욕망』으로 베스트셀러 작가가 되면서 빈 문학상을 수상했다. 이후 꾸준히 작품을 발표하며 많은 희곡을 무대에 올리기도 했다. 2004년 노벨문학상을 수상했다.

『1984』의 맵 그리기

『1984』 조지 오웰

송재학

조지 오웰이 살았던 20세기 전반은 인류에게 가장 큰 변화와 모색의 시대입니다. 기원전 900년부터 기원전 200년까지의 '축의 시대' 이후 가장 역동적인 시대가 아닐까 생각해봅니다. 축의 시대는 인도, 이스라엘, 중국, 그리스에서 인류 정신사의 가장 걸출한 스타들이 등장한 시기입니다. 20세기 전반은 미래에의 향일점 내지는 인간의 헛된 욕망과 물신주의, 집단 민족주의 등이 복잡다단하게 엉키거나 집약적으로 분출된 시기입니다. 야만과 도덕이 서로 충돌하고 외면하고 화해하던 시기였습니다. 당연히 이즘을 달리한 정치적 견해들이 무수히 돌출했습니다.

오웰은 인간의 가장 더러운 모습과 가장 끔찍한 모습을 목격한 세계시민의 시선을 가진 지식인입니다. 그는 1903년 인도 벵골에서 태어났습니다. 그곳은 당시 영국의 식민지였습니다. 식민지라는 것은 대체로 몇 개의 얼굴을 가지고 있습니다. 인간의 양면성과 비슷하지만 근본적으로는 인간이 인간을 억압하고 착취하는 구조입니다. 착취를 위해서 기본 인프라를 깔아주고 부를 약탈하는 것입니다. 식민지 인도에서 러디어드 키플링은 『정글북』이라는 낭만주의 소설을 발표했습니다. 『정글북』의 대척점에 식민지 백인 관리의 잔혹상이 그려진 오웰의 『버마 시절』이 있습니다. 오웰과 키플링의 대조적인 소설은 마치 당근과 채찍인 식민지 경영과 비슷합니다. 영국에서 공부한 오웰은 1922년 버마에서 왕실 경찰로 근무하기도 했지만, 1936년 스페인 내전 때 오웰은 공화파를 지지하는 의용군으로 참전합니다. 스페인 내전은 오웰에게 가장 중요한 사건이었을 겁니다. 헤밍웨이의 소설 『누구를 위하여 종은 울리나』에서 그려졌던 자유에의 존엄을 그는 전쟁이라는 극한 체험을 통해 분명히 자신의 몸에 각인하고 있었을 겁니다. 그리고 마침내 1945년 스탈린을 우화한 『동물농장』으로 『1984』의 정지작업을 합니다. 오웰이 어떻게 정치적 견해를 가지게 되었느냐는 것은 그의 약력을 따라가면 선명하게 드러납니다. 『1984』를 발표한 이듬해 1950년 오웰은 결국 폐결핵으로 생을 마칩니다.

『1984』는 1948년에 쓴 일종의 미래소설입니다. 그가 그토록 혐오하고 몸서리쳤던 1984년은 지나가버렸지만 오웰이 그리고자 했던 디스토피아의 유령은 인류사에 아직도 그대로 남아 있습니다. 이 소설에서 출발한 수많은 SF의 양식화를 우리는 또렷하게 짚어갈 수 있습니다. 『1984』의 장점은 단순히 전제주의의 풍토에 대한 풍자를 뛰어넘은 수많은 미래소설의 유형을 재생산하는 데 있다고 믿고 싶습니다. 『1984』의 맵을 그려볼까요. 『1984』의 바로 앞에는 러시아 작가 자먀틴의 『우리들』과 헉슬리의 『멋진 신세계』가 있습니다. 두 작품 모두 디스토피아의 플랫폼입니다. 물론 토머스 모어의 『유토피아』를 검토해볼 필요가 있습니다. 그러나 무엇보다 토머스 홉스의 『리바이어던』을 지나칠 수 없습니다. 리바이어던은 강력한 힘을 가진 바다의 괴물입니다. 홉스는 국가를 리바이어던에 비유하면서 왜 국가가 필요한지 혹은 국가가 필요악인 것인가라는 점도 분석합니다. 물론 『리바이어던』은 홉스의 시대에 강력한 국가가 필요했기에 등장한 철학서입니다. 그런데 오웰의 시절에 국가는 리바이어던 너머의 빅브라더라는 끔찍한 진화를 거칩니다. 맵을 『1984』(년) 이후로 확장한다면 우리는 참으로 많은 영화에서 『1984』의 매혹적인 수많은 유형을 만날 수 있습니다.

『1984』에서 우리가 가장 섬세하게 읽어야 할 부분은 바로 언어입니다. 그 점에 주목하여 「신어의 원리」라는 부록이 첨부되었습니다. 이미 소쉬르의 기호학이 등장했고, 언어의 기표와 기의라는 연구 목록이 쌓이던 시절입니다. 신어는 『1984』에 등장하는 강대국 중의 하나인 오세아니아의 공용어로, 기존 언어인 구어(영어)에 대비되는 개념입니다. 신어사전까지 등장하는 소설 속 신어의 목적은 "영사(영국 사회주의의 신어—인용자) 신봉자들에게 부합하는 세계관과 사고 습성에 대한 표현 수단을 마련해주고, 영사 이외의 다른 모든 사상을 가지지 못하게 하는 데 있"습니다. 즉 언어로 인간을 기본 단위로부터 통제하려는 당의 철저한 학습효과이기도 한 것입니다. 신어의 특징은 간접적 의미, 상징성, 돌려서 말하기 등의 개념들을 언어에서 제거해내는 겁니다. 즉 분명하고 단정적인 개념만으로 둘러싸인 언어입니다. 감정의 제거를 통한 사회의 통일성이 그 목적이겠지요. 신어란 아이디어는 『1984』의 가장 독창적이고 놀라운 결과물입니다. 앞서 영국 사회주의를 영사라고 축약하여 의미를 제한한 것도 신어의 특징이라 하겠습니다. 왜 언어인가라는 말은 왜 신어인가라는 의문과 동일하겠지만 오웰은 언어야말로 일상과 생각을 통제하는 가장 주요한 요소라고 성찰했습니다. 지금 현재 우리말의 변화를 두루 살펴보면 자명한 일입니다.

『1984』의 참혹한 결말은 이미 유명해졌지만, 혹 알았더라도 모르는 척하고 엔딩까지 천천히 가독성을 조절하면서 마지막 페이지에 도착하는 게 좋을 듯합니다. 조지 오웰이 『1984』에서 경고한 붉은 경고등은 민주주의를 어렵게 획득한 우리 사회 여러 곳에서 지금도 깜빡거리며 명멸하고 있습니다.

송재학 시인. 1986년 계간 『세계의 문학』으로 작품활동을 시작했다. 김달진문학상, 소월시문학상을 수상했다. 시집 『얼음시집』 『살레시오네 집』 『푸른빛과 싸우다』 『기억들』 『진흙 얼굴』 『그가 내 얼굴을 만지네』 『내간체를 얻다』, 산문집 『풍경의 비밀』이 있다.

1984 *Nineteen Eighty-Four*(1949)

전체주의가 지배하는 가상의 미래 세계를 배경으로, 인간성을 지키려는 마지막 한 남자를 그린 소설이다. 출간 당시 이미 '20세기 가장 중요한 작품 중 하나가 될 것'이라는 언론의 찬사를 받았으며, '오웰리언' '빅 브라더'와 같은 관련 용어가 사전에 등재되고 영화와 음악 등 다양한 문화 영역에서 끊임없이 인용되는 등, 그 어떤 문학작품보다 후대에 큰 영향을 미쳐왔다. 2009년에는 『뉴스위크』 선정 '역대 최고의 명저' 2위에 이름을 올렸다. 미디어와 언어 조작에 의한 사상의 통제, 지배 수단으로서 지속되는 전쟁의 본질, 드러나지 않지만 점차 확고해져만 가는 계급 체제 등 마치 예언이라도 한 것처럼 현대사회의 발전 과정과 그 속성을 꿰뚫고 있다.

조지 오웰 George Orwell(1903~1950)

본명은 에릭 아서 블레어. 인도 벵골에서 태어났다. 열네 살 되던 해 이튼학교에 입학해 장학생으로 교육받았고, 졸업 후 1922년 버마(지금의 미얀마)에서 왕실 경찰로 근무했다. 하지만 식민체제와 제국주의에 대한 혐오감을 견디지 못하고 5년 만에 경찰직을 그만두었다. 그후 자발적으로 파리와 런던의 하층계급 세계에 뛰어들어 르포르타주 『파리와 런던의 따라지 인생』을 발표하며 작가로서 첫발을 내디뎠다. 1936년 스페인 내란에 의용군으로 참전한 것을 계기로 자신의 작품 속에 본격적으로 정치적 견해를 드러내기로 결심, 이때의 체험을 바탕으로 『카탈로니아 찬가』를 발표했다. 1945년 『동물농장』으로 큰 명성을 얻지만, 이즈음 지병인 폐결핵이 악화되어 입원과 요양을 거듭하면서도 글쓰기를 멈추지 않았다. 마지막 작품이자 대표작 『1984』를 발표하고 이듬해 폐결핵으로 숨을 거두었다.

별놈의 학교가 다 있네?

『벤야멘타 하인학교—야콥 폰 군텐 이야기』 로베르트 발저

장은진

좋은 소설이란 무엇일까?

나는 이 질문의 답은 알 수 없지만 나만의 행동 양식 하나는 갖고 있다. 말하자면 이런 것이다. 한 번만 읽어도 그만인 소설은 습기 찬 방구석에 멀찍이 놔두고, 한번 더 읽어야만 할 것 같은 소설은 내 손이 가장 잘 닿는 곳인, 노트북 뒤에 탑처럼 쌓아두는 것이다. '한번 더 읽어야만 하는' 소설책은 공통점들을 갖고 있다. 밑줄이 쫙쫙 그어져 있거나, 그걸로도 모자라면 큼지막한 별이 밑줄 옆에 꼬리처럼 달려 있거나, 그것으로도 부족하다 싶으면 제법 중요한 페이지의 귀퉁이가 야무지게 접혀 있다는 것이다. 그래서 대개 그런 책들은 피둥피둥 살이 쪄 있고, 연필심이 번져 엉망진창이다. '엉망진창'은 내가 그 책을 흠모하는 방식이자 좋아한다는 우회적 표현이다. 나는 글을 쓰다 문장이 막히거나 막연히 뭔가가

읽고 싶어질 때면 그중 한 권을 빼들고서 아무 페이지나 펼쳐 염탐하듯 문장과 이야기를 읽고 또 만져본다. 그러면 어김없이 이런 생각이 찾아든다. 이야기와 문장은 어떻게 탄생하는가. 그것은 내가 몇 권의 책을 냈음에도 아직 풀지 못한 문제이고, 앞으로 몇 권의 책을 더 낸다 해도 풀지 못할 것만 같은 탄생의 비밀이다. 내겐 불길한 예감이다. 이 책은 내 노트북 뒤에 놓여 있는 몇 권 되지 않는 책 중의 하나다.

『벤야멘타 하인학교』, 다소 비현실적인 느낌이 나는 제목의 소설은 이런 문장으로 시작한다.

> 우리는 여기서 배우는 것이 거의 없다. 가르치는 교사들도 없다. 우리들, 벤야멘타 학원의 생도들에게 배움 따위는 어차피 아무 쓸모도 없을 것이다. 말하자면 우리 모누는 훗날 아수 미미한 존재, 누군가에게 예속된 존재로 살아갈 거라는 뜻이다. 우리가 받는 수업은 우리에게 인내와 복종을 각인시키는 데 가장 큰 의의를 둔다. _7쪽

흥미롭고 의미심장하지 않은가. 나는 첫 문장부터 밑줄을 긋는 수고를 해야 했고, 그 문장은 제목에 대한 호기심을 더욱 자극하는 한편 앞으로 전개될 이야기에 대한 믿음과 흥분을 주었다. 물론 그 믿음과 흥분은 마지막 페이지를 읽을 때까지 한 번도 꺾이지 않았음을 말해둔다. 괜히 고전이 아닌 것이다. 다른 고전들에 비해 얇은 두께임에도 두 권 분량의 책을 읽을 때만큼의 시간이 필요한 책. 이런 책을 나는 사랑하기도 하고, 시기하기도 하며, 두려워하기도 한다. 물론 그런 소설을 쓰는 건 나의 사사로운 로망이자 욕망이기도 하다.

나는 가끔 고질병인 귀차니즘이 찾아들 때면 몸종이 있었으면 좋겠다는 상상을 해본다. 조선시대에 살아 양반의 신분으로 태어났다면 내게도 몸종이 있겠지. 그 몸종은 내게 세끼 밥을 대령하고 머리를 감겨주고 무거운 짐을 들어주겠지. 그리고 무조건 내 명령에 네, 하고 복종하겠지. 하지만 그 상상에서 역할이 뒤바뀌어 내가 몸종으로 태어난다면 편안한 상상은 순식간에 악몽이 되고 만다. 누구도 하인의 삶을 원하지는 않을 것이다. 그런데 여기 이상해 보이는 하인학교가 있고, 하인이 되고 싶어 제 발로 그 학교로 찾아들어간 그보다 더 이상해 보이는 야콥이란 귀족 태생의 소년이 있다. 바닥까지 알고자 하는 별난 에너지, 평범한 사람이 되는 것, 작게 존재하고 작게 머무는 것. 이런 야콥의 이야기를 처음에는 이해할 수 없었다. 인간이란 본능적으로 성난 황소처럼 욕망이란 빨간색 천을 향해 돌진하고, 머리끝부터 발끝까지 욕망이란 진흙으로 빚어진 애처로운 동물이 아닌가. 그러나 책을 읽어가면서 조금씩 알게 되었다. 하찮고 미미한 존재가 되고자 하는 야콥의 이야기는 결코 하찮지 않은 문장과 상상력으로 버무려져 있다는 것과 작가가 이야기하고자 하는 것은 결코 하찮고 미미하지 않다는 것을. 그는 하인과 노예의 습성인 인내, 복종, 규율이 아닌, 그리고 주인의 습성인 권력과 지배도 아닌 '자유'를 말하고 싶었으리라. 그 또한 인간의 거대한 욕망일 테니까.

자, 이제부터 나는 이 소설을 읽을 때 당신이 무심코 하게 될 행동과 생각 매뉴얼을 제시해보려고 한다.

1. 당신은 첫 문장을 읽자마자 자세를 고쳐 앉거나, 어디선가

슬그머니 연필을 집어들게 될 것이다.

2. 간혹 키득, 하고 웃기도 할 것이다.
3. 그러면서 하인을 양성하는 학교가 역사적으로 정말 있었을까 의심하게 될 것이다.
4. 조금 지나면 읽기를 멈추고 앞날개를 펼쳐 작가의 탄생연도를 확인하려 할 것이다.
5. 소설의 마지막 장을 읽고 나서는 '사막'을 걷는 두 사람의 모습을 떠올리며 지그시 미소지을 것이다.
6. 그러고 책을 완전히 덮은 당신은 뒤표지에 적힌 '프란츠 카프카가 사랑한 작가'라는 큼지막한 문구에 고개를 두어 번 정도 끄덕이게 될 것이다.
7. 끝으로 당신은 그의 다른 작품이 궁금해 인터넷 서점 검색창에 '로베르트 발저'라고 입력하게 될 것이다.
8. 만약 번역된 작품이 있다면 다행이라 여길 테지만, 그렇지 않다면 아쉬워하다 하루속히 번역되어 나오길 간절히 바라게 될 것이다.

이로써 당신은 나의 최면에 걸려들었다. 그러니 이제 책을 펼쳐라. 그리고 천천히 읽기 시작하라. 레드썬!

장은진 소설가. 2004년 단편소설 「키친 실험실」로 중앙일보 신인문학상을 받으며 작품활동을 시작했다. 문학동네작가상을 수상했다. 소설집 『키친 실험실』 『빈집을 두드리다』, 장편소설 『앨리스의 생활 방식』 『아무도 편지하지 않다』 『그녀의 집은 어디인가』가 있다.

벤야멘타 하인학교—야콥 폰 군텐 이야기 *Jakob von Gunten*(1909)

로베르트 발저가 베를린에 체류하는 동안 출간한 세번째 소설. 그의 작품들 가운데 가장 많이 알려진 대표작이라 할 수 있다. 일기 형식으로 쓰인 이야기의 줄거리는 매우 단순하다. '폰 군텐'이라는 이름에서 이미 알 수 있듯 귀족 가문 태생의 한 젊은이가 하인을 양성하는 학교에 들어가 생활하다가 그곳이 문을 닫게 되자 원장 선생님과 함께 사막으로 떠난다는 이야기다. 하인이 되려는 야콥은 근대 교양 이념을 거부하는 반(反)영웅의 전형이다. 모든 변화와 발전을 부인하는 그의 이야기는 반(反)이야기(역사)다. 야콥은 이야기(역사)의 끝에서 자아소멸이라는 자아실현을 위해 유럽을 떠나 황야로 간다. 이것은 '주체'와 '역사'라는 서구 근대 담론의 두 축이 완전하게 해체되는 순간이다.

로베르트 발저 Robert Walser(1878~1956)

스위스 빌에서 태어났다. 초등학교와 예비 김나지움을 다녔으나 넉넉하지 못한 가정형편 때문에 그 이상의 교육은 받지 못했다. 1898년 처음으로 지역 신문에 시를 발표했고, 그후로도 여러 작품을 문학잡지에 발표했다. 1906년부터 『탄너가의 남매들』 『조수』 『벤야멘타 하인학교—야콥 폰 군텐 이야기』 등 대표작을 출간했는데, 그의 작품들은 프란츠 카프카, 로베르트 무질, 헤르만 헤세, 발터 벤야민으로부터 찬사를 받았다. 고독과 불안, 망상으로 고통받던 그는 누나의 권유로 1929년 베른에 있는 발다우 정신병원에 입원하게 되었고, 산책을 하던 중 심장마비로 사망했다.

한 문제적 인간의 탄생

『적과 흑』 스탕달

하성란

천장을 빼곡 메우고 있던 크고 작은 활자들 속에서 '스땅달'과 '적과 흑'이라는 글자를 찾아내는 일은 어렵지 않았다. 배를 깔고 누워 책을 읽던 습관이 있던 때였다. 그 자세가 힘들어지면 옆으로 누워 읽었다. 반대쪽 페이지를 읽으려면 몸을 반대로 돌렸다. 그러다 잠깐 고개를 들면 작은 창 너머로 저 멀리 빛나고 있는 불빛들이 보였다. 1980년 초였다. 밝다고 해봐야 30와트짜리 백열등이었을 것이다. 밤이 깊어도 몇 점 불빛은 꺼질 줄 몰랐다. 잠을 이루지 못하는 이들을 생각하다 읽던 책은 그대로 엎어두었다. 대신 나는 천장을 향해 몸을 바로 했다. 『적과 흑』이 소개된 그 팸플릿은 하필이면 내 코 바로 위에 붙어 있었다.

시간이 흘렀어도 그것만은 확실하다. 나는 『적과 흑』이라는 제목이 싫었다. 직감적으로 적과 흑으로 대변될 그 무언가에 대한 반감이 작동했는지도 모른다. 대신 제목 아래 달린 줄거리 요약 속에 등장하는 줄리앙(쥘리앵이 아닌)이란 이름은 감미로웠다. 오, 나의 줄리앙. 줄거리 요약에서는 글의 결말을 감춘 채 여운을 남겨두었다. '그 사실을 안 줄리앙이 교회로 달려가는데……' 이런 식이었을 것이다. 그 방 도처에 감미로운 글자들이 있었다. '사랑'이란 단어도 쉽게 눈에 띄었다. 뺨 왼쪽 위엔 '닥터 지바고'가 발치 아래쯤엔 '천일야화'가 있었다.

열네 살이었다. 팸플릿에 밀가루풀을 발라 도배를 하던 아버지의 심정은 안중에도 없었다. 왜 한곳에 정착하지 못하고 떠도는 것인지, 아버지의 속에서도 쥘리앵과 같은 열정과 자존심이 살아 펄떡이던 시절이 있었으리라곤 생각해보지 않았다.

몇 번 이야기를 한 적이 있지만 아버지는 젊은 시절 여러 출판사를 전전했다. 직장을 옮길 때마다 '찌라시'라 불리는 출판사의 팸플릿이 집안에 널렸다. 딱지를 접어도 접어도 넘쳤다. 어느 날, 아버지는 반 장난삼아 외풍 심한 다락을 찌라시로 도배했다. 집장사들이 활개를 치던 시절에 뚝딱 지어올린 단층 양옥이었다. 바닥을 밟을 때마다 삐걱거렸지만 집에서 가장 전망이 좋던 다락방은 단연 아이들에게 인기였다. 그 방은 그 집을 떠날 때까지 내 방이 되었다. 소설의 첫 문장을 끼적인 것도 그곳에서였다.

곰곰 생각해보니 소설을 쓰게 된 건 다분히 그런 문학적인 환경 때문이 아닌가 싶다. 과장을 좀 보탠다면 그곳은 수천 권의 장서들로 가득한 도서관이었다. 그러니 어떻게 딴마음을 먹을 수 있었겠는가. 허리를 굽히고 다락방으로 들어서면 활자들이 별처럼 쏟아졌다, 라고 어느 글에 쓴 적이 있는데, 정말 어느 날은 창밖 가로등 불빛을 받아 아트지 위의 활자들이 희번덕하게 빛을 내기도 했다.

그래서였을까, 다시 『적과 흑』을 읽기 시작했을 때, 그가 처한 환경부터 보였다. 쥘리앵 소렐이 살다 간 1830년의 프랑스 사회, 이 소설의 부제는 알려진 대로 '1830년의 연대기'다. 쥘리앵은 비천한 목수의 아들로 태어났다. 일손을 보탤 일꾼이 필요한 아버지에게 책이나 읽고 사색을 즐기는 아들은 무용지물일 뿐이다. 그는 야심으로 가득차 있다. 방법은 둘, 군인과 성직자. 하지만 나폴레옹의 몰락으로 군인으로서의 출셋길은 막힌 상태다. 왕정복고 시대로 돌아간 듯 사회는 위선으로 가득차 있다. 귀족들은 로베스피에르와 같은 비천한 신분이지만 세상을 바꿀 인물이 나타날 것을 경계하고 있다. 그러니 똑똑하고 야심에 찬 젊은이의 출현이 반갑지만은 않다. 그런데도 정작 이 소설은 소설이 발표된 그 시대 독자들의 공감을 사지는 못했다. 아이러니하게도 그들은 그들 자신의 모습을 바로 알지 못했다.

『적과 흑』의 첫 독후감은 기억나지 않는다. 열일곱, '적과 흑'이라는 활자 아래에서 『적과 흑』을 읽었다. 아버지가 사준 고전 시리즈는 고급 장정에 금박 제목이란 것까지는 좋았는데, 그게 옆으로 누워 읽기에는 너무 무거웠다. 아마도 팸플릿에 적혀 있던 『적과 흑』의 요약본을 확인한 것에 불과한 독서였을 것이다. '교회로 달려가는데……'의 뒷부분을 확인한, 비상을 꿈꾸던 한 젊은이의 파멸을 확인하는 순간, 나는 이렇게 외쳤을지도 모른다. 오, 나의 쥘리앙!

열일곱 초여름에 그 집을 떠났다. 주인이 서너 번 바뀐 그 집은 이제 어디에도 없다. 몇 년 전 그 집을 찾았을 때 이미 그곳은 아파트 개발로 파헤쳐져서 커다란 공동만이 남아 있을 뿐이었다. 오랫동안 그 구덩이를 내려다보았다. 그 다락방과 아슴푸레 한 청년의 열정이 떠올랐다.

『적과 흑』을 다시 읽는 시간, 나는 이미 그 방에서 떠난 지 오래된 사람이다. 남은 열정과 자존심이 하루빨리 없어지기를 바라며 하루종일 팸플릿에 풀을 발라 도배를 하던 아버지보다도 더 나이가 많은 사람이다.

사랑을 하면 왜 변덕쟁이가 되는지, 왜 마음과는 다른 행동들을 하게 되는 건지, 왜 때론 극단적인 생각으로 치닫는 건지, 파랗게 독이 오르도록 질투심에 사로잡히는 것은 무엇인지. 종잡을 수 없는 마음을 이렇듯 글로 표현해놓다니. 쥘리앵과 레날 부인, 마틸드로 시선이 옮겨가며 드러나는 심리묘사는 압권이다. 다락방에서는 분명히 어려워 이해하지 못했던 부분이다. 사랑과 죄의식의 양극단에 동시에 설 수 있음을 그때 어떻게 알 수 있었을까. 내 내면을 들여다보는 데 그토록 오랜 시간이 걸렸다. 무방비로 내 속을 들켜버린다.

줄리앙이던 시절에서 쥘리앵으로 제 이름을 되찾기까지 이 청년의 매력은 사그라질 줄을 모른다. 욕망으로 들끓다가도 정작 그 속됨 속에서 진저리를 치는, 자존심이 상하는 순간 아무런 쓸모도 없어지는. 오, 나의 줄리앙!

하성란 소설가. 1996년 서울신문 신춘문예에 단편소설 「풀」이 당선되어 작품활동을 시작했다. 동인문학상, 한국일보문학상, 이수문학상, 오영수문학상, 현대문학상, 황순원문학상 등을 수상했다. 소설집 『루빈의 술잔』 『옆집 여자』 『푸른 수염의 첫번째 아내』 『웨하스』 『여름의 맛』, 장편소설 『식사의 즐거움』 『삿뽀로 여인숙』 『내 영화의 주인공』 『A』, 산문집 『왈왈』 『소망, 그 아름다운 힘』(공저)이 있다.

연애소설 읽는 사회학자

『적과 흑』 스탕달

정수복

소설책을 읽을 것인가, 사회학책을 읽을 것인가? 물론 많은 사람들이 소설을 읽는다. 왜? 재미있으니까! 소설과 사회학은 사회에서 살아가는 사람들의 이야기를 다룬다는 점에서 공통적이다. 그러나 소설이 사람 사는 모습을 이야기로 만들어 구체적으로 묘사한다면, 사회학은 사회적 삶의 모습을 분석하여 이론화한다는 점에서 다르다. 사회학자는 "우리는 어떤 사회에 살고 있으며 그 안에서 사람들은 어떤 삶을 살고 있는가?"라는 질문을 던지고 그에 대한 답을 찾으려고 애쓴다. 그런데 19세기 말 사회학이라는 신흥학문이 등장하기 전에는 소설가들이 그런 질문에 답하면서 사회학자 노릇까지 했다. 1830년에 출간된 『적과 흑』은 소설책이면서 사회학책이기도 하다. 이 소설은 1789년 혁명 이후 1805년 나폴레옹이 황제의 자리에 올랐다가 1815년 패전과 함께 몰락한 이후 다시 샤를 10세가 다스리게 된 왕정복고 시기의 프랑스 사회를, 한 청년의 삶과 죽음을 통해 투명하게 보여주고 있다. 물론『적과 흑』을 재미있는 연애소설로도 읽을 수 있다.

그러나 나는 이 소설을 다섯 가지 관점에서 사회학자의 눈으로 읽었다. 첫째는 정치적 차원의 권력투쟁이라는 관점이다. 이 소설에는 절대왕정의 수호를 주장하는 왕당파와 프랑스혁명의 이념을 지지하는 공화주의자들, 그리고 황제 나폴레옹을 옹호하는 보나파르티스트, 이렇게 세 개의 정치적 입장이 등장한다. 우리의 주인공 쥘리앵 소렐은 나폴레옹의 초상화를 침대 밑에 감추어두고 가끔씩 꺼내보는 보나파르티스트다. 이 소설은 지방 소도시와 파리를 배경으로 하여 세 개로 갈라진 정치세력이 벌이는 권력투쟁을 은근하게 보여준다. 둘째는 사회집단적 차원이다. 무너져가는 신분제 속에서 스탕달은 예리한 시선으로 귀족과 사제, 부르주아와 평민 등 각각의 집단이 갖고 있는 생활방식과 일상적 삶의 모습을 매우 정교하고 세심하게 묘사하고 있다. 그의 구체적 묘사는 옷 입는 법, 말하는 법, 식사예법, 집의 규모와 양식, 취미생활, 사교의 범위 등을 광범위하게 포괄하고 있다. 그런 점에서 스탕달의『적과 흑』은 그로부터 150년 후에 나온 사회학자 피에르 부르디외의『구별짓기』(1979)의 소설적 원형이라고 할 수 있다. 셋째로 사회학적으로는 '상향사회이동upward social mobility'이라고 부르고 흔히 '출세'라고 말하는 개인의 '신분상승' 전략의 관점에서 이 소설을 읽을 수 있다. 신분제가 무너지고 개인의 능력에 따른 사회적 지위의 확보가 가능해진 사회에서 하층에서 상층으로 진입하기 위한 방법으로 교육과 유망분야 직업 선택, 사업수완 그리고 결혼과 연줄 등이 사용된다. 시골 목수의 아들이었던 쥘리앵 소렐은 퇴역 군인과 마을 사제에게 라틴어를 비롯한 귀족과 사제들이 독점하던 '문화자본'을 획득하여 귀족 가정의 가정교사와 비서직을 거쳐 귀족 여성과의 결혼을 통해 귀족의 일원이 될 뻔했던 인물이다. 넷째는 부르주아계급의 등장과 시장경제의 확산이라는 관점에서 이 소설을 읽을 수 있다. 쥘리앵의 친구 푸케나 빈민 수용소장 발르노는 새롭게 등장하는 신흥 부르주아의 두 가지 유형이다. 이 소설에는 교양이 없이 돈만 번 졸부들에 대한 멸시가 곳곳에 표현되고 있으며 돈이 점점 더 큰 힘으로 인간의 행동을 방향지우는 세태에 대한 비판적 시선이 나타나 있다. 다섯째로는 가족관계의 사회학이다. 오늘날에도 그렇지만 상층 귀족들의 경우는 지위와 재산의 상속을 중심으로 가부장제 가족의 통합이 탄탄하게 이루어진다. 그러나 쥘리앵 소렐의 가족이 그렇듯이 하층민들의 경우에는 가족 구성원 간의 갈등과 반목으로 가족해체가 쉽게 일어난다. 쥘리앵의 아버지와 형들은 쥘리앵에게 상습적으로 폭력을 휘둘렀으며 쥘리앵은 가족에 대한 아무런 애착도 없다. 그는 감옥에 갇혔을 때도 아버지의 면회를 끔찍하게 생각한다.

1980년대 파리 유학 시절 정치학을 공부하던 한 선배가 프랑스문학에 대한 나의 관심을 걱정하면서 프랑스문학은 한마디로 '간통 문학'이라고 말했던 적이 있다. 『적과 흑』에서 『마담 보바리』에 이르기까지 19세기 프랑스 소설 속에는 금지된 사랑 이야기가 빠지지 않고 등장한다. 경계를 넘는 남녀의 사랑 이야기는 온갖 금기와 터부를 깨고 새로운 삶을 살려는 사람들의 모습을 보여주는 가장 강력한 서사다. 젊은 시절 읽었던 쥘리앵과 레날 부인 그리고 쥘리앵과 마틸드의 사랑 이야기는 지금 다시 읽어도 가슴이 뜨거워진다. 그렇다면 이 소설은 아무래도 연애소설의 고전이라고 보아야 할 것이다. 그러나 사회학자인 나에게 이 연애소설이 재미있는 이유는 사랑하는 남녀의 심리묘사만이 아니라 그 연애가 벌어지는 사회적 배경에 대한 예리한 관찰이 있기 때문이다.

이규식 선생이 옮긴 문학동네판『적과 흑』은 1부와 2부 두 권으로 되어 있는데 제목을 암시하듯 겉표지는 검은색이고 속지는 붉은색으로 되어 있다. 표지를 주의깊게 살펴보면 LE ROUGE ET LE NOIR라는 프랑스어 소설 제목과 STENDHAL이라는 저자의 이름이 은은하게 새겨져 있다. 1권 표지 위쪽에는 소담스런 장미꽃 사진이 나오는 반면 2권 표지에는 흩어져 떨어진 장미꽃잎이 나오는 것도 재미있다. 이는 마치 꽃이 피었다 지듯이 전개되는 쥘리앵 소렐의 삶을 암시하고 있는 듯하다. 이 소설에는 표지에서처럼 세심하게 읽으면 발견되는 작지만 재미있는 사실들이 곳곳에 숨어 있다. 젊은 시절 그리 쉽게 읽히지 않던 이 소설이 이제 술술 잘 읽히는 이유는 그때에 비해 나의 인생 경험이 많아지고 17년 동안의 프랑스 체류로 프랑스 사회를 잘 알게 되었다는 점과 더불어 시대적 감성을 표현하는 신선한 문체의 번역, 그리고 읽기 편하게 짜인 본문 편집 등이 함께 작용했을 것이다. 작가이자 사회학자라는 이중의 정체성을 표방하는 내가 어느 날 소설을 쓴다면 이 책이 하나의 전범이 될 것이다.

정수복 사회학자, 작가. '지식인과 사회운동'을 주제로 프랑스에서 박사학위 논문을 쓴 이후 사회학 저서『의미세계와 사회운동』『녹색대안을 찾는 생태학적 상상력』『시민의식과 시민참여』『한국인의 문화적 문법』, 산문집『파리를 생각한다』『파리의 장소들』『프로방스에서의 완전한 휴식』『책인시공』『삶을 긍정하는 허무주의』 등을 펴냈다.

적과 흑 *Le Rouge et le Noir*(1830)

프랑스에서 나폴레옹이 몰락한 이후 왕정이 복고되고 낭만주의가 만개하던 1830년대를 배경으로, 출신은 비천하지만 큰 야심을 지녔던 한 청년이 맞닥뜨린 비극을 이야기하고 있다. 스탕달은 당시 신문의 사회면을 장식했던 2건의 치정사건에서 모티프를 얻어 이 소설을 집필했다. 작가는 어쩌면 그저 통속적인 치정사건일 수도 있는 사건들에서 남다른 정열의 분출을 엿보고 『적과 흑』이라는 근대소설 최초의 걸작을 탄생시켰다. 또한 스탕달은 낭만주의적 목가가 판을 치던 시대에 자유주의자들과 복고주의자들 간의 대립 양상 등 당대의 시대상을 소설 속에 구체적으로 증언하고 예리하게 비판함으로써 사실주의 시대의 개막을 알렸다.

스탕달 Stendhal(1783~1842)

본명은 앙리 벨. 프랑스 그르노블에서 태어났다. 참사원 심의관, 왕실 가구 및 건물 감사관 등의 직책을 거쳤고, 이탈리아 밀라노에 머물면서 『이탈리아 미술사』 『로마, 나폴리, 피렌체』를 발표하여 작가로서 첫발을 내디뎠다. 이어서 『연애론』 『라신과 셰익스피어』 『로시니의 생애』 『아르망스』 『로마 산책』 등을 차례로 발표했다. 1830년 트리에스테 영사로 임명되고 『적과 흑』을 발표함으로써 낭만주의 문학이 만개하던 프랑스에 사실주의 문학의 새로운 장을 열었다. 1831년 로마 근교의 교황령 치비타베키아 영사로 임명되었고 1839년 『파르마의 수도원』을 발표했다. 뇌졸중으로 세상을 떠나 파리 몽마르트르 묘지에 안장되었다.

지워지지 않는 얼룩

『휴먼 스테인』 필립 로스

강영숙

필립 로스의 『휴먼 스테인』은 인생의 얼룩에 관한 소설이다. 정도의 차이는 있지만 누구에게나 지워지지 않는 인생의 얼룩 하나쯤은 있을 수 있다. 그걸 다른 말로 하면 이 소설의 제목처럼 '오점stain'이나 실수라고 할 수도 있겠다. 어쩌면 우리가 인생을 통해 남기는 것은 수많은 오점뿐일지도 모른다. 필립 로스의 말처럼 우리는 '오점을 남기고, 자취를 남기고, 흔적을 남긴다'. 필립 로스는 80세에 가까운 할아버지이고 영미권의 평론가들이 "현대 미국을 충실히 기록한 거장"이라고 평가하는 작가다. 내가 처음 읽은 그의 작품은 미국 남성 잡지 『플레이보이』에 연재되었던 작품들을 모은 앤솔러지 『세상에서 제일 잘생긴 익사체』에 실린 「이웃집 남자」라는 단편소설이었다. 자신의 아내가 이웃집 남자와 사랑에 빠졌다고 믿는, 한 위태로운 중년 남자의 이야기로, 그들이 사는 집의 서재를 중심으로 펼쳐지는 스토리는 쾌활하면서도 진지했다. 그리고 2000년대 후반, 죽은 사람이 화자로 등장하여 죽음에 이르게 된 과정을 회고하며 나이듦의 상실감과 죽음의 의미를 통렬하게 보여준 『에브리맨』, 한국전쟁의 와중에 유대인 가정 출신의 촉망받던 한 대학생의 억눌린 학교생활을 기본 서사로, 젊은 시절의 방황과 혼란, 그것을 직시하며 뚫고 나가는 청춘의 자의식을 다룬 『울분』 등이 계속 번역 출판되었다.

작가에게 문장이란 혈액이나 유전자처럼 비밀스러운 부분이다. 매력적인 문장은 문장 하나하나씩 낱낱이 해체해 읽고 싶은 욕구를 불러일으키고 시대를 초월해 큰 감동을 준다. 그런데 필립 로스의 문장은 매력적이라거나 아름답다거나 완벽하다는 식으로 평가하기에는 뭔가 부족하다. 드라이한 설명체의 문장과 탐미적인 문장을 함께 쓰며, 문장의 길이와 어조가 매우 다양하다. 중층적인 소설의 구성과 예측 불가능한 방식으로 터져나오는 문장 운용 능력은 독자로 하여금 활발한 지성 활동에 참여하고 있다는 느낌을 준다. 그의 문장은 난해하고 복잡한 채로, 더욱 난해하고 복잡한 소설의 캐릭터와 구성을 단단한 힘으로 떠받친다. 현실과 욕망, 악과 선, 사건과 내면 사이를 속사포처럼 오가는 필립 로스의 소설들을 읽고 있으면 언어로 축조한 언어예술의 최고 형식미란 이런 것이 아닐까 짐작하게 된다.

『휴먼 스테인』의 주인공은 유명한 대학 행정가이자 고전문학을 강의하는 노교수다. 그는 어느 날 수업에 들어오지 않는 두 학생을 향해 '스푸크spook'라고 말한다. 스푸크는 '유령'이라는 뜻이지만 흑인을 비하하는 뜻도 담긴 단어였다. 하필이면 그 두 학생이 흑인이었고 주인공 콜먼은 이 일로 대학 내에서 인종차별주의자로 낙인찍힌다. 그는 자신에게 씌워진 오명을 벗고자 노력하지만, 주위에서는 아무도 그를 도와주지 않는다.

이 소설은 주인공 콜먼이 이 사건을 통해 추락하는 과정을 보여주면서 그와 관련된 인물들의 이중성, 잔인함, 고독, 복수 등을 적나라하게 비추며 평화와 자유라는 이념 뒤에 숨긴 인종차별과 계급차별, 편견과 위선 등 미국 사회의 문제점을 그대로 드러낸다. 자신을 향해 쏟아지는 비난의 강도가 거세지는 가운데, 그는 피부는 희지만 흑인 부모 밑에서 태어난 백인이었고 지금껏 유대인으로 위장해 살아왔음이 밝혀진다. 대학교수였지만 흑인의 후예임을 당당히 밝히고 살 수는 없었던 것이다. 콜먼이 미국 사회의 뿌리깊은 인종 편견에 대항할 힘이 없는 나약한 한 인간이었음이 드러나면서 그는 비로소 자신의 삶을 돌아보게 된다. 그리고 전남편에게 시달리며 가난하고 힘들게 살아온 대학 청소부 포니아를 사랑하게 된다. 콜먼과 포니아가 타살인지 사고인지 알 수 없는 교통사고로 죽기까지 그들은 고통스러운 시간을 보낸다. 그러나 콜먼과 포니아의 마지막 나날들을 따라가다보면 콜먼 인생의 오점이 오히려 그를 사랑에 이르게 하고, 비밀로부터 해방시켜 자유에 이르게 하지 않았나 생각하게 된다.

자신의 뿌리가 흑인임을 숨기고 살아야 했던 콜먼의 오점은 과연 그의 잘못에서 비롯된 것이었을까. 다인종 다문화의 집결지인 듯한 미국 사회에서조차도 뿌리깊게 남아 있는 인종에 대한 차별과 편견은 사실은 사회의 오점, 국가의 오점인지도 모른다. "불순함, 잔인함, 학대, 실수, 배설물, 정액—달리 이 세상에 존재할 방법이 없다"는 소설 속 필립 로스의 말처럼 『휴먼 스테인』은 한 개인이 자신의 삶 전체와 그 전체를 이루는 공동체, 사회와 국가를 상대로 싸워온 지난한 싸움의 기록이며, 결국 인간이 가장 위험한 존재인 동시에 또 가장 나약한 존재라는 것을 묵직한 울림으로 전해주는 우리 시대의 고전이다.

강영숙 소설가. 1998년 서울신문 신춘문예에 단편소설 「8월의 식사」가 당선되어 작품활동을 시작했다. 한국일보문학상, 김유정문학상, 백신애문학상을 수상했다. 소설집 『흔들리다』『날마다 축제』『빨강 속의 검정에 대하여』『아령 하는 밤』, 장편소설 『리나』『라이팅 클럽』『슬프고 유쾌한 텔레토비 소녀』가 있다.

휴먼 스테인 *The Human Stain*(2000)

퓰리처상 수상 작가 필립 로스의 대표작이다. 1990년대를 배경으로 도덕적 위선과 폭력 등으로 얼룩진 현대 미국 사회의 음울한 표정을 적나라하게 그려낸 작품이다. 미국 사회에 여전히 잔재하는 인종, 계층 갈등 문제를 제기하면서, 집단에 의해 난도질당한 개인의 상처를 쓰다듬는 한편 '오점 없는 사람들'의 위선과 분노를 비판한다. 삶의 아이러니와 비극성이라는 테마가 시종일관 이 소설을 지배하고 있다. 이 작품의 사회자 격인 1인칭 화자 네이선 주커먼은 예순다섯 살 나이의 작가로 필립 로스의 전작 『미국의 목가』 『나는 공산주의자와 결혼했다』에서도 화자로 등장했던 인물인데, 때문에 이 『휴먼 스테인』까지 이 세 작품을 삼부작으로 여기기도 한다.

필립 로스 Philip Roth(1933~2018)

미국 뉴저지의 폴란드계 유대인 가정에서 태어났다. 1998년 『미국의 목가』로 퓰리처상을 수상했다. 그해 백악관에서 수여하는 국가예술훈장을 받았고, 2002년에는 존 더스패서스, 윌리엄 포크너, 솔 벨로 등의 작가가 수상한 바 있는, 미국 예술문학아카데미 최고 권위의 상인 골드 메달을 받았다. 필립 로스는 전미도서상과 전미도서비평가협회상을 각각 두 번, 펜/포크너 상을 세 번 수상했다. 2005년에는 "2003~2004년 미국을 테마로 한 뛰어난 역사소설"이라는 평가를 받으며 『미국을 노린 음모』로 미국 역사가협회상을 수상했다. 또한 펜(PEN) 상 중 가장 명망 있는 두 개의 상을 수상했다. 2006년에는 "불멸의 독창성과 뛰어난 솜씨를 지닌 작가"에게 수여되는 펜/나보코프 상을 받았고, 2007년에는 "지속적인 작업과 한결같은 성취로 미국 문학계에 큰 족적을 남긴 작가"에게 수여되는 펜/솔 벨로 상을 받았다. 2018년 5월 심장마비로 사망했다.

겁쟁이들의 이야기

『체스 이야기 · 낯선 여인의 편지』 슈테판 츠바이크

김진규

하나. 답장을 기다렸다. 오매불망, 학수고대가 어떤 상태를 말하는지 새삼 깨달았다. 하지만 오지 않았다. 어린아이의 천진난만한 봄소풍처럼 가볍고 편안하게 시작한 편지는 그렇게 장렬하게 최후를 맞이했다. 반년 만에.

둘. 기다리고 말 것도 없었다. 다음 수는 가차없이 날 공격했다. 글로만 배운 첫 장기판에서 나는 우왕좌왕했고 상대방은 봐주지 않았다. 내 왕은 있던 자리에서 한 칸 발도 못 떼보고 처참하게 깨졌다. 4분 만에.

인간은 때로 단 한순간에 여러 날, 여러 달, 여러 해 동안보다 더 많이 배운다. 편지 쓰기를 그만두어야 함을, 내 왕이 항복해야

한다는 것을 인지한 순간, 바로 그때. 그러니까 그때, 난 겁을 집어먹었던 거다. 좀더 달라붙었어야 했는데, 좀더 물고 늘어졌어야 했는데, 망신이 무서웠던 거다. 그 기억이 아직도 생생해서였을까. 이 책, 제목부터 구미가 당겼다.

슈테판 츠바이크도 겁이 많았다. 정신적으로 늘 절망 직전의 상태였다고 전해진다. 문제는 그가 너무 유명한 사람이었다는 사실이다. 주변의 기대가 컸고 그만큼 요구도 많았다. 하지만 그는 결코 참여적인 작가가 아니었다. 츠바이크의 삶을 소설로 쓴 로랑 세크직에 의하면 그는 문학을 통해 메시지를 전한 적이 없었다. 그 때문에 비난을 받을 만큼 받았다.

그는 인물들의 광기 어린 열정 외에는 세상에 달리 말하고자 할 것이 없었다. 그래서였을까. 슈테판 츠바이크는 소설도 소설이지만 대단히 많은 인물들에 대해 쓴 전기 작가이기도 하다. 에라스무스, 메리 스튜어트, 발자크, 두루두루…… 그건 타인을 관찰하고 이해하는 데 능하다는 사실을 의미할 것이다. 사람은 실제로 타인의 마음 상태를 흉내낼 수 있고, 자신 안에 있는 감정들을 통해 타인의 감정을 이해할 수 있다. 마치 자기 자신의 행동인 양 뇌 속에서 체험하는 것이다. 슈테판 츠바이크는 그 이입을 참 잘한 작가였다.

그는 그렇게 사람의 영혼을 깊게 파고들고 오래 붙들면서 쉬지 않고 글을 썼다. 하지만 그는 센 사람이 아니었다. 전쟁에, 유명세에, 기대치에, 의무에 시달리면서 그는 자신이 그림자에 지나지 않는 것 같다고 말했다. 더이상 목소리를 낼 만한 힘이 없었고, 그의 정신 어디에서도 중대한 진실이 솟아날 구석을 찾을 수 없었으며,

아직도 비밀로 남아 있는 출구를 짐작조차 할 수 없어했다.

사람의 뇌는 지속적으로 고통에 노출이 되면 손상된다. 술이 그렇게 만드는 것처럼. 처음부터 행복할 줄 몰랐던 그는 마지막까지도 행복해지는 데 실패했다. 결론은 자살이었다. 영혼의 반려자였던 '강한' 첫번째 아내가 아니라 늘 아프고 흔들렸던 '약한' 두번째 아내와 함께. 약물 과다복용이었다.

책을 좋아해도 슈테판 츠바이크를 모르는 독자들은 많다. 나도 그랬다. 역사는 중재하고 화해하는 자들을, 인간적인 인간을 사랑하지 않는다. 그는 나름대로 조용히 봉사했지만 뛰어드는 대신 도망쳤기 때문에 경멸당하고 무시당했다. 혹시 그것이 이유일까?

『체스 이야기·낯선 여인의 편지』에도 겁쟁이가 나온다. 물론 이 두 이야기를 화살로 꿰뚫는다면 촉에 묻어나올 단어는 '겁'이 아니라 '몰입'이다. 츠바이크에 의하면, 한 인간은 자신의 모든 힘을 작동시키는 순간에만 자기 자신에게나 다른 사람에게 참으로 살아 있는 존재가 된다. 내면에서 영혼이 불타오르는 순간에만 외면적으로도 형상이 되는 것이다. 그 순간이 바로 몰입의 때이리라.

「체스 이야기」에서 체스 챔피언은 본능적으로 몰입을 소유하고 있고, 그 몰입을 통해 살아나기 시작한다. 반면 B박사는 살아남기 위해 투쟁해서 몰입을 얻어내지만, 실제적으로는 죽어간다. 「낯선 여인의 편지」에서 여인은 상대방에게서 몰입의 대상이 되고자 희망하지만 수동성에서 벗어나지 못해 절망에 이르고 만다. 반면 소설가 R은 상대방에게서 처음부터 몰입의 기회를 박탈당해 자신의 능동성을 발휘해보지도 못한다.

몰입. 몰. 입.

하지만 인간의 역사는 외적인 사건들이나 우연에 따라서 의미와 형식을 만들어내지 않는다. 언제나 자기가 타고난 가장 근본적인 천성과 기질이 삶을 형성하고, 또 파괴하는 것이다. 슈테판 츠바이크처럼, 또 나처럼 겁이 많은 것도 그 한 예다.

두 이야기에서 겁쟁이는 B박사와 여인이다. 체스 챔피언에게 한 방 먹였음에도 B박사는 남은 인생 동안 꾸준히 겁을 생산하며 불안하게 살아갈 것이고, 끝내 '낯선'으로 남기로 결정한 여인은 자기가 가지고 있는 겁을 모조리 소비하고 비참하게 죽는다는 차이가 있다면 있달까.

나는 자주 잘못한다. 잘못되고 있다는 것을, 잘못하고 있다는 것을 분명히 알면서도 그러하다. 내게 '잘못'은 언제나 현재진행형이다. 털어버리고 닦아내도 자꾸 되앉는 먼지처럼 나는 자꾸만 잘못한다. 왜냐하면 겁이 나니까 변하지 못하는 것이다. 그래서 참 자주 절망한다. 그리고 오래 좌절한다. 그렇다고 마음놓고 그럴 수 있다는 건 아니다. 너무나 많은 사람들이 징징거릴 권리를 인정하지 않는다. 씩씩하게, 불평 없이 살라고 충고할 뿐이다. '모질다'를 '단호하다'로, '참견'을 '관심'으로 착각하고 닦달도 한다. 하지만 난 여전히 징징거리는 하나의 겁쟁이로 살고 있다. 다만 황폐해지지는 않으리라, 한계를 긋는 것으로 위안한다. 그 또한 겁이 나서다. 징징거리다가 징징거리는 채로 죽을까봐. 이런 진짜배기 겁쟁이 같으니라고.

나는 모든 작가들을 좋아하고, 그중의 몇몇은 사랑한다. 한데 겁쟁이의 가장 큰 성질은 대놓고 잘 표현하지 못한다는 거다. 그래서 난 내가 사랑하는 작가들을 다른 사람들에게 잘 봬주지 않는다. 사랑의 조건은 단순하다. 읽어도 또 읽고 싶어야 한다는 것, 다른 것도 더 읽고 싶어야 한다는 것. 그런데 내가 지금 슈테판 츠바이크의 책들을 모으고 있다.

그런데, 그가 겁쟁이가 아닌 거면 어쩌지?

김진규 소설가. 2007년 장편소설 『달을 먹다』로 문학동네소설상을 수상하며 작품활동을 시작했다. 장편소설 『남촌 공생원 마나님의 280일』 『저승차사 화율의 마지막 선택』, 산문집 『모든 문장은 나를 위해 존재한다』가 있다.

체스 이야기·낯선 여인의 편지

Schachnovelle · Brief einer Unbekannten(1942 · 1922)

역사에 대한 깊은 통찰과 인물에 대한 심도 있는 탐구로 세계 3대 전기작가 중 한 사람으로 명성을 떨쳤던 슈테판 츠바이크의 소설이다. 츠바이크는 프로이트의 영향을 받아 인간 내면을 깊이 탐색하고 인간관계에서의 심리작용을 예리하게 포착해낸 소설을 다수 발표했다. 「체스 이야기」와 「낯선 여인의 편지」 역시 인간 심리묘사가 탁월한 작품으로, 츠바이크의 대표 소설로 손꼽힌다. 「체스 이야기」는 비상한 능력을 지닌 냉혹한 체스 챔피언과 체스가 주는 강박에 사로잡혔던 미지의 남자가 벌이는 체스 대결을 긴장감 있게 풀어냈고, 「낯선 여인의 편지」는 평생 한 남자만을 사랑해온 여인의 가슴 절절한 고백을 섬세한 필치로 그렸다.

슈테판 츠바이크 Stefan Zweig(1881~1942)

오스트리아의 수도 빈에서 유대계의 혈통을 지니고 태어났다. 어린 시절부터 섬세한 감각과 문학적 감수성을 지녔던 그는 수많은 고전을 읽으며 해박한 지식을 쌓았고, 청소년기에는 보들레르와 베를렌 등의 시집을 탐독하면서 시인으로서의 습작기간을 거쳤다. 빈대학에서 독문학과 불문학, 철학, 사회학, 심리학 등을 두루 섭렵했으며, 특히 프로이트의 정신분석학에 지대한 영향을 받았다. 이런 배경으로 첫 시집 『은빛 현』을 필두로 수많은 소설 및 전기를 발표하기 시작했다. 1938년 히틀러가 정권을 장악하자, 유대인 탄압을 피해 런던으로 피신했다가 미국을 거쳐 브라질에 정착했다. 고난의 망명생활 속에서 심한 우울증에 시달리다가, 1942년 2월 브라질의 페트로폴리스에서 부인과 동반자살로 생을 마감했다.

당신 왼손에 새겨진 글자 하나

『왼손잡이』 니콜라이 레스코프

이기호

세상엔 두 가지 종류의 소설이 있다. 종이에 메모를 하면서 따라 읽어야지 무슨 이야기인가 대충 감잡을 수 있는 소설이 있는가 하면, 그냥 까닥까닥 엄지발가락을 흔들면서 읽어도 아무 지장 없는 소설이 있다. 우리가 알고 있는 대부분의 러시아 1급 소설들은 전자인데, 딱히 다른 이유가 있어서 그런 것은 아니다. 소설에 등장하는 인물들의 이름이 주로 '스키'나 '레프' '세프'로 끝나기 때문이다. 분명 이 '스키'가 그 '스키'인 줄 알았는데 알고 보니 딴 '스키'일 때 느껴지는 허망함(그러면서 등장인물들은 또 왜 그다지도 많단 말인가. '스키'들이 떼로 등장할 때의 어리둥절함이란, 말을 말자). 그러니, 어쩌나. 백지 위에 남의 집 가계도를 열심히 그려가면서 소설을 읽어나갈 수밖에. 우리에게 러시아 소설들이 시베리아 잣나무처럼 그저 멀리서 바라만 봐야 좋을 존재로 남은 것은 어쩌면 그 때문인지도 모른다.

그러나 제정러시아의 작가 니콜라이 레스코프의 소설 「왼손잡이」는 따로 메모가 필요 없는 작품이다. 무엇보다 주인공의 이름이 그냥 '왼손잡이'이기 때문이기도 하지만, 더 큰 이유는 우리에게 도통 메모할 틈을 주지 않고 다음 페이지로 서둘러 넘어가게 만들기 때문이다. 그러니까 즉, 플롯의 비밀을 알고 있는 작가의 소설이란 뜻이다.

사실 「왼손잡이」의 이야기는 단순하다. 영국에서 현미경을 통해서야 볼 수 있을 만큼 작은 인공 벼룩(이 벼룩은 열쇠를 넣어 돌리면 펄쩍펄쩍 뛰어오르기까지 한다)을 선물받은 러시아 황제는 자국의 기술이 그보다 더 뛰어나다고 믿었고, 그래서 신하들에게 명령한다. '장인들에게 이 인조미생물을 보여주고 뭘 할 수 있을지 잘 생각해보라고 하라. 나는 짐의 사람들이 그 누구에게도 뒤떨어지지 않기를 바라노라'라고. 그래서 등장한 사람이 바로 사팔뜨기에 왼손잡이인 우리의 주인공이다. 뺨에 커다란 반점이 있고, 관자놀이 부근 머리카락이 모두 빠져버린 우리의 왼손잡이는, 현미경도 없이 2주 만에 뚝딱 놀라고 까무러칠 만한 장치를 인공 벼룩에 장착하고 만다(아아, 그게 어떤 장치인지는 차마 이 자리에서 밝힐 수가 없다. 그저 깜찍한 어떤 것이라고밖에). 그리고 그 공로로 영국에 가게 되고, 다시 러시아로 돌아오는 도중 무지막지한 술내기 끝에 병원 복도 바닥에서 숨을 거두게 된다. 이것이 이야기의 전부다.

레스코프는 가방끈이 긴 작가가 아니었다. 그는 일찍 학교를 중퇴한 후 대부호들의 영지를 조사하는 일을 맡아 러시아 전역을 돌아다닌 사람이었다. 그것이 그의 문학적 자산이 되었고, 그때 만난 많은 민중들이 그의 소설 쓰기 스승이 되었다. 「왼손잡이」 역시 그가 들은 전설에 기초해 쓰인 작품이었다(후에 그는 그것이 전설이 아니라고 부인했지만, 아마도 전설이 맞을 거 같다. 전설이 아니라고 해야지 독창성이 인정되니까, 어쨌든 작가들이란 그것에 목매는 법이니까). 왼손잡이 이야기가 전설이든 그렇지 않든, 그것은 중요한 게 아니다. 중요한 것은 그것을 어떻게 구현해냈는가, 하는 점이다. 멀리는 '그리스인 조르바'의 형뻘이자, 가깝게는 『황만근은 이렇게 말했다』 속 '황만근'의 증조할아버지뻘 되는 레스코프의 왼손잡이는, 자신의 몸 전체를 소진시키면서까지도 '인간다운 영혼'을 포기하지 않는 인물로 그려져 있다. 레스코프의 의도는 명확한 것이었다. 작품 말미에 그가 사족인 듯 남긴 말처럼 '기계문명'의 발전이 위험한 것은 다른 것 때문이 아니라, 그것이 바로 우리의 상상력까지 녹여 더이상 '전설'이 태어나지 못하게 만드는 데 있다. 그러니 우리는 이 소설 속 왼손잡이를 사람이 아닌, '전설' 그 자체로 읽어도 무방할 것이다. 술에 취한 채 허름한 병원 복도 구석에서 숨을 거둔 전설, 지배계층들은 도무지 알아들을 수도, 알아보지도 못하는 전설.

레스코프의 말대로 우리는 이미 전설이 사라진 시대를 살아가고 있다. 말보다 문장이 우선인 시대를 살아가고 있다는 뜻이다. 그래서 우리가 말을 할 때 짓는 주름과 눈빛, 손짓과 잔기침은 모두 문장과 문장 사이로, 강철 같은 인과관계 틈 사이로 녹아들고 말았다. 설령 새로운 전설이 우리 귀와 귀 사이로 흘러들어온다고 해도, 우리는 그것을 다시 140자로, 리트윗으로 처리하고 말 것이다. 하지만…… 그럼에도 우리가 아직까지 이런 이야기에 매혹되고 마음을 내주는 까닭은, 우리 모두의 왼손에 적힌 한 글자 때문인지도 모르겠다(그 글자가 궁금하면 지금 당장 당신의 왼쪽 손바닥을 가로로 펼치고 거기에 적힌 손금을 읽어보라. 거기 분명 한 글자가 적혀 있다). 그 글자가 우리에겐 유일한 희망이다. 그것이 바로 우리들 개인 개인이 전설을 만들 수 있는, 누군가에게 그 전설을 들려줄 수 있는, 그런 사람이라는 것을 일깨워주기 때문이다.

이기호 소설가. 1999년 월간 『현대문학』 신인추천공모에 단편소설 「버니」가 당선되어 작품활동을 시작했다. 이효석문학상을 수상했다. 『웬만해선 아무렇지 않다』 『세 살 버릇 여름까지 간다』 『누구에게나 친절한 교회 오빠 강민호』 『갈팡질팡하다가 내 이럴 줄 알았지』 『최순덕 성령충만기』 『김 박사는 누구인가?』 『사과는 잘해요』 등이 있다.

왼손잡이 Левша(1881)

가장 러시아적인 작가이자 천재적인 이야기꾼 니콜라이 레스코프의 단편선이다. 러시아인이 제일 좋아하는 작품 중 하나이자 러시아적 정서의 원형을 보여주는 「왼손잡이」, 농노제도의 부조리와 농노들의 한(恨)을 비극적으로 형상화한 「분장예술가」, 러시아의 종교와 예술에 대한 작가의 풍부한 지식과 애정이 문학으로 승화된 「봉인된 천사」를 수록했으며, 이중 「분장예술가」와 「봉인된 천사」는 국내 초역되는 작품들이다. 이 소설들을 통해 오늘날 '언어의 연금술사' 나 '천재적인 이야기꾼'으로 불리며, 문학사가 미르스키의 말처럼 '가장 러시아적인 작가'로 인정받고 있는 레스코프의 이야기꾼으로서의 재능을 확인할 수 있다.

니콜라이 레스코프 Николай Лесков(1831~1895)

러시아 중부 오룔현 고로호보에서 평범한 소지주의 아들로 태어났다. 15세에 학교를 중퇴한 후 지방 관청의 서기로 근무하면서 처음으로 당시 러시아의 생생한 현실을 접했다. 레스코프가 본격적으로 러시아 민중의 삶을 속속들이 파악하게 된 것은, 1857년부터 약 3년간 대부호들의 영지를 조사하는 일을 맡아 러시아 전역을 돌아다니면서였다. 이때의 실제적인 경험은 러시아 민중의 삶과 밀착된 작품을 쓸 수 있는 든든한 토대가 되었다. 1863년 첫 단편 「사향소」를 발표한 후, 1872년 『성직자들』을 출간함으로써 대중적인 인기를 누리는 작가가 되었다. 1873년 「봉인된 천사」와 「마법에 걸린 순례자」로 작가로서의 입지를 굳혔으며, 1881년에는 「왼손잡이」를, 1883년에는 「분장예술가」를 발표했다. 레스코프는 체호프와 고리키 등 20세기 초반의 문학 양식주의자들에게 적잖은 영향을 끼쳤으며, 문단의 권위를 넘어서 독자들의 안목에 의해 인기를 누린 작가였다.

자살처럼, 우리에게 다가오는 책

『소송』 프란츠 카프카

김숨

카프카를 생각하면 늘 자오선처럼 긴 오후 두시의 시간이 떠오른다. 오후 두시. 골목 끝 평화빌라 어느 부엌에서 흰 수건들이 지루하게 삶아지고 있을 것 같은 시간. '산업재해보험공단'에서 14년 동안 근무했다던 그는 오후 두시에 퇴근을 했다지. 한동안 나는 오후 두시에 출근했던 적이 있다. 오후 두시, 사무실로 향하면서 나는 종종 카프카를 떠올리곤 했는데, 문득 뒤를 돌아다보았는지도 모르겠다. 퇴근길의 무표정한 그가 방금 나를 지나쳐간 것 같은 혼란에 휩싸여. 오후 두시는 한여름 옥상에 넌 빨래를 거두어들이기에도 한참 이른 낮 시간임에도 불구하고 카프카로 인해, 어스름과 안개가 형상을 빚듯 뒤엉키고 풀어지면서 유령처럼 떠도는 서늘하고 오묘한 시간이 되어버렸다.

내가 카프카의 『소송』을 기다리던 시간도 오후 두시쯤이었다.

나는 카프카에게 제법 어울리는 음악을 떠올리고 있었는지 모르겠다. 글렌 굴드가 연주한 바흐의 〈골트베르크 변주곡〉, 어쩌면 의외로 쇼팽의 〈피아노 소나타 2번〉이 어울릴지 모른다는 생각을 했는지도 모르겠다. 아무튼 나는 『소송』을 무척이나 기다렸는데, 내가 꼭 『소송』을 읽어야만 한다는 그 어떤 의무감에 사로잡혔기 때문이었다. 그 소설이 20세기 가장 중요한 작품으로 알려졌기 때문만은 아니었다. 약속이 있던 터라 나는 오후 세시까지 『소송』을 기다리다 불가피 외출을 해야 했다. 누군가 내게 『소송』을 부쳐오지 않았다면, 나는 당장 서점으로 달려가 『소송』을 구해 읽었을 것이다. '읽기'보다는 '쓰기'에 열심이던 나는 아주 어쩌다 그 어떤 책을 너무도 읽고 싶은 갈망에 사로잡히곤 하는데, 그럴 때는 서점으로 곧장 달려가 그 책을 구해 읽었다.

그즈음 나는, 우리가 거의 날마다 먹는 소와 돼지와 닭들이 어떻게 키워지고 도살되는지 그 과정을 면밀하게 취재한 방송을 보았다. 인간의 식탁에 오르기 위해 번식되고 살찌워지는 가축들의 공포에 사로잡힌 눈동자…… 진동하듯 초점을 잃고 흔들리는 눈동자에 비친 인간은 절대의 권위를 부여받았으나 온유하지도 자비롭지도 못한 심판자에 지나지 않았다. 가축은 자신들이 왜 도살되는지 모르는 채, 심지어 곧 도살되리라는 사실조차 모르는 채 도살장으로 끌려가고 처형당했다. 내게 그 과정은 불합리하고 비논리적이다 못해 그릇된 심판의 한 과정처럼 느껴졌다. 나는 『소송』의 K가 겪는 소송과 심판의 과정이 가축들이 도살장으로 끌려가 도살되는 과정과 어쩐지 흡사하다는 생각이 들었다.

『소송』은 한동안 '심판'이란 제목으로 번역되어 읽혔다. 죄의 유무와 경중을 판단하고 그에 걸맞은 벌을 부여하는 것이 심판일 것인데, 모든 심판이 성스럽고 정당하지 않다는 것쯤은 누구나 알 것이다. 때로는 정의가 사회질서나 권력을 가진 자들의 이득과 안전에 위배될 경우 범법 행위, 죄로 판결되기도 하므로.

오후 두시가 다 가버리고 내가 외출을 할 때까지 『소송』은 도착하지 않았다. 그날 나는 이자벨 위페르가 주연으로 출연한 영화를 보았는데, 뜻밖에도 글렌 굴드가 연주한 〈골트베르크 변주곡〉이 그 영화 전반에 흘렀다. 나는 집에 와 있을 『소송』을 생각하면서 그 영화를 볼 수밖에 없었다. 나는 『소송』이라는 소설 한 권이 아니라, 조문객처럼 검게 성장한 요제프 K가 내 집에 와 있는 것만 같은 그 어떤 불안과 설렘, 두려움을 느끼기까지 했다.

『소송』의 주인공으로 은행 간부인 K는 도덕적이거나 선량한 인간이 결코 아니다. 소심하고 우울한 인간이라고 하기에는 지나치게 비판적이고 냉소적이면서, 공격적이기까지 하다. 침묵이 자신에게 유리할 수도 있다는 걸 깨닫기에 그는 달변가다. 때때로 변덕이 죽 끓듯 해 모순적이고 이기적인 인간의 전형처럼 보이기까지 한다. 그럼에도 불구하고 (K가 카프카로 혼동되면서) K에게 사랑에 가까운 감정마저 느꼈는데(일상에서는 선량함을 타고난 사람에게 매혹되지만), K가 결코 착하고 순진한 사람이 아니라서 그 감정이 가능했을 것이다. K는 때때로 어이없고 우스꽝스럽기까지 하다.

계단을 오르는 카프카의 모습을 상상하면서 나는 『소송』을 펼쳤을 것이다. 카프카를 생각하면 나는 또한 계단과 성당이 저절로 떠오른다. 『소송』에서 계단은 여러 곳에서 등장한다. 법원으로, 법원 사무처로 가기 위해 K는 계단을 오른다.

"누군가 요제프 K를 중상모략한 것이 틀림없다. 그가 무슨 특별한 나쁜 짓을 하지도 않은 것 같은데." 그러므로 K는 자신이 생각하기에 '그리 중요한 것도 아닌', 누가 무엇 때문에 고소했는지조차 모르는 소송을 별일 아닌 일로 받아들인다. 하지만 K는 1년 뒤 사형에 처해진다. 줄거리로만 이해하자면 단순하기 그지없지만, 결코 그렇지 않다. 『소송』을 펼치는 순간 미로 속으로 발을 내딛는 것 같은 기분이 든 것은 그 때문일 것이다. 소송을 대하는 '피고인' K의 입장과, 소송 과정에서 K가 만나는 무수한 사람들의 관계는 그리 간단하지 않다. 그것들은 미로처럼 얽혀 부조리하고 엉뚱한 상황을 끊임없이 만들어낸다. K에게 법원은 신성한 권위의 장소가 아니라 도덕적으로 타락한 장소다. "다락방에 앉아 있는" 예심판사는 법원 정리의 아내를 농락하려는 부도덕한 인간이다. 그러한 인간이 과연 K를 심판한다는 것이 가당하기나 한가? 소송은 1년에 걸쳐 지루하게 계속되지만 끝내 그의 죄가 무엇인지는 정확히 밝혀지지 않는다. 소송은 K에게 "아무런 가르침"도 반성도 주지 못하고 사형이라는 극단적이고 황당한 결론에 도달한다. 서른한번째 생일날 K가 사형에 처해지는 순간, 법원이란 것이 그리고 법이란 것이 과연 정말로 존재하는 것일까 하는 의문을 누구나 가질 수밖에 없을 것이다. K는 사형에 처해지는 '종말'의 순간에도, 사형을 집행하는 낯설고 "여위어 보이는 어떤 사람"에 대한 의문에 혼란스러워한다. "누굴까? 친구일까? 좋은 사람일까? 관련된 사람일까? 도와주려는 사람일까? 한 사람일까? 아니면 전체일까? 아직 도움이 가능한 것일까? 생각해내지 못한 반대 변론이라도 있는 걸까?" 『소송』은 내게 구원의 문제를 다룬 소설로도 읽힌다. 괴물이 되어버린 법과 질서, 권력 앞에서 한 인간이 스스로를 변론하고 구원한다는 것은 과연 가능할까.

죽어가는 K를 지켜보면서 나는 스스로에게 의문을 던질 수밖에 없었다. 나 자신은 K일까? 아니면 K의 소송과 관련된 사람일까? K의 친구일까? K를 도와주려는 사람일까? 아니면 1년 전 체포되었다는 사실을 K에게 알리러 온 감시인들 중 한 명일까?

나는 어쩐지 『소송』에 대해 이야기하려 애썼지만 아무것도 이야기하지 못한 기분이 든다. 생전에 카프카는 책을 사랑했다고 한다. 그는 행복해지기 위해 책을 읽었던 것은 아닌 듯하다. 카프카는 우리가 필요로 하는 책이 "우리를 몹시 고통스럽게 해주는 불행처럼, 우리 자신보다 더 사랑했던 사람의 죽음처럼, 우리가 모든 사람을 떠나 인적 없는 숲속으로 추방당한 것처럼, 자살처럼, 우리에게 다가오는 책"이라고 했다. 또한 "한 권의 책은 우리들 내면의 얼어붙은 바다를 깨는 도끼여야만 한다"고. 바로 그러한 책이 『소송』이다. 소설을 쓰는 사람으로서, 책을 사랑하고 싶은 독자로서, 나약하고 모순적인 한 인간으로서 『소송』을 이제라도 읽을 수 있어서 얼마나 다행인지 모르겠다.

김숨 소설가. 1997년 대전일보 신춘문예에 「느림에 대하여」가, 1998년 문학동네신인상에 「중세의 시간」이 각각 당선되어 등단했다. 허균문학상, 현대문학상, 대산문학상 등을 수상했다. 소설집 『당신의 신』 『나는 염소가 처음이야』 등, 장편소설 『한 명』 『백치들』 『철』 『나의 아름다운 죄인들』 『물』 『노란 개를 버리러』 등이 있다.

소송 *Der Prozess*(1925)

20세기 최고의 문제 작가 카프카가 남긴 세 편의 장편소설 중 하나로, 작가 사후에 출간되어 뒤늦게 세상의 빛을 보게 된 작품이다. 은행의 부장으로 있는 요제프 K는 서른번째 생일날 아침 하숙집에서 두 명의 감시인에게 갑자기 체포된다. 그후 그는 자신도 알지 못하고, 그 누구도 알려주지 않는 어떤 죄로 인해 소송에 휘말려 지내다가 결국 서른한번째 생일날 밤에 처형당한다. 끊임없는 구속과 억압, 관료주의가 지휘하는 부조리한 현대사회에서 개인이 겪는 무력감을 담아낸 소설 『소송』은 20세기 가장 중요한 소설 중 하나라는 평가를 받으며, 카프카를 위대한 작가의 반열에 올려놓았다.

프란츠 카프카 Franz Kafka(1883~1924)

체코 프라하에서 유대계 상인의 장남으로 태어나 독일어를 쓰는 프라하의 유대인 사회에서 성장했다. 독일계 초등학교와 김나지움을 거쳐 역시 독일계의 카를페르디난트대학에 입학했다. 카프카는 유실된 습작을 제외하고는 첫 작품으로 알려진 단편 「어느 투쟁의 기술」을 대학 시절 집필할 만큼 문학에 대한 열의가 컸지만 가족에 대한 의무감으로 법학 공부를 그만두지는 못했다. 14년간 노동자산재보험공사에서 근무하며 밤에 글을 쓰는 생활을 했다. 1917년 폐결핵 진단을 받고 발병 7년 만인 1924년 사망했다. 주요 작품으로 『실종자』 『성』 『변신』 『시골의사』 등이 있다.

레시피는 언제나 공개되어 있다.
하지만 맛은 아무나 내는 게 아니다.

『마크롤 가비에로의 모험』 알바로 무티스

김언수

겨울이 오면 생각나는 음식들이 있다. 물론 죄다 술안주들이다. 백합탕 안에 집어넣은 낙지 머리라든가, 살아 있는 오징어를 내장과 먹물까지 통으로 쪄서 먹는 오징어 통찜이라든가, 약속이라도 한 듯 12월이면 가덕도 앞바다로 돌아오는 고마운 대구를 머리와 몸통, 내장과 이리 가릴 것 없이 큰 솥에 몽땅 집어넣고 펄펄 끓여 내는 생대구탕 같은 것들이 그것이다. 내가 사랑하는 이 겨울 안주들의 공통점은 아무것도 버릴 것 없이 한 마리를 통째로 먹는다는 것이다. 통째로 먹지 않으면 이것은 아무것도 아니다. 내장과 먹물을 발라내고, 머리와 꼬리를 잘라내고 나면 이것은 그저 평범한 오징어이고, 흔해빠진 냉동 낙지이며, 이냥저냥 생선국일 뿐이다. 껍질부터 내장까지, 머리부터 꼬리까지 잘근잘근 통으로 씹어 먹어야만 그 맛을 제대로 알 수 있다.

그것은 물컹물컹하면서도 쫄깃쫄깃하고, 비릿하면서 고소하며, 쿰쿰하고, 따뜻하고, 부드러우면서도 단단하다. 비닐 포장이 칼바람에 펄럭이는 겨울 바닷가에서 소주 한 잔을 털어넣고 그것들을 입속에서 한없이 오물거리고 있노라면 문득 그런 생각이 든다. 참 대단도 하여라. 이 작은 생물도 몸속에 이토록 많은 맛을 숨기고 살아가는구나. 미안하다. 내가 너희들을 잘 몰랐다. 그리고 문득 이런 생각도 드는 것이다. 맛있다는 것은 복잡하다는 것이 아닐까. 맛있다는 것은 이토록 이질적이고 모순된 것들이 한몸에서 서로 어울리며 공존하고 있다는 것이 아닐까.

알바로 무티스의 소설이 꼭 그런 맛을 낸다. 뭔가 복잡한 맛이고, 뭔가 교묘한 맛이고, 뭔가 모순되어 사람을 어리둥절하게 하는 맛이다. 여기다 이것을 섞어놓으면 대체 어쩌자는 거지? 하고 묻게 되는 맛이다. 그런데 온갖 것들이 섞여버린 이 소설은 놀랍게도 맛있다. 알바로 무티스의 소설 속에선 어떤 인물도 단순하게 등장하지 않는다. 그의 소설 속에선 바텐더도, 하숙집의 맹인 주인아줌마도, 선장도, 기관사도, 창녀도 모두들 저마다 밀림처럼 복잡한 사연이 있다. 알바로 무티스는 그들의 꼬리를 쳐내고 내장을 발라내서 먹기 좋게 만들지 않는다. 위선을 잘라내서 더 사랑스럽게 만들지도 않고, 교묘함을 잘라내서 더 친절하게 만들지도 않는다. 그래서 알바로 무티스의 소설 속 인물들은 사랑스러우면서 비열하고, 친절하면서도 교묘하며, 달콤하면서도 역겹다.

예를 들자면 이런 식이다. 밀림의 원주민 여자가 강을 거슬러 올라가는 배에 함께 타게 된다. 원주민 여자는 실오라기 하나 걸치지 않은 채 완전히 벌거벗고 다닌다. 원시적이고 야생적이며 완벽하게 균형잡힌 아름다운 몸을 가진 여자다. 키가 크고, 가슴은

크지만 단단하며, 허벅지와 엉덩이는 작고 우아하다. 여자는 파충류가 불을 바라보듯 무심한 시선을 가졌고, 꾸벅꾸벅 졸고 있는 새의 조용한 울음소리 같은 목소리를 가지고 있다. 신체 어디에도 털이 없어서 여자는 방금 열린 과일과 같은 음부를 지니고 있다. 줄로 갈아서 뾰족하게 만든 이를 가지고 있는 여자의 육식성의 표정에는 동시에 불쾌할 정도로 순진한 무언가를 담고 있는 미소가 있다.

어느 날 밤 밀림의 원주민 여자가 소설 속 주인공인 가비에로가 자고 있는 천막 안으로 불쑥 들어온다. 그리고 손으로 가비에로의 성기를 애무하기 시작한다. 어쩔 수 없이(?) 가비에로는 원주민 여자와 섹스를 한다. 알바로 무티스의 표현에 따르면 그 성행위는 아름답고, 구역질나며, 비릿하고, 온순하며, 감미롭고, 역겹다. 여자는 썩은 진흙 같은 고약한 냄새를 풍기고, 발정기의 뱀처럼 달고, 도저히 참을 수 없는 악취를 풍기고, 부드러운 밀랍 속으로 가라앉는 것처럼 편안하고, 아무런 저항도 하지 않은 채 식물처럼 온순하며, 다른 여자들과의 감촉과는 전혀 다른 부드러운 육체의 감미로움과 동시에 억제할 수 없는 구역질을 불러일으킨다. 그래서 가비에로는 절정에 이르기 전에 사정을 한다. 절정에 이르기 전에 구토가 나올 것 같았기 때문이라고 가비에로는 말한다.

알바로 무티스의 소설은 가비에로와 원주민 여자의 성행위처럼 복잡하다. 역겨움과 아름다움이, 달콤함과 구역질이 알바로 무티스의 소설 속에선 늘 함께 버무려져 있다. 무엇 때문이냐고 묻는다면 무티스는 그것이야말로 인간의 진실이고, 진정한 아름다움이라고 말할 것이 분명하다. 알바로 무티스는 맛없는 부분은 잘라버리고 맛있는 것만 골라놓은 요리는 자연의 입장에서 일종의 사기가 아니냐고 말하는 것 같다. 좀더 나아가자면 무티스는 맛과 선과 진실을 함부로 규정하는 우리들의 취향이, 도덕과 법과 규율이 일종의 사기라고 말하고 있는 것 같다. "그렇게 네 취향대로, 네 멋대로 마구 잘라내버리니까 이 세계가 바보 멍청이들에 의해서 움직이는 거라고!" 하고 말이다.

『마크롤 가비에로의 모험』은 마크롤 가비에로가 계속 주인공으로 등장하는 연작소설이다. 하지만 마크롤 가비에로가 우리가 기대하는 것처럼 대단한 모험을 하지는 않는다. 가비에로는 걸리버처럼 소인국과 거인국을 돌아다니지도 않고, 니모 선장처럼 해저 2만 리를 여행하지도 않는다. 그저 값싼 목재를 얻기 위해 배를 타고 강의 상류까지 올라가거나(「제독의 눈」), 여행중에 돈이 떨어지자 부두 근처 마을에서 비행기 여승무원 유니폼을 입은 창녀가 나오는 유곽을 차려 포주 노릇을 하거나(「비와 함께 오는 일로나」) 노새 다섯 마리를 가지고 상자를 산 정상에 올리는 일을 할 뿐이다(「아름다운 죽음」). 그리고 우리의 주인공 가비에로는 늘 배 밑바닥에 처박혀 책을 읽거나 그물침대에서 낮잠을 자거나, 단골 술집에서 외상으로 얼음 섞은 보드카를 마시며 멍하니 앉아 있다. 뭐랄까, 모험이란 걸 감행하기에는 역동성과 진취적 기상이 심각하게 떨어지는 캐릭터라고나 할까?

그런데도 이 소설은 슬금슬금 어딘지 모를 모험의 세계로 독자를 끌고 들어간다. 별일도 아닌 일로 끊임없이 긴장과 호기심을 불러일으키고, 불안과 절망과 향수와 파멸 같은 온갖 감정의 깊은 우물 속에서 허우적이게 하며, 어느 순간 허망한 배반과 모욕감과 오랫동안 여진이 남는 아름다움으로 독자의 뒤통수를 친다. 우리의 한심한 주인공은 배 밑바닥에서 낮잠이나 자고 있는데 말이다.

레시피는 언제나 공개되어 있다. 하지만 맛은 아무나 내는 게 아니다. 알바로 무티스는 이야기에 맛을 낼 줄 아는 작가다. 대체 뭔 맛이냐고 묻는다면 그것은 간단하게 말할 성질의 것이 아니다. 나는 더듬거리며 "글쎄, 딱 집어서 뭐라고 말하긴 어려워. ……뭐랄까. 입속에 집어넣고 하염없이 오래 씹고 싶은 맛이랄까?" 하고 말해야 할 것이다. 알바로 무티스의 소설은 복잡하고, 풍요롭고, 교묘하고, 모순되며, 비열하고, 아름답다. 그래서 알바로 무티스의 소설은 천천히 읽어야 한다. 낙지 머리통을 씹듯 천천히, 아주 천천히 씹어야 달고 쓰고 부드럽고 거칠며 아름답고 구역질나는 이 소설의 맛을 제대로 느낄 수 있다.

김언수 소설가. 2002년 진주신문 가을문예공모에 단편소설 「참 쉽게 배우는 글짓기 교실」과 「단발장 스트리트」가, 2003년 동아일보 신춘문예에 중편 「프라이데이와 결별하다」가 당선되어 작품활동을 시작했다. 문학동네소설상을 수상했다. 소설집 『잽』, 장편소설 『뜨거운 피』 『캐비닛』 『설계자들』이 있다.

마크롤 가비에로의 모험

La Nieve del Almirante · Ilona llega con la lluvia · Un bel morir(1986 · 1987 · 1989)

가브리엘 가르시아 마르케스와 함께 콜롬비아를 대표하는 작가 알바로 무티스의 소설집으로, 그의 이름을 전 세계에 알린 대표작이다. 작가가 자신의 세계관과 열정을 그대로 투사해 스스로 '분신'이라 일컫는 '마크롤 가비에로'를 주인공으로 하는 일곱 편의 작품 가운데, 대표 소설인 「제독의 눈」「비와 함께 오는 일로나」「아름다운 죽음」을 묶었다. 금지된 구역, 배타적인 세계, 광활한 금단의 자연 속으로 옮겨다니며 불가능한 목표를 향해 끊임없이 탐험하는 국적 불명의 방랑자 마크롤의 모습을 통해 무티스는 불가능한 꿈에 대한 도전과 열정을 그려내고, 인간의 영원한 방황이라는 주제를 구체화시킨다.

알바로 무티스 Alvaro Mutis(1923~2013)

콜롬비아 보고타에서 태어났다. 1946년 「밀물」을 발표한 이후로 꾸준히 시를 써왔고 1983년에는 콜롬비아 안티오키아대학이 수여하는 국가 시 문학상을 받았다. 그의 명성은 1986년부터 1993년까지 발표된 '마크롤 가비에로'에 관한 일곱 편의 소설(이후 『마크롤 가비에로의 시련과 슬픔』이라는 한 권의 책으로 출간된다)로 더욱 높아졌다. 1988년 멕시코의 아스텍 독수리 공로훈장을 비롯하여 1989년 프랑스의 메디치 외국문학상, 1997년 이탈리아의 그린차네 카보우르 상과 로소네 도로 상, 그리고 스페인의 아스투리아스 왕자상과 소피아 왕비상 등 네 개의 주요 문학상을 받았고, 2001년에는 스페인의 세르반테스상을 받았다. 라틴아메리카 문학의 거장으로 평가받는 알바로 무티스는 2013년 9월 멕시코시티에서 심폐질환으로 사망했다.

지리멸렬의 미학

『파계』 시마자키 도손

한창훈

원고 청탁과 함께 도서목록을 받은 나는 단번에 시마자키 도손의 『파계』를 선택했다. 순 제목 때문이다. 파계破戒. 경계를 무너뜨리다, 금기를 거부하다, 뭐 그런 뜻인데, 이런 거 일단 매력적이다. 케케묵은 질서를 깨뜨리는 통쾌함 같은 게 기대된다. 갈등과 파란이 생겨나겠지만 그것을 거쳐야 새로운 질서가 만들어지지 않던가.

아무튼 정보가 없는데다 일본 소설이라는 선입견 때문에 미모의 공주님을 꿰차고 야반도주하는 심복무사나 무리한 압박을 가하는 아버지를 업어치기하는 아들 이야기인 줄 알았다. 아니면 (작가 약력에 잠깐 나오는) 조카와의 불륜을 떳떳한 사랑으로 선언한다거나.

그런데 읽어보니 신분 문제를 다뤘다. 백정 집안 출신의 한 남자가 사범학교를 마치고 교사가 되었는데 천한 계급 출신이라는 것을 들킬까봐 전전긍긍한다는 내용이다. 상당 부분 지리멸렬하다. 그럴 수밖에. 석회처럼 굳어진 봉건시대의 위계를 단번에 뛰어넘는 사람은 없으니까. 정신의 DNA에 박혀 있는 유전인자 같은 것이니까. 그래서 끙끙 앓는 심정이 매번 위태롭고 절절하다. 지리멸렬도 이 정도면 호소력 있다. 풍경과 심리묘사의 연결도 뛰어나다. 그만큼 주인공 우시마쓰의 불안이 깊다는 소리이면서 전근대의 유물이 얼마나 끈질긴가를 잘 보여주는 대목이기도 하다.

그 시절 신분은 대략 네 가지였다. 가장 위는 왕족. 그들은 세상이 자기들 거여서 자기들끼리 싸웠다. 그 아래가 귀족계급인데 한두 명한테만 잘 보이면 떵떵거리고 살 수 있지만 간혹 줄을 잘못 서서 망치는 경우도 있었다. 그리고 대다수인 평민계급. 농사도 지어야 하고 세금도 내야 하고 군대도 가야 하는 이들은 천민을 공격적으로 천시하면서 삶의 고단함을 풀었다. 지금도 누군가를 괴롭히는 아이들은 십중팔구 누군가에게 괴롭힘을 당하는 아이다. 지배계급에게 찍소리 못하는 자신의 신세를 이런 것으로 위안을 삼았으니 맨 아래 천민계급은 더이상 갈 데가 없는, 멸시의 도착점이었다.

그러니 이런 말이 생겼을 것이다. 129쪽에 나오는 문구다. "손님들에게는 차를 대접하지 않는 것이 백정 집안의 예의였다. 담뱃불을 나누는 것조차 꺼렸다." 보통 백정, 하면 소나 돼지를 도축하는 사람으로 아는데 그 업을 포함하여 유기제조업柳器製造業, 육류판매업 등으로 생활하던 천민층을 싸잡아 일컬었던 말이다. 유柳는 버드나무다. 예전에는 버드나무 가지로 생활도구를 만들었다. 물건을 구하려면 그들의 처소를 방문하게 되는데 차를 내온들 마시겠는가. 뭔가를 같이 먹는다는 것은 서로 교유를 한다는 뜻인데 말이다.

소설은 주인공의 하숙집에 잠시 머물던 오히나타라는 사람이 쫓겨나는 장면에서 시작된다. 오히나타는 돈이 많은 사람인데 백정 출신이라는 게 알려져버린 것이다. 그 장면을 보고는 주인공은 곧바로 하숙을 옮겨버린다.

"어떤 경우를 당하더라도, 어떤 사람을 만나더라도 결코 백정이라고 고백하지 마라. 한때의 분노나 비애로 이 훈계를 잊으면 그때는 사회에서 버려지는 거라 생각해라." 16쪽에는 이렇게 아버지의 사무친 가르침이 나온다. 아버지는 아들을 위해 동족집단에서 멀리 빠져나와 나름의 신분 세척을 거치기까지 했다.

여담 하나. 나는 태어나보니 남자였다. 아무런 선택권 없이 남자가 된 것이다. 내 밑의 동생은 여자다. 그애도 자신이 여자를 선택한 기억이 없단다. 어른 여자가 담배를 피우면 흥분해서 야단치는 남자들이 아직도 있다. 그들도 나처럼, 무슨 시험에 합격하거나 어렵고 힘든 코스를 수료해서 남자자격증을 받은 기억이 없을 것이다. 똑같은 사람인데 왜 담배 가지고 그러냐고 따지면 궁색하게 답변한다. 그야 건강에 안 좋아서. 참, 언제부터 그렇게 남의 집 딸 건강을 걱정하고 살았는지는 모를 일이나, 이런 부류들, 담배 꼬나물고 침 찍찍 뱉고 있는 고3 남학생들에게는 아무 말 못한다.

이 소설에도 주인공이 천민 출신이라는 것을 눈치채고 교활하고 집요하게 물고늘어지는 부류들이 등장한다. 우시마쓰는 천민 출신의 철학자이며 행동가인 이노코 렌타로를 존경하지만 스승처럼 적극적으로 대처하지 못하고 말 그대로 지리멸렬하다가 결국 사람들 앞에서 무릎을 꿇고 실토하기에 이른다. 학교에 사직서도 낸다.

이 소설을 읽으면서, 우리나라 대하소설 『임꺽정』이 내내 떠올랐다. 담담해서 그랬을 것이다. 읽어본 사람은 알겠지만 임꺽정은 백정 출신이다. 계급사회에 대한 분기와 불만이 하늘을 찌른다. 그의 스승인 양주팔, 별명하여 갖바치도 백정 출신이다.

벽초 홍명희의 『임꺽정』은 등장인물들이 계급사회의 불합리에 대해 전투적으로 달려드는 활극이다. 그에 비해 『파계』는 계급에 짓눌린 개인의 고뇌를 깊이 있게 다뤘다. 『임꺽정』의 백정이 부조리한 세상을 향해 칼끝을 겨눴다면 『파계』의 백정은 칼끝을 자신에게 겨눈 셈이다. 그래서 더 아프다.

모든 것을 잃어버린, 그럼으로써 자신을 옥죄고 있던 사슬에서 마침내 벗어난 우시마쓰에게 미국으로 건너갈 수 있는 행운이 찾아온다. 짝사랑하던 오시호와 장밋빛 미래의 뉘앙스도 깔린다. 이런 결말 부분이 좀 촌스럽기는 하지만 1906년에 발표되었던 소설이라서 이해하고 넘어간다.

한창훈 소설가. 1992년 대전일보 신춘문예에 단편소설 「닻」이 당선되어 작품활동을 시작했다. 한겨레문학상, 요산문학상, 허균문학작가상 등을 수상했다. 소설집 『바다가 아름다운 이유』 『세상의 끝으로 간 사람』 『나는 여기가 좋다』 『그 남자의 연애사』, 장편소설 『홍합』 『열여섯의 섬』 『꽃의 나라』, 산문집 『인생이 허기질 때 바다로 가라—내 밥상 위의 자산어보』, 어린이책 『검은 섬의 전설』 『제주 선비 구사일생 표류기』, 기행문 『바다도 가끔은 섬의 그림자를 들여다본다』 『깊고 푸른 바다를 보았지』(공저) 등이 있다.

파계 破戒(1906)

일본 자연주의 문학의 선구자 시마자키 도손의 대표작이다. 메이지유신으로 신분이 철폐되었음에도 여전히 차별과 편견이 존재하던 시대를 배경으로, 백정 출신의 교사 우시마쓰가 일생의 계율처럼 여겨왔던 '신분을 절대 밝히지 마라'는 아버지의 말씀과, 그것을 거부하고 당당히 신분을 밝히고 싶은 욕구 사이에서 끊임없이 번뇌하는 모습을 통해 천민 차별 문제를 정면으로 다뤘다. 이 작품은 소재의 참신성과 수식을 걷어낸 솔직하고 가감 없는 문체로 출간과 동시에 큰 화제를 불러일으키며 일본 사회에 신선한 충격을 안겨주었고, 비로소 일본문단에도 본격적인 자연주의 소설이 등장했다는 극찬을 받았다.

시마자키 도손 島崎藤村(1872~1943)

본명은 시마자키 하루키. 일본 나가노현에서 태어났다. 어렸을 때부터 아버지에게서 논어, 효경 등을 배우며 자랐고, 메이지 학원에 다니던 시절에는 셰익스피어, 바이런 등 서양 고전을 탐독하며 문학에 눈을 떴다. 1897년 첫 시집 『약채집』으로 등단, 『일엽주』 『여름 풀』 『낙매집』 등 총 네 권의 시집을 발표하며 메이지 시대 낭만주의 문학의 선두로 평가받았다. 이후 시 창작을 접고 나가노현 고모로 의숙에서 6년간 교사로 근무하다가 1906년 『파계』를 자비 출판했다. 이어서 『봄』 『집』 등의 장편을 잇달아 발표하며, 다야마 가타이와 더불어 일본 자연주의 문학을 대표하는 작가로서 선구자적인 입지를 확고히 했다. 말년에는 자신의 아버지를 모델로 한 역사소설 『동트기 전』을 발표했으며, 1943년 『동방의 문』을 집필하던 중 뇌출혈로 사망했다.

단 한 번의 결혼식을 위한 영원한 장례식

『내 생명 앗아가주오』 앙헬레스 마스트레타

권희철

여자들은 종종 이렇게 말한다. "입을 옷이 하나도 없어!" 그렇다면 저 옷장 속 가득차 있는 건 대체 뭘까.

그것들도 하여튼 옷이긴 하겠지만 '바로 그 옷'은 아니다. '바로 그 옷', 그러니까 나도 잘 몰랐던 나의 매력들을 찾아내고 부각시키면서 나의 결점들은 완벽하게 커버해줄 수 있는 옷. 뿐만 아니라 사회적 관계망들 속에서 정확하게 나의 자리를 찾아줄 수 있는 옷(유니폼이 실제로 이런 기능을 수행한다. 군복은 그 옷을 입은 사람을 특정 계급·특정 병과兵科에 자리잡게 한다. 정확하게 그 자리에서 그는 명령을 내리거나 명령을 받는다. 설령 그가 누구인지 모르는 다른 군인들 사이에서라도 말이다).

어떤 의미에서 여자들의 쇼핑은 '바로 그 옷'을 찾아 헤매는 모험이다. 이 모험의 문제는 그것이 언제나 실패로 판명된다는 것,

그렇기 때문에 언제나 다시 떠날 수밖에 없다는 것이다. 우리가 안목이 없어서 혹은 돈이 없어서 유행이 지난 싸구려 옷만을 고른다는 것이 문제의 전부는 아니다. 그녀의 옷장에 샤넬, 구찌, 디올, 돌체 앤 가바나의 최신 상품이 한가득 담겨 있어도 입을 옷이 없기는 마찬가지일 것이다. 그러나 '바로 그 옷'을 향한 끝나지 않는 이 패션의 모험 속에서 우리가 알고 싶어하지 않는 하나의 진리가 있다면, 그것은 현실 안에는 '바로 그 옷'이 존재하지 않는다는 것이다. 내 존재의 근원적인 결핍을 채우고 지리멸렬한 내 실존 속에서 나도 몰랐던 강렬한 매력을 끄집어내며, 사회적 관계망 속에서 타인들에게 영원히 사랑받고 나 또한 그 자리에서 타인들을 사랑할 수 있는 그 자리에 나를 데려다줄 수 있는 그런 마법의 옷은 존재하지 않는다(마법의 옷에 대한 불가능한 욕망은 종종 악몽을 꾸게 만든다. 예컨대 '분홍신'과 같은 악몽을. 분홍신은 내 안에서 나도 몰랐던 나의 어떤 재능—이를테면 춤—을 끄집어내어 환상적인 무도회에 데려다주지만, 그 마법의 시작과 끝을 내가 통제할 수 없었던 탓에 춤을 멈추기 위해서는 결국 발목을 잘라야 했다. 분홍'신'이어서 그나마 다행인지도 모른다. 분홍 드레스였다면 그것을 벗기 위해 목을 잘라야 했을 테니까).

그럼에도 우리가 마법의 옷에 대한 판타지를 공개적으로 전시하는 순간, '바로 그 옷'에 대한 탐험이 가장 드라마틱하게 펼쳐지는 순간을 현실 속에서 지목한다면 그것은 아마도 결혼식일 것이다. 나의 삶을 새로운 집과 가족으로 감싸서 더욱 행복하고 성숙한 삶의 단계로 도약하리라는 상징적 선포의 의례(결혼식)는 나의 존재를 감싸는 마법의 옷(웨딩드레스)을 입는 행위로 다시 한번 요약된다. 결혼 의례의 기호 체계 속에서는, 아름다운 웨딩드레스를 입는 것과 아름다운 삶의 조건 속에 안착하는 것이 서로 다르지 않다. 이 때문에 결혼식의 모든 장식에서 핵심은 신부의 웨딩드레스다. 신부들이 웨딩드레스를 고르느라 그토록 심혈을 기울이는 데에는 그만한 이유가 있는 것이다.

『내 생명 앗아가주오』를, 웨딩드레스를 입는 데 실패한 카탈리나가 결혼 대신에 장례에 성공하는 이야기로 요약해보면 어떨까.

카탈리나의 남편 안드레스 아센시오는 이런 식으로 말하는 남자다.

> "정말 얼간이들 아닌가요?"
>
> 무슨 말을 하는지 몰라 주변을 두리번거리며 물었다. "누가요?"
>
> "'네'라고 하세요. 얼굴에 다 씌어 있어요. 내 말에 동의한다고 말입니다." 그가 미소를 지으며 말했다. _10쪽

자신의 삶이 너무도 지루하고 따분해서 그게 뭐든 간에 새로운 일이 벌어지기만을 고대하고 있는 15세 소녀라면, 이렇게 자신감 넘치는 남자가 근사하게 느껴질 수도 있겠다. 무기력한 내 삶에 어떤 의미나 목표나 방향 같은 것을 제시해주고 그쪽으로 나를 이끌어줄 남자, 그런 남자와 어떤 관계를 맺는다는 것과 '바로 그 옷'을 입는 것은 그다지 멀리 떨어져 있는 일이 아니라는 것을 카탈리나는 직감했을 것이다. 하지만 카탈리나가 몰랐던 것은 이것이다. "'네'라고 하세요. 얼굴에 다 씌어 있어요"라고 말하는 남자는 "그런데 너, 웬 간섭이지? 누가 네 생각을 말하라고 했나?"(15쪽)라고 말하게 된다는 것을. 안드레스는 아름다운 웨딩드레스도 없이 호적 등기소에서 혼인신고를 서둘러 마쳤을 뿐이다. 그가 카탈리나

의 '바로 그 옷'일 리가 없다. 안드레스가 돈과 권력을 위해서라면 살인도 불사하는 폭군이자 협잡꾼이며 난봉꾼이었음이 곧 드러난다. 안드레스가 카탈리나에게 대저택과 화려한 옷들을 선물하긴 했지만 거기에 온갖 권모술수의 얼룩이 묻어 있다는 점을 카탈리나가 어떻게 모를 수 있었겠는가. 그녀의 문제는 남자를 잘못 고른 탓에 웨딩드레스를 입을 수가 없었다는 것이다.

> 아무리 번지르르한 결혼식도 결국은 허구한 날 똑같은 배나 맞추며 잠자리에 들고 새벽을 맞는 따분한 일로 끝나리라는 걸 나 역시 잘 알고 있다. 하지만 신부로서 으스대며 음악에 맞춰 행진하는 것, 그것은 내게 한낱 웃음거리라기보다는 여전한 부러움이다. (…) 난 넓은 소매에 목이 많이 올라오고 뒷자락이 제단 계단을 온통 덮어버리는 그런 드레스를 입고 싶었던 것일 수도 있다. _19쪽

그런 탓에 카탈리나는 바로 그 옷, 제대로 입지 못한 웨딩드레스를 되찾기를 원했던 것일까? 그 때문에 그녀는 살인을 일삼는 남편 몰래 다른 남자와 함께 교회에서 결혼식 흉내를 내야만 했던 것일까? 아마도 그렇다고 대답해야 할 것이다. 하지만 『내 생명 앗아가주오』의 핵심은 카탈리나가 제대로 된 단 한 번의 결혼식을 위해 부실한 여러 남자들을 갈아치웠다는 데 있는 것이 아니다. 그 모든 모험들을 거치면서 카탈리나가 '바로 그 옷'에 대한 환상에서 벗어나게 되는 마지막 장면이 결정적이다.

> 난 혼자였다. 내게 명령을 내릴 사람은 아무도 없었다. 그리고 앞으로 내가 할 수 있는 그 수많은 일들. (…) 안드레스의 무덤을 덮은 것은

흙으로 흙장난을 하면서. 내 미래를 생각하며 흐뭇해했다. 거의 행복하기까지 했다. 390쪽

카탈리나가 남편 안드레스의 장례식에서 연인 카를로스에 대한 애도를 완성할 때 그녀는 실상 두 남자에 대한 자신의 의존 관계를 끝내고 있다. 그녀는 남자들과의 관계 속에서 바로 그 옷을 찾으려고 했던 '모험' 그 자체를 위해 장례식을 치르고 있는 것처럼 보이기까지 한다. 카탈리나는 남자를 잘못 고른 것이 아니다. 어떤 남자도 그녀에게 '바로 그 옷'을 입혀줄 수 없다는 점에서 어떤 남자를 골라도 실패하게 되리라는 점을 뒤늦게 깨달은 것뿐이다. '바로 그 옷' 없이 우리는 이러저러한 결점들을 껴안고 특별히 내세울 매력도 없이 그렇게 살아가야만 하는 것이다. 그것이 낭만적인 환상들 아래에 숨겨져 있는 삶의 진실이다.

만일 『내 생명 앗아가주오』가 여성주의 소설로 읽힐 수 있다면 그것은 이 소설이 카탈리나의 솔직한 성적 욕망을 드러내 보였기 때문이 아니라, '바로 그 옷'을 찾으려는 여성적 환상(이 환상 속에서 '바로 그 옷'을 입혀주는 남자의 도움이 필수적이라는 점에서, 이 환상은 사실 여성적이라기보다 가부장적이다)에서 가면을 벗겨내고 그 아래의 '벌거벗은 몸'을 보여주려고 했기 때문이다.

그녀의 웨딩드레스에 삼가 조의를. '바로 그 옷'을 거절한 여성적 모험의 출발에 축복을.

권희철 문학평론가. 계간 『문학동네』 편집위원. 2008년 계간 『문학동네』에 평론을 발표하며 작품활동을 시작했다. 평론집 『당신의 얼굴이 되어라』, 지은 책으로 『13인의 아해가 도로로 질주하오』(공저)가 있다.

내 생명 앗아가주오 *Arráncame la vida*(1985)

라틴아메리카의 노벨문학상이라 불리는 로물로 가예고스 상 수상 작가 앙헬레스 마스트레타의 대표작이다. 멕시코 혁명기를 배경으로, 꿈 많고 당찬 열다섯 소녀가 권모술수와 야심으로 가득찬 정치꾼과 결혼해 겪는 굴곡 많은 삶의 여정을 그려냈다. 현대 멕시코 사회를 변혁하기도 했지만 동시에 온갖 병폐와 부조리를 낳기도 했던 멕시코 혁명기와 그 이후의 격동기에 대해 기존의 남성적 시각에서 탈피하여, 혁명의 폭력성과 타락상을 여성의 관점으로 재조명하는 작품이다. 이 소설은 출간과 동시에 선풍적인 인기를 끌었고, 전 세계 20개국에서 번역 출간되어 세계적인 베스트셀러의 자리에 올랐다.

앙헬레스 마스트레타 Ángeles Mastretta(1949~)

멕시코 푸에블라에서 태어났다. 1974년 멕시코 작가협회에서 수여하는 장학금을 받아, 후안 룰포, 살바도르 엘리손도 등 멕시코 대표작가들과 함께 작업을 하며 1975년 첫 시집 『울긋불긋한 새』를 출간했다. 1985년에 첫 장편소설 『내 생명 앗아가주오』를 발표하여 멕시코의 주요 문학상인 마사틀란상을 수상했다. 이 작품은 출간과 동시에 선풍적인 인기를 끌었고, 영어, 독일어, 프랑스어, 이탈리아어 등 세계 각국 언어로 번역되며 마스트레타를 세계적인 베스트셀러 작가의 자리에 올려놓았다. 이후 푸에블라 여성의 일생을 다룬 단편집 『여우가 늑대를 만났을 때』를 발표했고, 1996년 『내 생명 앗아가주오』의 연작소설 『사랑의 불행』을 출간했다.

사랑은 '언어'라는 도구 없이는 불가능하다

『여명』 시도니가브리엘 콜레트

이병률

『여명』은 성공적인 자전소설이다. 인생의 일부이기도 하며 인생의 어느 한철이기도 한 어느 때, 한 남자가 들어오고 그와 감정을 일으키고 성城을 쌓아나가는 과정—그 길 위에서 인간을, 어머니를, 그리고 사랑의 순간들을 애도하면서 자신을 위무한다.

시도니가브리엘 콜레트, 몸으로 글을 쓰는 작가의 문장은 촉촉하다. 그녀의 심장에 어머니가 들어박혀 있다. 그녀는 세상에 없는 어머니를 찬미하는 방식으로 글을 쓴다. 콜레트의 어머니는 콜레트의 심장을 그리고 손을 관장한다. 그래서 그녀의 소설은 그녀와 그녀 어머니의 공동창작물 같기도 하다.

『여명』이 특별한 것은 작가의 매력에 있다. 가히 압도적이다. 그 매력은 일단 기이하고 소름이 돋을 정도로 정교한 필력을 꼽을 수 있으며, 사물에 대한 위태로울 정도의 뜨거움과 난폭할 정도의 냉기(이것은 때로 어느 여배우의 삶을 들여다보는 것처럼 소름이 돋는다)를 품었다는 것과 자연적이면서도 여성적이며, 인간적인 감수성의 작동을 통해 다소 실험적이기까지 한 호흡으로 재능을 분출하는 데 있다.

또한 글을 쓰고 있는 현재(기간)의 심리상태를 내레이션으로 듣고 있는 듯한 착각과 한 권의 소설이 탄생되는 과정을 리얼프로그램을 통해 들여다보는 듯해, 읽는 이를 색다른 긴장감에 빠뜨린다.

이 소설의 여주인공인 '나'는, 어쩌면 생의 마지막 집일지도 모르는 프로방스의 집에서 포도와 고양이를 기르며 살고 있다. 당대 예술가들이 엑스트라처럼 혹은 바람처럼 '나'의 일상을 드나든다. 그곳에 두 해 여름을 지내러 내려온 열다섯 살 젊은 청년 비알을 사랑한다. 비알도 '나'를 사랑한다. 그와 식사를 하고 이야기를 나누고 산책을 하거나 해수욕을 하며 일상을 섞는다. 그리고…… 일을 하러 다시 파리로 올라간 비알의 부재 안에서 냉정히 그를 생각하고, 사랑한다.

소설의 서사는 과중하지 않고, 날 선 문장과 적나라한 심리를 눙치는 재주는 간단치가 않다. 낯선 감정선과 성감대를 동시에 건드린다. 형식을 배제한 무기교 또한 세련미의 정도를 넘어선다.

난 죽음에는 관심이 없다. 그것이 나의 죽음일지라도…… _65쪽

주위의 모든 것들을 추방하고 비난하고 금지해버리는 그 사랑이라는 것의 진정한 이름이 왜 '경박함'인지를 배우고 싶다. _164쪽

내가 그를 안심시켰는데, 그가 왜 머물러 있겠는가? 그는 내가 성냥

과 가스와 화기火氣만 있으면 홀로 내버려두어도 될 여자임을 알고 있었던 것이다. _166쪽

이 읊조림처럼, 치열하고도 화려한 한 생을 건너온 몸(작가)의 궤적은 그녀의 매력에 불기름을 쏟아붓는다.

그녀의 소설은 대중적인 인기 또한 대단했으며, 프랑스 레지옹 도뇌르 훈장을 받는 등 생전에 공식적인 명예를 얻은 최초의 여성 작가라고 전해진다. 그녀의 그런 명성에 고개가 끄덕여지는 건 관습 따윈 안중에도 없는, 욕망 덩어리의 날소리를 내기 때문이 아닐까. 이를테면 이런 식의 고백. 적어도 나는 태어나 이토록 찬란한 고백은 들어본 적도 읽어본 적도 없다.

사랑하는 사람이여, 가버려라! 나타나려거든 내가 알아볼 수 없도록 몰래 오기를. 창문으로 뛰어내려 땅을 디디고, 꽃이 되어 꽃을 피우고, 새나 나비가 되어 날아가고, 소리가 되어 메아리쳐라…… 당신은 얼마든지 나를 기만할 수 있겠지만, 우리 어머니를 속일 수는 없으리라. 하지만 고통을 잊고 껍데기를 벗어던지길. 당신이 돌아왔을 때, 나의 어머니가 그러셨듯이 내가 당신을 붉은 선인장 꽃이라 부를 수 있도록. 아니면 불꽃처럼 힘겹게 피어나는 또다른 강렬한 꽃의 이름으로 부를 수 있도록. 마귀를 쫓아낸 미래의 진정한 이름으로 당신을 부를 수 있도록. _172~173쪽

과연 뜨겁지 않은가. 이런 고백이 아니라면 세상 모든 고백은 무효이거나 그만두어야 마땅하다. 그리고 사랑은 '언어'라는 도구 없

이는 불가능하다는 것을 알게 한다.

『여명』은 우리가 사용하지 않는 마음의 관절을 쓰면서 심부心府를 발굴해내는 데 성공을 거둔 작품이다. 생의 아름다움을 놓지 않겠다는 갈망을 매혹적으로 창조했다. 그러므로 생짜의 압력으로 가득차 있는 한 작가의 심장은 마치 우리를 복종시킬 듯이 우리 귀에 대고 소근댄다.

> "생활방식을 바꾸고 다시 시작하는 것, 새로 태어나는 것은 내게 그다지 힘든 일이 아니었어. 하지만 지금 원하는 건 그런 일이 아냐. 이제는 내가 한 번도 해보지 못한 것을 시작하고 싶어. 알겠어, 비알? 열여섯 살 이후 처음으로, 사랑이라는 것과 무관하게 살고 싶고, 사랑이란 것과 무관하게 죽고 싶어." _136쪽

이생에서 한 번도 할 수 없을 듯한 사랑을 사는 것, 작가는 단지 '그것'의 힘만이 자신을 밀고 나가게 할 거라 믿고 있는지도 모른다.

아무리 생각해도 사랑은 자신을 비추는 거울과의 일대 전쟁이다. 그 싸움을 통해 훼손되는 건 '대상'이겠지만 말이다. 사랑이라는 이름으로 둘을 하나로 이어 구원받으려 하지만 그럼에도 불구하고 모든 사랑은 구원이 아닌 실패다. 그래서, 우리는 자신을 공부하기 위해 다시금 사랑을 한다. 다른 사랑을 하고, 다른 실패를 한다. 이 소설을 읽고 있으면 가장 중요한 인간의 존재 방식이 사랑이라는 사실을 공유하게 된다.

두 가지 임무를 가지고 탄생한 소설이다, 『여명』은.

그 하나는 작고 보잘것없는 이 세상 인간에게 사랑이라는 요술에 취해야 하는 이유를 제시함과 동시에 원숙한 사랑의 힘을 수혈해주는 것이고, 또하나는 소설을 쓰고 싶어하는 이들에게 팔팔한 자극을 촉진하는 것.

이병률 시인. 1995년 한국일보 신춘문예에 시 「좋은 사람들」「그날엔」이 당선되어 작품활동을 시작했다. 현대시학작품상을 수상했다. 시집 『바다는 잘 있습니다』『당신은 어딘가로 가려 한다』『바람의 사생활』『찬란』『눈사람 여관』, 산문집 『내 옆에 있는 사람』『끌림』『바람이 분다 당신이 좋다』 등이 있다.

여명 *La Naissance du jour*(1928)

20세기 초반 프랑스를 대표하는 여성 작가로 꼽히는 시도니가브리엘 콜레트의 대표작 가운데 하나다. 이 작품은 인생의 황혼기에 뒤늦게 찾아온 젊은 남자와의 새로운 사랑 앞에서 갈등하는 주인공을 통해 나이든 여성의 시선으로 사랑과 질투 등의 인간적인 감정들의 본질을 통찰해낸다. 프로방스의 자연과 합일된 평화로운 하루하루를 색과 향기와 맛, 자연의 소리로 아름답게 그려내는 것 또한 이 소설의 묘미다. 프로방스에서 포도와 고양이를 기르며 살고 있는 주인공은 그곳에 잠깐 머물다 갈 열다섯 살 젊은 청년 비알을 만나 사랑에 빠진다. 그녀는 다시 파리로 올라간 비알의 부재 안에서 그에 대한 사랑을 이어나간다.

시도니가브리엘 콜레트 Sidonie-Gabrielle Colette(1873~1954)

프랑스 생소베르에서 태어났다. 자유분방하고 사랑스러운 소녀를 주인공으로 한 '클로딘' 시리즈를 발표하여 큰 성공을 거두었다. 1912년 이후부터 왕성한 창작활동을 하며 『방황하는 여인』 『청맥靑麥』 『시도』 『암고양이』 『지지』 등 많은 대표작을 쏟아냈다. 맑고 투명한 문체가 특징인 명문장가로 인간의 사랑과 욕망, 질투와 미움과 같은 생에 대한 순수한 본능을 탁월하게 그려냈다. 그녀는 "당대 여성들에게 희망을 주는 작가" "우리의 콜레트"라 불리며 큰 사랑을 받았다. 프랑스에서 가장 영예로운 훈장으로 꼽히는 레지옹 도뇌르 훈장을 받았다. 여성 작가 최초로 '공쿠르 아카데미' 회원이 되었으며 1949년에는 회장으로 선출되었다.

과거의 나와 마주한 오늘

『한때 흑인이었던 남자의 자서전』 제임스 웰든 존슨

이명랑

제임스 웰든 존슨의 『한때 흑인이었던 남자의 자서전』은 그 제목만으로도 나를 확 끌어당겼다. 책을 주문해놓고 이 책이 도착할 때까지, 나는 몇 번인가, 난에 물을 주거나 아이들을 위한 간식을 만들다 말고 창밖을 내다보았으며 한때 흑인이었던 남자에 대해 생각하게 되었다.

한때 흑인이었던 남자는 지금 어떤 삶을 살고 있을까?

흑인으로서의 그 한때는 지금, 이 남자에게는 과연 어떤 의미일까?

흑인이었음을 철저히 부정하고, 혹은 위장한 채 사는 삶, 그 남자의 오늘의 삶은 아무래도 그러……하겠지.

창밖의 나무들은 저만치 떨어져서 잎이 없는 가지들을 여전히 하늘을 향해 뻗어올린 채 힘겹게 같은 자세를 유지하고 있었는데,

내 눈에는 그 모습이 한때 흑인이었던 남자의…… 그리고 지금 나의 내부의 풍경처럼 보였다.

> 이 글을 씀으로써 나는 내 삶의 큰 비밀, 지난 몇 년 동안 내 어떤 재산이나 소유물보다도 더 마음 쓰며 지켜온 비밀을 스스로 폭로하고 있음을 잘 안다. _7쪽

『한때 흑인이었던 남자의 자서전』은 파멸할 것을 알면서도 자신의 범행 사실을 털어놓아야만 하는 자의 고백으로 그 첫 줄을 시작하고 있다. 일종의 고백록인 이 자서전의 '나'는 백인처럼 보였고, "참 예쁜 아드님을 두셨군요"라는 감탄을 어머니에게 선물하며 살았다. 그러나 운명의 그날, 교장 선생님은 아무런 예고도 없이 '나'의 세계에 들어와 "백인 학생들은 잠시 모두 일어서주세요"라고 말했다. '나'는 다른 백인 학생들과 함께 일어섰다. 교장 선생님은 "넌 잠시 앉아 있다가 나중에 다른 아이들이랑 함께 일어나라"고 했다. 다른 아이들은 바로 흑인, 깜둥이들이었다. 몇몇 백인 아이들의 "그래, 너도 깜둥이였구나"라는 조롱과 함께 한때 백인이었던 '나'는 흑인이 되었다.

'나'는 나 자신을 드러내어 나의 감정과 자존심에 상처를 입지나 않을까 점점 더 두려워졌으며, 의도되지 않은 것이 분명한데도 모욕당했다고 느끼거나 그렇게 상상하는 일이 잦아졌다. 그리하여 어린아이에게는 어울릴 법하지 않은 그런 강한 열정으로 음악에 몰두하기 시작했다. 어머니가 죽고 고향 마을을 떠나 대학에 입학할 때까지 '나'는 음악의 세계에서 살았다. 그러나 그 세계는 도피처였고, 도피처였기에 상상과 꿈과 공중누각의 세계였다. '나'는 재

산의 전부인 대학 입학금과 생활비를 도둑맞고 처음으로 진짜 삶, 흑인으로서의 삶을 살기로 결심한다. 구태여 밝히지 않으면 아무도 흑인으로 생각하지 않는 백인의 외모를 한 '나'는 스스로 흑인임을 밝히고 이제 시가 제조공으로 살아간다. 그러나 다시 운명의 그날이 찾아온다. 공장이 문을 닫게 되어 동료들과 함께 일을 찾아 뉴욕 항으로 온 '나'는 다시 피아노를 치게 되고, 흑인만이 느낄 수 있고, 흑인만이 전할 수 있는 진정한 흑인의 음악을 찾아다니다 다시 운명의 그날을 만나게 되었다. 엄숙하고 비교적 말이 없는 이들은 모두 무장을 하고 있었고 어떤 사람들은 부츠 차림에 채찍을 들고 있었다. '나'는 그들이 금발의 큰 키에 호리호리하고 콧수염과 턱수염을 거칠게 기르고 반짝이는 회색 눈을 가진 그런 타입임을 그제야 알게 되었다. "태워라!" 하는 소리와 함께 침목이 땅에 박히고, 밧줄이 풀리고, 가져온 쇠사슬이 희생자와 밀뚝 주위로 꽁꽁 묶이고, 힘을 모으는 듯 잠시 웅크렸던 불길이 희생자의 머리까지 높이 치솟아올랐다. 한때 사람이었던 희생자는 쇠사슬에 죄인 채 꿈틀대며 몸부림치다가 신음과 비명소리를 내질렀는데, 그가 바로 '나'와 같은 흑인이었다.

> 우선 내가 그렇게 다루어질 수 있는 종족의 일원이라는 사실이 수치스러웠다. _177쪽

그렇게 한때 흑인이었던 남자는 멀리 도망쳐 어느 정도 경제적으로 성공한 백인 중산층이 되었다. 지금의 '나'에 만족하고 달리 되기를 원하지 않게 만든 것은 아이들에 대한 사랑이다, 라고 위안하면서도 한때 흑인이었던 남자는 때때로 '나'는 결국 하찮은 부

분을 선택한 것이라는, 한 그릇의 죽을 위해 '나'의 출생권을 팔아 버린 것이라는 생각을 지울 수가 없는 것이다.

그러나 승진 축하를 위해 거래처의 직원들이 보내온 난 화분에 물을 주거나 대학 입학을 코앞에 둔 아이들을 위해 서둘러 화장을 하고 입시설명회장으로 뛰어가다 말고 문득, 한 그릇의 죽을 위해, 나를 부정하고 나의 출생권을 팔았으나 '결국 하찮은 부분을 선택한 것'이라는 후회를 때때로…… 혹은 상상했던 것보다 훨씬 더 자주 하고 있다면, 당신 역시 한때는 흑인이었던 남자가 아닐까?

문득 고개를 돌려, 잎이 없는 가지들을 여전히 하늘을 향해 뻗어올리고 있는 나무들을 바라보는데, 그 나무들이 어쩐지 힘겹게 같은 자세를 유지하고 있는 것처럼 보인다면, 당신도 역시 한때는 흑인이었던 남자가 아닐까?

그러나 그렇다고 해도, "이봐요, 당신은 피로 보나 외모로 보나 교육이나 취향으로 보나 백인이오. 왜 이제 와서 미합중국 흑인들의 가난과 무지와 가망 없는 투쟁 속에 자신의 삶을 송두리째 내던져버리고 싶어하는 거요?"라는 외부의 물음과 당신의 내면에서 끊임없이 솟아 올라오는 물음에 대한 답을 때때로, 혹은 당신이 상상하는 것보다 훨씬 더 오랜 시간 찾아 헤매리라는 것은 당신도, 나도, 한때 흑인이었던 남자도 이미 알고 있지 않은가?

이명랑 소설가. 1998년 장편소설 『꽃을 던지고 싶다』를 발표하며 작품활동을 시작했다. 소설집 『입술』 『어느 휴양지에서』, 장편소설 『삼오식당』 『나의 이복형제들』 『천사의 세레나데』, 청소년소설 『단 한 번의 기회』 『사춘기라서 그래?』 『구라짱』 등이 있다.

한때 흑인이었던 남자의 자서전

The Autobiography of an Ex-Colored Man(1912)

아프리칸아메리칸 역사상 가장 중요한 인물 중 하나로 꼽히는 제임스 웰든 존슨이 익명으로 발표한 작품이다. 당시 흑인의 인종 문제를 진지하게 다룬 소설들은 다수의 백인 독자들에게 외면당했기 때문에 가짜 자서전의 옷을 입고 출간되었다. 이 책은 '할렘 르네상스'의 개화를 이끈 선구적 작품이며, 미국 흑인문학의 수준을 한 단계 끌어올린 최초의 현대 흑인소설로 평가받고 있다. 말을 하지 않으면 백인으로 보이는 외모를 가진 한 흑백혼혈인이 겪는 '검은 미국인'으로서의 소외감과 인종 정체성의 문제를 흑인 문화와 대중예술에 관한 생생한 묘사와 함께 진솔하게 그려낸 작품이다.

제임스 웰든 존슨 James Weldon Johnson(1871~1938)

미국 플로리다에서 태어났다. 애틀랜타대학 졸업 후 스탠턴학교에서 교편을 잡았고 이후 독학으로 플로리다주 최초로 흑인 변호사 자격을 취득했다. 1906년에는 베네수엘라 영사, 1909년 니카라과 총영사직을 역임했다. NAACP 사무총장을 지내면서 반(反)린치법을 미 하원에서 통과시켰고, 미국 흑인문학사의 기념비적인 시집 『미국 흑인 시 선집』, 1927년 흑인 방언 설교집인 『신의 트롬본』을 출간하며 동시대 젊은 흑인 작가군을 이끌었다. 그가 가사를 쓴 〈모두 소리 높여 노래하자Lift Every Voice and Sing〉는 흑인애국가로 불리고 있다.

그녀, 슬픔의 식민지

『슬픈 짐승』 모니카 마론

신형철

이 소설의 원제목은 '아니말 트리스테animal triste'다. 독일 작가의 독일 소설이지만 이 단어들은 라틴어다. 나는 라틴어를 모르지만 이 두 단어가 들어 있는 오래된 관용구 하나를 알고 있다. '옴네 아니말 트리스테 포스트 코이툼omne animal triste post coitum.' 즉, '모든 짐승은 교미를 끝낸 후에는 슬프다'(움베르토 에코의 『장미의 이름』에서 풋내기 수도사 아드소는 야생적인 소녀와의 첫 경험 이후 "욕망의 허망함과 갈증의 사악함"을 최초로 실감하면서 저 관용구를 상기한다). 혹은 더 리듬감을 살려 'post coitum, animal triste'라고 쓰는 경우도 있다. 그리고 이것이 모든 짐승의 보편적인 진실이 아니라 인간이라는 짐승만의 특수한 진실이라는 듯이, '섹스가 끝나면, 인간은 슬프다'로 번역하기도 한다. 모니카 마론이 이 관용구를 염두에 두고 제목을 정한 것인지 아닌지 나는 모른다. 다만 이 소설이, 중년의 나이에 짧은 기간 동안 섬광 같은 사랑을 나눈 이후(post coitum), 수십 년의 세월 동안 그 사랑만을 추억하며 살다가 육체와 정신의 모든 부분이 슬픔에 점령당해 식민지가 돼버린 한 여자(animal triste)의 이야기라는 것만 안다.

그녀는 제 나이를 모른다. 아마 100살쯤 된 것 같다고 스스로 짐작할 따름이다. 희미해진 기억을 더듬으면서 그녀가 들려주는 이야기는 이렇다. 결혼을 했고 남편과 20년을 살았으며 딸 하나를 키웠다. 그러던 어느 날 원인 모를 발작 증세를 경험했고 그날 이후로 질서정연하던 삶에 균열이 생겨났다. 그때 그녀는 자문한다. 만일 그날의 발작으로 내가 죽었다면 나는 내 인생에서 무엇을 놓쳤다고 생각했을까, 하고. "인생에서 놓쳐서 아쉬운 것은 사랑밖에 없다. 그것이 대답이었고, 그 문장을 마침내 말로 꺼내 얘기하기 오래전부터 이미 나는 그 대답을 알고 있었음에 틀림없다." 그로부터 1년 뒤에 그녀는 한 남자를 만나게 된다. 베를린 자연사박물관에서 일하는 그녀가, 여느 때처럼 공룡 브라키오사우루스의 뼈대 모형을 예배를 드리듯 쳐다보고 있을 때, 한 남자가 말을 건다. "아름다운 동물이군요." 그녀는 "마치 신탁을 받은 것처럼" 마음이 흔들린다. 이 남자는 내 존재의 결락이 무엇인지를 아는 사람인 것 같다. "그렇죠, 아름다운 동물이죠." 그녀가 이렇게 대답했을 때 그녀의 삶에는 지금껏 들어본 적이 없는 아름다운 음악이 울려퍼진다.

그날 이후로 두 남녀는, 각자의 가족이 있었지만, 사랑에 빠진다. "나는 사랑이 안으로 침입하는 것인지 밖으로 터져나오는 것인지조차도 아직 알지 못한다." 사랑은 바이러스처럼 침입해서 나를 점령해버리는 것인가, 아니면 죄수처럼 갇혀 있다가 나라는 감옥을 뚫고 나오는 것인가. 자신의 경우는 후자일 거라고 그녀는 생각한다. 그 남자, 프란츠(그녀는 그 남자의 이름을 기억하지 못한다, 그냥 프란츠라고 부를 뿐이다)를 만나면서 그녀의 사랑은 자유를 얻었다. 그러나 프란츠는 어느 날 가족에게로 되돌아가고, 그날 이후로 그녀의 삶은 멈췄다. 이제 그를 기다리는 것 외에는 어떤 일도 하지 않겠다고 결심했고 또 실천했다. 그녀의 삶은 이제 다음과 같은 일들로 이루어진다. 그가 남기고 간 안경을 몇 년 동안 끼고 살아서 자신의 눈을 망가뜨리기. "그것이 그의 곁에 머물 수 있는 마지막 가능성이었다." 혹은 마지막으로 함께 누운 침대 시트를 빨지 않고 보관해두었다가 가끔 꺼내서 펼쳐보기. "아직도 선명하게 남아 있는 아름다운 내 연인의 정액 흔적"을 다시 보기 위해서.

이상의 내용은 이 소설의 첫 챕터에 적혀 있는 것들만을 정리한 것이다. 1년 전 일이니 분명히 기억난다. 고작 20쪽 남짓인 이 첫 챕터를 나는 몇 번에 걸쳐 쉬어가며 읽어야 했다. 심장이 세차게 뛰었기 때문이다. 그리고 20쪽을 다 읽고 나서, 이것이야말로, 내가 늘 기다리고 찾고 꿈꾸는 그런 종류의 소설이라는 것을 알았다. 어딘가에도 썼지만, '자신에게 전부인 하나를 위해, 그 하나를 제외한 전부를 포기하는' 이들의 이야기를 나는 당해내질 못한다. 이것만으로도 내게는 충분했을 것이다. 그러나 모니카 마론은 주인공 그녀의 형상 속에 2차대전 이후 동독에서의 삶이 한 여자에게 미친 불행한 영향들을 섬세하게 새겨넣었고, 독일의 분단과 통일이라는 역사적 격변이 개인의 삶에 가져온 엇갈림과 비틀림을 그녀 주위의 다른 인물들을 통해 포착해내면서, 이 소설이 그리는 사랑의 사건을 역사의 사건으로 끌어올린다. 우리 내면의 모든 것이 역사라는 변수에 종속돼 있는 것은 아니라 할지라도, 소설이 한 개인의 삶을 역사의 흐름 속에서 이해하려고 노력할 때 얼마나 더 깊어질 수 있는지를 이 소설은 탄식이 나오도록 입증한다.

한편으로는 지독한 사랑과 참혹한 애도의 서사이고 다른 한편으로는 독일의 분단과 통일에 대한 섬세한 스케치인 이 소설을 모니카 마론은 최상의 산문 문장으로 끌고 나간다. 최상의 산문 문장은 고통도 적확하게 묘파되면 달콤해진다는 것을 입증하는 문장이다. 달콤한 고통이 무엇인지를 꿈과 잠의 주체인 우리는 안다. 꿈과 잠에 비유해본다면, 그녀의 문장은, 어떤 이유에서인지 한없이 눈물을 흘리다가 탈진한 상태로 깨어나서는 한참을 더 울게 되는 그런 꿈이고, 탈진한 상태로 깨어나서 한참을 더 울다가 사랑하는 사람의 품에 안겨 그 슬픔이 달콤한 안도감으로 서서히 바뀌는 것을 느끼는 순간 다시 찾아오는 그런 잠이다. 그렇게 꿈꾸듯 잠자듯 이 소설을 읽어나가다보면, 불길한 예감이 적중한 듯한 결말을 만나게 되고, 이 소설의 제목에 대해서 다시 생각하게 된다. 이 작가는 어째서 'post coitum'을 지우고 'animal triste'만 남겨놓았나. 우리가 특정한 순간에만 슬픈 것이 아니라 사실은 대체로 슬프기 때문인가. 인간은 본래 '슬픈 짐승'이고 우리는 모두 슬픔의 식민지인가. 이런 생각에 저항하는 일이, 요즘의 내게는 예전만큼 쉽지가 않다.

신형철 문학평론가. 계간 『문학동네』 편집위원. 2005년 계간 『문학동네』에 평론을 발표하며 작품활동을 시작했다. 평론집 『몰락의 에티카』, 산문집 『느낌의 공동체』가 있다.

슬픈 짐승 *Animal triste*(1996)

현대 독일문단을 대표하는 여성 작가 모니카 마론의 대표작으로, 구동독에 대한 비판이 주를 이뤘던 이전 작품들과 달리 사랑과 열정이라는 모티프를 전면에 내세워 작가의 문학세계에서 새로운 전환점으로 평가받은 작품이다. 독일 통일 직후의 베를린을 배경으로 서독, 동독 출신의 두 남녀가 겪는 격정적인 사랑과 집착을 그려낸 이 소설은 개인의 삶과 사회 전체에 엄청난 충격과 변화를 가져왔던 '독일 통일'의 모티프와 '사랑'이라는 주제를 짜임새 있게 결합시키며, 구동독의 '기이한 시대'를 살았던 사람들과 통일 후 엄청난 변화를 겪은 이들의 삶과 사랑을 성숙하고도 강렬한 문체로 형상화했다.

모니카 마론 Monika Maron(1941~)

독일 베를린에서 태어났다. 독일 분단 이후 서베를린에서 살다가 동독의 내무장관을 역임한 양아버지 카를 마론을 따라 1951년 동베를린으로 이주했다. 1981년 발표한 첫 소설『분진』으로 이름을 알렸다.『오해』『경계 넘는 여인』 등의 작품은 동독 체제에 대한 비판적 내용을 담았다는 이유로 서독에서 출간되었다. 1988년 임시 비자를 받고 서독 함부르크로 이주했으며, 이듬해인 1989년에 베를린 장벽이 무너졌다. 나치 시대, 분단, 구동독의 사회주의, 그리고 통일이라는 독일 역사의 큰 흐름들은 모니카 마론 작품의 중요한 토대가 되었다. 1996년에 마론의 문학세계에서 새로운 전환점으로 평가받은 소설『슬픈 짐승』을 발표했다. 클라이스트상과 프리드리히 횔덜린 상 등 많은 문학상을 받았다.

엄마는 아무나 하나

『피로 물든 방』 앤절라 카터

김민정

내 나이 서른여섯에 엄마는 뭘 했나, 떠올려본 적이 있다. 지난 추석 때였고, 대낮부터 전 부치는 엄마 옆에서 그걸 안주 삼아 막걸리를 마시다가 살짝 취기가 돌면서 문득 그런 생각이 든 거다. 어쩌다 저 여자는 나를 갖고 나를 낳아 나를 버리지 못해 안달인 내 어미가 되었나. 세상 하고많은 사람들 가운데 왜 하필 우리가 모녀라는 이름으로 묶였나. 엄마가 손으로 찢어 입에 넣어준 묵은 김치를 씹으며 나는 엄마의 장례를 치르고 와 가장 먼저 한 것이 울면서 엄마의 김치를 냉동실에 얼리는 일이었다고 고백한 한 사람을 떠올렸다. 가히 그는 천재다, 이런 고마운 힌트라니.

엄마 나이 서른여섯에 난 초등학교 6학년이었으니 엄마는 그야말로 진짜배기 엄마였던 셈. 회가 먹고 싶다고 하면 그때부터 회칼을 석석 갈아 생선살을 뜨기 시작하는 게 엄마였고, 마당을 부리나케 쏘다니던 쥐새끼를 장독대 뒤로 몰아서는 연탄집게로 찍, 여봐란듯 눌러 죽이는 것도 엄마였으며, 키우던 진돗개가 동네 개천에 빠졌을 때 동시에 첨벙, 그 더러운 시궁창에 뛰어들어 원더우먼처럼 한 팔에 개를 안고 나온 것도 엄마였다. 그러던 어느 날 동네에 도둑이 자주 출몰한다는 소식이 나돌자 엄마가 꺼내 보인 것이 있었으니 다름 아닌 가스총이었다. 장난감이 아니라 진짜 총을 처음 만졌을 때의 그 소름 끼치는 차가움이라니, 엄마는 가스총을 장롱 선반 위에 올려놓으며 이렇게 말했다. 이제야 좀 안심이 되네.

여기 총을 가진 또 한 명의 엄마가 있다. "역경을 겪느라 아주 괴짜가 된 엄마는 이 권총을 언제나 가방에 넣고 다녔다"지. 우와, 장롱도 아니고 가방에 넣고 다닐 정도라면 이 엄마, 엄청 센 아줌마 맞다. 앤절라 카터의 소설집 『피로 물든 방』 속 표제작 「피로 물든 방」에는 이렇게도 터미네이터 같은 캐릭터로 분한 엄마가 나오신다. "사랑을 위해 기꺼이, 욕먹으며, 반항적으로 가난을 택"한 이 엄마는 군인이었던 남편이 "전쟁에서 영영 돌아오지 않았고 부인과 자식에게 유산으로 아직도 마르지 않은 눈물과, 훈장으로 가득찬 시가 상자와 낡은 연발 권총"밖에 남겨주지 않은 까닭에 이 총을 받아들게 된다. 총, 그러니까 엄마가 달라고 해서 뺏은 것도 아니고 쏠 일이 생겼을 때 쏠 수밖에 없음을 감안한 세상이 직접 내어준 것이 바로 이 총이었던 것이다.

앤절라 카터의 『피로 물든 방』을 읽어내는 일은 그리 어렵지 않다. 열 편의 이야기 모두 어딘지 모르게 낯익은 그림자의 잔상을 풍긴다. 그 뼈대를 우리에게 널리 알려진 여러 동화에서 빌려왔기 때문이다. 예컨대 「푸른 수염」 「미녀와 야수」 「장화 신은 고양이」

「백설 공주」「빨간 모자」 등등에서 말이다. 차용의 목적은 분명 깨는 데 있을 것이다. 파헤치는 데 있을 것이다. 우리를 구속하고 억압하고 강제해왔던 그 모든 허울 좋은 신화라는 길들여진 관습으로부터 종교도, 사회도, 문화도 다시금 바라보는 일. 따지고 보면 이는 문학의 특기 가운데 하나 아닐까. 모두가 예, 할 때 아니요, 하는 일인이 있다면 그가 바로 문학이어야 하듯 말이다.

감칠맛 나는 여러 이야기들 가운데 「피로 물든 방」은 참으로 묘한 매력을 두루 갖춘 소설이다. 줄거리를 더 줄이면 이렇다. 가난한 과부의 딸이자 예민한 손가락을 가진 열일곱 소녀가 돈 많은 후작에게 시집을 갔으나 알고 보니 그가 자신의 여자를 여러 방식으로 죽이는 취미를 갖고 있었고, 소녀 역시 그렇게 죽을 운명이었으나 딸의 전화 한 통에 '모성적 텔레파시'를 느낀 엄마가 바람같이 달려와 그 씹어 먹어도 시원찮을 후작의 머리통에 총을 쏘았다더라, 정도.

'모성적 텔레파시'라는 대목에서 나는 무릎을 쳤다. 믿기 어렵겠지만 모녀지간이라면 누구나 한 번쯤은 이 묘한 일체의 순간을 경험했을 것이다. 날치기를 당한 내가 경찰서에서 울고 있을 때 새벽 세시쯤 느닷없이 전화를 걸어온 엄마가 이러기도 했으니까. 꿈에서 네가 날 막 찾지 뭐야. 너 지금 어디야. 이렇게 도저히 설명할 길 없이 내 온몸에 끼쳐지는 어떤 전율 같은 거, 찰나의 침묵 같은 거, 그것이 바로 '모성적 텔레파시' 아닐까.

탄력 있는 문장에 좀처럼 빈틈을 보이지 않는 치밀한 묘사와 더불어 어떤 현실 앞에 맞짱을 떠버리는 인물들의 기개에 소설을 읽는 내내 시원하면서 칼칼한 목 넘김을 경험한 나는 앤절라 카터 앞에 붙는다는 여러 수식어들을 다시금 찾아봤다. '여성 에드거 앨런 포'라거나 '영문학의 마녀'라니, 그와 더불어 폭력과 성에 대한 노골적인 묘사로 유명하다고 하여 다시금 형광펜을 들고 책장을 넘겨가며 밑줄 그을 준비를 하였으나 내가 그은 유일한 문장은 이랬다. "도움이라면. 엄마."

그리고 세상을 향해 시선을 돌려봤다. 피로 물든 방이 피로 물든 지구임을 사람들은 알기나 할까. 어쨌거나 엄마만이 이 피를 멈추게 할 수 있을 터, 이 피를 닦아줄 수 있을 터, 그러니 내게 엄마 언제 되느냐는 소리 좀 마시라. 왜냐, 엄마는 아무나 하는 게 아니니까.

김민정 시인. 1999년 계간 『문예중앙』 신인문학상 시 부문에 「검은 나나의 꿈」 외 9편의 시가 당선되어 작품활동을 시작했다. 박인환문학상을 수상했다. 시집으로 『날으는 고슴도치 아가씨』 『그녀가 처음, 느끼기 시작했다』가 있다.

피로 물든 방 *The Bloody Chamber*(1979)

'여성 에드거 앨런 포' '영문학의 마녀'라 불리는 영국의 페미니스트 작가 앤절라 카터의 대표작으로, 「푸른 수염」「미녀와 야수」「백설 공주」「장화 신은 고양이」「빨간 모자」 등 널리 알려진 동화에 담긴 남성 중심적 시각을 비판하며 기묘하고 전복적인 상상력으로 동화를 새롭게 구성한 소설집이다. 카터는 이 작품을 통해 고전 동화에서 보편적 가치라고 여겨지던 것들이 사실은 부당한 세상에 순응하도록 만들려는 기득권의 이데올로기임을 폭로한다. 흔히 하위 문학 장르로 여겨지는 로맨스, 포르노, 범죄소설, 고딕소설, 공상과학소설 등에서 쓰이는 상투적인 기법을 사용하여 낡은 이야기들을 세련된 신화로 바꾸어낸 이 책은 출간 당시 '환상적이고 몽환적인 배경 묘사와 극적인 전개가 뛰어난 걸작'이라는 평단의 찬사를 받았다.

앤절라 카터 Angela Carter(1940~1992)

영국 서식스주에서 태어났다. 제2차세계대전을 피해 탄광촌 요크셔에 있는 외갓집에서 유년 시절을 보내면서, 노동자 출신으로 노동운동에 참여했던 외할머니의 영향으로 사회문제에 눈을 떴고, 독서와 영화를 즐겼던 부모님의 영향으로 지적, 문화적 소양을 쌓아나갔다. 브리스틀대학에서 중세문학을 공부하면서 고딕소설과 민담, 동화 등에 흥미를 가지게 되었고, 민담과 구전동화는 이후 카터의 작품세계에서 중심축을 이루게 된다. 대학 시절 쓴 첫 소설 『그림자 댄스』를 시작으로 남성, 서구, 백인, 이성애자 우위의 담론에 맞서는 전복적 글쓰기를 선보였다. 동화, 포르노 문학, 고딕소설, 마술적 사실주의 등 다양한 장르와 형식을 차용하며 남성 중심적 신화를 비판하는 작품들을 발표했다.

특별하고, 더럽고, 수치스럽고, 아름다운

「숨그네」 헤르타 뮐러

김애란

이야기는 이렇게 시작됩니다. 1945년 겨울, 러시아에 있는 강제수용소로 추방된 남자가 있습니다. 독일계 루마니아인이고 아직 앳된 청년이에요. 앞으로 우리에게 '숨그네'라 불리는 다소 낯선 단어에 엮인 이야기를 들려줄 사람입니다. 그러니 이 청년의 얼굴을 잘 기억해두도록 하세요. 그가 떠날 때 본 세상과 돌아온 뒤의 세계는 전혀 다른 것이 돼 있을 테니까요.

이 소설의 첫 대목에는 이송 열차에 관한 일화가 나옵니다. 물론 모든 이야기는 저 루마니아 청년의 눈을 통해 그려지고요. 청년 말에 따르면, 그날 밤 그는 군인들의 총구를 뒤로한 채 바지를 내리고 사람들과 나란히 볼일을 봤다고 해요. 어두운 설원 위론 지린내 나는 김이 무럭 올라오고…… 그 와중에도 '자신들을 버려두고 열차가 떠날까봐 미칠 듯이 두려워'하는 사람들 틈에서 수치와 공포를 느꼈다고 하고요. 당시의 풍경은 '그 밤의 세계가 얼마나 인정머리없고 고요하던지'라는 문장으로 정리돼 있네요. 그런데 그사이 누군가가 외칩니다.

—이것들 보라고, 살고들 싶지.

황량한 겨울밤, 누군가의 한마디에 사람들이 웁니다. 열흘 넘게 갇혀 있던 기차 안에서도 노래하고, 농담하고, 이성의 몸을 더듬기까지 했던 사람들이 말이에요. 더욱이 저 얘기를 한 사람은 러시아 군인이 아니었습니다. 저들과 같이 용변을 보던 또 한 명의 추방자였지요. 그런데 저 사내, 그렇게 말해놓고 자기도 웁니다. 대체 말言이 뭐기에, 사람 맘을 이리도 송두리째 흔들고 깃도 모자라 무너지게 하는 걸까요. 어쨌든 작가는 저 사내로 하여금 빈정대다 바로 훌쩍이게 만든 뒤, 우리에게 이런 질문을 던지려 한 것 같아요.

—인간은 참 이상해…… 그렇지?

뒤로 갈수록 이상한 사람들은 계속 늡니다. 정신이 살짝 나간 탓에 모두의 사랑을 받는 경비원 카티라든가, 죽어가는 아내의 수프를 빼앗아 먹는 파울, 다른 이의 목숨보다는 자신의 스카프에 관심이 많은 프리쿨리치가 그렇습니다. 그런데 보다 이상한 건, 그 이상함이 건드리는 몇몇 통점이 가장 보통의 우리, 혹은 인간 내면의 깊숙한 곳과 닿아 있다는 점입니다. 물에 닿아 꺾이고 휘는 빛처럼 말에 닿아 반사된 진실의 얼굴로 말이에요. 그러니 이쯤에서 미리 짐작해볼 수 있겠네요. 어쩌면 이 소설은 사건보다 사람에게 더 몸을 기울인 작품일지도 모르겠다고…… 헤르타 뮐러는 실로 이 이야기 안에서 각 인물들의 혈관을 섬세하게 만지고 있습니다. 작가가 그걸 어떻게 해냈느냐고요? 음, 당장은 이렇게 대답할 수밖에 없겠네요.

—단어들로.

말은 사치이고, 관념이며, 기만일 수 있던 시대에, 말에 매달려 말로 버티는 인물이 여기 있습니다. 그것도 강제수용소라는 장소에서. 소설 속 청년이 자기가 한 비밀스러운 연애, 즉 '랑데부'를 일컬어 표현한 것처럼, 그렇게 '특별하고, 더럽고, 수치스럽고, 아름다운' 단어들로 말입니다. 그런데도 이게 왜 시가 아니고 소설이 됐는지는 이 소설을 끝까지 읽어보시면 알게 될 거예요. 육체와 정신을 집요하게 갉아먹는 고통 속에서, 누군가 하도 만져 닳고 너절해진 낱말들이, 아름답되 먹지 못하는 열대어처럼 잔인하게 빛나고 꼬리 치며 달아나는 모습 또한 보시게 될 거고요. 말에 매달려, 말과 싸우며, 말과 더불어 살 수밖에 없는 사람들의 모양새가 얼마나 간단치 않은지, 그 또한 말을 빌려 온 힘으로 설명하고 있는 청년의 목소리가 먹먹합니다.

그리고 문득, 떠오르는 이미지 하나. 벼랑 끝에 매달린 사람이 가까스로 잡고 있는 나뭇가지 한 개…… 말. 언어. 혹은 문학. 그래서 그게 대체 무얼 할 수 있을까요. 글쎄요, 그럼 다시 이 소설의 첫머리로 돌아가볼까요. 거기 이런 말이 나와요.

가스계량기가 있는 나무복도에서 할머니가 말했다. 너는 돌아올 거야.

그 말을 작정하고 마음에 새긴 것은 아니었다. 나는 그 말을 대수롭지 않게 수용소로 가져갔다. 그 말이 나와 동행하리라는 것을 몰랐다. 그러나 그런 말은 자생력이 있다. 그 말은 내 안에서 내가 가져간 책 모두를 합친 것보다 더 큰 힘을 발휘했다. 너는 돌아올 거야는 심장삽의 공범이 되었고, 배고픈 천사의 적수가 되었다. 돌아왔으므로 나는 말할 수 있다. 어떤 말은 사람을 살리기도 한다. _17쪽

살면서 우린 많은 일을 겪게 되겠지요? 그중에는 좋은 일도 있고 나쁜 일도 있을 테고요. 지저귀듯 노래하며 시를 읊을 시절도, 기도하듯 무릎 꿇고 말을 줍는 순간도 있을 겁니다. 『숨그네』는 한 인간이 처한 어마어마한 크기의 허기와 고통의 시간을 그리고 있는 소설입니다. 거기서 사람이 만든 말이 사람에게 무슨 일을 하는지 또 어떤 일을 돕고 있는지 목격하는 건 이제 여러분의 몫이겠지요? 네? 저요? 이걸 이미 읽은 저는 그럼 뭘 할 거냐고요? 무얼 하기는요, 저도 이야기를 지어야죠. 다시, 여기서.

김애란 소설가. 2002년 제1회 대산대학문학상에 단편소설 「노크하지 않는 집」이 당선되어 작품활동을 시작했다. 한국일보문학상, 이효석문학상, 오늘의젊은예술가상, 신동엽문학상, 김유정문학상, 젊은작가상, 한무숙문학상을 수상했다. 소설집 『바깥은 여름』 『달려라, 아비』 『침이 고인다』 『비행운』, 장편소설 『두근두근 내 인생』이 있다.

숨그네 *Atemschaukel*(2009)

"우리 시대의 가장 중요한 문학적 증인"이라는 찬사를 받은 헤르타 뮐러가 2009년 출간한 장편소설. 2차대전 후 루마니아에서 소련 강제수용소로 이송된 열일곱 살 독일 소년의 삶을 충격적이고 강렬한 시적 언어로 밀도 있고 섬세하게 그려냈다. 인간의 숨이 삶과 죽음 사이에서 그네처럼 가쁘게 흔들리는 것을 상징하는 『숨그네』는 철저히 비인간화한 상황 속에서 살아남고자 하는 인간 삶의 한 현장을 섬뜩하면서도 아름답게 포착해낸다. 루마니아 독재 치하에서 비밀경찰에 협조하기를 거부해 독일로 망명한 헤르타 뮐러가, 자신처럼 망명한 시인이자 실제 수용소 생존자인 오스카 파스티오르의 구술을 토대로 쓴 작품이다.

헤르타 뮐러 Herta Müller(1953~)

루마니아 니츠키도르프에서 태어나 독일계 소수민족 가정에서 성장했다. 나치의 몰락과 루마니아 독재정권의 횡포를 침묵으로 지켜보았던 시골 마을의 강압적인 분위기는 어린 뮐러에게 정체 모를 공포와 불안을 심어주었다. 티미쇼아라의 한 대학에서 독일문학과 루마니아문학을 전공했고, 1982년 『저지대』로 등단했다. 1984년 베를린에서 재출간된 『저지대』는 유럽, 특히 독일문단과 정치권의 이목을 끌었고, 루마니아 정부는 『저지대』를 금서 조치했다. 이어 루마니아 비밀경찰의 감시와 압박이 심해지자 뮐러는 남편이자 동료 작가였던 리하르트 바그너와 함께 1987년 독일로 망명했다. 장편소설 『인간은 이 세상의 거대한 꿩이다』 『마음짐승』, 산문집 『악마가 거울 속에 앉아 있다』, 시집 『모카잔을 든 우울한 신사들』 등을 꾸준히 발표했으며, 2009년 노벨문학상을 받았다.

『우리 시대의 영웅』, 레르몬토프, 기형도, 그리고 우리 시대의 문학청년들

『우리 시대의 영웅』 미하일 레르몬토프

심보선

삶을 문학으로 만들기, 문학이라는 열병에 감염된 삶에 대한 경고는 오랫동안 있어왔다. 막스 베버는 그나마 괴테가 문학적 삶을 사는 데 성공했지만 그에게 있어서도 그러한 시도는 작품에 부정적 영향을 미쳤다고 본다. 미하일 레르몬토프의 소설 『우리 시대의 영웅』은 막스 베버의 입장에서 보면 실패한 삶-문학의 전형이다. 주인공 페초린은 사교계의 이목을 끄는 스물다섯 살의 장교였는데 그것은 바로 소설을 쓸 때 레르몬토프 자신의 초상이었다. 낭만주의의 세례를 입은 레르몬토프는 자신을 세계와 불화하는 존재로 보는 자기인식을 페초린에 투영했다. "나는 불행한 성격을 지녔어요. 교육이 나를 이렇게 만들었는지, 하느님이 나를 원래 이렇게 만들었는지는 나도 모르겠군요. 다만 내가 아는 것은 내가 다른 사람들의 불행의 원인이라면, 나도 그들 못지않게 불행하다는 사실입니다."

19세기 초 격동의 러시아에서 전쟁을 체험하고 문학을 사랑한 젊은이가 스스로를 불행한 존재로 보는 건 자연스러운 일이다. 그러나 넘치는 열정에 이끌려 삶과 작품을 하나로 만들려는 시도는 실패하게 돼 있다. 모리스 블랑쇼는 진정한 작가는 일기를 쓰는 작가라고 말했다. 작품에서 작가는 자아를 잃어버리고 또한 잃어버려야 한다. 작가는 작품을 쓰면서 잃어버린 자아를 회복하기 위해 일기를 쓴다. 따라서 진정한 작가는 일기와 작품을 동시에 쓰지만 그것을 하나로 만들지 않는다. 하지만 레르몬토프는 일기를 쓰듯 작품을 썼고 작품을 쓰듯 일기를 썼다. 그 결과 작품은 자의식의 과잉으로 장광설이 돼버렸고 그의 삶은 현실감각을 잃고 미망으로 빠져들었다. 레르몬토프는 27세에 죽었다.

레르몬토프는 삶과 문학을 뒤섞는 것의 위험을 잘 알고 있었다. 그는 소설에서 페초린의 라이벌 그루시니츠키에 대해 이렇게 평가했다. "그의 목적은 소설의 주인공이 되는 것이다. 자기가 평화를 위해 창조된 존재가 아니라 어떤 비밀스러운 고뇌를 겪을 운명을 타고난 존재라는 사실을 남에게 너무 자주 확신시키려고 노력한 탓에, 그 자신도 거의 그렇게 확신하게 되었다." 그루시니츠키는 자기 확신의 최면에 걸린 것처럼 결국 페초린과의 결투에서 사망한다. 흥미롭게도 레르몬토프 자신 또한 그루시니츠키처럼 동료 장교와의 결투에서 사망한다. 자신이 소설에서 한심한 인물로 그려낸 자처럼 사소한 이유로 결투를 하다 죽음을 맞이한 것이다.

그러나 나는 레르몬토프의 실패, 정확히 말하면 실패할 줄 알고 실패한 삶-문학이야말로 19세기 러시아와 현대의 한국을 연결시켜주는 사건이라 생각한다. 문학에 감염된 비극적 인간 레르몬토프에게 삶은 무엇이었는가? "늘 경계를 늦추지 않는 것, 시선 하나하나, 말 한마디 한마디의 의미를 포착하는 것, 그 의도를 알아맞히는 것, 음모를 와해시키는 것, 속은 척하는 것, 그러다가 갑자기 그들이 간계와 계략을 써서 힘들게 만든 거대한 건물을 일격에 무너뜨리는 것—바로 이것을 나는 삶이라고 부른다." 그에게 삶은 '말'들의 전투, "환영과의 전투"다. "그로 인해 나에게 남은 것은 무엇인가? 야밤에 환영과 전투를 벌인 이후에 찾아드는 피로감뿐, 동정으로 가득찬 희뿌연 추억뿐이다. 이 부질없는 투쟁에서 나는 영혼의 열기를, 또 현실 생활을 위해 꼭 필요한 꾸준한 의지를 소진해버렸다. 그렇게 이 삶으로 들어섰을 때 나는 그것을 이미 생각 속에서 다 체험한 뒤였다. 그래서 나는 지루하고 또 기분이 더러워졌다. 이미 오래전에 알고 있는 책의 질 나쁜 모방을 읽는 사람처럼." 그런데 문학적 삶이라는 어리석은 꿈 때문에 환영과의 전투가 실제로 총을 겨누는 결투가 되었고 그 결투에서 레르몬토프는 허무하게 목숨을 잃었다. 이것은 단지 어느 사라진 왕국의 희귀한 반영웅 이야기일까? 우리는 레르몬토프를 닮은 한국의 시인 한 명을 알고 있다. 그 또한 비극적 '말'들의 세계에 빠져 자신의 삶을 이미 살아버린 것으로 체험했다. "나의 영혼은 검은 페이지가 대부분이다."(기형도, 「오래된 書籍」) "나는 헛것을 살았다, 살아서 헛것이었다."(기형도, 「물속의 사막」) 기형도 역시 레르몬토프처럼 자기가 쓴 작품을 모방하듯 20대의 나이에 심야 극장에서 외롭게 죽음을 맞이했다.

레르몬토프와 기형도의 삶은 천재들의 예외적 삶일 뿐인가? 그렇지 않다. 21세기 청춘에게도 동일한 비극이 있다. 세계와 불화하며 삶을 고독한 여정으로 보는 개인들이 갖는 자기 환멸의 파토스가 있다. 이때 작가와 독자 모두에게 문학은 구원이자 저주다. 문학의 수다스러운 말은 세계와 자아의 비참을 표현하고 그것과 대결하게 한다. 그러다 그 말이 그저 말에 그치는 것이 아니라 실재가 되어 삶을 파괴할 수도 있다. 레르몬토프와 기형도, 현대의 문학청년은 문학이라는 비밀의 언어를 통해 우정을 나누고 공동체를 이룬다. 만약 이 우정 공동체를 가능하게 하는 문학의 행복이라는 것이 있다면 그것은 일반적인 행복과 다를 것이다. "행복이란 무엇인가? 한껏 충족된 오만함이다. 만약 내가 스스로를 세상에서 제일 훌륭하고 강력한 자로 여길 수 있다면, 나는 행복할 것이다." 그러나 문학의 행복은 가장 나약한 자들이 벌이는 가장 치열하고 위험한 싸움에서 비롯되는 행복이다. 그 싸움이 오로지 나 혼자만의 것이 아님을 알게 됐을 때 느끼는 행복이다. 문학은 '우리 시대의 영웅'이 슈퍼스타가 아니라 동시대의 소수자들, 고독한 패잔병들, 같은 운명을 나누는 먼 곳의 친구들임을 알려준다. 문학작품은 성공적이어서가 아니라, 먼 곳에서 온 친구의 편지로 읽힐 때에만, 내게 가없는 행복을 준다.

심보선 시인, 사회학자. 1994년 조선일보 신춘문예에 시 「풍경」이 당선되어 작품활동을 시작했다. 시집 『오늘은 잘 모르겠어』 『눈앞에 없는 사람』 『슬픔이 없는 십오 초』, 산문집 『그을린 예술』, 옮긴 책으로 『수용소』가 있다.

우리 시대의 영웅 Герой нашего времени(1840)

스물일곱 살의 젊은 나이에 세상을 떠난 19세기 러시아의 천재 작가 미하일 레르몬토프가 남긴 유일한 장편소설이다. 이 작품으로 레르몬토프는 '러시아문학이 시에서 산문으로 이행하는 것을 성취해낸 작가'라는 평을 얻었다. 연작소설과 액자소설의 형식을 통해 이야기의 주변에서 중심으로 접근함으로써, 작가 스스로가 '우리 세대 전체의 악덕들로 구성되고 그것이 완전히 발현된 초상'이라고 밝힌 '우리 시대의 영웅'의 형상을 찾아가는 작품이다. 귀족들의 위선과 속물성에 조롱과 냉소를 날리며, 치기 어린 염세주의로 세상에 맞서는 주인공 페초린의 모습에서 당시 러시아에 만연해 있던 바이런주의의 전형을 볼 수 있다.

미하일 레르몬토프 Михаил Лермонтов(1814~1841)

러시아 모스크바에서 태어났다. 페테르부르크의 기병학교를 졸업하고 소위로 임관된 후 희곡과 소설 등을 썼고, 1837년 푸시킨의 죽음을 애도한 시 「시인의 죽음」을 발표했다. 문학잡지 『조국수기』에 여러 시를 발표하며 시인으로서 재능을 인정받았다. 1839년에 단편소설 「벨라」를 발표하며 소설가의 길에 들어섰고, 이어서 「운명론자」 「타만」을 발표하였다. 1840년에는 장편소설 『우리 시대의 영웅』을 출간해 호평을 받았다. 이듬해 결투로 총상을 입고 스물일곱의 나이에 사망했다.

무너지는 사랑의 낙원

『실낙원』 존 밀턴

정용준

최초의 인류인 아담과 이브는 낙원의 원주민들이었다. 그곳은 "선악을 알게 하는 나무의 실과를 따먹지 말라"는 계명을 제외한 그 어떤 법이나 윤리도 존재하지 않는 세계였다. 가난도 없고, 겨울도 없고, 슬픔도 없고, 눈물도 없는 완전한 땅이었다. 하지만 그들은 곧 낙원을 잃게 된다. 유일한 법을 어겼기 때문이다. 창조주는 그것을 용서하지 않았다. 형벌은 가혹했다. 낙원에서 쫓아냈고, 죽음을 예감하는 유한한 존재로 전락시켰으며 남자에게는 노동의 고통을, 여자에게는 해산의 고통을 내렸다. 그것은 그들이 범한 단 하나의 죄였지만 그 죄는 인류 모두가 유산으로 물려받아야만 하는 원죄가 되고 말았다.

나는 가끔 물끄러미 앉아 그들의 삶을 상상해보곤 한다. 낙원에서 그들의 삶은 완전했다. 알몸의 상태로 부끄러움 없이 서로를 사랑했고, 부드럽고 따뜻한 풀밭에 누워 불면 없이 잠들었으며 한 점의 우울감도 없이 눈을 떴다. 그들은 악을 알지 못했기에 죄의식과 죄책감을 몰랐고, 부끄러움을 알지 못했기에 치욕과 비참 같은 슬픈 감정도 느낄 줄 몰랐다. 하지만 낙원을 잃은 후부터 그들의 삶은 고통스러웠다. 비참했을 것이고 육체와 정신을 완전히 무너뜨린 박탈감은 그들로 하여금 '차라리 죽고 싶은' 심정을 느끼게 했을지도 모른다.

존 밀턴이 지은 『실낙원』은 천국과 지옥, 천사와 악마, 인간의 원죄와 구원의 가능성을 다룬 일종의 종교 서사시다. 표면적인 서사는 아담과 이브가 사탄의 유혹에 넘어가 선악과를 따먹고 낙원에서 쫓겨나는 내용이다. 시간적으로 태초 이전과 종말 이후를, 공간적으로 천국과 지옥, 낙원과 실낙원까지 방대한 이야기를 다루고 있다. 사실 이 책을 읽어내는 중요한 코드는 천상 세계에서의 싸움과 그 싸움에서 패배한 사탄이 품는 복수심에 있다. 하지만 나는 중심에서 비껴난 부분이 마음에 걸린다. 어쩌면 서사의 구석자리를 차지하고 있을 사소한 대목일 수도 있지만 자꾸 그쪽에 신경이 쓰인다. 뭐랄까, 작은 가시가 박힌 손가락을 만지작거리는 심정이랄까. 선악과를 따먹은 직후 아담과 이브에게서 나타난 이상하고 쓸쓸한 행동이 그것이다.

그들이 받은 형벌 중 가장 끔찍한 벌은 부끄러움을 알게 된 어떤 인식에 있다. 그들이 낙원의 법을 어기자마자 경험한 최초의 감정은 수치심이었다. 그전에는 단 한 번도 느껴보지 못한 감정이었기에 두려웠고, 이 감정의 정체를 알지 못해 혼란스러웠을 것이다. 그들은 본능적으로 어두운 그늘로 숨었고 크고 둥근 잎으로 자신의 몸을 가렸다. 그들은 어떤 이유에서인지 그동안 내내 허물없이 지냈던 연인으로부터 '부끄럽다'는 감정을 느꼈다. 원망의 마음이 생겼고 의심의 싹이 움텄으며 미움과 분노의 열기에 휩싸였다. 한 몸을 나누어 가진(창조자는 아담의 갈비뼈를 취해 이브를 만들었다) 연인을 자신과 상관없는 낯선 사람 혹은 미워하는 원수로 느끼게 된 것이다.

낙원에서의 삶이 어땠을지 궁금하다. 한 점의 죄의식도, 그 어떤 부끄러움도 없는 상태가 주는 만족감은 도대체 어떤 느낌일까? 우리들도 사랑의 감정을 느낄 때 낙원과 흡사한 상태로 들어갈 수 있다. 사랑에 깊이 빠질 때 우리는 원죄를 망각할 수 있고 낙원의 아담과 이브가 될 수 있다. 어떤 사랑은 갑옷처럼 정신의 바깥을 두르고 있는 부끄러움을 녹이고, 몸과 마음을 마비시키며, 무엇보다 기습적으로 찾아온다. 나체의 상태를 서로에게 보여도 부끄럽지 않고 함께 있는 시간과 공간을 제외한 모든 세계가 무의미하게 느껴진다. 사회적 제도나 윤리의식은 사랑의 세계에서는 전적으로 무의미하다. 그들은 부끄러움이 없는 자유로운 감각 속에 누워 원초적인 느낌과 말 들을 주고받는다. 연인들은 이런 방식의 기이한 행복과 만족감을 느껴본 적이 없기에 서로를 특별하게 여기게 된다. 그러나 이 낙원은 불완전하다. 모래로 지은 성처럼 단 한 번의 파도로 흔적도 없이 사라지기도 하고 조금씩 마모되고 균열이 생기기도 한다. 지키려고 애를 썼는데 기어이 무너지는 세계를 바라보며 우리는 깨닫게 된다. "실낙원 위에 세운 낙원은 결국 실낙원에 불과하구나."

하지만『실낙원』의 연인들의 사랑이 완전히 망가진 것은 아니었다. 그들은 사랑을 지키기 위해 새로운 형식을 만들어냈다. 상대방이 변했음을 깨달았지만 열렬히 사랑하는 마음에서 상대방과 함께 멸망하기로 결심한 것이다.

> 그러나 나는 그대와 운명을 같이하고 형벌을
> 같이하련다. 만일 죽음이 그대와 짝짓는다면 죽음은
> 내게 생명이리라. (…) 그대는
> 나의 것이기에. 우리 몸을 가를 수 없다. 우리는 하나,
> 한 살. 그대를 잃음은 나 자신을 잃는 것. _2권, 116쪽

> 그대와 같이 죽으려는 것이 나의 확실한
> 결심이니, _2권, 114쪽

우리는 영원한 실낙원을 살고 있다. 그럼에도 불구하고 나와 당신들은 여전히 낙원을 꿈꾼다. 무너질 것을 알면서도 쌓고, 죽음을 예감하면서도 살며, 사랑으로 인해 자신의 삶이 멸망할 것을 알면서도 이 사랑을 포기하지 않는다. 이것은 어리석음이 아닌 어쩔 수 없음일 것이다. 나는 이런 문제에 대해 오랫동안 고민해왔다. 결론은 다음과 같다. 어쩔 수 없는 것은 정말 어쩔 수 없다. 그것은 운명의 다른 이름이고 사랑의 원초적인 형식이다.

'실낙원'은 우리의 낙원이다. 지옥과 천국이 함께 섞여 있는 세계이고, 사랑과 이별이 섞여 있는 세계다. 희열과 고통은 쉽게 구분되지 않는 법이다. 그러니 당신, 낙원을 향한 꿈을 절대 포기하지 마라. 영원을 모르는 인생에게 순간보다 소중한 가치는 없으니.

정용준 소설가. 2009년 월간 『현대문학』에 단편소설 「굿나잇, 오블로」가 당선되어 작품활동을 시작했다. 젊은작가상, 웹진문지문학상을 수상했다. 소설집 『가나』 『우리는 혈육이 아니냐』, 장편소설 『바벨』 『프롬 토니오』가 있다.

실낙원 *Paradise Lost*(1667)

호메로스와 베르길리우스의 고전 서사시 전통을 고스란히 이어받은 작품으로 전 12편, 10,565행으로 이루어져 있다. 원래 1667년 초판 당시에는 전 10편이었는데, 1674년 재판 때 제7편과 제10편을 각각 두 편으로 나누어 전 12편으로 만들었다. 『실낙원』의 줄거리는 최초의 인간 아담과 이브가 사탄의 유혹에 넘어가 선악과를 따먹고 에덴에서 쫓겨나는 것이지만, 시간적으로는 아담 이전의 영원한 과거부터 아담 이후 그리스도의 재림까지, 공간적으로는 에덴을 사이에 둔 천국과 지옥까지, 시공간적으로 방대한 이야기를 장중한 문체로 화려하게 노래하고 있다. 서사시라는 고전문학의 형식에 인간의 원죄와 구원의 가능성이라는 기독교적 내용을 성공적으로 융합시킨 걸작이다.

존 밀턴 John Milton(1608~1674)

영국 런던에서 부유한 공증인의 아들로 태어났다. 당시 유명한 신학자였던 토머스 영에게 사사를 했고, 16세 때 이미 성경 「시편」 일부를 운문으로 번역했다. 17세 때 케임브리지의 크라이스트 칼리지에 입학했고, 24세 때 문학석사로 졸업할 때까지 최초의 걸작 「그리스도 탄생하신 날 아침에」를 비롯한 여러 편의 소네트를 썼다. 1640년 제2차 주교전쟁을 시발로 논쟁과 정쟁의 와중에 몸을 던져 수많은 정치적 산문을 발표했고, 크롬웰 공화정부에 적극적으로 가담하여 크롬웰의 라틴어 비서관으로 복무했다. 1660년 왕정복고 때 간신히 목숨만 건진 밀턴은 재산 몰수와 정치적 탄압, 그리고 실명과 가정불화로 절망과 고독에 시달렸다. 대표작으로 『실낙원』 『복낙원』 『투사 삼손』이 있다.

문학동네 세계문학전집 033~034

현대의 고전은 어떻게 자신의 파급력을 회복하는가에 대한 짧은 글짓기, 『복낙원』의 경우

『복낙원』 존 밀턴

황인찬

밀턴의 작품이 오늘날 한국의 독자들에게 쉽사리 받아들여지기란 여간 힘든 일이 아닐 것입니다. 대부분의 독자들은 서사시의 양식에 익숙하지도 않으며, 작중 끊임없이 인용되는 고대 희랍에 대한 배경지식도 부족하고, 기독교문학 특유의 신의 광영에 바치는 무진장한 찬미 또한 독자들에게는 거북하게 여겨질 것입니다. 물론 그것은 누구의 잘못도 아닙니다. 17세기 영국에서 쓰인 작품이 21세기 한반도에서 자연스럽게 받아들여진다면 그것도 이상한 일일 테니까요.

그리하여 덧붙이는 말이지만 존 밀턴의 『복낙원』은 많은 독자들이 독서의 희열과 기쁨 속에서 열렬하게 받아들일 그런 작품은 아닙니다. 독자들은 이 작품을 읽으며 앞서 언급한 것과 같은 이유로 많은 난관을 겪을 수도 있습니다. 게다가 『복낙원』과 한 쌍으로 묶인 『실낙원』을 이미 읽은 이라면, 그리하여 거기서 느낀 것과 같은 신화적 규모의 카타르시스를 『복낙원』에 기대하는 이라면 그러한 기대에 배반당할 수 있음을 부인하기도 어렵습니다. 장대한 이야기와 거기에 담긴 인류 비극의 기원, 그리고 그 인류 근원에 닿은 모티프가 자아내는 비장함 등을 그려내는 『실낙원』에 비하면 그 후속작인 『복낙원』은 어쩐지 왜소하게 여겨질 수도 있을 것입니다.

여기까지가 『복낙원』의 재독을 마친 뒤 처음으로 떠오른 생각이었습니다. 그런데 이상한 것은 그럼에도 저는 이 이야기가 어쩐지 자꾸 마음에 남고, 신경이 쓰이고, 그리하여 결국에는 '매우 좋다'는 데까지 생각이 도달하고야 말았던 것입니다. 어째서 이 낡고 낡은 이야기가, 심심하기만 한 이야기가 그토록 제 마음에 남아 있었을까요.

『복낙원』은 제목 그대로 인간이 낙원을 잃어버린 뒤, 그것을 다시 되찾는 신의 아들의 여정을 주제로 삼고 있습니다. 낙원이 수복되는 순간은 언제입니까. 기독교적 관점에서 본다면 그것은 신의 아들이 스스로 제물이 되어 인간의 원죄를 씻어내는 그 순간, 십자가 위에서의 그 순간일 터입니다. 그야말로 스펙터클한 순간입니다. 골고다 언덕 위에 세 개의 십자가가 꽂혀 있고, 그 한가운데 신의 아들이 매달려 죽임을 당하고, 그가 죽기 직전 내뱉는 '다 이루었다'는 한마디와 그의 사후 나타나는 부활의 징조들과 부활, 그리고 승천까지. 신약에서 이토록 장엄한 장면은 흔치 않습니다. 낙원이 수복되는 결정적 순간이라면 바로 이 순간을 꼽을 수 있을 것입니다.

그러나 『복낙원』의 시점은 거기에 있지 않습니다. 예수가 신의 아들로서 공생애를 살기 직전, 광야에서의 40일간을 이야기의 무대로 삼고 있는 것입니다. 이야기를 요약하면 아래와 같습니다. 세례 요한의 세례를 받은 신의 아들은 "강한 동기에 이끌려" 광야로 나간다. 그리고 촌로로 위장한 악과 일곱 번에 걸친 논쟁을 벌여 선의 완전한 승리를 거둔다. 두 문장으로 요약되는 이 이야기의 중심을 이루는 것은 바로 저 일곱 번의 논쟁들입니다. 악의 꾸준한 회유와 그에 대응하는 선의 단호한 거절이 책 한 권에 걸쳐 이어지는데, 가만 듣고 있자면 되레 악의 유혹이 감동적일 지경입니다. 신의 아들이 아무리 꾸짖어도 포기하지 않고 그를 악으로 끌어들이고자 노력하는 모습을 보면 어쩐지 속으로 동조도 하고 응원도 하게 되고야 마는 것입니다. 사실 우리에게 재미를 주는 것은 이와 같이 물처럼 흔들리는 음영들이지, 바늘 하나 들어갈 여지도 보이지 않는 위대한 바위는 아니지 않겠습니까. 그런 이유로 악을 물리치는 순간 예수의 모습은 위대해 보일지언정 매력적으로는 보이지 않습니다. 조금의 흔들림도 없는 선 그 자체인 신의 아들의 승리를 약간은 심드렁한 심정으로 계속 읽어나가다 눈이 번쩍 뜨인 것은 마지막 구절에 이르러서였습니다.

> 이같이 천사들은 하나님의 아들, 온화한 우리의 구세주를
> 승리자로 찬송하고 하늘의 성찬으로 원기를 북돋워
> 기쁘게 그의 길로 인도하니, 예수는 눈에 띄지 않게
> 고향 어머니의 집으로 혼자 돌아갔도다. _109쪽

이 장면은 계속 광야에 고정되었던 작품의 시선이 처음이자 마지막으로 '운동'하는 순간입니다. 이 대목이 한동안 저의 마음속

에 남아 있었습니다. 선의 완전한 승리를 거두고, 악을 추락시킨 뒤 조용히 혼자 돌아가는 신의 아들의 모습이 한편으론 비장하고 한편으론 애달프게 여겨졌던 것입니다. 복낙원을 준비한다는 것은 신의 아들이 자신의 죽음을 준비한다는 뜻이기도 할 터입니다. 그렇다면 이와 같이 세상의 눈에 띄지 않는 조용한 길이야말로, 그야말로 복낙원의 도래에 가장 어울리는 길 아니겠습니까.

여기까지 생각해보면 밀턴이 선택한 『복낙원』의 배경이 매우 절묘하다는 생각이 듭니다. 구원의 핵심은 구원이 도래하는 순간이 아니라 바로 저 구원 직전의 침묵 상태에 있는 것입니다. 요란스러운 투쟁은 한자리에 머무른 채 행해지는 것이나, 구원이란 침묵하며 운동하는 저 상태에 깃들어 있는 것이자 침묵의 운동 그 자체인 것입니다.

아마 밀턴이 하고자 한 말 또한 여기 있지 않았을까 하는 생각입니다. 여전히 세계에는 낙원이 도래하지 않았으며, 우리가 낙원의 도래를 위해 이행해야 하는 단계가 있다면 바로 저 침묵의 운동 자체라는 것 말입니다. 이 작품이 쓰인 시기가 그가 열성을 바치던 공화정이 무너지고 왕정이 복고되었을 때였다는 점을 생각한다면 그가 이와 같은 방식으로 낙원의 수복을 그려낸 까닭을 더욱 깊이 이해할 수 있습니다(당시 『복낙원』과 함께 발표된 작품 『투사 삼손』이 비참한 상태에 빠져 마음이 꺾인 신의 사자가 다시 정신적 회복을 이루고 스스로가 신에게 선택받은 이임을 재확인하는 내용이라는 점을 염두에 두면 그의 의도가 어디에 있었는지 더욱 확실해집니다). 그는 신의 아들이 만인의 열광과 저주를 통과하며 수많은 이적을 보이는 극적인 이야기를 그려내는 대신, 신의 아들이 겪는 내적 갈등과 그 승리를 그려냄으로써 그 자신과 독자들이 아직 도래하지 않은 진정한 낙원을 대비할 수 있기를 바란 것입니다. 이처럼 재래 혹은 재림 등을 대비하여 은밀히 움직이는 침묵의 운동 상태는 이후 엘리엇이나 예이츠 등 영국의 위대한 작가들에게서 다시 반복되었는데 아마 그들 또한 밀턴의 영향 아래 있었던 것이 아닐까 합니다.

다시 말하지만 이 작품은 수많은 독자들이 열렬한 기쁨을 느끼며 읽을 수 있는 종류의 책은 아닙니다. 그러나 저 지난한 시간과 문화의 장벽을 넘어 이 한 권의 독서를 마친다면, 우리는 수백 년 전 대륙 너머의 한 인간이 전력으로 분투하던 문제가 여전히 우리의 문제이기도 하다는 것을 확인하고 잠시나마 그것에 대해 곱씹을 시간을 가질 수도 있을 것입니다. 그것이 바로 고전이 그 자신만이 가진 가치를 발휘하는 순간 아니겠습니까. 재미있는 읽을거리는 이미 차고 넘치게 많으며 읽은 뒤 기쁨이든 감동이든 받을 수 있는 작품도 많습니다. 그러나 진정 훌륭한 고전이란 세대를 막론하고 우리의 마음 한구석에 찜찜함을 남겨놓는 작품이 아닐까 하는 것이 저의 생각입니다. 그리고 『복낙원』은 우리에게 확인시켜줍니다. 우리가 이미 알고 있는 사실을 말입니다. 우리가 사는 이곳은 여전히 낙원이 아닙니다.

황인찬 시인. 2010년 월간 『현대문학』 신인추천공모로 작품활동을 시작했다. 김수영문학상을 수상했다. 시집 『희지의 세계』 『구관조 씻기기』가 있다.

복낙원 *Paradise Regained*(1671)

인간의 원죄를 주제로 한 종교 서사시로서 영국 르네상스시대의 최고 걸작으로 평가받는 명작 『실낙원』의 후속편. 전 4편 2,070행으로 구성된 『복낙원』은 간결하면서도 그 주제와 구조는 『실낙원』 못지않게 치밀하고 드라마틱하며, 비극이 아닌 희극으로 끝을 맺음으로써 전작과 조화를 이루고 있다. 유혹하는 사탄과 이를 물리치는 예수의 격렬한 논쟁을 통해 메시아의 등장과 낙원의 회복을 알리는 지적 서사로 이루어진 이 작품은 결국 구원의 길은 인간의 자유의지에 달렸음을 시사한다. 굳건한 신앙인이자 불굴의 혁명가였던 밀턴의 삶과 생각이 고스란히 담겨 있는 걸작으로 꼽힌다.

존 밀턴 John Milton(1608~1674)

영국 런던에서 부유한 공증인의 아들로 태어났다. 당시 유명한 신학자였던 토머스 영에게 사사를 했고, 16세 때 이미 성경 「시편」 일부를 운문으로 번역했다. 17세 때 케임브리지의 크라이스트 칼리지에 입학했고, 24세 때 문학석사로 졸업할 때까지 최초의 걸작 「그리스도 탄생하신 날 아침에」를 비롯한 여러 편의 소네트를 썼다. 1640년 제2차 주교전쟁을 시발로 논쟁과 정쟁의 와중에 몸을 던져 수많은 정치적 산문을 발표했고, 크롬웰 공화정부에 적극적으로 가담하여 크롬웰의 라틴어 비서관으로 복무했다. 1660년 왕정복고 때 간신히 목숨만 건진 밀턴은 재산 몰수와 정치적 탄압, 그리고 실명과 가정불화로 절망과 고독에 시달렸다. 대표작으로 『실낙원』 『복낙원』 『투사 삼손』이 있다.

신념은 통조림 깡통 앞에서도 무너진다

『포로기』 오오카 쇼헤이

허연

어린 시절 필자는 외가 작은할아버지의 젊은 시절 사진을 보고 잊지 못할 묘한 감흥을 느낀 적이 있었다. 사진 속에는 멋진 군복에 긴 칼을 옆에 찬 젊고 잘생긴 청년이 서 있었다. 사진의 배경이 야자수여서 내게는 더욱 낭만적으로 다가왔다. 하지만 이상하게도 이 멋진(?) 사진에 관한 보충 질문에 집안 어른들은 아무도 친절하게 답해주지 않았다. 의문은 내가 어느 정도 철이 들어서야 풀렸다.

나의 외종조부, 즉 어머니의 작은아버지께서는 일제에 의해 강제로 전쟁터에 끌려갔던 조선인 포로 감시원이었다. 영어를 할 줄 안다는 이유만으로 끌려가 연합군 포로를 감시하는 일을 해야 했던 외종조부는 전쟁이 끝나고도 쉽게 고국으로 돌아오지 못했다. 일제가 조선인 감시원들에게 포로 학대의 책임을 뒤집어씌웠고,

이 때문에 조선인 포로 감시원들은 B, C급 전범으로 전범재판에 회부되어야 했다. 할아버지 역시 재판을 받고 필리핀 전범감옥에 수감되었다가 당시 포로였던 연합군들이 탄원서를 내준 덕분에 겨우 감형되어 해방된 조국에 돌아올 수 있었다. 외종조부와 가족들에게 그 사건은 평생 씻을 수 없는 아픔으로 남았다.

전쟁은 누구에게나 상흔을 남긴다. 근세에 있었던 전쟁은 더욱 그렇다. 각종 자연재해 이외에 전쟁만큼 강력한 상처를 남기는 일이 또 있을까. 불과 70년쯤 전에 일어났던 태평양전쟁도 많은 구체적 상처로 우리에게 남아 있다. 식민지로서 경험했던 전쟁이었기 때문에 더욱 그렇다. 우리를 지배했던 일본이 미국을 주축으로 한 연합국들과 전쟁을 치르고 있었으므로 대부분 조선인은 일본의 패배를 기다리고 있었지만 역사는 그렇게 간단하지 않았다. 너무나 슬프게도 조선 젊은이들 중 상당수가 이런저런 연유로 일본 군복을 입고 전쟁에 복무해야 했던 것이다. 이런 아이러니는 많은 사람의 기억 속에 수없이 많은 상처를 남겼다.

오오카 쇼헤이의 소설 『포로기』는 만감이 교차하게 만드는 소설이다. 간단하게 말해서 이 소설은 태평양전쟁에 징집되었다가 미군에게 잡혀 포로 생활을 했던 한 일본인의 수기다. 하지만 전쟁에 희생된 한 인텔리의 기록으로만 보기에 태평양전쟁은 우리 민족과 너무나 밀접한 전쟁이었다. 그래서 이 작품을 객관적으로 읽어내기란 쉽지 않다. 어찌 보면 이 점이 『포로기』라는 문학작품의 가장 강력한 자기장일지도 모른다는 생각까지 든다.

작품의 얼개는 이렇다. 저자이자 작품의 주인공인 오오카 쇼헤이는 일본의 명문 교토대학에서 불문학을 공부한 엘리트였다. 특히 스탕달에 심취했던 그는 번역가이자 작가로서 주목받는 인생을 살다 태평양전쟁 말기 36세라는 늦은 나이에 갑자기 징집된다. 당시 심각한 병력 부족에 시달리던 일본 군부가 징집 연한을 늘려 마구잡이로 병사들을 끌어모으던 시기였다. 늦은 나이에 이등병이 된 쇼헤이는 3개월간의 교육을 받고 필리핀 민도로섬에 배치된다. 그 무렵 민도로섬은 일본군에게조차 버려진 섬이었다. 맥아더는 필리핀을 수복하기 위해 민도로섬과 레이테섬에 대대적인 상륙작전을 감행했지만 일본 군부는 이 섬들을 지킬 여력이 없었다. 루손섬을 마지막 보루로 생각하고 있던 일본에게 민도로섬까지 지키는 건 사치였다. 바꿔 말하면 민도로섬에 배치된 일본군들의 운명은 이미 정해진 것이나 다름없었다. 민도로섬의 일본군들은 빈약한 장비와 물자 부족에다 말라리아 같은 풍토병으로 거의 궤멸 직전이었다. 쇼헤이는 말라리아에 걸린 몸으로 필리핀 정글을 떠돌다 결국 미군의 포로가 된다. 포로가 되어 야전병원을 전전하던 그는 수용소의 영어 통역을 맡으면서 단순한 포로가 아닌 포로 이상의 대우를 받는 중간자적 시각으로 수용소라는 상황을 바라보기 시작한다.

소설은 1945년 겨울 일본으로 돌아온 쇼헤이가 지인이자 문학평론가인 고바야시 히데오로부터 전쟁 체험을 써보지 않겠느냐는 제안을 받고 집필하기 시작한 것이다. 이렇게 탄생한 『포로기』는 쇼헤이가 징집당했을 때부터 일본으로 돌아오기까지의 과정을 실존적 시각으로 그려낸다. 자기가 직접 참전한 전쟁의 기록이지만 쇼헤이는 나름의 관찰자적 시각을 포기하지 않는다. 작품의 색채를 드러내 보여주는 대목은 이런 부분이다.

우리는 군인이 아니었지만, 나중에는 확실히 포로가 되었다. (…) 전쟁터에서 우리에게는 아무것도 남지 않았지만, 포로 생활에서는 확실히 남은 것이 있었다. 그것이 때때로 나에게 속삭인다. '너는 지금도 포로가 아닌가?'라고. _236쪽

쇼헤이가 경험한 '포로수용소'는 우리가 머릿속에서 그리는 끔찍한 수용소의 모습은 아니다. 이 때문에 쇼헤이의 『포로기』 역시 다른 수용소 문학과는 근본적으로 다르다. 다시 말해 아우슈비츠 생존 작가인 프리모 레비의 일련의 저작들이나 구소련의 정치범 수용소를 그린 솔제니친의 문학과 쇼헤이의 문학은 서로 다른 결을 지닌다.

쇼헤이의 작품에 등장하는 포로들은 포로가 되기 전보다 훨씬 편안해진 인간 군상들이다. 이제 전쟁은 끝났고 전범재판에 회부되지도 않았으니 어쨌든 집에 갈 일만 남은 자들이다. 더구나 인도주의를 표방한 미군들은 일본인 포로들에게 인간적인 대우를 해준다. 포로가 되기 전보다 훨씬 좋은 곳에서 지내면서, 훨씬 좋은 음식을 먹고, 의료나 문화 서비스까지 받게 된 인간 군상들은 너무 쉽게 타락하기 시작한다. 그들은 더이상 생사를 헤매던 군인들이 아니다. 조금 더 많이 먹고 조금 더 편하기 위해 그저 욕심으로 점철된 하루하루를 보내는 무의미한 족속들이다. 그들은 '죽이지 않으면 내가 죽는다'고 아침저녁으로 외치던 바로 그 적들의 보호 아래 타락하고 있는 것이다. 왜 전쟁을 했는지조차 잊어버린 채 타락하는 포로들을 보며 쇼헤이는 냉정한 시선을 던진다. 소설은 '타락한 포로'라는 흔치 않은 표본을 통해 인간의 본질을 되묻는 것이다. 편한 잠자리와 통조림 깡통 몇 개에 너무나 쉽게 타협해버리는 인간의 본질적 졸렬함. 이것이 책에 담긴 가장 중요한 메

시지일지도 모른다.

책은 한국인들에게는 두 가지 상반된 시선으로 읽힌다. 첫번째는 대동아공영권을 부르짖으며 조선을 비롯한 아시아 국가들을 무단으로 침탈한 일본 제국주의 군대의 말로를 보는 것이고, 두번째는 이 같은 선입관을 배제하고 특수 상황에 내던져진 인간의 속성과 불안을 만나는 것이다. 사실 두 개의 시각 모두 나름의 흥미가 있다. 쇼헤이는 작품 속에서 늘 '경계의 시각'을 고집하기 때문에 누구의 편도 아니다. 그는 보통의 인간과 일본인 사이에서 갈등하기도 하고, 자유로운 인간과 전쟁 포로의 경계에서 고뇌하기도 한다. 이 경계의 현장을 작가 쇼헤이는 일본문학 특유의 사실주의적 묘사로 매우 치밀하게 그려내고 있다.

한 나약하고 섬세한 엘리트의 눈에 비친 전쟁은 이런저런 선입견을 떠나 읽는 이에게 결코 가볍지 않은 고민거리를 던져준다. 그가 일본군이든 아니든 간에 말이다.

허연 시인. 1991년 계간 『현대시세계』 신인상을 받으며 작품활동을 시작했다. 한국출판학술상, 시작작품상, 현대문학상을 수상했다. 시집 『불온한 검은 피』 『나쁜 소년이 서 있다』 『내가 원하는 천사』 『오십 미터』, 산문집 『그 남자의 비블리오필리』 『고전탐닉』 『그 문장을 읽고 또 읽었다』 등이 있다.

포로기 俘虜記(1952)

일본 현대문학사에 굵직한 획을 그은 전후 문학의 기수 오오카 쇼헤이가 태평양전쟁 당시의 실제 체험을 바탕으로 쓴 자전적 작품이다. 전쟁이 끝난 이듬해 고바야시 히데오로부터 전쟁 체험을 작품으로 써보라는 권유를 받고 『포로기』의 1장에 해당하는 단편소설을 썼다. 하지만 작품 내에 미군 병사에 관한 언급이 있어 연합군의 통치를 받고 있던 당시에는 곧바로 발표할 수가 없었다. 1948년 발표한 이 원고에 수용소에서의 경험을 덧붙여 『포로기』를 완성했다. 2차세계대전을 전후로 일본문단에 등장한 전쟁문학의 걸작으로 손꼽히는 이 작품은 1949년 요코미쓰 리이치 상을 수상하며 작품성을 인정받았다. 포로수용소에서조차 우스꽝스러운 권력구조를 만들어내고 그에 휘둘리는 인간 군상, 구속 속에서 오히려 진정한 자유를 느끼는 아이러니한 상황을 적나라하게 그려내고 있다.

오오카 쇼헤이 大岡昇平(1909~1988)

일본 도쿄에서 태어났다. 교토대학 불문과 재학 당시 스탕달의 매력에 심취하여 졸업 후 『스탕달 선집』 편찬에 참여하거나 해외의 스탕달 연구 서적을 번역하여 국내에 소개했다. 태평양전쟁 말기인 1944년 징집돼 필리핀의 민도로섬에서 포로가 되어 레이테섬의 수용소에서 종전을 맞이했다. 이때의 경험을 기록한 『포로기』를 계기로 본격적인 작가의 길에 들어선 그는 그후 『무사시노 부인』 『들불』 『레이테 전기』 등의 문제작을 발표했다. 그 밖에도 일본 작가들에 관한 다수의 평론과 에세이, 역사소설, 시나리오에 이르기까지 다양한 작품을 잇달아 발표하여 '전후 문학의 기수'라 불렸다. 일흔아홉의 나이에 뇌경색으로 숨을 거두었다.

문학동네 세계문학전집 036

매너농장의 피비린내

『동물농장 · 파리와 런던의 따라지 인생』 조지 오웰

박형서

당신이 평생 한 권의 책만을 읽어야겠다면 『이솝우화』를 권한다. 이제껏 수천 년 동안 살아남은 명작이다. 그러고도 시간이 남으면, 조지 오웰의 『동물농장』을 읽어라. 앞으로 수천 년 동안 살아남을 이야기다.

그후에는 무엇을 읽어야 할지 자연스럽게 알게 될 것이다. 우화가 하는 일이 바로 그거니까.

상징마저 진부해진 요즘 감각으로 볼 때, 칠십 가까이 먹은 이 고령의 알레고리 소설은 어쩐지 표적이 빤하게 드러난 느낌이다. 게다가 공산주의 혁명 전후의 러시아 상황을 거의 일대일로 우의하고 있지 않은가. 문학예술과 선동구호의 경계에서 아슬아슬하게 줄타기를 하는 듯한, 거칠고 도식적인 줄거리를 지니고 있다.

그러나 조금 더 찬찬히 들여다본다면, 이 소설이 풍자하는 바가

단지 러시아의 근현대사에 국한되지 않는, 인간의 본성 자체라는 걸 알게 된다. 아니, 이렇게 말하는 편이 낫겠다—사회가 악한 방향으로 흘러가는 과정은 매번 이토록 도식적이라고, 악당들이 우리를 착취하는 방식은 예나 지금이나 놀라우리만치 진부하며 창의성이 없다고.

그런데도 왜 우리는 효과적으로 저항하지 못하는 걸까?

바로 그게 문제다. 제아무리 얄팍하고 속이 훤히 들여다보이는 속임수일지라도 십중팔구 먹혀들어간다. 왜냐하면 반진고리를 차고 다니며 우리의 성난 입술을 꿰매는 범인이 바로 우리 중에 있기 때문이다. 비극적이게도, 우리 중 많은 이들이 '양'인 것이다.

지배계층은 결코 홀로 살아남을 수 없다. 그들에게는 피지배계급 중에서도 '양'이 꼭 필요하다. 저희들을 경호하는 한줌의 '개'들보다 훨씬 필요하다. 의심과 분노가 터져나오는 순간마다 주인님이 가르쳐준 노래를 합창하여 소음을 일으키는 '양'들이 있어야 비로소 지배의 권위는 단단하게 유지된다.

그럼 양을 싹 다 없애버리면 되겠네? 아니, 그럴 수 없다. '양'이란 저기서 떼로 어슬렁대는 저능아인 동시에 실은 우리 인간 본성의 가장 깊은 일부이기도 한 까닭이다.

편안하게 살 수 있었지만 그러지 않았던 사람이 있다. 제국주의 시대에 말단 착취계급의 가정에서 태어나 그 스스로가 아시아의 민중을 수탈하던 인물이었다. 하지만 오래지 않아 '양'의 계급장을 떼어 던져버렸다. 이어 무정부주의와 공산주의에 경도되었다가, 현실과 괴리를 보이는 이상에 절망하여 그마저 떠났다. 이러한 자발적이고 헌신적인 체험을 통해 휴머니즘을 도외시하는 어떠한 이념도 결국은 삶을 지옥으로 내몬다는 사실을 깨달았다. 인간이 없는 이데올로기란 찬란한 수사로 직조해낸 가면에 불과했던 것이다. 『동물농장』의 행간마다 어찌할 수 없는 혐오와 분노의 감정이 배어 있는 이유는, 온갖 이념과 이상이 소용돌이치던 근대의 격동기를 살아오며 그 얄팍한 속임수에 마음을 너무 많이 다친 탓이리라.

이 걸출한 이야기가 고발하는 악의 구조는 시공을 초월하여 쉽게 관찰할 수 있다. 지금 이곳 역시 마찬가지다. 식민통치에서 벗어난 지 약 70년, 이 땅엔 현재 무슨 일이 벌어지고 있는가? 대규모 자본이 윤리와 교육의 가치마저 집어삼키고, 귀족과 천민의 경계는 더욱 뚜렷해졌다. 오늘의 지배계급은 지난날 일제가 수행했던 작업을 충실히 계승하고 있다. 뻔뻔하건 교활하건 간에 그들이 동원하는 모든 논리의 목적은 언제나 일정한 방향, 그러니까 '더 많은 착취'로 수렴된다. 도처에서 돼지들의 울음소리가 들려온다. 입을 맞춘 듯 시장논리와 경쟁을 떠들썩하게 옹호한다. 누구도 우대하지 말고, 누구도 억압하지 말고 다 함께 무한경쟁의 세계로 나아가자고 격려한다.

듣기엔 참 구수한 얘기다. 하지만 출발 라인이 다르게 설정된 후보들 간의 뜀박질 속도 평등이 도대체 어떻게 평등이란 말인가?

그런 점에서 이 소설이 보여주는 가장 진지한 통찰은 '왜곡된 평등'을 겨냥하고 있다. 우리는 동일한 심신을 지니고 태어나지 않았다. 매너 농장의 여러 동물들처럼 각기 가진 달란트가 다르고, 배경과 환경과 목표와 성향이 다르다. 우리는 저마다 다르게 태어났다. 프로크루스테스가 하는 것보다 조금이라도 나은 평등을 논하려면, 개개인의 태생적이며 구조적인 차이를 먼저 염두에 두어야 한다. 타인을 인식하는 행위는 있는 그대로의 차이를 납득하고 수용하려는 마음가짐에서 비롯된다. 반면에 전체주의의 속임수는 동일성만을 강조하면서 그로 인해 터져나오는 비명과 호소를 반동의 이기심으로 호도하는 지점에서 시작된다.

힘이 센 자와 약한 자의 다툼이 있을 때 양쪽에 똑같은 잣대를 적용하는 행위야말로 불공평한 처사다. 눈을 가린 채 어느 쪽이 무거운지 천칭으로 가늠하는 법法의 여신은 그냥 어리석은 여자일 뿐이다. 장님 시늉이 당장엔 근사해 보일지 몰라도, 조금 지나면 '모든 동물은 평등하다. 그러나 어떤 동물은 더욱 평등하다'며 불멸의 헛소리를 읊게 된다. 게다가 그녀의 오른손에는 시퍼런 칼까지 들려 있지 않은가. 보고 듣는 권능을 포기한 교조주의자에게 무기마저 쥐여주면 거기에는 도저히 당해낼 재간이 없다. 이런 식으로 법은 순한 '양'이 되어 돼지들의 만찬에 초대받고, 강자와 약자의 양분 구도는 돌이킬 수 없이 고착된다.

살냄새가 풍기지 않는 모든 이상은 결국 피냄새를 풍기게 된다. 동물들이 득실거려 어쩐지 즐겁고 귀엽고 뒤뚱뒤뚱 신이 날 것 같은 이야기에 피비린내가 진동을 하는 건 그 때문이다.

끔찍한 소설이다.

박형서 소설가. 2000년 『현대문학』 신인추천으로 등단해 작품활동을 시작했다. 대산문학상, 오늘의젊은예술가상, 김유정문학상을 수상했다. 『토끼를 기르기 전에 알아두어야 할 것들』 『자정의 픽션』 『핸드메이드 픽션』 『새벽의 나나』 『당신의 노후』 등이 있다.

소설가가 되기 전에 그는

『동물농장 · 파리와 런던의 따라지 인생』 조지 오웰

이신조

소설가가 되기 전에 '그'는 코끼리를 총으로 쏘아죽인 적이 있다.

예나 지금이나 소설가들이란 소설가가 되기 전에 '이상한 짓'을 꽤나 많이 해본 치들로 알려져 있다(물론 되고 나서도 마찬가지, 나만 해도 실은……). 범위와 양상이 하도 다양해서 그 이상한 짓을 한마디로 규정하기란 불가능하다(결코 이상하지 않은 짓도 훗날 결과적으로 이상한 짓이 되는 경우가 허다하니까). 아무튼 소설가들은 괴이하고 수상쩍고 유별나고 생뚱맞은 경력을 비밀스럽게 간직하고 있기 마련이다. 두말할 것도 없이 그것은 소설가의 밑천이다. 때문에 이상한 짓은 짐짓 장려되기도 한다. 자신이 경험한 이상한 짓을 곰곰이 되새기고 질서를 부여하고 의미를 찾는 과정 자체가 바로 창작이라 할 수 있다(반추나 성찰 없이 이상한 짓의 장려를 자기합리화의 수단으로 삼아 많은 사람들이 소설가가 아닌 그냥 '이상한 사

람'이 되고 마는 안타까운 현실!).

'그'로 돌아가자. 그는 코끼리를 총으로 쏴죽였다. 분명 넘치도록 이상한 짓을 한 것이다. 어디에서도 들어본 적 없는 독특하고 기묘한 경력이다(다른 소설가들의 각종 일탈과 스캔들이 살짝 평범하게 느껴지기까지 한다). 그는 바로 조지 오웰, 자신이 코끼리를 쏴죽인 전후 사정을 글로 남겼다(「코끼리를 쏘다」, 1936). 20대 초반의 5년간, 그는 영국의 식민지였던 버마(현 미얀마)에서 경찰 간부로 근무한다. 어느 날 그는 사육장을 탈출한 코끼리가 마을에서 난동을 피우고 있다는 신고를 받는다. 코끼리는 이미 집과 기물을 파손하고 사람을 해쳤다. 사정을 살피러 현장으로 간 그는 끝내 코끼리를 사살하고 만다. 그는 이 사건을 '제국주의적 쇼'로 규정한다. 수많은 버마인들이 이 '백인 경찰' 주위로 몰려든다. 그는 결코 코끼리를 죽일 마음이 없었다. 코끼리를 죽이지 않고도 소동은 마무리될 수 있었다. 그러나 코끼리를 제압하지 못하면 그와 '위대한 대영제국'은 웃음거리가 되고 지배자의 권위를 잃게 되는 상황. 그는 마지못해 방아쇠를 당긴다. 그의 바람과는 달리 코끼리는 총알을 다섯 발이나 맞고도 즉사하지 않는다.

버마에서의 5년간, 그는 숱한 이상한 짓을 경험한다. 그는 교수형 집행을 참관한 일도 글로 남겼다(「교수형」, 1931). 버마인 죄수는 교수대로 끌려가면서도 반사적으로 바닥의 물웅덩이를 피해 걷는다. 교수대에 올라 모두의 귀를 괴롭히며 큰 소리로 기도를 올리던 죄수가 순조롭게(?) 죽자, 사형을 지켜본 이들은 죄책감과 안도감을 감춘 채 시답잖은 농담을 주고받으며 위스키를 나눠 마신다. 그는 의식이 있는 한 인간의 목숨을 강제로 빼앗는다는 것에 대해, 그 모든 권력의 부당함과 잔인함과 어리석음에 대해 서늘하게 각성한다.

스물네 살의 그는 결국 제국의 경찰 노릇을 때려치운다. 그리고 바로 소설가가 되어 자신의 경험을 미친듯이 글로 써낸다? 아니다. 그는 그런 자신을 용납하지 않는다. 유럽으로 돌아온 그는 자기 자신을 사회의 제일 밑바닥으로 끌어내린다. 그는 더이상 명문 사립학교 졸업생도 식민지의 경찰 간부도 아니다. 그는 수년간 파리와 런던의 빈민굴, 싸구려 여인숙, 부랑자 구호소 등을 전전하며 지낸다. 추위와 굶주림, 불편과 불결, 멸시와 천대가 그를 식민지처럼 장악한다.

『파리와 런던의 따라지 인생』(1933)은 그가 에릭 블레어란 본명을 버리고, 조지 오웰이란 필명으로 작가가 되어 세상에 내놓은 첫번째 책이다. 그는 자신의 자발적 밑바닥 체험을, 이 일종의 '속죄 의식'을 비장하게 미화하지 않는다. 그는 그저 스스로가 '가난 그 자체'가 되어 가난을 정직하게 경험하고 관찰하고 진단한다.

이미 코끼리를 총으로 쏴죽인 그의 이상한 짓은 가난 속에서 계속된다. 그는 푼돈으로 몇날 며칠을 버티고, 가진 모든 것을 전당포에 잡히고, 끝도 없이 허탕을 치고 낭패를 겪고, 이루 말할 수 없이 더러운 숙소에서 새우잠을 자고, 노예 취급을 받으며 식당 주방에서 하루 열일곱 시간씩 허드렛일을 하고, 사람들이 말조차 섞지 않으려는 부랑자들과 어울려 길에서 주운 꽁초를 나눠 피운다.

소설가가 되기 전의 그는 이 모두를 자처했다. 굳이 그러지 않아도 되는 이상한 짓을 했다. 그의 글은 구제불능의 따라지 인생들을 묘사했음에도 비참하거나 처절하지 않다. 오히려 생생한 활기와 따스한 연대와 유머러스한 에너지가 넘친다. 세상의 어두운 진실을 외면하지 않고 직시하겠다는 '이상한 다짐'과 그것을 자신만의 언어로 창조해내겠다는 '이상한 열정'이 그 모두를 가능하게 했다. 에릭 블레어는 그렇게 조지 오웰이 되었다.

> 언젠가는 이 세계를 좀 더 철저하게 들여다볼 생각이다. 나는 마리오나 패디나 좀도둑 빌 같은 친구를, 우연한 만남이 아니라 가까운 친구로서 사귀고 싶다. 접시닦이라든가 떠돌이, 강둑 노숙자들의 영혼이 진정 어떤 것인지를 이해하고 싶다. 현재로는 빈곤의 외곽 이상을 본 것 같지는 않다. (…) 이것이 시작이다. _409쪽

이것이 시작이다. 조지 오웰은 『파리와 런던의 따라지 인생』으로부터 시작되었다. 20세기 가장 중요한 소설들로 꼽히는 『동물농장』과 『1984』는 식민지의 코끼리와 교수형으로부터, 근대 문명의 온갖 모순이 들끓고 있던 1920년대 후반 파리의 빈민가와 런던의 부랑자들로부터 시작되었다.

이신조 소설가. 1998년 월간 『현대문학』 신인추천공모에 단편소설 「오징어」가 당선되어 작품활동을 시작했다. 문학동네작가상을 수상했다. 소설집 『나의 검정 그물 스타킹』 『새로운 천사』 『감각의 시절』, 장편소설 『기대어 앉은 오후』 『가상도시백서』 『29세 라운지』 『우선권은 밤에게』, 서평산문집 『책의 연인』 등이 있다.

동물농장·파리와 런던의 따라지 인생
Animal Farm · Down and Out in Paris and London(1945 · 1933)

'정치적 저술가'로 20세기 문학계에서 독보적인 위치를 차지하고 있는 조지 오웰. 그의 젊은 날 접시닦이와 노숙 경험을 바탕으로 한 첫 작품『파리와 런던의 따라지 인생』과 20세기 최고의 정치 풍자소설로 꼽히는 그의 후기 대표작『동물농장』을 한 권에 담았다. 실제 5년간의 빈민 경험을 통해 도시빈민 문제를 예리한 통찰력과 특유의 유머로 그린『파리와 런던의 따라지 인생』과 날카로운 풍자를 통해 혁명의 타락 과정을 명쾌하게 보여주는『동물농장』, 이 두 작품을 통해 독자들은 평생을 억압받는 사람들의 편에 서서 폭군들에 대항했던 조지 오웰의 문학성과 정치사상가로의 면모를 발견할 수 있을 것이다.

조지 오웰 George Orwell(1903~1950)

본명은 에릭 아서 블레어. 인도 벵골에서 태어났다. 열네 살 되던 해 이튼학교에 입학해 장학생으로 교육받았고, 졸업 후 1922년 버마(지금의 미얀마)에서 왕실 경찰로 근무했다. 하지만 식민체제와 제국주의에 대한 혐오감을 견디지 못하고 5년 만에 경찰직을 그만두었다. 그후 자발적으로 파리와 런던의 하층계급 세계에 뛰어들어 르포르타주『파리와 런던의 따라지 인생』을 발표하며 작가로서 첫발을 내디뎠다. 1936년 스페인 내란에 의용군으로 참전한 것을 계기로 자신의 작품 속에 본격적으로 정치적 견해를 드러내기로 결심, 이때의 체험을 바탕으로『카탈로니아 찬가』를 발표했다. 1945년『동물농장』으로 큰 명성을 얻지만, 이즈음 지병인 폐결핵이 악화되어 입원과 요양을 거듭하면서도 글쓰기를 멈추지 않았다. 마지막 작품이자 대표작『1984』를 발표하고 이듬해 폐결핵으로 숨을 거두었다.

사회주의적 영혼은 어디에 있는가

『코틀로반』 안드레이 플라토노프

이현우

안드레이 플라토노프는 한국 독자들에게 비교적 낯선 이름이지만, 러시아에서도 사정은 마찬가지였다. 반혁명주의자로 낙인이 찍히면서 『체벤구르』(1929)나 『코틀로반』(1930) 같은 대표작들이 작가의 생전에는 출간되지 못했기 때문이다. 『코틀로반』만 하더라도 1987년에 이르러서야 고르바초프의 개혁개방 분위기를 타고 문학잡지 『신세계』를 통해 처음 발표된다. 하지만 그렇게 소개되기 시작한 플라토노프는 가장 중요한 20세기 러시아 작가의 한 명으로 재평가된다. 20세기 러시아 문학사의 가장 극적인 반전 가운데 하나라고 할까.

안드레이 플라토노프의 본명은 안드레이 플라토노비치 클리멘토프다. 클리멘토프가 성이고 부칭인 '플라토노비치'는 그의 아버지 이름이 '플라톤'이란 것을 뜻한다. 그 부칭을 성으로 만든 게

'안드레이 플라토노프'라는 필명이다. 자연스레 철학자 플라톤을 연상시키는데, 우연찮게도 그는 가장 철학적인 작품을 쓴 20세기 작가에 속한다. '20세기의 도스토옙스키'란 평판도 무색하지 않다. 다만 도스토옙스키가 사회주의 이념에 매우 비판적이었던 데 반해서 플라토노프는 현실 사회주의자들을 당혹스럽게 할 정도로 사회주의 이념에 투철했다. 아니 오히려 그게 문제였다. 실제로 반혁명주의자이자 부농의 앞잡이라는 비판을 받게 되었을 때 플라토노프는 스탈린과 고리키에게 쓴 편지에서 "저는 계급의 적이 아닙니다. 노동자계급은 저의 고향이며, 저의 미래는 프롤레타리아계급과 함께할 것입니다"라고 해명하기도 했다.

현실 사회주의조차도 감당하기 어려웠던 플라토노프식 이상적 사회주의란 어떤 것인가. 『코틀로반』은 그런 관심의 연장선상에서 읽을 수 있는 작품이다. 내용은 크게 두 부분으로 나뉜다. 노동자들이 기초공사용 구덩이를 파는 이야기와 그들이 부농을 척결하는 데 동원되는 이야기. 작품의 배경이 되는 1920년대 말은 '스탈린 혁명'이라고도 불리는 본격적인 사회주의 체제 건설이 시작되는 시기다. 1917년 러시아혁명 이후 1921년까지 러시아는 혁명군과 반혁명군 사이에 벌어진 내전의 전장이었다. 이로 인해 피폐된 경제를 회복하기 위해 레닌은 한시적으로 자본주의 시장경제 체제를 도입하는 모험을 감행한다. 그것이 신경제정책(네프)이다. 그런 과정을 거치고 나서야 비로소 1929년부터 중공업화와 농업 집산화(농촌 집단화)를 핵심으로 하는 경제개발 5개년 계획이 추진된다. 농업 집산화란 간단히 말하면 집단농장을 만드는 것이다. 이것은 부농척결을 명분으로 강압적으로 이루어졌고, 농민들의 거센 반발을 샀다. 플라토노프는 이 과정을 직접 목격한 작가로, 『코틀로반』은 그 목격담이자 증언담으로도 읽을 수 있다.

다수의 인물들이 등장하는 『코틀로반』은 노동자 보셰프의 이야기로 시작한다. 그는 서른번째 생일을 맞던 날 작업시간에 자주 사색에 빠진다는 이유로 공장에서 해고되는데, 단지 자기 앞가림 때문이 아니라 '일반적인 삶의 계획'에 골몰하느라 그랬다. 모두가 당신처럼 사색에 빠진다면 일은 누가 하느냐는 공장위원회측의 질문에 그는 "생각을 하지 않는다면 일을 해도 의미가 없"다고 답한다. 그는 몸이 편하고 불편한 것에는 개의치 않지만 진리가 없다면 부끄러워서 살 수가 없다고 생각한다. 또다른 노동자 사프로노프는 생의 아름다움과 지성의 고귀함을 사랑하는 인물이다. 하지만 온 세계가 보잘것없고 사람들이 우울한 비문화적 상태에 빠져 있다는 사실에 당혹해한다. "어째서 들판은 저렇게 지루하게 누워 있는 걸까? 5개년 계획은 우리들 안에만 들어 있고, 온 세계에는 진정 슬픔이 가득한 건 아닐까?"라는 게 그의 풀리지 않는 의문이다.

이런 노동자들이 모여서 '전 프롤레타리아의 집'을 건설하기 위한 공사용 구덩이를 판다. '코틀로반'은 그 구덩이를 가리키는 러시아어다. 이 공사의 책임자인 건축기사 프루솁스키는 거대한 공동주택을 고안해낸 인물이지만, 정작 거기에 살게 될 사람들의 정신구조에 대해서는 느낄 수도, 머릿속에 그려볼 수도 없다. 그는 자신이 반드시 살아 있어야 할 만큼 가치 있는 존재라고도 생각지 않으며, 그에게 삶은 희망이 아니라 인내일 뿐이다. 하지만 이것은 프루솁스키 한 개인의 한계가 아니다. 사회주의라는 '거대한 공동주택'에 거주하게 될 사람들의 의식과 생각, 관념 따위, 곧 진정한 사회주의자의 '영혼'에 대해서 사회주의를 건설중인 노동자들은 가늠해볼 수가 없기 때문이다. "삶에 대한 무지도 가난과 배고픔만큼이나 사람의 마음을 괴롭혔다. 인간으로 존재한다는 것이 심각한 것인지 아니면 무의미한 것인지 알아야 했다."(「포투단 강」, 1937) 하지만 그 대답은 유예된다. 이것이 이행기의 딜레마다.

마르크스에 따르면, 사회주의의 정치 경제적 토대가 만들어져야 그 위에 사회주의적 의식, 즉 상부구조가 형성될 수 있다. 그런데 자본주의 부르주아 사회에서 사회주의로 넘어가는 이행기에는 그 상부구조의 토대가 미처 형성되지 않았다는 게 문제다. 사회주의를 시작하긴 했지만 아직 그 토대가 형성되지 않아 사회주의 의식도 없고 영혼도 없는 상태인 것이다. 말하자면 『코틀로반』에서처럼 '전 프롤레타리아를 위한 집'을 짓기 위한 기초공사로 구덩이만 파놓은 격이다. 사회주의적 정신, 사회주의적 영혼이란 게 아직 없으니 사람들은 과연 어떤 생각을 하면서 살아가야 할지 모르는 상태다. 그래서 갖게 되는 정서가 슬픔과 연민이다.

보셰프는 이렇게 말한다. "슬픔이란 건 별게 아니오. 뭐가 슬픈거냐 하면 온 세상을 지각하는 건 우리 계급인데 행복은 여전히 부르주아의 몫이라는 거요. 행복은 수치심으로 이어질 뿐이오." 곧 사회주의자를 위한 행복은 아직 발명되지 않았다. 그것은 미래의 몫이다. 고아 소녀 나스탸는 바로 그 미래 사회주의의 상징으로 등장한다. 하지만 『코틀로반』은 비극적이게도 나스탸의 죽음으로 끝난다. "그는 공산주의가 아이들의 느낌 속에, 또렷한 인상 속에 있지 않다면 이 세상 천지 어디에 있다는 것인지 도무지 알 수 없었다. 진리가 곧 기쁨이며 약동인 작고 순진한 아이가 없다면 삶의 의미와 전 세계의 기원에 관한 진리가 무엇 때문에 그에게 필요하단 말인가?"라고 플라토노프는 보셰프의 눈을 빌려 묻는다. 유감스럽게도 현실 사회주의는 이 질문에 답할 수 없었다.

이현우 서평가. 한겨레 등에 서평과 북칼럼을 연재하고, '로쟈'라는 필명으로 '로쟈의 저공비행'이라는 이름의 블로그를 꾸리면서 '인터넷 서평꾼'으로도 활발히 활동하고 있다. 지은 책으로 『책을 읽을 자유』『로쟈의 세계문학 다시 읽기』『로쟈와 함께 읽는 문학 속의 철학』『로쟈의 러시아 문학 강의 20세기』, 옮긴 책으로 『개를 데리고 다니는 여인』『레닌 재장전』(공역) 『폭력이란 무엇인가』(공역) 등이 있다.

코틀로반 Котлован(1987)

'러시아의 조지 오웰'로 불리는 안드레이 플라토노프의 디스토피아 소설로, 그의 작품 중 가장 많은 문제를 제기하는 대표작이다. 이 소설은 1930년에 완성되었으나, 체제 비판적이라는 이유로 작가 생전에 출간되지 못하고 1987년에 이르러서야 발표되었다. 공장에서 해고된 후 삶의 의미를 찾아서 길을 떠난 한 남자가 모든 노동자들의 유토피아인 '전 프롤레타리아의 집'을 건설하기 위해 공사용 기초 구덩이 '코틀로반'을 파는 일을 하며 겪는 갈등과 좌절을 그린 이 작품은 1920년대 후반 정권을 잡은 스탈린이 사회주의를 구축하면서 진행한 농촌 집단화를 가차없이 비판하고 풍자하는 한편, 암울한 현실 속에서 이상향을 꿈꾸며 힘겹게 살아가는 민중의 모습을 연민의 시선으로 그려낸다.

안드레이 플라토노프 Андрей Платонов(1899~1951)

본명은 안드레이 플라토노비치 클리멘토프. 러시아 남부 보로네시의 외곽 마을에서 태어났다. 가난에 허덕이는 가계를 돕기 위해 열다섯 살 때부터 기관사 조수, 수리공 등 여러 가지 일을 했고, 1918년 보로네시 철도대학에 입학하면서 글을 쓰기 시작했다. 공산주의 신문과 잡지에 꾸준히 시, 소설 등을 발표하고 지역 문단에서 활동했으며, 1922년 시집 『하늘색 심연』을 출간했다. 1929년 첫 장편소설 『체벤구르』를 완성하고 이 작품의 출간을 위해 온갖 노력을 다했지만, 그에게 비판적이던 문단의 분위기 때문에 끝내 뜻을 이루지 못했다. 대표작 『코틀로반』 역시 1987년에 이르러서야 문학잡지 『신세계』에 발표되었다. 2차세계대전이 발발하자 종군기자로 전선에 파견되어 전쟁의 참상을 전하는 글을 썼다. 1946년 발표한 「이바노프의 가족」으로 다시 비평가들의 표적이 되어 작품활동을 금지당했다. 52세의 나이에 폐결핵으로 생을 마감했다.

자기 자신이라는 퍼즐 맞추기

『어두운 상점들의 거리』 파트릭 모디아노

김성중

당신은 자신이 통과하지 않은 시간에 향수를 느껴본 적이 있는가? 나는 자주 그런 순간을 만난다. 나에게 자아라는 그물은 아주 느슨한 것이어서, 헐거운 구멍 사이로 많은 것이 빠져나가고 외부가 밀려든다. 하지만 기억상실증 같은 은총을 받아본 적이 없기에 어떤 감정에 사로잡힐 때 그것이 내 기억에서 우러난 것인지 밖에서 연유한 것인지는 구분할 수 있다. 이 책의 주인공은 그럴 수 없다. 그는 인간이 품게 되는 근원적인 그리움과 자기 고유의 그리움을 구분할 '기억'이라는 칼을 잃어버렸기 때문이다.

자신을 수소문하는 남자 기 롤랑. 그의 여정은 내가 지금 바라보고 있는 벽과 닮아 있다. 이 글을 쓰기 위해 나는 지금 흰 벽의 카페에 와 있다. 창가를 등지고 앉아 저녁 햇빛을 반사하는 흰 벽을 바라보는 일이 '적절하게' 여겨졌기 때문이다. 빛은 아폴론에게 쫓기는 다프네처럼 바닥에서 화분으로, 화분에서 의자 등받이로, 의자에서 탁자 위로 육체를 축소해가며 달아나고 있다. 벽이 입을 벌려 빛을 삼키자 카페는 완전히 '실내'가 된다. 나는 불을 켜지 않은 채 가만히 어둠을 응시하는 한 남자를 떠올린다. 남자는 이렇게 고백하고 있다.

> 나는 아무것도 아니다. 그날 저녁 어느 카페의 테라스에서 나는 한낱 환한 실루엣에 지나지 않았다. _9쪽

실루엣, 유령, 수증기, 허공을 떠도는 메아리…… 이런 것들이 과거를 잃어버린 남자가 느끼는 자신의 존재감이다. 그는 기 롤랑이라는 간이역에 서서—이 이름은 그에게 신분과 일자리를 준 남자가 붙여준 것이다—프레디 하워드 드 뤼즈, 페드로 맥케부아라는 역을 차례로 통과한다. 미지의 과거를 추적하는 여정이 책의 줄거리. 보통 미래의 시간에 '미지의'라는 수식을 붙이기 마련인데 말이다.

나는 기 롤랑이 자기 자신이라는 퍼즐을 끝내 완성하지 못할 것이라는 직감을 품은 채로 사람들을 만나고 다녔다고 생각한다. 그가 간신히 손에 쥔 단서들, 오래된 비스킷 통에서 나온 흑백사진, 낯선 주소, 누군가의 이름…… 이런 것들은 종이 보풀이 일고 빛에 바래 흐릿해진 퍼즐 조각에 지나지 않는다. 힘겹게 찾아낸 두 조각이 맞물리는 순간이 더러 있지만 이내 그 무늬가 자신의 것이 아님을, 따라서 겨우 맞춘 퍼즐을 흩뜨리고 처음부터 다시 시작해야 하는 것임이 밝혀지곤 한다.

과연 이것은 나의 인생일까요? 아니면 내가 그 속에 미끄러져 들어간 어떤 다른 사람의 인생일까요? _247쪽

복원한 어떤 기억을 놓고 그는 단 하나뿐인 지인에게 이렇게 편지를 쓴다. 하지만 나는 그가 왜 이런 행보를 이어갔을지 짐작이 간다. 조각과 조각이 맞물리는 찰나들, 누군가의 기억이 재생되는 순간의 신비로움, 이런 것들을 감각하고 있기에 그는 계속 걸어갈 수 있으리라. 술집의 피아니스트나 늙은 재봉사, 경마 기수 들이 자기 안에 들어 있는 줄도 몰랐던 과거를 일깨우는 표정을 목격했고 그 진동 속에 자신의 것이 들어 있을지도 모른다는 기대감을 품어왔으니까. 그러니 진짜로 얻은 소득은 드물게 오는 생의 감각, 존재가 존재감을 강력하게 느끼는 순간의 실감이 아니었을까? 얼마만큼의 낙담과 꼭 다음 장으로 넘어갈 만큼의 작은 희망과 이 모든 것을 감싸는 안개 같은 예감을 누렸기 때문에 언제 끊어져도 이상하지 않을 아리아드네의 실을 놓지 않았던 것이 아닐까.

내가 항상 기이하고 모순적이라고 느끼는 순간이 여기에 들어 있다. 기 롤랑의 기대치가 최고조에 오를 때, 즉 기억일지도 모를 것과 마주칠 때 그는 어느 때보다 유령처럼 보인다. 우리도 그럴 때가 있지 않은가? 문득 지구가 부풀어오르고 사방에서 나에 대해 신호를 보내주는 것처럼 여겨질 때, 내가 내 존재감을 최대치로 느낄 때, 이상하게도 나는 살아 있는 인간이 아니라 반쯤은 비워진 인간이나 일종의 유령처럼 여겨지는 것이다. 그래서 어리둥절해진다. 왜 삶은 이렇게 아득한 순간에야 싱싱해지는 것일까?

이제 그의 손에는 마지막 주소인 부티크 옵스퀴르 가(어두운 상점들의 거리) 2번지가 들려 있다. 그곳에서 기다리는 것이 자신의

영원한 실종일지 또다른 단서일지는 알 수 없다. 상점의 침묵은 비밀을 품고 있으며 그 때문에 골목은 깊어지는 법이니까. 우리는 기의 육체를 가지고 지워져가는 삶의 그림자를 더듬을 수 있다. 책의 글자를 다 밟은 후에도 한동안 길게 미로는 이어질 것이다.

김성중 소설가. 2008년 중앙신인문학상에 단편소설 「내 의자를 돌려주세요」가 당선되어 작품활동을 시작했다. 소설집 『국경시장』 『개그맨』이 있다.

어두운 상점들의 거리 *Rue des boutiques obscures*(1978)

현대 프랑스문학이 거두어들인 가장 큰 성과 중 하나라 평가받는 모디아노의 대표작. 기억상실증에 걸린 한 퇴역 탐정이 자신의 과거를 추적하는 여정을 그린 소설이다. 흥신소의 퇴역 탐정인 작중 화자는 조악한 단서 몇 가지에 의지해 마치 다른 인물의 뒤를 밟듯 낯선 자신의 과거를 추적한다. 소멸한 과거, 잃어버린 삶의 흔적, 악몽 속에서 잊어버린 대전(大戰)의 경험을 주제로 하여, 그는 프루스트가 말한 존재의 근원으로서의 '잃어버린 시간'을 특유의 신비하고 몽상적인 언어로 탐색해냈다.

파트릭 모디아노 Patrick Modiano(1945~)

프랑스 불로뉴 비양쿠르에서 이탈리아계 유대인 아버지와 벨기에인 어머니 사이에서 태어났다. 열여덟 살 때부터 글쓰기를 시작해 1968년, 소설 『에투알 광장』으로 로제 니미에 상, 페네옹상을 받으며 화려하게 데뷔했다. 1972년 발표한 세번째 작품 『외곽도로』로 아카데미 프랑세즈 소설 대상을 거머쥐었고, 연이어 1975년에는 『슬픈 빌라』로 리브레리상을 수상했다. 그리고 1978년 발표한 여섯번째 소설 『어두운 상점들의 거리』로 프랑스의 가장 권위 있는 문학상인 공쿠르상을 수상했다. 모디아노는 데뷔 이후 발표하는 작품마다 평단과 독자들의 열렬한 찬사를 받아왔으며, 그의 작품 중 『슬픈 빌라』 『청춘시절』 『8월의 일요일들』 『잃어버린 대학』은 영화로 만들어지기도 했다. "인간의 운명을 기억의 예술로 환기"한 작가로서 2014년 노벨문학상을 수상했다.

어느 배교자의 거룩한 드라마

『순교자』 김은국

이문재

신은 있다, 신이 천지를 창조했다. 그런데 거기까지라면? 신이 자신이 만들어놓은 세계에 대해 무심하다면? 신이 인간의 고난에 대해 잘 모르고 있다면? 신이 자신의 피조물이 겪고 있는 고통에 대해 모르고 있는 것처럼 보인다면? 소설 『순교자』의 주인공은 위와 같은 질문을 붙잡고 전장의 한복판에서 십자가를 짊어진다. 가장 위대한 가르침이라는 종교—신앙의 중심에서, 아니 스스로 중심이 되어 가장 근원적인 질문—화두를 붙잡는 것이다.

인간이 신의 존재와 권능을 인정한 이래, 그리하여 신을 인간 조건의 핵심에 모셔놓은 이래, 신에 의한 인간 구원의 문제는 언제나 '뜨거운 감자'였다. 구원은 가능한가, 구원은 어디에 있는가? 그렇다고 소설 『순교자』가 구원의 문제에만 초점을 맞춘 것은 아니다. 구원보다는 진실이 서식하는 방법, 진실이 관리—처리되는 방식에 더 큰 비중을 둔다. 혈연, 교회, 전쟁-국가 등 이해관계에 의해 하나의 진실이 어떻게 왜곡, 변질될 수 있는지에 더 큰 비중을 둔다. 진실은 하나지만, 그 하나에 의미를 부여하는 관점은 매우 다양하다. 진실은 의미의 옷이 입혀지는 순간 변질된다.

1950년 한국전쟁이 발발하기 직전, 평양에서 공산당 비밀경찰에 의해 열두 명의 목사가 죽임을 당한다. 이 사건을 놓고 입장이 서로 다른 관계자들—군인, 목사, 신도, 의사 들이 실체적 진실을 밝히기 위해 안간힘을 다한다. 이들의 관점은 서로 다르지만 관심사는 하나다. '처형당한 것인가, 순교한 것인가.'

소설을 읽기 전에 소설을 둘러싼 이야기-파라텍스트를 먼저 확인하는 것도 소설 읽기의 즐거움을 배가하는 좋은 방법이다. 명작은 전설을 낳는 법. 『순교자』 역시 여러 개의 전설을 거느리고 있다. 『순교자』는 한국계 미국 작가 김은국의 데뷔작이다. 1964년 미국에서 발표되면서 영어권 문단에서 큰 반향을 일으켰다. 한국계 작가로는 처음으로 노벨문학상 후보에 오른 문제작이기도 하다. 출간 직후 영화, 연극, 오페라로도 제작되었다. 『순교자』의 전설은 번역 분야에서 살아 있다. 첫 출간된 이후 21세기 초반까지 40여 년 동안, 세 사람이 네 번에 걸쳐 번역을 했다는 사실만으로도 이 소설은 명작으로서의 생명력을 충분히 인정받았다고 볼 수 있다. 펄 벅과 같은 대가, 〈뉴욕 타임스〉를 비롯한 주류 매체가 작가와 소설을 상찬했다는 이야기는 책에 실려 있으므로 생략한다.

1950년 겨울, 평양. 한국전쟁이 일어난 지 5개월이 경과한 시점. 소설의 화자 이대위는 대학에서 인류문명사를 강의하던 중, 참전한다. 그의 직속상관 장대령은 육군본부에서 파견된 정치정보국장으로, 목사 집단처형 사건을 선전전의 호재라고 판단한다. 하지만 장대령의 지시를 받고 사건의 중심으로 다가가는 이대위의 생각은 다르다. 장대령이 국가의 이름으로 사건을 신성화하려는 데 반해 이대위는 진실 자체를 확인하는 데 집중한다. 이대위는 철저한 무신론자였다.

문제는 사건의 열쇠를 쥔 신목사의 처신이었다. 처음에는 현장에 없었다고 주장하며 줄곧 진실을 '보호'하던 신목사가 어느 날 열두 목사의 최후의 순간을 실토한다. 집단 학살을 거룩한 순교로 성화하고자 했던 장대령은 진작부터 '진실'을 알고 있었다. 신목사의 자백 이후 장대령과 이대위 사이에서 진실에 대한 공방이 치열해진다. 국가를 위해 진실을 잠시 묵혀둔다고 해서 진실이 사라지는가(장대령). 진실은 진실이므로 즉각 밝혀져야 한다(이대위). 갈등의 축은 더 있다. 처형당한 박목사와 그로부터 버림받은 아들 박대위(이대위의 친구), 신목사와 그의 오랜 친구였던 고군목, 신목사와 평양교계의 신자들, 그리고 무엇보다 신목사와 그의 신-하나님.

인간보다 국가를 우선하는 장대령의 신념과 인간의 양심을 앞세우는 이대위의 갈등은 신목사의 고뇌에 견주면 작아 보일 수 있다. 신목사는 '하나님이 인간의 고난을 외면하고 있는 것은 아닌가'라는 의구심을 어쩌지 못하고 고뇌한다. 결국 신목사는 이대위 앞에서 배교 사실을 고백한다. 하지만 '신을 가진 사람들(신자)'을 외면하지 않는다. 신목사는 국군과 함께 서울로 내려가자는 이대위의 간곡한 권유를 뿌리치고, 중공군이 남진하는 평양 시가지에 남는다. 신을 버린 목회자가 신을 필요로 하는 신자들을 위해 스스로 십자가를 진 것이다. 배교한 순교자—이보다 더 강렬한 역설은 흔치 않을 것이다. 신목사는 무신론자에게 구원의 서사는 동화童話에 불과할지 모른다고 말한다. 하지만 신자들에게 절실한 것이 바로 동화(희망)라고 신목사는 강변한다. "나는 인간이 희망을 잃을 때 어떻게 동물이 되는지, 약속을 잃었을 때 어떻게 야만이 되는지를 거기서 보았소."

명작 소설과 명작이 아닌 소설을 구분하는 기준 중 하나가 소설이 새로운 인간형을 제시했느냐의 여부다. 『순교자』는 배교하는 순간 순교자로 거듭나는 전무후무한 인간형을 탄생시켰다. 신을 거부하되, 신을 필요로 하는 신자들을 위해 자신을 희생하는 인간. 중공군이 밀려오는 평양에서 신자들과 함께 죽어간 신목사를 통해 작가는 십자가에서 처형당하기 직전, 애타게 아버지-하나님을 부르던 '인간 예수'를 환기시키려 했는지도 모른다. 신목사는 무신론자 이대위에게 다음과 같이 당부한다. "인간을 사랑하시오, 대위. 그들을 사랑해주시오! 용기를 갖고 십자가를 지시오." 무신론자라고 해도, 인간을 사랑한다면 당연히 십자가를 질 수 있어야 한다는 것이다. 이때 십자가는 종교와 신앙을 넘어선다.

『순교자』는 한국문학이 아니다. 엄연한 세계문학이다. 도정일 교수가 지적했듯이, 한국전쟁을 배경으로 한 특수한 사건을 인간의 보편적 질문으로 확대시켰기 때문이다. 『순교자』의 문제의식, 즉 누가, 무엇이, 어떻게, 왜 진실을 훼손하는가의 문제는 시간과 공간에 얽매이지 않는다. 전쟁의 와중이 아니더라도, 특정 종교가 아니더라도, 인간이 고통에서 해방되지 못한 채 구원의 서사를 갈망하는 한 『순교자』는 살아 있을 것이다.

이문재 시인. 계간 『문학동네』 편집위원. 1982년 『시운동』 4집에 시를 발표하며 작품활동을 시작했다. 김달진문학상, 소월시문학상, 시와시학젊은시인상, 지훈문학상, 노작문학상 등을 수상했다. 시집 『지금 여기가 맨 앞』 『내 젖은 구두 벗어 해에게 보여줄 때』 『산책시편』 『마음의 오지』 『제국호텔』, 산문집 『내가 만난 시와 시인』 『바쁜 것이 게으른 것이다』 등이 있다.

고통이 신을 창조했다

『순교자』 김은국

백가흠

『순교자』는 유령처럼 떠도는 소설이었습니다. 그런 것 있지요, 명성만 있고 실체는 찾을 수 없어서 소설이 가진 진정한 의미보다 필요 이상 확대되거나, 혹은 절하되어 소문으로만 떠도는 책 말입니다. 제겐 『순교자』가 그러했는데요, 이번이 그 실존을 확인할 수 있는 좋은 기회였습니다. 책을 펴든 내내 독서하면서 잊고 있던 설렘 같은 것도 다시 찾을 수 있었고요.

이 책에서 가장 먼저 흥미를 느낀 점은 한국계 최초로 노벨문학상 후보에 올랐던 재미 작가의 작품이라는 것, 그러니까 1964년에 출판되어 미국에서 20주 연속 베스트셀러에까지 올랐다는 사실이었습니다. 책도 이력이란 걸 갖게 되면 독자들의 주의를 끌기에 충분하다는 말씀입니다. 하지만 사실 이렇게 책에 운명지어진 수식어보다도 그 텍스트 자체의 생명력이 없다면 작품은 존재하기 힘든 법입니다. 자, 이제 왜 『순교자』가 순교한 것인지, 천천히 책장을 넘겨봅니다.

저는 이 책을 여행하면서 읽었습니다. 최근에 몽골로 열흘간 여행을 다녀왔는데요. 책이라곤 『순교자』 한 권만 들고 갔습니다. 다짐은 열흘 동안 꼼꼼하게 읽기, 두 번도 좋고, 가능하면 세 번 읽어도 좋겠다, 했었지요. 그러나 다짐과는 달리 비행기의 이륙과 동시에 시작한 독서는 여행 내내 더디기만 했습니다. 내용이 재미없어서가 아닙니다. 문장이 어려워서도 아니었습니다. 읽었던 페이지를 이상하게도 반복해서 읽어야 했기 때문입니다. 인물이 쏟아내는 대사와 화자의 서술문 안에 깃든 인간의 본성에 대한 철학적이고 근원적인 질문을 곱씹어야만 했기 때문이었습니다. 작가 김은국이 말하고자 하는 인간의 보편적 주제에 대해 곰곰 생각할 수밖에 없었습니다.

읽는 내내 기이한 소설이라는 생각이 떠나질 않았습니다. 조금 쉽게 감상을 풀자면, 책을 읽으며 뒷이야기가 궁금해죽겠어서 후다닥 빨리 읽어버리고 싶은데, 바로 눈앞에 펼쳐진 문장은 근원적이고 철학적인 문제에 직면해 있어 페이지가 쉽게 넘어가지 않았습니다. 사실 이 책에서 더욱더 특별한 점은 소설의 흡인력이 굉장하다는 것인데요, 소설 속 사건을 풀어가는 추리적인 기법, 빠른 전개와 반전, 그리고 가독성을 높이는 단문의 문체—옮긴이 도정일 선생의 표현을 빌리자면 건조한 문체 뒤에 깊게 숨겨진 폭발적 열정—는 이 소설이 가진 대단한 위력이라 하겠습니다.

하지만, 그럼에도 어쨌든 천천히, 느릿느릿 『순교자』를 읽을 수밖에 없었다는 이야기로 돌아갑니다. 끝없이 펼쳐진 대초원 위에서 고통의 근원에 대해 골똘해졌습니다. 처연한 생각으로 한국이 있는 남쪽 하늘을 바라보았습니다. 61년 전 발발한 나라의 비극적 상황과 전쟁에 휩쓸려 함몰된 인간성에 대해 생각했습니다. 고통, 하는 인간으로 내버려두는 신과, 그가 만들어낸 아름다운 풍광과 선선한 바람이 책을 읽는 내내 겹쳐졌습니다. 자연 위에 남은 인간을 바라보았습니다.

이성이 거세된 동물적 본성만 남은 인간이 전쟁의 대지 위에 서 있습니다. 모티프로 작동하는 한국전쟁, 공간과 시간 위에 드러나는 인간의 본성은 처절합니다. 소설의 주요 줄거리는 6·25전쟁 직전 평양에서 공산군 비밀경찰에 체포된 열네 명의 목사들 가운데 어째서 두 명의 목사만이 살아남았는가 하는 진실을 육군본부 정보처의 이대위와 장대령이 추적하는 것인데요, 결국 정치적 선전을 위해 모든 진실은 위선으로 지켜집니다. 순교자를 만들어야만 하는 난처한 신실은 숨겨져야 하는 신실성을 내파內波하는 듯 보입니다. 빠르게 문장을 좇는 눈이 한곳에 유난히 오래 멈춰 섭니다. 읽은 부분을 반복해서 또 읽고, 읽게 만드는 참주제가 보이는 253~256쪽의 인물들이 나누는 대화인데요, 조금 길지만 옮겨봅니다.

“목사님의 신이건 그 어떤 신이건 세상의 모든 신들은 대체 우리에게 무슨 관심을 갖고 있습니까? 당신의 신은 우리의 고난을 이해하지도 않을뿐더러 인간의 비참, 살육, 굶주린 백성들, 그 많은 전쟁, 그리고 그 밖의 끔찍한 일들과는 애당초 아무 상관도 하려 하지 않습니다.” (…) “거짓말에 거짓말의 연속 아닙니까?” (…) “열두 명의 목사들은 모두 이유 없이 도륙당했습니다. 그들은 신의 영광을 위해 죽은 것이 아닙니다. 그들은 인간들의 손에 죽임을 당했고 그들의 죽음에 대해 당신의 신은 그렇게 무관심할 수가 없었습니다. 그 판국에 당신께선 신을 찬미하다니!" (…) "계속 괴로워해야겠지요. 다른 길은 없습니다."

신에 대한 문제 제기는 스스로 절망을 품는 것으로 답을 맺습니다. 인간이 만들어낸 최고의 비이성적 산물인 전쟁. 전쟁은 인간의 실존을 위협하고, 실존은 신의 존재와 맞물립니다. 신의 존재 유무는 인간이 겪는 절망과 고통에 대한 고뇌가 만들어낸 허상일지도 모르겠습니다. '고통의 근원'을 신이 우리 인간에게 준 첫번째 의무라고 읽는다면 오독하는 걸까요. 갈등하고 불화를 만들어내는 것이 인간의 본성이고, 고통과 절망이 인간이 지닌 최고의 진실성이라고 읽었다면 소설을 제대로 읽은 것일까요. 인간이 겪는 절망은 인간의 동물적 본성, 생존에 대한 맹렬함만을 남깁니다.

그리하여 '실존하는 고통'이 신을 창조한 것은 아니었을까요.

백가흠 소설가. 2001년 서울신문 신춘문예에 단편소설 「광어」가 당선되어 작품 활동을 시작했다. 소설집 『귀뚜라미가 온다』 『조대리의 트렁크』 『힌트는 도련님』 『사십사』, 장편소설 『나프탈렌』 『향』 『마담뺑덕』, 산문집 『그리스는 달랐다』가 있다.

순교자 *The Martyred*(1964)

한국계 최초로 노벨문학상 후보에 오른 재미 작가 김은국의 대표작이다. 6·25전쟁 당시 평양을 배경으로, 이념의 대립이 빚어낸 비극적 사건의 진실을 밝혀나가며 그 과정에서 겪는 신앙과 양심의 갈등을 그린 작품이다. 한국의 비극적 역사 속에서 발생한 특수한 사건을 인간의 실존과 보편적 운명이라는 세계문학적 주제와 연결시켰으며, 이를 추리소설적 요소를 이용해 풀어낸 흡인력 강한 수작이다. 1964년 미국에서 출간되자마자 20주 연속 베스트셀러에 올랐고, 세계 10여 개국에서 번역, 출간되었다.

김은국 Richard E. Kim(1932~2009)

함경남도 함흥에서 태어났다. 평양고등보통학교에 다니던 중 남한으로 내려와 목포에서 고등학교를 마쳤다. 1950년 서울대학교 경제학과에 입학했지만 6·25전쟁이 터지자 군에 입대했고, 제대 후 미국으로 건너갔다. 미들베리대학교에서 역사학과 정치학을 공부했고, 존스 홉킨스 대학교와 아이오와대학교, 하버드대학교에서 석사학위를 받고 미국 여러 대학에서 영문학과 창작 강의를 하며 소설을 집필했다. 1964년 첫 소설 『순교자』를 발표해 미국 언론과 문단의 호평을 받았고 한국계 최초로 노벨문학상 후보에 올랐다. 이후 『심판자』 『빼앗긴 이름』 등의 소설을 발표했다. 매사추세츠 자택에서 암 투병중 77세를 일기로 생을 마감했다.

몸을 이끌고, 간신히

『젊은 베르테르의 슬픔』 요한 볼프강 폰 괴테

편혜영

빈센트 반 고흐에 관한 책을 읽다가, "그는 어두운 들판에 나가 권총으로 가슴 한복판을 쏘았다. 간신히 몸을 이끌고 여관으로 돌아온 이틀 후 급히 달려온 동생의 품에 안겨 세상을 떠났다"라는 문장을 본 적이 있다. 나는 '간신히 몸을 이끌고'라는 구절을 몇 번이나 되풀이해 읽었다.

제 가슴을 겨누었지만 치명상을 입히는 데 실패한 고흐는 '간신히 몸을 이끌고' 〈까마귀가 나는 밀밭〉이라는 인상적인 그림의 배경으로 잘 알려진 어두운 들판을 걸어 여관으로 돌아간다.

힘겹게 숙소로 돌아가는 동안 밀밭이 바람에 일렁이고 총을 겨눌 때보다 어둡고 고요해진 밤공기가 땀을 식혔을지도 모른다. 누런 밀밭에 상처에서 흐른 피가 떨어지기라도 하면 흔들리는 밀밭 사이에 몸을 묻고 울음을 터뜨렸을지도 모른다.

나는 간신히 생이 부지되던 고흐의 마지막 며칠을 종종 생각했다. 상처를 입은 채로 고요한 밤길을 되돌아가는 고통에 대해서, 여관 주인에게 자신이 심장을 겨누었음을 고백하고, 의사의 치료를 받고, 동생이 달려오기를 기다리던 이틀간에 대해서.

『젊은 베르테르의 슬픔』을 읽고 떠오른 것은 고흐에 대해 말한 그 구절, '간신히 몸을 이끌고'라는 것이었다. 고흐와 달리 베르테르는 방에서 권총을 쏘았으므로 상처 난 몸을 이끌고 어디론가 가지는 않았지만, 소설을 읽는 내내 베르테르가 오래전부터 총상을 입은 몸으로 '간신히 몸을 이끌고' 살아가던 것이 아닌가 하는 생각이 들어서였다.

말하자면 베르테르가 로테에게 시를 낭송해주던 중 "고결한 사람들의 운명에서 자신들의 불행"을 느끼고 둘이 부둥켜안고 하나가 되어 눈물을 흘리던 순간부터.

로테가 베르테르를 달래기 위해 "여행이라도 하면 기분이 달라질" 것이며, "당신에게 어울리는 소중한 사람"을 찾아오고, 그렇게 해서 "진정한 우정의 행복"을 나누자고 충고하던 순간부터.

로테의 약혼자인 알베르트가 자신과 "마주치는 것을 달가워하지" 않는다는 걸 깨달은 순간부터.

자신이 로테를 "이렇게 사랑하고 있는데 정작 다른 남자가 그녀를 사랑할 수 있다는 사실"을 이해할 수 없어 고통스러워할 때부터, 그리고 "그녀 말고는 아무것도 가진 게 없"다고 탄식할 때부터. 그러니까 사랑 때문에 불화가 시작된 순간부터.

혹은 애초에 "더없이 영민한가 하면 순진하고, 강인하면서도 심성이 착하고, 생기 가득하고 활동적이면서도 영혼의 평온을 유지"하는 로테와 사랑에 빠진 순간부터.

베르테르가 '간신히 몸을 이끌고' 살아가게 된 것은, 그가 알베르트라는 약혼자가 있는 로테와 불행한 사랑에 빠져서가 아니다. 사랑이라는 것이 애당초 그렇게 간신히 몸을 지탱하며 살아가야 할 만큼 고통스럽고 힘든 것이어서도 아니다. 그런 게 사랑일 리가. 베르테르가 로테를 사랑하게 된 후 "유쾌하고 가벼운 마음으로 눈부신 태양"을 쳐다보며 "오늘도 나는 그녀를 만날 거야!"라고 다짐할 때를 상상해보면, 사랑이라는 것은 간신히 몸을 이끌고 살아가던 사람을 거뜬히 일으켜세우고, 무표정한 사람을 유쾌하고 가볍게 하고, 서로 끝도 없이 이야기를 나누게 하고, 바라보는 것만으로 더 바랄 게 없게 만드는 것일 텐데.

자살에 이른 베르테르의 상심은 누구에게도 자신(의 전부나 마찬가지인 사랑)을 이해받지 못할 것이라는 데에서 온다. 심지어 사랑하는 로테에게도. 그는 "대체 인간의 감정이란 무엇인지" 스스로에게 물어 궁리하고, 인간이 얼마나 복잡한 결을 가진 존재인지 헤아리려 애쓴다. 그가 알베르트와의 논쟁 끝에 "다른 사람의 마음을 헤아리기가 이렇게 힘들다니"라고 말하는 것은 알베르트를 탓하기보다 인간의 마음이 수만 겹이라는 걸 깨달은 스스로에 대한 탄식일 가능성이 높다.

그런 베르테르는, 로테의 아버지 밑에서 일하던 서기가 남몰래 로테를 흠모하다 그 사실을 털어놓은 후 해고를 당하고 급기야 미쳐버렸다는 사실에 충격을 받는다. 또한, 여주인을 사랑하였으나 그녀가 다른 사람을 선택하자 그만 죽여버리고 만 하인에 대해 행정관이 "그자를 구원할 방도는 없네!"라고 단호히 말하는 것을 듣고 좌절에 빠진다.

이로써 베르테르는 확신한다. 자신의 사랑은 구원받지 못하고 오히려 사람들에게 비난받을 것이며 그 때문에 세상과 끝내 불화할 수밖에 없다는 걸. 슬픔은 필연적이다. 사랑을 차지하지 못한 상실감 때문이 아니라, 인간을 이해하려고 노력했음에도 불구하고 자신(의 사랑)은 누구에게도 이해받지 못한다는 좌절감과 그로 인한 불화가 계속될 테니까. 이해받지 못하는 고통은 그야말로 '간신히' 몸을 이끌어야만 삶을 살아가게 한다.

이 소설이 내게, 이룰 수 없는 사랑으로 슬픔에 빠진 청년의 이야기인 동시에 누구에게도 자신(의 전부나 마찬가지인 사랑)을 이해받지 못해 절망한 청년의 이야기로 읽히는 것은 그 때문이다.

편혜영 소설가. 2000년 서울신문 신춘문예에 단편소설 「이슬 털기」가 당선되어 작품활동을 시작했다. 한국일보문학상, 이효석문학상, 오늘의젊은예술가상, 동인문학상을 수상했다. 소설집 『사육장 쪽으로』 『저녁의 구애』 등, 장편소설 『재와 빨강』 『서쪽 숲에 갔다』 『선의 법칙』 『홀』 등이 있다.

젊은 베르테르의 슬픔 *Die Leiden des jungen Werther*(1774)

단테, 셰익스피어와 함께 세계 3대 시성으로 불리는 괴테의 첫 소설. 『젊은 베르테르의 슬픔』은 1774년 출간되자마자 당시 젊은 세대에게 큰 공감을 불러일으키며 지금까지 세계적인 베스트셀러로 자리잡고 있다. 1,2부로 나뉘어 총 82편의 편지로 구성되어 있는 이 소설은, 절친한 친구에게 자신의 심경을 고백하는 형식을 통해 독자를 작품 속으로 강하게 끌어들인다. 더불어 친구의 약혼녀를 사랑한 괴테 자신의 실제 체험을 토대로 쓰였다는 사실 때문에 독자들에게 더욱 강한 흡인력을 갖는다. 작품 속에서 베르테르가 즐겨 입던 노란색 조끼와 푸른색 연미복은 당시 선풍적인 인기를 끌었으며, '베르테르 효과'라는 모방 자살 신드롬까지 생겨났다.

요한 볼프강 폰 괴테 Johann Wolfgang von Goethe(1749~1832)

독일 프랑크푸르트에서 태어났다. 1770년 법학 공부를 계속하기 위해 슈트라스부르크대학에 다니던 시기에 셰익스피어의 위대함에 눈을 떴으며, 혁신적 문학운동인 '질풍노도 운동'의 계기를 마련했다. 1772년 베츨라에 있는 제국대법원에서 법관시보로 일하면서 알게 된 샤를로테 부프와 사랑에 빠졌는데, 이때의 경험을 소설로 옮긴 것이 『젊은 베르테르의 슬픔』이다. 이 작품으로 괴테는 문단에서 이름을 떨치게 되었으며, 질풍노도 문학운동의 중심인물로서 활발한 창작활동을 펼쳤다. 1794년 독일 문학계의 또다른 거장 프리드리히 실러를 만나 돈독한 우정을 나누며 독일 바이마르 고전주의를 꽃피웠다. 실러의 독려로 23세에 시작했다가 중단했던 『파우스트』의 집필을 재개해 1806년 제1부를 완성했다. 1831년 필생의 대작이자 독일문학의 최고 걸작으로 일컬어지는 『파우스트』를 탈고하고 이듬해인 1832년 83세의 나이로 영면했다.

문학동네 세계문학전집 042

우리는 모두 더블린 사람들

『더블린 사람들』 제임스 조이스

김경욱

어떤 도시는 위대한 문학작품을 낳기도 하지만 어떤 문학작품은 도시의 운명을 바꾸기도 한다. 더블린이라는 도시가 없었다면 제임스 조이스는 『더블린 사람들』이라는 소설을 쓸 수 없었겠지만 더블린에 사는 인간 군상을 그린 『더블린 사람들』이 세상에 나온 뒤로 더블린은 더이상 그 이전의 더블린일 수 없게 되었다. 『더블린 사람들』 이전 더블린은 아일랜드의 한 도시였지만 『더블린 사람들』 이후 더블린은 '더블린 사람들'이 사는 도시가 되었다. 그러니까 더블린이라는 도시에 살아서 더블린 사람들인 것이 아니라 더블린 사람들이 사는 곳이라서 더블린인 것이다. 뉴욕이라는 도시에 사는 사람들이 뉴요커가 되는 것이 아니라 뉴요커들이 사는 곳이 뉴욕인 것처럼, 파리에 사는 사람들이 파리지앵이 되는 것이 아니라 파리지앵이 사는 곳이 파리인 것처럼.

대개는 도시가 그곳에 사는 사람들을 규정하지만 그곳에 사는 사람들이 도시의 특징을 만들기도 한다. 우리가 뉴요커라고 부를 때, 파리지앵이라고 부를 때 떠올리는 이미지들이 뉴욕이나 파리 같은 도시의 물리적 특성으로부터 점점 멀어지는 것처럼. 그러니 우리가 뉴요커라고 부를 때, 파리지앵이라고 부를 때 떠올리는 것들은 특정한 공간에 사는 사람들이 공유하는 특성이라기보다는 우리 안에 있는 어떤 욕망에 더 가깝다. 그런 의미에서라면 '더블린 사람들'이야말로 더블린이라는 물리적 공간의 구심력으로부터 자유로운 나머지 더블린이라는 도시와 거의 무관해 보일 정도다. 그러니까 '더블린 사람들'이란 더블린이라는 특정한 공간에 거주하는 사람들을 가리키는 고유명사가 아니라 우리 안에 있는 어떤 본원적인 속성을 가리키는 일반명사인 것이다.

친구의 누나에게 잘 보이기 위해 허세를 부리는 소년도, 새로운 인생을 도모할 수 있는 일생일대의 기회 앞에서 가족이라는 굴레 때문에 망설이는 처녀도, 자신보다 떨어진다고 여기는 친구의 성공에 자극받아 지금과는 다른 인생을 꿈꿔보는 소심한 사내도, 신기루 같은 환상으로 남루한 현실의 쓸쓸함을 달래는 노처녀도, 댄스파티의 흥취에 들떠 있다가 아내로부터 죽은 연인에 대한 고백을 듣는 사내도, 딸의 입신양명을 위해 노심초사하는 여인도, 밖에서 수모를 겪고 집으로 돌아와 어린 아들에게 화풀이를 하는 주정뱅이도 모두모두 우리 안의 우리들이다.

우리 안에는 우리가 알지 못하는 우리가 너무 많아서 저마다 이름을 붙여줘야 한다. 이블린, 챈들러, 마리아, 게이브리얼, 커니 부인, 패링턴. 우리가 알지 못하는 우리 안의 우리들이 사는 우리

안의 마을이 바로 더블린이다. 더블린은 우리 안의 수많은 우리가 좌절하고 소리지르고 술 마시고 번민하고 주저하고 질투하고 자책하는 우리 마음 깊은 곳을 부르는 지명이다. 그러니까 마음이 아프다고 말할 때 우리는 더블린이 아프다고 말하는 것이고 마음이 무겁다고 말할 때 우리는 더블린이 무겁다고 말하는 것이다. 더블린은 우리 자신에게도 수수께끼이자 미스터리인 우리의 마음이고 내면이다.

아일랜드 사람들이 반들반들하게 닦은 거울에 자신의 모습을 비춰볼 기회를 주기 위해 『더블린 사람들』을 썼노라고 조이스는 말했다. 문학작품은 우리의 영혼을 비추는 거울이어서 우리가 문학작품에서 찾아내야 할 것은 작가의 메시지나 교훈이나 상징이 아니라 우리 자신이다. 조이스는 아일랜드 사람들을 위한 거울을 빚었지만 그 거울은 아일랜드 사람들만 들여다보기에는 너무 반질반질하다. 조이스는 동시대의 아일랜드 사람들을 위한 거울을 만들었지만 그가 만든 거울은 시대와 국가를 초월해 인류 전체를 위한 것이 되었다. 보편성 속의 특수성, 특수성 속의 보편성. 하나이면서 모두이며 모두이면서 하나인 것. 우리는 그것을 위대한 작품의 운명이라고 부른다.

『더블린 사람들』이라는 거울은 우리가 외면하고 싶거나 무시하고 싶거나 부정하고 싶은 우리 마음속의 그늘을 적나라하게 비춰준다. 거울아, 거울아, 이 세상에서 가장 알 수 없는 게 뭐니? 『더블린 사람들』이라는 거울 속에 있는 것은 우리 자신이다. 그리하여 『더블린 사람들』을 읽을 때 우리는 모두 더블린 사람들이다. 아니, 더블린 사람들은 바로 우리 자신이다. 스무 살에 읽으면 스무 살의 우리 자신을, 마흔 살에 읽으면 마흔 살의 우리 자신을 발견하게 된다. 『더블린 사람들』은 세상에서 가장 반질반질한 거울이니까. 누가 앞에 서든 마음 깊은 골짜기까지 비추는 절대거울이니까.

김경욱 소설가. 1993년 계간 『작가세계』 신인상에 중편소설 「아웃사이더」가 당선되어 작품활동을 시작했다. 한국일보문학상, 현대문학상, 동인문학상을 수상했다. 소설집 『위험한 독서』 『신에게는 손자가 없다』 등, 장편소설 『황금 사과』 『야구란 무엇인가』 『개와 늑대의 시간』 『거울 보는 남자』 등이 있다.

더블린 사람들 *Dubliners*(1914)

20세기 문학에 변혁을 일으킨 모더니즘의 선구적 작가 제임스 조이스의 첫 작품. 『더블린 사람들』에 대한 이해 없이 『젊은 예술가의 초상』이나 『율리시스』 같은 그의 후기작을 이해하기는 불가능하다. 당시의 문학 전통에 반기를 든 조이스는 『더블린 사람들』을 통해 새로운 문학 기법을 추구하며 전대미문의 독창적인 문학세계를 창출해냈다. 총 15편의 단편으로 이루어진 『더블린 사람들』은 더블린에 살았던 중산층의 삶을 통해 더블린 전역에 퍼져 있는 정신적, 문화적, 사회적 병폐를 적나라하게 보여준다. 인간 본성에 대한 치열한 탐구를 바탕으로 인류 보편의 문제를 재조명한 걸작이다.

제임스 조이스 James Joyce(1882~1941)

아일랜드 더블린에서 태어났다. 여섯 살 때 명문 기숙학교 클롱고우스 우드 칼리지에 입학하였으나 가세가 기울어 자퇴한 후 여러 번 학교를 옮겨다녔다. 1898년 예수회 계통의 더블린 유니버시티 칼리지에 입학하여 현대 유럽어를 공부했다. 이때부터 영어, 이탈리아어, 프랑스어, 독일어, 노르웨이어, 라틴어까지 광범하게 공부하는 한편, 국수주의적인 민족주의 운동에 대해 회의하기 시작했다. 1914년 당시의 문학적 전통에 반기를 든 첫 작품 『더블린 사람들』을 발표하며 큰 반향을 불러일으켰다. 이후 『젊은 예술가의 초상』 『율리시스』 『피네건의 밤샘』 등을 발표하며 모더니즘의 선구적 작가로 이름을 떨쳤다. 59세의 나이로 취리히에서 숨을 거두었다.

2백 년이 지나도 여전히 유효한 질문

『설득』 제인 오스틴

윤성희

『제인 오스틴 북클럽』이라는 소설이 있습니다. 한 달에 한 번 제인 오스틴 소설을 읽고 사랑에 관해 이야기를 나누는 북클럽 멤버들에 대한 이야기지요. 『오만과 편견』은 열 번 이상 영화로 만들어졌는데, 아마도, 앞으로도 계속 만들어질 것 같아요. 『오만과 편견』을 재해석한 『브리짓 존스의 일기』라는 소설도 (그리고 영화도) 꽤 유명하지요. 작가 제인 오스틴에 대한 관심도 끊이지 않아서 〈제인 오스틴의 후회〉 〈비커밍 제인〉 같은 드라마나 영화가 만들어지기도 했고요. 제인 오스틴의 첫 소설 『이성과 감성』이 출간된 해는 1811년이었습니다. 지금으로부터 2백 년 전입니다. 그후로, 그녀는 여섯 권의 책을 출간했습니다. 하지만 그녀의 이름에 기대어 만들어진 작품은 훨씬 많습니다. 제인 오스틴 하면 누구나 알 수 있는 이야기를 왜 자꾸 하느냐고요? 그러니까, 제가 하고 싶은 말은 바로 이겁니다. 그녀의 소설들은, 왜, 어째서, 이토록, 사랑을 받을까요? 2백 년이 지난 오늘날까지.

20대, 저는 제인 오스틴의 소설을 읽지 않았습니다. 그래봤자 뭐 그렇고 그런 사랑 이야기잖아, 하고 그녀의 소설을 좀 무시했었지요. 고등학생 때도 하이틴 로맨스 소설을 읽는 친구들을 무시했었는데 그런 편견이 오랫동안 제인 오스틴 소설을 읽는 데 작용했던 것 같아요. 오해하고, 헤어지고, 갈등하고, 그러다 다시 만나는 것. 저는 그런 것들이 하나도 궁금하지 않았습니다. 이 세상엔 남녀 간의 갈등 말고도 더 멋진 이야기가 많다고 생각했으니까요.

제인 오스틴의 마지막 소설인 『설득』도 줄거리만 놓고 보면 그저 그런 사랑 이야기 같습니다. 주인공 앤은 딸만 셋이 있는 엘리엇가의 둘째딸입니다. 얼굴도 예쁘고 생기발랄할 때도 있었지만 지금은 스물일곱 살이나 된 노처녀일 뿐입니다. 한때 한 남자를 사랑한 적도 있었지만, 어머니 대신 정신적 지주 역할을 해주는 레이디 러셀의 설득에 못 이겨 이별을 했지요. 소설은 여기에서부터 시작합니다. 8년 전 헤어진 남자가 멋진 대령이 되어 나타난 것입니다. 10년 전쯤이었다면 저는 또 이렇게 생각했을 것입니다. '어쨌거나 이 둘은 다시 사랑을 이루겠지. 그게 뭐.' 물론, 지금은 그렇게 생각하지 않습니다. 거기에 초점을 맞춘다면, 그래서 신데렐라 이야기와 다를 바 없다고 생각했다면, 그건 제인 오스틴의 소설을 읽었으나 읽지 않은 거나 마찬가지라는 것을 이제야 알게 된 거지요.

연애소설을 읽는 묘미에는 여러 갈래가 있습니다. 가장 흔한 방법으로 그 사랑에 공감을 하며 읽는 거겠지요. 만약 사랑이 실패하게 된다면, 어떤 오해로 남녀가 헤어지게 된다면, 그것이 마치

내 일인 양 슬퍼하면서 말이에요. 하지만 제가 생각하기에 연애소설의 묘미란 바로 엿보기에 있는 것 같습니다. 추리소설과 비교해 보자면, 추리소설은 독자들에게 많은 정보를 주지 않습니다. 그 정보들을 숨겨두고 독자들은 퍼즐을 맞추듯이 그 정보를 찾아내지요. 하지만 그에 반해 연애소설들은 생각보다 많은 정보를 독자에게 전해줍니다. 주인공들이 여전히 서로를 사랑한다는 사실을 당사자들은 모르지요. 남녀가 둘 다 모를 수도 있고 혹은 그 한쪽만 모를 수도 있고요. 하지만 독자는 압니다. 주변 사람들이 다 알아차리도록 주인공 혼자 자기의 감정을 모를 때, 그 간극에서 벌어지는 많은 일들은 다르게 해석됩니다. 이중으로 해석되는 것이지요. 주인공의 마음과 화자의 마음과 독자의 마음이 제각각이 됩니다. 어쩌면, 많은 연애소설들이 3인칭 시점인 이유가 이 때문일지도 모른다는 생각도 듭니다.

화자는 그 인물의 감정을 어느 정도까지 독자에게 알려줄까요? 독자는 또 그것을 어느 정도까지 알아차리고 재미있어할까요. 『설득』은 (물론, 제인 오스틴의 다른 소설들도) 두 번 읽을 때 더 재미가 있습니다. 읽을 때마다 엿보는 재미가 달라지니까요. 두 번 읽다 보면 『설득』에서 두 남녀가 사랑을 이룬다는 결론은 그다지 중요하지 않다는 것을 알게 될 것입니다. 그보다는 더 시시콜콜한 이야기에, 이를테면 마차에 빈자리가 하나밖에 없는데 거기에 누가 앉을 것인가를 놓고 열띤 토론을 벌이는 이야기에, 더 매력을 느끼게 될 것입니다. 그 시시콜콜한 에피소드들 사이에 얼마나 많은 감정이, 오해가, 갈등이, 숨겨져 있는지를 알게 되니까요.

저는 『설득』을 읽다 이런 장면들에 흥미를 느꼈습니다. 먼저, 소설의 앞부분, 앤이 8년 전 사랑했던 웬트워스 대령의 이야기를 엿

듣는 장면입니다. 웬트워스 대령은 결단력과 굳은 심지를 지닌 사람들에 대해 자신의 의견을 말합니다. "제가 아끼는 모든 분들이 굳은 마음을 가졌으면 하는 게 저의 가장 큰 소망입니다"라고 말할 때, 이 이야기를 들은 앤은 복잡한 감정을 느낄 수밖에 없습니다. 타인의 설득에 넘어가 사랑을 포기했으니까요. 대령이 자신을 어떻게 생각하는지 그녀는 알게 된 것입니다. 이런 오해는 소설의 마지막 부분에 가서 이런 장면과 만납니다. 이번에는 역으로 웬트워스 대령이 앤의 이야기를 엿듣게 되죠. "희망이 사라져버린 뒤에도, 여자는 남자보다 더 오래 사랑한다는 것입니다"라고 앤은 말합니다. 그리고 그 이야기를 들으면서 웬트워스 대령은 확신을 하게 되죠. 저는 이 두 장면을 머릿속에 떠올려봅니다. 이야기를 엿듣는 앤의 표정과 웬트워스의 표정이 그려질 것만 같습니다. 『설득』을 읽는 동안 저는 내내 서로의 이야기를 엿듣던 앤과 웬트워스가 됩니다.

윤성희 소설가. 1999년 동아일보 신춘문예에 단편소설 「레고로 만든 집」이 당선되어 작품활동을 시작했다. 현대문학상, 올해의예술상, 이수문학상, 황순원문학상, 이효석문학상, 오늘의 젊은 예술가상을 수상했다. 소설집 『레고로 만든 집』 『거기, 당신?』 『감기』 『웃는 동안』 『베개를 베다』, 장편소설 『구경꾼들』이 있다.

설득 *Persuasion*(1818)

'제인주의자들' '오스틴 컬트' '오스틴 현상'이라는 용어를 낳으며, 영화와 드라마를 망라하는 현대적 차용의 단골 작가이자 수많은 북클럽을 양산한 대중적 오마주의 중심에 서 있는 문화 아이콘 제인 오스틴의 마지막 작품으로, 남녀 간의 현실적인 사랑과 결혼에 대해 탐구한 소설이다. "교훈과 즐거움을 동시에 맛보게 해준다"는 평가를 받으며 기존의 멜로드라마와는 달리 가정을 소재로 한 참신한 사실주의 작품으로 환영받았던 오스틴은, 이 작품에서 당대 신흥계급의 부상과 그로 인한 사회, 경제적 변동뿐만 아니라 그 속에서 놀라우리만치 일관된 방식으로 작동하고 있는 결혼시장의 경제 논리를 그려 당대의 물질지향적인 세태와 허위의식을 성공적으로 풍자해냈다.

제인 오스틴 Jane Austen(1775~1817)

영국 햄프셔 스티븐튼에서 교구 목사인 아버지 아래 8남매 중 일곱째딸로 태어났다. 아버지는 자식들에게 늘 독서를 독려했고 어머니는 시와 이야기를 즉흥적으로 지어내 들려주었으며 가족 극단을 만들어 아마추어 연극을 공연하기도 했다. 이런 문화적 환경에서 자라난 오스틴은 열두 살 때부터 글쓰기를 시작하여 20대 초반까지 꾸준히 여러 작품을 습작했다. 그리고 이 시기에 『오만과 편견』 『이성과 감성』을 포함한 대표작들의 초고를 대부분 탈고했다. 세밀한 관찰력과 날카로운 시각은 소재와 공간의 협소함에도 불구하고 2백 년이 지난 오늘날까지도 전 세계인의 사랑을 받고 있다. 1816년 마지막 작품 『설득』을 탈고한 이듬해 마흔두 살의 나이로 숨을 거두었다.

말할 수 없는 것을 어떻게 말해야 하는가

『인공호흡』 리카르도 피글리아

정혜윤

당신은 말로써 당신을 잘 표현하는가? 당신은 선동적인가? 당신은 궤변론자에 속하는가? 당신은 쓸데없는 말이라도 늘어놓지 않고선 배기지 못하는가? 당신의 말이 씨가 된 적이 있는가? 그러길 바란 적이 있는가? 침묵을 강요당한 적은 있는가? 당신은 말할 수 없다면 침묵하길 택하는가? 아니면 침묵을 강요당하거나 선택한 건 아니지만 당신에게도 도저히 어떻게 말로 표현할 수 없는 '언어 너머의 세계'가 있는가? 그렇다면 말할 수 없는 것에 대해서는 당신은 어떻게 말하는가? 혹시 글을 쓰는가? 당신이 글을 쓴다면 바로 그런 것을 쓰는가? 무슨 방법으로 쓰는가? 그런데 만약 이 세계에 말을 빼앗긴 이름 없는 자들이 널려 있다면? 여기저기에.

리카르도 피글리아의 『인공호흡』에는 사실인지 허구인지 모르겠으나 역사적으로 잘 알려진 두 사람, 우리가 아는 상식에서는 상반된 세계에 속해 있던 두 사람에 대한 일화가 소개되어 있다. 훗날 큰 목소리로 말하는 것을 특징으로 하는 독재자가 될 사람. 하지만 그때까지는 가진 것은 계획과 말뿐이었던 비루하고 소심한 남자가 프라하 거리를 활보하고 있었다. 1909년 10월부터 1910년 8월 사이에 벌어진 일이다. 그는 아르코스 카페에 나타났다. 그는 거기서 자기 연민과 망상에 가까운 자기중심성, 미래에 대한 과도한 강박관념을 예술가들에게 뜨겁게 들려주기 시작한다. 그의 말을 들었던 사람 중 하나는 프란츠 카프카였다. 요설을 늘어놓던 남자는 히틀러였다. 몇 번의 우연한 만남 동안 카프카는 히틀러의 말을 주의깊게 들었다. 그는 히틀러에게 이렇게 말했을지도 모른다. 말은 씨가 되는 법이에요. 말은 앞으로 이 세상을 불바다로 만들 수도 있는 작은 불씨와 같은 겁니다. 당신의 꿈이 현실화된다면 잔혹한 유토피아를 보게 될 것이오. 그리고 그렇게 말할 때 카프카의 눈에는 앞으로 그가 수백만 명의 사람들 하인들 노예들 버러지들의 유일한 주인 총통으로 군림하는 모습이 보였다.

1924년 6월 3일 카프카는 죽었다. 죽기 전 그는 말을 못했다. 그는 병상을 지키는 친구들에게 하고 싶은 말을 글로 적었다. 말을 못하는 카프카가 친구들에게 글을 쓰는 같은 시각 히틀러는 검은 숲의 성에서 비서들에게 「나의 투쟁」을 구술하고 있었다. 그가 단호한 목소리로 '우리의 첫번째 목표는 게르만 제국을 건설하는 것으로'라고 부를 때, 죽어가던 카프카는 말을 못했다. 그는 단지 글로 쓸 수밖에 없었다. 히틀러가 '비非아리아계 노예들은'이라고 할 때 카프카는 말을 할 수 없었다. 그는 단지 글로 쓸 수밖에 없었다. 히틀러에 따르면 바로 그 노예 중 하나였던 카프카, 소설 속에서 스스로를 '버러지'로 인식한 카프카, 죽음을 앞두고 "나에겐 권리가 없다"고 말했던 카프카는 말할 수 없는 것을 글로 쓸 수밖에 없었다.

소설에 따르면 이 만남을 수십 년 후 추적한 사람은 당대 최고의 철학자 비트겐슈타인의 제자였다. 비트겐슈타인은 '말할 수 없는 것에 대해선 침묵하라'고 했다. 이미 오래전 히틀러의 말에서 다가올 불행을 감지했던 카프카는 침묵했을까? 카프카가 자신의 글쓰기로 시종일관 부여잡고 씨름하고 극복하려 했던 것은 바로 '말할 수 없는 것에 대해선 침묵하라'는 정언명령이었다. 카프카의 진정한 천재성은 요란한 말 이면에 말할 수 없는 것, 즉 '언어 너머'가 실재하리란 걸 예감했다는 데 있었다. 추방당해 세상 바깥으로 내던져질 존재에 대한 강력한 예감. 결코 다시 성으로 들어가지 못할 존재에 대한 예감. 그리고 그것들은 이를테면 아우슈비츠같이 도저히 말로 표현하기 어려운 이름으로 존재할 것이다.

라디오 피디를 직업으로 가진 내게 가장 놀라움을 안겨준 말이 있다. 남미에선 라디오가 목소리 없는 자들의 목소리란 것이었다. 목소리 없는 자들이란 누구인가? 가난한 자, 버림받은 자, 잊힌 자, 소외된 자, 고통받는 자들이다. 그들의 목소리를 들려주는 것이 라디오란 것이다. 그전에 나에게 라디오의 말은 친숙한 것, 편안한 것, 일상적인 것, 누구나 듣고 싶어하는 것과 관련되어 있었기 때문에 목소리 없는 자들의 목소리란 말은 나에겐 커다란 부끄러움을 안겨주었다. 그리고 나는 비트겐슈타인의 말을 다시 생각하게 됐다. 말할 수 없는 것들에 대해 침묵하지 않는 것이 존재함을 알게 된 것이다. 큰 목소리를 침묵하게 하고 반대로 들리지 않던 목소리를 희미하게나마 들려주는 역할을 하는 것이 존재함을 알게 된 것이다. 그리고 이것이 피글리아가 믿었던 문학의 힘이었을 것이다. 문학은 말로는 현실을 제대로 이해할 수도 표현할 수도 없는 그 지점에서 시작된다. 말할 수 없는 것에 대해 침묵하는 게 아니라 오히려 말할 수 없는 것으로부터 진실을 찾아나서는 것, 말할 수 없는 것이야말로 말을 하게 하는 열정의 토대인 것, 바로 그것이 피글리아가 『인공호흡』에서 말하고 싶었던, 문학이 삶에 가지는 의미였을 것이다. 피글리아가 보기에 숨쉴 수 없는 것을 숨쉬게 하는 '인공호흡', 그것이 문학이 삶과 맺는 관계였을 것이다.

정혜윤 CBS 라디오 PD. 〈김어준의 저공비행〉〈시사자키 오늘과 내일〉〈공지영의 아주 특별한 인터뷰〉 등 시사교양, 다큐멘터리 프로그램을 기획, 제작했다. 산문집 『침대와 책』『그들은 한 권의 책에서 시작되었다』『세계가 두 번 진행되길 원한다면』『삶을 바꾸는 책 읽기』『런던을 속삭여줄게』『여행, 혹은 여행처럼』『사생활의 천재들』『인생의 일요일들』『뜻밖의 좋은 일』 등이 있다.

인공호흡 *Respiración artificial*(1980)

보르헤스 이후 아르헨티나를 대표하는 최고의 작가 중 한 명인 리카르도 피글리아의 대표작으로, 지식인들과 작가들에 대한 아르헨티나 군부 독재정권의 탄압이 절정에 달한 1980년에 출간되었다. 한 청년 작가가 수수께끼에 싸인 외삼촌의 삶을 추적하는 과정을 통해 아르헨티나가 앓고 있는 고통의 기원을 모색하는 작품이다. 피글리아는 『인공호흡』을 통해 독재정권하에서 '말할 수 없는 것들에 대해 어떻게 말할 수 있을지' 끊임없이 고민하면서 문학을 통한 '인공호흡'으로 아르헨티나에 생명력을 부여하려 했다. 탐정소설, 서간소설과 르포가 결합된 복잡한 구조임에도 출간 당시 커다란 반향을 일으켰으며, 아르헨티나 작가 50명이 뽑은 아르헨티나 역사상 가장 훌륭한 10대 소설 중 하나로 꼽히기도 했다.

리카르도 피글리아 Ricardo Piglia(1941~2017)

아르헨티나 부에노스아이레스 아드로게에서 태어났다. 1967년 쿠바의 '카사 데 라스 아메리카스'에서 주최한 콩쿠르에서 특별상을 수상하면서 작가의 길로 접어들었다. 1980년 첫 장편소설 『인공호흡』을 출간하여 국제적인 명성을 얻었다. 이후 자신이 쓴 비평과 대담을 실은 『비평과 허구』, 아르헨티나 근대문학의 역사를 만화와 비평으로 엮은 『조각난 아르헨티나』를 출간하며 활동 영역을 넓혀나갔다. 1995년에는 두번째 장편소설 『존재하지 않는 도시』를 오페라로 각색하여 무대에 올리기도 했다. 1997년 『타버린 돈』을 출간하여 아르헨티나 최고의 문학상인 플라네타상을 받았다. 2017년 숨을 거두었다.

냉정하거나 유쾌한 난투

『정글북』 러디어드 키플링

문태준

어린 시절을 시골에서 자란 나는 대자연으로부터 조언을 구했다. 언덕의 휘우듬한 선처럼 둥글게 솟고 떨어지는 느긋한 능선과 깊은 골짜기 아래 나는 살았다. 검은 구름수레가 몰려오면서 잎잎에 빗줄기가 후드득 듣기 시작하는 때와 눈보라의 뒷등이 누군가에 의해 밀려나가는 때를 나는 특히 좋아했다. 나는 자연으로부터 숲의 법칙과 물의 법칙을 모두 배웠다. 마치 『정글북』에서 느림보 갈색 곰 발루가 모글리에게 썩은 가지와 튼튼한 가지를 구별하는 법, 벌집에 다가갈 때 벌들에게 공손하게 말하는 법, 물웅덩이에 첨벙 뛰어들기 전에 물뱀에게 경고하는 방법 등을 가르쳤듯이. 말하자면 나는 『정글북』에서 정글의 존재들이 그러했듯이 "너와 나, 우린 피를 나눈 형제야!"라고 대자연 속에서 살아가는 작고 큰 생명들이 그들만의 언어로 서로 속삭이고 대화하는 것을 보고 들었던 것이다.

1894년 출간된 러디어드 키플링의 『정글북』은 1907년 키플링에게 최연소 노벨문학상 수상자라는 영예를 안겨주었고, 지금도 여전히 아동문학의 고전으로서 세계 독자들에게 많은 사랑을 받고 있다. 메수아의 아들 나투(모글리)가 호랑이에게 쫓기다 늑대 가족으로부터 보호를 받으면서 자라나는 과정을 그려내고 있다. 힘과 꾀로 무리를 이끄는 늑대 아켈라, 호랑이 시어칸, 자칼 타바키, 흑표범 바기라, 야생 코끼리 하티, 솔개 칠, 비단구렁이 카 등 무수히 많은 동물들이 등장한다. 모글리는 이들과 어울리고 경쟁하고 싸우면서 정글의 법칙을 배우게 된다. 정글로부터 추방되었던 모글리가 소떼를 몰아서 악독한 수장 시어칸을 죽임으로써 용맹을 떨치는 장면으로 일단락된다. 많은 독자들이 1967년 출시된 디즈니 애니메이션을 통해서 본 내용은 대개 여기서 그친다. 그러나 키플링의 『정글북』에는 모글리 외에 다른 주인공들이 더 많이 등장한다. 물론 또다른 이야기의 구조 속에서 말이다.

애니메이션이 포함하지 않은 또다른 이야기와 그 주인공들은 이러하다. 아기 물개 코틱이 '물의 느낌'을 다 배워 무리를 이끌고 사람이 살지 않는, 사냥이 없는, 살육이 없는 평화롭고 고요한 섬을 찾아가는 여정의 이야기가 있다. "달려라, 그리고 알아내라"라는 가훈을 가진 몽구스 리키티키가 갈색 뱀들을 모두 몰아내는 전투의 전말이 들어 있다. 코끼리들과 정글 신들의 총애를 받는 '숲의 사람' 리틀 투마이도 또다른 이야기의 주인공으로 등장한다. 여왕의 명령에 따라 대포를 끌거나 보병대의 짐을 나르거나 기병대의 일원으로 참전하는 노새, 낙타, 말들의 난동도 책 속에서 작은 이야기를 만든다.

『정글북』이 맹렬한 정신을 예찬하고, 모험의 마음, 신의信義, 무리를 이끄는 지도력, 수직적 위계에 대한 충성과 복종을 강조한다는 비판이 없지는 않다. 책 속에는 정글의 법칙에 대한 설명이 나오기도 한다. 직접적으로 드러나는 정글의 법칙은 먼저 공격하고 그다음에 짖는 것, 무리의 대장이 사냥감을 놓치면 오래 살아남지 못하며 살아남아도 '끝난 늑대'라 불리게 된다는 것, 벌을 받고 나면 모든 게 끝난다는 것 등이다. 『정글북』이 말하고 옹호하는 세계가 포용과 구제와 이해심보다는 경쟁과 악의 세계에 대한 응징, 잘한 것에 상을 주고 잘못한 것에 벌을 주는 준엄한 규율이 작동하는 세계라는 것을 여실히 보여주는 부분들이다. 게다가 아기 물개 코틱이 최초의 하얀 물개로 묘사되는 대목에서는 인종차별의 혐의가 있다고 읽어낼 수 있다. 이런 점들은 『정글북』을 제국주의적 시각에서 집필되었다는 힐난으로까지 몰아가게 한다.

그러나 『정글북』이 이와 같은 비판에만 묶여 있는 것처럼 보이지는 않는다. 우리는 이 책을 통해 정글의 동물들에게 비친 인간 세계를 반성적으로 생각해볼 기회를 얻기도 한다. 모글리를 처음 만난 정글의 동물들은 인간에 대해 다음과 같은 생각을 한다. 그들은 사람을 잡아먹으면 옴이 오르고 이빨이 다 빠지며, 사람만이 늑대의 발에서 가시를 뽑아줄 수 있다고 생각한다. 그리고 아가인 모글리를 보며 이런 대화를 나눈다. "정말 작네. 이 맨살 좀 봐. 용감하기도 하고." "털 하나 없어. 발로 슬쩍 건드리기만 해도 죽겠군. 하지만 저걸 봐. 나를 똑바로 올려다보고 있잖아. 두려움이 없어." 그리고 그들은 인간에게만 눈물이라는 것이 있다고 믿는다. 물론 인간에 대한 부정적인 생각도 들어 있다. 늑대소년 모글리가 인간의 세계로 내려와 처음 배운 것이 옷 입는 법, 돈을 쓰는 법, 쟁기질하는 법 등이었다고 진술할 때에 그러하다. 모글리는 사람과 사람 사이의 계급 차이도 이해할 수 없었다고 고백한다. 어쨌건 이런 서술들은 정글 동물들의 안목을 통해 인간세계를 되비춘 것들임에는 분명하다.

정글의 동물들이 원숭이족에 대해 보내는 질시의 근거도 곰곰이 생각해볼 문제가 아닐까 한다. 그들은 원숭이족은 법칙이 없고, 자기 언어가 없고, 나뭇가지 위에 앉아서 엿보고 엿들은 말을 훔쳐 사용하고, 지도자가 없고, 허풍을 떨고, 재잘거리다 밤이라도 떨어지면 하던 일을 다 잊어버린다며 원숭이족에게 반목의 눈빛을 보내는데 이것은 원숭이족에게만 단일하게 규정되는 특질이 아닐 것이다.

붉게 뜨겁게 타오르는 '불'을 '빨간 꽃'이라 부르고 이글거리는 '적도'를 '끈적한 물'이라 부르는 정글 세계의 특수어도 읽는 재미를 보탤 뿐만 아니라 빼어난 시적 수사임에 틀림이 없다.

문태준 시인. 1994년 계간 『문예중앙』 신인문학상에 시가 당선되어 작품활동을 시작했다. 미당문학상, 소월시문학상, 노작문학상, 유심작품상, 동서문학상을 수상했다. 시집 『수런거리는 뒤란』 『가재미』 『그늘의 발달』 『먼 곳』 『내가 사모하는 일에 무슨 끝이 있나요』, 시 해설집 『포옹』 『어느 가슴엔들 시가 꽃피지 않으랴』, 산문집 『느림보 마음』 등이 있다.

정글북 *The Jungle Book*(1894)

역대 최연소 노벨문학상 수상 작가 러디어드 키플링의 가장 유명한 작품으로, 1894년 발표된 이후 전 세계 독자들에게 많은 사랑을 받은 최고의 베스트셀러 중 하나다. 늑대소년 모글리가 정글과 인간세상에서 겪은 에피소드, 잔인한 인간들을 피해 낙원을 찾아 떠나는 하얀 물개, 코끼리들의 동반자로 성장하는 투마이 소년 등 키플링의 빛나는 상상력이 창조해낸 정글의 세계를 통해 인생의 모습을 은유적으로 보여준다. 『정글북』은 『이상한 나라의 앨리스』와 더불어 가장 많이 읽히는 대표적인 아동문학으로 자리매김했으며, 동물문학의 새로운 장을 열었다는 평가를 받았다. 존재 너머를 꿰뚫는 통찰, 명료하면서도 깊이와 울림이 있는 주제, 독창적인 상상력으로 가득한 『정글북』은 읽을 때마다 또다른 깨달음과 여운을 독자들에게 안겨준다.

러디어드 키플링 Rudyard Kipling(1865~1936)

인도 뭄바이에서 화가이자 학자인 존 록우드 키플링의 아들로 태어났다. 여섯 살 때 영국으로 건너가 학교를 다닌 그는 대학을 졸업한 뒤 인도의 라호르(현재 파키스탄 영토)로 돌아와 신문사 기자로 일하며 첫 시집과 여러 편의 단편소설을 발표했다. 1889년에서 그다음해까지 동아시아를 거쳐 태평양과 미국, 대서양을 횡단한 뒤 영국 런던에 정착했다. 1890년대에는 여행과 인도에서 생활하며 얻은 경험을 바탕으로 쓴 단편소설들과 시들이 알려지기 시작하면서 유명세를 얻었다. 대표작으로는 소설 『정글북』 『킴』, 시집 『막사의 담시』 등이 있다. 1907년 노벨문학상을 수상했다.

삶이라는 부조리한 감옥에 갇힌 자의 고독

『외로운 남자』 외젠 이오네스코

하창수

글만 써서 먹고사는 전업작가 생활 25년에 딱 한 번 직장생활을 한 적이 있다. 길지도 않은 6개월에 불과한 그 직장생활 덕분에 나는 어쩌면 거의 모험에 가까운 '위험하고 고독한' 전업작가의 길을 여전히 고수하고 있는지도 모른다. 작가가 되고 3년쯤 지난, 결혼을 앞둔 때였다. 어느 날, 여느 때와 다름없이 느지막이 일어나 브런치를 만들고 있었는데 불현듯 '가장'이라는 단어가 뒤통수를 가격했다. 느닷없는 습격에 나는 계란 프라이가 바짝 타들어가는 것도 잊은 채 멍하니 자췻집 천장을 올려다보고 있었다. 혼자 사는 동안 단 한 번도 느껴보지 못한, 체증과도 같은 무거운 압박감에 일주일을 내리 시달렸다. 취직은 피할 수 없는 운명 같았다.

첫 직장이자 내 생애 마지막(이 될 가능성이 농후한) 직장생활은 그리 나쁘지 않았다. 두어 달쯤 지났을 때 결혼을 했고, 미어터지는 출근버스를 피하기 위해 일찍 집을 나서는 데도 익숙해져가고 있었다. 그렇게 몇 달이 더 지났을 때, 뭔지 모르게 이상했다. 가장이라는 압박감과는 또다른 종류의 체증이 가슴 한켠을 무겁게 짓누르고 있었던 것이다. 청탁받은 원고의 마감 기한은 맹렬한 속도로 다가왔고, 속절없이 지나갔다. 몇 번 기한을 연장했지만 끝내 원고를 넘기지 못한 채 펑크를 내는 일이 되풀이되었고, 나는 6개월 동안 단 한 줄의 '내 글'도 쓰지 못했다는 사실을 발견했다. 이제 사직서는 피할 수 없는 운명이었다. 서른두 살 때의 일이다.

다니던 회사에 사표를 내고 다시 전업작가로 돌아온 봄날 오후, 서가로 무심히 뻗친 내 손에 얇은 책 한 권이 잡혔다. 한 해 전, 출판사 편집장으로 있던 친구가 신간을 냈다며 보내주었던 이오네스코의 소설 『외로운 남자』였다. 그냥 쓱 훑어보고 책꽂이에 꽂아 놓았던 그 책이 그날 내 손길에 뽑혀 나온 것이다. "나이 서른다섯이면 인생 경주에서 물러나야 한다. 인생이 경주라면 말이다. 직장 일이라면 나는 신물이 났다. (…) 예기치 못했던 유산을 물려받지 않았더라면 난 권태와 우울증으로 죽고야 말았으리라"로 시작하는 『외로운 남자』는 단번에 나를 사로잡았다. 서가에 붙어 선 채로 나는 소설 속으로 빨려들기 시작했다.

『대머리 여가수』 등으로 부조리극을 대표하는 세계적 극작가 이오네스코에게 『외로운 남자』는 그의 유일한 소설이다. 연극 데뷔작인 『대머리 여가수』가 초연된 후 꽤 오랜 세월이 지난 뒤의 일이다. 이오네스코 스스로 밝혔듯 『외로운 남자』는 희곡인 『진흙』 『난장판!』과 함께 자전적 3부작을 이루는 작품이다. 자전적 작품이라는 사실은 "왜 갑자기 소설?"이라는 의문에 대한 답이기도 하다. 대화로만 이루어지는 희곡과는 달리 소설은 지문을 통해 자신과 자신이 처한 현실, 시간과 공간, 온갖 인물들에 대한 생각, 역사와 사회에 대해 자유롭게 설명하고 묘사할 수 있기 때문이다. 『외로운 남자』 속에 편재하는 도저한 허무, 폭발할 것 같은 분노, 정치하면서도 날아갈 듯 가벼운 인식 들은 오직 배우의 대사에다 작가의 생각을 모두 담아내야 하는 희곡으로선 버거운 일이었을지도 모른다.

『외로운 남자』는 "만일을 대비해 침대 옆 탁자 위에 자명종을 놓았으나 항상, 거의 항상 자명종이 울리기 조금 전에 깨"어서는 "매일 똑같은, 고통스러운 강제노동"에 시달리던 파리의 15년차 한 직장인이 미국에 사는 낯모르는 친척이 남긴 예기치 못한 유산 덕분에 "아침에 호텔 방을 나올 때면 휘파람을 불며 계단을 경쾌하게 내려"와 "열시고 열한시고 그저 내키면 길로 나"서는, "즐겁고 행복"한 자유인으로 살아가는 이야기다. 그는 허집한 싸구려 호텔에서 벗어나 아파트로 이사를 하고, 가정부를 두며, 더이상 "지각하지 않아서 출근부에 서명할 수 있었을 때의 환희"와 "출근부를 걷어가고 삼십 초 후에 도착했을 때의 격분"에 휩싸이지 않아도 되었지만, 동시에 "과거란 항상 아름답고 다정하며 그리운 법인데 이를 너무 뒤늦게 깨닫"기도 하고, "정확히 정해진 목표가 있는 양 앞을 향해 똑바로 달려나"가는 "서로 닮은 수만 명의 사람들"로 가득찬 거리를 바라보다가 "마치 개들로 가득찬 거리 같"다고 생각하며 "어디로 가는지 아는 듯한 꼴로 그렇게 달리는 것은 개들뿐"이라는 회한에 휩싸인다. 결국 조직의 한 부품에서 자의식을 가진 독립적 존재로 바뀌었지만 암울과 허무의 대상이 조직에서 세계, 혹은 우주로 환치되었을 뿐 여전히 삶의 부조리, 혹은 부조리한 삶의 늪에 빠져 있음을 '고독'하게 인식하지 않을 수 없었던 것이다.

직장에 막 사표를 던진 30대 초반에 처음 읽었던 『외로운 남자』를 50줄에 들어서 다시 읽으며 문자 그대로 만감이 교차했다. 읽는 내내 미열이 오른 듯 이마가 뜨거웠다. 『외로운 남자』의 주인공이, 혹은 이오네스코가 절감한 해명되지 않는, 해명될 수 없는 삶의 부조리는 오랜 기간 직장에 매이지 않은 채 자유인으로 살아온 나 역시 비껴갈 수 없는 운명이라는 사실은 결국 인간은 외로울 수밖에 없는 존재라는 사실을 절감시킨다. 조직의 일원에서 벗어나 독존獨存의 삶을 살아가는 것이 "행복하다고 말하기는 싫다. 그냥 그렇고 그럴 따름이다. 우주의 대감옥 내부에 그것보다는 작고 내게 맞춤한 감옥을 만들었다. 내가 살 만한 한 귀퉁이를 마련한 것"이라는 주인공의 독백이 허탈하게 읊조리는 허무의 송가가 아니라 놀라운 지혜의 시로 읽히는 이유를 오십이 되어서야 알게 되다니……

하창수 소설가. 1987년 계간 『문예중앙』 신인문학상에 중편소설 「청산유감」이 당선되어 작품활동을 시작했다. 한국일보문학상을 수상했다. 소설집 『서른 개의 문을 지나온 사람』 『여행』 『달의 연대기』 등, 장편소설 『함정』 『천국에서 돌아오다』 등, 산문집 『가끔가다 나는 딴 생각을 한다』 『발견되지 않는 소설가의 생활』, 옮긴 책으로 『킴』 『마술 가게』 『소원의 집』 등이 있다.

외로운 남자 *Le Solitaire*(1973)

베케트, 아다모프, 주네와 더불어 현대 부조리극의 대표작가로 꼽히는 이오네스코의 유일한 소설이자 자전적 작품. 『외로운 남자』 역시 이오네스코의 작품세계를 관통하는 인간 사이의 의사소통의 어려움, 인간의 존재조건인 고독과 죽음의 문제, 이데올로기의 폭력성을 탁월하게 묘사하고 있다. 『외로운 남자』는 공연을 위한 초고 수준을 넘어서 독립된 소설 형식을 취하는 유일한 작품으로, 『난장판!』이라는 제목의 희곡으로 각색되어 공연되기도 했다. 이오네스코에 따르면 이 작품은 『진흙』 『난장판!』과 더불어 자전적 3부작을 이룬다.

외젠 이오네스코 Eugène Ionesco(1909~1994)

루마니아 슬라티나에서 태어났다. 두 살 때 파리로 이주했고, 아버지의 권위주의적인 태도와 부모의 이혼, 궁핍한 생활로 불행한 어린 시절을 보냈다. 열세 살 때 루마니아로 돌아와 1929년 부쿠레슈티대학 불문학과에 입학했다. 이때 만난 미르체아 엘리아데, 에밀 시오랑과는 훗날 파리 망명객 생활을 함께하며 평생 영향을 주고받았다. 부쿠레슈티대학에서 불문학을 전공했고, 1950년 『대머리 여가수』로 극작가로 데뷔했다. 『의자』 『코뿔소』 등 20여 편의 희곡을 발표하며 원숙기에 이르렀고 1970년에는 아카데미 프랑세즈 회원으로 선출되었다. 막스 라인하르트 메달, T. S. 엘리엇 상을 받았다.

그것은 간단한 문제가 아니다

『에피 브리스트』 테오도어 폰타네

김종옥

하루키의 소설 중에 주인공이 톨스토이의 『안나 카레니나』를 읽으면서 '안나 카레니나'가 100페이지인지, 200페이지인지를 넘길 때까지 등장하지 않는 걸 보고 깜짝 놀라는 장면이 있다. 아마 현대의 독자라면 그때까지 기다리지 못하고 책을 덮어버렸을 텐데 그 시대의 사람들은 잘도 참아내며 이런 소설들을 재밌게 읽었구나 감탄하는 것이다.

테오도어 폰타네의 『에피 브리스트』도 그런 시대의 소설에 속한다고 볼 수 있다. 다행히도 주인공인 '에피 브리스트'는 금방 등장하지만, 소설 전체를 관통하는 핵심 사건은 거의 반이 지나서야 일어난다. 그 사건에 대한 묘사조차도 거의 이뤄지지 않아, 미리 소설 내용을 알지 못한다면, 그게 무슨 일인지조차 파악하지 못하고 넘어갈 가능성이 많다. 어떻게 보면 그 사건을 간략하고 모호하게 처리한 것이, 일종의 기법일 수도 있지만, 내가 보기에는 좀더 근본적인 작가의 태도에서 비롯된 것 같다.

최근에 찰스 디킨스의 소설을 읽으면서 매우 감탄했던 경험이 있는데, 도저히 그 작품들이 100년도 전에 쓰였던 것이라 믿을 수 없을 만큼 세련되게 느껴졌기 때문이다. 그 세련됨을 따지자면 현대소설은 그로부터 거의 조금도 발전하지 못했다고 느껴질 정도다. 하지만 이 작품『에피 브리스트』는 분명히 조금 고루하다는 느낌을 지울 수가 없었다. 솔직하게 말해 반 넘어 읽을 때까지도, 나는 의심의 눈초리를 보내고 있었다. 하지만 끝까지 읽고 나서, 나는 다른 의미에서 이 작품이 100년도 전에 쓰였다는 사실을 믿을 수가 없어졌다. 현대소설이 거의 발전하지 못한 것이 아니라 어떤 의미에서는 퇴보했다고 느껴질 정도였다. 물론 이것은 과장된 수사다. 하지만 분명한 사실은, 책을 덮고 나서 나는 몇 번이나 '아, 이런 게 소설이지'라고 되뇌었다는 것이다.

만일 소설이란 게, 무엇을 주제로 하든, 어떤 시대를 배경으로 하든, 결국 '인간'에 대한 이야기라면, 어떤 의미에서는 이 시대의 소설들이 훨씬 더 그 본질에 가까이 있는 게 아닐까? 왜냐하면 때로 인간의 삶이란, 손안에 세상의 모든 정보를 쥘 수 있는 시대에 산다 해도, 100년, 200년 전과 거의 달라지지 않은 것처럼 느껴지기 때문이다. 아니, 오히려 그렇기 때문에 이제는, 한 인간의 생애를, 정확히 바라보는 게 더욱 힘들어진 느낌이다. 너무나 많은 것들로 가려져 있고, 그것은 비단 소설뿐만 아니라, 바로 우리가 우리 자신을 바라볼 때도 마찬가지다. 마치 우리 외부에 있는 그 믿을 수 없을 만큼 다양한 정보의 흐름이, 또 원하기만 하면 언제든 자유롭게 선택하고 즐길 수 있는 무언가가 거기에 있다는 이상한 믿음이, 우리 자신, 인간의 삶이 지닌 아주 단순한 사실들을 외면하게 만든다. 이제 소설이 한 사람의 인생에 대해 말하려면, 신경증이나 정신분열증과 관련한 어떤 표현들을 쓰지 않고는 거의 불가능해져버린 것 같다.

그래서 『안나 카레니나』에 대한 하루키 소설 주인공의 느낌은 매우 정확한 것이다. 『에피 브리스트』도 마찬가지다. 아마 현대의 많은 사람들이 이 작품을 끝까지 읽기는 어려울 것이다. 그들이 너무 시간이 없기 때문이지만, 앞서 말했듯이 중반부까지 매우 지루하기 때문이기도 하다. 하지만 그 지루함이, 단지 소설이 100년 전의 낡은 형식을 취하고 있기 때문일까? 만일 현대의 어떤 작가가 이와 똑같은 내용의 소설을 쓴다면, 그래서 더욱 압축적으로 스피디하게, 또 재치 있는 유머를 섞는다면, 과연 이 소설이 똑같은 의미를 가져다줄까? 나로서는 매우 회의적이다. 왜냐하면 그 '지루함'이 바로 형식이고, 또 내용일 수 있기 때문이다. 어떤 것들은, 그런 식으로밖에 전달할 수가 없다. 안타깝게도 그렇게 전달되는 것이, 더 중요한 것일 때가 많다. 왜냐하면 세상이 매시간, 매분, 매초 실시간 검색어처럼 미친듯이 돌아가도, 한 인간의 생이란 대개 그와는 상관없이 매우 지루한 것이기 때문이다. 거꾸로 말하자면 그 지루함을 견디지 못하기 때문에 매시간, 매분, 매초, 실시간 검색어를 확인하는지 모른다. 하지만 요점은 그 '지루함'이 결코 지루하지 않다는 데 있다(이 소설은 결코 지루하지 않다). 가만히 그것을 바라보면, 그것이 무슨 이유에서든, 자신이 도망치고 외면했던 어떤 것들과 정면으로 마주서면, 때로 거기에 진짜 '재밌는' 것이 있다.

물론 '거기'에는 매우 끔찍한 것도 있다. 이것은 '에피 브리스트'

가 소설 속에서 대면한 것이기도 하다. 아이러니하게도, 에피는 100년 전의 독일에서 '재미'를 추구하는 여성이었다. 그녀가 결혼해서 남편과 함께 살게 된, 오래되고 낡은 집에서 처음 만난 것이 '유령'이라는 점은 그런 의미에서 매우 의미심장하다. 그녀가 최초로 남편에 대해 실망했던 순간도, 바로 그 유령과 관련되어 있다. 그리고 마지막으로 어떤 의미에서는, 그녀는 그 유령 때문에 집에서 쫓겨나게 된다. 반대로 말하면, 그녀 자신이 유령이 되었다고도 할 수 있는데, 그녀는 사회에서 배제된 존재, 없는 존재가 되었기 때문이다. 하지만 재밌는 점은, 바로 그렇기 때문에, 그녀는 더이상 유령이 아니게 된다. 소설의 중반에 이르면 그녀 자신이 유령을 원하는 장면이 나온다. 즉 그녀는 유령이 되고 싶어했지만, 왜냐하면 유령은 집에 머물 수 있기 때문에, 결국에는 실패한 셈이다. 그렇다고 그녀의 남편이나, 낡은 사회적 관습이나, 명예에 대한 욕망이나, 사랑 없는 삶을 곧바로 '유령'과 연관시켜서도 곤란하다. 결론부터 말하자면, 그것은 그냥 우리 삶의 '이면'에 결코 떨어질 수 없게 붙어 있는 것이다. 어쩌면 현대에 와서 그 '유령'은 오히려 그 '이면'을 벗어나 점점 '전면'에 가깝게 다가오고 있는지도 모른다. 그래서 우리는 더욱 그것으로부터 미친듯이 도망치려고 애쓰는지도. 하지만 그렇게 멀어지려 애쓸수록, 다시 또 아이러니하게도 우리는 그것과 가까워지는 것일 수도 있다. 단지 지금 손에 든 그 무언가를 가만히 바라보는 것으로, 이러한 느낌은 꽤 설득력을 얻지 않는가?

이 작품의 가치가 지금에 더욱 중요하다면, 그 이유는 인간의 생애를 바라보는 작가의 태도에 있다. 그리고 그러한 태도는 앞서 말했듯이, 그 시대의 작가들이 공통적으로 가지고 있었다는 생각도 든다. 더 나아가서, 주인공이 책의 중반부까지 등장하지 않는 소설도 꾹 참고 읽어냈던 그 시대의 독자들에게도 있었던 건지 모른다.

간혹 작중인물 이름을 제목으로 삼는 소설을 쓰는 것이, 어쩌면 많은 소설가들의 은밀한 바람일지도 모르겠다는 생각을 한다. 지금까지도 여전히 회자되는 위대한 소설들의 목록을 살펴보라. 『안나 카레니나』부터, 『파우스트』『카라마조프가의 형제들』『올리버 트위스트』『위대한 개츠비』. 얼마든지 댈 수 있다. 모두 그렇다고 볼 수는 없지만, 이런 '이름 소설'들은 대개 그 사람의 전 생애를 다루고 있다. 이 작가들에게는 그러지 않고는 인간 삶의 어떤 비밀을 드러내기 어렵다는 공통된 인식이 있었던 게 아닐까? 나는 이것이 소설가에게 매우 중요한 인식이라고 생각한다.

에피가 몇 년간 자신을 괴롭힌 병으로 죽음에 이르기 직전 그녀의 어머니는 그녀에게 죽는 걸 편안하게 생각할 수 있느냐고 묻는다. 이렇게 젊은 나이에. 그러자 에피는 행복했던 시절 남편이 해준 이야기를 어머니에게 들려준다.

> "어떤 사람이 즐거운 잔칫상에서 불려나갔대요. 다음날 그는 자기가 나간 다음에 잔치가 어땠느냐고 물었어요. 그러자 사람들은 이렇게 대답했대요. '아, 많은 일이 있었지요. 하지만 당신이 놓친 것은 아무것도 없습니다.'" _410~411쪽

이때 에피의 나이는 서른이었다. 그리고 이 장면에 이르기까지 독자는 400페이지를 읽어야 한다. 물론 그것은 30년보다, 말할 것도 없이 짧은 시간일 것이다. 그렇게 짧은 시간으로 한 사람의 인

생을, 그리고 그녀가 그것을 통해 깨달은 어떤 비밀을 알게 된다는 것은 얼마나 쉬운 일인가? 물론 어떤 사람은 이렇게 얘기할 수 있다. 바로 지금 위의 문장을 읽었으니, 400페이지를 읽은 것과 마찬가지라고. 그런 사람들을 위해 '테오도어 폰타네'는 몇 페이지 뒤에 대답을 준비해두고 있다. 에피가 죽은 후, 그녀가 묻힌 뜰을 바라보며 그 어머니와 아버지가 나누는 대화다. 어머니는 에피가 이렇게 된 게 자신들이 잘못 키웠기 때문이 아니냐고, 자기들 잘못이 아니냐고 남편에게 묻는다. 그러자 에피의 아버지는 이렇게 대답한다.

> "루이제, 그만해요…… 그거야말로 진짜 간단한 문제가 아니오."
> _414쪽

이것이 소설의 마지막 문장이다. 나는 이렇게 심오한 대화로 끝나는 소설을 거의 본 적이 없다. 그렇다. 인생은 결코 간단한 문제가 아니다.

김종옥 소설가. 2012년 문화일보 신춘문예에 단편소설 「거리의 마술사」가 당선되어 작품활동을 시작했다. 젊은작가상을 수상했다. 소설집 『과천, 우리가 하지 않은 일』이 있다.

에피 브리스트 *Effi Briest*(1896)

디킨스, 새커리, 플로베르와 더불어 사실주의의 대가로 평가받는 폰타네의 대표작이다. 『에피 브리스트』는 토마스 만에게 "유럽 산문의 보배이며 서술문학의 행운이자 영예"라는 극찬을 받았을 정도로 완성도 높은 작품이다. 당시 출간된 지 채 1년도 안 되어 5쇄가 발간될 만큼 큰 인기를 끌었으며, 지금까지 네 번이나 영화로 만들어진 데서 볼 수 있듯이 오늘날까지도 여전히 인기를 잃지 않고 있다. 실화를 토대로 한 이 작품은 어머니의 권유로 철모르는 17세의 나이에 결혼한 시골 귀족 가문의 무남독녀 에피의 불행으로 끝난 결혼생활을 그리고 있는데, 간통을 소재로 19세기 후반 프로이센 귀족 계층 여성의 사회적 지위를 보여주며 우리에게 결혼과 사랑, 여성의 지위, 더 나아가 인간과 사회의 관계에 대해 다시 생각하게 해준다.

테오도어 폰타네 Theodor Fontane(1819~1898)

독일 노이루핀에서 약사의 아들로 태어났다. 어려운 가정형편 때문에 직업학교를 마치고 라이프치히, 드레스덴, 레친 등에서 약사 조수로 일했다. 30세가 되는 1849년 약사 생활을 청산하고 작가로 살기로 결심, 이듬해 발라드 작품을 발표하며 데뷔했다. 『런던에서의 어느 여름』 『마르크 브란덴부르크 지방 편력기』 등의 여행기와 발라드 작가로 먼저 이름을 알린 폰타네는 60세를 목전에 둔 1878년 『폭풍 전야』를 발표하면서 본격적인 소설가의 길로 접어든다. 세상을 떠나기 전까지 미완성 유작인 『마틸데 뫼링』을 포함하여 총 열여덟 편의 소설을 남겼는데, 이중 두 편의 역사소설을 제외하고는 모두 당시의 사회 현실을 다룬 작품이다. 79세를 일기로 베를린에서 사망했다.

여러 번 읽게 되는 명작/역작/걸작

『둔황』 이노우에 야스시

김원우

책읽기를 유일한 취미로 삼아온 사람이라면 대체로 다들 그랬지 않나 싶은데, 나도 일찍부터 다독·남독·오독을 내 멋대로 즐겼다. 다른 취미에 눈을 돌릴 여유가 신체적으로나 경제적으로나 전무했던 터라, 학교의 도서관에서 빌려온 책을 이불 속에서까지 읽느라고 더러 밤을 꼬박 지새우곤 했다. 그러니 일찌감치 학과 공부 따위를 하찮게 여기는 시건방이 제법 방자스러운 편이었다. 독서량이 불어날수록 그런 자만이 세상을 알 만큼 안다는 기고만장까지 저절로 불러들였다. 이를테면 명작으로 널리 알려진 유수한 국내외의 소설까지도 막상 읽고 나면 이런저런 흠이 두드러진다는 내 나름의 독후감을 들이대는 식이었다. 내 식의 그런 분별안은 흔히 '취향'이라는 고유한 잣대로 매긴 감상담일 테지만, 중년에 들어서야 그 안하무인이 마구잡이로, 후딱 의무적으로, 빨리 읽어버리고 다른 책을 잡고 싶은, 요컨대 뭔가에 쫓기는 남독 때문임을 깨달았다.

그후부터 정독 버릇을 길들이느라고 무던히 애를 썼지만, 단숨에 개선되지는 않았다. 그래서 사용 빈도수가 떨어지는 어휘가 보이면 볼펜으로 동그라미를 표시해둔다든지, 기다란 복문/중문이 의외로 잘 읽히고 그 의미도 선명히 떠오르면 밑줄을 그어놓는 식으로, 말하자면 책에다 낙서하기를 일삼았더니 방금까지 통독한 책의 가치랄까, 그 실적의 전모가 그나마 꽤 소상히 손에 붙잡히는 것 같았다. 그러나 이런 통독법도 현격히 떨어지는 총기 앞에서는 속수무책이어서 작은 공책을 옆에다 놔두고 연방 메모도 끼적거리고, 이미 읽은 앞쪽의 여러 대목을 찾느라고 한참씩이나 두리번거리는 비능률적인 책읽기로 덧없이 흘러가는 세월을 낚기 시작한 지도 이미 오래되었다.

그런데 근자에는 무슨 책을 읽든지 사전을 뒤적이는 횟수가 점점 자심해지고 있다. 이 버릇도 남의 문장/내용에 잘못이랄까 빈틈 따위를 발겨내려고 그러는 게 아니라 미심쩍은 부분을 좀더 정확히 알기 위해서 국어사전을 비롯한 여러 다른 사전을 참조하는 셈인데, 이런 세독細讀이 나의 무참한 무식에 어떤 도움을 줄 것 같지도 않지만 천성이라 어쩔 수 없다는 체념에 겨워 지내는 편이긴 하다.

각설하고 최근에는 기왕에 읽었던, 그때 뭉클했던 감동을 다시 되새겨보는 한편 또다른 독서 체험을 챙기려는 욕심 때문에 이미 정평이 나 있는 세계문학사의 명작/역작/걸작을 재독하는 버릇이 들었다. 이노우에 야스시井上靖의 『둔황』도 그중 하나다.

이제는 『둔황』을(그 당시에는 '베이징'을 우리말 발음대로 '북경'이라고 읽듯이 '돈황'으로 번역되었다) 언제 또 어떤 판본으로 읽었는지, 그 역자가 누구였는지조차 기억에 남아 있지 않다. 그때도 이상한 천착벽이 있어서 두 가지 이상의 판본을(둘 다 2단 종조 조판의 책이었던 것만은 외우고 있으나) 촘촘히 읽었는데도 그런 서지사항이 흐릿한 걸 보면 역시 나이 탓을 둘러대며 무력감을 반추하지 않을 수 없다. 그렇긴 해도 주인공의 이름이 조행덕이었음은 분명히 기억한다. 그 행行자와 덕德자가 '동중정動中靜'이라는 말처럼 서로 모순관계인데도 묘하게 어떤 하모니를 빚어내고 있어서 역시 일류 작가는 주인공의 '이름 짓기'에서부터 탁월하구나 하는 '감동을 먹은' 인상이 강하게 새겨져 있었기 때문이다. 뿐만이 아니다. 사막을 횡단하는 대상단을 이끌며 잠시도 가만히 있지 못하는 천성의, 그렇기 때문에 사교술도 뛰어나고 그만큼 욕심 사나운 한 인물도 매력석이었다. 더욱이나 그 대척점에는 고귀한 신분의 한 지역 책임자가(소위 태수라는 지위다) 바짝바짝 닥치는 전란 앞에서 살길을 찾기는커녕 털버덕 주저앉아 허무와 체념에 겨워 지내는, 그 어떤 허탈한 '캐릭터'도 도무지 잊히지 않는 소설적 미덕이었다.

의외로 국내에도 이노우에 야스시의 열렬한 팬이 많은지 그의 작품은 거의 다 우리말로 번역되었지 않나 싶다. 물론 여러 출판사에서 아주 조잡한 판형으로, 더러는 날림 번역으로 출간되었지만, 나도 누구의 마니아답게 그 번역본들을 나오는 족족 다 사서 통독했다. 그러나 그런 섭렵 중에도 『둔황』의 그 황량한 아우라를 능가하는 작품을 골라내기는 어려웠다. 일종의 '로드무비road movie' 같은 구성으로 조행덕의 속절없는 방황, 불경 보존에의 몰입, 허무의 끝을 미리 내다보는 짤막한 열애, 숱한 전란의 한복판에서도 번번이 살아남는 요행수 같은 대로망이 장강長江처럼 유유히 흘러가는 것이다.

이번 문학동네판 세계문학전집 중 『둔황』을 다시 읽고 난 후, 이 작품의 몇몇 특징을 나름대로 분별해보니 뜻밖에도 상당히 알찬 소득이 저절로 굴러떨어졌다. 그 대강을 적바림해보면 다음과 같다.

우선 이노우에 야스시만이 구사하는 무덤덤한 서술체 문장의 읽히는 맛을 들 수 있다. 수다스러운 비유법은 아예 없고, 서사의 진행을 가로막고 나서는 묘사벽도 적극적으로 빼버리며, 박력 있는 단문의 속도감 같은 특유의 단락이 시종일관 가독성을 높이고 있다. 붓으로 그리는 게 아니라 끌로 돌에다 새기는 듯한 이런 문장 감각은 이노우에 야스시의 고유한 독자 관리술인지도 모른다.

이노우에 야스시의 독보적인 시각은 단연 망원경적이다. 현미경을 지참하고 다닐 정도로 한가롭지 않다는 그의 개성이 시퀀스마다에 배어 있다. 의식주 관행에 대한 자잘한 세목 따위는 일쑤 도륙과 잿더미를 불러오는 전장에서, 또 사막에서 거의 무의미한 것이다.

흔히 총이 나오면 총소리가 들려야 한다는 소설 속의 인과법칙을 이노우에 야스시는 철저히 무시해버린다. 이런 철칙에의 반발은 기존의 작위적 소설들에 길들여진 독자들의 궁금증을 증폭시키면서 종내에는 씁쓸한 뒷맛을 음미해보라고 채근하는 관건이다. 첫 대목에서 조행덕이 구해주는 벌거벗은 서하의 여인은 끝까지 그 행방이 묘연해짐으로써 독자의 조마조마한 기대치를 깡그리 배반한다. 독자의 호기심을 꼼짝 못하게 붙들어놓는 이런 탈소설적, 반反기교적 조작력이야말로 『둔황』의 독창적 세계의 전모에 값하고 있는 셈이다.

널리 알려진 명작, 공들여 축조한 역작, 누구도 유사작을 흉내 낼 수 없는 걸작의 반열에 올려놓을 만한 『듄황』은 역시 다시 읽어 볼 만한 수작임에 틀림없다.

김원우 소설가. 1977년 중편소설 「임지」가 월간 『한국문학』에 당선되어 작품활동을 시작했다. 한국창작문학상, 동인문학상, 동서문학상, 대산문학상을 수상했다. 소설집 『무기질 청년』 『세 자매 이야기』 『아득한 나날』 『객수산록』, 장편소설 『짐승의 시간』 『가슴 없는 세상』 『모노가미의 새 얼굴』 『돌풍전후』 『부부의 초상』 『운미 회상록』, 산문집 『산책자의 눈길』 등이 있다.

모래는 울고, 이야기는 흐른다

『둔황』 이노우에 야스시

오현종

어릴 적 할머니는 "이야기를 좋아하면 가난해진다"는 말을 들려주었다. 이야기는 재밌는 건데, 좋아하면 왜 가난해지지? 예닐곱 살 꼬마로서는 알 수 없는 얘기였다.

할머니는 알쏭달쏭한 소리를 하면서도 손녀가 잠을 못 이루는 밤마다 이야기를 해주었다. 어떤 밤은 황금광인 줄 알고 재산을 털어넣었다가 패가망신한 사내 얘기를, 또 어떤 밤은 미쓰코시 백화점 양식당에서 몰래 데이트를 하다가 시아버지 될 사람을 발견하고 줄행랑친 경성의 '모단걸' 얘기를. 전등을 끈 캄캄한 방에 누워 할머니의 목소리를 듣고 있노라면 궁금하고 이상한 일이 많아 잠이 더 달아났다. 겨울밤, 마루에 둘러앉은 노인들이 화로에 알밤과 쇠고기를 굽고 담배를 태우며 나누던 이웃나라 이야기 또한 부엌에서 빈대떡을 부치던 며느리의 밝은 귀를 거쳐 밤잠 없는 아이에게로 왔다.

그래, 그런 경로로 이야기는 내게 소설보다 먼저 왔고, 역사보다 앞서 도착했다. 몇 해 전 전봉관 선생의 『황금광시대』를 읽고 나서야 할머니가 들려준 이야기가 거짓이 아니었음을 확인하게 되었지만, 이는 거짓이든 참이든 상관없는 하나의 이야기가 자립한 뒤였다. 나는 역사 이전에, 이야기로 한 사내의 불가해한 삶을 미루어 짐작하고 있었다. 사내는 이야기를 좋아한 만큼 세상에 대한 호기심이 많았을 테고, 그러니 모험을 좋아했겠지. 모험을 좋아했다면 분명 황금광을 발견했다는 친구의 말을 흘려들을 수 없었을 것이다. 사내가 땅을 날리고 월급을 차압당하다 요절하게 된 사연은 옛날이야기가 흘러가듯 자연스러운 일이었을지 모른다. 내가 태어나기 오래전 세상에서 사라져버린 할아버지의 삶을 상상하고 이해할 수 있었던 건, 오로지 이야기 덕분이다.

호기심이 많아 모험을 택하고, 그래서 모진 운명을 겪는 사내는 이노우에 야스시의 『둔황』에도 있다. 송과 서하와 거란이 땅을 뺏고 뺏기던 옛날 옛적 조행덕이란 사내다. 해독할 수 없는 글자를 읽고 싶다는 욕망은 송나라 선비 조행덕을 머나먼 사막의 땅 둔황까지 이끌어간다.

옛날이야기가 늘 그렇듯 『둔황』에도 사랑에 목숨 거는 여자가 등장하고, 외인부대의 용감무쌍한 무사가 목숨을 초개처럼 버린다. 스스로 왕위에 오르는 남자와 왕위를 잃어버리는 남자 역시 빠질 수 없다. 너무 익숙한 나머지 태어날 때부터 내 핏줄 속에서 돌고 돈 뜨거운 피 같은 이야기. 누군가는 역사 로맨스나 서사시라 부른다지만, 나는 그저 담담하게 '이야기'라고 부르고 싶은 소설이 바로 『둔황』이다.

읽을 수 없는 글자로부터 시작한 긴 행로는 조행덕이 둔황 명사산 천불동에 5만여 점의 경전과 제 손으로 쓴 필사본을 파묻는 것으로 끝이 난다. 한 작가의 상상에 의해 펼쳐진 세계가 둔황 석굴이라는 실재의 공간, 공백으로 남은 역사와 맞닿는 지점이다. 『둔황』은 역사적 뼈대와 유적 위에 지은 소설이지만, 이원호를 제외한 인물들이 가상의 존재라는 사실이 문제되지는 않는다. 이야기 속에서 진실이란 언제나 사실과 거짓을 넘어서는 것 아니던가. 그러니 이야기는 역사에 충실히 복무하지 않아도 좋다.

글자로 인해 시작된 모험, 즉 이야기가 결국 글자로 돌아간 것은 사필귀정이겠다. 그러나 전쟁의 와중에도 목숨이 아닌 경전을 지키고자 하는 인물들의 욕망은 기이하다. 서쪽에선 회교도의 코끼리떼가, 동쪽에선 서하군의 말발굽이 밀려오는 고립된 성안에서 경전을 두고 피란갈 수 없다고 고집하는 승려들을 어떻게 이해해야 할까.

> "우리가 읽은 경전은 극히 미미한 숫자에 불과합니다. 아직 읽지 못한 것이 너무나 많단 말입니다. 읽기는커녕 펼쳐보지도 못한 경전이 헤아릴 수 없을 정도예요. 우린 경전을 읽고 싶습니다." _189쪽

읽고 싶다는 그들의 욕망은 지나치다. 그런데 그 어리석음이 익숙하게 느껴지는 이유는 무엇인가. 이것이 과연 그들만의 욕망이었던가. 고백하자면, 나 역시 이야기에 들려 있은 지 오래인데, 이 병에 약이 있다는 풍문은 아직 들어보지 못했다.

'모래가 우는 산'이라는 뜻의 명사산鳴沙山에서 사라져간 인물들의 삶을 나는 단순히 허무로만 이해하고 싶지 않다. 거센 바람에

모래가 날아가듯 그들은 자취 없이 사라져갔지만, 생生을 걸고 묻어놓은 글자들과 이야기는 사막 속에서 온전히 살아남았으므로. 이런 식으로 그들의 삶을 이해하고자 하는 것은 한때 할아버지의 삶을 이해하려 애썼던 것과 같은 목적이다. 나에게 이야기는 과거에도 지금도 슬픔을 받아들이게 하는 유일한 방식인 것이다.

> 재물과 목숨, 권력은 한결같이 그것을 소유하는 자의 것이었으나, 경전은 달랐다. 경전은 그 누구의 것도 아니었다. 불에 타지 않고 그저 존재하는 것만으로도 족했다. 아무도 경전을 빼앗아 갈 수 없으며, 그 누구의 소유물도 될 수 없었다. _199쪽

나는 소설 속 이 문장에서 '경전'을 '이야기'로 바꾸어 읽었다. 오독이어도 상관은 없었다. 사막의 밤에 수많은 별이 뜨고 지지만, 별들 사이로 흐르는 이야기는 결코 사라지지 않을 테니. 뜨겁게 달궈진 모래알이 바람결에 동쪽으로 동쪽으로 흘러 어느 밤잠 없는 아이의 베개 위에 내려앉으리라는 걸, 나는 이미 알고 있다.

오현종 소설가. 1999년 월간 『문학사상』 신인상을 수상하며 작품활동을 시작했다. 소설집 『세이렌』 『사과의 맛』 『나는 왕이며 광대였지』, 장편소설 『너는 마녀야』 『본드걸 미미양의 모험』 『외국어를 공부하는 시간』 『거룩한 속물들』 『달고 차가운』 『옛날 옛적에 자객의 칼날은』이 있다.

둔황 敦煌(1959)

일본 역사소설의 거장 이노우에 야스시의 대표작. 20세기 초 둔황 막고굴에서 발견되어 전 세계를 놀라게 한 경전의 비밀에 착안하여, 경전이 둔황석굴에 묻히게 된 과정을 상상을 통해 그려낸 소설이다. 작가는 단순히 허무맹랑한 공상에 의존하거나 사료에 의한 객관적 실증에만 집착하지 않고, 빛나는 상상력과 탁월한 스토리텔러로서의 재능을 역사적 사실에 접목시켜 둔황 경전의 배후에 묻힌 역사적 신비를 소설로 되살려냈다. 이 작품은 출간 당시 폭넓은 독자층의 지지를 얻으며 베스트셀러의 반열에 오른 뒤, 이듬해인 1960년 제1회 마이니치예술대상을 수상했고, 1988년에는 영화로도 만들어졌다.

이노우에 야스시 井上靖(1907~1991)

일본 홋카이도에서 태어났다. 군의관인 아버지를 따라 여러 도시를 전전하며 어린 시절을 보냈다. 10대 시절 글쓰기를 시작하여 고등학교 때는 지역 잡지에 시를 투고하기도 했다. 교토제국대학에서 미학을 전공했고, 대학에서도 각종 문학작품 공모에 응모하며 글쓰기를 계속했다. 졸업 후 1936년 『선데이 마이니치』에 역사소설 「유전」을 투고한 것이 인연이 되어 마이니치 신문사에 입사, 10여 년간 종교, 미술, 출판 등 여러 분야에서 기자 생활을 했다. 1950년 「투우」로 아쿠타가와상을 수상했고, 이후 시와 소설을 넘나들며 왕성한 창작활동을 펼쳤다. 1976년 일본 문화훈장을 수여받았고, 노벨문학상 후보에도 이름을 올리는 등 일본의 국보급 작가로 평가받았으며 84세를 일기로 생을 마감했다.

정원이 왕국보다 낫다

『미크로메가스 · 캉디드 혹은 낙관주의』 볼테르

황종연

2008년 한반도에서 발신된 주요 뉴스 가운데 하나는 뉴욕 필하모닉이 2월에 평양의 한 극장에서 콘서트를 가진 일이었다. 북한과 미국 외교상 화해의 제스처를 상징한 그 역사적 공연에서 로린 마젤이 이끈 그 명문 관현악단이 평양 시민들의 앙코르에 답하여 연주한 곡 중에는 레너드 번스타인의 〈캔디드 서곡〉이 들어 있었다. 이 20세기 오페레타의 명작은 1956년, 당시에 브로드웨이에서 두각을 나타내고 있었던 번스타인이 극작가 릴리언 헬만과 협력하여 볼테르의 「캉디드 혹은 낙관주의」(이하 「캉디드」)를 저본으로 작곡한 2막 뮤지컬 버전을 원조로 한다. 〈캔디드 서곡〉은 좋은 악극 서곡이 대개 그렇듯이 드라마의 시작을 눈앞에 두고 청중의 마음속에 일어나는 흥분을 한껏 고조시킨다. 빠른 2분의 2박자와 휘황한 E플랫 장조를 바탕으로 하는 약동감의 폭발. 팀파니의 강타와

금관악기의 팡파르에서 화려하게 시작해서 단 한 번도 템포를 늦추지 않고 질주를 계속하다 결말에 이르러서는 더욱 속도를 올려 아찔하다 싶은 순간 단숨에 끝난다. 곡의 중간에 들어 있는, 캉디드와 퀴네공드의 이중창 〈Oh, Happy We(행복한 우리)〉의 일부를 비롯한 선율들 역시 신명을 북돋우기에 모자람이 없다. 이 번스타인의 작품을 듣고 있으면 캉디드의 활력—한 천진하고 순박한 인간이 일련의 그로테스크한 모험을 통과하며 보여주는 비범한 활력이 생생하게 느껴진다.

「캉디드」는 독일 베스트팔렌 지방의 한 남작의 성에서 태어나고 성장한 주인공이 남작의 아름다운 딸 퀴네공드와 키스를 했다는 이유로 성에서 쫓겨나 여행에 나서는 데서 시작된다. 그의 여로는 전쟁의 광기가 휩쓸고 있는 독일의 영내에서 대지진이 일어난 리스본, 파라과이 제수이트 교단의 왕국에서 고대 잉카 제국의 유산인 엘도라도, 만인이 쾌락의 사냥꾼인 파리에서 터키 시골의 평화로운 마을에 이르며, 그 여로를 따라 그는 기아와 폭력, 사기와 착취, 무지와 광신을 목격한다. 그는 그의 스승 팡글로스로부터 "모든 것은 최상의 상태로 되어 있다"고 배웠지만 공포와 광우狂愚의 세계를 목격한 결과 그 "낙관주의"라는 이름의 형이상학을 폐기하지 않을 수 없게 된다. 팡글로스는 기독교의 원칙과 합리주의의 원칙 사이의 타협을 추구한 철학자 라이프니츠의 희화戱畵다. 캉디드의 이야기를 통해서 볼테르는 인간과 세계에 대한 일체의 신의론神義論, theodicy적 이해를 배격하고 도덕과 풍속의 리얼리즘을 지향한 자신의 입장을 정당화하고 있는 듯하다.

「캉디드」는 지체 낮은 반영웅anti-hero이 사회적으로, 문화적으로 이질적인 지역들을 오가며 행하는 유랑 경험을 느슨하게 연결되는 모험과 우연의 형태로 이야기한다는 점에서 피카레스크 서사 장르에 속한다. 이 작품은 상류계급과 하류계급, 구세계와 신세계 양쪽에 걸친 캉디드의 이야기를 전달하면서 피카레스크 서사의 명작들이 대개 그렇듯이 장엄한 것을 우스꽝스럽게 만들고 친근한 것을 괴상하게 만드는 묘기를 펼친다. 전사戰士이자 철학자이자 왕이었던 프로이센의 대군주 프리드리히를 야수 같은 불가리아인들의 두목으로 등장시킨 구절을 비롯한 무수히 많은 대목에서 볼테르는 그가 정녕 풍자와 독설의 달인이었음을 실감케 한다. 권위와 관습의 속박으로부터 사람들을 해방시키는 풍자의 기예는 이 작품이 선사하는 즐거움의 주요 원천 중 하나임에 틀림없다. 그렇게 유럽을 세속화하고 상대화하는 세계 경험을 하는 동안 캉디드는 천진한 상태에서 벗어나 인생에 관한 지혜에 도달한다. 유랑을 마친 다음 터키의 시골에 안착한 장면에서 그는 한 점 미망 없이 살아가는 현자의 모습을 보여준다. 그런 점에서 「캉디드」는 피카레스크 이야기일 뿐만 아니라 교양소설이기도 하다.

「캉디드」는 세속적 세계를 극히 리얼리스틱하게 이해한다. 작중에 나오는 인간은 권력을 쥐면 폭군이 되고 전쟁에 나가면 야수가 되며 신을 받들면 미치광이가 되고 장사를 하면 협잡꾼이 된다. 인간이 이러한 것은 인간이 본시 이러하기 때문이며 신의 뜻과 무관하다. 기도나 참회나 고행을 아무리 열심히 해도 사정은 달라지지 않는다. 변화가 가능하다면 그것은 인간 현실에 대한 이성적인 인식에서 시작된다. 그런 점에서 「캉디드」의 결말은 작품을 관통하는 도덕적 리얼리즘의 결론이라고 해도 좋다. 아내 퀴네공드, 팡글로스 박사, 철학자 마르틴, 그 밖의 동반자들과 터키의 농장에 정착한 캉디드는 여전히 낙관주의의 편에서 자신들의 상황을 설명하려는 팡글로스에게 저 유명한 문장으로 반박한다. “하지만 우리의 정원은 우리가 가꾸어야 합니다.” 낙관주의는 틀렸다. 세상은 살다보면 종국에는 구원의 비가 내린다고 믿기 어려운 재앙의 사막이다. 하지만 비관주의가 능사는 아니다. 우리는 우리 구역을 정원으로 바꿀 수 있다. 「캉디드」의 마지막 문장은 과학의 진보와 시장의 발달이 가져다주는 행복의 증진에 확신을 가지고 있었던 계몽사상가 볼테르의 목소리를 들려준다. 마음을 열고 들으면 문득 〈캔디드 서곡〉의 리듬 같은 활력이 느껴지지 않는가. 그러나 계몽이야말로 새로운 재앙의 근원이 아닌가 하는 의문이 시세를 얻고 있는 오늘날에는 왠지 재롱처럼 들리기도 하는 소리다.

황종연 문학평론가. '문학동네 세계문학전집' 편집위원, 계간 『문학동네』 편집위원. 미국 시카고대학 동아시아언어문명과 교수를 역임했고 현재 동국대 국문과에 재직중이다. 지은 책으로 『비루한 것의 카니발』 『탕아를 위한 비평』 『신라의 발견』(편저) 『문학과 과학』(편저), 옮긴 책으로 『현대 문학·문화 비평 용어사전』이 있다.

미크로메가스·캉디드 혹은 낙관주의

Micromégas·Candide ou l'optimisme(1752·1759)

프랑스의 계몽사상가 볼테르의 대표작 두 편. 「미크로메가스」는 외계인의 우주여행이라는 기발한 소재를 통해 다양성과 상대성의 가치를 역설하며 인간의 오류와 인간 행동의 부조리를 경쾌한 어조로 풍자하고, 「캉디드 혹은 낙관주의」는 순진하게 낙관론을 믿던 캉디드가 세계 곳곳을 돌아다니며 겪는 파란만장한 삶을 통해 낙관론을 풍자할 뿐만 아니라 이 세상의 악과 부조리를 열거하며 보편적인 인간 조건을 성찰하게 한다. 누구보다 사상의 자유를 중시하고 실용적인 태도를 간과하지 않으며 깨어 있는 의식으로 사회 비판의 선봉에 섰던 볼테르의 지혜와 통찰은 오늘날에도 유효하다.

볼테르 Voltaire(1694~1778)

본명은 프랑수아 마리 아루에. 프랑스 파리에서 부유한 공증인의 아들로 태어났다. 예수회 학교 루이 르 그랑에서 수학한 뒤 문학에 뜻을 품고 자유주의 사상가들과 교류하며 풍자시로 명성을 날렸다. 1718년 희곡 『오이디푸스』를 발표해 큰 성공을 거두었다. 1734년 기존 정치와 종교를 격렬히 비판하는 『철학편지』를 출간해 체포영장이 발부되자, 볼테르는 연인 샤틀레 부인의 별장으로 피신해 그곳에서 10년 동안 저술활동에 몰두했다. 1744년 궁정으로 돌아와 왕실 사료 편찬관에 임명되었으나 권력에 대한 신랄한 풍자 때문에 왕실과의 관계가 악화되자 프로이센으로 떠났다. 하지만 그곳에서도 베를린 아카데미 원장과 논쟁하다가 다시 망명길에 오른다. 1758년 스위스 국경 지역 페르네에 정착해 「캉디드 혹은 낙관주의」를 집필했다. 평생 권력과 광신에 맞서 투쟁하여 오늘날까지 행동하는 지성, 관용의 상징적 인물로 손꼽힌다.

고통의 독서, 보상은 어디에?

『염소의 축제』 마리오 바르가스 요사

김영하

우리는 우리가 잘 아는 세계의 이야기를 좋아한다. 오래 격조했던 친구보다는 날마다 통화하는 친구와 할말이 더 많은 법이다. 잘 모르는 세계의 이야기를 읽기 위해선 마음의 준비가 필요하다. 새로 발견한 피라미드에 들어가는 고고학자처럼 비좁은 미로를, 설계도 한 장 없이 손으로 더듬으며 따라 내려가야 한다. 그곳은 낯설고 어두우며 적대적이다. 마리오 바르가스 요사의 『염소의 축제』가 바로 그런 책이다. 이 짧지 않은 소설에는 수많은 인물들이 등장한다. 별명이나 애칭으로도 불린다. 혼란이 가중된다. 배경은 도미니카공화국. 낯선 나라다. 이 역시 장애물이다. 주인공은 또 어떤가? 전설적인 독재자 트루히요다. 독재자와 그에 대한 암살 음모가 소설의 주요 동력이다. 정치는 한국 소설이 외면해온 영역이다. 우리나라 작가들은 정치를 여간해서는 다루지 않으며, 따라서 독자들도 익숙하지 않다. 게다가 시대적 배경이 1960년대다. 과거는 외국이다, 라는 말이 있듯이 시간의 갭은 그 자체로 장벽이다.

정리하자면, 이 소설은 지금으로부터 50년 전에 벌어진 도미니카공화국의 독재자 트루히요의 암살을 중심으로 독재와 정치, 인간성의 문제를 천착한 소설이다. 출판사의 영업자라면 숨기고 싶을 요약이다(아마 '노벨문학상 수상작' 같은 문구로 대신할 것이다).

이제 피라미드의 내부로 내려간다. 우선 지도가 필요하다. 은유가 아닌 진짜 지도 말이다. 무심히 들여다보는 것만으로도 큰 도움이 된다. 최소한 우리는 도미니카공화국이 아이티와 국경을 맞대고 있는, 미국이라는 최강대국 근처에 자리잡은 섬이라는 것을 알게 된다. 지리는 소설 속 인물들에게 각인된 역사적 자아이며 운명의 얼굴이다.

백지 한 장도 준비하자. 등장인물 정리용이다. 바르가스 요사는 대단한 이야기꾼으로 여간해서는 독자를 미궁에 빠뜨리지 않는 작가다. 시점과 시간대가 교차하는 복잡한 플롯을 사용하면서도 독자들과 흥미로운 게임을 잘도 벌인다. 그런데 이번 소설은 예외다. 정치와 정면 대결하기 때문이다. 사람과 사람 사이의 일이 정치다. 인간세계의 다양한 욕망과 그로 인해 빚어지는 갈등을 조정하는 일이어서 필연적으로 여러 사람이 등장하게 마련이다. 연애소설은 극단적으로 단 두 명만 있어도 이야기가 성립한다. 그러나 정치에는 최소한 세 명이 필요하다. 권력자, 반대자, 그리고 중간자. 둘이 연합하여 나머지 한 사람을 움직이는 것, 이게 정치의 시작이다. 이 소설에는 독재자와 그에 기생하는 권력층, 이들에 맞서는 반대 세력, 그리고 독재의 희생자들이 등장한다. 이렇게 다양한 입장을 가진 인물들이 각자의 철학과 사상을 가지고 충돌한다. 소설 속의 트루히요는 단순한 악마가 아니며 암살자들도 선의로 프로그램된 로봇이 아니다. 따라서 이 소설을 읽는다는 것은 등장인물들이 가진 생각들과 끈질긴 싸움을 벌인다는 것을 의미한다. 바르가스 요사는 복화술을 시도하지 않는다. 등장인물의 뒤에 숨어 자기 생각을 독자에게 은근히 강요하는 2급 작가가 아니다. 뛰어난 작가들이 그렇듯이 그는 소설 속의 모든 견해를 상대화한다. 독재자 트루히요, 그는 전립선 문제로 툭하면 바지에 오줌을 지린다. 그러면서도 소녀를 탐한다. 도덕적으로 악하고, 미적으로 추하다. 그러나 그는 죽음을 목전에 두고 있다. 피할 수 없는 인간적 한계에 직면한 그를 독자들은 마음놓고 미워할 수 없게 된다. 일종의 회색지대에서 윤리와 정치, 미학의 제 문제들과 마주치게 된다.

작가는 트루히요 암살 사건의 전모를 낱낱이 밝히는 데 주력하지 않는다. 그것을 위해서라면 소설 대신 르포를 써야 할 것이다. 소설은 이미 벌어진 사건(뜨거운 태양이 내리쬐는 지상의 사막)에서 출발해 어둠의 미로(피라미드의 내부)로 독자를 데려간다. 그곳에서 새롭게 생명을 얻은 캐릭터(미라)들이 벌떡 일어나 횡설수설 떠들어대는 장면과 마주치게 된다.

그렇다면 우리는 왜 이토록 낯설고 이상한 세계로 내려가야 하는 것일까? 잘 아는 세계의 익숙한 얘기도 아직 다 읽지 못했는데 말이다. 뭔가를 배우기 위해서는 아닐 것이다. 좋은 소설은 아무것도 가르치지 않는다. 게다가 도미니카공화국의 독재자의 내면을 알아서 어디다 쓴단 말인가? 대학입시나 입사면접에 나오지도 않을 텐데 말이다. 공항에서의 지루한 대기 시간을 견디게 해줄까?

아닐 것 같다. 탑승자를 찾는 안내방송을 귓등으로 들으며 한가롭게 뒤적거려도 될 소설이 아니다. 집중하지 않으면 바로 길을 잃는다.

이 모든 난관에도 불구하고 이 소설과 분투해야 할 이유가 과연 있을까? 있다. 다른 어떤 것으로도 이 책을 읽는 경험을 대체할 수 없다는 것, 이 경험의 대체 불가능성이야말로 고투에 대한 궁극의 보상이다. 『염소의 축제』와 같은 소설은 작가가 마지막 문장에 마침표를 찍는 바로 그 순간부터 피라미드 속의 미라처럼 영속을 향해 움직이기 시작한다. 과거에 쓰인 어떤 작품과도 다르고, 개개의 인물들이 작품 속에 생생하게 살아 있으며, 주제는 잘 감춰져 있는데다가, 문체가 고유하다. 이 세계에는 대체가 불가능한 경험을 향유하기 위해서라면 어떤 대가를 치르고라도 그것을 '겪으'려는 이들이, 비록 소수라 할지라도 분명히 존재한다. 만약 어떤 소설이 그런 유일무이한 경험을 줄 수만 있다면, 그 작품은 사라지지 않는다. 그런 경험을 찾는 독자들께 이 책을 권한다.

김영하 소설가. 1995년 계간 『리뷰』에 단편소설 「거울에 대한 명상」을 발표하며 작품활동을 시작했다. 동인문학상, 황순원문학상, 만해문학상, 현대문학상 등을 수상했다. 소설집 『호출』 『엘리베이터에 낀 그 남자는 어떻게 되었나』 『오빠가 돌아왔다』 『무슨 일이 일어났는지는 아무도』 『오직 두 사람』, 장편소설 『나는 나를 파괴할 권리가 있다』 『아랑은 왜』 『검은 꽃』 『빛의 제국』 『퀴즈쇼』 『너의 목소리가 들려』 『살인자의 기억법』, 산문집 『포스트잇』 『랄랄라 하우스』 『네가 잃어버린 것을 기억하라』 등이 있다. F. 스콧 피츠제럴드의 『위대한 개츠비』를 번역하기도 했다. 그의 작품들은 미국, 프랑스, 독일, 일본, 이탈리아, 네덜란드, 터키 등 10여 개국에서 번역 출간되고 있다.

염소의 축제 *La Fiesta del Chivo*(2000)

『염소의 축제』는 2010년 노벨문학상을 수상한 페루 작가 마리오 바르가스 요사가 2000년에 발표한 소설이다. 라틴아메리카를 대표하는 작가이자 지식인으로서 그의 역사적, 정치적 문제의식이 돋보이는 대표작이다. 32년간 도미니카공화국을 지배했던 독재자 라파엘 레오니다스 트루히요의 암살 과정을 재구성한 이 작품에서 바르가스 요사는 광범위한 역사적 자료를 바탕으로 사실에 입각한 기술을 하면서도, 다양한 인물의 관점을 빌려 작가적 상상력을 발휘하며 독재자의 마지막 나날을 새롭게 조명했다. 많은 언론과 비평가들이 바르가스 요사의 노벨문학상 선정 이유를 『염소의 축제』와 연결시켜 언급할 만큼 『염소의 축제』는 바르가스 요사의 특징적 작품세계를 가장 잘 보여주는 소설로, 문학과 정치의 관계를 재정립하며 창조적 가치를 구현하는 작품으로 평가받는다.

마리오 바르가스 요사 Mario Vargas Llosa(1936~)

페루 아레키파에서 태어났다. 1952년 레온시도 프라도 군사학교를 중퇴한 후 신문과 잡지에 글을 쓰며 문학 경력을 쌓아갔다. 리마의 산마르코스대학에서 문학과 법학을 공부했고, 스페인 마드리드대학에서 박사학위를 받았다. 1963년 『도시와 개들』을 발표하며 주목받는 작가로 떠올랐고, 1966년 출간한 『녹색의 집』으로 로물로 가예고스 상을 수상하며 세계적 명성을 얻었다. 1985년에는 프랑스 정부가 수여하는 레지옹 도뇌르 훈장을 받았다. 정치 참여에도 적극적이었던 그는 1990년 페루 대통령 선거에 출마했지만 알베르토 후지모리에게 패해 낙선했다. 1994년 스페인어권에서 가장 권위 있는 문학상인 세르반테스상을, 2010년 노벨문학상을 수상했다.

아련한 통증 같은 불가해함

「고야산 스님·초롱불 노래」 이즈미 교카

장석남

쓰레기를 태우다가 비닐농이 손가락 끝에 떨어져 물집이 잡혔다. 팥알보다도 작은 것이어서 대수롭지 않게 잡아 뜯었는데 의외로 피부 깊이 뜯겨 나왔다. 금방 피가 쏟아지지는 않았으나 정말로 팥알처럼 붉은 화상이 된 것이었다. 마침 그것이 오른손 집게손가락 끝이어서 여러 날 동안 여간 불편한 것이 아니었다. 서랍 속의 이런저런 연고들을 바르며 며칠이 지나자 점차 아픔은 간지러움 비슷한 느낌으로 변하고 이어서 뻐근한 느낌으로만 남게 되었다. 그것도 그것을 만질 때만이 그랬다.

그 작은 흉터를 내려다보면서 나는 이 소설 「고야산 스님」의 감상이 이와 비슷한 것이 아닌가 하는 생각을 하게 되었다. 상처가 작고 보잘것없는 것 같으나 만지면 뻐근하게 전해오는 무엇이 있다. 거창한 이야기는 아니나 그 초점에는 아련히 타는 감정이 고인다.

이렇게 시작한다.

"참모본부가 편찬한 지도를 또다시 펼쳐볼 일은 없겠다 싶었는데, 워낙 길이 험난하다보니 손대기만 해도 후텁지근한 여행용 법의 소매를 걷어올리고 표지 달린 접책을 끄집어냈다네.

히다飛驒에서 신슈信州로 넘어오는 깊은 산속에 뚫린 샛길은 잠시 쉬어갈 만한 나무 한 그루도 없이 사방이 온통 산으로 둘러싸였지." _9쪽

'저쪽'에 참모본부가 있는 시대다. 그러나 여기는 원시림 속이며 주인공은 '법의'를 입는 사람이다. 그리고 주인공은 길 위에 있다. 길 가는 자의 이름이 무엇인가? 도인道人 혹은 스님이다. 길을 내는 자라 해도 되겠고 길을 닦는 자라 해도 되겠다. 이 소설은 그 길 위에서 만난 여러 가지 상황에 대한 암시적 이야기들로 꾸며져 있다. 당시 일본 전통 사회의 내면이 드러난 것이라고 할 만하다.

출가한 중이 하는 말이라고 해서 항상 가르침이나 훈계나 설법만 있으라는 법은 없으니, "젊은 양반, 들어보시게" 하고 이야기를 시작했다. 나중에 들으니 그 종파에서는 꽤 고명한 설법가로, 리쿠민사六明寺의 슈초宗朝라는 덕망 높은 스님이라고 했다. _16쪽

젊은 시절 스님은 묵던 주막에서 약장수를 만난다. 사기꾼이나 다름없는 자다. 약장수는 술상을 앞에 두고 스님을 야유하기도 한다. 그러나 스님은 모른 체한다. 스님이 다시 길을 떠나 험한 산길에 이르렀을 때 약장수가 따라와 길을 앞지르더니 갈림길의 한

쪽을 택하여 간다. 어느 길로 가야 할지 몰라 망설이고 있을 때 농부를 만나 약장수가 선택한 길은 아주 위험한 길이어서 얼마 전에는 동네 사람 여럿이 길을 잘못 든 이를 구출했었다는 이야기를 듣는다. 스님은 제 길을 가려다가 주저한다.

결국 그 길 잘못 든 약장수를 찾겠다고 나섰다가 무시무시한 뱀들이 여러 차례 나타나고 심지어는 몸뚱이가 잘린 놈을 넘어야 할 때는 다리에 힘이 풀려 주저앉다가 관절을 다쳐 계속 걸을 수 없는 지경에 이르기도 한다. 이 길의 상황이야말로 그 길, 그러니까 약장수 삶의 내부 풍경을 보여주고 있는 게 아닌가. 그 헤매는 도정에서 다시 참모본부의 그 지도를 꺼내보지만 상황을 벗어날 길은 없다. 최악의 상황이 계속될 뿐이다. 하긴 지도는 관념일 뿐 체험적 상황이 반영될 리 없으니까. 이 모두가 산의 영이니 어차피 당해낼 재간이 없다고 판단한 스님은 땅에 엎드려 빌기 시작한다. "참으로 죄송합니다만 지나가게 해주십시오. 낮잠을 주무시는 데 방해되지 않도록 될 수 있는 대로 조용히 지나가겠습니다. 보시다시피 지팡이도 버렸습니다." 이렇게 빌어 뱀을 지나자 이어 거대한 거머리들이 달려드는 길이 나타났다. "잡아서 떼어내니 툭 하는 소리를 내며 겨우 떨어"지는 거머리들이 공중의 나뭇가지에서 떨어져 몸에 달라붙는 끔찍한 도정이다.

한편 화사한 꽃 속 같은 도정도 있다.

"자, 그렇게 해서 어느 틈엔가 비몽사몽간에 그렇게, 그 이상하고 좋은 향기가 나는 따스한 꽃 속에 살포시 감싸여 있었는데, 점점 발, 허리, 손, 어깨, 목덜미를 거쳐 머리까지 죄다 덮어오는지라 깜짝 놀랐다네. 나는 돌에 엉덩방아를 찧고 다리를 물속에 내던졌지. 빠졌구나, 하고 생각한 순간, 뒤에서 여자의 손이 어깨 너머로 가슴을 붙잡았어. 그래, 그 손을 꼭 잡고 매달렸지." _65쪽

이리하여 '어느 틈엔가 기모노를 벗고 보드라운 명주 같은 전신을 다 드러낸' 성숙한 여성의 유혹이 이어지나 그 유혹 속으로 완전히 침몰하지는 않고 그 인연의 실타래 끝으로 마음의 길을 잡아가는 스님은 그 모든 것이 유기적인 관계망 속에서 삶과 자연, 전통에 관계하고 있다는 생각을 갖게 된다.

'고야산 스님', 즉 고야성高野聖이란 와카야마현 동북부에 위치한 진언종의 영지 고야산高野山에서 승려가 되어 각 지방을 떠돌며 행각을 하던 자들을 일컫는 말이라고 한다. 작가 이즈미 교카는 이 행각 스님들의 체험을 빌려 근대 이전의 일본 전통 세계의 신화와 전설의 아름다움, 풍경과 그 속에 녹아든 인간들의 불가사의를 문학으로 기록한, 가장 일본적인 소설세계를 창조했다.

나는 그의 짧은 소설 속에서 내가 어린 시절 듣던 이야기들을 상기하게 된다. 그 불가해함은 내 문학적 삶에서 어떤 통증과 같은 것이다. 이 소설의 환기력은 그 통증을 불러오는 것이다.

장석남 시인. 1987년 경향신문 신춘문예에 시 「맨발로 걷기」가 당선되어 작품 활동을 시작했다. 김수영문학상, 현대문학상을 수상했다. 시집 『새떼들에게로의 망명』 『지금은 간신히 아무도 그립지 않을 무렵』 『젖은 눈』 『왼쪽 가슴 아래께에 온 통증』 『고요는 도망가지 말아라』 등, 산문집 『물의 정거장』 『물 긷는 소리』 『시의 정거장』 등이 있다.

고야산 스님·초롱불 노래 高野聖·歌行燈(1900·1910)

이즈미 교카는 일본적 풍물을 일본적 감성으로 담아낸 작가다. 그러나 그의 소설이 단순히 일본의 고전적 세계를 재현하는 데만 머문 것은 아니다. 그의 작품에는 극적 구성력과 더불어 일본의 전통문화 세계에 새로운 생명력을 불어넣는 표현의 참신성이 있다. 우연히 만난 고승에게 듣는 신묘하고 낭만적인 이야기, 「고야산 스님」은 마계(魔界)를 다룬 이즈미 교카의 작품 중에서 가장 완성도가 높다고 평가된다. 교카의 최고 걸작으로 손꼽힐 뿐 아니라 일본 근대소설의 대표작으로 평가받는 「초롱불 노래」는 유려하고 시적인 문장으로 일본 전통문화의 그윽한 아름다움을 그려낸 작품이다.

이즈미 교카 泉鏡花(1873~1939)

본명은 이즈미 교타로. 일본 이시카와현 가나자와시에서 태어났다. 17세에 소설가가 되려고 도쿄로 상경해 1894년까지 오자키 고요의 문하생으로 지냈다. 1895년 「야행순사」와 「외과실」을 발표하며 유망한 신진 작가로 인정받았다. 이후 대표작인 「고야산 스님」을 비롯하여 「초롱불 노래」 「여자의 계보」 「눈썹 없는 혼령」 등 요괴나 민담, 일본의 전통 예능을 소재 삼아 이계(異界)의 공간과 고전의 세계를 그린 3백여 편의 작품을 발표했다. 1939년 폐종양으로 생을 마감했다. 1973년에는 이즈미 교카 탄생 100주년을 기념하여 '이즈미 교카 상'이 제정되었다.

마비된 입술의 진실

『다니엘서』 E. L. 닥터로

차미령

호기심 많은 천성 탓인지 무심히 지나칠 수 없는 것들이 있다. 이를테면, '세계문학사상 가장 빛나는 첫 문장 30선'과 같은 기사 제목이 그렇다. 뛰어난 작가들은 발군의 첫 문장으로 독자를 감전시킨다. 그러니까, 앞으로 당신이 읽어갈 소설이 정말로 근사하리라는 것을 직감케 하는 문장들이 있는 것이다. 가령, "기묘하고 찌는 듯한 여름, 그들이 로젠버그 부부를 전기의자에 앉힌 여름이었다"라는 문장은 어떤가. 출중한 문재를 타고났으나 자기를 먼저 부숴버렸던 사람, 실비아 플라스의 『벨 자』의 첫 문장이다. 플라스의 나날들을 알지 못한다 해도, 이미 예사롭지 않은 기운이 감지된다. 그런데 대관절 로젠버그 부부가 무슨 짓을 했기에?

이제 오늘 이 책, E. L. 닥터로의 『다니엘서』의 마지막 페이지들 중 하나를 펼쳐볼 것이다.

엄마는 여전히 기이한 미소를 띠며 전기의자에 앉아 비행기 여행을 준비하는 승객처럼 자신을 고정시키는 과정을 지켜보았다. 두건이 눈 위로 내려왔을 때 그녀는 눈을 떴다. 스위치를 넣자 엄마는 아빠와 같은 윙윙거리고 지글지글 끓는 원호圓弧의 춤을 추었다. 전류가 끊겼다. 의사가 무너진 몸으로 다가가 청진기로 심장이 뛰는지 확인했다. 그가 놀라는 표정을 지었다. 교도소장은 크게 동요했다. 세 명의 기자들이 절박하게 속삭이며 말을 주고받았다. 사형집행인이 벽 뒤로 되돌아가 다시 신호를 받고 다시 전기를 흘려보냈다. 후일 그는 처음 '분량'이 내 엄마 로셸 아이작슨을 죽이는 데 충분치 않았다고 했다. _438쪽

E. L. 닥터로는 1953년 여름의 어느 하루를 위와 같이 클로즈업한다. "내 엄마 로셸 아이작슨"의 최후를 기록하는 저 목소리. 닥터로의 『다니엘서』의 아이작슨 부부는 로젠버그 부부라는 실존인물들을 모델로 하고 있다. 다소 생소할지 모르겠으나, 이른바 로젠버그 케이스는 매카시즘 열풍에 휩싸인 냉전시대 미국의 가장 강력한 자화상 중 하나로 꼽힌다. 이 30대 유대인 부부는 다른 누구도 아닌 처남에 의해 고발되었고, 주요 인물 대부분이 유대인이었던 법정에서 사형을 언도받았으며, 1953년 수분 만에 전기처형되었다. 혐의는 소련의 스파이 노릇을 하며 원자폭탄 관련 기밀을 빼돌렸다는 것. 소련과의 경쟁, 한국전쟁의 발발, 트루먼 독트린과 에드거 후버의 FBI, 대내외적 위기와 불안이 생산한 냉전의 차가운 전류는 부부가 차례로 앉혀진 전기의자 위에서 섬뜩한 원호를 그렸다.

미국인 닥터로, 『래그타임』을 위시한 포스트모던 역사소설로 명성을 얻은 작가는 단언한다. "역사는 이야기다." 자신의 말처럼,

닥터로는 공식 기록된 역사를 신뢰하지 않는다. 한 스파이 부부가 고급기밀을 누출하여 처형되었다는 기록을 그는 믿지 않는다. 의심한다. 아니, 저항한다. 역사에 대한 응전이란 말이 아깝지 않은 닥터로의 이야기 방식은 현란하기 그지없다. 작가는 폭넓은 자료를 종횡무진하고, 아무런 표지나 예고 없이 인칭을 넘나들며, 독백이나 편지는 물론이고 논문, 기사, 메모, 인터뷰, 주석에 이르기까지 다양한 글쓰기 기법을 시종 밀어붙인다. 관습적인 스토리텔링에 익숙한 독자라면, 소설의 스타일에 적응하기까지 한동안 인내가 필요할 정도다.

하지만 이 지성적인 소설의 흡인력은, 위력적이다. 어떻게 몰두하지 않을 수 있겠는가? 체포된 유대인 공산당 부부, 그들의 진실은 어디에 감금되어 있는가. 갖가지 모자이크와 퍼즐을 통해, 닥터로가 완성하려는 부부의 초상, 일가의 초상, 나아가 미국의 초상은 무엇인가. 『다니엘서』는 현충일에 다니엘이란 남자가 어린 아내 필리스와 8개월 된 아들 폴을 데리고, 우스터 주립병원을 찾아가는 것으로 시작한다. 다니엘은 뉴욕에서 역사학 박사논문을 준비하고 있고, 병원에는 정신을 놓아버린 그의 여동생 수전이 있다. 이제는 르윈 남매로 불리는 다니엘과 수전의 본명은, 다니엘 아이작슨과 수전 아이작슨. 14년 전 사형당한 아이작슨 부부의 마지막 혈육들이다. 여동생 수전의 자살과 오빠 다니엘의 추적은, 이 소설 『다니엘서』가 진실을 찾는 여정을 담고 있다는 점을 누설한다. 때는 1967년 여름의 초입. 베트남전의 한가운데서, 징병카드가 불태워지고, 폭동은 일어날 것이다.

소설은 현재와 과거를 수시로 넘나들며, 적지 않은 분량에 걸쳐 어린 다니엘의 시선에 비친 아이작슨 부부의 모습을 허구적으로 재현해낸다. 면도를 하고 라디오를 고치던 아빠를, 애정에 찬 목소리로 "영혼의 이방인으로 사는 방법"을 가르쳐주던 아빠를, 미국사 책에서는 찾을 수 없는 조국의 어두운 그늘을 이야기해주던 아빠를, 일요일 아침이면 『노동자』의 구독을 권유하며 동네를 돌던 아빠를…… 공산주의자이자 이상주의자였던, 한 아들의 가난하고 젊은 아빠를. FBI가 책꽂이와 침대보와 옷장을 뒤지고, 『강철군화』 『국가와 혁명』 『자유세계 승리의 대가』 『거대한 음모』 『누가 미국을 소유하는가』 등을 전리품으로 옮기는 광경은, 아빠와 아들이 함께한 순간들 때문에 독자에게는 날카로운 모욕이 된다.

소설은 국가가 바로 다니엘의 아빠와 같은 사람이라면 얼마든지 법정에 세울 수 있음을, 충분한 증거도 없이 전복과 반역의 혐의로 심문할 수 있음을, 언론과 여론의 포화 속에서 위협적인 인간으로 가공할 수 있음을 예민하게, 그리고 끈질기게 보여준다. 세계대전 이후 형성된 지구의 정세와, '적색위협'을 위시한 미국의 혼돈과, '사분형' '훈제형' '채찍형' '화형' 등 동서양의 온갖 끔찍한 처형의 방식이, 역사의 반역자들의 면면과 함께 그 과정 속으로 삽입된다. '아이작슨 부부 사건'을 조금씩 설명 가능한 것으로 만들어줄 다채로운 이야기들의 난무 속에서 어린 다니엘 남매의 이야기는 점점 작아지지만, 오히려 그래서 '개인 대 국가'라는 이 소설의 테마 중 하나가 선명하게 부각된다. 아빠가 체포되고, 뒤이어 엄마가 잡혀가고, 고모에게 맡겨졌다가, 마침내 보살펴줄 사람이 없어 아동보호소로 끌려가는 남매의 발길을 좇는 독자의 마음은 평탄치 않다.

누구도 아이작슨 부부의 편이지 않았다. 작중의 기자 페인이 말하는 것처럼, FBI뿐만 아니라 체포 다음날 그들의 존재를 바로 부정했던 미국 공산당도. 작가는 사건의 진실을 밝히려는 후세대들의 길을 주의깊게 따라간다. 먼저 부모가 무죄라고 굳건히 믿고 있는 수전의 길. 사건을 의문에 붙이고 추적하는 다니엘과는 달리, 아이작슨 부부가 순교자라 생각하는 수전에게 있어 바닥없는 절망은 오히려 좌파들로부터 온다. 성인이 된 수전은 변호사 애셔가 만들고 양부가 관리한 신탁으로 혁명재단을 만들려 하지만, 래디컬한 신좌파들은 "그 운동을 위한 돈이라면 로널드 레이건 이름이 쓰여 있어도 상관없다"는 모멸로 답한다. 아이작슨 부부가 오히려 기회를 날려버렸다고 비판받는 상황에서 순교는 누구를, 무엇을, 위한 것인가.

두번째 길은 수전의 자살 이유를 밝히는 것까지 자신의 몫이 되어버린 주인공 다니엘의 길. 양부인 변호사 르윈을 비롯해 다니엘은 여러 인물을 만나며 사건을 재구성해줄 자료들을 수집한다. 그는 부모인 폴 아이작슨과 로셸 아이작슨을 향한 연민에 이끌리지만, 그러한 감정의 존재를 부인하지 않을 정도로 분석적이다. 증거와 증언의 조작 가능성이 대두되고 몇 가지 가설이 얽혀가면서 사건의 진실은 마치 점점 윤곽을 잡아가는 것처럼 보인다. 그중 결정적인 단서를 쥐고 있는 이는 검사측 증인으로 나섰던 셀리그 민디시. 왜 그는 동지이자 이웃이었던 부부를 무고했을까. 다니엘은 자백을 한 그 치과의사가 숨기려 했던 진범이 있을 것이라 짐작하고, 그 역시 고통 속에 살았던 민디시의 딸 린다를 가까스로 설득하여 그와 대면한다.

> 그곳에 그가 있다. 그 옆에는 새디가 꼿꼿하고 자랑스럽게 앉아 있다. 장난감 차 안에서 말이다. 새디는 티켓북을 통째로 가지고 있다.

그녀는 표 한 장을 더 직원에게 건네주고 차에서 내리지 않는다. 셀리그는 핸들을 꼭 잡고 다시 차가 움직이길 기다리고 있다. 팔이 드러나는 하와이언 셔츠를 입고 있었다. 그리고 믿을 수 없을 정도로 늙었다. 턱이 위아래로 움직이고 입술이 부딪치고 입이 반복적으로 열리고 닫힌다. 교대성 신경마비 때문에 놀라는 얼굴, 공격적인 얼굴, 놀람, 공격이 번갈아 휙휙 나타난다. 머리는 백발이 되었다. 핸들을 잡은 손이 떨린다. 어떤 차가 뒤쪽에서 그들의 차를 받고 아이가 깔깔거리고 회색 머리가 하늘을 쳐다본 다음 그들은 휘청거리며 오토피아로의 여행을 시작한다. _427쪽

진실은 어디에 있을까? 소설을 쓰던 당시의 닥터로는 알지 못했지만, 1990년에 공개된 흐루시초프의 자서전에는 로젠버그 부부의 기밀 유출을 확인할 수 있는 언급이 나온다고 한다. 밝혀지지 않은 사실들이 앞으로 더 남겨져 있을지도 모른다. 그렇다면 닥터로는 역사적 사실이 채 전모를 드러내기도 전에 무모한 모험을 한 것일까. 그렇지 않다. 이 소설에서 닥터로는 완전한 허구를 통해 미국의 치명적인 초상을 제시한다. 그것이 바로 디즈니랜드의 셀리그 민디시다. 다니엘이 모든 것을 걸고 만났던 민디시는, 디즈니랜드에서 장난감 차를 타고 있는 치매 노인이 되어 있다. 변색된 흰자위와 충혈된 눈을 하고, 마비된 입술로 다니엘의 머리 위에 입맞추는 민디시. 디즈니랜드라는 미국적 상징 안에서 기억을 잃은 한 노인의 모습이야말로 이 사건을 둘러싼 거대한 소용돌이를 대변하는 전율적인 형상이 아닐까.

짐작건대, 닥터로의 눈에 비친 미국이 그러했을 것이다. 미국 안에서 미국을 비판하는 목소리들을 겹겹이 눌러 담은 이 작품

을 읽다가 문득문득 상념에 사로잡혔다. 다른 무엇보다 우리의 지금이 그들의 과거와 과연 다른가라는 내키지 않는 의문 때문이었다. 국가는 무엇인가. 원자폭탄의 위협이라는 명분 아래 쉽게 상상된 적을 향해 신속하게 전기처형을 명하는 것이 국가인가. 우리가 알기로, 국가는 사적인 욕망과 이기를 넘어서는 공공성의 대명사다. 또한 우리가 알기로, 그 공적인 것이 오로지 국가로서만 대표될 때, 그것은 한 인간을 파괴하는 잔혹한 악몽이 될 수도 있다. 먼 나라의 이야기가 우리를 잠 못 이루게 하는 것은, 우리에게 역사가 있고 문학이 있기 때문이 아닐까. 마비된 입술의 키스는 아직도 유효하다.

차미령 문학평론가. 계간 『문학동네』 편집위원. 2013년 현재 광주과학기술원 기초교육학부 교수로 재직중이다. 평론집 『버려진 가능성들의 세계』가 있다.

다니엘서 *The Book of Daniel*(1971)

1950년 5월 23일 체포되어 1953년 6월 19일 전기의자에서 차례로 처형당한 로젠버그 부부. 냉전의 산물이라고 할 수 있는 이 실제 사건은 수많은 쟁점을 낳았다. 세계 곳곳의 많은 사람이 반역죄로 체포된 로젠버그 부부의 무고를 믿었다. 물론 1990년에 로젠버그 부부가 미국의 기밀을 소련에 빼돌린 사실이 밝혀졌다고 보는 견해도 있지만, 당대 프랑스의 대표적인 지성 장폴 사르트르는 로젠버그 사건을 '법을 빙자한 린치'라고 부르기까지 했다. 2차세계대전 이후 미국 사회의 역사와 문화를 소설로 비판해온 닥터로는 이 작품에서 자유민주주의의 본질적인 의미와 정신이 어떻게 사회에서 음모로 위협받고 있는지 의문을 제기한다. 이 작품은 역사적 사실과 소설의 허구를 오가며 그 구분이 가능한지 의문을 제기할 뿐 아니라, 소설을 빙자한 진실의 메아리를 독자에게 끊임없이 환기시키면서 오늘의 사회가 사형존폐론, 체제 권력의 힘과 개인적 자유의 상관성 등을 어떻게 풀어가야 할지 시사한다.

E. L. 닥터로 E. L. Doctorow(1931~2015)

미국 뉴욕에서 태어났다. 캐니언 칼리지와 컬럼비아대학에서 철학과 희곡을 공부했다. 1960년 첫 소설 『하드 타임스에 온 것을 환영합니다』를 출간했으며 이 작품은 1967년 영화로 제작되었다. 1971년 『다니엘서』가 출간되면서 비평가들의 절대적인 찬사를 받고 작가로서의 명성을 굳건히 다졌다. 1975년 『래그타임』을 출간하여 첫해에만 20만 부 이상의 판매 기록을 세우면서 전미도서비평가협회상을 받았다. 이 작품은 1981년 영화로, 1998년 뮤지컬로 제작되었다. 2005년 발표한 『행군』으로 생애 세번째 전미도서비평가협회상과 두번째 펜포크너상을 수상했다. 닥터로의 작품들은 32개국 언어로 번역되어 사랑받고 있다.

두 종류의 우산

『이날을 위한 우산』 빌헬름 게나치노

오은

몇 년 전에 큰 사고를 당했다. 길고 긴 입원 생활이 끝난 후, 어느 날부턴가 나는 거짓말처럼 악몽을 꾸기 시작했다. 자동차의 헤드라이트가 슬금슬금 다가오다가 나를 덮치는 꿈이었다. 빛은 꺼질 줄을 몰랐다. 땀에 흥건히 젖은 채로 벌떡 일어나는 일이 잦아졌다. 어느 날 새벽, 여느 날처럼 악몽에서 깬 나는 한동안 미친듯이 낄낄거렸다. 헛웃음은 그칠 줄을 몰랐다. 이 순간에 하필 시를 쓰고 싶다는 생각이 들다니! 그야말로 기가 차다가 콱 막힐 노릇이었다. 그날 이후, 악몽은 거짓말처럼 사라졌다. 어떤 진실은 거짓말보다 더 감쪽같다는 걸 알았다. 빛은 꺼졌고 헛웃음은 그쳤다. 나는 예전처럼 밝아졌다. 아주 가끔, 내가 빛이 되는 희미한 상상을 하기도 했다.

게나치노의 『이날을 위한 우산』을 읽는 내내, 지난 몇 년간의 특정 장면들이 끊임없이 떠올랐다. 애인을 잃고 사례금을 삭감당한 주인공의 모습이 자신감과 용기를 상실했던 당시의 내 모습과 자꾸만 겹쳐 보였기 때문이다. 알다시피 누군가나 무언가를 잃는다는 것은 불편하거나 마음 아프고, 종종 참을 수 없이 끔찍하다. 그러나 주인공은 결코 좌절하지 않는다. 그는 입때껏 하던 대로, 그것을 감정하고 평가하기 위해 새로 나온 구두를 신고 하염없이 걸을 뿐이다. 여기서 저기로 한 발짝 한 발짝 걸음을 뗄 뿐이다. 이것은 단순히 마음의 평정을 되찾기 위한 산책이 아니다. 그는 다분히 직업적으로 걸을 뿐이다. 그리고 최악의 상황에 마주했을 때, 하던 일을 평소와 다름없이 행하는 일은 그 무엇보다 어렵다. 울분을 삭이는 데 써야 할 힘까지, 일상에 통째로 바쳐야 하기 때문이다.

힘내어 앞으로 나아가기 위해, 일정 정도의 체념은 필요하다. 하지만 체념하는 시간이 너무 길어지면 삶은 급기야 무너지고 만다. 그래서 주인공은 자기가 제일 잘하는 일을 한다. 별달리 할 수 있는 일이 없어서, 시곗바늘만 망연히 바라보고 있을 수만은 없어서, 어떻게든 견디긴 견뎌야 하니까. 난국을 타개하는 데 있어, 언제나 거창한 비책이 필요한 것은 아니다. 어쩌면 이럴 때일수록 심하게 요동하지 않고 원래의 자리에 서 있는 게 가장 어려운 일일지도 모른다. 이를 악물고 자신自信을 잃지 않으려고 애써야 가까스로 자신自身을 지켜낼 수 있다. 수많은 등장인물 중 주인공만 유일하게 이름이 제시되지 않는 것도 다 이 때문이다. 그렇다. 게나치노는 주인공을 저 먼 3인칭이 아닌 우리 곁에 놔두고 싶은 것이다. 그가 바로 나이므로, 너이므로, 우리이므로. 우리는 그에게 우리 자신을 투영하고 혼잣말을 한다. 모두가 다 영웅이 될 필요는 없어. 우리는 묵묵히 우리 몫을 하면 돼.

그러므로 이 소설은 '그러고 나서'의 이야기다. 그러니까 어떤 반짝이는 순간을 맞이하고 나서의 이야기. 으레 그 순간은 예고 없이 닥친다. 우리는 가만히 사색에 잠기고 기억 속에서 아득한 과거를 끄집어낸다. 이를테면, 차가운 빗방울 하나가 손등 위에 떨어졌을 때를 떠올려보라. 이물감으로 인해 살갗은 떨리기 시작하고 머릿속에서는 불현듯 떠오르는 것이다. 바로 그때가, 그때의 거기가, 그 현장에 함께 있었던 당신이라는 사람이. 그러고 나서 그리움과 슬픔, 환희와 놀라움이 뒤섞인 이상한 감정이 고개를 든다. 참, 나에게도 예전에 이런 순간이 있었지! 우리는 우리도 모르게 고개를 끄덕인다. 틀에 박힌 일상은, 이제야 비로소 조금 눈부셔진다. 이것을 담아내는 게나치노의 문장은 그 순간들만큼이나 반짝반짝 빛난다.

슬프게도, 그 반짝이는 순간이 언제나 우리에게 희망만 물어다 주는 것은 아니다. 제비가 물어온 씨앗이 어떻게 자라날지 우리는 전혀 알지 못한다. 거기에는 인생을 송두리째 변화시킬 시한폭탄이 들어 있을 수도 있고 생각지도 못한 무시무시한 절망이 도사리고 있을지도 모른다. 우리는 그저 그 씨앗을 땅에 묻은 뒤 물을 주고 거름을 뿌려 그것이 잘 자라나게 하는 수밖에 없다. 무식하게 보일지라도, 그게 우리가 할 수 있는 최선이다. 주인공 역시 어떻게든 삶은 계속된다는 것을 보여주기라도 하듯, 소소한 것에 더욱더 신경을 기울인다. 그는 옆 테이블에 자리한 소년의 행동에 눈길을 주기도 하고, 길바닥 위를 이리저리 떠돌아다니는 사탕 포장지를 관찰하기도 한다. 이처럼 우리에게 정작 필요한 것은 작은 것에 마음을 주고 거기서 비록 보잘것없을지언정 빛 한 점을 발견할 수 있는 여유다. 그 빛 한 점을 덩어리로 키우는 데, 약간의 유머와 익살이 도움이 되는 것은 물론이다. 그러는 사이, 나도 모르게 인생의 다음 장이 펼쳐지고 있을 것이다.

이 소설을 끝까지 다 읽고 나면 아마 마지막 마침표 다음에 새로운 문장을 적고 싶어질 것이다. 남아 있는 게 거의 없는 공간에 홀로 남겨질지라도, 우리는 마지막까지 남은 것을 어떻게든 그러쥐고 싶어하니 말이다. 필사적으로 살아남는 데 성공한 자기 자신을 말이다. 그리하여 이제 충분히 단단해진 우리는 온몸을 활짝 펼친다. 스스로 "이날을 위한 우산"이 되어 세차게 쏟아지는 이 세계의 비를 맞는다. 끄떡없지는 않지만, 그렁저렁 견딜 만하다. 내일은 오늘과 같거나 아주 조금 다를 것이다. 그걸 불행이라고 여기거나 다행이라고 긍정하는 것은 순전히 당신 몫이다. 그냥 우산이 되거나, 어떤 빗줄기도 막아낼 수 있는 튼튼한 우산이 되거나.

오은 시인. 2002년 월간 『현대시』를 통해 작품활동을 시작했다. 시집 『호텔 타셀의 돼지들』 『우리는 분위기를 사랑해』 『유에서 유』, 저서 『너는 시방 위험한 로봇이다』 『너랑 나랑 노랑』이 있다.

이날을 위한 우산 *Ein Regenschirm für diesen Tag*(2001)

독일 현대문학의 주요 작가 중 한 명으로 손꼽히는 빌헬름 게나치노의 대표작. 게나치노는 평범하고 소소한 독일의 일상을 섬세하고 감각적으로 묘사한 작품들을 통해 현대사회를 비판적으로 보여주었다. 『이날을 위한 우산』은 수제화의 착화감을 시험하는 구두 테스터로 일하는 주인공의 눈을 통해 틀에 박힌 일상을 낯선 시선으로 바라보며 삶의 소소함과 기이함을 유머러스하게 그려낸 소설로, 2001년 발표되자마자 비평가들로부터 '명료하고 매혹적인 소설'이라는 찬사를 받았다.

빌헬름 게나치노 Wilhelm Genazino(1943~2018)

독일 만하임에서 태어났다. 요한 볼프강 괴테 대학교에서 독문학, 철학, 사회학을 전공했고 대학 졸업 후 언론인과 출판 편집인으로 일했다. 1965년 『라슬린 가』를 발표하며 작가로 데뷔했고 1977년부터 2년간 소시민의 삶을 그린 삼부작 소설 『압샤펠』 『불안의 근절』 『거짓된 세월』을 출간하면서 명성을 얻었다. 1989년 소설 『얼룩, 재킷, 방, 고통』을 선보이며 브레멘 시 문학상을 수상했고, 이후 소외된 존재들에 시선을 돌려 작품 속에서 다양하게 형상화하며 '하찮을 정도로 작은 사물들의 변호사'라는 별명을 얻었다. 2004년에 독일 최고의 문학상인 게오르크 뷔히너상을 수상했고, 꾸준히 작품활동을 펼치며 졸로투른 문학상, 폰타네 문학상, 클라이스트 문학상 등 독일의 주요 문학상을 휩쓸었다. 2018년 숨을 거두었다.

나는 톰이다, 나는 소년이다!

『톰 소여의 모험』 마크 트웨인

박민규

당신은 어떻게 작가가 되었소? 누군가 묻는다면 내 대답은 한 가지다. 엉망진창으로 10대를 보냈기 때문입니다, 라고 말이다. 에엣? 장기간의 습작이나... 뭐... 노력 같은 거... 그런 게 필요한 거 아닌가요? 또 묻는다면 다 필요 없어요. 그저 엉망진창으로 보낸 한 시절이 필요한 겁니다, 라고 나는 다시 답할 것이다. 그렇다. 망가진(혹은 망가져본) 인간만이 작가가 될 수 있다. 만약 망가진 적이 없는데도 작가가 된 인간이 있다면... 그 새끼는 변태다. 지금 내가 뱉은 이 말을 100프로 믿어도 된다.

여기 한 소년이 있다. 공부는 지지리도 못해, 수업시간엔 만날 졸아, 입만 열면 뻥이고, 머릿속엔 잡생각뿐 몰라 몰라 될 대로 되라지, 하지 말라는 짓은 골라 하고, 하라는 짓은 너나 하세요, 어른 알기를 개코로 알지, 어딜 가나 문제만 일으키는 이 소년의 이름은 톰 소여다(참, 그는 좀처럼 씻지도 않는다... 친구인 허크는 더하지). 19세기의 미국 남부, 작가 마크 트웨인이 가공해낸 세인트피터스버그라는 작은 마을의 이 악동은 그후 140세가 되어가도록 전 세계인의 사랑을 받게 된다. 긴말 필요 없이 그는 역사상 가장 성공한 소년이요, 성공한 인간이다.

현대는 끝없이 근대의 모험을 모함해왔다. 다른 이유는 없다(물론 수천 가지 이유가 있겠지만). 정벌의 시대도 항해의 시대도, 전쟁과 혁명의 시대도 막을 내렸기 때문이다(이 문장이 능동태인지 수동태인지에 대해선 또 많은 논쟁이 필요할 것이다). 현대가 필요로 하는 건 얌전한 인간이다. 겁먹고, 안주하고, 근면, 성실하고, 일하고, 자네 이것밖에 안 되나? 낯을 붉히고, 광고 좀 때리면 기를 쓰고 물건을 사주고(복 받을 걸세 자네), 유행에 일조를 하고, 얘야 오늘도 학원 가야지? 사학의 운영에 도움을 주고, 찬송가를 열심히 부르고, 무엇보다 자신의 처지를 알고(알건 모르건 무슨 상관이란 말인가), 그 처지를 약진의 발판으로 삼아 창조의 힘과 개척의 정신을 기르기는 개뿔, 눈치로 한평생을 살아갈 얌전한 인간이 필요하기 때문이다. 그래, 자넨 어떤 삶을 살았나? 혹시나 사후에 신이 묻는다면 우리는 답할 것이다(한참을 고민해야겠지만). 즉 그러니까... 안전한 삶을 살았습니다. 토익도 810점이었고... 대졸이었거덩요. 어디 가서 빠진다는 소린 안 들었고요, 뭐... 딱히 별일 없었다고 말할 수 있죠. 신은 잠시 고민에 빠질 것이다. 안전한 삶이란... 실은 매우 이상한 삶이기 때문이다.

인간은 모험하는 존재다. 아니, 모험을 위해 태어난 존재이며 실은 모험을 하지 않고서는 견디지 못하는 존재다. 답답해, 우울해, 무의미해... 열심히 이런저런 업체(병원이니 뭐니)들의 경영에 도움을 주며(자넨 진짜 복 많이 받을 걸세) 우리가 살아가는 이유는 실은 우리의 삶에서, 이 잘난 '현대인'이란 명찰을 단 유인원의 삶에서 모험이 거세된 지 오래기 때문이다. 불만은 없다. 안전한 게 어디야. 불만은 없는데도 불안은 여전하다. 안전이... 다는 아닌가봐, 우리 속에 앉아 등을 기댄 원숭이처럼 우리는 고개를 끄덕인다. 씨발, 그래도 나 대졸인데...

『톰 소여의 모험』이 고전의 반열에 오른 것은 모험 그 자체인 소년, 모험을 하지 않고선 견디지 못하는 인간의 원형이 고스란히 보존되어 있기 때문이다. 그는 갈 곳이 많고, 만날 인간이 많으며, 미시시피강의 물결처럼 두근대며, 또 출렁이며 푸르게, 140년을 푸르게 흘러왔다. 그는 여전히 명랑하고, 그의 모험은 아직도 끝나지 않았다. 어른이 된 톰 소여는(이야기가 이어졌다면) 분명 훌륭한 작가가 되었을 거라 나는 생각한다. 허클베리 핀은 뭐 말할 것도 없다. 죽어 신을 만났다 하더라도 할말이 많은 삶이었을 것이며, 그들은 분명 위대한 작가 마크 트웨인의 오래전 모습이었을 것이다. 기억하자. 우리는 누구나 소년이었고, 실은 이 지구의 종을 대표하는 모험가였다. 아이 엠 톰. 아임 어 보이. 아임 낫 어 스튜던트. 어른이 되어 다시 펼쳐든 『톰 소여의 모험』에서 그렇게 톰은, 또 허크는 내 뒤통수를 때리며 낄낄거린다.

모험하라.
모험이야말로

삶을 삶이게 하는

가장 큰 보험이니!

박민규 소설가. 2003년 『지구영웅전설』로 문학동네작가상을 받으며 작품활동을 시작했다. 한겨레문학상, 신동엽문학상, 이효석문학상, 황순원문학상 등을 수상했다. 소설집 『카스테라』『더블』, 장편소설 『삼미 슈퍼스타즈의 마지막 팬클럽』『핑퐁』『죽은 왕녀를 위한 파반느』가 있다.

톰 소여의 모험 *The Adventures of Tom Sawyer*(1876)

'미국문학의 아버지'로 추앙받는 마크 트웨인의 대표작으로 출간된 이래 단 한 번도 절판된 적이 없는 전 세계적인 스테디셀러다. 책의 머리말에서 밝혔듯 자신이 실제로 겪거나 친구들에게서 들은 경험담을 바탕으로 톰 소여의 모험담을 생생하게 엮어냈다. 마크 트웨인은 작가로 이름을 알리기 전부터 특유의 입담과 현란한 유머를 구사하는 인기 강연가로서 유명세를 치렀다. 『톰 소여의 모험』은 그 매력을 유감없이 발휘한 작품이다. 개성이 분명한 등장인물, 활기 넘치는 대화, 재치와 현란한 어휘력과 문장력은 그 어떤 작가도 따라가기 힘들 정도다. 하지만 무엇보다도 그의 작품이 '미국의 국민문학'으로 평가받는 까닭은 영국문학 전통에서 여전히 독립하지 못했던 문단에 소재와 주제는 물론 미국인들이 실제로 사용하는 구어체로 미국문학의 새로운 전통을 확립하며 후대 작가들에게 큰 영향을 끼쳤기 때문이다.

마크 트웨인 Mark Twain(1835~1910)

본명은 새뮤얼 랭혼 클레멘스. 미국 미주리주 플로리다에서 태어났다. 1857년 미시시피강의 증기선 도선사 일을 배우나 남북전쟁이 터지면서 1861년 네바다주에서 신문사 기자가 되었다. 1867년 첫 단편집 『캘러베러스 군의 명물, 뜀뛰는 개구리』를 출간한 후 '미시시피 삼부작'으로 일컬어지는 『톰 소여의 모험』『미시시피 강의 생활』『허클베리 핀의 모험』을 비롯하여 '미국의 국민문학'이라 평가되는 40여 편의 작품을 남겼다. 특유의 입담과 유머로 인종차별, 제국주의 등 당대의 불편한 진실을 작품에 담아냈고, 미국의 역사와 문화에 지대한 영향을 끼쳤다는 점에서 '미국문학의 아버지' '미국문학의 링컨'으로 불리기도 한다. 핼리혜성이 찾아왔던 1835년에 태어난 그는 자신의 바람대로 1910년 코네티컷주 레딩에서 핼리혜성을 따라 세상을 떠났다.

이 희미한 삶의 실감

『카사노바의 귀향·꿈의 노벨레』 아르투어 슈니츨러

서영채

마지막 책장을 넘기고 나니 이 소설들이 쓰였던 때의 슈니츨러의 나이가 궁금했다. 확인해보니, 「카사노바의 귀향」은 1917년이고 「꿈의 노벨레」는 1926년, 나이로 치면 슈니츨러가 각각 55세와 64세 때의 일이다. 하나는 예상과 맞았고 다른 하나는 틀렸다. 직감이란 대개 그런 법이다. 어쨌거나 참 대단한 일이지 싶었다.

「카사노바의 귀향」의 시간적 배경은, 늙어가는 카사노바가 고향으로 돌아가고 싶어 사면의 편지를 기다리고 있던 53세 때로 설정되어 있다. 슈니츨러가 이 소설을 구상하고 쓸 때와 비슷한 나이다. 작가도 주인공도 모두, 늙음이라는 것이 관념에서 현실로 이행해가는 순간을 바라보고 있을 때였던 셈이다. 그런 이야기의 주인공으로 카사노바가 소환된 것은 매우 인상적이다.

희대의 염정가艶情家이자 매력덩어리 모험가 카사노바도 어느덧

50대가 되었다. 이 소설 속에서 카사노바는 이제 괴물이 되어가는 자기 자신의 모습을 지켜보아야만 한다. 지나간 젊음을 그리워하는 늙은 파우스트의 절망 같은 것이라면 정도는 다를지언정 누구에게나 불가피한 것이다. 그래도 카사노바라면 조금 달라야 한다. 그는 단순한 바람둥이가 아니라 자유와 열정과 사랑의 화신이었기 때문이다.

카사노바는 매력적인 유혹자이자 모험가로 세상에 명성이 높은 사람이었다. 그는 정조를 강탈하거나 애정을 사취하는 저급한 수컷-동물들과는 질적으로 다른 존재였다. 그는 자기 열정이 시키는 대로 자유롭게 살아왔다. 읽고 싸우고 연애하고 갇히고 탈옥하고 하면서. 이 소설에서도 인물에 대한 기본적인 설정은 다를 수 없다. 53세의 카사노바는 유랑에 지쳐 귀향을 꿈꾸고 있지만 분투한 삶의 주인공에게 세월은 헛되지 않다. 그는 젊은 육체를 잃은 대신 명성과 관록을 얻었다. 그의 사랑을 원하는 여성들은 아직 도처에 있다. 여관의 여주인은 그의 손길을 기다리고, 15년 만에 다시 만난 애인의 원숙한 몸은 여전히 그의 발밑에 무릎을 꿇고 싶어한다.

그런데 그런 카사노바 앞에 강적이 나타났다. 채 스물이 되지 않은 나이에 아름답고 지적이기까지 한 마르콜리나는 카사노바에게 마치 거대한 절벽과도 같은 존재로 느껴졌다. 어떤 여성이건 카사노바와 마주치게 되면 마땅히 보이게 되는 반응이 있다. 경탄이건 경멸이건 단순한 호기심이건 간에, 뭔가 주름 잡힌 감정이 드러나야 한다. 현재의 카사노바를 지탱해주는 것이 바로 그런 명성이다. 그러나 젊고 지적인 마르콜리나가 카사노바에게 보여준 것은 철저한 무관심이었다. 경원시나 경멸은 물론이고 증오라도 대적할 수 있으되, 아무리 카사노바라도 어쩔 도리가 없는 것이 바로 무관심이다. 카사노바의 명성이나 원숙함 따위에 전혀 관심을 갖지 않는 상대에게는 어떻게 해볼 방법이 없는 것이다. 젊지 않은 몸의 한계를 절감하는 것은 이런 절벽 앞에 섰을 때다. 절륜의 유혹자인 카사노바 경, 이제 이 강적을 어떻게 상대할 것인가.

그다음부터 펼쳐지는, 카사노바가 마르콜리나의 애인을 협박하여 그 젊은 남자 대신 마르콜리나의 침실에 잠입해 정조를 사취하는 이야기는 끔찍하기조차 하다. 바닥까지 타락한 모습을 보여주는 사람이 다른 사람도 아니고, 명예로운 유혹자 카사노바이기 때문이다. 그는 이제 오로지 한 여자의 정조를 무참하게 유린하고자 하는(마음도 육체도 아니고 정조다!) 사기꾼에 악당, 졸렬한 난봉꾼이 되었다. 그의 이런 변신은 늙은 카사노바가 표현할 수 있는 자학의 한 극점을 보여준다. 낭만적 멋쟁이 카사노바의 자리에 괴물돈 후안이 들어서고 있는 것이다.

이런 갑작스런 변신은 무엇 때문일까. 자기를 좌절시킨 젊음에 대한 질투 때문일 수도 있겠다. 저항할 수 없는 시간의 질서에 대한 분노 때문일 수도, 젊은 육체에 대한 단순한 갈망이나 혹은 그런 갈망이 자기 안에 있다는 사실에 대한 저항감 때문일 수도, 늙어가는 자기 몸에 대한 불안 때문이기도 할 것이다. 하지만 구태여 적시하거나 명명하지 않더라도 상관없다. 53세의 한 남자가 지니고 있는 몇 겹으로 접힌 마음의 주름이라 한다면 족할 것이다. 그런 주름이라면 그 안에 온 우주를 감추어둘 수도 있을 것이다.

하지만 그런 내면의 역동을 생동감 있는 악마적 서사로 표현해내고 있는 슈니츨러의 마음에 대해서는 한마디 첨언하지 않을 수 없다. 그것은 나이와 무관하게 우리 모두 한번쯤은 당면하게 되는 상태이기 때문이다. 이 책에 실린 두번째 소설 「꿈의 노벨레」를 곁에 세워놓으면 이 점은 좀더 선명해진다.

「카사노바의 귀향」이 발표된 지 9년 후에 나온 「꿈의 노벨레」는, 성공한 삶을 살고 있는 한 젊은 의사가 어느 날 갑자기 직면하게 된 실감 없는 삶에 대해 그리고 있다. 버젓한 직업과 단란한 가정을 가진 빈의 젊은 의사 프리돌린은 어느 날 밤 잊을 수 없는 경험을 하게 된다. 오랜만에 만난 동창을 통해 비밀스런 가장무도회에 은밀하게 참석하게 되고, 벌거벗은 여성들의 에로스와 생명의 위협이 뒤섞인 매우 특별한 하룻밤을 보내게 되었다. 가면을 써서 누구인지 알 수 없는 한 여성, 오로지 벗은 몸만을 알아볼 수 있을 듯싶은 한 여성으로 인해 그는 목숨을 건졌다. 그 여성은 그의 목숨을 구해준 대가로 자기 목숨을 바쳐야 했던 듯싶었다. 그러니까 그는 말 그대로 치명적인 비밀회합에서 요행히 살아나왔던 셈이다. 실상이 어떻든 간에 그가 그렇게 느꼈다는 점이 중요하다. 다음날 아침, 자기 목숨을 건져준 여자를 찾아 나선 그는 사태의 비밀을 알고자 노력했으나, 그가 할 수 있는 것은 물론이고 알 수 있는 것조차 아무것도 없었다.

여기에서 중요한 것은 이런 경험을 하고 난 후 프리돌린에게 찾아오는 삶에 대한 느낌이다. 신비로운 밤의 경험은 끝이 났고, 다음날 그 길을 다시 추적해가는 그에게 박두해온 것은 삶 자체가 비현실적이라는 느낌이었다. 자기가 겪은 일은 물론이고, 그의 가정과 아내와 아이와 직업 그리고 그 자신까지, 모든 것이 비현실적으로 다가왔다. 실감 없는 삶의 단면이 그에게 정면으로 드러나버린 것이다.

그러나 꼭 이런 놀라운 경험을 해야만 삶의 실감 없음이 드러나는 것일까. 비 온 후 깨끗해진 하늘 밑으로 혼자서 길을 걸어나갈 때, 엘리베이터 문이 열리고 사람들이 지나다니는 거리로 섞여들어갈 때, 전철을 기다리며 안내판을 멍하니 바라보는 순간, 분식집 한 사람 자리에 앉아 홀로 저녁밥을 먹고 있을 때, 자기가 혼자라고 느끼는 어떤 순간이면 종종 다가오곤 하는 느낌이 바로 그것이지 않은가. 나의 이 삶이 과연 진짜인가 하는 느낌들, 나는 허깨비가 아닌가 하는 의문들, 다른 어떤 현실적 계기를 통해 우리가 순간순간 메워나가고 있는 마음의 그 허방들. 그러니까 53세의 카사노바를 괴물로 그릴 수밖에 없었던 53세의 슈니츨러도 그런 허방 앞에 있었던 것이겠다. 깊이를 알 수 없는 허방이므로 그곳을 메우려면 괴물이 필요하지 않을 수 없었겠다. 늙은 카사노바가 그랬듯이 비밀과 거짓말을 동원할 수밖에 없었겠다.

그러니 어떤가. 그런 마음이라면, 그와 같은 나이가 아니라 해도 누구나 공감할 수 있는 것이 아닐까. 1차대전의 한가운데에서, 게다가 전쟁의 직접적 당사국이었던 오스트리아의 수도 한복판에서 53세의 카사노바의 마음이 되어 있던 한 50대 소설가, 그가 포착해낸 삶의 이 희미한 실감이라니! 그것을 대단하다고 느끼는 것은 지금의 내가 그들의 나이라서만은 아닐 것이다. 그러니까 나는 지금 그렇게 생각하고 있는 중인 것이다.

서영채 문학평론가. 서울대 아시아언어문명학부에 재직중이다. 계간 『문학동네』 편집위원. 고석규비평문학상, 소천비평문학상, 팔봉비평문학상, 올해의예술상 등을 수상했다. 저서로 『소설의 운명』 『사랑의 문법: 이광수, 염상섭, 이상』 『문학의 윤리』 『아침의 영웅주의: 최남선과 이광수』 『미메시스의 힘』 『인문학 개념정원』 『죄의식과 부끄러움』 등이 있다.

카사노바의 귀향·꿈의 노벨레

Casanovas Heimfahrt·Traumnovelle(1917·1926)

인간의 내면을 심리적으로 탁월하게 해부하는 작품들로 프로이트의 경탄을 자아낸 오스트리아 작가 아르투어 슈니츨러의 대표작. 작품 속에서 당시 시민사회의 터부인 죽음, 섹슈얼리티, 애욕적인 삶의 복잡함, 삶에 대한 거짓된 환상에서 오는 병적인 정신세계를 보여주면서 인간의 심리를 파헤치는 동시에 시민계급의 정신생활에 영향을 미치는 사회의 모습을 해부한다. 「카사노바의 귀향」은 불멸의 남성성을 대변하는 실존인물 카사노바의 노년을 재구성한 작품으로, 카사노바가 정체성을 상실해가는 과정을 심리학적으로 밀도 높게 그린다. 「꿈의 노벨레」는 모범적이고 행복해 보이는 부부의 감춰진 성적 욕망을 성찰한 작품으로, 1999년 스탠리 큐브릭 감독이 〈아이즈 와이드 셧〉이라는 제목으로 영화화하기도 했다.

아르투어 슈니츨러 Arthur Schnitzler(1862~1931)

오스트리아 빈에서 의사의 아들로 태어났다. 김나지움을 졸업한 뒤 빈대학에서 의학을 공부해 의사로 일했다. 1880년 잡지 『자유로운 파발꾼』에 「무희의 연가」를 발표하여 문단에 데뷔했고, 이어서 여러 잡지와 신문에 시와 단편을 발표했다. 31세가 되는 1893년 의사라는 직업을 포기하고 희곡 『아나톨』을 발표하여 작가로서 명성을 얻었다. 1890년부터 후고 폰 호프만슈탈, 리하르트 베어호프만 등과 함께 세기말 빈의 모더니즘 형성에 기여한 '청년 빈파(Das Junge Wien)'의 대표 인물로 활동했다. 인간의 심리와 최면술에 큰 흥미를 보였고, 인간 내면을 심리적으로 해부한 작품들을 써서 프로이트의 경탄을 자아냈다. 20세기 초 가장 영향력 있는 독일어권 작가로서 바우에른펠트상, 프란츠 그릴파르처 상, 라이문트상, 빈 폴크스테아터 상 등을 받았다.

우리의 어떤 부분은 분명 다른 사람입니다

『바보들을 위한 학교』 사샤 소콜로프

황현진

이 책의 주인공은 비차다. 작가 사샤 소콜로프는 비차를 이렇게 소개했다. 작가의 친구이자 이웃이고 지적 장애를 위한 특수학교에 다니는 소년이며 풀 네임은 '비차 플랴스킨'. 하지만 우리가 굳이 그의 이름과 이력들을 애써 외울 필요는 없다. 비차는 두 세계를 동시에 살아가는 사람이기 때문이다. 무엇보다 그 두 세계 중 우리가 어디에 속하는 삶을 살고 있는지 나 역시 제대로 알고 있을 리가 없지 않은가? 게다가 우리 중 누가 함부로 예언할 수 있겠는가? 어느 쪽의 세계가 먼저 사라질지.

하나의 이야기를 보탠다면, 오래전 비차의 동네를 휘돌아 흐르던 강이 사라졌다. 사람들은 강이 흘렀다는 사실은 기억하지만 그 강의 이름을 기억하지는 못했다. 비차는 의심했다. 강이 아예 없었던 것은 아닐까 하고. 그 때문일까. 비차는 단호하게 말한다.

세상에는 아무것도 없다고, 오직 바람을 제외하고는!

아무것도 아닌 것들이 모든 게 되어버리는 세상 또는 모든 것들이 아무것도 아닌 게 되어버리는 세상. 이 문장에 대해선 누구도 명백하게 이해할 수 없을 것이다. 많은 사람들이 오랫동안 그걸 바랐다. 무엇이든 될 수 있는 자유, 무엇이든 되지 않을 자유. 가장 먼저 자유라는 단어를 아주 정확하게 이해해야만 한다. 비차가 그 무엇보다 자유를 선택했다니까 하는 말이다.

당신은 완전한 하나인가?
다시 묻겠다.
당신은 정말 완전한 하나인가?

책을 읽는 동안 나는 같은 실문에 여러 차례 맞닥뜨렸다. 단 한 번도 제대로 대답하질 못했다. 나뿐만 아니라 우리 중 누가 이 질문에 곧바로 예스라고 대답할 수 있을까. 다만 책 속 구절을 빌려 에둘러 대답해볼 순 있겠다.

> 아시다시피 사람은 순간적이면서도 동시에 완전히 사라질 수는 없어요. 우선 사람은 형태와 본질에서 자신과는 다른 무언가로 변하게 되죠. 예를 들면 왈츠로, 간신히 들리는, 울림 있는 저녁의 왈츠로 변하게 되죠. 그러니까 부분적으로 사라지고, 그다음에는 완전히 사라지는 거예요. _41쪽

굉장히 막연하지만 매우 구체적인 실감이 느껴지는 말이다. 한 살 두 살 나이를 먹어갈수록, 하루하루 삶을 이어갈수록 생이 완

전해지고 있다는 것은 어불성설이다. 완전하다는 것은 어디까지나 우리의 상상에 그치는 일이며 증명할 길 없는 환상에 불과할지도 모른다. 살아가는 게 결국 사라지는 일이라면 우리는 완전한 존재로 태어나 불완전한 존재로 죽기 위해 세상에 던져진 게 아닐까. 불완전함이야말로 가장 완벽한 완전함은 아닐까? 도대체 자유의 정의가 뭐냐고 묻기 전에 우리가 완전하게 사라지기 위해 태어났다는 걸 인정하자.

> 날짜는 누군가 생각이 나면 오는 거야. 때론 한 번에 여러 날이 곧바로 오기도 하지. 혹은 오랫동안 하루도 오지 않는 때도 있어. 그때는 넌 공허 속에 살아. 아무것도 이해하지 못하고 심하게 아프게 돼. 다른 이들도 역시, 역시 아파. 하지만 침묵하지. 내가 또 하고 싶은 말은, 각 사람에게는 누구와도 닮지 않은 자신만의 특별한 삶의 달력이 있다는 거야. _37쪽

가끔씩 그런 기분이 들 때가 있다. 뭔가에 속으며 살고 있다는 아주 불쾌한 기분. 고백하자면 나 역시 때때로 불쾌를 불행으로 오해했고, 불행을 불쾌로 간주했다. 비차에 따르면 이 모든 불쾌와 불행은 우리가 가진 저만의 특별한 삶의 달력이 세상의 그것과 아주 일치하지 않은 탓이다. 예를 들면, 내가 사랑하는 사람의 달력의 첫 장은 가을이다. 내가 사랑했던 사람의 달력의 첫 장은 겨울이었고, 내 달력의 첫 장은 봄과 여름 그 사이쯤이다. 나와 만나기로 약속했던 어떤 사람의 마지막 장은 내가 사랑하는 사람의 첫 장과 겹치지만 나는 거기에 대해서 아는 바가 전혀 없다.

"제 이름은 아무개예요. 당신은요?"

비차는 자신을 그렇게 소개한다. 아무 해年의 아무 월月에 아무 일日, 아무 곳의 아무개. 아무도 비차에게 다시 소개해달라는 부탁을 하거나 이름을 되묻지 않았다. 누군가의 이름 따윈 별로 궁금하지 않은 게다. 우리는 우리의 이름을 비차라고 바꾸어 말할 수 있다. 이름을 지우는 것만으로 그 모든 일들이 가능하다. 그것의 시작은 아주 사소한 놀이에 불과하다. 이쯤이면 비차가 말한 자유가 무엇인지 슬슬 감이 오기 시작할 때가 되었다.

비차는 우체부를 가리켜 소식을 전해주는 자가 아닌 '바람을 나르는 자'라고 했다. 바람을 나르는 자가 되기 위해선 자전거를 끌고 집밖으로 나간 다음, 천천히 자전거의 페달을 밟으면 된다. 그럼 바람이 태어난다. 문득 이런 생각이 든다. 불완전하게 사라진 모든 존재의 현현을 바람이라고 말할 수 있지 않을까. 산들바람이든 틈새바람이든 회오리바람이든 폭풍을 몰고 오는 강풍이든, 사라짐이 지속되는 어떤 단계를 떠올려본다면.

'우리는 바람을 나르는 자가 될 거예요.'

비차가 '우리'라고 말해줘서 고마웠다. 부분적으로, 우리는 '비차'임이 틀림없다. 그러니까 우리 중 누군가가 비차가 되어 슬그머니 사라질지도 모른다는 이야기를 나는 지금 하고 있다. 다시 처음에 인용한 문장으로 돌아가자. "저는 사라짐의 한 단계에 있었지요." 비차가 그러했던 것처럼 우리는 이런 식의 대화를 누군가와 나눌 수도 있다.

'이 음악이 어제는 무엇이었을까?'

'우리들 중 그 누군가였지.'

그렇다면 이 음악의 내일도 우리들 중 그 누군가이겠지.

아마 이 바람의 내일도.

황현진 소설가. 2011년 장편소설 『죽을 만큼 아프진 않아』로 문학동네작가상을 수상하며 작품활동을 시작했다. 『달의 의지』 『두 번 사는 사람들』이 있다.

바보들을 위한 학교 Школа дла дураков(1975)

러시아 포스트모더니즘 문학을 대표하는 사샤 소콜로프의 대표작. 주인공 비차 플랴스킨은 지적 장애아들을 위한 특수학교에 다니는 소년으로, 자신을 두 명이라고 생각한다. 비차는 두 세계를 동시에 살아가는데 첫번째 세계는 평범하고 일상적인 현실의 세상이고, 두번째 세계는 소년이 상상하고 꿈꾸는 동화 같은 세상이다. 이 두번째 세계에서 비차는 특수학교의 학생으로 살기도 하고 이 소설의 '작가'가 되기도 하며 때로는 강에 핀 하얀 수련 님페야 알바로 변신한다. 성인으로 자라 비차가 짝사랑하는 선생님 베타 아카토바와의 결혼을 앞두고 행복해하기도 한다. 소설 내내 두 세계를 오가며 펼쳐지는 비차의 상상은 현실과 환상의 경계를 무너뜨린다.

사샤 소콜로프 Саша Соколов(1943~)

캐나다에서 태어났다. 그의 아버지는 캐나다 주재 소련대사관의 무역참사관이었지만 실제로는 KGB 고위 간부였다. 아버지의 간첩활동이 발각되어 1947년 추방된 후 소련에서 자랐다. 1967년 모스크바 국립대학 언론학부에 입학했고 이때부터 본격적인 창작활동을 시작했다. 1975년 오스트리아 빈으로 탈출했고 1977년 캐나다 시민권을 획득한 이후 미국과 캐나다를 오가며 집필활동을 하고 있다. 1981년 발표한 두번째 장편소설 『개와 늑대의 사이』로 안드레이 벨리 상을 수상했고, 1996년 러시아의 주목받는 현대 작가들에게 수여되는 푸시킨 메달을 받았다.

수화기 너머 다른 세상에서 들려오는 광대의 독백

『어느 어릿광대의 견해』 하인리히 뵐

김경주

하인리히 뵐의 『어느 어릿광대의 견해』에 대해 이야기하기 전에 하인리히 뵐과 나의 첫 만남에 대해 먼저 이야기해야 할 것 같다. 대학에 다니며 시를 쓰던 문학청년 시절, 형편이 넉넉하지 않은 관계로 나는 자주 헌책방을 드나들었다. 하인리히 뵐의 책을 처음 만난 것도 헌책방에서였다. 헌책방에서 우연히 발견하는 희구한 책들의 설렘이란 어떤 다른 종류의 감응으로도 바꾸고 싶지 않을 정도로 경이에 가득찬 경험들이었고, 누렇고 빛바랜 책갈피 속에서 우연히 발견한 누군가의 기록이나 낙서들, 메모들, 때로는 어떤 편지 비슷한 쪽지나 영수증 따위의 목록은 헌책방에서만 발견되는 진귀한 보물들이었다. 아마 지금도 가난한 문학청년들은 헌책방에서 책을 고르며 이 비밀스러운 보물찾기의 시간들을 소중히 여기고 살아갈 것이다. 자신들의 외롭고 참혹한 문장의 한가운데서 어떤 비밀을 달래고 있는 것이 문학일 것이므로, 그들은 완전히 외로운 것은 아닐 것이다. 물론 나는 비가 오는 날 헌책방에 갔다가 우연히 내 첫 시집을 발견하는, 희극적이면서 동시에 아득한 비밀의(?) 경험도 해보았다. 하인리히 뵐의 『언어는 자유의 마지막 보루다』라는 책을 우연히 헌책방에서 발견하던 순간의 경이에 대해 나는 자주 후배들이나 대학의 강단에서 이야기하곤 한다. 그 책은 하인리히 뵐이 프랑크푸르트대학에서 문예창작 강의를 하며 묶은 책이다. 사실 지금은 절판이 되어버린 이 책을 틈날 때마다 소개하는 이유는 책 속에 담긴 한 문장 때문이다. 기억이 정확히 맞는다면 거기엔 이렇게 적혀 있다. "작가는 대충 임신할 수 없습니다."

하인리히 뵐에 따르면 예술가의 상상력이란 임신이 대충 되지 못하듯이, 한번 잉태되는 순간에 더이상 상상력 속에서 대충이라는 단어는 쓰일 수 없다는 뜻이다. 나는 자신에게 가능성밖에 없다고 생각하는 가난한 문학청년들에게 이 말을 자주 해주었다. 하인리히 뵐은 제자들에게 말한다. 너희들의 상상력은 이미 너희들 안에서 완전히 임신되어 있다고. 그것을 꺼내는 일이 문학이 아니라, 그것을 먼저 응시하는 일이 인간의 문학이 되어야 한다고. 시간이 흘러 하인리히 뵐의 『어느 어릿광대의 견해』를 읽고 나서 나는 조금 더 농밀하게 작가의 뜻에 교감하게 되었다.

전후 독일의 폐허문학 시대를 대표하는 이 작가에게 상상력이란 포로수용소에서 종전을 맞이한 자가 바라보는 새로운 과제였고, 그에게 문학이란 그 폐허 위에서 하나의 새로운 생명을 품는 일이었다. 노벨문학상으로 그에게 영예를 안겨준 귀한 명분 중 하나는 바로 그가 당대의 어떤 작가보다 문학으로 인간의 존엄성에 대한 성찰을 게을리하지 않았다는 것이다. 문학의 생명성은 인간의 현실성과 그 한계에서 오는 다양한 징후들을 관찰하는 일이다. 문학이 비루해진다면 문학이 가지고 있는 생명성이 비루해진 것이 아니라, 문학 안에서 인간의 생명성을 찾는 행위가 나약해졌기 때문일 것이다. 문학 안에서 언제나 인간은 허약하다. 하인리히 뵐이 그토록 찾고자 했던 '사람다운 언어'란 인간이 자신의 허약함을 진실되게 서술할 때 가장 사람다워진다는 진정에 답한다. 하인리히 뵐에게 진정한 자유란 인간이 수치심으로부터 자신을 극복하는 순간에 태어난다. 인간을 동물과 구별하고 인간을 사회화 속에서 규명하기 위해 언급하는 중요한 본질적인 세 요소가 수치심과 허영심 그리고 죄의식에 있다면 인류의 문학은 고대에서 지금까지 이 수치심과 허영심 그리고 죄의식으로부터 거의 모든 자원의 빚을 지고 있다고 해도 무방하다. 하인리히 뵐은『어느 어릿광대의 견해』에서 그러한 인간의 내적 질서들을 서술이 아닌 고백으로 만들어나간다.

『어느 어릿광대의 견해』는 한스 슈니어라는 주인공의 25장의 독백이다. 어떤 벽 앞에서 아무도 알아듣지 못하고 아무도 그 뜻을 이해하기 힘든 춤을 추는 듯한 이 광대의 독백은 당대의 정치, 문화, 사회에 대한 하인리히 뵐의 냉정한 성찰이며 견해이기도 하다. 책 전체에 주인공인 한스 슈니어를 광대라고 부르는 이는 한 명도 없다. 오로지 한스 슈니어만이 자신을 광대라고 부른다. 끝끝내 어딘가로 건너갈지 알 수 없으나, 어딘가로 분명히 전달되기를 바라는 자의 독백은 우리가 살고 있는 광대의 현실과 상상일지 모른다. 한스 슈니어는 '나는 늘 상상을 이기지 못한다'고 말하며 자신 안에 존재하는 광대에게 회상을 들려주기도 하고 아버지와 기나긴 대화를 하기도 하며 어떤 사건과 사건의 연속성이 아닌 통화 도중 갑자기 상대가 수화기를 내려놓은 세상으로 전화 통화를 하듯 내밀한 이야기를 다룬다. 내밀성으로부터 인간은 어떤 순간을 모은다고 수화기 너머로 광대는 끊임없이 말한다. "나는 어릿광대야. 그리고 순간들을 모으고 있지."

흔히들 그의 소설엔 출구가 없어 보이는 미로 같은 요소가 많다고 한다. 아마도 그의 소설이 특별히 전위적이거나 드라마틱한 사건의 계기가 있지 않음에도 이러한 언급이 출몰하는 이유 중 하나는 소설 속에서 연속적이고 내적인 사건과 독백이 만나며 생기는, 비정상적일 정도로 진실된 관계 같은 것에 작가의 양심과 상상력이 동원되고 있고, 그 감상으로부터 기인한 것인지도 모른다. 이야기(스토리텔링)가 중요시되는 소설에서 독백은 언제나 급진적이거나 이단적이므로, 그게 아니면 독백은 진부하거나 지인들과의 대화에 끼어서는 안 되는 아웃사이더의 서술 같은 것에 가까울 것이므로. 한스 슈니어는 매번 새로운 장을 통해 새로운 사건들로 가는 통로를 만들며 그곳에 자신의 독백을 '종전이 임박한 상황'처럼 다룬다. 가령 광대는 "깨달음은 타격이었다. 마리는 이미 떠나갔다"라고 말하기도 하고 '인간살이 중에 인간성을 버리면 소문뿐이다'라는 은유를 남기기도 한다. 작가의 어떤 독백들로부터 탈출할 수 없도록 독자는 작가가 만들어가는 사회에 참여한다. 소설의 결말은 한스 슈니어의 몰락이다. 인간들이 세운 다양한 폭력과 구조의 벽 앞에서 한 광대의 일탈과 파괴가 시사하는 바는 명확하고 유효하며 급진적이다. 이 소설의 구축에서 독백이 하나의 일탈이라면 그건 이야기가 독백을 파괴하려는 심사를 막아보려는 한 작가의 꾸준한 인간성을 확인하는 것이다. 얼굴은 떠나고 없는데 진동면도기만 혼자 덜덜 떨고 있는 이 사회 같은. 그래서 독백은 더 애써야 한다.

"그분의 소문을 들어보지도 못한 사람들에게 그분을 보여주고 그분의 이름을 들어보지도 못한 사람들에게 그분을 깨닫게 해주리라."

김경주 시인. 2003년 서울신문 신춘문예로 등단하여 작품활동을 시작했다. 연극실험실 혜화동 1번지에 희곡 「늑대는 눈알부터 자란다」를 올리며 극작가로도 활동하기 시작했다. 오늘의젊은예술가상, 김수영문학상을 수상했다. 시집 『나는 이 세상에 없는 계절이다』 『기담』 『시차의 눈을 달랜다』 『자고 있어, 곁이니까』, 산문집 『패스포트』 『밀어』, 옮긴 책으로 『분홍주의보』 『라디오헤드로 철학하기』 『애너벨 리』 등이 있다.

어느 어릿광대의 견해 *Ansichten eines Clowns*(1963)

2차세계대전 후 독일 사회에 대한 비판으로 행동하는 지성이자 '국가의 양심'이라는 칭송을 받은 노벨문학상 수상 작가 하인리히 뵐의 역작. 사회의 벽에 부딪혀 몰락해가는 한 어릿광대의 회상이라는 형식을 빌려서 도발적이고 풍자적인 유머로 독일 사회를 비판한 사회소설이다. 나치 시대 유대인 박해에 침묵을 지켰던 독일 천주교와 보수 정치를 비판한 이 소설은 출간되기 1년 전, 그 일부가 〈쥐트도이체차이퉁〉 신문에 발표된 때부터 보수 세력의 거센 저항에 부딪히며 사회적으로 큰 반향을 불러일으켰다. 청산되지 않은 과거를 망각한 독일인들의 죄의식의 부재를 비판하며 지난 시대의 정치, 사회, 문화를 반성하게 하는 이 작품은 우리 시대에도 여전히 의미를 잃지 않는다.

하인리히 뵐 Heinrich Böll(1917~1985)

독일 쾰른에서 태어났다. 1938년 쾰른대학에 입학해 독문학과 고전문헌학을 공부했다. 2차세계대전이 발발해 나치군에 징집되어 6년간 프랑스, 러시아, 헝가리 등 여러 전선에서 복무했다. 미군의 포로로 2년간 수용소 생활을 하다가 전쟁이 끝난 후 고향으로 돌아와 본격적인 창작활동을 시작했다. 1949년 『열차는 정확했다』를 시작으로, 참전 경험과 전후 독일의 참상을 그린 작품들을 발표했다. 대표작으로는 『그리고 아무 말도 하지 않았다』 『아홉시 반의 당구』 『어느 어릿광대의 견해』 등이 있다. 유머가 소설을 살아남게 한다고 믿으며, 작품 속 유머를 통해 인간다움의 미학을 그려낸 뵐은 1967년 독일에서 가장 권위 있는 문학상인 게오르크 뷔히너 상을 수상했으며, 1971년 국제적 문학가 단체인 국제펜클럽의 회장으로 선출되어 세계 곳곳에서 탄압받는 작가들과 지식인들의 자유를 위해 노력했다. 1972년 노벨문학상 수상으로 전후 독일을 대표하는 작가를 넘어, 행동하는 지성이자 '국가의 양심'이라는 칭송을 받았다.

순수한 어린 짐승들의 모험

『웃는 늑대』 쓰시마 유코

전아리

쓰시마 유코의 『웃는 늑대』는 늑대에 대한 여러 문헌을 소개하며 시작된다. 도도하고 날렵한 짐승의 카리스마를 한껏 서술한 후 본격적인 이야기의 무대는 아버지와 어린 아들이 살고 있는 묘지로 옮겨간다. 글의 배경은 중일전쟁과 태평양전쟁에서 패전한 직후의 일본이다. 묘지에 사는 아버지와 아들은 배가 고프면 새를 잡아 구워먹고 밤이 되면 낡은 모포 속에서 잠을 청하며 살아간다. 어느 날 아이는 무덤 앞에서 동반자살을 시도한 세 남녀를 발견한다. 불륜 관계인 여자와 화가, 그리고 여자의 남편이다. 아이의 아버지가 경찰에 신고를 한 덕에 죽기 직전의 여자는 가까스로 구출된다. 이 일로 인해 더이상 묘지에서 살 수 없게 된 두 부자는 다른 곳을 떠돌게 되고 그 과정에서 아버지는 객사하고 만다. 세월이 흐른 후 소년이 된 아이는 무덤가에서 죽은 화가의 아내를 찾아간다. 그리고 그녀의 어린 딸과 마주친다. 그렇게 만난 열일곱의 소년과 열두 살의 소녀는 무작정 여행을 떠난다. 그들은 서로를 『정글북』에 나오는 '아켈라'와 '모글리'라 부르기로 약속한다.

이 무렵 떠오르는 기억이 하나 있었다. 내가 여섯 살쯤 되던 해의 겨울이었을 것이다. 나는 한 남자아이와 함께 눈이 펑펑 내리는 언덕길을 내려가고 있었다. 이름이나 얼굴은 자세히 기억나지 않지만 살이 까무잡잡하고 콧등에 작은 흉터가 있었던 것 같다. 우리는 어스름해진 저녁 하늘 아래를 종종걸음 치며 걸었다. 그애는 집에 늦게 들어가서 할머니께 혼날 게 분명하다며 걱정스러워했다. 나는 그애에게 어른들이 살지 않는 곳으로 여행을 떠나자고 말했다. 그애는 솔깃해했다.

"버스를 타고 한참 가면 어떤 동네가 나오는데 거기 엄청 넓은 풀밭이 있어. 거긴 항상 따뜻해. 나무마다 복숭아랑 앵두(당시 내가 좋아하던 과일이었다)가 주렁주렁 열려 있는데 배가 고프면 맘대로 따먹으면 돼. 동물들도 되게 많다."

그애는 정말이냐며 두 눈을 반짝였다. 나는 그애를 더 즐겁게 해주기 위해 덧붙였다.

"그 숲속에는 너보다 큰 로봇도 있어. 말도 할 줄 안다."

그애는 로봇을 만나면 하고 싶은 일들을 내게 열심히 설명했다. 나는 뭐든 할 수 있을 거라며 고개를 끄덕였다. 신이 나서 입김을 토해내던 그애가 갑자기 조금 시무룩해졌다. 넌 여자애라 로봇을 별로 안 좋아할 것 아니냐며, 자기도 뭔가 해주고 싶다는 것이었다.

"난 로봇보단 인형이 좋아."

우리는 다음날 여행을 떠나기로 약속했다.

그날 저녁 나는 동네 피아노 학원에서 피아노를 치고 있었다.

선생님이 방문을 두드리더니 누군가 나를 찾아왔다고 말했다. 학원 입구에는 머리 위에 눈이 하얗게 쌓인 그애와, 그애의 할머니가 서 있었다. 그애는 내게 네모난 상자를 내밀었다. 원피스를 입은 마론 인형이 담겨 있었다. 그애의 어깨 너머로 깜깜한 하늘에서 함박눈이 쏟아지고 있었다. 나는 따뜻한 슬리퍼 안의 발가락을 오므렸다. 아까 그애와 했던 약속은 이미 까맣게 잊고 있던 중이었다. 그애는 손을 흔들며 돌아갔다.

다음날 그애에게 여행을 갈 수 없게 되었다고 말하는 대신, 풀밭에 대한 이야기를 더 지어내서 들려주었다. 그애는 내가 안 가면 나중에 혼자서라도 가겠다며 기대에 차 있었다. 이사를 떠나온 후에도 종종 나는 그애를 떠올렸다. 그애는 정말 혼자 여행을 떠났을까?

누구나 어릴 적에 『톰 소여의 모험』이나 『허클베리 핀의 모험』을 읽고 한번쯤 모험을 꿈꿔본 적이 있을 것이다. 선뜻 그 꿈을 실행하지 못했던 건 아마 어린 마음에도 현실은 소설과 다르리라는 두려움이 있었기 때문이리라. 『웃는 늑대』 속 '아켈라'와 '모글리'의 여행은 지극히 현실적이다. 그들의 모험은 애초에 '풀밭의 낙원'을 꿈꾸며 시작된 것도 아니다. 기차 안에서 원숭이처럼 바글거리는 사람들 속에 끼어 간신히 쪽잠을 자고, 빗물에 젖기도 하며, 극심한 설사와 복통에 시달린다. 여행 도중 그들은 『정글북』에서 이별이 예정되어 있는 '아켈라'와 '모글리'의 관계를 버리고 '카피'와 '레미'라는 이름으로 서로를 바꾸어 부르기로 한다. 지치고 험난한 여행의 끝에 소년은 소녀의 납치범으로 몰려 경찰에 체포된다. 이토록 비극적 결말과 지독하게 고생스러운 여행 과정에도 불구하고 나는 글을 읽는 내내 순수한 어린 짐승들의 유대와 모험을 동경했다. 빗물에 젖은 몸에서 피어오르는 오래된 목욕탕 냄새도, 화장실 앞에서 어린 소녀의 젖은 옷을 꼭 짜주는 소년의 손길도 참 애틋하고 낭만적이었다.

패전 후 일본 사회의 단상과 그 외 인간 군상은 이 소설에서 스쳐가는 배경 이상의 인상은 주지 못했다. 다른 설정에 눈을 돌리기에는 '아켈라'와 '모글리'의 모습이 너무 강렬했기 때문이다. 영롱한 비눗방울처럼 반짝반짝 빛나는 순수보다는, 넘어져 까진 무르팍에서 배어나오는 붉은 핏방울. 그 비릿한 순수함을 대면하고 싶은 사람에게 이 책을 추천하고 싶다. 어쩌면 책을 덮고 난 뒤 한 가지 궁금증이 떠오를지도 모른다. '아켈라'와 '모글리'는 대체 왜 여행을 시작했던 것일까? 하지만 거기에 대해서는 생각하지 않기로 한다. 세상에는 이해할 수 없는 것들만이 줄 수 있는 아름다움도 있으니까.

전아리 소설가. 세계청소년문학상, 디지털작가상 대상을 수상했다. 소설집 『즐거운 장난』 『주인님, 나의 주인님』 『옆집 아이는 울지 않는다』, 장편소설 『구슬똥을 누는 사나이』 『시계탑』 『팬이야』 『직녀의 일기장』 『앤』 『달이 뜨면 네가 보인다』 등이 있다.

웃는 늑대 笑いオオカミ(2000)

2차세계대전 직후 적자생존의 논리만이 적용되는 정글 같은 일본을 그린 소설이다. 일본을 횡단하는 두 소년소녀의 눈을 통해 쓰시마 유코는 전후 일본 사회의 피폐한 풍경을 생생하게 그려내고 있다. 더 나아가 이제는 멸종된 '늑대'로 형상화되는 근대 일본이 잃어버린 고고한 무엇에 대한 증언을 시도하고 있다. 2000년 『신초新潮』에 연재된 후 출간된 『웃는 늑대』는 여러모로 의미심장한 작품이다. 쓰시마 유코의 아버지 다자이 오사무가 사망한 패전 직후와 그녀가 소녀 시절을 보낸 1960년경, 이렇게 일본의 두 시대를 정면으로 바라보며 당시 사건들로 이야기를 풀어낸 작품이기 때문이다. 인칭과 화자, 사실과 환상을 자유로이 넘나드는 과감한 서술로 겹겹이 쌓인 죽음과 부조리를 드러내는 『웃는 늑대』는 전대미문의 주제와 방법이라는 호평을 받으며 아사히신문 주최 오사라기 지로상을 수상했다.

쓰시마 유코 津島佑子(1947~2016)

본명은 쓰시마 사토코. 일본 도쿄 교외 미타카에서 태어났다. 소설가 다자이 오사무의 딸이다. 시라유리 여자대학 영문과 재학중에 동인지 『요세아쓰메』를 창간하고 첫 작품 「손의 죽음」을 발표했다. 같은 해 나카가미 겐지 등과 함께 『분게슈토文芸首都』의 동인이 되어 본격적으로 작가의 길을 걷기 시작했다. 여성과 어린이 등 사회적 약자에 대한 관심, 새로운 표현과 다양한 소재로 일본 현대문학을 대표하는 작가로 자리매김했다. 주요 작품으로는 『풀의 침상』 『총아』 『빛의 영역』 『밤의 빛에 쫓겨』 등이 있다. 그의 작품은 영어와 프랑스어, 독일어, 이탈리아어, 네덜란드어 등 세계 10여 개국에서 번역, 출판되어 국내외에서 높은 평가를 받고 있다.

고통 속에서도 오늘을 살아낸다는 것

『팔코너』 존 치버

정이현

고통을 묘사하는 어떤 수사修辭도 현실의 무수한 개별적 고통들 앞에서는 무력하다. 나는 고통에 대해 다만 멀리서 응시하는 소설이 좋다. 점점 더 그렇게 되어간다. 멀리서, 라는 표현은 물론 몹시 주관적인 것이다. 그럴 때 내 거리감각의 기준이 되는 작가는 언제나 존 치버다.

치버를 처음 만났던 순간을 기억한다. 막 첫 책이 나왔을 무렵이다. 그때 나는 계속 소설을 쓰며 살 수 있을지 확신하지 못하고 있었다. 어느 날 한 남자가 나를 찾아왔다. 그는 방송국에서 단막극을 만드는 사람이라고 스스로를 소개했고 나에게 새 드라마의 작가가 되어달라고 부탁했다. 어쩌다보니 우리는 각자가 좋아하는 소설과 영화 얘기를 하게 되었다. 혹시 존 치버를 읽어보았느냐고 그가 조심스럽게 물어왔다. 나는 이름은 들었지만 아직 읽어본 적은 없다고 대답했다. 그는 조금 부끄러워하며 고백했다. 언젠가는 꼭 「다리의 천사」 같은 작품을 만들고 싶어요.

절판되지 않은 치버의 한국어 번역본은 정우사에서 나온 『주홍빛 이삿짐트럭』뿐이었다. 간신히 한 권을 구했다. 맨 앞에 실린 단편을 읽은 후 나는 어떤 소설은 한 인간의 내부를 완전히 바꿀 수 있음을 알게 됐다. 거기 실린 단편들을 차례로 다 읽은 후에는 책을 덮고 한동안 가만히 누워 있었다. 다음날 아침 그에게 전화를 걸어 미안하다고 했다. 시간이 없어요. 아마도 나는 더듬더듬 말했을 것이다. 드라마를 쓸 시간이 아니라 다른 것과 나눌 시간이 없는 거라고는 말하지 않았다. 소설이 쓰고 싶어서 죽을 것 같다고도, 내가 「다리의 천사」의 세계에 발끝이라도 닿을 수 있다면 그것은 오로지 소설을 통해서였으면 한다고도 하지 않았다. 그건 굳이 다른 이에게 선언할 필요가 없는 일이다.

미국 단편문학의 거장이라 불리는 존 치버는 1912년 미국 매사추세츠주에서 태어나 1982년 사망했다. 『팔코너』는 1977년, 그러니까 죽기 다섯 해 전에 쓴 작품으로 그의 네번째 장편소설이다. 평론가들은 치버의 작품세계를, 도시 교외에 사는 중산층 가족의 평온한 삶과 그 이면을 통해 인간 본성의 이중성을 밝히고 생의 기묘한 아이러니를 포착하고 있다고 요약하곤 한다. 『팔코너』는 그런 일반적인 경향에서 크게 벗어나지 않으면서도 또다른 독특한 의미를 품고 있는 소설이다.

소설의 주 무대는 미국 동부의 교도소 팔코너(그런 이름의 감옥이 실제로 존재하는지는 모른다). 주인공은 대학교수였던 사내 패러것이다. 그는 구금된 인간이다. 마약중독자로, 형을 살해하고서 독방에 수감되어 있다. 감옥 안에서도 그는 여전히 약중독 상태다. 감옥에 갇힐 때 정신과 전문의들로부터 진단을 받았으며 이를 바탕으로 국가는 패러것에게 매일 몇 알의 약을 지급하고 있는 것이다. 소설은 패러것의 현실인 감옥 안 세계와, 과거 기억인 감옥 밖 세계를 오가며 전개된다. 때론 자유인과 비자유인의 접경지대를 지나가기도 한다. 이를테면 아내와 면회장에서 만나는 장면.

> 패러것은 어쩌다 우연히 면회실에 들어온 것처럼 괜히 뻣뻣하게 굴며 아무렇지 않은 척했다. "안녕, 여보." 패러것이 마샤에게 외쳤다. 마치 기차에서, 배에서, 공항에서, 진입로 입구에서 혹은 여행의 끝 무렵에 소리쳐 인사하던 것처럼. (…)
>
> "이혼할 거지?"
>
> "당장은 아냐. 지금 상황엔 변호사와 단 한 마디도 나누고 싶지 않아."
>
> "이혼은 당신의 특권이야."
>
> "알아." (…)
>
> "여기 있는 사람들은 어때?" 마샤가 물었다.
>
> "많이 만나진 못해." 패러것이 대답했다. "식사 시간에만 보는데 그때도 대화는 금지돼 있어. 알겠지만 나는 F동에 있어. 뭐랄까, 일종의 잊힌 장소지. 피라네시의 작품에서처럼 말이야. 그래서 그랬는지 지난주 목요일엔 저녁식사도 주지 않더군."
>
> "독방은 어떻게 생겼어?"
>
> "가로 삼 미터, 세로 이 미터 정도야." _20~22쪽

그는 다른 모든 죄수들처럼 스스로를 '형제를 살해했다는 죄목으로 부당하게 갇힌', 교도소 침대의 가장자리에 앉아 있는 마흔여덟 살의 남자라고 생각한다. 동시에 그는 하얀 셔츠를 입고 침

대 가장자리에 앉아 있는 평범한 사내이기도 하다. 팔코너는 일상적인 인권 유린이 아무렇잖게 자행되는 폐쇄 공간이지만 그 안에서 사람들은 나름의 방식으로 살아간다. 몰래 고양이를 키우고, 라디오를 만들어 다른 교도소의 폭동 소식을 듣고, 타인을 질투하거나 연민한다. 패러것의 실존을 위협하는 것은 사랑과 성욕과 고독이며, 감옥 밖의 생활이라고 해서 더 나았던 것은 아니다. 우리는 언제나 억압받고 소외되고 고통스럽고 우스꽝스럽다. 그럼에도 어쨌거나 오늘을 살아내는 것. 존 치버의 다른 소설 속 인물들이 그러하듯이. 나와 당신이 그러하듯이. 이 지점에서 패러것은 한 명의 구금자를 넘어 인간으로서의 보편성을 가지게 되고, 팔코너는 여간해선 도망갈 데 없는 이 세상 그 자체가 된다.

마지막에, 패러것은 죽은 동료 대신 자루에 담겨 탈옥을 시도한다.

> 버스에서 인도로 발을 디딜 때 패러것은 추락에 대한 공포가, 또 그와 비슷한 다른 모든 두려움이 사라졌음을 느꼈다. 패러것은 머리를 높이 쳐들고 등을 꼿꼿이 편 다음 힘차게 걷기 시작했다. 기뻐하라. (…) 마음껏 기뻐하라. _235쪽

소설은 거기서 끝난다. 패러것의 탈주는 성공했을까, 그렇지 않았을까. 어떻게 되었더라도, 살아 있는 한 고통은 영원히 그의 곁에 머물 것이다. 그것이 모든 훌륭한 소설들이 우리에게 알려주는 공통의 진실이다.

정이현 소설가. 2002년 단편소설 「낭만적 사랑과 사회」로 계간 『문학과 사회』 신인문학상을 수상하며 작품활동을 시작했다. 이효석문학상, 현대문학상, 오늘의 젊은 예술가상을 수상했다. 『낭만적 사랑과 사회』 『상냥한 폭력의 시대』 『달콤한 나의 도시』 『너는 모른다』 『우리가 녹는 온도』 등이 있다.

팔코너 *Falconer*(1977)

'교외의 체호프'로 불린 존 치버의 대표 장편소설이다. 뉴욕 교외 지역에 사는 중산층의 모습을 즐겨 묘사했던 치버는 이 작품에서 인간적인 것은 빠짐없이 통제받고 말살되어가는 교도소라는 억압된 공간을 무대로 삼는다. 그는 물리적 구금이 야기할 수 있는 정신적 고통에 주목하며, 타인으로부터, 삶으로부터, 그리고 결국에는 자기 자신으로부터 소외되어가는 인간 본성에 대해 통찰한다. 가족과의 불화, 순탄치 않은 결혼생활, 알코올중독 경험, 동성애에 대한 혐오와 공포에 시달렸던 존 치버는 자신의 알터 에고인 패러것을 통해 개인적 경험을 훌륭하게 공적 경험으로 승화시킴으로써 금세기 최고의 영미소설 중 하나로 평가받는 『팔코너』를 탄생시켰다.

존 치버 John Cheever(1912~1982)

미국 매사추세츠주 퀸시에서 태어났다. 18세 때, 세이어 아카데미에서 제적당한 경험을 소재로 한 단편 「추방」을 발표하면서 등단했다. 교외에 사는 저소득층과 자신의 경험을 녹여낸 첫 작품집 『어떤 사람들이 사는 법』을 필두로 『기괴한 라디오 그리고 다른 이야기들』 『여단장과 골프 과부』 등 여러 작품집을 펴내면서 작가로서의 지위를 확고히 했다. 1957년 출간한 첫 장편 『왑샷 가문 연대기』로 전미도서상을, 1964년 출간한 속편 『왑샷 가문 몰락기』로 윌리엄 딘 하우얼스 메달을 수상했다. 이후 발표한 장편으로 『불릿파크』 『팔코너』 『이 얼마나 천국 같은가』가 있다. 1978년 발표한 『존 치버 단편선집』으로 퓰리처상과 전미도서비평가협회상, 전미도서상을 수상했고, 암으로 사망하기 6주 전 미국문학예술아카데미로부터 문학 부문 국민훈장을 받았다.

거기엔 꽃이 있을지도

『한눈팔기』 나쓰메 소세키

조경란

어쩌면 이 고백은 하지 않는 편이 나을까요. 그러나 하지 않고서는, 개인적으로 나쓰메 소세키에 관해 말하기 어렵습니다. 나쓰메 소세키는 나를 소설가의 길로 이끈 소수의 작가들 중 한 사람이기 때문입니다. 헌책방의 순례자였던 학창 시절부터 그의 책들을 읽어왔습니다. 다른 누구도 아닌 나쓰메 소세키의 책들을 만나게 된 것은 우연이었을까, 운명이었을까 생각해볼 때가 있습니다. 글을 써보고 싶다, 소설이라는 것을 써보고 싶다라는 마음이 든 것은.

현재까지도 일본의 국민작가라고 불리는 나쓰메 소세키가 평생에 걸쳐 소설을 쓴 기간은 말년의 십 년 남짓한 시간뿐이었습니다. 그가 사망한 때가 1916년, 50세였으니 글을 쓰기 시작한 것은 40세가 다 되어서였습니다. 그러나 소설을 쓰기 이전부터 나쓰메 소세키는 영문학자이자 하이쿠 시인이기도 했습니다. 1900년, 일본 문부성이 임명한 최초의 유학생이기도 해 일찍부터 영국 런던으로 유학을 가 서양문물을 접하고 오기도 했습니다. 그 2년 동안의, 다소 충격적이며 고독했던 체류 경험을 통해 그는 일본, 동양의 '문학예술론'에 관해 진지하게 고민하게 됩니다. 일본문학에 대해 흔히 말할 때 빼놓을 수 없는 것이 바로 '사소설私小說'입니다. 주로 자신의 체험, 경험을 적극적으로 소재로 삼은 소설을 뜻합니다. 『일본근대문학의 기원』을 쓴 가라타니 고진에 의하면 이 '사적인 것'이 나쓰메 소세키의 경우엔 '문학이란 무엇인가'를 문제삼은 것이라고 합니다. 아닌 게 아니라 나쓰메 소세키의 소설을 읽다보면 문학을 '인식적 요소와 정서적 요소의 결합'이라고 생각한 그의 문학론이 이해가 될 듯도 합니다.

지금도 널리 읽히는 그의 많은 대표작들이 있습니다. 첫 소설이자 화자를 '고양이'로 내세워 세태를 풍자한 『나는 고양이로소이다』를 비롯해 『산시로』 『그후』 『문』 『행인』 『마음』 등. 그중 '한눈팔기'라는 제목으로 번역된 이 책은 그가 사망하기 1년 전 아사히신문에 연재했던 자전적 색채가 가장 강한 소설입니다. 원제 '道草'는 '길가에 난 풀' 혹은 '한눈팔다, 해찰하다'라는 두 가지 의미가 있는데 이 소설에서는 후자의 의미로 쓰였다고 합니다. 한눈을 파는 것. 이 소설의 주인공인 겐조가 어떤 문제에 직면했을 때, 어려운 것을 만났을 때, 가능한 한 해답을 회피하려고 택하는 방법 중 하나입니다.

『한눈팔기』는 대학교 선생이자 한 여자의 남편인 겐조가 돈을 요구하는 양부를 만나면서 시작됩니다. 나쓰메 소세키가 산문집 『유리문 안에서』에서 회고했듯 그가 태어나자마자 다른 집 수양아들로 보내진 사실은 잘 알려져 있습니다. 모든 작가에게는 쓰지 않으면 안 되는, 필연적으로 느껴지는 한 편의 소설이 있기 마련입니다. 『한눈팔기』는 작가가 죽음을 예측하고 쓴, 자신의 반생을 돌아본 소설입니다. 나쓰메 소세키라는 희귀한 문학의 문門을 열고 들어가려 할 때 빼놓고 읽을 수 없는.

나쓰메 소세키의 소설이 나에게 예외적이고 특별하게 느껴지는 이유는 그가 근대문학의 새로운 길을 제시했다든가 지성을 바탕으로 한 에고이즘의 글쓰기를 보여주었다든가 하는 점이 아닙니다. 그가 끊임없이 던진 "나는 결국 무엇을 하러 이 세상에 태어났는가?" 하는 질문 때문입니다. 그의 글쓰기는 그 질문에 대한 고뇌의 결과물, 성숙과 발전의 고찰이라고 해도 지나치진 않습니다. 그런 질문이 없다면 자기 상대화를 통해 타자성을 발견하는 일은 가능하지 않았을 테니까 말입니다. 그러한 발견을 보여주는 거의 마지막 소설이 바로 『한눈팔기』입니다. 당시 지배적이었던 자연주의적 문단에서 나쓰메 소세키를 처음으로 인정하지 않을 수 없었던 소설. 10여 년이라는 짧은 기간 동안 이 작가처럼 다양한 글쓰기를 시도하고 써낸 작가는 일본뿐만 아니라 외국에도 드물 거라고 합니다. 그건 가라타니 고진의 말처럼 그가 글쓰기에 재능이 뛰어나서가 아니라 근대소설이라는 고전적 관점에서 보면 일부러 거기에 적응하려 하지 않았던 작가의 '적극적 의지'를 의미할지도 모릅니다.

소설은 진흙 속에서 태어난다고 합니다. 또한 소설은 호기심과 갈증 속에서 태어납니다. 그리고 '한눈팔기'라는 숙고의 시간과 질문 속에서 태어납니다. 보고 느낀 모든 것을 문학으로 끌어올 수 있는 힘은 언어가 존재하기 때문입니다. 불가능해 보이는 일도, 물리적인 법칙으로는 설명될 수 없는 일도 묘사하고 그릴 수 있는 것도 언어 때문입니다. 그것은 '문학'만이 가능한 일입니다. 언어가, 소설이 진화해왔다는 자명한 사실은 나쓰메 소세키의 소설을 통해서 발견할 수 있습니다. 누구나 다 자신만의 글을 쓸 수 있습니다. 이럴 때 한 가지 간과하지 말아야 할 게 있다고 나쓰메 소세키는 우리에게 말합니다.

'가감 없이 진술하게.'

이 글의 제목 '거기엔 꽃이 있을지도'는 나쓰메 소세키가 영국 유학에서 돌아온 지 얼마 안 되어 쓴 영시의 일부분입니다. 그다음 구절은 이렇게 이어집니다. '아름다운 게 많이 있겠지. 그러나 꿈속에서조차 나는 거기에 가고 싶다고 생각한 적이 없어. 나의 장소는 여기이지 거기가 아니니까.' 작가, 소설가의 장소는 아름다운 무엇이 많이 있는 데가 아니라 바로 지금 '여기'여야 합니다. 그리고 그것에 대해 생각하고 써야 합니다. 가감 없이 진술하게. 거기엔 반드시 꽃이 있을 거라는 희망으로. 그것이 이야기의 출발이자 소설의 기원입니다. 나는 그렇게 생각합니다.

조경란 소설가. 1996년 동아일보 신춘문예에 단편소설 「불란서 안경원」이 당선되어 작품활동을 시작했다. 문학동네작가상, 오늘의 젊은 예술가상, 현대문학상, 동인문학상 등을 수상했다. 『불란서 안경원』 『나의 자줏빛 소파』 『코끼리를 찾아서』 『국자 이야기』 『언젠가 떠내려가는 집에서』 『움직임』 『식빵 굽는 시간』 『가족의 기원』 『혀』 『복어』 『조경란의 악어이야기』 『백화점—그리고 사물·세계·사람』을 펴냈다.

한눈팔기 道草(1915)

일본 근대문학의 형태를 확립한 대문호이자 지난 천 년간 일본인이 가장 사랑한 작가 나쓰메 소세키의 마지막 장편소설이다. 『한눈팔기』는 나쓰메 소세키의 유년기와 『나는 고양이로소이다』를 쓸 당시의 생활을 알 수 있는 작가의 자전적인 이야기로, 작가의 생애와 문학세계를 이해하기 위한 가장 근간이 되는 작품이다. 두 살 때 다른 집에 양자로 갔다가 양부모가 이혼하면서 다시 생가로 돌아온 우울한 경험을 비롯해 외국 유학을 마치고 돌아온 지식인의 무력한 모습, 근대와 전근대가 혼재한 당시의 시대 상황, 가부장적인 남편과 아내 사이에서 생기는 부부간의 갈등 등이 담겨 있다. 소세키의 만년의 작품은 모두 그 자신의 문학적 투영이자 고백이라고 여겨지는데, 그 가운데서도 『한눈팔기』는 자전적 색채가 가장 명료하다. 이는 이 작품을 쓸 시점에 그가 자신의 죽음을 각오하고 있었기 때문일 것이다.

나쓰메 소세키 夏目漱石(1867~1916)

본명은 나쓰메 긴노스케. 1867년 에도에서 태어났다. 도쿄제국대학 영문과를 졸업한 후 최초로 문부성 국비유학생이 되어 영국에서 이 년을 보내고 귀국해 제1고등학교와 도쿄제국대학에서 영문학을 가르쳤다. 1905년 발표한 『나는 고양이로소이다』가 크게 호평을 받아 여러 지면에 작품을 연이어 발표하기 시작했다. 1907년 아사히신문사에 연재소설가로 입사했고, 이후 10년 동안 『산시로』 『그후』 『마음』 등 많은 작품을 발표했다. 1916년 지병인 위궤양으로 세상을 떠났다. 사망 백 년이 넘은 지금까지도 일본을 대표하는 작가로 꼽힌다. 20년 동안 천 엔 지폐에 초상화가 실려 있었으며, 2000년 아사히신문에서 실시한 조사에서 '지난 천 년간 일본인이 가장 사랑한 작가' 1위를 차지하기도 했다.

우린 더이상 노예가 아니니까

『톰 아저씨의 오두막』 해리엇 비처 스토

임경섭

쿠엔틴 타란티노 감독의 영화 〈장고: 분노의 추적자〉를 얼마 전 보게 되었다. 개인적으로 아주 인상 깊었던 영화 〈킬 빌〉을 떠오르게 하는 타란티노 감독 특유의 색다른 화면 전개와 사운드트랙의 조화는 분명 흥미로운 것이었다. 그러나 너무 액션에 경도돼 영화를 봐서인지, 그것 말고는 내게 가히 기억에 남을 만한 영화는 아니라는 생각이었다. 짤막한 감상평을 쓴다면, '총잡이 흑인 노예가 극악무도한 백인에게 가하는 속시원한 복수극'이었다는 정도.

하지만 이 책을 읽는 도중 그 영화의 장면들이 새록새록 연상되는 것이었다. 끝없이 펼쳐진 황량한 광야며, 채찍을 맞으며 노역하는 목화밭 노예들의 검은 땀방울이며, 야비하다못해 잔인하게 히죽이며 노예매매문서에 사인하는 백인들의 표정이며 하는 것들이 너무도 생동감 있게 다시 떠오르는 것이었다. 때문인지 몰라도, 나는 〈장고〉에 대해 다시 생각하게 된 동시에 전과 다르게 제법 흥미로운 독서를 경험하게 되었다. '장면이 잘 그려지는 작품'이 좋은 소설의 요건 중 하나라고 생각하는 독자로서 영화 〈장고〉가 이 책을 읽는 내게 조금 남다른 역할을 한 건 사실이다. 그러나 분명한 건, 이 책은 당시의 정황이 매우 사실적으로 묘사되어 있는 작품임을 부정할 순 없다는 것.

역자의 해설에도 나와 있듯이, 이 작품은 1850년 미 의회가 통과시킨 도망노예법이 직접적인 계기가 되어 써진 작품이다. 북미에 아프리카 노예들이 처음 들어간 때는 1619년이었고, 에이브러햄 링컨이 노예해방선언을 발표한 때는 1863년이었다. 미국에서 본격적으로 노예제도 폐지의 움직임이 시작된 때를 링컨의 노예해방선언 즈음이라고 봤을 때, 이 소설은 두 세기 반 동안 북미 전역에 자리잡은 흑인노예제도가 막바지에 접어들 때쯤, 제도의 결점이 제도 스스로의 몸에 균열을 가하기 시작할 때쯤, 바로 그 상처가 곪아 터지기 시작할 무렵 써진 작품이다.

그래서? 그래서 어떻단 말인가. 이기적인 발상일진 몰라도, 나에겐 '그래서'가 늘 중요한 화두다. 인류 역사에 대한 한 문제를 다루고 있는 이 중차대한 소설이 나 개인에게 어떤 영향을 미치는가가 중요한 문제란 말이다. 그렇다. 문제는 실효성이다. 2010년대를 살고 있는, 그것도 아메리카와 정반대편에서 살고 있는 나에게『톰 아저씨의 오두막』은 어떤 가치를 지니는가가 나에겐 중요하다. 노예제와는 전혀 상관없는 시대를 살아가고 있는 나에게 대체 저 서양인들의 흑인 노예제도는 무슨 의미가 있단 말인가. 단지, '인간의 존엄성과 자율성이 보장되는 민주주의가 이 세계에 자리하기 전, 지구 반대편에서는 이런 일들이 벌어지고 있었지' 정도의 역사적

참고 자료로서 이 소설은 읽히고 있는 것인가. 그렇지 않을 것이다.

이 소설을 다 읽고 나서 나는 나에게 질문을 던지기로 했다. 나는 과연 노예제에서 벗어나 살고 있는가. 우리는 진정 능멸과 가혹으로 일관하는 노예제도와 무관한 삶을 살고 있는가. 스스로의 대답은 '아니다'다. 나는 이 책을 읽는 내내 긴장했고 후회했다. 엘리자가 어린아이를 안고 노예상으로부터 도주하는 내내 내 지난 사소한 잘못들을 떠올리며 나도 누군가에게 붙잡히게 될까봐 긴장했고, 톰이 이곳저곳으로 팔려다니다 결국 죽음에 이르렀을 때 나는 왜 이토록 일희일비하며 살아야 하는지에 대해 스스로를 책망했다. 그것은 아주 추상적일 수밖에 없는 감정들이었다. 나는 법적으로 아무런 죄도 짓지 않았기 때문이다. 남의 물건을 훔친 적도 없으며, 심지어 남의 목숨을 빼앗은 적도 없다. 난 그저 태어났을 뿐이다. 톰과 클로이, 엘리자와 조지. 그들이 그저 태어났을 뿐인 것처럼.

"죄라니 무슨 말이오? 어쩔 수 없어서 그렇게 했다는 걸 당신도 알지 않소." _1권, 136쪽

지금은 폐지됐지만, 몇 년 전까지만 해도 미국 프로레슬링 WWE에는 '노 머시No Mercy'라는 이름의 인기 있는 페이퍼뷰pay-per-view 방송이 있었다. 경기에 절차도 법칙도 없는, 말 그대로 무자비한 매치였다. 물론 프로레슬링이 각본하에 치러지는 쇼라지만, 이미 기절한 상대를 테이블 위에 패대기친다거나 의자로 내려찍는 식의 잔혹하고 무자비한 상황극은 사람들에게 큰 인기를 끌었다. 생각해보면, 다른 이름의 매치들과 별반 다를 것 없는(다른 매치들 역시 잔인하니까) 이 경기는 '무자비'라는 이름만으로도 사

람들을 자극하는 뭔가가 있었던 것 같기도 하다.

폭력, 특히 지배층이 피지배층에게 가하는 육체적 폭력이 법적으로 금기된 지금(피지배층의 지배층을 향한 폭력은, 폭력 그 이전부터 금기돼 있지 않았을까)의 사회에서 사람들은 대체된 폭력을 찾는다. 그것은 뉴스일 수도 있고 소설이나 영화일 수도 있으며 일종의 스포츠일 수도 있다. 남이 보여주는 대체된 폭력에 사람들은 흥분한다. 약자가 강자를 무찌른 사건이나 경기에 사람들은 더 환호한다. 그러면서 생각한다. 나에게 폭력이 가해질 일은 없어. 폭력은 나완 무관한 일이야. 우리는 더이상 노예가 아니니까.

『톰 아저씨의 오두막』을 통해 여실히 드러나듯이, 백인들이 흑인 노예들에게 가하는 폭력에 자비란 없었다. 그 폭력엔 절차도 없고 규율도 없었다. 개인의 안위를 위해 노예들을 그저 가축처럼 채찍질했을 뿐이다. 그러나 지금 우리가 사는 사회에는 절차가 생겼다. 폭력이 사라진 게 아니라, 폭력에 절차가 생긴 것뿐이다. 그럼으로써 육체적 폭력이 다른 형태의 폭력으로 가면을 쓴 것뿐이다. 때문에 우리는 더이상 노예가 아니라고 여긴다. 하지만 진정 그럴까? 개인은 개인을 살찌우기 위해 타인을 이용하고, 기업은 기업을 키우기 위해 사원을 이용하며, 국가는 국가의 성장을 위해 국민을 이용한다. 이런 세계에서 나는 과연 누구인가. 오롯이 직립해 있는 내가 있긴 하는 것인가. 그 속에서, 이미 제도는 다른 제도로 탈바꿈하고, 우리는 누군가의 축적을 위해 이 세계에 팔려와 다른 이름의 노예로 살고 있는 건 아닐까?

임경섭 시인. 2008년 중앙신인문학상 시 부문에 당선되어 작품활동을 시작했다. 시집 『죄책감』 『우리는 살지도 않고 죽지도 않는다』가 있다.

톰 아저씨의 오두막 *Uncle Tom's Cabin*(1852)

미국 국민들이 양심에 호소하여 남북전쟁을 촉발시킨 이 소설은 노예무역으로 팔려온 아프리카 흑인들이 미국 땅에서 겪는 참상을 작가 자신의 실제 경험에 비추어 세세하게 묘사한다. 직설적이고 예리한 비판으로 노예제의 반문명성을 공격하는 한편, 노예제라는 것이 결국 하나의 거대한 농담임을 유머라는 문학적 장치를 이용해 마음껏 조롱한다. 소설은 작가 자신이 목격하거나 경험한 사건들을 대거 인용하면서 야만적인 노예제도를 둘러싼 당시의 실상을 생생하게 증언했고 그 영향은 실로 엄청났다. 학교의 교육 현장에서, 백인과 흑인 사이에서, 진보주의자와 보수주의자 사이에서, 기독교인과 비기독교인 사이에서 이 소설에 대한 논쟁은 끊이지 않았다. 『톰 아저씨의 오두막』은 정치인들뿐만 아니라 남부와 북부의 종교지도자들까지 둘로 갈라놓았고, 북부의 자유주와 남부의 노예주 사이의 갈등을 부채질하면서 급기야 남북전쟁의 간접적 원인을 제공하였다.

해리엇 비처 스토 Harriet Beecher Stowe(1811~1896)

미국 코네티컷주 리치필드에서 목사의 딸로 태어났다. 다섯 살 때 어머니를 여의고 맏언니 캐서린의 영향 아래 성장했다. 캐서린이 설립한 하트퍼드 여학교에 다녔으며, 훗날 그 학교에서 프랑스어와 라틴어를 가르쳤다. 노예 농장주와 결혼한 이모 메리에게 처음으로 노예제의 참상을 전해들으며 당시 사회의 부조리에 눈떴다. 신학교수 캘빈 스토와 결혼한 후 문예지에 단편소설을 기고하기 시작했다. 1850년에 도망노예법이 반포되자 노예제에 항의하는 소설을 쓰기로 결심한다. 1852년 출간된 『톰 아저씨의 오두막』은 북부에서는 뜨거운 찬사를 받았고, 남부에서는 격렬한 비난을 받으며 금서로 지정되었다. 이후 노예제에 반대하는 두번째 소설 『드레드』를 비롯하여 여러 작품을 발표했다.

세상의 모든 아버지들과 모든 아들들

『아버지와 아들』 이반 투르게네프

이장욱

얼마 전 서울에 가서 아버지와 술잔을 기울였습니다. 자정이 넘은 시간이었어요. 잠이 안 오신다고 해서 대작을 한 건데, 둘 다 과음을 하는 바람에 새벽녘까지 마시게 되었군요. 아버지는 올해도 병원에 입원을 하신 적이 있습니다. 날이 갈수록 쇠약해지는 연세니까…… 라고 생각하지만, 그렇다고 위로가 될 리야 없습니다.

워낙 말수가 없는 분이지만, 그래도 술을 한잔 드시면 당신의 옛 시절이 흘러나옵니다. 세상의 모든 아버지들처럼 말이죠. 전쟁통의 서울에서 잃어버린 형을 찾아 인민군을 쫓아가던 소년의 이야기, 박통 시절 거대한 트레일러를 몰고 중동의 사막을 하염없이 달리던 파견노동자 이야기, 서울에서 강릉까지 달리던 심야버스에 갇힌 채 폭설이 내리는 대관령에서 보낸 긴 밤의 이야기 등등. 한 시대를 거쳐온 아버지의 기억은 이미 하나의 서사적 드라마로 완성되어 있습니다. 어린 시절부터 이 드라마의 희로애락을 수없이 관람한 관객은 물론 저였고 말이죠. 저 역시 그 드라마의 일부이기도 했습니다만.

생각해보면 세상에는 수많은 '아버지와 아들'의 이야기가 있습니다. 최근 제가 접한 것만 해도 몇 가지는 떠올릴 수 있겠군요. 코맥 매카시의 『로드』는 아버지와 아들의 과묵한 종말론적 여행기입니다. 『한낮의 시선』을 포함한 이승우의 소설은 아버지=신에 대한 기나긴 애증서사라고 해도 좋을 듯합니다. 김애란의 근작 『두근두근 내 인생』은 먼저 늙어가는 자식과 어린 부모에 대한 속 깊은 청춘소설입니다. 황정은의 「모자」는 아버지가 조용하고 침울한 모자가 되어버리는 매력적인 이야기였죠.

투르게네프의 『아버지와 아들』의 원제는 '아버지들과 아들들'입니다. 단수가 아니라 복수입니다. 어떤 아버지와 어떤 아들에 대한 이야기가 아니라, 구세대로서의 '아버지들'과 신세대로서의 '아들들'에 대한 이야기인 거죠. 소설 속의 아버지들은 귀족의 정신과 로맨틱한 몽상, 그리고 예술에 대한 숭배에 익숙한 세대입니다. 유럽과 러시아에서 19세기 초중반 수십 년을 풍미한 게 이른바 낭만주의였으니 그럴 법도 합니다. 그런 낭만적 '아버지들'에 대한 '아들들'의 반항이 시작됩니다. 예술적 교양이 넘쳤던 '아버지들'에 대한 반작용으로, 아들들은 거칠고 완강한 유물론자가 되기를 서슴지 않았습니다. 그들은 예술과 영혼의 단련보다 개구리 해부를 선호했습니다. 그들을 매료시킨 것은 고상한 미적 취향이 아니라 유물론적인 사고였습니다. 물론 아직 성숙한 '이념'에는 이르지 못해서 '속류적' 유물론이라고 불리기도 했습니다만.

당시 사람들은 이 신세대들을 '허무주의자들'이라고 불렀습니다. 니힐리즘이라는 말 자체가 이 무렵 만들어졌다고 해요. 그때는 우리가 지금 쓰는 것처럼 '인생이 허무하다'는 식의 수동적이고 퇴행적인 의미가 아니었던 것이죠. 1860~70년대의 소위 '니힐리스트들'은 당대를 지배하던 가치들을 '무nihil'로 돌리고자 했습니다. 그들은 귀족적이고 교양 있는 아버지들과 달리 일부러 행색을 헝클어뜨리고, 일부러 무례한 행동을 서슴지 않는 반항아들이기도 했습니다. 주류에 대한 적의야말로 '아들들'의 에너지였겠지요.

나중에 사상가이자 소설가였던 체르니셉스키는 『무엇을 할 것인가?』에서 이 니힐리즘을 혁명의 동력으로 받아들였습니다. 반대로 정치적으로 보수적이었던 도스토옙스키는 『악령』이나 『죄와 벌』 등에서 이 급진적 니힐리즘을 비판하고자 했습니다. 『죄와 벌』의 라스콜니코프의 '선배'가 바로 『아버지와 아들』의 바자로프라고 할 수도 있겠습니다.

하지만 이 소설이 단지 19세기의 산물인 것만은 아닙니다. 여기에는 모든 부모세대와 자식세대 사이의 긴장과 갈등이 들어 있습니다. 그 긴장과 갈등을 넘어서는 애증의 드라마가 펼쳐져 있습니다. 그들은 서로의 사랑과 인정을 원하면서 동시에 서로를 밀어냅니다. 그 애증의 드라마들은 인간의 시간을 앞으로 이끌어가는 힘이기도 합니다. 역사란 그렇게 절뚝거리며 앞으로 나아가는 것인지도 모르겠습니다. 사랑만으로는, 반대로 증오만으로는, 걸어갈 수 없는 한 사람처럼 말이죠.

아버지들과 아들들('어머니들'과 '딸들'까지 포함하는 말로 이해해주시기를^^;)은 단지 '세대차' 때문에 싸우는 것은 아닙니다. 부모세대와 자식세대는 어떻게든 다른 세계를 살아가도록 유명지어져 있습니다. 때로는 그것 때문에 슬프고, 때로는 그 때문에 기쁠 것입니다. 그렇게 다른 세계를 살아가면서, 아들들은 이윽고 아버지들이 됩니다. 사라진 아버지들도 다만 사라지는 것은 아닙니다. 사라진 아버지들은 또 후대에 먼 아들들의 정신 속에 환생할 테니까요. 그것이 시간이라는 것인지도, 또는 역사라는 것인지도 모르겠습니다. 고대 폼페이의 폐허에서도 '요새 젊은 것들은'으로 시작하는 글귀가 발견되었다고 하지요. 생각해보면 어쩐지 정감이 가는 말이기도 합니다.

아버지와 대작하는 밤이 깊어갔습니다. 최근 아버지는 부쩍 죽음과 친해진 표정입니다. 그것은 이미 나이듦에 대한 하소연 같은 것은 아닙니다. 아들을 앞에 두고도, 영혼의 한쪽은 이미 먼 곳에 가 계신 느낌입니다. 삶의 저편을 담담하게 받아들일 준비를 하시는 것 같기도 합니다.

문득 그런 생각이 듭니다. 역사에도 그런 시간이 올까? 말하자면 역사가 죽음에 가까이 가서, 아버지들과 아들들의 갈등이 희미하고 아련해지는 시간이? 글쎄요. 잘은 모르겠지만, 한 가지는 말할 수 있습니다. 세계와 역사가 존속되는 한, 아버지들과 아들들의 이야기는 계속될 거라고 말이죠.

불경한 일인 줄 알면서도, 취한 아들은 취한 아버지의 이야기를 휴대전화에 녹음했습니다. 저 목소리가 어느 날 문득 사라질지도 모른다는 생각이 들었기 때문입니다. 그리워질 거라는 것을 알고 있기 때문입니다. 아마도 다시 듣고 싶어지겠지요. 전쟁통의 서울에서 잃어버린 형을 찾아 인민군을 쫓아가던 이야기를, 거대한 트레일러를 몰고 중동의 사막을 하염없이 달리던 이야기를, 서울에서 강릉까지 폭설을 뚫고 달리던 심야버스에서 일어난 이야기를.

그 모든 아버지들의 이야기를 말입니다.

이장욱 시인, 소설가. 1994년 월간 『현대문학』 시 부문 신인상 당선, 2005년 장편소설 『칼로의 유쾌한 악마들』로 문학수첩작가상을 수상하며 본격적인 작품 활동을 시작했다. 웹진문지문학상을 수상했다. 시집 『정오의 희망곡』 『생년월일』 『영원이 아니라서 가능한』 등, 소설집 『고백의 제왕』 『기린이 아닌 모든 것』, 장편소설 『칼로의 유쾌한 악마들』 『천국보다 낯선』, 평론집 『혁명과 모더니즘』 『나의 우울한 모던 보이—이장욱의 현대시 읽기』가 있다.

아버지와 아들 Отцы и дети(1862)

19세기 러시아의 사실주의 작가 이반 투르게네프의 대표작이다. 투르게네프는 당시의 시대상과 인간상을 서정적 필치로 묘사하며 '러시아 인텔리겐치아의 연대기 작가'로 불렸다. 당시의 이상주의적 자유주의자들을 '아버지 세대'로, 혁명적 민주주의자들을 '아들 세대'로 대표해 그 갈등과 대립을 세밀하게 그린 이 작품은, 세대 간 계급 간의 갈등뿐 아니라 자식을 향한 부모의 변함없는 애정을 아름답게 이야기하고 있다. 또한 사랑에 빠진 사람들의 뜨거운 열정, 인생에 대한 철학적 사색과 아름다운 러시아의 자연 등 시공간을 초월한 소재를 조화롭게 녹여내며 소설가 나보코프에게 "투르게네프의 최고 걸작일 뿐 아니라 19세기의 가장 훌륭한 소설"이라는 극찬을 받았다.

이반 투르게네프 Иван Тургенев(1818~1883)

러시아 오룔에서 태어났다. 어린 시절 광활하고 아름다운 자연을 보며 고향을 사랑하는 마음을 가지게 된 한편 농노들을 가혹히게 대히는 어머니를 보며 농노제를 증오하는 마음을 품게 되었다. 고향 오룔에 대한 사랑과 농노제에 대한 증오는 투르게네프 창작의 시원이 되었다. 모스크바대학 문학부와 페테르부르크대학 철학부, 그리고 독일의 베를린대학에서 공부했다. 1860년 이후 가혹한 검열이 판을 치는 러시아의 풍토에 환멸을 느끼고 평생의 사랑 폴린 비아르도를 따라 프랑스로 건너간 뒤 여생을 유럽에서 보냈다. 플로베르, 에밀 졸라, 모파상, 빅토르 위고, 헨리 제임스 등과 교유하며 사상적으로 많은 영향을 주고받았다. 주요 작품으로 『귀족의 보금자리』『사냥꾼의 수기』『첫사랑』『아버지와 아들』『루딘』『처녀지』 등이 있다. 프랑스에서 사망했으며 그의 유언에 따라 러시아로 유해를 옮겨 페테르부르크 볼코프 묘지에 안장되었다.

‘인간’이 살고 있는 세계의 경계선을 최대한 길고 먼 곳으로 늘려놓다

『베니스의 상인』 윌리엄 셰익스피어

성석제

초등학교 시절 학교에서 집에 돌아오면 농사일에 바쁜 어른들은 보이지 않았고 닭과 거위, 개, 돼지처럼 들에 데려가도 별 소용이 없는 가축들만 집에 그득했다. 특히 닭은 마루며 방까지 올라와 먹이를 찾다가 먹이가 없으면 화풀이를 하듯 마루와 방바닥에 똥을 갈겨놓곤 했다. 마루나 방바닥에 굴러다니던 책들은 닭똥을 닦아내기 위해 한두 장씩 뜯겨나가기 일쑤였다. 그런데 늘 바닥을 굴러다니면서도 그런 기박한 운명을 면한 예외적인 책이 있었으니, 하드커버 표지에 케이스까지 딸린 『명화와 함께 읽는 이야기 성서』와 『햄릿』이다. 적어도 내가 어렸을 적 우리집에서 윌리엄 셰익스피어는 구약성서의 저자와 같은 대접을 받았다.

『햄릿』은 학생이 많던 집안의 역사로 미루어 누군가 영어공부를 하기 위해 산 책이 분명했다. 한 면은 한글로, 한 면은 영어로 된 이른바 '영한대역본'이었기 때문이었다. 그래서 나는 왼쪽 면에 있는 한글로 번역된 『햄릿』만 읽게 되었는데, 진도가 쑥쑥 나가는 게 다른 책과 차별되는 성취감을 주었다. 『햄릿』이 형식으로는 생소한 희곡인데다 번역자가 영어 대역이라는 점을 의식해서 최대한 직역을 했는지 무슨 말인지 모를 게 많았다. 그렇지만 읽고 또 읽어 백 번을 읽으면 뜻은 자연히 알아지는 법이라고 누군가 말한 대로 영한대역본 『햄릿』을 읽고 또 읽어 백 번을 넘어서자 극중 등장인물의 생각과 대사, 이야기의 흐름은 훤히 꿰게 되었다. 그 덕분으로 훗날 셰익스피어는 물론이고 유진 오닐, 사뮈엘 베케트, 외젠 이오네스코 같은 희곡작가들의 작품이 실린 희곡집이 그리 낯설지 않게 되었다.

셰익스피어가 현대의 희곡작가들과 구별되는 점은 그가 기본적으로 뛰어난 시인이고 극중 대사가 무운시無韻詩의 형태를 취하고 있다는 것이다. 하지만 강약의 어세가 없는 우리말로 번역을 하면 이런 특색을 살리기가 대단히 어렵다. 원어로 읽는다면 처음부터 어세에 맞는 단어를 골라 희곡을 쓰면서도 표현하고자 하는 바를 자유자재로 성취해낸 셰익스피어의 위대함을 훨씬 더 강하게 체험하게 될 것이나, 예나 지금이나 그건 내 능력을 넘어서는 일이다. 또한 번역본으로는 알 수 없는 원본의 말놀이, 양의어와 다의어 구사, 은유, 인유, 함축만 가지고도 셰익스피어는 수사학의 대가로 불릴 만하다. 하지만 내가 청춘기에서 수십 년의 시간이 지나 다시 셰익스피어를 읽고 감탄한 것은 그런 기술적인 이유 때문은 아니다. 그의 작품 속에 들어 있는 인물이 언제나 현재적이고 현대인의 삶이며 철학, 가치관과 유비해서 재해석될 수 있도록 생생하게 살아 있었기 때문이다.

『베니스의 상인』에서 유대인 샤일록은 피도 눈물도 없는 복수의 화신이고 앤토니오는 친구를 위해 자신의 생명을 희생할 수 있는 의리 있되 불운한 상인일 뿐인가. 바싸니오는 선량하고 운좋은 구혼자이고 포오셔는 보기 드물게 현명한 신부인가. 아니다. 그렇지 않다. 읽고 또 읽다보면 샤일록이 앤토니오가 될 수 있고 앤토니오가 바싸니오가 되며 누구나 어릿광대 란슬럿트가 될 수 있다. 전형적이고 뻔한 인물이 보기에 따라 선악이 갈리며 해석에 따라 운과 불운이 뒤집힌다. 그다지 중요하지 않게 여겨지던 그라쉬아노, 설리어리오가 극중 흐름을 뒤바꿀 수 있다. 포오셔의 시녀 니리서는 포오셔의 화신이 되기도 하고, 아교처럼 관습과 인물 사이의 틈새를 메운다. 기독교도 애인 로렌조와 사랑의 도피행을 감행한 샤일록의 딸 제시카는 스스로의 정체성을 의심하는 현대인의 표상이다.

마치 우리 문학의 사설시조가 형식 면에서 그렇듯『베니스의 상인』에 등장하는 각각의 인물들은 독자와 배우, 관중의 인식과 상상의 범주 속에서 최대한의 인장력을 시험하는 듯 한껏 놀아난다. 『베니스의 상인』은 기승전결의 틀로 완결되지 않는 위대한 자연과 닮았다. 셰익스피어의 극중 공간은 희극이나 비극으로 단정지을 수 없는 인생의 불확실성이 가진 자장으로 충만하다.

『베니스의 상인』은 언제나 현재진행형이다. 샤일록은 종교와 인종의 차별로 핍박받고 그에 저항하는 전사로 변신할 수도 있다. 앤토니오는 은행에서 천문학적인 돈을 대출받고도 운이 나빠 돈을 갚지 못하겠다고 버티는 공룡기업 총수가 될 수 있고, 포오셔는 교활한 법 적용으로 기득권층의 이익을 옹호하는 법무법인 변호사로 해석될 수 있다. 셰익스피어는 한 인간이 악마처럼 잔인하고 비루한 데서 신과 같은 고결함과 지선을 가진 존재로 얼마든지 변전할 수 있다는 것을 알고 있었다.

셰익스피어의 문학에는 범주가 보이지 않는다. 신화와 전설, 민화, 역사 등을 망라한 수많은 문학적 텍스트, 비문학적 텍스트가 인용되면서 경이롭고 자족적이며 생명력 넘치는 세계를 만들어낸다. 그의 작품 또한 무수히 인용되고 변용되어 다른 텍스트에 생기를 불어넣을 운명을 갖고 있다. 그럼으로써 셰익스피어는 우리 인간이 살고 있는 세계의 경계선을 최대한 길고 먼 곳으로 늘려놓는다.

성석제 소설가. 1995년 계간 『문학동네』에 단편소설 「내 인생의 마지막 4.5초」를 발표하면서 작품활동을 시작했다. 한국일보문학상, 동서문학상, 이효석문학상, 동인문학상, 현대문학상, 오영수문학상 등을 수상했다. 소설집 『첫사랑』 『미리도 괴리도 업시』 『내 인생의 마지막 4.5초』 『조동관 약전』 『재미나는 인생』 『호랑이를 봤다』 『홀림』 『황만근은 이렇게 말했다』 『어머님이 들려주시던 노래』 『지금 행복해』 『번쩍하는 황홀한 순간』 『참말로 좋은 날』 『인간적이다』 『이 인간이 정말』, 장편소설 『왕을 찾아서』 『아름다운 날들』 『도망자 이치도』 『인간의 힘』 『위풍당당』 『단 한 번의 연애』, 산문집 『즐겁게 춤을 추다가』 『소풍』 『농담하는 카메라』 『칼과 황홀』 『성석제의 이야기 박물지: 유쾌한 발견』, 시집 『낯선 길에 묻다』 『검은 암소의 천국』이 있다.

베니스의 상인 *The Merchant of Venice*(1600)

셰익스피어의 대표작 중 하나다. 그가 이 작품을 쓸 당시 영국은 엘리자베스여왕 통치 아래 상업이 번성한 반면 기독교인과 유대인의 갈등이 사회적 문제로 떠오르고 있었다. 이러한 사회상을 반영해 여러 극작가들이 '유대인 고리대금업자'와 '살 1파운드를 담보로 한 채무 계약'을 소재로 작품을 썼지만, 그 어떤 작가도 『베니스의 상인』의 샤일록을 뛰어넘는 인물을 창조하지는 못했다. 셰익스피어는 이 작품에서 샤일록과 법학박사로 남장한 포오셔를 법정에 세워 복수와 자비의 본질을 극적으로 펼쳐 보였다. 또한 불협화음이 가득한 현실 세계를 대변하는 베니스와 환희와 화합의 공간인 벨몬트를 대비해 삶을 진정으로 풍요롭게 하는 우정과 사랑 그리고 연인에 대한 신의 등을 유쾌한 희극으로 그렸다.

윌리엄 셰익스피어 William Shakespeare(1564~1616)

영국 스트랫퍼드 어폰 에이본에서 태어났다. 1590년경 『헨리 6세』를 집필하며 극작가로서 첫발을 내디뎠고, 1592년경에는 이미 천재 극작가로서 재능을 유감없이 발휘하며 큰 명성과 인기를 얻었다. 또한 국왕 극단의 전속 극작가로 활동하기도 한다. 20여 년간 37편의 희곡과 더불어 시를 발표했다. 셰익스피어는 사회적 격변기이자 문화적 번영기였던 엘리자베스여왕 치하의 영국에서 당대의 사회적 분위기를 작품 곳곳에 녹여냄으로써 작품에 역사적 가치를 더했다. 19세기 영국의 비평가 토머스 칼라일이 셰익스피어를 '인도와도 바꾸지 않겠다'고 말한 이야기는 너무도 유명하다. 그의 희곡들은 시간과 장소를 뛰어넘어 지금까지 세계 곳곳에서 가장 많이 공연되는 작품이 되었으며, 셰익스피어는 1999년 BBC에서 조사한 '지난 천 년간 최고의 작가' 1위에 오르기도 했다.

유물론자들의 유쾌한 농담

『해부학자』 페데리코 안다아시

권혁웅

여기 두 명의 콜럼버스가 있다. 신대륙 아메리카를 발견한 탐험가 크리스토포로 콜롬보(크리스토퍼 콜럼버스)가 한 사람이라면, 여자라는 미지의 땅에 발견의 깃발을 꽂은 해부학자 마테오 레알도 콜롬보가 다른 한 사람이다. 르네상스라는 '발견'의 시대에, 하나는 새 땅을 발견함으로써 지구의 크기를 두 배로 넓혔고 다른 하나는 여자를 발견함으로써 인간의 영역을 두 배로 넓혔다. 그로써 둘은 근대를 열어젖혔다.

『해부학자』는 실존인물인 16세기 해부학자 마테오 레알도 콜롬보에 관한 이야기다. 그는 여자의 클리토리스(그는 여기에 '비너스의 사랑'이란 이름을 붙였다)를 발견한 것으로 알려져 있다. 콜롬보의 발견을 안팎에서 추동한 두 명의 여성이 있다. 하나는 제노바 제일의 창녀 모나 소피아. 그녀는 해부학자의 사랑을 거절한 미의 화신이었다. 콜롬보는 쓰디쓴 상처를 안고 그녀의 사랑을 얻기 위한 탐험을 시작한다. 또하나는 피렌체 제일의 열녀로 알려진 미망인 이네스 데 토레몰리노스. 그녀의 병을 치료하는 과정에서 그는 저 기관을 발견한다. 그곳을 문지르자 그녀의 병이 나았고 그녀는 사랑의 정념으로 불타올랐다.

이를 과장된 음란함이라 불러야 할까? 우스꽝스럽게도 바로 그 이유로 이 소설은 문학상 시상을 거부당했다. 터무니없는 얘기다. 이 발견을 전하는 소설의 어조는 우화적인 유쾌함으로 가득차 있다. '비너스의 사랑'을 애무한다고 해서 여자를 정복할 수 있다는 해부학자의 결론은 유머지 과학이 아니다. 모든 여자를 악마의 자식, 유혹의 대리인이라 부른 중세의 세계관이야말로 터무니없는 것이다. 본래 유머는 권위, 맹신, 억압, 지배 이데올로기에 대항하는 유일하고도 유력한 무기다. 여자를 사람으로 치지도 않던 시대에 이렇게 하면 여자를 접수할 수 있다고 건네는 농담은 최소한 여자를 남자인 당신과 동일한 자리에 올려놓는다.

그의 발견과 실험을 악마의 소행이라 단정한 소속 대학의 학장에 의해 그는 종교재판에 회부된다. 재판의 증언과 콜롬보가 제출한 변론 진술서는 이 소설의 백미다. 그의 변론에 따라 그가 소환했던 악마, 괴물, 환상이 근대적인 과학 실험의 산물임이 밝혀진다. 물론 그의 과학이 근대의 과학은 아니다. 그의 결론은 이렇다. 여자에게는 영혼이 존재하지 않는다.(180쪽) 남자에게 영혼이 있다면 여자에게는 '비너스의 사랑'이 있다. 남자가 영혼 곧 자유의지로 성욕을 조절한다면 여자는 저 기관에 종속된 살덩어리에 지나지 않는다.

조금 징그러운 농담이지만 우리는 이 농담의 진의를 이해할 수 있다. 중세는 육체가 죄악의 덩어리일 뿐이어서 영혼이 그것을 철저히 억누르지 않으면 안 된다고 가르쳤다. 그런데 여기 육체의 열망만으로 움직이는 인간, 여자 사람이 있다! 영혼은 여자에게서 쫓겨나 유혹과 욕망에 겁먹은 불쌍한 남자에 빌붙어 사는 조그만 세입자가 되었다! 이 농담을 뒤집으면 우리는 육체의 복권을 주장하는 근대의 유물론적 믿음을 만날 수 있다. 해부학자는 이 과정을 설명하기 위해 현대과학의 시각으로 보면 엉터리인 복잡한 동역학 유체이론을 설명한다. 동역학 유체란 영혼=욕망=육체의 흥분을 말한다. 남자에게도 영혼의 고결함 따위는 처음부터 없었던 것.

장작불 위의 운명을 간신히 피한 해부학자는 마지막으로 첫사랑을 찾아 나선다. 소설의 끝에 이르러 두 여성의 운명은 극적으로 반전된다. 미의 화신이었던 창녀 소피아는 지독한 매독에 걸려 흉측한 괴물로 변해 있었다. 그녀는 끝내 그의 사랑을 거절하면서 숨을 거둔다. '비너스의 사랑'을 알지 못했던 아름다운 육체의 막장 반전극이다. 자신의 사랑이 그 조그만 기관의 소행임을 깨달은 이네스는 자기 손으로 자신과 세 딸의 기관을 잘라내버렸다. 육체의 황홀에서 자유로워진 그녀는 성녀의 삶을 살았을까? 천만에. 그녀는 지중해를 주름잡은 창녀 조직의 우두머리가 되었으며 끝내 세 딸과 함께 화형대 위에서 숨을 거두었다. 성녀에서 창녀로. 또다른 막장 반전극이다.

그러나 그녀의 죽음은 불행한 것이 아니었다. 그녀가 조직한 조직 내에서 창녀들은 "각자 존재에 대한 진정한 자유의지를 손에 넣을 수 있었고, 마침내 자기 마음을 다스리는 주인이 되었다." (236쪽) 이것이 소설의 진정한 결론이다. 육체에서 벗어나는 게 자유로운 게 아니라 자신의 모든 욕망이 육체에 기초를 두고 있음을 인정해야 진정한 자유의 길이 열린다. 마녀의 특징을 열거한 목록(237쪽)을 읽으면 중세의 마녀가 근대의 자유여성임을 알게 된다. 이네스는 '비너스의 사랑'을 잘라버림으로써 남자의 손길에 종속되지 않고 진정한 사랑과 해방의 가능성을 발견했던 것이다. 이것은 해부학자의 불행한 죽음과도 대비된다. 해부학자는 끝내 기르던 까마귀에게 자신을 마지막 식사거리로 내놓는다. 그는 세상 모든 '비너스의 사랑'을 발견하고 소유했으나 단 하나의 사랑을 갖지 못했다. 아메리카를 발견한 콜롬보도 자신이 인도를 찾았다고 믿으며 죽었다. 해부학자 역시 여자라는 신대륙을 찾았으나 진정한 여자라는 발견에는 이르지 못했다. 어쩌면 이건 당연한 일인지도 모르겠다. 진정한 여자는 여자 자신에 의해서만 발견될 수 있었을 테니.

권혁웅 시인. 한양여대 문예창작학과 교수. 1996년 중앙일보 신춘문예에 평론이, 1997년 계간 『문예중앙』 신인문학상에 시가 당선되어 작품활동을 시작했다. 이상화시인상, 현대시학작품상, 미당문학상, 한국시인협회 젊은시인상 등을 수상했다. 시집 『황금나무 아래서』『소문들』『애인은 토막 난 순대처럼 운다』, 평론집 『미래파』『입술에 묻은 이름』, 이론서 『시론』『시적 언어의 기하학』, 산문집 『두근두근』『꼬리 치는 당신』, 시선집 『당신을 읽는 시간』 등이 있다.

해부학자 *El anatomista*(1997)

기발한 상상력과 실험정신으로 무장한 아르헨티나 작가 페데리코 안다아시의 대표작으로, 실존인물인 16세기 최고의 해부학자 마테오 콜롬보의 독특하면서도 위험한 '발견'을 그린 소설이다. 여성의 사랑과 쾌락을 지배하는 작은 신체기관인 클리토리스를 발견하게 된 과정과, 악마에게 힘을 실어주는 발견을 했다는 이유로 종교재판에 회부된 해부학자의 이야기가 긴박감 있게 펼쳐진다. 안다아시는 해부학, 종교, 인문학에 대한 풍부한 지식을 통해 역사를 재해석, 재생산해내고, 해부학자의 발견을 '이단'으로 규정한 가톨릭 권력을 조롱함으로써 중세의 음울하고 폐쇄적인 도덕관념과 종교적 금기, 인간의 무지에 예리한 메스를 들이댄다. 이 작품은 1997년 스페인에서 출간되어 선풍적인 인기를 끌었고 30여 개 언어로 번역되어 전 세계적 베스트셀러의 자리에 올랐다.

페데리코 안다아시 Federico Andahazi(1963~)

아르헨티나 부에노스아이레스에서 태어났다. 청소년 시절부터 문학에 심취했던 그는 억압적인 분위기를 견디지 못하고 학교를 뛰쳐나와 부에노스아이레스 문화의 상징인 코리엔테스 거리의 서점 등에서 친구들과 어울려 다녔다. 이 시기에 단편소설을 쓰기 시작했다. 부에노스아이레스 대학에서 심리학을 전공하고, 몇 년 동안 심리분석가로 활동하면서 단편소설 창작으로 많은 상을 받았다. 1997년 출간된 첫 장편소설『해부학자』를 통해 베스트셀러 작가로 이름을 알렸고, 2002년 수학적인 비밀과 색깔의 미스터리를 풀어나가는 소설『플랑드르 사람들의 비밀』을 출간해 비평가들에게 널리 인정받았다. 2006년 아스테카 청년 케차의 이야기를 다룬 소설『정복자』로 아르헨티나 플라네타 상을 수상했다.

아무도 이별을 사랑하지 않지만

『긴 이별을 위한 짧은 편지』 페터 한트케

허수경

그랬네. 한트케의 소설 『긴 이별을 위한 짧은 편지』 속의 주인공처럼 곧 서른이 되는 즈음에 나는 떠나왔네. 나에게는 이런 편지를 보내왔던 아내는 없었지만.

> "나는 지금 뉴욕에 있어요. 더이상 나를 찾지 마요. 만나봐야 그다지 좋은 일이 있을 성싶지 않으니까." _11쪽

서울을 떠나오던 1992년 늦가을, 나는 광화문 근처에 있던 작은 방에 있던 가구와 책과 편지와 사진 들을 정리했다. 어수선한 그 방 안에서 나는 이 책을 읽으며 오랫동안 짐 싸는 것을 멈추었다. 책을 읽다가 창가에 서서 바깥을 내려다보면 구불구불한 오르막길이 보였다. 키가 큰 감나무도 한 그루 서 있었나? 감은 늦가을

의 하늘에 아픈 등불처럼 아직 달려 있었나? 모르겠다. 하지만 그 길을 지나 나를 방문하던 사람들은 선명하게 기억난다. 언제나 먹을 것을 바리바리 싸들고 오던 사람. 꽃다발을 들고 이른 일요일에 찾아오던 사람. 점심을 같이 먹기 위해 왔던 사람. 저녁의 안부를 위해 술을 들고 오던 사람. 밤거리의 쓸쓸함을 피하기 위해 문을 두드리던 사람. 그들 모두와 이제 이별을 깊숙이 하며 나는 거의 숨을 쉬지 못하겠다 싶은 순간에 이 책을 읽었지.

결국 우리는 생애의 어떤 순간과 동일시할 수 있는 책 앞에서 오래 머물러 있지 않을까? 이 책이 그랬다. 비행기를 타고 독일 프랑크푸르트를 처음 디디던 내 손가방에는 이 책이 들어 있었지. 받았던 짧은 편지는 없었으나 해야 할 긴 이별은 있었기에. 이 책 속의 주인공과 함께 마음속에서 로드무비를 찍다보면 한 시절과 이별을 할 수도 있겠다 싶었기에.

책 속의 편지는 짧지만 긴 이별 여행으로 주인공을 이끌었다. 그녀와의 결혼생활, 전부를 환기시킨 저 짧은 문장. 그녀와 함께 보낸 시간뿐 아니라 서른이 될 때까지 자신에게 상처를 주었던 모든 시간들이 한꺼번에 폭풍처럼 밀려오게 만든 저 짧은 문장. 그리고 그 시절과 이별을 하지 않으면 더이상 한 걸음도 앞으로 나아갈 수 없으리라는 기이한 불안.

나 역시 그랬다. 서른이 되기 전에 나 스스로를 바꿀 수 없을 거라는 불안에 시달리고 있었지. 스스로를 바꿀 힘이 내 안에 없다면 떠나는 방식이라는 외부의 힘이라도 빌려야 할 것 같았다. 그래서 중부 유럽의 아주 작은 도시, 마르부르크라는, 그림 형제가 살았다는 동화의 도시로 왔었지. 그 무렵의 한트케의 말을 인용하면 나는 이랬다.

이 두려움, 그리고 가능한 한 빨리 다른 존재로 변신해 두려움을 떨쳐버리고 싶은 욕망이 합쳐져서 나를 안절부절못하는 상황으로 몰아갔다. _22쪽

이런 상황에서 할 수 있는 일은 닥치는 대로 쏘다니는 일. 한트케의 주인공이 미국을 쏘다니는 것처럼 나 역시 쏘다녔다. 마르부르크성까지 올라가는 가파른 길을 1리터 물병을 두 개나 짊어지고 하루에도 몇 번을 오르내렸다. 라인 강변을 서성이다가 다시 기차를 타고 마인강으로 가서는 프랑크푸르트에 있는 다리에 서서 흘러가는 강물을 보기도 했다. 비가 오는 그 다리 위에 서서 나는 이별하고 온 모든 것을 지그시 눌렀다. 값싼 기차표를 구해 독일이 아닌 다른 곳으로 가서 아는 사람이라고는 단 한 명도 없는, 19세기 말의 건물과 발코니만 즐비한 도시의 골목을 걷기도 했지. 어떤 변화가 나에게 찾아올까? 기적처럼 조금은 다른 존재로 나는 서른을 맞이할 수 있을까? 답은 없고 물음의 구름떼가 하늘을 자욱하게 덮었던 나날들.

쏘다니고 쏘다니다가 작은 펜션을 발견하면 우선 주머니를 살피고 들어가서 방이 있는지 묻는 것. 방과 내 주머니 사정이 맞아떨어지면 열쇠를 받아 그 낯선 곳으로 들어가는 것. 그리고 어두운 거리나 언덕이나 산이나 바다를 창가에 서서 바라보는 것. 그러면서 다시 이 책을 들추었지.

"내가 받는 인상들이라는 게 모두 이미 익히 알려져 있는 인상들의

반복일 뿐이라는 거야. 그 말은 내가 아직 세상을 많이 돌아다녀보지 못했다는 것뿐만 아니라 나와 다른 조건들 속에서 살아가는 사람들을 많이 보지 못했음을 의미해." _78쪽

변한다는 건 뭘까? 사물을, 세계를 다르게 본다는 걸까? 보는 것이 달라지면 인식도 달라지고 그 달라진 인식이 또다른 사유를 하게 만들까? 어쩌면 내가 변할 때 진정한 이별이라는 거, 찾아오는 건 아닐까?

주인공은 아내 유디트와 끊임없이 불화했다. 지금까지의 그의 삶은 "많은 것을 허용받지 못한 삶"이었다. 그는 자신을 자신의 바깥으로 불러내어야만 한다는 것을 너무나 잘 알고 있다. 하지만 그는 떠나와서도 옛날과 마주친다. "이곳 미국에서 어릴 적에 했던 경험들이 반복되고 있다는 것을 알게 되었어." "이미 오래전에 극복했다고 생각했던 온갖 불안과 동경이 다시 도지고 있어. 어릴 적에 경험했던 것처럼 갑자기 주변 세계가 두 조각이 나면서 전혀 다른 형태의 무엇인가로 정체를 드러낼 것만 같아." 길 위에서 나도 자주 나의 과거와 마주쳤지. 나의 과거만이 아니라 그 과거 안에서 요동치고 있던 감각도, 누군가를 생각하던 버릇도, 혹은 누군가를 미워하던 버릇도. 그건 아주 무시무시한 재회였는데 나만 그렇게 생각했던 게 아니라 이미 한트케도 그렇게 적어두었네.

떠나는 일은 쉽지만 길 위에서 한 시절과 진정한 이별을 하는 것은 어렵지. 한 인간에게 어떤 시절, 이라는 것은 한 보따리의 시간만이 아니라서 그래. 어디 길 위에서 턱, 버리고 올 수 있는 무

엇도 아니지. 개수대에 들어 있는 더러운 그릇처럼 세제로 말끔히 씻어서 그릇장에 다시 진열할 수 있는 건 더더욱 아니고. 다만 그 시절을 이야기처럼 할 수 있을 때, 그때 우리는 한 시절과 이별했어, 라는 말을 할 수 있을 거야.

소설의 말미에 존 포드의 물음이 나온다. "이젠 당신들의 이야기를 들려주세요!"

유디트는 그들이 왜 이곳까지 왔으며 서로가 얼마나 서로를 할퀴었으며 심지어 죽이려고 했다는 것을 말하지. 그리고 이제는 평화로운 방식으로 헤어지기로 했다는 것도. 이 일이 진짜 일어난 사실이냐고 묻는 존 포드에게 유디트는 말하지, 모든 일이 실제로 일어난 일이라고.

그러네. 이제 이야기로만 남아버린 한 시절. 기억 속에서 희미해져버린 한 시절을 떠올리면 우린 깜짝 놀라지, 그런 때가 있었나, 라고. 정말? 이라고 되물으며 그 시절을 돌이키면 그 시절과의 이별은 아주 긴 시간 동안 우리 속을 서성이다가 마치 신발을 들고 조용히 사라져버린 손님처럼 우리 바깥으로 나가버린 거야. 그때 우리는 가슴을 쓸어내리며 중얼거리지. 그 시절이 나를 이만큼 살아오게 했고 이만큼 절망하게 했고 그리고 이제 시절로만 남았네, 라고. 한 시절은 삶의 한 퍼즐 조각이 되어 미래에 올 다른 퍼즐을 위해 귀퉁이를 남겨두는 것.

한트케의 책은 우리에게 무언가를 가르쳐주는 책은 아니야. 아주 오랫동안 가방 안에 넣고 다니며 긴 이별을 하는 사람들을 위한 동반자야. 그도 길 위에서 다른 책들을 들고 다녔지. 칼 필립 모리츠의 『안톤 라이저』와 고트프리트 켈러의 『녹색의 하인리히』. 그 가운데 그가 「긴 이별」 편에 인용한 문장을 적어두며 나도 내가 이별을 한 어떤 시절을 조금 더 들여다보아야겠어. 다시 긴 이별이 필요한 생애의 또다른 순간을 위하여서도. 이별을 반복하며 살아갈 수밖에 없는 우리 삶을 위하여, 건배! 라는 짧은 편지를 남기며.

허수경 시인. 1987년 계간 『실천문학』에 「땡볕」 등 4편의 시를 발표하면서 작품 활동을 시작했다. 동서문학상을 수상했다. 시집 『슬픔만한 거름이 어디 있으랴』 『혼자 가는 먼 집』 『내 영혼은 오래되었으나』 『청동의 시간 감자의 시간』 『빌어먹을, 차가운 심장』 『누구도 기억하지 않는 역에서』, 장편소설 『모래도시』 『아틀란티스야, 잘 가』 『박하』, 산문집 『길모퉁이의 중국식당』 『모래도시를 찾아서』 『너 없이 걸었다』가 있다.

새해가 밝으면

『긴 이별을 위한 짧은 편지』 페터 한트케

오한기

새해가 밝았고, 존 버거와 지그문트 바우만이 죽었다. 촛불 시위와 대통령 탄핵 심판과 청문회는 계속됐고, 나는 인터넷으로 뉴스를 검색하며 켄 브루언의 『밤의 파수꾼』을 읽고 있었다. 그전에는 존 치버의 『이 얼마나 천국 같은가』를 읽었다. 이 소설은 존 치버의 유작이다.

새해가 밝은 뒤에도 난 여전히 책을 읽고 있다. 소설에 흥미를 잃은 지 오래지만, 독서는 내 오랜 습관이다. 나는 변한 게 없다. 아니, 그리워할 사람이 많아진 것도 변화라면 변화일까.

새해가 밝았지만 작년 이야기를 조금 해야겠다. 페터 한트케의 『긴 이별을 위한 짧은 편지』를 읽은 건 작년 12월이다. 한 달이 지났을 뿐이지만 말장난처럼 한 해 전에 읽은 소설이라는 생각이 드니까 무언가 아득한 기분이 든다. 여담이지만 『긴 이별을 위한 짧은 편지』는 새해보다 연말이 어울리는 소설이라는 생각이 든다.

나는 이 소설을 주로 침대 위에서 읽었다. 책이 가벼워서 누운 채로 들고 읽어도 팔이 아프지 않아서 좋았다. 이불을 덮으면 보일러를 틀지 않아도 따뜻했다. 누워 있으면 공상을 많이 하게 된다. 그래서 나는 이 소설을 읽으며 다른 생각을 많이 했다. 화자의 독백과 사유에 휩쓸려가다가 어느새 내 생각이 다른 방향으로 굴러가고 있는 걸 눈치챘다. 다른 생각을 하다가 책을 덮은 적도 있는데, 그때 무슨 생각을 했는지 기억나지 않는다. 왜 그랬을까. 내 사유의 경로를 추적한다는 의미에서 이 소설은 추리소설이라고 볼 수도 있다. 나에겐 알리바이가 없다.

나는『긴 이별을 위한 짧은 편지』를 읽었지만 페터 한트케에 대해 잘 모른다.『페널티킥 앞에 선 골키퍼의 불안』의 제목에 끌려 읽어야지 생각만 했을 뿐 지난 10년 동안 페터 한트케를 읽지 않았다.『긴 이별을 위한 짧은 편지』에 대한 서평 쓰기를 택한 건 지금이 아니면 페터 한트케를 영영 읽지 못할 수도 있을 것 같다는 불안감이 들었기 때문이었다. 서평을 쓰기 전에 페터 한트케를 유튜브에서 검색해봤는데, 꽤 많은 동영상 자료가 나왔다. 페터 한트케는 잘생겼고, 달변이었다.

나는 페터 한트케에 대해 친구들에게 물었다. 페터 한트케에 대해 어떻게 생각해? 그의 소설에 대해 어떻게 생각해? 관객 모독. 오스트리아 작가. 47 그룹. 노벨문학상 후보. 독창적. 심연. 사유. 실험. 여러 가지 대답이 돌아왔다. 나는 고개를 끄덕였다.

『긴 이별을 위한 짧은 편지』는 작가로 추정되는 남자의 미국 여행기다. 화자는 종적을 감춘 아내 유디트를 찾기 위해 미국을 떠돈다. 추리소설 같은 로그라인이지만 여러분이 생각하는 추리소설이 아니다. 조금 더 모호한 추리소설이다.

소설을 읽고 추측하기로는 그들은 서로에게 질려 이별한 상태였다. 화자는 유디트에 대해 생각하고 그리워하지만, 사실은 자신에 대해 생각했다. 그는 정작 유디트가 왜 자신을 떠났는지 생각하고 있었다. 자신의 과오에 대해 반성하고 있지 않았다. 아니, 유디트의 입장은 전혀 고려하고 있지 않았다. 자신에 대해서만 생각했다.

이별 뒤에 남은 감정은 무엇일까. 되돌아보면 나 역시 무언가를 찾아 헤맨 적이 있었다. 한번은 다섯 살 때였다. 당시 나는 가락동에 있는 연립주택에 살았다. 그날 나는 엄마를 따라 세발자전거를 타고 큰길가로 나갔다. 그리고 잠시 뒤 엄마를 잃어버렸다. 나는 엄마를 찾아 아무데로나 페달을 굴렸고, 결과적으로 집에서 더 멀어지고 있었다. 나는 울었다. 결국 경찰이 나를 집에 데려다주었다. 아직도 큰길가에 덩그러니 홀로 남겨진 다섯 살짜리 어린아이가 떠오른다. 그 기억은 공포였고, 나는 아직까지 그 공포를 간직하고 있다. 나는 그때 무슨 생각을 했을까. 사방으로 뚫려 있는 차도 한가운데서 어떤 감정을 느끼고 있었을까. 잘 기억나지 않는다. 어쨌든 지금은 좀처럼 길을 잃지 않는다. 구글 지도가 있기 때문이다. 나는 그때 왜 집으로 가고 싶었을까. 왜 모든 걸 원점으로 돌리고 싶어했을까. 여기까지 쓰고 보니 이 소설과 별 관련 없는 일화라는 생각이 든다.

한 김에 무언가를 잃어버린 이야기를 하나 더 하겠다. 나는 얼마 전 결혼반지를 잃어버렸다. 지난 주말에 작업을 한다고 카페에 다녀왔는데, 그때 반지를 끼고 나간 뒤 잃어버린 것이었다. 와이프는 괜찮다고 위로해줬지만 나는 참을 수 없었다. 나 자신에게 화가 났다. 나는 미친듯이 반지를 찾았다. 별생각이 다 들었다. 이건 상징적인 사건이다. 이 반지는 내 소유물 중 가장 비싼 것이다. 이 반지가 움직이는 걸까. 공간 이동? 공중 부양? 추리도 했다. 내 반지는 아무도 탐낼 물건이 아니니까 범인은 내가 분명했다. 우리 부부가 사는 집은 밀실이다. 어제 내 동선을 되새겨봤다. 카페에도 다시 가봤다. 내가 반지를 낀 것을 본 적이 있느냐고 와이프에게 물었다. 몰라. 와이프가 대답했다.

『긴 이별을 위한 짧은 편지』의 화자는 유디트를 찾으면서도 유디트와 관련이 없는 생각을 많이 한다. 책을 읽고, 옛 애인을 만나고, 연극을 보고, 다른 장소로 떠난다. 자신의 자아를 더듬는다. 나는 화자가 유디트를 찾아 헤매며 이토록 많은 행위와 생각을 하는 걸 이렇게 이해했다. 그 여정은 자신을 찾으러 가는 것이나 다름없기 때문이나. 유디트는 자아의 또다른 말이다.

나는 이 책을 다시 읽을 생각이 있다. 이유는 두 가지. 솔직히 말하면 이해하지 못한 부분이 많다. 나는 많은 책을 재독한다. 그리고 다른 생각을 너무 많이 했다. 나는 평소 생각을 많이 하지 않는다.

마지막으로 『긴 이별을 위한 짧은 편지』에서 내가 가장 좋아하는 부분은 유디트의 복수와 테러다.

오한기 소설가. 2012년 『현대문학』 신인상에 단편소설 「파라솔이 접힌 오후」가 당선되어 작품활동을 시작했다. 젊은작가상을 수상했다. 소설집 『의인법』, 장편소설 『홍학이 된 사나이』 『나는 자급자족한다』가 있다.

긴 이별을 위한 짧은 편지 *Der kurze Brief zum langen Abschied*(1972)

파격적인 문학관과 독창성으로 작품을 발표할 때마다 숱한 화제를 뿌리는 작가 페터 한트케의 소설. 주인공의 직업이 작가라는 점, 주인공의 아내의 직업이 한트케의 첫 아내와 같이 배우라는 점 등으로 미루어 한트케의 삶이 깊이 반영된 자전적 작품으로 평가받는다. 오스트리아 출신의 젊은 작가가 종적을 감춘 아내를 찾아 미국 전역을 횡단하는 한 편의 로드무비 같은 소설 『긴 이별을 위한 짧은 편지』는 쫓고 쫓기는 두 남녀를 통해 마치 범죄소설 같은 긴장감마저 불러일으킨다. "나는 이 작품을 통해 한 인간의 발전 가능성과 그 희망을 서술하려 했다"는 작가의 말처럼 이 소설은 우리 시대를 대표할 만한 뛰어난 성장소설로 평가받는다.

페터 한트케 Peter Handke(1942~)

오스트리아 그리펜의 소시민 가정에서 태어났다. 그라츠대학에서 법학을 공부하다 1966년 첫 소설 『말벌들』이 출간되자 학업을 중단했다. 희곡 『관객 모독』, 소설 『페널티킥 앞에 선 골키퍼의 불안』 『소망 없는 불행』 『어두운 밤 나는 적막한 집을 나섰다』, 예술 에세이 『어느 작가의 오후』 등 여러 작품을 발표하였다. 고정관념에 도전하며 매번 새로운 형식을 고안해내는 작가 페터 한트케는 게르하르트 하웁트만 상, 실러상, 게오르크 뷔히너 상, 프란츠 카프카 상 등 독일의 저명한 문학상을 휩쓸었으며 2019년 노벨문학상을 수상했다.

가지 못한 길

『호텔 뒤락』 애니타 브루크너

정소현

친애하는 이디스에게.

네가 그 일 이후 한동안 은신했다는 이야기를 들었다. 호텔 뒤락. 너를 '즐겁게 해주기 위해 특별히 신경쓰는 것은 없을 게 분명한 호텔이지만, 사생활을 보장하는 안식처임엔 분명한 곳'이라고 하더군. 게다가 '안 좋은 일로 주목받지는 않을 곳으로 알려졌고, 삶에 혹사당하거나 혹은 그냥 피곤에 지친 사람들에게 원기회복을 보장하는 곳'이라고 알려져 있는 곳이니 제대로 찾아간 것 같더군.

이제 우리는 서른아홉 살이야. 우리가 아주 일찍 결혼을 했다면 아이가 이미 성인일 수도 있겠군. 하지만 너에겐 아이가 없고, 내 아이는 아직 어려. 남들이 가정을 꾸리느라 복작거리던 그 시절, 우리는 아마 글을 쓰고 있었겠지. 그 결과 너는 일찍 유명한 로맨스 소설가가 되었고, 네가 분신처럼 생각하는 버지니아 울프 씨가 말했던 '자기만의 방'을 갖게 되었어. 그토록 원했던 아주 확고하고 독립된 너만의 방 말이야. 어이없게도 너는 그 방 안에서 점점 고립감을 느끼고 외로워졌던 거로구나. 난 네가 로맨스 소설을 쓰며 대리만족도 하면서 즐겁게 사는 줄 알았어. 네 소설 속에서는 '내성적이고 잘난 체하지 않는 여자가 남자주인공을 차지'하곤 해. '반면에 그런 여자들을 경멸하며 남자주인공과 격정적인 연애를 했던 유혹녀는 사랑의 난투에서 좌절하고 물러나 다시는 돌아오지' 않지. 이게 얼마나 통쾌한 일인지, 사실 나도 대리만족을 했거든. 하지만 현실은 소설과 달라서 내성적인 너는 사랑하는 사람 하나 갖지 못하며 살아가고 있었어. 그러던 중 데이비드가 찾아온 거지. 그런데 하필, 유부남일 게 뭐람. 그와의 사랑은 불완전할 수밖에 없었어. 네가 '생각하는 완전한 행복이란 저녁이면 사랑하는 사람이 내가 있는 집으로 돌아올 걸 알기에 아주 편안한 마음으로 온종일 햇볕 따가운 정원에 앉아 책도 읽고 글도 쓰는 거'였잖아. 매일 저녁 그 사람이 네게 돌아왔다면 좋았겠지만 그럴 수 없었어. 너의 욕구를 충족시키기에 턱없이 부족하고 불안한 관계였지.

너는 그를 떠나 네가 원하는 삶을 완성하기 위해서 사랑하지는 않지만 믿음직하고 안정적인 제프리와 결혼하기로 결심했어. 결과는 참담했지. 도망치는 것 말고 네가 할 수 있는 일은 없었을 거야. 네가 탄 차가 결혼식장을 지나쳐가는 것을 목격하고는, 난 내 결혼식 날을 떠올렸어. 아무것도 되지 못했고, 무엇도 될 수 없을 것 같았던 그 시절, 내 삶이 그렇게 헐겁지 않았더라면 결혼식장으로 즐겁게 걸어들어갈 생각조차 하지 못했을 거라고 난 두고두고 생각해. 그땐 내가 결혼과 맞바꿀 것이 거의 없었는데도 익숙한 것들을 모조리 잃어버릴 것 같은 불안감이 있었거든. 만약 너와 같은 입장이었더라면 나도 너처럼 행동했을지 몰라. 게다가 너는 사랑하는 사람이 따로 있기까지 했으니 오죽했겠니?

그러니까 너를 호텔 뒤락으로 떠나게 한 건 사랑과 불안이었던 거지. 넌 그곳에서 여자들을 많이 만났다고 했지. 사별한 남편의 유산으로 화려한 삶에 탐닉하는 퓨지 부인과 딸 제니퍼, 이들은 화려한 여성미를 자랑하며 너를 들러리로 세웠지. 그리고 불임 때문에 남편으로부터 유배되어 있는 모니카, 악독한 며느리에게 잡혀 사는 아들 때문에 집으로 돌아가지 못하고 호텔을 전전하는 보뇌이유 부인. 그들을 만나 결혼이라는 것의 의미를 곰곰이 생각해보았을 거야. 그들을 은근히 경멸했던 것 같은데, 조심스럽게 말하자면, 너도 그들과 다르진 않았던 것 같아. 그건 너도 잘 알 거야.

너는 어리석게도 감정도 없이 또 결혼을 감행하려고 했어. 모르는 사람은 어리석다고 할지 모르지만, 어쩌면 너로서는 불가피한 일이었는지 몰라. 생의 불안과 고독을 타개하는 유일한 방법이었을 수도 있었으니 말이야. 네게 아무 감정 없이 단지 편의를 위해 청혼한 해외 사업가 네빌('당신은 나와 결혼을 해야 해요.' '내 아내로는 당신이 아주 적격이죠. 결혼을 안 하면 당신은 머지않아 멍청한 여자처럼 보일 거요.' 이런 걸 청혼이라고 하다니!)을 만나 그의 위선을 극적으로 발견하지 않았더라면 다시 돌아올 수 없었을지도 모르겠다.

할말은 많은데 이제 아침이 온다. 나에게 허락된 시간은 아기들이 잠든 뒤부터 깨어나기 전까지의 시간뿐이야. 그 시간 동안만

나는 읽고 쓸 수 있어. 어쩌면 너로서는 상상하기 힘들겠지만 그 외 나를 위한 시간은 단 일 분도 없어. 네가 바라는, '진정으로 의지가 되는 동반자'와 함께 살아가는 생활은 이런 모습일지도 몰라. 저녁이면 사랑하는 사람이 돌아오는 평온한 일상을 위해 포기해야 할 것들이 참 많더군. 알고 보니 생활의 모든 것이 나의 시간을 파먹으며 만들어지는 것들이었어. 자기 몫을 해내는 남편이나 아무것도 모르고 앙앙거리는 아기들을 탓할 것도 없지. 우리는 모두 자기 자리에서 맡은 일을 해나가는 생활인일 뿐이니까. 하지만 이렇게 복작거리는 삶도 외롭긴 마찬가지야. 인간은 모두 외롭다는 말은 단지 수사가 아니야.

사실 나는 네가 부럽기도 해. 하지만 그것은 내가 가지 않은 길에 대한 후회, 갖지 못한 것에 대한 동경일 뿐, 나는 그 실체를 알 수 없어. 너처럼 살아보지 않고 내가 그걸 어떻게 알겠니? 과연 우리의 각기 다른 인생 끝에 무엇이 올까. 어떤 결과든 스스로가 책임져야 하는 부분일 거야. 그때까지 우리의 선택에 대해 책임감을 가지고 묵묵히 살아갈 수밖에 없는 거지 뭐. 너 역시 가지 않은 길을 흘깃거리며 괴로워하거나, 모든 걸 가지지 못했다고 절망하지 말길 바라. 하나를 가지기 위해서 하나를 놓아야 한다는 것, 잊지 말기로 하자. 돌아와서 정말 다행이야. 같은 자리에 서 있는 것 같겠지만 확연히 다른 위상일 거야. 힘내 이디스. 그리고 자유로워지렴.

정소현 소설가. 2008년 문화일보 신춘문예에 「양장 제본서 전기」가 당선되어 작품활동을 시작했다. 젊은작가상, 김준성문학상을 수상했다. 소설집 『실수하는 인간』이 있다.

삶은 결국 결핍에 대한 갈망이라는 것을

『호텔 뒤락』 애니타 브루크너

김남희

낯선 여행지에서 우리는 얼마나 자주 마주치고는 했는지. 저마다 살아온 삶의 흔적을 짊어진 채 걷고 있는 닮은 얼굴들을. '이렇게 살 수도, 이렇게 죽을 수도 없는 나이'에 떠나온 그녀들이었다. 우리는 허름한 숙소의 좁은 테라스에서, 차양이 드리워진 거리의 카페에서 조심스레 서로를 탐하고, 찰나의 교감을 나누고는 했다. 때로는 가슴 한켠에 동여매고 있던 비밀을 겁없이 풀어놓기도 하면서. 길 위에 서면 누구나 조금씩 마음이 헐거워지기에. 아마도 두 번 다시 만나지 못하리라는 것을 알았기에. 누군가는 가망 없는 사랑으로부터 유배의 길을 떠나오기도 했으며, 어떤 이는 일상의 수레바퀴에 짓눌리다가 겨우 빠져나오기도 했고, 또다른 누군가는 아직 가지 않은 길에 대한 호기심으로 자신의 성을 막 벗어난 참이기도 했다. 우리는 모두 궤도를 이탈한 별들이었다. 가진 것이라고는 넘치는 자유와 그림자처럼 매달린 외로움뿐이던, 그래서 서로의 쓸쓸한 얼굴을 알아볼 수 있었던.

어쩌면 이디스도 그런 짧고 강렬한 교감을 꿈꾸었을지 모른다. 자신의 결혼식으로부터 도망친 그녀가 떠밀리듯 찾아온 호텔에서 비슷한 얼굴을 발견하게 되기를. 성수기가 끝난 관광지의 호텔에서 '삶의 막간 같은 시간'을 보내는 그녀들은 모두 이디스처럼 쓸쓸한 표정을 하고 있었으니까. 그녀들은 버림받거나 쫓겨나거나, 홀로 남겨진 여자들이었다. 남편의 부재를 극복하기 위해 쇼핑과 주목받기에 몰두하는 퓨지 부인, 서른아홉의 나이에 엄마 퓨지 부인의 충실한 딸로만 머물고 있는 제니퍼, 아이를 낳지 못해 남편에게 쫓겨온 거식증 환자 모니카, 며느리에게 집을 빼앗긴 채 호텔을 전전하는 보뇌이유 백작부인……

저마다 금이 간 얼굴로 결핍의 삶을 살아가는 여인들을 보며 이디스는 때로 안타까워하고, 때로는 비웃기도 한다. 그녀들에게 단절감을 느끼면서도 이디스 또한 불안정한 삶을 벗어나 안전해 보이는 결혼제도 속으로 투항하고픈 유혹에 흔들린다. 독립적인 삶을 가능하게 해주는 '자기만의 방'을 가졌음에도 사랑이 없이는 살 수 없다고 고백하는 자신의 또다른 얼굴을 들여다보며.

"나는 사랑 없이는 살 수가 없어요. (…) 다른 어떤 힘이 있어도 사랑 없이는 생각할 수도, 움직일 수도, 말을 할 수도, 글을 쓸 수도 없고 심지어 꿈도 꿀 수도 없어요. (…) 내가 생각하는 완전한 행복이란 저녁이면 사랑하는 사람이 내가 있는 집으로 돌아올 걸 알기에 편안한 마음으로 온종일 햇볕 따가운 정원에 앉아 책도 읽고 글도 쓰는 거예요. 매일 저녁 그 사람이 올 거라고요." _114~115쪽이디스가 간절히 원하는 완전한 행복으로서의 사랑은 한 번도 그녀에게 찾아오지 않았다. 현실에서 불가능한 사랑을 자신이 쓰는 로맨스 소설 속에 투영하며 살아가는 그녀가 불륜의 애인인 데이비드에게 쓰는 편지는 비루한 현실에 대한 솔직한 고백이다. 결국 그녀는 계약과 명예로서의 결혼을 제안하는 남자 네빌의 청혼을 거절하며 집으로 돌아간다. '결코 단 한 번도 내 것이 되어본 적이 없었던, 그럼에도 내가 그렇게 원했던 유일한 삶'을 잃지 않기 위해서.

돌아간 자리에서 그녀를 기다리고 있는 일상은 어떤 빛깔일까. 어쩌면 울리지 않는 전화기를 바라보며 남은 생을 견뎌야 하는 건 아닐까. 그래야 한다면, 비겁한 타협을 하지 않았다는 위안만으로 그토록 쓸쓸한 삶을 감당할 수 있을까. 그녀라면 아마도 자신 앞에 놓인 생을 담담히 바라보았을 것이다. 그녀의 돌아감은 불안할지언정 자신만의 삶을 계속 살아가겠다는 의지였으니. 밖에서 거짓된 위로를 구하지 않고, 자신의 힘으로 서 있으려는 각오가 그녀 안에 깃들어 있었을 테니까. 괜찮다, 괜찮다, 중얼거리며 긴 밤을 보내야 할지라도, 그녀는 쓴다는 행위 속으로 피신해 들어가 그곳에서 끝내 살아남을 것이다.

흔들리는 이디스의 내면을 들여다보는 동안 서른 살의 내가 겹쳐 살아왔다. 남의 옷을 빌려 입고 있는 것처럼 어색하기만 하던 가정의 울타리를 벗어나 낯선 길 위에 혼자 서 있던 내가. 그리고 10년의 시간을 길 위에서 보내며 잡문을 쓰고 살아온 지난 시간이. 그 길에서 잠시나마 위안이 되어주었던 수많은 그녀들은 어떤 얼굴로 일상으로 돌아갔을까. 그녀들 또한 알고 있었을 것이다. 삶은 결국 결핍에 대한 갈망이라는 것을. 함부로 자신을 팔지 않아

가난해진 여자들은 외로울 수밖에 없을 거라는 사실을.

자기 자신의 목소리에만 의지한 채 먼길을 떠나본 경험이 있는 이들은 끝내 포기하지 않을 것이다. 삶이 던져주는 그 모든 혼란스럽고 어두운 질문들에 대한 답 찾기를. 선불리 타협하지도 않고, 쉽게 절망하지도 않으며 묵묵히 걸어갈 그녀들을 다시 만난다면, 나는 망설임 없이 손을 내밀 것이다. 마지막까지 자기 자신이 되는 것 이외에는 아무것도 원하지 않는 여자들에게. 비슷하면서도 저마다 다른 얼굴을 한 세상의 모든 이디스들에게.

김남희 여행작가. 2000년 오마이뉴스에 '몽골 여행' 연재를 시작으로 여행작가로서 활동을 시작했다. 지은 책으로 『소심하고 겁 많고 까탈스러운 여자 혼자 떠나는 걷기 여행』(전4권) 『유럽의 걷고 싶은 길』 『일본의 걷고 싶은 길』(전2권) 『외로움이 외로움에게』 『삶의 속도, 행복의 방향』(공저) 『따뜻한 남쪽 나라에서 살아보기』 『길 위에서 읽는 시』 등이 있다.

호텔 뒤락 *Hotel du Lac*(1984)

여성의 일과 결혼의 문제를 순도 높은 문체로 그려낸 이 작품에서 작가는 주인공 이디스 호프를 통해 '자기만의 방'을 성취했음에도 채워지지 않는 결여를 어떻게 해야 하는지 버지니아 울프와 모든 여성에게 묻는다. 이는 53세라는 늦은 나이에 첫 소설을 발표하기 전 이미 미술사학자로 사회적 성취를 이루었음에도 여전한 결여감에 대한 작가 스스로의 자아성찰적 물음으로, 브루크너는 답을 구하기 위해 마치 실험을 하듯 이디스에게 결혼과 일 사이에서 선택을 요구한다. 소설은 이디스가 정한 선택의 행로를 따라 실존적 필요를 충족시키기 위한 사회적 일과 정서적 안정을 제공하는 결혼이 양립할 수 없는 상황에서 어떤 결론이 가능할지를 보여준다.

애니타 브루크너 Anita Brookner(1928~2016)

영국 런던 근교 헌 힐의 유대계 폴란드 이민자 가정에서 태어났다. 런던대학교에서 역사학을 공부했고, 런던 코톨드 미술연구소에서 18~19세기 프랑스 미술 연구로 박사학위를 받았다. 교수로 재직하던 1981년 여름방학의 무료함을 달래기 위해 쓴 첫 소설 『생의 시작』이 문단의 호평을 받게 되자 이후 거의 매해 작품을 발표했다. 그리고 1984년 발표한 네번째 작품 『호텔 뒤락』이 그해에만 5만 부 이상 판매되면서 대중성까지 확보하였다. 여성의 일과 결혼 문제를 날카롭게 해부한 이 작품은 "18세기 소설의 전범"이라는 심사평과 함께 브루크너에게 부커상을 안겨주었다. 이로써 브루크너는 제인 오스틴의 계보를 잇는 현대 작가로 자리매김하였다.

과연 그는 무엇을 찾고 있는가. 아무것도 찾고 있지 않다.

『잔해』 쥘리앵 그린

구효서

종일 단무지만 썬다면 얼마나 지루할까요. 지루하기도 하겠지만 사람이 정말 단순 무식해지지 않을까요. 슈퍼마다 할인마트마다 썰어서 포장한 단무지를 오늘도 팔고 있으니 누군가는 종일 단무지를 썰고 있을 거예요. 그렇다면 종일 단무지만 써는 어떤 이의 삶을 소설로 쓴다면 그 소설은 또 얼마나 더 지루할까요.

아, 요즘은 단무지를 손으로 썰지는 않겠네요. 그런 일이라면 기계가 하겠지요. 사람이 하는 일은 좀더 복잡하거나 전문성을 요구하는 일이어야겠죠. 일테면 뱀장어 잡는 일 같은 것. 미끄럽고, 살아서 꿈틀거리고, 죽지 않으려고 요란스럽게 발악하는 놈의 목을 치고, 껍질을 벗기고, 내장을 훑는 일 같은 것 말이에요. 그런 일을 어떻게 기계가 하겠어요. 그러고 보니 쉬운 일은 기계한테 주고 어려운 일은 인간이 맡았네요. 김숨의 「모일, 저녁」이라는 단편소설에서 아버지라는 인물은, 파트타임으로 식당에서 매일 저녁, 뱀장어 100마리를 잡네요. 삼매경에 빠지지 않고는 어떻게 그럴 수 있을까요. 한쪽에서는 또 그 100마리를 아작아작 씹어 먹겠죠? 이런 소설이라면 전혀 지루하지 않아요. 지루하다니요. 무섭고 끔찍하죠.

소설도 쓰다쓰다보면 지루해지죠. 평생 이야기와 상상력을 팔아 먹고살아야 하는 이 근대적 직업이 참 괴상하게 여겨질 때가 있어요. 왜 이러고 살아야 하나 깊은 시름에 잠기게 되죠. 그래도 소설가의 팔자는 어쩔 수 없어서 그 깊은 시름을 다시 소설로 써요.

쥘리앵 그린의 『잔해』도 읽기에 따라서는 지루할 수 있어요. "권태에서 벗어나기 위해 그는 자동차의 번호뿐만 아니라 셀룰로이드판 위에 적힌 운전기사의 이름까지 읽어보았다"라는 소설 속 문장처럼, 주인공 필리프의 권태롭고 나른한 하루들이 끝없이 이어지거든요.

그는 그저 센강을 배회하고, 사소한 양심의 가책으로 번민하고, 바람난 아내와 자신을 사랑하는 처형 사이에서 대략 고민하고, 어린 아들을 적당히 애처로워하죠. 강물을 보고 빠져 죽을까 생각하지만 그러지도 못해요. 아버지가 물려준 광산회사의 사주인데도 그에게선 오히려 가진 자의 허망함만 엿보여요. 극적 갈등 같은 건 없고 부르주아계급의 비루하고 서글픈 삶이 비릿하게 이어지죠.

그래서 이 소설이 지루할 수 있다는 건데, 참 묘해요. 이 소설은 쥘리앵 그린의, 지루한 소설쓰기의 깊은 시름과, 그에 대한 반발로서 탄생한 작품이니까요. 다시 말하면요, 쥘리앵 그린에게는 어느 순간 극적인 갈등과 격한 번민과 명료한 문제의식과 작가의 뚜렷한 소명 따위로 구성되는 소설이 몹시 하찮고 또 매우 부질없게 보이기 시작했다는 거지요. 참을 수 없이 지루했다는 거예요. 그 빤한 의도와 작위와 은폐된 교훈과 그것들을 드러내는 근대적 방식의 소설들이 말이지요. 그래서 태어난 소설이 이 작품인데 이 소설을 지루하다고 하면 어딘가 이상하잖아요. 그래서 묘하다는 거예요.

쥘리앵 그린이 자신의 일기에서 밝혔듯이 그는 이 소설의 제목을 '황혼'으로 하려고 했답니다. 무슨 황혼이냐면 '부르주아계급의 황혼'이라는 거지요.

근대 혹은 근대소설의 역사가 부르주아계급과 함께했다는 점에서 '부르주아의 황혼'은 그대로 '근대 혹은 근대소설의 황혼'으로 읽힐 수 있습니다. 이전의 태양이 그 힘을 다하고 박명만 남은 거지요. 이제 새로운 빛이 떠올라야 하니까 새로운 내용, 새로운 형식의 소설이 필요했던 거예요. 그러려면 지루한 것과 지루하지 않은 것의 전도顚倒가 인정돼야 하는데, 근대적 감성의 관성으로는 쥘리앵 그린의 『잔해』가 지루하겠지요.

근대 초기에 이미 스피노자가 있었지만 19세기 말 마르크스와 니체 등에 의해 근대성에 대한 다양한 비판이 이루어져왔지요. 그 집적된 '세기말'의 1차적 문학적 대응이라고 할 수 있는 게 20세기 초반의 제임스 조이스, 버지니아 울프, 마르셀 프루스트의 새로운 형식일 테지요. 그와 때를 같이한 정치사회적 사건은 러시아 혁명과 제1차세계대전일 테고요. 전부 1910년대의 일입니다. 근대와 근대성은 바야흐로 거대한 와해의 도전에 직면하고 있었던 겁니다.

와해의 당위는 문학에서 와해의 미학으로 성립하고 후설과 프로이트와 하이데거의 사유가 이어지며 문학은 사르트르, 베케트, 이오네스코, 카뮈의 실존과 부조리로 이어지죠. 이 작가들을 앞뒤로 해서 근대는 결국 제2차세계대전과 함께 파국을 맞습니다.

쥘리앵 그린은 제임스 조이스를 연구하고 마르셀 프루스트에 대해 강연을 하고 마르셀 프루스트 상까지 받은 사람이더군요. 그리고 1차, 2차세계대전에 다 참전했어요. 『잔해』라는 소설이 나올 수밖에 없었겠구나 싶죠.

어째서 사르트르와 카뮈 등에 대한 연구와 강연은 없었을까요. 쥘리앵 그린이 그들의 선배이기 때문이에요. 『잔해』가 1931년에 쓰이기 시작하거든요. 그의 나이 31세였을 때죠. 『구토』가 1938년, 『이방인』이 1942년이고요. 그러니까 철학사적으로나 정치사회적으로나 문학사적으로나 쥘리앵 그린은 1차세계대전을 앞뒤로 한 와해문학 1세대와 2차세계대전을 앞뒤로 한 와해문학 2세대 '사이'에 있는 거예요. 가교라고 해야 할까요. 그동안 우리가 잘 몰랐을 뿐이지요. 『잔해』가 국내 초역이라잖아요. 그러고 보니 잔해라는 말은 와해라는 말과 사촌쯤 되는 것 같네요.

와해나 잔해라는 말을 떠올릴 때 빼놓을 수 없는 사람이 발터 벤야민 아닐까요. 그의 미완의 『아케이드 프로젝트』의 시작도 『잔해』의 작업 시기와 일치하네요. 그리고 『잔해』의 제목을 '도시의 산책자'(아케이드 프로젝트 3부 제목)라고 지어도 무방할 만해요. 벤야민도 문화의 근대 수도인 센강, 즉 파리의 잔해를 그리거든요.

어째서 제목이 『잔해』인지 알겠어요. 그것은 부르주아의 황혼이고 개념적 이성의 와해며, 무기력하고 권태롭고 나른한 실존으로 내몰린 근대주의의 참담한 파국이군요. 이런 소설의 주제나 의도는 작품 안에서 찾기가 힘들어요. 그래서 이야기가 모호하고 지루할 수 있지요. 종일 단무지만 써는 사람의 얘길 쓰면 지루하기 짝이 없잖겠어요? 그러나 그런 얘기를 그런 식으로 써야만 했던 작가의 시대적 고충과 의중을 이해한다면 똑같은 이야기가 갑자기 무섭고 끔찍해지죠. 뱀장어 얘기처럼. 그래서 다시 읽게 되는 거예요.

구효서 소설가. 1987년 중앙일보 신춘문예에 단편소설 「마디」가 당선되며 작품 활동을 시작했다. 동인문학상, 황순원문학상 등을 수상했다. 장편소설로 『늪을 건너는 법』 『비밀의 문』, 소설집 『아닌 계절』 『별명의 달인』, 산문집 『인생은 지나간다』 『인생은 깊어간다』 등이 있다.

잔해 *Épaves*(1932)

모리아크, 베르나노스와 함께 20세기 프랑스 가톨릭문학을 대표하는 작가 쥘리앵 그린이 1932년에 발표한 소설로, 국내에 처음 번역 소개되는 작품이다. 쥘리앵 그린은 수많은 저서에서 인간 운명의 나약함과 신을 통한 인간의 구원이라는 종교적 주제를 형상화했는데, 『잔해』는 이러한 경향에서 벗어나 실존주의적 문제를 다룸으로써 그의 문학적 여정에서 하나의 전환점이 된 작품이다. "내 삶은 다른 곳에 있다"고 느끼며 가정과 사회 어느 곳에도 발을 붙이지 못하고 현실의 언저리를 맴도는 어느 무기력한 남자, 파리라는 도시에서 부유하는 '인간 잔해'의 정신적 방황을 통해 존재의 고독과 끊임없이 반복되는 인간 운명의 무상함을 그려냈다. 이 작품은 사르트르나 카뮈의 작품에 앞서 실존주의 경향을 보여주었다는 평가를 받았다.

쥘리앵 그린 Julien Green(1900~1998)

프랑스 파리에서 미국 시민이었던 부모 사이에서 태어났다. 1919년 미국으로 건너가 버지니아대학교에서 공부했고, 3년 후 프랑스로 돌아와 유년 시절부터 키워왔던 화가의 꿈을 접고 문학에 관심을 가졌다. 1924년 첫 장편소설 『몽시네르』를 집필하며 본격적으로 작품활동을 시작했으며, 1927년에 발표한 『아드리엔 므쥐라』로 모리아크의 찬사를 받으며 프랑스문단에서 입지를 굳혔다. 이후 『레비아탕』 『잔해』 『모이라』 등 수많은 소설과 희곡을 발표하며 거의 70년 동안 매년 저서를 선보였다. 인간 운명의 나약함에 대한 종교적 해석을 작품화하여 모리아크, 베르나노스 등과 함께 프랑스 가톨릭문학을 대표하는 작가로 자리매김했다. 1970년 아카데미 프랑세즈 문학 대상을 수상했고, 이듬해 외국 국적 작가로는 최초로 아카데미 프랑세즈 회원으로 선출되었다.

완전범죄? 완벽한 소설을 꿈꾸다!

『절망』 블라디미르 나보코프

김연경

나보코프의 『절망』은 제목만큼이나 강렬하고 아찔한 소설이다. 폭포처럼 쏟아지는 말의 더미 속에서 '분신'과 '범죄'가 포착된다. 그러나 실제 소설은 환상적인 고딕풍의 범죄소설을 예상하는 독자의 기대를 배반한다. 주인공 게르만 카를로비치는 베를린에 살고 있는 서른여섯 살의 러시아계 독일인으로서 변변찮은 초콜릿 사업자다. 1930년 5월 9일, 업무차 프라하에 들렀던 그는 풀밭에서 속 편하게 자고 있는 한 부랑아(은근히 목가적인 풍경이다!)가 자신과 무척 닮았음을 확신하고서 모종의 영감에 휩싸인다. 문학 속의 분신을 현실에서 살려내듯 문학 속의 범죄를 자신의 삶 속에서 실현하는 것. 분신이라는 개별성과 유일성을 위협하는 요소를 이용하여 전대미문의 독창적인 범죄를 저지르는 것.

이 미적 행위의 준비와 실행 과정에서 많은 거짓말이 창조된다.

펠릭스를 꾀기 위한 현란한 수다는 물론이거니와 아내 리다 앞에서 웅장하게 토로하는 숨겨진 동생 이야기는 한 편의 소설에 가깝다. 게르만의 미학적 환희가 극점으로 치달아갈수록 두드러지는 것은 그의 자기기만이다. 펠릭스는 정말로 그와 닮았는가. 그의 범죄는 정말로 '무관심'과 '무목적'의 행위(예술)인가. 혹시 기울어져가는 사업을 만회하려는 속된 욕망이 깔려 있는 것은 아닐까. 리다와 아르달리온의 '부적절한' 관계는 또 어떤가. 이런 유의 기만을 전혀 몰랐다면 그는 나보코프의 소설에 곧잘 등장하는 눈뜬장님인 것이고, 만약 알았다면, 알고서도 죽였다면 정녕 희대의 악당인 것이다.

파리의 한 호텔에서 범행의 기록에 열중하던 중 게르만은 『죄와 벌』을 언급한다. 라스콜니코프를 그토록 괴롭힌 묵직하고 날카로운 감각, 즉 '수치' 대신 그야말로 후안무치한 유희가 전면에 나선다. 그에게 있어 문제는 살인 자체가 아니라 그 과정에서 탄생하는 소설이다. 이미 완료된(그렇다고 생각되는) 완전범죄보다 더 중요한 것은 고로, 이미 쓰인 원고에 걸맞은 이름이다.

> 언젠가 제목을 붙였던 것 같은데. 뭐더라, 무슨 무슨 '수기'라는 말로 끝났다. 그런데 누구의 수기인지 기억나지 않았다. 아무튼 '수기'는 끔찍이도 진부하고 따분하다. 제목을 뭐로 한다? '분신'? 하지만 그런 제목은 이미 있다. (…) 닮음? 인정받지 못한 닮음? 닮음의 옹호? 좀 건조하고 철학적인 경향이 있다…… _223~224쪽

어떤 절박한 이유도 없이 사람을 죽여놓고서 미학을 논하고 그것에 탐닉하는 것, 이것이 "보석금을 얼마를 내든 결코 잠시라도

지옥에서 풀려날 수 없"는 악당 게르만의 '죄'다. 그렇다면 '벌'은?

게르만이 멋지게 완성했다고 믿은 살인 예술은, 그러나, 하찮은 물건(펠릭스의 이름과 출신지가 새겨진 지팡이) 때문에 추악한 실패작이 되고 만다.

> 나는 사형수의 미소를 지었소. 그리고 고통스러워 비명을 질러대는 뭉툭한 연필로 첫 페이지에 재빨리 그리고 단호하게 '절망'이라는 단어를 썼소. 이보다 나은 제목은 찾을 수 없소. _226쪽

공들여 쓴 원고가 천재적인 소설이 되기는커녕 "쓰레기 더미"일 뿐이라는 사실 앞에서 절망은 불가피하다. 『절망』에서 가장 명민한 인물이자 예술가의 전범인 아르달리온이 따끔하게 지적하는 것도 이 점이다. 게르만처럼 위장 살인으로 보험사를 속이는 수법은 "날림에다가 진부"한 것이거니와 "이 피투성이의 혼란상과 혐오스러운 미스터리" "음울한 도스토옙스키적 성향" 역시도 게르만이 제멋대로 해석하고 재생한 어설픈, 따라서 애처로운 패러디에 불과하다는 것. 무엇보다도, 게르만이 유달리 집착을 보였던 '닮음'과 그것을 통해 증명하고자 했던 '유일성(천재성)'의 강박관념에 대해 아르달리온은 세상에 닮은 사람은 없다는 논리로 응수한다. 역시나 그의 일관된 입장인바, "모든 얼굴은 유일무이"하기 때문이다. 닮음 어쩌고 하는 게르만의 수작에 산골 무지렁이 같은 질박함으로 맞서는 펠릭스야말로 존재의 건강한 고유성을 대변하는지도 모르겠다.

나보코프가 러시아문학의 적자로서 가진 자부심은 대단한 것이었다. 그러면서 동시에 그는 러시아문학 특유의 '억압(도덕, 정치,

종교 등)'으로부터 자유를 선언했으며, 온갖 이데올로기를 비워냄으로써 문학을 오롯이 문학이게끔 하고 작가를 오직 예술에만 헌신하는 독특한 성직자이게끔 했다. 휴머니즘의 강박과 메시아 콤플렉스로 고통받는 인텔리겐치아의 굴레는 더이상 작가의 몫이 아니다. 나보코프가 유미적인 문체주의자로 비난받는 것도 이 때문이다. 그러나 그의 소위 미학 선언의 저변에 깔린 맥락을 반드시 고려해야 한다. 즉, 그는 러시아의 유서 깊은 귀족 가문의 후예로서 볼셰비키 혁명 때문에 영원히 조국을 떠나야 했다. 그 와중에 어이없는 희생양이 된 그의 아버지는 그가 항상 깊은 존경을 표한 인물이었다. 그리고 그가 그토록 사랑한 러시아문학은 아무리 독특한 시각과 해석의 잣대를 갖다댈지라도 예의 그 '억압'까지 포함하는 문학이다.

나보코프는 탁월한 언어 조탁 능력을 타고났을뿐더러 문화적인 열등감이 거의 없는 작가였다. 그럼에도 자신의 천재성과 박식함에 도취되는 대신(곧잘 게르만처럼 건방지게 굴긴 했다!) 평생 겸손한 자세로 문학에 임했다. 학자로서도 성실한 편이었으며 꼼꼼한 번역가이기도 했다. 그런 그가 소설가로서 염두에 둔 것은 문학사와의 대결이었던 것 같다. 특히 30대 초반, 유럽에서 망명생활을 하며 쓴 『절망』은 의심의 여지 없이 "열병으로 인한 발작성 정신이상과 자존감 상실로 인한 일탈 행동 분야의 우리 전문가", 즉 도스토옙스키에게 던지는 도전장이다. 거장을 향한 질투가 느껴지기도 한다. 어쨌거나 이 지점에서 나보코프의 문학이 시작된다. 한 시절 포스트모더니즘의 맥락에서 정의됐던 나보코프의 서사 전략, 즉 각종 유희는 얄팍한 허영의 산물이 결코 아니다. 그것은 문학사에 대한 깊은 통찰, 나아가 기존의 문학사 없이는 한 발짝도 앞으로 나아갈 수 없다는 인식과 절망(!) 이후에 나온, 소설가로서 그가 취할 수 있었던 유일한 존재 형식이다. 경제적 여건과는 무관하게 평생을 부랑아처럼, 유목민처럼 떠돌며 그가 찾아 헤맨 '님펫'의 이름은 결국, 기존의 문학이 아닌 삶의 샘물에서 곧장 퍼올린 투명한 문학(가령 푸시킨)이었으리라. 하지만 그것이야말로 그의 문학이 가 닿을 수 없는 문학의 유토피아, 영원히 되돌아가지 못한 유년의 고향 러시아와 같은 것이었으리라.

김연경 소설가. 1996년 계간 『문학과 사회』를 통해 작품활동을 시작했다. 지은 책으로 『고양이의, 고양이에 의한, 고양이를 위한 소설』 『내 아내의 모든 것』 『파우스트 박사의 오류』 『그러니 내가 어찌 나를 용서할 수 있겠는가』 『고양이의 이중생활』, 옮긴 책으로 『죄와 벌』 『지하로부터의 수기』 『우리 시대의 영웅』 등이 있다.

절망 Отчаяние(1936)

20세기 문학의 거장 블라디미르 나보코프의 초기 대표작. 나보코프에게 확고한 작가적 명성을 안겨준 소설 『절망』은 그가 쓴 러시아어 소설 중 가장 뛰어난 작품의 하나로 손꼽힌다. 베를린에서 망명생활을 하던 시절 발표한 작품으로 1931년 독일 사회를 떠들썩하게 했던 살인 사건을 단초로 집필했다. 주인공은 자신의 치밀한 살인 계획을 '예술작품'으로 여기며 살인의 과정을 기록하는데, 작가는 자칫 진부할 수 있는 범죄 이야기를 풍부한 문학적 장치가 수반된 긴장감 넘치는 작품으로 재탄생시킨다. 러시아문학과 미국문학에서 동시에 고전이 된 작가 나보코프는 『절망』을 훗날 손수 영어로 옮기며 작품에 대한 애정을 드러냈다.

블라디미르 나보코프 Владимир Набоков(1899~1977)

러시아 상트페테르부르크의 오래된 귀족 명문가에서 태어났다. 유복한 가정에서 다방면에 걸쳐 최상의 교육을 받으며 자란 그는 17세에 자비로 『시집』을 발간하며 문학에 입문했다. 1917년 볼셰비키 혁명으로 조국을 등진 후 영국, 독일, 프랑스, 미국, 스위스를 전전하며 평생을 집 없는 떠돌이로 살았다. 1922년 베를린으로 이주한 후 '블라디미르 시린'이란 필명으로 러시아어 작품들을 발표하기 시작한 그는 1936년 『절망』을 출간하며 확고한 작가적 명성을 얻는다. 1955년 '롤리타 신드롬'을 일으킨 소설 『롤리타』로 일약 세계적인 작가가 되어 부와 명성을 거머쥐었지만 여전히 집 없는 떠돌이였던 그는 스위스의 작은 휴양도시 몽트뢰에서 생을 마감했다.

여성의 힘 혹은 고전의 힘
—내가 읽은 『더버빌가의 테스』

『더버빌가의 테스』 토머스 하디

류보선

토머스 하디의 『더버빌가의 테스』를 읽었다. 이미 고전 중의 고전의 반열에 오른 작품이건만 『더버빌가의 테스』를 읽는 것은 결코 즐겁기만 한 일은 아니었다. 거의 모든 고전을 읽을 때 경험하던 그 상황이 다시 반복되었다. 예컨대 이런 상황. 어떤 작품을 읽을 때 우리는 대부분 '갑'의 입장에서 책을 읽는다. 그렇기 때문에 흥미가 떨어지는 책을 만날 경우 우리는 마음대로 건너뛰거나 아니면 중간에서 읽기를 중단할 수 있다. 심지어 조성기의 「우리 시대의 소설가」의 독자 모양 '작가'에게 환불을 요구할 수도 있다. 이것이야말로 우리가 어떤 책을 읽어주기(?)로 했을 때 누릴 수 있는 최상의 권리일지도 모른다. 아니, 이 맛을 위해 책을 읽는 것인지도 모르겠다. 어떤 면에서 자신이 펼치고 있는 책을 '갑'의 입장에서 평가하는 일은 독자의 권리가 아니라 의무일 수도 있다. 그래야 이후에 보다 품격 있는 작품이 이어지지 않겠는가.

그런데 흔히 고전이라 일컬어지는 작품을 읽을 때는 사정이 달라진다. 우리는 '갑'이 아니라 '을'의 위치에 놓인다. 흥미를 느끼지 못해도 몰입을 할 수 없어도 건너뛰며 읽기 힘들다. 중간에 읽기를 그만둘라치면, 이건 큰 용기와 결단이 필요하다. 내가 들고 있는 이 작품이란 시대를 넘어 국경을 건너 전 세계의 독자들을 감동시키고 그중 많은 이들을 세계사적 개인으로 도약시킨 바로 그 작품 아닌가. 그런데 그 작품을 중간에 덮어버리면? 이는 읽는 사람의 무지와 무감을 만천하에 드러내는 것 아니겠는가. 한데다, 어떤가. 대부분의 고전은 도대체가 낯설지 않다. 오래된 작품인지라, 워낙 많은 작품들이 전범으로 삼고 넘어서고자 한 작품인 까닭인지 몰라도 그 작품의 어떤 장면들은 처음 만나는 장면, 그러니까 강렬한 원장면 같지가 않다. 이미 자주 보아서 아무런 감흥도 주지 않는 복제된 장면 같다고나 할까. 그래서 고전 속의 어떤 장면을 접할 때, 우리는 그 장면 속에 쉽게 몰입하기 힘들다. 오히려 어디서 봤었지 하며 거리를 두게 되는 경우가 많다. 하여튼 고전작품을 읽는 일은 생각보다 감동하기 힘들고 그런지라 유쾌한 독서가 아닌 경우가 많다.

『더버빌가의 테스』를 읽는 일도 전혀 사정이 다르지 않았다. 솔직히 고백하면 용기와 결단이 부족해, 다시 말해 나의 무지와 무감을 들킬까봐 중간에 덮을 수가 없었다. 고백한 김에 하나 더 고백하자면, 요즘 나는 나의 형편없는 독서력 때문에 심사가 편치 않은 상태다. 내 주변의 많은 사람과 달리 내게는 문청 시절이 없다. 어느 날 문득 도래한 문학에 들려 닥치는 대로 고전들을 흡입하듯 읽어냈다는 말을 들을 때마다, 그러면서 잘 알려진 고전작품의 목록을 꼽을 때마다 나는 한없이 움츠러든다. 나는 어느 편인가 하면, 어떤 뚜렷한 이유도 없이 국어국문학과에 들어와서 놀고 있는 나를 발견하고는 나 스스로 의아해하던 경우에 속한다. 뒤늦게 문학 공부를 시작했으나 그때는 이미 문학에 대한 열병을 앓기엔 너무 늦은 나이였다. 그런 까닭에 문학비평을 한답시고 글을 쓰지만 내내 허공에 떠 있는 불안함을 느낄 때가 많다. 그 불안함을 더이상 감당할 수 없을 때 흔히 고전이라 불리는 작품들을 펼쳐들지만, 정작 내가 받아안는 것은 그 작품이 품어내는 감동이 아니라 내 독서 목록에 드디어 고전을 하나 더 추가했다는 얄팍한 자기위안일 경우가 많다.

『더버빌가의 테스』도 그러그러한 이유로 읽기 시작한 소설이었다. 그런 만큼 처음부터 즐겁고 유쾌한 독서는 아니었다. 처음에는 좀처럼 몰입하기 힘들었다. 우선 이야기가 너무 익숙했다. 『더버빌가의 테스』는 간단하게 정리하면 여성수난사였다. 선하지만 무능하고 뻔뻔한 아버지, 순진하지만 잔인하게 무언가를 끊임없이 요구하는 동생들, 딸이 자신의 고단한 역정을 이어받기를 원하지는 않지만 결정적인 순간 딸을 고난의 길로 밀어넣는 엄마. 이들의 간절한 눈빛을 뒤로할 수 없어 결국 한 걸음 한 걸음 수렁으로 빠져드는 테스. 흔한 이야기였고 이미 수도 없이 봐온 플롯이었다. 뿐인가. 『더버빌가의 테스』는 또한 삼각관계를 모티프로 하는 연애소설이었다. 테스는 많은 삼각관계 소설이 그러하듯, 돈과 사랑 사이, 당위와 욕망 사이에서 갈등한다. 여기, 테스에게는 자신의 모든 자아, 모든 역사를 바쳐 합일에 이르고픈 사랑이 있다. 한데 그는 흔적만 남기고 사라지거나 항상 뒤늦게 도착한다. 그런데 이렇게 누군가를 간절하게 사랑하는, 그 간절한 사랑 때문에 더더욱 사랑스럽고 빛나는 테스를 소유하고자 하는 이가 무슨 악령처럼 출몰한다. 그는 테스를 사랑하지 않는다. 다만 소유하려 한다. 그렇지만 그는 항상 테스에게 혹은 테스 일가에게 절실한 도움이 필요한 순간에 나타난다. 정확히 그 순간 나타나 흔들리는 테스를 소유하고는, 매번 뒤늦게 나타나는 테스의 사랑을 가로막는다. 이것이 『더버빌가의 테스』에서 테스의 사랑을 둘러싸고 벌어지는 일이다. 이 또한 새로울 것이 없었다. 돈과 사랑 사이의 갈등이라든가 '정확한 순간에 출몰하는 악인과 뒤늦게 나타나는 선인으로 인해 빚어지는 엇갈린 사랑 이야기'는 얼마나 자주 반복되는 이야기인가. 또한 잘못 전달된 편지로 인해 커지는 오해와 그로 인해 걷잡을 수 없이 증폭되는 운명의 저주는 또 어떻고. 너무 흔해 이런 요소만 전면에 부각될 때 우리는 '막장'(?) 드라마라는 격한 표현도 서슴없이 사용하는 것 아닌가.

의무감 때문에 시작한 독서인 까닭이었는지는 몰라도 내게 『더버빌가의 테스』의 첫인상은 이렇게 '별로'였다. 낯선 것을 볼 때의 이물감도 강렬함도 거의 없었고, 그러니 상징질서 너머의 실재적인 것을 볼 때의 무시무시한 매혹 같은 것은 더더욱 없었다. '고전'이라 명명되지 않았더라면 중간에 멈췄을지도 모르겠다. 하지만 처음 읽기 시작할 때 『더버빌가의 테스』에게 내가 원했던 것은 감동이 아니라 완독했다는 현장증명이었던 터, 어쩔 수 없이 끈기를 가지고 버텼다. 이대로 중간에서 물러설 수는 없었다.

그런데 그렇게 어렵사리 고비를 넘기자 갑작스레 모든 것이 달라졌다. 특히 '테스'가 여러 상징질서의 압력이나 유혹으로부터 그녀의 고유성을 지켜나가는 대목부터는 압도적이었다. '테스'는 유독 여성에게만 가혹한 남근질서에 무조건 희생당하는 가녀린 희생양이 아니었다. 그렇다고 공동체의 질서 전체와 맞서는 안티고네도 아니었다. 그녀는 희생양이자 동시에 안티고네였고, 안티고네이자 동시에 희생양이었다. 테스는 가족들의 애타는 눈빛을 이기지 못하고 거듭 자기를 희생한다. 그리고 그녀는 그 희생의 결과로 '순결'을 잃을 뿐만 아니라 오랜 정신적 시련 끝에 힘겹게 다시 되찾은 정신의 '순결성'마저 또다시 훼손당한다. 하지만 이렇게 희생과 고난을 당하면서도 한 가지만은 끝까지 지킨다. 자존감이랄까, 사랑을 완성하고자 하는 그녀의 욕망은 포기하지 않는다. 테스는 가족에 대한 책임감 때문에, 그리고 순결한 존재를 훼손시키고야 마는 잔혹한 현실 때문에 순결 혹은 순결성을 거듭 잃지만, 그녀는 상징질서의 영토 속으로 들어서지 않는다. 그녀는 잔혹한 운명 앞에서도 사랑을 포기하지 않는다. 그렇다. 그녀는 진정한 사랑을 원한다. 그것 때문에 그녀는 그의 모든 것을 바쳐 그녀를 소유하려는 알렉의 집요한 유혹을 단호하게 뿌리친다. 그에게 겁탈을 당해 아이를 가진 후에도 그녀는 자신의 사랑에 대한 욕망을 접지 않는다. 그녀는 오히려 알렉의 곁을 떠나 미혼모의 길을 마다치 않는다. 그때 뒤늦게 나타난 테스의 운명적 존재 에인절. 하지만 그녀가 원하는 것은 진정한 사랑이었기에 그녀는 자신의 아픈 상처와 슬픈 역사를 숨기지 않는다. 이 때문에 결혼을 하고서도 둘은 갈라선다. 이때만 해도 에인절이 원한 것은 테스 그녀의 모든 것이 아니라 테스의 빛나는 어떤 부분이었던 까닭이다. 이 둘의 파혼은 테스를 또다시 극한상황에 몰아넣거니와 이 극한상황에서 저주받은 운명이 또 한번 반복된다. 누군가의 도움이 절실한 테스에게(혹은 테스의 가족에게) 도움이 필요한 바로 그 시점에 알렉이 다시 나타나고 그는 또 테스를 소유하고자 한다. 누구에게도 소유당하기를 원치 않는, 그리고 진정한 사랑 에인절을 기다리는 테스는 아무리 극한상황이더라도 알렉을 받아들일 수는 없다. 그런데, 진정한 사랑은 언제나 뒤늦게 도착한다. 기다리다 기다리다 모든 것을 포기하고 자포자기 상태에 빠질 무렵, 한순간 잘못된 선택을 한 자기를 최대한 자학하기 위해 악한에게 모든 것을 맡긴 그 순간에. 저주처럼 테스의 순결함만이 아니라 그녀의 상처까지도 사랑하게 된 에인절이 나타난다. 테스의 역사는 이처럼 반복된다. 처음에는 비극으로 다음에는 더 큰 비극으로. 결국 테스는 이 반복되는 비극성 혹은 비극적 사건의 반복에서 벗어나 정말 찰나적인 시간만 가능할 것이지만 에인절과의 사랑을 위해 비극의 악순환의 고리를 끊어내기로 한다. 마침내 그녀는 알렉을 죽이고 에인절과의 찰나적이지만 강렬한, 아니, 찰나적이기에 너욱 강렬한 사랑의 순간을 경험한다. 그리고 대단원. 이렇게 『더버빌가의 테스』는 죽음을 대가로 그토록 간절했던 사랑의 순간을 완성하는, 또는 찰나적인 사랑의 순간을 위해 죽음도 감내하는 희비극으로 끝을 맺는다.

정말이지 어떤 고비를 넘자 『더버빌가의 테스』는 더이상 흔한 소설이 아니었다. 장면 하나하나가 생동감이 넘쳤고 사건 하나하나가 열도가 넘쳤다. 또 그 장면들과 사건들을 이어나가며 구성된 이야기는 인간이 과연 그 오랜 역사 동안 어떻게 살아왔는지를 완전히 혁신적인 관점에서 바라보게 만들기에 충분했다. 저 먼 곳의 오래전 이야기건만, 『더버빌가의 테스』는 마치 무슨 마법처럼 현대인을 자처하는 우리가 아직도 얼마나 집요한 남근주의적 질서 속에 갇혀 있는지를 되돌아보게 했다. 특히 대타자의 대부분의 정언명령에는 순응하면서도 자신이 신성하게 떠받드는 그것, 사랑의 완성을 지키기 위해서는 죽음을 무릅쓰는 테스의 윤리적 실천행위는 대타자의 욕망을 욕망할 것을 강요하는 이 시대에 우리가 무엇을 할 것인가에 대해 시사하는 바가 크다 싶었다. 모든 면에서 대타자의 질서에 저항하는 것이 아니라 '그것이 아니면 내가 아무것도 아닌 존재가 되는 것'을 지키고 실현하기 위해서는 목숨을 걸고 싸워야 한다는 것, 그것만이 순종하는 신체를 강요하는 세상에서 진정으로 자유롭게 살 수 있는 길이라는 것이 만약 『더버빌가의 테스』가 말하고 있는 것 중 하나라면, 그것은 오늘날 우리의 삶의 이정표로 전혀 모자람이 없다. 모든 사람이 바라보고 걸을 수 있는 '창공의 별'까지는 아니라고 하더라도 현재적 의미로 충만한, 바로 그 좌표임에는 틀림없다.

하, 고전들은 왜 이렇게 하나같이 뒷부분까지 읽어야 흥미롭고, 다시 한번 읽었을 때 더 큰 감동을 주며, 나이가 들어 읽으면 공포와 전율이 일게 하는 것인지? 처음에는 미미했으나 끝은 끝내 창대했던 『더버빌가의 테스』 읽기였다.

류보선 문학평론가. 군산대 국문과 교수. 계간 『문학동네』 편집위원. 현대문학상, 소천비평문학상, 팔봉비평문학상을 수상했다. 평론집 『경이로운 차이들』 『한국 근대문학의 정치적 (무)의식』 『또다른 목소리들』 『한국문학의 유령들』이 있다.

더버빌가의 테스 *Tess of the d'Urbervilles*(1891)

19세기 영국문학을 대표하는 작가 토머스 하디의 걸작. 하디 자신이 대표작으로 꼽은 소설『더버빌가의 테스』는 1891년 출간 당시 선정적인 내용을 다뤘다는 이유로 당대의 보수주의자들과 정면으로 충돌하며 커다란 논란을 불러일으켰다. 그러나 독자들의 반응은 뜨거웠고 평단은 이 소설을 하디의 가장 뛰어난 성취로 꼽는 데 주저하지 않았다. 아름다운 외모의 농촌 노동계급 여성 테스가 도덕적 편견과 저항할 수 없는 운명에 희생되어 몰락해가는 과정을 그린 이 소설은 당시 사회의 이중적이고 편협한 가치관을 가차없이 비판한다. 또한 미혼모에 살인자인 여성을 주인공으로 내세워 인습을 대담하게 거스르면서도 사랑 앞에 진실했던 여인의 비극적인 삶을 통해 애틋한 슬픔과 감동을 자아낸다.

토머스 하디 Thomas Hardy(1840~1928)

영국 남서부 도싯주에서 맏아들로 태어났다. 1862년부터 건축가로 일하며 시인의 꿈을 키우지만 두각을 나타내지 못하다가『가난뱅이와 귀부인』을 시작으로 소설가의 길로 들어선다. 이후『광란의 무리에서 멀리 떨어져』『귀향』『캐스터브리지 시장』『웨섹스 이야기』 등으로 소설가로서 확고한 입지를 굳힌다. 1895년『무명의 주드』가 공공도서관에 비치해선 안 될 책으로 화형식을 당하며 논란에 휩싸이자 60세를 목전에 둔 하디는 소설가로서 절필을 선언한다. 이후 젊은 시절의 꿈인 시에 전념하여『웨섹스 시편』『시간의 웃음거리』 등 여러 시집을 남겼다. 영국 왕실로부터 메리트 훈장을 받았으며, 케임브리지대학과 옥스퍼드대학 등에서 명예박사학위를 받았다. 고향 도체스터에 직접 지은 집 '맥스게이트'에서 생을 마감했다. 심장은 도체스터에 있는 아내의 무덤 곁에, 유골은 웨스트민스터 사원에 묻혔다.

참을 수 없이 우스운, 웃지 못할 이야기들

『감상소설』 미하일 조센코

황인숙

요건 틀림없이 아주 재밌는 소설이다! 제목을 보자마자 구미가 당겼다. 『감상소설』. 과연 내 독서영감은 절륜해! 뭐, 이런 재밌는 소설이 다 있단 말인가? 그런데 책을 마주한 순간부터 예상과 달리 장편이 아니어서, 그리고 책을 읽는 내내 작품 한 편 한 편이 어디 한 줄 흘려 읽을 만한 데가 없어서, 괜히 이 책을 골랐다는 후회가 독서의 즐거움을 묽혔다는 걸 고백해야겠다. 아, 아무 책무 없이 이 책을 읽을 독자들은 복되도다. 『감상소설』을 제대로 소개하려면 이 책 한 권을 고스란히 옮겨야 할 것 같은 공포가 필력의 허술함에 있어 타의 추종을 불허하는 내게 해일처럼 밀려들었다.

아, 내게 의무지어진 분량이 딸랑 400자라면 작히 좋으랴. 얼렁뚱땅 위 문단으로 마칠 수 있었으련만. 이럴진대, 그럼 다른 책으로 바꾸는 게 어떨까 하는 유혹도 들었지만, 『감상소설』을 소개하는 영광의 한 구석을 포기하고 싶지도 않았다. 글감에 압도당하면 시시콜콜 장광설을 늘어놓거나 딴소리로 초를 치며 시종일관하게 된다. 아마 나는 이 짧은 글을 그렇게 채우게 되리라.

「아폴론과 타마라」「사람들」「무서운 밤」「꾀꼬리는 무엇을 노래할까」「즐거운 모험」「라일락 꽃이 핀다」「지혜」「암염소」 이렇게 여덟 단편소설로 이루어진 『감상소설』에는 총 네 개의 서문이 실렸는데 1927년 3월 초판 서문에는 콜렌코르프, 1928년 5월 2판 서문에는 'K. y.'로 보이는 키릴문자, 같은 해 7월 3판 서문에는 'C.'와 파이 기호 같은 모양의 키릴문자, 1929년 4월의 4판 서문에야 비로소 '미하일 조셴코'라는 이름이 붙어 있다.

'이 책, 이 『감상소설』은 신경제정책과 혁명이 절정일 때 썼다'로 말문을 여는 1판 서문부터 4판 서문까지 소심한 변명 그득하고, 그러면서도 기어이 한구석에 할말을 찔러넣고 있는네 어쩌나 많은 맛을 담고 있는지. 소설문학에 대한 재능과 열정이 끓어넘치는 작가가 전체주의 사회에서 살아남으려고 얼마나 부단히 조심했는지 절절히 느껴진다. 그는 우리의 시인 김수영처럼 실생활의 안정도 아주 중요하게 여기는 작가였던 것이다. 그럼에도 불구하고 결국 그는 도태됐다. 자신들의 모습을 울 수도 웃을 수도 없게 그려낸 '웃기는' 소설로 많은 '인민'의 사랑을 받았건만 1943년에 작가동맹에서 제명됐던 것이다. 뭐, 세월이 하수상하면 우리의 전 문화부 장관 유인촌 같은 분들이 윗분 발치에 강림하시게 마련이다. 살던 집에서도 쫓겨난 작가는 그뒤 살림살이를 팔거나 구둣방에서 일하거나 갚을 길 없는 돈을 꿔서 연명하는 팔자로 전락했다. "작가로서 조셴코(이런 덜떨어진 컴퓨터라니…… 계속 '셴'을 치는 순간 '졷pszh'으로 바뀌네. 아, 시간 없어 죽겠는데…… 내가 찍는 대로 찍히란 말이다!)는 웃음과 풍자의 거장이었으나, 삶에서 그는 비극적 주인공이었다."(해설에서) 참, 미하일 조셴코는 1895년 페테르부르크에서 태어난 구소련 작가다. 1958년 7월 22일 졸卒.

전체주의 사회와 독재자들은 풍자를 싫어한다. 뭐, 다른 거 다 관두더라도 매사 진지하고 근엄한(그게 또 얼마나 웃기는지를 히틀러와 같은 디자인 콧수염을 한 채플린은 알고 있었다) 그들은 기강을 흩트리는 게 딱 질색인데 풍자는 웃음을 주고 웃음은 기강을 흩트리는 것, 발본색원해야겠지. 내가 '웃기는' 걸 얼마나 좋아하는데, 휴, 대한민국이 전체주의 국가가 아니어서 다행이다.

"아, 독자들이여! 하, 그대, 나의 소비자들이여!" 하거나 "그러나 사건을 서술하기에 앞서 작가는 몇 가지 의심을 함께 나누고자 한다. 문제는 소설의 플롯이 진행되는 중에 공감이 잘 되지 않는 여자들 두세 명이 등장한다는 것이다" 하면서 의논성스러운 척 작가가 끼어드는 수작도 재밌고, "폭풍우 같은 혁명의 세월은 (아가씨들에게—인용자) 오랫동안 살펴본 다음 원하는 곳에 닻을 내리는 것을 허락하지 않았다" "곤로 앞쪽 벽에는 바퀴벌레가 떼를 지어 몰려다니고 있었다. 창 옆에는 괘종시계가 걸려 있었다. 진자가 무서운 속도로 움직이며 쉭쉭 소리를 냈고, 삐걱거리며 바퀴벌레의 삶에 박자를 맞추고 있었다" "솔직히 말해 그는 젊은 아내에게 특별히 다정한 애착을 갖고 있지 않았다. 삶을 가치 있게 장식하고, 평범하기 짝이 없는 온갖 개 같은 일상사를 행복한 생활의 아름다운 정밀精密 사건으로 만드는 그런 애착 말이다" 같은 씨줄에 깃털처럼 속속 날아와 얽혀 있는 "노파는 노파다. 어떤 노파인지는 개들이나 구별할 수 있겠지" 같은 날줄. 그 절묘한 짜임에 감탄하면서 나는 내내 웃음을 터뜨렸다. 『감상소설』을 헬스장에까지 갖고 가서 실내자전거 페달을 밟으면서도 키득거렸고, '거꾸리'에 매달려서는 '독자의 면전에서 고백하기는 쑥스럽지만, 작가는 인간 유기체의 나약함과 유한성에 대해, 그리고 예를 들어 인간은 주로 수분, 주로 체액으로 구성돼 있다는 사실에 대해 화를 내는 지경에 이르고 말았다. "미안하지만, 버섯이나 과일과 뭐가 다르단 말인가! (…) 왜 물이 그렇게 많아야 한단 말인가?"' 같은 구절을 읽으며 허파가 납작하게 눌리는 푹! 소리를 몇 번이고 내지 않을 수 없었다.

조셴코, 최고! 그런데 그를 이제야 알다니. 제정러시아와 혁명과 내전을 거친 1920년대 소련 인민들의 일상에 대해 나는 궁금증조차 갖지 않았다. 『어머니』 『고요한 돈 강』 『강철은 어떻게 단련되었는가』가 다인 줄 알았다. 세계는 넓고 읽어야 할 책은 많고나……

황인숙 시인, 소설가. 1984년 경향신문 신춘문예에 시 「나는 고양이로 태어나리라」가 당선되어 작품활동을 시작했다. 동서문학상, 김수영문학상을 수상했다. 시집 『새는 하늘을 자유롭게 풀어놓고』 『우리는 철새처럼 만났다』 『나의 침울한, 소중한 이여』 『못다 한 사랑이 너무 많아서』, 경장편소설 『지붕 위의 사람들』, 장편소설 『도둑괭이 공주』, 산문집 『나는 고독하다』 『목소리의 무늬』 『우다다, 삼냥이』 등이 있다.

감상소설 Сентиментальные повести(1927)

러시아 풍자문학의 대가 미하일 조셴코가 1927년에 출간한 단편집이다. 1920년대 소련에서는 문학이 사회주의 이념을 전파하는 도구로 사용되었고, 영웅적 주인공이 온갖 고난과 역경을 이겨내며 사회주의 이념을 수행해나가는 이야기를 담은 작품들이 높이 평가받았다. 이런 사회 분위기 속에서 조셴코는 이념보다는 '작은 사람들'이 살아가는 이야기에 관심을 가졌다. 『감상소설』에 나오는 인물들은 제정러시아에서 태어나 혁명과 내전을 겪고 혼란의 시대를 살아내는 소박하고 잘난 것 없는 '보통 사람'들이다. 조셴코는 그 자신부터가 생계를 위해 우체국 직원, 제화공, 전화 교환수, 토끼 사육원 등 수많은 직업을 전전했다. 그는 이런 밑바닥 체험을 자양분으로 삼아, 평범한 소시민들의 일상을 번득이는 유머와 풍자로 정감 있게 그려냈다.

미하일 조셴코 Михаил Зощенко(1895~1958)

러시아 상트페테르부르크에서 태어났다. 페테르부르크대학 법학과에서 공부하던 중 제1차세계대전이 발발하자 학업을 중단하고 자원병으로 입대했으나, 심장병 악화로 제대한 이후 여러 직업을 전전하다가 단편들을 쓰기 시작했다. 첫번째 단편집이 출간되자마자 큰 인기를 얻었고, 이후 소시민근성이나 속물근성, 소련 사회의 관료주의와 부패를 풍자하는 소설로 명성을 떨쳤다. 삭막한 이념의 시대를 웃음으로 묘사하며 독자들에게 큰 사랑을 받은 미하일 조셴코는 지금까지도 20세기 러시아 풍자문학의 대표작가로 기억되고 있다. 주요 작품으로 『감상소설』『귀족부인』『되찾은 젊음』『해 뜨기 전』 등이 있다.

르포와 소설의 경계가 만들어내는 미학적 심연

『빙하와 어둠의 공포』 크리스토프 란스마이어

정찬

1984년 오스트리아의 소설가 크리스토프 란스마이어에게 '엘리아스 카네티 문학상' 수상의 영광을 안겨준 『빙하와 어둠의 공포』는 북극 탐험대를 소재로 한 소설이다. 내가 이 소설에 관심을 갖게 된 것은, 라인홀트 메스너의 고비사막 횡단 체험기인 『내 안의 사막, 고비를 건너다』를 읽으면서였다. 메스너는 이 책에서 "북극지방에 대한 수많은 책들을 샅샅이 뒤졌지만 『빙하와 어둠의 공포』만큼 나를 전율케 한 책은 없었다"고 썼다.

메스너는 히말라야 14좌를 최초로 완등한 전설적 산악인이다. 그린란드, 티베트, 남극도 횡단했다. 그동안 죽을 고비를 여러 번 넘겼다. 그런 메스너를 전율시킨 소설이 궁금하지 않을 수 없었다.

『빙하와 어둠의 공포』는 란스마이어가 오스트리아-헝가리 북극 탐험대 생존자들이 1872년부터 1874년까지 2년에 걸친 체험을 기록하고 스케치한 것에 영감을 받아 쓴 소설이다. 소설의 화자話者는 '나'다. 그러니까 1인칭 소설이다. 『빙하와 어둠의 공포』는 '나'를 주인공으로 하지 않고, '나'가 주인공을 관찰하는 이른바 1인칭 관찰자 시점을 택했다. 그런데 '나'가 관찰하는 이는 죽은 사람이다. 정확하게 말하면 실종된 사람이 남긴 기록이다. 죽은 사람의 이름은 요제프 마치니다.

1948년 이탈리아 북동부 도시 트리에스테에서 태어난 마치니는 어린 시절부터 어머니에게 옛날이야기를 들으면서 자랐다. 마치니에게 가장 매혹적인 이야기는 오스트리아-헝가리 북극탐험대원 가운데 한 사람인 어머니의 증조부 안토니오 스카르파에 관한 이야기였다. 마치니의 북극에 대한 환상은 여기에서 피어났다.

청년으로 성장한 마치니는 이야기꾼이 되었다. 화자인 '나'가 이야기꾼 마치니를 만난 곳은 종족의 역사와 여행 관련 서적을 전문으로 하는 책방이었다. 마치니는 '나'에게 '과거를 새롭게 그려내는 존재'라고 자신을 소개하면서 '내가 상상하는 것들은 언젠가는 일어날 수밖에 없다'고 말한다. '나'의 눈에 비친 마치니는 자신의 머리에서 나온 이야기를 현실에서 다시 발견할 수 있다고 믿고 있으며, 그 믿음이 깊어질수록 이야기의 배경을 사람들이 살지 않는 황량한 자연과 북극의 오지로 옮겨가는 몽상적 존재였다.

당시 마치니가 열광적으로 몰두한 과거 이야기는 오스트리아-헝가리 북극탐험대 생존자들의 탐험 기록이었다. 생존자들의 탐험 기록은 마치니에게는 꿈의 기록이었다. 문제는 꿈속의 사물과 배경들이 꿈에서 깨어나면 흐릿해지는 것이 아니라, 점점 더 분명해지고 손에 만져지는 데에 있었다. 마치니는 탐험 기록에 빠져들면 들수록 과거의 이야기인 그 기록을 현실로 바꾸고 싶은 욕망에 시달린다. 그러던 어느 날 마치니는 오스트리아-헝가리 북극탐험대의 루트를 따라 항해하는 연구용 배에 오르지만 계획이 실패하자 홀로 북극의 심연 속으로 사라져버린다. 자신의 이야기 속으로 들어가버린 것이다.

『빙하와 어둠의 공포』는 화자인 '나'가, 사라져버린 마치니가 남긴 기록을 독자에게 들려주는 이야기로 이루어져 있다. 그런데 마치니가 남긴 기록은 오스트리아-헝가리 북극탐험대 생존자들의 탐험기가 대부분을 차지한다. 따라서 『빙하와 어둠의 공포』는 오스트리아-헝가리 북극탐험대 생존자들의 이야기라 할 수 있다. 생존자들이 기록한 이야기를 그대로 쓰면 르포가 된다. 작가는 허구의 인물인 마치니를 창조하여 『빙하와 어둠의 공포』를 르포에서 소설로 변화시켰다. 이 소설의 형식이 미학적인 까닭은 마치니를 관찰하는 '나'가 존재하기 때문이다.

> 그의 존재는 매일 점점 더 눈에 띄지 않고 흔적이 없어져가는 듯이 보였다. (…) 정리된 삶의 따뜻한 편안함에서 정적, 추위, 얼음으로 내모는 그 유혹적인 힘에 대한 증거만이 있을 뿐이었다. _239쪽

그동안 1인칭 소설을 많이 읽었지만 『빙하와 어둠의 공포』에 등장하는 '나'처럼 희귀한 존재는 처음 보았다. 아무리 1인칭 관찰자 시점이라 할지라도 '나'의 존재감은 독자에게 명료하게 느껴진다. 그런데 이 소설에서 '나'는 존재감이 너무 희박해 유령처럼 느껴진다. 그에 비하면 몽상적 존재인 마치니의 존재감은 훨씬 명료하다. 마치니보다 더 명료한 존재가 100여 년 전에 사라져버린 오스트리아-헝가리 북극탐험대원들이다. 이 소설의 미학적 바탕은 여기에

있다.

독자인 나의 시선으로 보면 소설의 화자인 '나'는 작가 란스마이어의 분신으로, 마치니는 란스마이어가 희구하는 '내 속의 나'로 비친다. 소설은 작가가 꾸며낸 이야기다. 소설가는 자신이 꾸며낸 이야기가 독자에게 '진짜'처럼 느껴지는 것을 꿈꾼다. '나'가 이야기를 꾸며내는 소설가라면, 마치니는 꾸며낸 이야기를 현실로 바꾸어버리는 존재다. 『빙하와 어둠의 공포』는 실제로 일어난 사건을 바탕으로 하면서도 소설가의 은밀한 욕망을 그려낸 미묘한 소설이다. 처음 읽으면 건조한 기록물처럼 느껴지나 두번째 읽으면 탐험의 대상인 북극이 자연(우주)의 심연, 더 나아가 인간의 심연으로 의미가 확장되면서 작가의 은밀한 욕망을 치밀하게 녹여낸 '깊은 소설'임을 깨닫게 된다.

정찬 소설가. 1983년 무크지 『언어의세계』에 중편소설 「말의 탑」을 발표하며 작품활동을 시작했다. 동인문학상, 동서문학상, 올해의예술상 등을 수상했다. 소설집 『기억의 강』 『완전한 영혼』 『베니스에서 죽다』 『정결한 집』 『새의 시선』, 장편소설 『세상의 저녁』 『로뎀나무 아래서』 『그림자 영혼』 『유랑자』가 있다.

빙하와 어둠의 공포 *Die Schrecken des Eises und der Finsternis*(1984)

미지의 영역을 정복하기 위해 떠난 탐험대와 그 궤적을 뒤좇다 사라진 청년, 그 청년의 노트 발견을 계기로 이야기를 이끌어나가는 화자의 내레이션이 다층적 구조를 이루는 작품이다. 1872년 지휘관 파이어와 바이프레히트를 주축으로 두 명의 장교, 의사, 빙하 전문가, 기관사, 사냥꾼 등 총 24명으로 구성된 북극탐험대가 노르웨이의 트롬쇠 항을 출발한다. 하지만 그들을 실은 테게트호프호는 출발한 지 14일 만에 얼어붙은 바다 한가운데 갇히고, 2년간 이어진 전대미문의 탐험이 시작된다. 이 작품은 허구와 현실을 절묘하게 넘나들며 '뛰어난 예술적 구성'을 이루어냈다는 평가를 받았고, 엘리아스 카네티 문학상을 수상했다.

크리스토프 란스마이어 Christoph Ransmayr(1954~)

오스트리아 벨스에서 태어났다. 빈대학에서 철학과 비교인류학을 전공했고, 월간지 기자, 자유기고가로 활동했다. 풍자잡지 『트란스 아틀란틱』을 통해 르포 작가로도 활동했는데, 이러한 경력은 작품에 현장성을 부여하는 란스마이어 특유의 문학세계를 형성하는 밑거름이 되었다. 1984년 발표한 『빙하와 어둠의 공포』로 엘리아스 카네티 문학상을 수상했고, 1988년 『최후의 세계』를 통해 세계적 명성을 얻었다. 이후에도 독일 바이에른주 학술원 문학상, 아리스테이온상, 하인리히 뵐 상 등 유럽 주요 문학상을 휩쓸었다. 『모르부스 키타하라』 『범죄자 오디세우스』 등을 발표하며 왕성한 작품활동을 이어오고 있다.

살아 있으면 또 훗날

『쓰가루 · 석별 · 옛날이야기』 다자이 오사무

안보윤

이봐, 얼른 이쪽으로 들어오게. 자네가 그런 데서 어정거리면 놈들이 도망쳐버리거든. 누구긴 누구야, 도깨비들이지(다자이 말에 따르면 "호랑이 가죽 옷을 입고 볼품없는 쇠방망이 같은 것을 든 빨간 얼굴"이라더군). 어서 이리로, 옳지. 어떤가, 아늑하지? 여긴 산벚나무 뿌리 구멍 안이라네. 아, 그건 총알자국이 아닐세. 전쟁도 여긴 비켜갔거든. 그건 어느 불행한 인간이 쇠부채로 쑤셔놓은 자국이라지.

가까이서 보니 자넨 좀 멍청하게 생겼구먼. 아니, 아니야. 그냥 이야기를 좋아하게 생겼단 말이네. 자네처럼 얼굴이 홀쭉하고 귀가 큰 사람은 옛날이야기를 좋아하거든. 맞지? 자, 내게 마침 책 한 권이 있네. 달도 무겁고 바람도 쓸쓸하니 책 읽기 딱 좋은 때가 아닌가 말이야.

자네 혹시 다자이라고 알고 있나? 다자이 오사무, 그래, 그런 이름이네. 다자이가 쓴 수많은 글보다 허무, 음울, 자살 같은 단어로 더 유명한 모양이지. 다자이는 분명 연인과 자살이니 약물중독이니 허무주의에 자기혐오로 유명하네. 그러나 어떤가, 그의 생이 오로지 비극과 고통으로만 점철되었을 것 같은가? 다자이라고 왜 호쾌하고 천진하던 시절이 없었겠는가. 바로 맞혔네, 내가 가진 책이 바로 그렇다네. 놀라지 말게, 여기서 다자이는 무려 "독자여 안녕! 살아 있으면 또 훗날. 힘차게 살아가자. 절망하지 마라"고 외친단 말일세.

「쓰가루」란 말이지. 그래, 좋은 곳을 펴는군. 여기서 보라색 작업복을 입은 다자이가 N군과 함께 술, 술! 하며 다닐 때는 팡타그뤼엘과 가르강튀아가 떠오르지 뭔가. 그 두 거인 놈들이 그랬던 것처럼 다자이도 쓰가루 반도의 온갖 곳을 쑤시고 다니며 그곳에 대해 떠들어댄다네. 왜냐고? 다자이의 대답은 간단하네. "괴로우니까."

자네, 뿌리를 부정한다는 게 어떤 것인지 아나? 혈육과 절연하고 그들을 삿대질하다 결국은 그조차 괴로워 비난을 자기 자신에게 돌려버리는 고통의 순환에 대해 알고 있나? 그것은 말일세, 모래폭풍으로 뒤덮인 사막 한가운데를 벌거벗은 채 걷고 있는 것과 같네. 세모진 모래알이 눈알을 할퀴고 화상 입은 발밑이 쑥쑥 꺼지지. 그곳에서 가까운 건 희망이나 신기루처럼 낭만적인 것이 아니라네. 죽음. 그래, 바닥없는 절망과 죽음이 가장 가까이 있지. 다자이는 그런 삶을 살았네. 그런 그가 자신의 고향이 있는 쓰가루반도로 향하는 건 단순한 여행이 아니야. 자신의 기원에 눈을 돌렸다는 뜻이지. 발밑을 똑바로 보고 걸음을 옮기겠다는 기특한 마음가짐일세.

아아, 「석별」이라. 그것도 좋지. 자네는 이야기를 아주 잘 고르는구먼. 다자이의 상기된 뺨이 보이는 것만 같네. 「석별」에서 다자이는 다소 흥분해 있지. "일본에는 서양 과학 이상의 것이 있다"고, 일본은 "동양에서 가장 총명한 독립국"이며 "세상에서 으뜸가는 이상국가가 될 것"이라고 거침없이 떠들어대네. 어떤가, 천진할 정도의 신념 아닌가. 이것이 2차세계대전에서 일본 패망이 확실시되던 시기에 쓰인 작품이라는 점을 간과해서는 안 되네. 중국 대문호 루쉰을 내세워 다자이가 하고 싶었던 말은 이것인 게야. 패색 짙은 암울한 현실 따윈 과감히 떨쳐버리고 새롭게 일어서자고. 그러니 다자이도 이렇게 말하는 것 아니겠는가. "믿는 곳에 현실이 있는 것이고 현실은 결코 사람을 믿게 할 수 없다"고.

아아, 좋은 달밤이로군. 어울리지 않게 이야기가 무거워졌으니 조금 가볍게 놀아볼까. 거기 제일 마지막 부분, 그래, 거길 펴보게. 「옛날이야기」 이게 또 걸작이란 말이지. 공습을 피해 아내, 딸과 함께 방공호에 들어간 다자이가 유명한 옛날이야기를 패러디해서 들려주는 건데 입담이 보통이 아니야. 그 유명한 미시마 유키오도 이것만은, 이라며 꼬리를 내렸다니 말 다했지 뭔가. 조금 다르긴 하지만 우리가 잘 아는 혹부리영감 이야기도 나온다네. 거북을 살려준 대가로 용궁에 놀러가 온갖 산해진미를 먹으며 놀다 지상에 올라와보니 3백 년이 지났더라는 이야기 〈우라시마〉, 예쁘장한 토끼에게 반해 온갖 험한 꼴을 당한 뒤 결국 익사하고 마는 늙은 너구리 이야기 〈부싯돌 산〉, 나약하고 무기력한 남편이 귀애하던 참새의 혀를 뽑아버린 아내 이야기 〈혀 잘린 참새〉. 어떤가, 흥미가 당기지 않나?

재미나고 익살스러운, 다자이로서는 전무후무한 유머로 가득찬 이야기일세. 그러나 재미나기만 해서야 되겠는가, 다자이는 웃음 속에서도 눈을 똑바로 뜨고 독설을 날리지. 예를 들자면 이런 걸세. 우라시마는 아이들이 죽이려고 하는 거북을 5푼을 줘서 살려보내네. 은혜를 갚으러 온 거북은 서슴없이 이렇게 말하지. "당신이 나를 구해준 것은 내가 거북이고 또 괴롭히는 상대가 아이들이었기 때문이겠죠. 거북과 아이들이라면 그 중간에 들어가서 중재를 해도 뒤탈이 없기 때문이죠. (…) 그러나 그때의 상대가 거북과 어린이가 아니고, 예를 들어 난폭한 어부가 병든 거지를 괴롭히고 있었다면 당신은 5푼은커녕, 한 푼도 내지 않고, 아니 단지 얼굴을 찡그리고 틀림없이 서둘러 지나쳤을 거예요. 당신들은 인생의 절실한 모습을 보는 것을 아주 싫어하니까. (…) 실생활의 비릿한 바람을 맞는 것을 아주, 아주 싫어하죠. 손을 더럽히는 것을 싫어하죠."

재미있지 않은가? 「쓰가루」와 「석별」도 좋지만 난 「옛날이야기」에 푹 빠져버렸다네. 그러니 여기까지 일부러 찾아온 게지. 다자이가 조금 더 오래 살았으면 어땠을까, 전쟁 시기가 아닌 평화로운 때에 태어났으면 어땠을까 상상해보네. 여자와 함께 자살하는 나약한 다자이가 아닌, 포탄 떨어지는 방공호 속에서도 유쾌한 이야기들을 지어낼 수 있는 강인한 다자이를 떠올려보네. 이러니 어찌 그 책을 손에서 놓을 수 있겠는가 말이야.

드디어 왔구먼. 자아, 나는 이제 춤을 추러 가야 하네. 무슨 소리냐고? 저기 '호랑이 가죽 옷을 입고 볼품없는 쇠방망이 같은 것을 든 빨간 얼굴'들이 보이지 않는가? 나는 저들이 감탄해마지않을 춤을 추고 내 혹을 떼어가게끔 해야 한단 말이지. 우아하고 화려한 춤이 아닐세. "이제부터의 삶은 어쩌면 전혀 화려하지 않은 수수한 것이 될 것"이라고 다자이도 말했거든. 흥이 나는 대로 팔다리를 흔들면 충분하네. 구성진 노래를 한가락 더한다면 금상첨화지. 조금 경박해도 상관없네. 무슨 소리냐고? 궁금하면 그 책을 열어보게. 그 안에 전부 다 쓰여 있으니 말일세.

안보윤 소설가. 2005년 『악어떼가 나왔다』로 문학동네작가상을 수상하며 작품 활동을 시작했다. 자음과모음문학상을 수상했다. 소설집 『비교적 안녕한 당신의 하루』 『소년 7의 고백』, 중편소설 『알마의 숲』, 장편소설 『오즈의 닥터』 『사소한 문제들』 『우선멈춤』 『모르는 척』이 있다.

쓰가루·석별·옛날이야기 津軽·惜別·お伽草紙(1944·1945·1945)

'일본이 낳은 천재 작가' '영원한 청춘 문학의 작가'로 불리며 오늘날까지 일본에서 가장 사랑받는 작가 다자이 오사무의 걸작을 모은 소설집이다. 2009년 일본에서는 다자이 탄생 100주년을 맞아 제1회 다자이 검정시험이 열려 화제가 되었다. 이 검정시험에서 출제된 작품은 보모와의 재회 장면이 일본 문학사에서 길이 남을 명장면으로 꼽히는 소설 「쓰가루」다. 다자이 전문가를 자처하는 사람들이 응시한 시험에 출제된 작품이라는 사실 하나만으로도 「쓰가루」가 다자이를 이해하기 위한 필독 작품이라는 것에는 의심의 여지가 없다. 이외에도 루쉰의 일본 유학 시절을 소재로 한 「석별」, 민담을 패러디한 「옛날이야기」를 통해 따뜻하고 유머 넘치는 다자이의 새로운 면모를 유감없이 느낄 수 있다.

다자이 오사무 太宰治(1909~1948)

본명은 쓰시마 슈지. 일본 아오모리현 기타쓰가루에서 태어났다. 고리대금업으로 부를 획득한 집안 내력에 대한 혐오감과 죄의식으로 평생 괴로워했다. 도쿄대학교 불문과에 입학 후 좌익운동에 가담하면서 수업에 제대로 참여하지 못하고 중퇴했다. 1935년 「역행」으로 제1회 아쿠타가와상 차석을 차지했고, 몰락해가는 귀족 일가의 모습을 통해 전후 사회의 허무함을 그린 『사양』으로 젊은이들의 열렬한 지지를 얻으며 '무뢰파 작가' '데카당스 문학의 대표작가'로 불렸다. 1948년 『인간실격』 탈고 후 『굿바이』를 집필하던 중 유서를 남기고 연인과 강에 투신하여 39세의 나이로 비극적 삶을 마감했다.

완성하지 못할 퍼즐을 시작해야 하는 이유

『이인』 알베르 카뮈

박성원

그래, 난 공부 못한다.

여집합, 교집합, 공집합. 아름다운 미인들을 집합으로 표시하세요. 아름다운 미인의 집합이라. 집합으로 묶을 기준을 찾을 수가 없어요. 제 눈에는 모두 아름다워 보이는데요(그리고 아름다움과 미는 동어반복 아닌가요?).

그래 그럼, 네가 좋아하는 음악 다섯 곡과 싫어하는 친구 다섯 명을 표시해봐. 그건 더 어려운 일 같아요. 이글스의 〈호텔 캘리포니아〉를 좋아했지만 너무 알려지니까 싫어지더라고요. 친구 세정이는 평소 말이 없어 친하지 않았는데, 그 아이의 독서량을 알고 난 다음부턴 서로 읽을 책도 교환하며 친하게 지내고 있어요. 여전히 말이 없긴 하지만 그 친구가 권해주는 책을 읽으며 좋아하게 되었어요.

그래? 그렇다면 얘야, 넌 커서 뭐가 되고 싶니? 저는 미대에 가고 싶어요. 친구 세정인 용기 있고 체력이 좋아 소방관이 되고 싶어하고요. 얘야, 미대에 가려고 해도 수학은 해야 한단다. 소방공무원이 되려고 해도 영어, 한국사, 국어 하다못해 물리학개론·화학개론, 건축학이나 형사소송법 중 두 과목 이상은 시험을 쳐야 한단다. 에이, 설마요. 불 끄고 사람 구하는 데 한국사와 영어와 형사소송법이 왜 필요해요? (외국인만 구하는 전용 소방관이 있는 건가요? 아님 고려시대 방식으로 화재를 진압하나요? 그러나 차마 그렇게는 묻지 못했다.)

그런데 얘야, 미대는 왜 가려고 하니? 새로운 형식의 그림을 그리고 싶어요. 고전주의, 낭만주의, 초현실주의의 그림들을 뛰어넘는 화법을 찾고 싶어요. 후후, 얘야, 아니란다. 미대에 가려면 너는 두 가지 중에 하나를 목표로 삼아야 한단다. 사람들에게 상품을 더 많이 팔 수 있는 디자인을 공부하든지, 아니면 소더비 경매에 나갈 수 있을 만큼 값이 뛰어난 그림을 그리든지. 고흐나 고갱도 수학을 잘했나요? 글쎄. 사람들에게 왜 물건을 많이 팔아야 하죠? 얘야, 그렇게 해야만 너도 네 자식을 과외공부 시킬 수 있지 않겠니?

사춘기 시절, 세상은 무거웠고 고민은 많았다. 그 무렵 나를 구원해준 책 중의 하나가 바로 『이인』(이방인)이다. 살인을 왜 저질렀느냐는 물음에 "태양 때문"이라는 유명한 대답을 한 이인異人이자 이방인인 뫼르소. 내가 이 작품에서 충격을 받은 것은 해답이 없기 때문이었다.

누구나 겪었을 테지만 학창 시절의 대부분은 정답 찾기다. 괄호 안에 들어갈 알맞은 말은? 다음 중 동명사가 잘못 사용된 대화는? 「님의 침묵」에서 '님'이 의미하는 것은? 삼각형 내각의 합은?

그러나 『이인』에는 정답이 없다. 정답이 없음으로 해서 나는 적잖이 당황할 수밖에 없었다. 책을 다 읽고 나서 며칠간 머릿속에서 생각들이 떠나질 않았다. 누구의 말이 정답인가? 뫼르소를 취조하던 검사의 말이 정답인가, 가톨릭 신부의 말이 정답인가, 그것도 아니면 뫼르소의 생각들이 정답인가. 뿐만 아니었다. 뫼르소의 살인 동기인 "태양"은 무얼 의미하는가. 어머니의 죽음 이후 뫼르소의 행동들은 어떻게 이해해야 하는가.

좋은 교육은 정답 찾기가 아니라 생각해서 해석하는 능력을 키워주는 것인지도 모른다. 예를 들어 로댕의 유명한 조각 〈생각하는 사람〉을 떠올려보자. 그 조각을 보면서 처음엔 섬세하게 조각된 외양에 놀랄 것이다. 그러나 문제는 그다음부터다. 〈생각하는 사람〉은 턱을 괴고 앉아 무엇을 생각하는가. 그리고 그 조각이 우리들에게 의미하는 것은 무엇인가. 아무도 가르쳐주지 않는다. 오직 관찰력과 상상력으로 스스로 해석할 수밖에 없는 것이다. 예술이 필요한 까닭은 이 때문이다. 스스로 끊임없이 생각하여 해석을 찾아내기. 예술이 아닌 대부분의 것들은 해석할 여지가 없는 것들이다. 롤플레잉 게임을 하여 경험치를 쌓고 높은 단계의 괴수를 무찔렀다고 하자. 무엇을 해석할 것인가? 설령 해석의 여지가 있다 하더라도 그 수준은 운전면허 필기시험의 상식 수준인 것이다.

『이인』을 번역한 이기언 교수는 작품해설에서 이를 훌륭하게 말하고 있다.

> 『이인』은 쉽게 읽을 수는 있지만, 쉽게 이해할 수 있는 작품이 결코

아니다. 굳이 비유하자면, 『이인』 텍스트는 고난도의 퍼즐과도 같다. (…) 독자들도 퍼즐 맞추기에 도전해보기를. 물론 절대로 완성될 수 없는 퍼즐이라는 사실을 염두에 두고서 말이다. _166쪽

마찬가지로 카뮈의 동료였던 사르트르는 "『이인』의 문장 하나하나는 하나의 섬이다"라고 하면서 문장과 문장 사이에서 "세계가 없어졌다가 다시 태어나기 때문에" 이를 메울 수 있는 건 독자의 자발적인 상상력과 해석의 힘이라고 했다.

현대사회에서 노예는 노예로 태어나는 것이 아니다. 아무런 생각 없이 마냥 따라갈 때 노예는 탄생한다. 그러나 『이인』은 빼어난 예술작품이 그러하듯이 정답을 강요하지 않는다. 자발적인 해석을 요구한다. 『이인』이 고전으로 남는 이유는 바로 이 점 때문일 것이다.

내가 두번째 충격을 받은 것은 바로 뫼르소라는 인물 때문이다. 뫼르소가 이방인 또는 이인으로 남는 것은 그의 낯선 세계관 때문이다. 전통적인 기독교 사회에 살면서 그는 기독교를 부정한다. 상식을 오히려 이해하지 않는다. 상식은 절대 진리인가? 천동설은 한때 상식이었다. 인도에선 소를 숭배한다. 일본에선 자동차가 좌측통행을 한다. 상식, 체제, 시스템, 사회는 시대와 공간에 따라 늘 변경되는 것이다. 지금 한국사회의 상식은 어떠한가. 시간을 아끼고 돈을 모으는 것이 상식이다. 그리고 마치 진리처럼 군림한다.

우리가 발전이라고 부르는 것은 사실상 팽창과 기술혁신을 끝없이 욕망하는 체제의 욕망이다. 우리들의 자발적인 욕망이 아닌 것이다. 생산을 위한 효율성은 체제를 위한 것이지 사람을 위한 것이 아니다. 신기술은 끊임없이 체제의 욕망을 욕망하게끔 만든다.

지금 당장 인터넷과 휴대폰을 던져보라. 무엇이 우리를 불안하게 만드는가.

뫼르소의 기이한 행동과 생각들은 윤리와 도덕을 떠나서 우리들에게 세상을 주의깊게 관찰하게 만든다. 뫼르소의 행동은 엄청난 용기다. 이슬람 사회에서 이슬람을 거부한다는 것, 파시즘 사회에서 파시즘을 거부한다는 것, 모두 하나가 되어 한 가지만을 가리킬 때 그것을 거부할 수 있다는 것은 엄청난 용기인 것이다. 우리 모두 그와 같은 용기를 지닐 순 없겠지만 적어도 동전에 뒷면이 있다는 사실만은 생각하게끔 만든다. 다시 말해 뫼르소의 기이한 생각을 통해 우리들은 북극이 있다면 열대도 있다는 사실을 깨닫는 것이다.

어린 시절 친구들을 만나면 나는 말한다. 그래, 난 공부를 못했어. 하지만 『이인』을 읽고 누구보다도 더 많은 생각을 할 수 있었지, 라고. 문제 풀이보다 더 중요한 것은 문제 자체를 생각하는 것이다.

박성원 소설가. 1994년 계간 『문학과 사회』에 단편소설 「유서」를 발표하면서 작품활동을 시작했다. 오늘의젊은예술가상, 현대문학상 등을 수상했다. 소설집 『이상異常 이상李箱 이상理想』 『나를 훔쳐라』 『우리는 달려간다』 『이상한 가역 반응』 『도시는 무엇으로 이루어지는가』 『하루』 『고백』이 있다.

이인 *L'Etranger*(1942)

알베르 카뮈의 데뷔작으로, 지금까지도 프랑스에서만 매년 약 20만 명의 새로운 독자를 만들어내며 전 세계 100여 개 언어로 번역된 프랑스 현대 문학의 신화적인 작품이다. 이야기는 주인공 뫼르소가 어머니의 부음을 듣고 양로원을 찾아가는 장면에서 시작된다. 『이인』은 줄거리나 인물이나 문체적 특성에서나 기존의 어떤 소설과도 다른 혁명적이고 독특한 작품이었고 문단은 물론 일반 독자들에까지 폭발적인 반응을 불러일으켰다. '이인'이라는 제목은 주인공 뫼르소의 진정한 정체성과 원제 L'Etranger가 지닌 복합적 의미를 최대한 전달하기 위한 것이다. 즉, 보통사람과는 다른 낯설고 이상한 인간으로서의 이인(異人)이라는 뜻과, 작품 안에 두 뫼르소가 존재한다는 점에서 이인(二人)의 뜻을 함께 담은 것이다.

알베르 카뮈 Albert Camus(1913~1960)

알제리 몽도비에서 태어났다. 아버지는 포도주 제조공으로 카뮈가 태어난 이듬해 1차대전에서 사망했고, 문맹에 청각장애인이었던 어머니가 날품팔이를 하며 남은 가족들을 부양했다. 고등학교 졸업반에서 평생의 스승이 될 장 그르니에를 만나 큰 영향을 받고 알제대학 철학과에 진학했다. 1938년 좌파 성향의 신문사에서 기자로 일하며 언론인으로 활동을 시작했다. 1942년 첫 소설 『이인』으로 큰 명성을 얻었고 이후 『페스트』 『전락』 등을 발표하며 프랑스문단의 대표작가로 자리매김했다. 1957년에는 43세의 젊은 나이로 노벨문학상을 받았다. 이때 받은 상금으로 남프랑스의 작은 마을 루르마랭에 난생처음 집을 마련하고 집필활동에 전념할 수 있었지만 그로부터 3년이 안 된 1960년 1월 4일, 친구 미셸 갈리마르가 모는 차를 타고 루르마랭에서 파리로 돌아오던 중 교통사고로 생을 마감했다.

그때 달려간 토끼는 어디에 있나

『달려라, 토끼』 존 업다이크

한유주

지금 나이의 절반쯤 되었을 때의 내게는 '미국 3부작'처럼 여겨졌던 세 편의 소설이 있었다. 이는 각각 『위대한 개츠비』 『호밀밭의 파수꾼』 그리고 『달려라, 토끼』였다. 어째서 내가 이러한 3부작을 구성하게 되었는지는 알 수 없지만, 아마 그때까지 이름이라도 들어본 미국 작가들이 많지 않아서였으리라 짐작된다. 어쨌거나 『위대한 개츠비』와 『호밀밭의 파수꾼』은 쉽게 구해 읽을 수 있었다. 그러나 『달려라, 토끼』만큼은 좀처럼 손에 들어오지 않았다. 이 책은 오랫동안 절판 상태였다. 나는 대전의 헌책방들을 뒤졌고, PC 통신의 중고책 장터를 눈여겨보았다. 아마 몇 군데의 도서관들도 돌아다녔을 것이다. 그러나 『달려라, 토끼』는 어디에도 없었다. 토끼는 이미 항상 어디론가 달려가고 없었던 것이리라. 그로부터 몇 년이 지났을 때, 카투사로 복무하던 대학선배의 미군 주소지로 이 책의 원서를 배달받았다. 총 4부작인 토끼 시리즈가 한 권으로 묶여 있는 책이었다. 한데 그 책은 단 두 페이지만을 읽었을 뿐이다(그 책은 아직도 책장 한구석에 꽂혀 있다. 혹시 필요하신 분이 있다면 드릴 의향이 있으니 알려달라. 목침으로 사용될 수 있을 정도로 두꺼우니 이 점 염두에 두시고).

『달려라, 토끼』를 읽게 된 것은 지금 나이의 절반이었을 때보다 꼭 그만큼 더 나이를 먹고 난 뒤였다. 한마디로 최근이라는 말이다. 그사이 나는 많은 미국 소설들을 알게 되었고, 『위대한 개츠비』에서 데이지 뷰캐넌이 저택의 소파에 나른하게 앉아 있는 모습이나, 『호밀밭의 파수꾼』에서 홀든 콜필드가 레코드를 들고 거리를 배회하는 모습만이 내가 생각했던 전형적인 미국의 장면들을 구성하지 않는다는 것을 어렴풋이 깨닫게 되었다. 사실 미국은 어디에나 있었다. 미국의 이미지는 내가 자라난 대선에서도, 성년이 된 뒤 다시 살게 된 서울에서도 넘쳐났다. 나의 '미국 3부작'은 다른 것들로 끊임없이 대체될 수 있었고, 3부작이라는 낱말은 더이상 아무런 의미를 지니지 못했다.

그럼에도 불구하고 뒤늦게 읽게 된 『달려라, 토끼』는 각별했다. 예상대로였다. 내게는 2차세계대전이 끝난 후와 베트남전쟁이 발발하기 전의 미국을 관통했던 시대에 대한 관심이 있는데, 대공황도 지나갔고 전쟁도 끝났으며 현대적인 산업사회가 제시하는 끝없는 풍요의 비전을 목도했던 이 시기의 미국인들이 여전히 어떤 공포가, 어떤 비참이 다가올 것이라는 예감을 막연하게나마 느끼고 있었다는 사실을 발견하는 일이 즐겁기 때문이다(그리고 물론 이러한 예감은 오늘의 한국을 사는 우리들에게도 고스란히 적용된다).

한때는 누구나 감탄하는 농구선수였던 래빗 앵스트롬은 어느 날 임신중인 아내를 떠난다. 그는 장인이 억지로 사게 한 자동차로 몇 시간을 달려간다. 그리고 돌아간다. 그러나 아내에게가 아니다. 그는 다른 여성의 아파트에서 삶을 이어간다. 임신중이었던 아내가 아이를 낳는다. 딸이다. 래빗은 드디어 아내에게로 돌아간다. 언젠가 그가 골대를 향해 공을 던졌을 때, 그물을 조금도 흔들지 않고 공이 바닥으로 떨어져, 공이 들어간 것인지 아닌 것인지를 알 수 없었던 때가 있었다. 그가 서 있는 위치에서는 공의 궤적을 분명히 볼 수 없었던 것이다. 아내는 그를 받아들이지 않는다. 그는 다시 집을 나간다. 알코올중독이던 아내는 갓난아이를 익사시킨다. 실수였지만 늘 그렇듯 실수는 돌이킬 수 없는 법이다. 한때 래빗을 받아들였던 여성은 래빗의 아이를 임신중이다. 그러나 희망은 없다. 래빗은 달리기 시작한다.

소설의 줄거리를 요약하는 일은 부질없다. 줄거리가 함축할 수 있는 것은 줄거리뿐이다. 위의 줄거리를 자세히 읽어보라. 어디서 한번쯤 들어봤음직한 이야기다. 그러나 이 이야기가 '한번쯤 들어봤음직한 이야기'를 벗어날 수 있는 까닭은 래빗의 무책임한 불안이, 무책임한 탈주가 우리의 연민과 짜증, 그리고 불안과 공포를 자아내기 때문이다. 나는 한때 이러한 불안을 '미국적인 불안'이라 생각했다. 그러나 미국이 어디에나 존재하는 것처럼, 이러한 불안 또한 어디에나 존재한다. 모든 평온은 잠정적이며, 대개 사소한 것들이, 찰나의 순간들이 우리의 보잘것없는 평화와 안락함을 불시에 제거한다. 그러므로 우리는 래빗의 무책임한 도피를 쉽게 비난할 수 없다. 이는 무수히 많은 소설들이 내게 가르쳐준 것들 중 하나다.

달리기 시작한 래빗이 어디로 향했는지는 아직까지는 알 수 없다. 그의 행방은 아직 내가 읽지 않은 (혹은 읽지 못한) 책 속에서 확인될 수 있을지도 모른다. 그러나 그는 『돌아온 토끼』나 『토끼는 부자다』의 안에서나 밖에서나 언제고 모습을 드러낼 것이다. 때로는 나와 닮은 모습으로. 혹은 당신과 닮은 모습으로. 한번쯤 들어봤음직한 상황에서, 그러나 미세한 혈관처럼 뒤엉킨 이야기의 세부는 전혀 다른 방식으로. 존 업다이크는 아름다운 문장들로 래빗 앵스트롬의 불안을 그려냈다(자꾸만 내가 불안을 들먹이는 까닭은 Angst가 독일어로 불안이라는 뜻이기 때문이다. 어설픈 독일어가 나의 영혼을 잠식한다). 그러나 우리의 불안은 아마 아름다운 문장들을 갖지 못할 것이다. 그래서 어쩌면 우리는 비참하겠지만, 그러나 우리는 그 비참을 알아차리지 못할 것이다. 우리는 소설 속의 인물들이 아니니까. 다행스럽게도.

한유주 소설가. 2003년 단편소설 「달로」로 계간 『문학과 사회』 신인문학상을 수상하며 작품활동을 시작했다. 한국일보문학상을 수상했다. 소설집 『달로』 『얼음의 책』 『나의 왼손은 왕, 오른손은 왕의 필경사』, 장편소설 『불가능한 동화』, 옮긴 책으로 『용감한 친구들』 『나쁜 날들에 필요한 말들』 『쓰레기』 등이 있다.

달려라, 토끼 *Rabbit, Run*(1960)

업다이크를 동시대 최고 작가의 자리에 올려놓은 출세작이자 대표작으로, 고등학교 시절 유명한 농구선수였지만 졸업 후 평범한 세일즈맨이 된 해리 앵스트롬(래빗)이 현실에 적응하지 못하고 일탈하는 과정을 그리고 있다. 일견 평온하고 안정적인 삶을 살지만 정신적 공허감을 견디지 못하고 가정을 버리는 래빗은 소시민들의 정신적 고독과 방황을 대변한다. 업다이크는 『달려라, 토끼』 이후 10년 단위로 래빗이 등장하는 토끼 연작을 발표하며 그 자신이 '나의 형제이자 나의 친한 친구'라고 부른 래빗과 평생을 함께했다. 또한 연작 중 『토끼는 부자다』로 퓰리처상과 전미도서비평가협회상, 전미도서상을 받고, 『토끼 잠들다』로 다시 한번 퓰리처상, 전미도서비평가협회상을 받았다.

존 업다이크 John Updike(1932~2009)

미국 펜실베이니아주에서 태어났다. 어린 시절 마른버짐과 말더듬증으로 고생했던 그는 독서와 글쓰기에서 위안을 찾았다. 하버드를 졸업한 1954년에 첫 단편을 쓰고, 『뉴요커』의 전속작가로 작품활동을 시작했다. 1960년에 발표한 『달려라, 토끼』로 동시대 대표작가로 자리매김했다. 이후 10년 주기로 '래빗'이 주인공인 『돌아온 토끼』 『토끼는 부자다』 『토끼 잠들다』를 발표한다. 『토끼는 부자다』와 『토끼 잠들다』로 각각 퓰리처상을 받았다. 소설, 시, 에세이, 비평 등 장르를 넘나들며 60권이 넘는 책을 출간하며 20세기 미국문학을 대표하는 작가가 되었다. 폐암으로 생을 마감했다.

더 많은 불행, 더 많은 환란을!

『몰락하는 자』 토마스 베른하르트

강정

중독은 대개 아무 의미도 갖지 않으려는 노력이다. 술이나 문장에 중독되는 건 문장에 심취해서도 술을 사랑해서도 아니다. 다만, 그것들을 사랑하고 취하려 애쓰는 척 스스로를 몰아가려는 경향에 불과하다. 왜 그래야만 하는가, 라는 물음은 타당할 수 있지만, 대개의 경우 중독엔 딱 꼬집어 말할 만한 맥락이 존재하지 않는다. 맥락이 있다면 그건 중독 자체가 가지고 있는 몰입의 속도와 관련될 뿐, 어떤 일관된 내용과 지향점을 갖지 않는다. 그저 빠지기 위해 빠져들 뿐이다. 『몰락하는 자』는 내뱉기에 중독된 자의 처절한 자기 고백으로 읽힌다.

글렌과 냉혹성, 글렌과 고독, 글렌과 바흐, 글렌과 〈골트베르크 변주곡〉, 난 생각했다. 글렌과 산림 스튜디오, 인간에 대한 글렌의 증오, 음악에 대한 증오, 음악인에 대한 증오, 난 생각했다. 글렌과 간결함, 식당을 둘러보면서 난 생각했다. 우리가 원하는 것이 무엇인지 처음부터 알아야 해, 난 생각했다. 인간이 무엇을 원하는지. _75~76쪽

토마스 베른하르트는 페터 한트케, 엘프리데 옐리네크 등과 더불어 20세기 독일어권 문학계의 이단아로 통한다. 셋은 공히 오스트리아에서 성장했으나 모국에 대한 분노와 인간과 예술에 대한 환멸을 독자적인 방식의 언어 살해로 표출했다는 점에서 종종 같은 범주로 묶인다. 하지만 문학사의 특정 경향은 한약방의 약재 상자처럼 일목요연하게 분류될 수 없는 법이다. 문학은 결국, 어떤 개인의 지독한 체취에 불과할 수 있다. 토마스 베른하르트는 자기 안의 요설들을 가감 없이 토해내는 방식으로 기존 소설의 서사구조를 뒤틀어놓는다. 그렇게 그는 오스트리아 문학계의 '악한' 또는 '내부의 적'이 됐다.

『몰락하는 자』의 줄거리는 간단하다. 화자인 '나'와 친구 베르트하이머는 28년 전 레오폴츠크론 지역에서 호로비츠로부터 피아노를 사사했다. 그때 그들은 살아 있는 피아노의 신화 글렌 굴드를 만났다. 베르트하이머는 글렌의 천재성에 절망을 느낀 나머지 피아노를 포기하고 정신과학에 빠져든다. 그러다가 끝내 스스로를 죽음으로 몰아간다. '나'는 이 모든 과정을 지켜보며 밑도 끝도 없는 장광설을 풀어놓는다. '나'는 베르트하이머가 자신의 불행이 사라지는 게 두려워 자살한 것이라 결론짓는다. 그러나 여기서 잘 알려진 모차르트와 살리에리의 관계를 연상하는 건 문제의 핵심에서 많이 벗어난다. 이 작품은 인간관계의 어떤 정식이나 애증의 복합구도에 초점을 맞추지 않는다.

베른하르트는 예술과 자연, 사랑과 집착, 그리고 질투에 대한 뿌리깊은 천착을 통해 언뜻 뒤집어진 채 매장돼 있는 숨은 진실들을 파헤친다. 이를테면, 더 악해지거나 죽기 위해 사는 열망도 존재한다는 사실. 자연이든 예술이든 완벽한 아름다움이란 인간을 옥죄는 우주의 사슬에 불과할 수도 있다는 사실. 삶을 위한 인간의 모든 노력이 실상은 은밀한 파멸충동에 대항한 소심한 분투에 지나지 않을 수도 있다는 사실. 이 모든 '어두운 진실'들은 어쩌면 예술이 진정으로 탐구하고 제시해야 하는 '진짜 문제'들일 수 있다. 베른하르트는 이렇게 자문자답하는 듯하다. 예술이 위대한가. 아니다. 삶을 초과하는 모든 것은 삶을 더 깊은 어둠 속으로 몰아넣을 뿐이다. 마치 거대한 산의 그림자가 마을의 빛을 잠식해버리는 것처럼.

늘 그렇듯, 베른하르트는 이야기를 지어내기 위해 소설을 쓰지 않는다. 그는 "산문의 언덕 너머로 이야기가 끼어들 기미가 보이면 곧바로 쏘아 죽인다"고 말할 정도다. 그는 그저 스스로를 끝닿는 데까지 몰아가는 정념과 분노, 그리하여 소진되는 세계에 대한 비전과 자아의 궤멸 양상만을 적나라한 말의 범람을 통해 보여줄 뿐이다. 허영과 위선, 가식과 환멸로 지탱되는 세계의 위장막 앞에서 그는 벌거벗고 소리친다. 그 외침은 그러나 자신을 더 커다란 고독의 상자 속에 가두는 울타리가 된다. 고독의 농도가 짙은 만큼, 울타리 속의 공기는 더 팽팽하고 첨예하다. 내밀한 소리로 응결된 음표들이 그 안에 잔뜩 부유한다. 공허가 딴딴하게 뭉쳐지면 칼날이 되고, 분노가 안으로 삭으면 섬려한 가시가 된다. 베른하르트는 날카로운 언어의 가시와 사유의 칼날로 스스로 부풀어오른 고독의 맨살들을 발라낸다. 어떤 짐승의 본능에 가까운 몸부림과 애잔함, 폭발 직전의 광기와 세계와 결별하기로 작정한 자의 통 큰 회의가 그 안에 가득하다. 대신, 모든 감정이 중화된다. 슬픔이 넘쳐 눈물은 돌멩이가 되고 냉소와 위트가 소스라치게 곤두서 되레 말라붙은 사막이 펼쳐진다. 쓰리고 침침하지만, 그럼에도 모든 중독이 그러하듯, 한번 몸을 담그면 쉬이 빠져나올 수 없다.

만인의 이해가 미덕인 양 권장되는 건 예술에 대한 무지의 소산이다. 글렌 굴드는 그게 싫어 중증 결벽증 환자로 살다 갔다. 그런데 이 소설에 등장하는 굴드는 과연 우리가 알고 있는 그 굴드일까. 혹시 그는 베른하르트가 암살하고 싶어했던 또다른 인생의 적, 그 자신의 숭고한 자아가 아니었을까. 어쨌거나, 대중의 환희는 예술에 대한 경망스러운 모독에 지나지 않는다. 파멸을 최고의 가치로 여기고 사는 삶도 있는 법이다, 세상에는. 그 앞에서 섣불리 울지도 웃지도 말라. 정말 그의 옷섶엔 번쩍번쩍 살기가 도는 총이 숨겨져 있을지도 모르니까.

강정 시인. 1992년 계간 『현대시세계』에 「항구」 외 5편의 시를 발표하면서 작품 활동을 시작했다. 시집 『처형극장』 『들려주려니 말이라 했지만,』 『키스』 『활』 『백치의 산수』 『귀신』, 산문집 『루트와 코드』 『나쁜 취향』 『콤마, 씨』 『그저 울 수 있을 때 울고 싶을 뿐이다』가 있다.

몰락하는 자 *Der Untergeher*(1983)

바흐만, 한트케와 더불어 오스트리아 현대문학을 대표하는 작가 토마스 베른하르트의 대표작이다. 실존인물인 천재 피아니스트 글렌 굴드를 등장시키며 출간 당시 큰 화제를 모은 작품이다. 글렌 굴드라는 천재와의 만남을 통해 서서히 파멸해가는 베르트하이머라는 인물이 결국 죽음을 맞이하고, 그 죽음의 이유를 찾는 과정이 작품 전체에 걸쳐 그려진다. 예술의 절대성과 완벽성에 대한 주인공의 강박관념을 잘 드러낸 이 작품은 『벌목』『옛 거장들』과 함께 베른하르트의 예술 3부작으로도 불리며 유럽 최고의 문학상 중 하나인 프레미오 몬델로 상을 받았다.

토마스 베른하르트 Thomas Bernhard(1932~1989)

네덜란드 헤이를런에서 사생아로 태어났다. 조국 오스트리아로 돌아와 외조부모 밑에서 유년 시절을 보냈다. 절망, 고통, 파멸, 죽음이라는 테마에 천착했고 쇼펜하우어와 비트겐슈타인의 영향을 받은 베른하르트는 생전에 카프카와 자주 비견되었으며, 동시대에 활동했던 베케트를 능가한다는 평가를 받았다. 과장과 언어 파괴를 주요 기법으로 하여 스스로를 '이야기 파괴자'라고 불렀고, 나치에 협력한 조국 오스트리아에 대한 강한 비판이 담긴 작품들로 시대를 대표하는 비판적 지성의 모습을 보여주었다. 또한 저작권이 유효한 자신의 작품이 오스트리아에서 출간 또는 공연되는 것을 용납할 수 없다는 유언을 남기기도 했다. 『소멸』『혼란』『비트겐슈타인의 조카』 등의 작품으로 오스트리아 국가상, 게오르크 뷔히너 상 등 유럽의 권위 있는 주요 문학상을 휩쓸었다. 소설, 시, 희곡을 포함해 60편이 넘는 작품을 남겼다.

루슈디, 전체에 대한 사라진 열정

『한밤의 아이들』 살만 루슈디

천명관

그런 책들이 있다. 책장을 열기 전 표지와 저자의 이름을 번갈아 쳐다보고 눈대중으로 두께를 가늠해보며 마라톤 출발선상에 선 선수처럼 긴장과 흥분, 기대와 각오로 자신도 모르게 한숨을 내쉬게 되는 그런 소설 말이다. 또 그런 작가들이 있다. 마지막 페이지를 다 읽고 책장을 덮었을 때 아무런 생각도 떠오르지 않고 그저 영원히 가닿을 수 없는 어떤 높이(깊이가 아니다)에 절망해 망연자실, 또 한숨을 내쉬게 되는 그런 작가 말이다. 살만 루슈디의 『한밤의 아이들』이 바로 그런 소설, 그런 작가다.

루슈디는 말한다. 한 사람의 인생을 이해하기 위해선 세계를 통째로 삼켜야 한다고. 그리고 자신의 말마따나 마치 이 세계를 통째로 집어삼킨 듯 무시무시한 공력으로 뭔가를 엄청나게 쏟아낸다. 그것이 단지 이야기뿐일까? 무수한 사람의 이름과 사물의 이름, 수많은 지명과 풍경들…… 인도가 영국으로부터 독립하는 순간에 태어난 살림 시나이란 주인공을 설명하기 위해 그는 여자와 남자, 부자와 가난뱅이, 힌두와 이슬람, 인도와 파키스탄, 혁명가와 도망자, 영국인과 인도인 등 모든 것이 뒤섞인 가계의 역사를 장구하게 펼쳐 보인다. 그래서 주인공은 어지간한 소설 한 권 분량 정도가 지나가고 나서야 비로소 세상 밖으로 나온다. 그리고 빅뱅처럼 그 순간 모든 것이 시작된다. 국가가 탄생하고 한 남자의 인생도 같이 시작된다. 그것도 태어나는 순간 조산사에 의해 다른 아이와 바꿔치기 당한 채 말이다. 그러지 않아도 복잡하게 시작된 그의 생은 그보다 앞서 일어났던 모든 일, 그가 겪고 보고 실천한 모든 일과 그가 당한 모든 일, 즉 혼돈에 빠진 인도 전체(근작 『광대 샬리마르』에서 루슈디는 '인도는 이해할 수 있는 혼돈'이라는 말을 했다), 나아가 세계 전체이므로 그의 소설을 읽다보면 도대체 이 안에 없는 게 뭘까? 라는 생각이 든다. 하지만 그것이 무엇인지 굳이 찾아볼 필요는 없다. 어차피 모든 게 다 들어 있으니까.

소설 속에서 한 인물의 전 생애를 다루려는 야심은 사라졌다. 이제 그것은 무모하고 어리석은, 그래서 촌스럽고 낡은 꿈이 된 것일까? 서사는 사라졌고 소설은 점점 더 얇아졌다. 언제부턴가 날카롭고 반짝거리는 것에의 탐닉과 스틸 사진처럼 정지된 아름다움이 그 자리를 대체했다. 이제 나는 앙상하고 얄팍한 소설에 질려버렸다(나는 그것을 '밴댕이 소갈딱지 같은 소설'이라고 부른다). 벼룩처럼 하찮은 소재로 어찌 위대한 불후의 명작을 쓰겠는가!(허먼 멜빌의 말이다.)

한날 달콤하고 요사스러운 단어의 나열이 소설이었다면 나는 아마도 소설을 쓰지 않았을 것이다. 아니, 쓸 수 없었을 것이다.

소설은 스틸 사진이 아니라 동영상이다. 소설은 움직이는 것이며 변화하는 것이다. 소설은 시가 아니며 에세이는 더더욱 아니다. 소설은 밑줄 긋는 문장의 나열이 아니다. 소설은 직접적인 언술로 말하는 것이 아니라 이야기를 통해 말하는 것이다. 그러므로 정작 말해져야 할 바는 이야기 속에 침잠되는 법이다.

하지만 불행하게도 언제부턴가 작가는 이 세계를 해석하는 주체가 아닌 해석의 대상으로 전락했다. 성장을 멈춘 소년소녀들의 일그러진 거울은 흥미로운 탐구대상이 되었다. 말하자면 그들은 더이상 렌즈가 아니다. 그들은 스스로 미러가 되었고 그렇게 조각조각 파편화된 미러는 이 세계의 징후를 포착하는 도구가 되었다. 그래서 작가는 이제 완전히 패배를 선언한 것인가?

그럼에도 불구하고 나는 여전히 긴 이야기에 사로잡혀 있다. 그래서 한 손으로 들기에도 버거운 두툼한 책을 만질 때마다 말할 수 없는 충족감을 느낀다(최근에 제임스 조이스의 『율리시스』를 구입해 읽기 시작했다. 그것을 끝까지 읽을지는 모르겠으나 베개 대용으로 써도 좋을 만큼 두꺼운 그 책을 흐뭇하게 바라보며 나는 수많은 생각과 이야기들, 수많은 문자를 수집한 한 인간의 지난한 노동에 경외감을 느낀다). 그 두께 안에는 수많은 인간 군상과 다양한 풍속, 당대를 기록하려는 차가운 산문정신, 그리고 덧없이 스러져가는 시간을 담아내려는 꿈이 담겨 있다. 강물처럼 흘러가고 말처럼 달려가는, 그들의 이 '전체에 대한 열정'은 여전히 나를 흥분시킨다. 더이상 실현이 가능할지는 모르겠지만 나는 그것이 작가가 승리하는 유일한 길이라고 믿고 있다. 고백하자면 루슈디는 진심으로 내가 표절하고 싶은 작가다. 그것이 부끄러운 일이라는 것을 모르는 바 아니지만 만일 아무도 눈치채지 못한다면 나는 기꺼이 그를 표절할 각오가 되어 있다.

후일담 하나. 루슈디는 스스로 자신이 인도의 구전문학 전통에 큰 빚을 지고 있다고 고백한 바 있다. 그래서일까? 그가 인도에서 강연을 할 때 한 독자가 다음과 같이 말했다고 한다.

"그 책은 제가 쓸 수도 있었어요. 저도 다 아는 이야기였거든요."

나는 특별히 소설가만이 알고 있는 무언가가 있다고 생각해본 적이 한 번도 없다. 그래서 언제나 그런 이야기가 좋다. 누구나 다 아는 이야기……

천명관 소설가. 2003년 문학동네신인상에 소설 「프랭크와 나」가 당선되어 작품활동을 시작했다. 문학동네소설상을 수상했다. 소설집 『유쾌한 하녀 마리사』 『칠면조와 달리는 육체노동자』, 장편소설 『고래』 『고령화 가족』 『나의 삼촌 브루스 리』 『이것이 남자의 세상이다』가 있다.

한밤의 아이들 *Midnight's Children*(1981)

신화와 현실을 넘나드는 환상적인 이야기꾼이자 『악마의 시』로 이슬람교로부터 살해 위협에 시달린 세계적인 작가 살만 루슈디의 대표작이다. 1947년 8월 15일 인도가 독립하는 순간 태어난 1001명의 아이들 중 열두시 정각에 태어나 신생 독립국 인도와 운명을 함께하게 된 살림 시나이의 서른 해를 그렸다. 주인공인 살림은 마치 세에라자드가 '천일야화'를 들려주듯 밤마다 "옛날옛날 한 옛날에"로 시작되는 매혹적인 이야기를 자신의 연인인 파드마에게 풀어낸다. 자신의 유년 시절의 경험을 바탕으로 한 이 작품으로 루슈디는 그해 부커상과 제임스 테이트 블랙 메모리얼 상을 수상했으며, 이후 부커상 25주년 기념 '부커 오브 부커스', 부커상 40주년을 기념해 일반 독자를 대상으로 수상작 중 가장 사랑하는 작품을 선정한 '베스트 오브 더 부커'를 수상, 한 작품으로 세 번의 부커상 수상이라는 문학사상 유일무이한 기록을 세웠다.

살만 루슈디 Salman Rushdie(1947~)

독립을 두 달 앞둔 인도에서 태어났다. 케임브리지대학교에서 역사를 전공했고, 영국 광고 회사에서 일하며 1975년 첫 소설 『그리머스』를 발표했다. 1981년 출간한 두번째 소설 『한밤의 아이들』로 부커상, 제임스 테이트 블랙 메모리얼 상을 수상했다. 1988년 출간한 『악마의 시』로 이슬람 교단의 처단 명령 '파트와'가 내려져 1995년까지 영국 정부의 보호 아래 도피생활을 하면서도 다양한 작품을 발표해 전 세계 유수의 문학상을 수상했다. 2000년 미국으로 이주해 『분노』 『광대 샬리마르』 『피렌체의 여마법사』 등을 발표했다. 2007년 영국 왕실로부터 대영제국 커맨더 훈장을 받았다.

문학동네 세계문학전집 079~080

땅이 들려준 이야기

『죽은 군대의 장군』 이스마일 카다레

최은미

사람들은 땅에서 무엇을 할까. '강이나 바다와 같이 물이 있는 곳을 제외한 지구의 겉면'이자 흙과 미생물로 뒤덮여 있는 곳. 사람들은 땅이라 불리는 그곳에 씨를 뿌리고, 같이 살던 사람을 묻고, 어디에도 말하지 못하는 것들을 숨겨놓는다. 그들은 땅을 두드리면서 통곡을 하고 땅을 베고 누워서 꿈을 꾼다. 땅에서 조금이라도 더 멀어지기 위해 하루를 다 바쳐 점프 연습을 하고, 땅이 잡아끄는 힘에 기꺼이 몸을 내맡겨 뛰어내리기도 한다. 그렇다면『죽은 군대의 장군』에 나오는 인간들은 땅에서 무엇을 하고 있을까?

> "저들은 누구요? 뭘 하는 겁니까?" 장군이 물었다.
>
> "보아하니 우리와 같은 일을 하고 있군요. 땅을 파고 있습니다." _69쪽

땅을 파고 있는 그들은 석유탐사대도 아니고 고고학자도 아니다. 그들은 군인이다. 『죽은 군대의 장군』은 알바니아 작가 이스마일 카다레가 1963년에 발표한 그의 첫 장편소설이다. 카다레는 이 소설에서 땅을 파야 하는 '숙명'을 떠안은 흥미로운 인물을 등장시킨다.

알바니아의 산야를 헤매면서 서서히 망가지게 될 이 인물은 2차 세계대전 당시 알바니아의 적국이었던 나라의 장군이다. 전쟁 20년 뒤, 장군은 알바니아에서 전사한 자국 군인들의 유해를 수습하기 위해 군종신부와 함께 알바니아를 찾는다. 한 손에는 전사자의 신장과 치아 상태가 표시된 명단이 있고 한 손에는 발굴된 군인들을 넣어가기 위해 특수 제작된 비닐 가방이 있다. 장군에게 이 임무는 아들의 유해를 기다리는 자국의 어머니들에게 그 아들들을 돌려주는 것, 패배한 병사들을 '망각과 죽음으로부터 구하는' 고귀한 것으로 여겨진다. 사명감과 자부심으로 출발한 장군은 그들처럼 유해 발굴을 하는 다른 외국 군인들과 곳곳에서 마주치면서 알바니아의 토목공들을 대동하고 땅을 파나간다.

이 여정에서 장군이 발견하게 되는 것은 전쟁 당시 징병심사위원회에 있던 그가 '합격'을 외쳤던, 이제는 해골이 된 '새하얀 알몸의 신병들'만이 아니다. 그들이 파헤친 묘혈에는 '전략적 차원의 공창公娼'으로 끌려온 여자들의 해골, 인간들의 전쟁에 동원된 다른 포유동물의 잔해, 심지어 다른 세기 전사자들의 해골이 기다리고 있다. 자국의 명예로운 군인들은 탈영을 해 적국 농가의 머슴으로 살다 죽고, 국민의 존경을 받던 대령은 그가 강간하고 죽음으로 내몬 이의 어머니에 의해 생각지도 못한 곳에서 모습을 드러낸다.

장군이 이 사실들과 마주하는 과정은 곧 그가 땅과 마주하는 과정이다. 장군은 자신이 비닐 가방 속에 든 죽은 군대를 지휘해야 하는 장군임을 계속해서 자각한다. 20년 전의 전쟁이 인간과 인간의 전쟁이라면 죽은 군대를 이끄는 장군의 전쟁은 땅과 맞서는 전쟁이다. 인간이 전쟁에 붙여놓은 어떤 수식도 허락하지 않는 땅 앞에서 장군은 전쟁의 본얼굴과 마주할 수밖에 없게 된다. 그가 군인인 이상 이 과정은 어떤 실전보다도 혹독한 싸움이자 시련이 된다. 자부심은 무력감으로 바뀌고 땅이 내뿜는 습기와 추위 속에서 장군은 점점 평정심을 잃어간다. '황량하고 무미건조한 이 외관 뒤에 어떤 끔찍한 비밀이 숨겨져 있는 것만 같은' 땅은 장군에게 결코 모든 걸 내어주지 않으며, 그가 데려가야 하는 전사자들 또한 이미 땅의 일부가 되어 '내가 쓰러진 바로 그 자리에 날 가만히 내버려두라고' 장군을 밀어낸다. 그러니 장군이 제정신일 수가 있을까? 전쟁하는 인간의 실체를 확인해야 하는 땅 파는 인간이라는 짐 앞에서 장군은 마지막까지 시비를 걸고 조롱을 당하며 추태를 부린다. 그러다 지친 양처럼 입을 닫은 채 조용히 알바니아를 떠난다.

이스마일 카다레는 자신의 첫번째 인물을 고통의 집약장인 전쟁터 그 이후로 데려다놓았다. 그리고 땅을 들여다보게 했다. 그것은 땅이 가감 없이 쌓아온 인간의 연대기를 들여다보는 일이고, 그 연대기가 보여주는 인간의 한계를 들여다보는 일이다. 어느 특정 시기의 비극을 누비는 장군 개인의 운명이 인간의 숙명으로 확장되는 걸 지켜보는 일은 이 소설이 주는 가장 큰 슬픔이다. 그러나 장군의 눈과 귀가 보고 들은 것이 장군의 머릿속을 통과해 행동으로 나오는 희비극을 따라가다보면 독자들은 이 무서운 이야기를 한 호흡 거르며 만나게 된다. 그 안에는 카다레가 고통을 기록하는 방식이 있고, 말해지지 않은 것들이 보내오는 진동이 있다.

우리는 이스마일 카다레가 그려온 땅들을 기억하고 있다. 알바니아의 가파른 산악지대와 비에 젖은 우울한 돌들, 산그림자가 드리워진 고원과 차고 습한 바람들. 카다레가 묘사한 수많은 산비탈 아래에서 우리는 곡괭이를 들고 서 있는 한 남자를 본다. 그리고 묻게 된다. 정말로 땅만은 진실을 간직하고 있을까? 그렇다면 땅은 왜 자신이 갖고 있는 이야기를 인간에게 전부 들려주지 않는 걸까. 왜 슬쩍슬쩍 감추면서 계속해서 인간이 땅 파는 인간이게 내버려두는 것일까. 알바니아를 떠나는 비행기 안에서 장군이 입을 다문 건 그들이 마지막으로 찾아들어간 마을에서 들었던 알바니아의 속담 때문일지도 모르겠다.

'사방이 비와 죽음이다, 그러니 다른 걸 찾게나……' _302쪽

최은미 소설가. 2008년 월간 『현대문학』에 단편소설 「울고 간다」를 발표하며 작품활동을 시작했다. 소설집 『너무 아름다운 꿈』 『목련정전』, 장편소설 『아홉번째 파도』가 있다.

죽은 군대의 장군 *Le Général de l'armée morte*(1963)

'20세기의 고전문학 작가'라 불리며 매년 유력한 노벨문학상 후보로 거론되는 알바니아 출신의 세계적인 작가 이스마일 카다레의 첫 장편소설. 문학을 통해 조국 알바니아의 역사와 정서를 표출해온 카다레의 문학세계에서 출발점이 되는 작품이자, 이후 발표한 그의 다른 걸작들의 탄생을 암시하는 작품이기도 하다. 제2차세계대전이 끝난 후, 알바니아에 묻힌 자국 군인들의 유해를 찾아나선 어느 외국인 장군의 시선을 통해 전쟁의 추악함과 부조리를 폭로하는 이 소설은 알바니아에서 발표된 직후 불가리아, 프랑스, 이탈리아 등 여러 나라에서 번역 출간되며 카다레에게 세계적 명성을 안겨주었고, 1999년 프랑스의 〈르몽드〉가 뽑은 '20세기 100대 소설'에 선정되기도 했다.

이스마일 카다레 Ismaïl Kadaré(1936~)

알바니아 남부 지로카스트라에서 태어났다. 티라나대학교에서 언어학과 문학을 공부했고, 모스크바의 고리키 문학연구소에서 수학했다. 1963년 발표한 첫 장편소설 『죽은 군대의 장군』으로 세계적 명성을 얻었고, 이후 『돌에 새긴 연대기』 『꿈의 궁전』 『부서진 사월』 『아가멤논의 딸』 『누가 후계자를 죽였는가』 『피라미드』 『H 파일』 등 많은 작품을 통해 암울한 조국의 현실을 우화적으로 그려내는 자신만의 독특한 문학세계를 구축했다. 1990년 프랑스로 망명했으며, 1992년 프랑스의 문화재단에서 수여하는 치노 델 두카 국제상을 수상했다. 2005년 제1회 맨부커 인터내셔널상, 2009년 스페인 아스투리아스 왕세자상을 수상했고, 2016년 레지옹도뇌르 최고 훈장을 수훈했으며, 2019년 박경리문학상, 2020년 노이슈타트 국제문학상을 수상했다. 2024년 7월 88세로 눈을 감았다.

이 남자를 보라

『페레이라가 주장하다』 안토니오 타부키

구병모

하루가 멀다 하고 좁아지는 혈관, 뇌 주름 사이마다 쌓이는 먼지, 순환을 포기하고 몸속 어딘가에 응고되는 노폐물들, 우편함을 가득 채운 각종 세금 고지서들(게다가 납기일이 서로 다르기까지!)에다 엄습해오는 모든 사물과 갈등 들을 어떻게든 조율하여 아이는 무사히 키워야겠고, 친근하지는 않으나 밀착되다못해 거기 매몰되고 마는 일상—이것들이 오늘 두개골까지 굳어버린 생활인으로서의 나를 이루는 결정結晶들이다. 써놓고 보니 한심하나 맘속 어딘가에서는 이렇게 변명한다—10년 전만 해도 나는 이렇게까지 최저는 아니었으며 나아가야 할 길과 뛰어들어야 할 거리가 어디인지, 뻗어야 할 손길과 그것이 닿아야 할 곳을 고민할 줄 알았다고. 지금처럼 슬며시 소액 입금이나 구매 후원 같은 행위로써 죄의식을 '땜빵'하며 숨어드는 소심인이 아니었다고. 소시민을 자청하다 정말 소심인이 되어버린 지 너무 오랜 세월이 흘렀으며, 과거에 알고 지내던 거의 대부분의 이들과 차마 연락하지 못하고 지내는 건 이 때문이기도 하다.

살다보면 으레 그런 거라고 자조하다가 이 남자를 보았다. 그의 행동과 결론은 현실의 나로선 엄두를 낼 수 없는 방향으로 흘러가는데, 처음 보았을 때 그가 놓인 처지는 이랬다.

그러니까 가쁜 호흡과 삭아가는 심장에다 아내와 사별한 뒤 극심한 영양 불균형으로 몸이 비대해지기도 했고 문학인의 사망 기사에 촉각을 곤두세움으로써 얻어지는 직업병의 일종이겠으나 삶보다는 죽음에 더 관심 있는 남자, 지금처럼 사람의 육체와 정신에 스펙을 들이대는 세속의 기준으로 말하자면 전후좌우 잘나가는 남자라고 보기는 힘들지만 어쨌든 '박사'라고 불리며 신문 문화면 기사를 통으로 담당하는 이가 있다. 이 사람이 소설 전편을 통해 끊임없이 뭔가를 주장하는데, 어째 난감하다.

제목부터 단호하게 주장한다고 해서 처음에는 뭐 대단한 구호나 강령을 외치는 줄 알았지. 소설을 이룬 전체 문장의 상당량이 '……라고 페레이라는 주장한다'로 끝나건만 그 '……' 안에 들어가는 내용이 대략 이런 것들이다. "아주 피곤했다고 페레이라는 주장한다" "정신 나간 생각 하나가 떠올랐다고 페레이라는 주장한다" "꾸물거릴 시간이 없었다고 페레이라는 주장한다". 아니 세상에 주장해야 할 현안들과 공분을 불러일으키는 사건들이 지금도 얼마나 무수히 널려 있으며 날마다 기록을 갱신하는데 고작 이런 사소하고 내밀한 문제들을, 그나마 문제라고 부르기도 무엇한 것들을 힘주어 주장하는지. 이런 주장이라면 나도 백 마디쯤 할 수 있겠다……가 아니라.

집요하고 일관되게 반복 제시되는 그의 주장들은 이를테면 정말로 중요한 일들, 가리지 말아야 할 진실들을 주장할 수 없는 사회 환경에서의 역설적인 모습이었다. 그 환경이란 한 사회주의자 짐마차꾼이 자신이 파는 멜론에 피를 뿌리며 죽어갔다는 기사를 실을 수 없으며 모두가 침묵하는 것 말고는 사회에 대응하는 방법을 모르는 현실이었는데 가만, 이거 어디서 많이 본 것 같다. 소설 속 배경은 분명 1930년대인데, 그로부터 무려 80년의 세월을 건너 2010년대를 살아가는 우리가 놓인 처지와 어쩌면 이토록 닮았는지, 권력과 그것을 휘두르는 사람들의 행태는 어째서 매번 짙은 기시감을 제공하는지.

개인적인 느낌과 인상 및 기억과 같은 것들을 끊임없이 중얼거리듯 주장하는 이 신문기자는 적당한 학력과 아내와의 추억과 현재 위치나 하는 일 등에 안주하며 그 자체로 살아 있되 무덤에 들어 있는 것과 다를 바 없는 나날을 보내다가 수습기자로 쓰고 싶은 청년을 만나지만 이때부터 인생이 꼬이기 시작하니, 청년은 작금의 사회에서 도저히 실을 수 없는 날 선 비판을 첨부한 문인 부고 기사만 써서 들이밀고, 이 인간을 내쳐 말아, 고민하면서도 선임기자 페레이라는 일종의 중력에 끌리듯 그의 기사를 버리지 못하고 사비를 털어 원고료를 지급한다. 이로써 청년과 그의 무리에게 활동비를 보조한 셈이 된 것이다. 게다가 이 청년은 약간의 진상과 민폐 신공을 발휘하여, 페레이라와는 생면부지인 자신의 동지에게 은신처를 마련해주기 위해 도움을 요청하기까지. 이러한 과정을 거쳐 문화면 담당 기자였던 페레이라는 지금까지 자신을 이루고 있던 안온하고 순조順潮한 결정結晶들이 조각조각 떨어져나가는 경험을 하게 된다. 그리고 그의 마지막 선택지는.

자아의 움직임에 굳이 '왜'를 설명하는 것은 철학자와 심리학자들이 하게 놔두자. 우리는 어떠 계기가 없어도 마음이, 손끝이 움직이기도 한다. 일상적으로 거쳐온 순간과 만남 들이 모두 계기의 일부를 이루었으니까. 그러다 어느 순간 정신을 차리고 보면 길을 멀리 떠나와 돌아갈 데가 보이지 않을 수도 있으며, 지금까지 어른들 말 잘 듣고 착하게 살아온 나란 인간이 대체 무엇이었는지 한동안 회의에 사로잡히며 떠오르는 갈등도 필수 옵션이다. 그때는 망설이지 말고 '지금부터의 나'를 받아들이라고, 페레이라를 둘러싼 사람들은 주장하고 있다. 그러니 페레이라가 정말로 주장하고 싶은 이야기는 이 소설이 끝나는 지점에서부터 시작하는 것이다.

훗날 나의 부고에는 모든 약력이 생략된 채 다만 '소심인' 세 글자가 인쇄될 것으로 예상되나 내가 써온, 그리고 앞으로 쓸 소설들은 그와 같은 운명에 저항할 수 있을지.

구병모 소설가. 2008년 『위저드 베이커리』로 창비청소년문학상을 받으며 작품 활동을 시작했다. 소설집 『고의는 아니지만』, 장편소설 『아가미』 『방주로 오세요』 『피그말리온 아이들』 『파과』 『네 이웃의 식탁』이 있다.

페레이라가 주장하다 *Sostiene Pereira*(1994)

포르투갈 리스본을 배경으로 독재정권의 현실과 마주한 문화부 기자 페레이라의 내적 변화 과정을 그린 소설이다. 특히 '페레이라는 주장한다'라는 문장이 반복되는 서술이 특징이고, 정치와 역사에 대한 치열한 문제의식을 독창적인 구성으로 표현해냈다는 평가를 받으며 출간 당시 유럽의 주요 문학상을 휩쓸었다. 1994년 『페레이라가 주장하다』가 출간되자 이탈리아에서는 '페레이라'라는 인물이 반민주 정권에 반대하며 언론의 자유를 지켜낸 상징으로 받아들여졌다. 당시 뇌물수수와 온갖 부정의혹 속에 실비오 베를루스코니가 이탈리아 총리에 오르자 그에 대해 반대하는 여론이 『페레이라가 주장하다』를 전폭적으로 지지했고, 덕분에 이 작품은 큰 화제를 불러일으켰다. 타부키는 이 작품으로 일약 세계적인 작가의 반열에 올랐고, 이후 유력한 노벨문학상 후보로 거론되기도 했다.

안토니오 타부키 Antonio Tabucchi(1943~2012)

이탈리아 피사에서 태어났다. 유년 시절 접한 수많은 외국문학의 영향으로 그의 문학에서는 유럽 각국 작가에 대한 이야기가 자주 등장하는 것이 특징이며, 국제적인 문학이라는 평가를 받고 있다. 피사대학 인문학부 재학 시절 포르투갈 시인 페르난두 페소아의 영향을 받아 포르투갈어와 문학을 공부했다. 1975년 『이탈리아 광장』으로 문단에 데뷔했다. 『인도 야상곡』 『페레이라가 주장하다』 『다마세누 몬테이루의 잃어버린 머리』 등 다수의 작품을 발표했고, 20여 작품이 40개국 언어로 번역되어 사랑받고 있다. 주요 작품들이 알랭 타네, 알랭 코르노, 로베르토 파엔차 등의 감독에 의해 영화로 만들어졌다. 시에나대학에서 포르투갈어와 문학을 가르쳤다. 2012년 제2의 고향 포르투갈 리스본에서 암 투병중 눈을 감아 고국 이탈리아에 묻혔다.

자연주의의 부자연스러움

『목로주점』 에밀 졸라

김사과

표준국어대사전에 의하면 목로란 '주로 선술집에서 술잔을 놓기 위하여 쓰는, 널빤지로 좁고 기다랗게 만든 상'을 뜻한다. 그리고 목로주점이란 '목로를 차려놓고 술을 파는 집'을 뜻한다. 굳이 뜻을 찾아본 이유는 목로주점이라는 단어가 잘 와 닿지 않았기 때문이다. 하지만 사전을 읽어본 뒤에도 잘 와 닿지 않기는 마찬가지다. 차라리 포장마차라거나 막걸릿집이라고 한다면 나을지도 모르겠다. 내가 제목에 대해서 이렇게 길게 늘어놓는 이유는 한문으로 된 고풍스러운 네 글자 제목이 준 이미지와 실제 소설을 읽었을 때 내가 받은 느낌이 동떨어져 있었기 때문이다. 솔직히 제목과 작가의 이름만 봤을 땐 이 소설이 이런 내용일 거라고 상상하지 못했다. 어렴풋이 그저 술집에서 벌어지는 낭만적인 일이겠거니 했다. 하지만 사실은 파리의 한 세탁부 여자의 불행한 삶에 대한 사실적이고 또 절망적인 기록이었다.

주인공인 제르베즈는 건달 같은 남자 랑티에와 함께 파리로 온다. 하지만 랑티에는 곧 바람이 나 도망치고, 혼자서 세탁부 일을 해 필사적으로 랑티에와 낳은 아이를 키운다. 그런 그녀에게 어느 날 쿠포라는 함석공이 다가온다. 그녀는 착하고 성실해 보이는 쿠포와 결혼하여 한동안 행복하게 지낸다. 하지만 일을 하다 지붕에서 떨어져 크게 다친 쿠포는 게으름에 빠져 술고래가 되고, 불쌍한 제르베즈는 다시 한번 불행 속으로 빠져든다. 하지만 다행히 그녀를 연모하고 있는 또다른 남자 구제의 도움으로 세탁소가 딸린 집을 마련하여 꿈꾸던 자기 세탁소를 갖게 된다. 사업은 번창하지만 천천히 비극이 다가온다. 랑티에가 돌아오고, 쿠포는 완전히 술독에 빠지고, 자포자기 심정에 빠진 제르베즈는 자신의 집에 눌러살기 시작한 랑티에와 바람을 피우는 한편 쿠포처럼 술에 손을 대기 시작한다. 결국 쿠포가 죽고, 랑티에는 다른 여자와 또다시 바람이 나고, 세탁소도 잃게 된 제르베즈는 비참함 속에서 초라하게 죽는다.

이렇게 적고 보니 특별할 것 없는 통속적인 이야기지만, 사실 바로 그 점이 이 소설을 위대하게 만들었다. 어디에서나 볼 수 있는 가난한 여자의 절망적인 삶을 소설의 주제로 삼아 하층민의 언어를 사용하여 그들의 삶을 날것 그대로 표현한 소설은 전에는 존재하지 않았다. 실제로 100년이 훌쩍 지난 지금 읽어보아도 소설의 내용은 여전히 파격적이다. 도입부의 빨래터, 말 그대로 개싸움을 벌이는 두 여자, 등장인물들의 거침없는 욕설, 그리고 한 여자와 두 남자가 한집에 살면서 벌이는 추잡한 불륜 행각 등, 보수적인 독자라면 여전히 이 소설이 보여주는 사실적인 상황과 묘사를 받아들이기 힘들 것으로 생각된다. 그리고 바로 그런 점에서 이 소설은 시대와 지역을 초월하여 여전히 큰 울림을 갖는다.

이 소설의 가장 탁월한 점은 가난한 사람들의 생활에 대해서 어떤 환상도 갖지 않는다는 점이다. 쓸데없는 미화도, 그렇다고 폄하의 시선도 없다. 소설 속에서 제르베즈는 성녀도 아니고 그렇다고 그런 삶을 살아 마땅한 인간쓰레기도 아니다. 그녀는 그저 불운한 삶을 타고난 나약한 인간일 뿐이다. 그런 그녀가 결국 그렇게 비참한 죽음을 맞이했다는 것, 그런데 그 과정이 너무나도 자연스럽다는 사실, 그러니까 아주 잠깐을 제외하고 그녀의 삶이 고통으로 가득찼고 끝까지 구원은 없었다는 사실, 이 소설이 우리에게 보여주는 이 사실들은 이미 우리가 다 알고 있는 것이긴 하지만 그래서 더욱 가슴 아프고 처절하게 다가온다.

그리고 바로 여기에서 나는 의문을 갖게 된다. 현실이란, 그러니까 우리가 사는 삶이란, 우리가 삶을 견디기 위해서 갖는 환상을 걷어내면 끔찍할 뿐인가? 그렇다면 그것은 냉소주의나 염세주의와 뭐가 다른가? 결국 사실주의란 염세주의의 다른 이름인가? 냉철하게 삶을 인식하는 것과, 삶에서 어떤 가능성도 보지 못하는 것의 차이는 무엇인가? 나이를 먹고, 삶을 이해하게 되면서 많은 사람들이 냉소적으로, 혹은 염세적으로 변한다. 어떤 가능성도 믿지 않고, 현실에 안주하며, 그게 세상에 존재하는 단 하나의 진실이라고 주장한다. 하지만 나는 여전히 냉소주의/염세주의와, 사실/현실 사이에는 가느다란 선이 있다고 생각한다. 그리고 바로 그런 점에서 나는 이 비참한 결말을 가진 위대한 소설에서 졸라가 추구했던 자연주의의 한계를 본다. 한마디로, 이 소설이 펼쳐 보이는 자연주의란 진리라기보다는 그저 또하나의 세계관이다.

실제로 이 소설을 가만히 들여다보면, 제르베즈의 생일잔치를 정점으로 플롯이 대칭적으로 상승하고 하강하는 것을 볼 수 있는데, 그것은 대단히 인위적인 구성이라고 할 수 있다. 인간의 삶이 그렇게 대칭적으로 구성되는 상황은, 모든 것이 인과관계에 따라서 흘러가는 상황은, 사실 몹시 흔치 않고 예외적인 상황이다. 그러니까 이 책이 보여주는 현실은 진짜가 아니라 잘 구성된 현실이다. 그리고 바로 그런 이 소설의 구성적인 면이 독자들을 빨아들이고, 소설이 완성도를 갖게 한다. 하지만, 그런 식으로 이 소설은 현실과 멀어져버린 것이 아닌가?

결국 리얼리즘, 사실주의, 자연주의 등으로 칭해지는 근대소설의 사조들은 결국 현실을 날것 그대로 보여준다기보다는 현실이 무엇인가에 대한 일련의 작가들의 관점과 의견들이라고 할 수 있다. 그런데 현실에 대한 일련의 잘 구성된 논평들이 과연 우리의 현실에 대해서 무얼 말해주는가? 그건 그저 한계에 대한 손쉬운 인정이 아닌가? 현실을 담아내는 행위를 통해서, 동시에, 현실 너머를 보여줄 수는 없는가? 이것은 내 안에서 언제나 계속되는 질문이고, 영원히 해결되지 못한 채로 남아 있을 것 같다.

김사과 소설가. 2005년 단편소설 「영이」로 창비신인소설상을 수상하며 작품 활동을 시작했다. 소설집 『02』 『더 나쁜 쪽으로』, 장편소설 『미나』 『풀이 눕는다』 『나b책』 『테러의 시』 『천국에서』, 산문집 『설탕의 맛』 『0 이하의 날들』이 있다.

목로주점 *L'Assommoir*(1877)

19세기 자연주의 문학의 대표 걸작. 파리 하층민의 비참한 삶을 적나라하게 묘사해 출간 당시 격렬한 찬반양론에 휩싸인 문제작이다. 당시에는 문학적 금기에 속하는 '민중'을 주제로 삼은 최초의 소설로, 하층계급인 세탁부 여인을 진정한 의미의 주인공으로 내세움으로써 '문학의 민주화'를 이루어냈다고 평가받는다. 인물들의 대화뿐 아니라 서술 부분에까지 민중의 어휘와 말투를 도입하는 파격적인 시도로 현대적이면서 맛깔스러운 언어의 성찬을 제공해준다. 출간 3년 후에는 100쇄를 돌파해 19세기 프랑스 최초의 베스트셀러로 등극했다. 플로베르, 공쿠르, 투르게네프, 알퐁스 도데 등으로부터 격찬을 받은 걸작으로 1956년 르네 클레망 감독에 의해 영화화되었다.

에밀 졸라 Émile Zola(1840~1902)

프랑스 파리에서 태어났다. 일곱 살 때 아버지가 폐렴으로 사망하여 어릴 적부터 극심한 생활고를 겪었다. 생루이고등중학교를 졸업하고 대학입학 자격시험에 두 번이나 떨어진 후 학업을 포기하고 아셰트 출판사에 취직했다. 1865년 자전소설 『클로드의 고백』을 발표한 이듬해 출판사를 그만두고 전업작가의 길로 들어선다. 1867년 최초의 자연주의 소설 『테레즈 라캥』을 출간했고, 이후 스무 권의 연작소설 '루공 마카르' 총서를 22년에 걸쳐 출간했다. 『목로주점』 『나나』 『제르미날』 『인간 짐승』 등 그의 대표작 대부분을 포함하고 있는 '루공 마카르' 총서를 통해 자연주의 문학의 대표작가로 자리매김했다. 1898년 유대인에 대한 인종적 편견에서 비롯된 드레퓌스 사건이 일어나자 대통령에게 보내는 공개서한 「나는 고발한다」를 발표하여 행동하는 지성의 상징이 되었다. 파리에서 가스중독으로 사망했다.

설명할 수 없는 것

『아베 일족』 모리 오가이
『만(卍)·시게모토 소장의 어머니』 다니자키 준이치로

이영훈

즐거운 일

소설을 읽는 일은 즐거운 일이다.

라고, 적어놓고 나서, 이거 너무 당연한 얘기잖아, 하고 생각한다.

소설을 읽는 일은 당연히 무척 즐거운 일이다. 애초에 저 말 자체가 일정 부분 동어반복이다. 읽는 것이 즐거워야만 좋은 소설일 테니까. 물론 어떤 소설은 언뜻 즐거움과 관계없는 것 같은 감상을 불러오기도 한다. 이를테면 처참한 고통이나 슬픔, 공포나 혐오 같은 것. 하지만 낯선 정념이나 들여다보기 싫은 것을 반드시 보게 만드는 소설은 손에서 놓을 수 없다. 그런 감각까지 포함하여 즐거움이라 말한다면, 소설을 읽는 것은 필연적으로 즐거울 수밖에 없다. 지독한 기쁨도, 깊은 슬픔도, 공포나 혐오도, 마음을 흔들기 때문이다.

바로 이것이 가장 곤란하다. 소설에서 느낄 수 있는 즐거움이 마음의 작용이란 것. 그 마음이 다른 누군가의 마음이 아니라 나만의, 혹은 당신만의 마음이라는 것. 마음이 흔들리는 일을 말로 설명하는 것은 무척 어렵다.

그래서 조금 다른 이야기를 하려 한다. 어떤 시대와 그 시대의 공기에 대해. 그리고 그 공기를 머금은 소설들에 대해. 이야기할 소설은 모리 오가이의 『아베 일족』과 다니자키 준이치로의 『만(卍)·시게모토 소장의 어머니』다. 공교롭게도, 혹은 운명적으로 두 소설가는 앞서거니 뒤서거니 하며 같은 시대를 공유했다. 좋은 소설 한 권에 대해 이야기하는 것도 벅찬 일인데 두 권을 이야기해야겠다고 마음먹은 것은 그 때문이다.

모리 오가이, 그리고 『아베 일족』

모리 오가이의 본명은 모리 린타로다. 메이지유신 이후 일본은 인재들을 해외로 유학 보냈다. 나쓰메 소세키 같은 경우가 대표적이다. 린타로는 육군의 지원을 받아 독일로 유학을 다녀온 후 군의가 된다. 군의로 재직하며 린타로는 '모리 오가이'라는 필명으로 문필 활동을 시작했다.

적어놓고 보니 아무것도 아닌 일처럼 여겨진다. 부연 설명을 하면, 모리 오가이는 '의사'였고, '군인'이었다. 군인도 그냥 군인이 아니다. 훗날 린타로는 군의총감에 오르게 되는데, 이는 육군에 소속된 의사 중 가장 출세한 사람이었다는 소리다. 어느 정도로 유능한 사람이었는지 짐작이 가질 않는다.

당대의 수재이자, 유학을 다녀온 의사이자, 전쟁에 참전한 군인이었던 오가이는 어떤 소설을 썼을까? 흥미롭게도 오가이의 『아베 일족』은 그의 생애를 거꾸로 가져다 붙인 것 같은 작품이다.

에도시대, 호소카와 다다토시라는 영주가 병으로 죽는다. 당시의 일본에서는 주군이 죽으면 가신들이 따라 죽었고, 이러한 풍습을 순사殉死라 했다. 『아베 일족』은 무사들의 연이은 순사와 그러한 광기에 휘말린 아베 야이치에몬 일족의 비극적인 운명을 그린 소설이다.

화려하게 내용을 꾸밀 것도 없다. 『아베 일족』의 모든 이야기는 철저하게 감정이 생략된 관조로 이루어져 있다. 치장도, 감정의 폭발도 없다. 그런데 이러한 관조 안에 묘한 정경이 섞여 있다. 매가 빠져 죽은 우물 속의 파문과, 정원에 무릎을 꿇은 피투성이의 무사들. 죽으러 가는 무사의 마지막 단잠과 그 잠을 지켜보는 무사의 아내. 싸늘하기 짝이 없는 이러한 정경이 묘한 쾌감을 불러온다.

쾌감? 글쎄, 이런 것을 쾌감이라 해도 좋을까?

다시 소설을 들여다본다. 아베 일족은 죽음에서 죽음으로 이어지는 소설이다. 소설 속의 인물들은 모두 하나같이 어이없을 만큼 쉽게 죽는다. 마치 죽기 위해 태어나기라도 한 것처럼 죽음에 안달을 낸다. 슬픔이나 체념 같은 것은 없다. 인정도 의리도 없다. 누군가 살아 있었고, 죽기를 바랐으며, 죽는다. 그 이외에는 아무것도 없다.

이상한 일 아닌가? 앞서 말했지만 오가이는 의사였다. 사람을 살리는 일을 하는 의사가 죽음으로 가득한 소설을 써낸 것이다.

그렇게 생각하면 이상한 것이 또 있다. 당시의 일본에서 드물게 유학을 다녀온 오가이는 누구보다도 서양의 신문물에 익숙한 사람이었다. 그런 사람이 에도시대의 기록을 토대로 봉건시대 무사에 대한 소설을 쓴 것이다.

무엇보다, 오가이는 전쟁에 참전한 군인이었다. 군인이란 당대의 체제를 수호하는 사람이다. 그런데 에도시대 무사들의 관습을 바라보는 오가이의 시선은 어딘지 모르게 비뚤어져 있다. 연속적으로 이어지는 무사들의 죽음은 어떤 면에서는 희극이다. 절정부에 아베 일족을 습격한 무사들이 벌이는 비장한 짓거리는 실소가 나오게 한다.

죽음을 관조하는 음산한 유머. 체제를 수호하는 군인이, 한 시대의 체제를 철저히 비웃는 소설을 쓴 것이다. 이 소설이 탄생한 시대적 배경을 생각하면 오가이의 시선이 얼마나 통렬한 것인지 새삼 깨닫게 된다.

어쩌면 오가이는 자신이 속한 사회의 체제에 일종의 회의 같은 것을 품게 된 것은 아닐까? 일생을 군인으로 살았던 린타로는 체제의 모순을 정면으로 그릴 수 없었을 것이다. 그래서 그는 오가이로서 사회를 우회적으로 표현할 수 있는 시대소설을 택한 것일지도. 그렇게 본다면 『아베 일족』 속에 스며들어 있는 스산한 광기의 정체가 무엇인지 어렴풋하게 깨달을 수 있다. 사회는 종종 개인에게 매우 잔인한 표정을 짓는다. 그리고 가장 잔인한 표정이란 무표정이다.

그 끝에 무엇이 남아 있는가? 여기에 대한 해답은 오가이가 말년에 쓴 작품에 드러나 있다. 하지만 그전에, 『아베 일족』이 발표되기 직전 등장한 기묘한 작가에 대해 이야기하겠다.

다니자키 준이치로, 그리고 「만」

모리 오가이가 스산한 광기를 말하던 시기에 한 편의 소설이 발표된다. 그것은 아름다운 발뒤꿈치를 지닌 소녀를 납치해 그 등에 커다란 거미를 새기는 남자에 대한 소설이었다. 당대의 조류와 아주 동떨어진 소설 「문신」을 통해 다니자키 준이치로가 모습을 드러낸다.

후기의 오가이와 초기의 다니자키는 겹치듯 시대를 공유했다. 하지만 사회구조 속에서 농락당하는 개인을 냉정하게 관조했던 오가이와는 달리 다니자키는 사적 관계 속에 펼쳐지는 개인의 정념을 화려하게 그려냈다. 오가이는 얼음처럼 싸늘하게 죽음을 이야기했고, 다니자키는 불꽃처럼 뜨겁게 욕망을 말했다. 두 사람은 같은 시대 안에서 정반대의 지점을 바라본 것이다.

애초에 「만」은 형식부터가 뜨거울 수밖에 없다. 유복한 집안의 귀부인인 소노코의 고백으로 이루어진 이 소설은 적나라한 심리묘사가 일품이다. 간간이 끼어드는 세부 묘사는 세밀하다못해 치졸할 지경인데, 이렇게 치밀한 묘사를 통해 전해지는 압도적인 색감과 감정의 파고는 도무지 소설을 놓지 못하게 만든다. 사건은 꼬리에 꼬리를 물며 이어지고, 이야기가 이어질수록 갈등은 점점 고조된다. 특히 소설의 후반부에 미쓰코가 만들어내는 지옥도는 가히 압권이다. 대체 이런 일이 있을 수가 있나, 싶으면서도 읽고 있노라면 그럴듯하게 여겨지는 자신이 더 이상하게 여겨질 정도다.

대체 오가이에서 다니자키에 이르는 동안 무슨 일이 있었던 것일까? 다니자키의 재능은 당대의 어느 작가와 비교해도 이채롭다. 연구가들은 다니자키의 작품세계가 관능적인 면을 중시했던 일본의 고전문학에서 기인한다고 말한다. 그러나 관능을 중시하는 것과 인간관계의 극단을 추구하는 것은 엄연히 다르다. 무엇보다 다니자키에게 있어 욕망이란 허구로 날조된 것이 아니라 그의 시대에 확실히 존재하던 것이었다. 어떤 면에서 「만」은 당대 상류층의 혼란스러운 풍속도와도 같다. 자극적이고 황당무계한 통속극이 아니라, 그 시대에 떠돌던 누군가의 사연인 것이다. 다니자키 본인의 삶도 그랬다. 자신의 소설을 그대로 옮겨놓은 것처럼 다니자키는 창피할 만치 솔직했다.

욕망의 본질은 어디에 있는가? 삶이란 욕망만으로 이루어지지 않는다. 우리는 어느 시점에서 반드시 욕망을 참을 필요가 있다. 그럼으로써 우리는 조금이나마 덜 창피하게 살아갈 수 있다. 하지만 어떤 것의 본질은 극단에 있다. 참는 것으로는 결코 본질에 다가설 수 없다. 이쯤 되면 다니자키의 극단이 어디에서 기인한 것인지 짐작할 수 있다. 그는 욕망의 본질에 가까이 갈 수 있을 만큼 드문 솔직함을 지닌 사람이었던 것이다.

이러한 다니자키의 소설에서 눈여겨볼 것이 있다. 「만」에 등장하는 관능의 화신 미쓰코의 대사다. 미쓰코는 입버릇처럼 말한다.

"죽여줘."

다시 생각해본다. 정념의, 관능의, 욕망의 극단에는 무엇이 있는가? 나는 오가이와 다니자키를 분간할 수가 없다.

그리고, 남은 것

방금 전 썼던 부분으로 글을 끝내도 되지 않을까, 하고 생각했다. 그렇지만 해야 할 이야기가 조금 남아 있다.

두 권의 소설집 끝에는 두 거장이 말년에 쓴 작품이 나란히 실려 있다. 「다카세부네」와 「시게모토 소장의 어머니」다. 공교롭게도 두 소설 모두 시대물이다.

같은 시대에서 반대의 방향을 바라본 두 작가는 말년에 어떤 것을 이야기했을까. 「다카세부네」는 무척 짧은 소설이다. 읽는 데 그리 많은 시간이 걸리진 않을 것이다.

나는 「다카세부네」의 세계에 닿은 오가이의 시선에서 마음이 무척 흔들렸다. 오가이가 무뎌진 것은 아니다. 그의 눈은 여전히 냉정하다. 하지만 그렇게 냉정한 오가이의 눈이 마지막에 가닿은 곳은 다카세부네를 타고 귀양길에 오른 죄인 '기스케'다. 그리고 소설의 결말부에 기스케를 바라보는 '쇼베에'의 독백은, 음, 그러니까.

설명할 순 없다. 이런 일은 설명할 수 없고, 설명해서는 안 된다고 믿는다.

다시, 다니자키가 「시게모토 소장의 어머니」에서 마지막으로 부른 것이 누구였는지 생각한다. 아베 일족의 재앙이 어디에서 기인한 것인지, 그리고 「만」의 소노코의 고백에서 느껴지는 미묘한 모순을 생각한다.

그 모든 것들을 생각한 후에는 이런 단어를 떠올린다. 인간, 이란.

이영훈 소설가. 2008년 문학동네신인상에 단편소설 「거대한 기계」가 당선되어 작품활동을 시작했다. 젊은작가상, 문학동네소설상을 수상했다. 장편소설 『체인지킹의 후예』가 있다.

아베 일족 阿部一族(1913)

'일본 근대문학의 기원' '일본문단에 지적 계보를 만든 작가' 모리 오가이의 소설집. 그가 평생에 걸쳐 발표한 다채로운 주제의 완성도 높은 다수의 작품 중에서도 가장 많은 사랑을 받은 네 편의 작품을 실었다. 명예를 지키기 위해 할복자살하는 사무라이와 그 일족의 비극적 최후를 그린 「아베 일족」, 입신출세를 위해 사랑하는 여자를 버리고 귀국하는 유학생의 고뇌를 담은 「무희」, 우연한 엇갈림 때문에 사랑을 놓쳐버리는 안타까운 운명을 이야기한 「기러기」, 유배되는 죄인과 호송 관리의 대화를 통해 삶을 반추하는 「다카세부네」를 묶었다.

모리 오가이 森鷗外(1862~1922)

본명은 모리 린타로. 일본 시마네현에서 태어났다. 어릴 때부터 사서오경과 네덜란드어를 배우며 엄격한 교육을 받았다. 열아홉의 나이에 도쿄대학 의학부를 졸업하고 육군성 군의로 일하던 중 독일 유학을 떠나 의학을 연구하는 한편 서양 철학과 문학에서도 큰 영향을 받았다. 귀국 후 독일 유학 체험을 소재로 한 첫 소설 「무희」를 발표했으며, 이후 「기러기」「청년」「아베 일족」「산쇼 대부」「다카세부네」 등 많은 작품을 썼다. 평론, 번역, 소설, 시 등 다양한 분야에서 선구적인 역할을 하며 일본 근대문학을 이끌었고, 육군 군의로서는 최고 지위인 군의총감에 올랐다. 그러면서도 절대주의 국가의 고위 관료로 지내는 것에 대해 끊임없이 고뇌했다. 그에게 문학은 자아를 실현하는 공간이자 현실의 모순에 대한 정신적인 탈출구였다. 아쿠타가와 류노스케에게 '선생님'으로 불렸고, 나쓰메 소세키, 나가이 가후 등의 작가들에게 큰 영향을 끼치며 '일본 근대문학의 창시자'로 존경받았다.

만·시게모토 소장의 어머니 卍·少將滋幹の母(1928·1949)

일본 탐미주의 문학의 거장으로 우뚝 선 다니자키 준이치로의 중후기 걸작. 제목의 글자 모양처럼 남녀 넷이 얽히고설키며 펼치는 애욕의 세계를 그린 「만(卍)」은 악마 같은 요부 미쓰코와 그녀의 아름다움에 빠진 세 사람을 통해 성(性)이 어떻게 인간을 지배하고 파멸시키는지 탐구한다. 「시게모토 소장의 어머니」는 고전문헌의 풍부한 인용과 고풍스러운 문체가 돋보이는 작품이다. 여든 살 노인이 젊은 아내에게 느끼는 애정과 집착, 아름답고 성스러운 어머니를 향한 아들의 그리움을 섬세하게 묘사했다.

다니자키 준이치로 谷崎潤一郎(1886~1965)

일본 도쿄에서 태어났다. 자산가였던 조부 덕분에 유복한 어린 시절을 보냈으나 아버지의 사업이 잇달아 실패해 스승과 친구의 도움으로 겨우 중학교에 진학했다. 가정교사로 지내며 학업을 계속하다가 결국 수업료를 내지 못해 도쿄대학을 중퇴한 후, 문학 외에는 나아갈 길이 없다고 확신하고 바로 작가의 길로 들어섰다. 1910년 단편소설 「문신」으로 나가이 가후의 극찬을 받으며 문단의 총아로 떠오른 다니자키는 여체의 아름다움에 대한 악마적인 탐닉으로 독자적인 문학세계를 구축하고, 페티시즘, 마조히즘 등 변태성욕의 세계를 파고들었다. 일본의 고전 『겐지 이야기』를 현대어로 옮겼으며 『치인의 사랑』 『세설』 『꿈의 배다리』 『미치광이 노인 일기』 등 60여 년 동안 300편이 넘는 작품을 발표했다. 펄 벅의 추천으로 1958년 노벨문학상 후보가 된 후 매년 후보에 올랐고, 1964년 일본인으로서는 처음으로 미국문학예술아카데미의 명예회원이 되었다.

밤마다 폭풍의 언덕으로 달려가던 열두 살 어린아이는 지금 무엇이 되어 있나

『폭풍의 언덕』 에밀리 브론테

김인숙

어렸을 때 큰집에는 어린이 세계명작동화 전집이 있었다. 큰집보다 형편이 좋지 못했던 우리집에서는 전집을 살 수가 없어서 나는 돈이 생길 때마다 한 권 한 권씩 사 모아야 했는데, 큰집에 갈 때마다 내 전의가 불타올랐다. 계림문고판 어린이 세계명작전집. 그 책들을 전부 다 갖고 싶어 애가 달았다. 실제로 그렇게 하지는 못했다. 욕망도 전의도 충족되지는 못했으나, 책 한 권을 새로 갖게 될 때마다 그 책들을 순서대로 배열하는 즐거움이 짜릿했다. 가나다 순서로도 배열해보고, 전집 번호대로 배열해보기도 하고, 내가 정한 명작 순위로도 배열해보았다. 『폭풍의 언덕』은 언제나 내가 정한 명작 순위의 1위에 있었다.

어렸을 때 내가 읽었던 계림문고판 『폭풍의 언덕』은 어린이들이 읽기 쉽게 원작을 재구성해놓은 책이었다. 소설은 캐서린의 아버지가 히스클리프를 데리고 오던 날로부터 시작되어 히스클리프의 죽음으로 끝이 난다. 내 기억이 맞는다면, 그러니까 이 광대한 이야기의 전달자인 록우드나 엘렌 딘은 나오지도 않았거나 나와도 아주 슬쩍 나왔다는 것이다. 나중에 이 책의 완역본을 읽고 깜짝 놀랐던 기억이 지금도 생생하다.

도대체 내가 뭘 읽었던 거야?

당혹감과 노여움과 부끄러움이 마구잡이로 뒤섞인 감정이었다. 나는 그 계림문고판 『폭풍의 언덕』을 잊고 싶었다. 그러나 고백하건대, 나는 지금도 『폭풍의 언덕』의 한 장면을 떠올리라고 하면 계림문고의 삽화들이 가장 먼저 떠오른다. 히스클리프가 창가에 서서 이미 죽은 캐서린에게 제발 들어와달라고 울부짖는 장면의 기억은 아직도 나를 고통스럽게 한다. 열두 살 무렵이었을 것이다. 『폭풍의 언덕』은 그 어린아이의 무엇을 건드렸던 것일까.

기억은 나이와 함께 자라고, 인생의 슬픔과 고독과 더불어 변형된다. 열두 살 무렵에 처음 읽었던 폭풍의 언덕을 나는 20대에도 다시 읽었고, 30대에도 다시 읽었다. 그리고 엊그제에도 다시 읽었다. 번역이 나쁘기만 해봐, 당장 물어뜯어줄 테니. 그런 심정으로 책장을 펼쳤던 것은 『폭풍의 언덕』에 대한 내 첫 경험과 큰 관계가 있을 것이다. 그렇게 문학동네판 『폭풍의 언덕』을 읽었다. '티티새 지나는 농원', 에드거의 집이고 나중에는 캐서린의 집이 되며, 또 나중에는 헤어턴과 어린 캐서린의 집이 되는 그 저택의 이름에서 눈길이 멎었다. 그렇구나. 『폭풍의 언덕』에는 '폭풍의 언덕'만 있던 것은 아니었구나.

'폭풍의 언덕'과 '티티새 지나는 농원'을 오가는 광기의 기록들이 다시 펼쳐졌다. 내 생의 기억들도 마찬가지다. 이런 사랑을 하고야

말겠다는, 혹은 받고야 말겠다는 어린 나이의 순진한 갈망은 불에 델 것 같은 광기에 대한 환멸이나 두려움으로 변한 것이 사실이다. 뜨거운 것이 좋은 나이일 때도, 그런 것이 다 속절없게 여겨지는 나이일 때도 있었다. 아마도 내 삶의 고비마다 이 책이 다르게 읽혔을 것이다. 엊그제 읽을 때는 자신의 목숨이 다했음을 느끼는 히스클리프가 엘렌 딘에게 "시시한 결말이야, 그치?"라고 말하는 장면에서 잠시 시간이 멎는 듯했다.

하나의 사랑에 자신의 인생 전부를 바치고 그로 인해 복수 이외의 것은 아무것도 생각하지 않았던 한 남자가 결국 도달한 곳은 '시시한 결말'이다. 이 대사가 내게는 참회나 회한으로 읽히지 않는다. 다 태워버린 곳의 빈자리인 것이다. 다 태웠으니 이제 남은 게 없다는 것인데, 그래도 이야기는 계속된다. 남은 게 아무것도 없을 줄 알았더니 거기에 있는 것이 또하나의 사랑인 것이다. 그래서 엘렌 딘은 이야기를 멈출 수 없고, 그 이야기를 듣는 록우드도 이야기 듣기를 멈출 수 없다. 사실 이 소설에서는 이야기의 위대함도 빼놓을 수가 없다. 이야기를 하는 엘렌 딘이 없고 그 이야기를 듣는 록우드가 없다면, 폭풍의 언덕은 어떻게 존재했을 것인가. 그 처연함과 그 황량함은 어떻게 우리에게 올 수 있었을 것인가. 시시하다고 말하는 히스클리프의 목소리는 어떻게 들을 수 있었을 것인가.

다시 시시하다는 말에 주목한다. 대를 이어 계속되는 사랑의 이야기. 생의 바닥을 다 뒤집어놓은 듯한, 그래서 어느 한 군데에도 온순한 구석이 없는 이 남자의 삶조차도 시시하다. 그래서 인생이다. 그곳이 폭풍의 언덕이든, 서울의 어느 한구석이든, 다 그렇다. 그래서 슬프고, 그래서 장엄하다.

사랑과 복수라는 극히 통속적인 서사를 갖고 있음에도 이 소설이 견딜 수 없게 매력적인 것은, 인물들의 개성에 있다. 이토록 독특하고 이토록 튀는 인물들이 서로의 빈구석에 자신의 빈구석을 끼워맞추면서 톱니바퀴처럼 맞물려 있는 것을 보면 놀랍기가 그지없다. 캐서린은 그냥 캐서린이 아니라 히스클리프의 캐서린이다. 히스클리프 역시 마찬가지다. 그들은 광기로 똘똘 뭉쳐진 극히 독립적인 개인이면서도 서로에게 등 대지 않고서는 존재할 수 없는 인물들이다. 이 튀는 개성들이 살아 있는 존재가 되는 것은 그런 이유에서이고, 그것이 감동인 것은 내게 역시 빈구석이 있기 때문이다.

책을 덮으며 나는 다시 열두 살 때 계림문고판을 읽던 때로 돌아간다. 폭풍의 언덕에서 불행한 캐서린이 되고 싶어서 잠을 설쳤던 그 어린아이는 지금 무엇이 되어 있나. 고전이 괜히 고전이 아니다. 이 한 권의 책이 내 인생 전체를 돌아보게 하니. 읽을 때마다 매번 새롭게 한숨을 내쉬게 하니.

김인숙 소설가. 1983년 조선일보 신춘문예에 단편소설 「상실의 계절」이 당선되어 작품활동을 시작했다. 한국일보문학상, 현대문학상, 이수문학상, 대산문학상, 동인문학상, 황순원문학상을 수상했다. 장편소설 『모든 빛깔들의 밤』 『'79~'80 겨울에서 봄 사이』 『꽃의 기억』 『봉지』 『소현』 『미칠 수 있겠니』, 소설집 『단 하루의 영원한 밤』 『칼날과 사랑』 『브라스밴드를 기다리며』 등이 있다.

폭풍의 언덕 *Wuthering Heights*(1847)

영국 요크셔의 황량한 벽촌에서 서른 해의 짧은 생을 살다 간 에밀리 브론테가 세상을 떠나기 1년 전 남긴 그녀의 유일한 장편소설이다. '폭풍의 언덕'이라는 저택을 배경으로 캐서린과 히스클리프의 격정적인 사랑을 그린 이 작품은 서머싯 몸이 선정한 '세계 10대 소설' 중 하나이며, 셰익스피어의 『리어 왕』, 멜빌의 『모비 딕』과 더불어 영문학 3대 비극으로 꼽힌다. 전 시대를 통틀어 가장 아름다운 문학작품 중 하나로 평가받는 『폭풍의 언덕』은 여러 차례 영화화되었고 연극, 드라마, 오페라 등으로 끊임없이 재생산되며 지금도 독자들의 뜨거운 사랑을 받고 있다.

에밀리 브론테 Emily Brontë(1818~1848)

영국 요크셔주에서 영국 국교회 목사의 딸로 태어났다. 1821년에 어머니가 병으로 세상을 떠나자 아버지와 이모의 손에서 자랐다. 1838년 핼리팩스에 있는 로힐학교에서 교사 일을 시작했으나 과중한 업무로 건강을 해치고 반년 만에 집에 돌아온다. 1846년 언니 샬럿, 동생 앤 브론테와 함께 『커러, 엘리스, 액턴 벨의 시집』을 익명으로 자비 출판했으나 좋은 평가를 받지 못했고, 이듬해 가명으로 출판한 『폭풍의 언덕』도 성공을 거두지 못했다. 1848년 오빠의 장례식에서 걸린 감기가 결핵으로 발전해 12월 9일 사망했다. 그녀의 사후 언니 샬럿이 『폭풍의 언덕』을 교정하여 본명으로 발표했다.

『늦여름』—동경으로 짠 바닥

『늦여름』 아달베르트 슈티프터

이종산

하마터면 속을 뻔했다. 『늦여름』은 1857년에 발표됐다. 19세기에는 이런 세계가 가능했던 걸까? 2권 말미까지는 가까스로 고개를 끄덕이며 나아갔지만 마지막에 이르러서는 가만히 넘어갈 수가 없었다. 이건 다 허구야. 19세기가 이렇게 완벽한 세계였을 리 없어.

『프랑켄슈타인』을 본다. 1817년에 완성된 원고다. 에드거 앨런 포가 『검은 고양이』를 썼던 것도 1843년, 19세기다. 그럼 그렇지. 19세기라고 별수 있었으려고. 19세기도 21세기만큼이나 불안한 시대였을 거라는 믿음이 생긴다.

『늦여름』은 『프랑켄슈타인』이나 『검은 고양이』와 같은 시대에 쓰였다기에는 너무나 평화롭다. 『늦여름』의 중심점이 되는 장미집은 숭고한 아름다움으로 가득찬 곳이다. 세상 어디에도 없는 완전무결한 세계.

나도 그런 세계를 가졌던 적이 있다. 동생에게 한글을 가르쳐준 대가로 받은 '미미의 집'이 내가 처음으로 설계했던 유토피아였다. 예쁘고 날씬한 두 여자—그중 한 여자의 이름은 사라였다—가 살았던 집은 지붕이 분홍색인 이층집으로, 2층에는 따뜻한 난로가 있었다. 그 집에는 매일 손님이 놀러왔는데 모두 예의가 바르고 상냥했다. 그 무렵에 우리집에 들락거리던 친구들과는 정반대였다. 이웃에 살아 나와 자주 놀던 친구는 미미의 집에 사는 사라를 빌려갔다가 엉덩이를 새까맣게 태운 채로 돌려줬다.

한때 사라가 살았던 이층집에는 없는 것이 없었다. 아름다운 가구, 맛있는 음식, 아늑한 잠자리, 좋은 친구들과 사랑스러운 가족, 그리고 유리구두가 있었다. 그 세계는 완벽하게 평화로웠다. 나는 인형의 집에 푹 빠져 어린 시절을 보냈다.

그 이후로도 유토피아는 다양한 형태로 몇 번이나 다시 지어졌다가 허물어졌는데 나는 매번 내가 만든 세계에 미친듯이 빠져들었다. 수업과 수업 사이에, 저녁 먹기 전 짧은 시간에, 늦은 밤과 주말에 내 손안에서 단순하고 완벽한 세계가 열렸다가 닫혔다.

그 세계들이 닫혀 있던 나머지 시간들을 생각해보면 기분이 나빠진다. 나는 도저히 통제할 수 없던 소란스럽고 복잡한 세계에 속해 있었고 빌려줬던 인형이 엉덩이가 탄 채로 돌아오는 것과 비슷한 일을 아주 많이 겪어야 했다. 그래서 나는 뇌우를 피해서 장미집에 들어간 하인리히가 응접실 바닥을 보고 경탄했을 때 이 소설 전체가 아름답게 짜맞추어진 바닥에 대한 이야기가 될 것이라는 것을 예감했다.

바닥에 멋진 널빤지들이 잇대어 깔려 있었던 것이다. 이제껏 나는 이런 것을 본 적이 없었다. 나무로 엮은 양탄자라고나 할까! 입에서 절로 감탄이 연달아 튀어나왔다. 마룻바닥은 여러 나무를 색깔에 따라 자연스럽게 짜맞추어 하나의 통일된 그림을 만들어냈다. _2권, 54쪽

부유한 상인의 아들인 하인리히는 아버지로부터 스스로 시간과 돈을 쓸 수 있는 자유를 얻은 후부터 산을 탐색하는 데 빠진다. 하인리히는 이 일에 대해서 '지표면의 생성 과정을 추적하고, 다양한 곳에서 수집한 수많은 사실을 토대로 거대하고 숭고한 통일적 전체를 꿈꾸는 행위'라고 설명한다. 이 대목에서 작가의 욕망은 확실해진다. 작가는 세상의 모든 아름다운 것들을 모아 하나의 통일된 그림을 그려내려는 것이다.

하인리히가 산을 돌아다니면서 자연 풍경을 세밀하게 묘사해놓은 대목들은 아름답다. 특히 암석층을 보며 '대리석 속에 뚜렷한 흔적을 남긴 동물들'에 대해 이야기하다가 죽은 숲을 회상하는 장면이 인상 깊었다.

풍경은 흘러가고 하인리히는 빛나는 풍경들을 모은다. 하인리히는 산과 장미집을 오가며 아름다운 것들을 수집하는데 산에 자연이 있다면 장미집에는 예술이 있다. 회화와 건축에 뛰어난 장인 에우스타흐, 듣는 이의 마음 깊숙한 곳을 건드리는 치터 연주를 하는 사냥꾼, 온실에서 아주 아름다운 꽃을 피워내는 선인장을 관리하는 정원사, 하인리히와 사랑에 빠지는 아름다운 나탈리에 모두 장미집을 매개로 하여 하인리히와 관계를 맺게 된다.

장미집의 주인 리자흐 남작은 뇌우를 피해 찾아온 하인리히를 집으로 들여보내면서 하인리히에게 덧신을 신게 한다. 대리석 복도를 보호하기 위해서다. 응접실에 들어가기 전에는 솔로 신발을

꼼꼼히 닦고 하인리히에게도 신발을 닦으라고 시킨다. 리자흐 남작은 아름다운 바닥의 주인이고 바닥을 짜듯이 장미집 전체를 설계했다. 장미집은 남작이 일생 동안 그리던 아름다움이 집약된 공간이다. 하인리히는 남작이 설계한 아름다움에 설득된다.

하인리히의 결혼식에서 사냥꾼은 치터를 연주하고 에우스타흐 장인은 지방에서 생산되는 온갖 목재로 만든 장을 선물하며 선인장 세레우스 페루비아누스는 하얀 꽃을 터트린다. 신부 나탈리에는 하인리히의 아버지에게 선물받은 에메랄드 목걸이를 걸고 영원한 사랑을 맹세한다. 하인리히는 아름다운 바닥을 짜는 데 성공했다.

나는 아름다운 바닥에 넘어가지 않았다. 그렇게 아름다운 것이 이 세계에 존재할 리가 없다. 내 침대에 『늦여름』이 놓여 있다. 아달베르트 슈티프터라는 발음하기 어려운 이름을 가진 19세기의 오스트리아 남자가 쓴 소설이다. 그는 모자 만드는 여자와 결혼을 한 번 했고 아이를 한 명 잃었으며 말년에 면도칼로 목을 그어 스스로 목숨을 끊었다. 내 침대에 그 남자가 짠 바닥이 놓여 있다. 동경으로 짠 바닥이다. 그렇다면 할 수 없다. 모르는 척 속아넘어가는 수밖에.

이종산 소설가. 2012년 『코끼리는 안녕,』으로 문학동네대학소설상을 수상하며 작품활동을 시작했다. 장편소설 『코끼리는 안녕,』 『게으른 삶』 『커스터머』, 산문집 『식물을 기르기엔 난 너무 게을러』가 있다.

늦여름 *Der Nachsommer*(1857)

'오스트리아의 괴테'로 추앙받는 작가 아달베르트 슈티프터의 대표작. 1848년 독일 시민혁명이 실패로 돌아가자 인간이 교양을 회복하는 것만이 현실 개혁에 이바지할 수 있다고 믿은 그는 대표작 『늦여름』을 통해 그가 꿈꾸는 이상 세계와 전인적인 인간상을 제시한다. 『늦여름』은 정밀하게 묘사된 아름다운 자연 풍광을 배경으로 인간 내면의 조화로운 발전 과정을 섬세하게 그린 작품으로, 괴테의 『빌헬름 마이스터』와 더불어 19세기 독일문학을 대표하는 성장소설로 평가받는다. 니체에 의해 최초로 그 문학적 진가를 인정받은 후부터 고전으로서 다시금 커다란 주목을 받았고, 양차 세계대전 이후 더욱 많은 작가들이 그의 심오한 예술성을 격찬하였다.

아달베르트 슈티프터 Adalbert Stifter(1805~1868)

오스트리아 뵈멘의 소도시 오버플란에서 태어났다. 열두 살 때 아버지가 사고로 세상을 떠나고 이듬해 크렘스뮌스터 수도원 부속학교에 입학했다. 슈티프터가 삶에서 가장 아름다운 시절이었다고 묘사한 이 시절에 문학과 예술, 자연에 대한 이해를 넓히며 훗날 작품활동의 토대를 마련했다. 1826년 빈대학에 입학해 법학을 공부했으나 법학보다는 문학과 자연과학에 더 많은 관심을 보이면서 법학 학위는 받지 못했다. 1840년 첫 소설 『콘도르』를 발표하여 대중적인 인기를 얻었고, 이후 그동안 집필한 단편들을 모은 『습작집』 여섯 권을 차례로 출간하여 소설가로서 입지를 굳혔다. 1857년 대표작 『늦여름』을 발표했고, 1867년 역사소설 『비티코』를 끝으로 작품활동을 마감하였다. 말년에는 건강이 악화되어 고통스러운 나날을 보내다 면도칼로 스스로 목숨을 끊었다.

여자가 사랑할 때

『클레브 공작부인』 라파예트 부인

신수정

여자들이 이야기의 주인공으로 등장하기 시작한 것은 언제부터인가? 다들 잘 알고 있는 것처럼 서사시의 세계는 남성적 무훈의 세계다. 전쟁이 있고 영웅이 있다. 이 세계 속에서 여자란 피해야 할 난관, 하나의 장애물에 불과하다. 오디세우스에게 세이렌이 그러했던 것처럼. 그것이 아니라면 여자란 돌아가야 할 마지막 귀결점이다. 페넬로페가 그러했듯.

이 공식이 깨진 것은 중세 로망스에 와서다. 오늘날 우리가 연애를 로맨스라고 부르는 데서도 알 수 있듯이, 주군의 부인을 사랑하는 기사의 열정은 분명 서사의 역사에서 여자의 비중을 한껏 드높인 일대 사건이라고 할 만하다. 그러나 방점은 여전히 기사에게 있다. 로망스는 닿을 수 없는 대상을 향한 기사의 욕망에 관심이 있을 뿐, 그 대상이 된 여자의 내면에는 무심하다.

억울하다는 이야기가 아니다. 서사와 젠더가 맺고 있는 이 흥미로운 연관은 우리가 『클레브 공작부인』을 이해하는 데 있어서도 간과할 수 없는 사실이라는 얘기다. 1678년. 우리의 라파예트 백작부인이 『클레브 공작부인』을 발표한 시기에 이르면 이 연관의 양상은 조금 달라진다.

『클레브 공작부인』은 서사의 역사를 한 단계 리뉴얼했다. 여기에는 로망스와 마찬가지로 갈망과 동경이 있고 그를 (불)가능하게 하는 드라마가 있다. 그러나 그 드라마의 중심축은 현저하게 여자 쪽이다! 이후에 오게 될 우리의 수많은 소설 여주인공들, 예컨대 '안나 카레니나'에서 '보바리 부인'을 거쳐 '채털리 부인'에 이르기까지, 소설 타이틀을 거머쥔 여자주인공들은 『클레브 공작부인』과 함께 출발하기 시작한 새로운 유형의 서사물에 이르러서야 비로소 서사의 중심부로 진출할 수 있게 되었다. 이 새로운 단계는 그와 그녀의 로망스적 열정뿐만 아니라 그것을 에워싸고 있는 여성 인물의 내면적 갈등과 결혼생활의 일상적인 디테일이 제공하는 리얼리티를 필요로 한다. 그리고 무엇보다도 이 일상을 구체적인 역사, 앙리 2세 치하의 말년으로 치환할 줄 아는 역사 감각을 절대적으로 요구한다.

그런 의미에서, 라파예트 부인(그녀의 DNA가 파리 한복판의 거대한 백화점과 함께 유구히 흘러넘치게 될 어떤 날을 짐작이나 했을지!)은 제인 오스틴의 선배이자 라클로의 직계 상사다. 아름답고 우아하면서도 사려 깊고 정숙한 우리의 클레브 공작부인은 제인 오스틴이 창조한 인물들, 즉 '엘리자베스' 나 '에마'라는 이름으로 불리는 우리의 여주인공들이 조만간 보다 구체적인 에피소드를 통해 훨씬 더 풍부하게 그려낼 여성적 덕성으로 가득차 있는가 하면,

다른 한편 라클로의 『위험한 관계』가 보다 치명적이고 훨씬 냉혹하게 그려낼 궁정풍의 사랑과 음모, 그 사랑의 정치적 역학관계를 예견케 하는 통찰로 번득인다.

말하자면, 『클레브 공작부인』은 미래에 오게 될 그녀의 후배 작가들에 의해 앞으로 쓰일 소설이라고 하는 장르의 중요한 특성, 즉 서사시나 로망스의 여주인공들에게서는 찾아보기 힘든, 사려 깊은 현명함과 정숙한 사랑스러움을 동시에 포착하고 있는 측면이 있다. 소위, 영국풍의 '결혼 이야기'와 프랑스 스타일의 '불륜 서사'가 아직 분리를 모른 채 교묘하게 뒤섞여 있는 형국에 가깝다고 할까.

가문의 이해관계에 따라 클레브 공작과 결혼을 감행한 샤르트르 양(그녀의 아름다움과 정숙함에 대해서 더이상 찬미할 필요는 없을 것이다. 현대판 『클레브 공작부인』의 변형이라고 할 '칙릿'형 소설들이 여주인공을 굴욕적으로 망가뜨려놓기 전까지 이 장르의 여주인공들은 모두 절세의 미인이자 누구보다도 현명한 지성의 소유자로 나타난다)은 결혼 후 왕실의 최고 훈남인 느무르 공에게 마음을 빼앗기고 그로부터 자기의 정절을 지키기 위하여 갈등한다. 『클레브 공작부인』은 이 기본축을 중심으로 여기에 그녀가 주변의 인물들로부터 듣게 되는 온갖 종류의 사랑 이야기들, 이를테면 당대의 권력녀 발랑티누아 부인과 프랑수아 1세 그리고 그 아들인 앙리 1세의 기괴하면서도 아슬아슬한 삼각관계나 상세르 백작과 에스투트빌 공 사이를 오고간 투르농 부인의 깜찍한 양다리 연애 이야기, 헨리 8세와 앤 불린 사이의 비극적인 연애담, 그리고 이제나저제나 권력을 탐하는 샤르트르 대공과 왕비 카트린 드 메디시스 사이에 체결된 미묘한 연애 협정 등의 에피소드들을 날렵하게 끼워넣는다. 대략적인 얼개만 보아서도 짐작할 수 있는 것처럼, 이 소설은 이후에 올 것들, 그 화려한 서사 모티프들에 대한 즐거운 예감으로 반짝인다.

그 가운데 하나로 '편지'를 드는 것은 어떨까. 이후의 소설들에서 무수히 반복되고 라캉에 의하여 '사라진 편지'라는 개념으로 정리될 이 모티프는 이 소설에서도 온전하게 제 기능을 다한다. 소설 속의 편지는 늘 잘못 배달된다. 잃어버리거나 도둑맞거나. '사라진 편지'는 서로를 사랑하고 갈망하지만 상대의 진심을 짐작할 수 없어 괴로운 밤을 지새우지 않을 수 없는 남녀의 내면을 드러내는 창이자 그것을 가리는 은폐의 산물이다. 이 현시와 은폐 속에서 소설은 비로소 그 심리적 갈등만으로도 오디세우스의 무훈에 버금가는 모험의 여로를 창시할 수 있게 된다. 우리는 클레브 공작부인이 느무르 공의 사랑의 공세를 갈망하면서도 피하고, 피하면서도 갈망하는 그 미묘하게 도착적인 심리적 갈등을 좇아가는 것만으로도 전쟁 영웅들이 신과 우주를 향해 품어내는 웅혼한 기상을 통해 보여주려고 했던 인간성의 일면, 그 깊고도 끔찍한 심연에 도달하게 된다. 이 순간, 우리는 '현대적인 인간' 그 유구한 '내면성'의 역사에 동참하게 되는지도 모른다.

그래서일까. 『클레브 공작부인』을 읽는 밤은 지겹지 않았다. 이미 역사가 되어버린 어떤 서사물들이 종종 그러하듯, 때로 수백 년의 역사를 거슬러올라가 오리지널과 대면하는 것은 대단히 끔찍한 일이 되기 쉽다. 역사가 되어버린 작품이 감동을 주기란 쉽지 않기 때문이다. 그러나 이 소설은 너무 낯이 익고 익숙하면서도, 새삼 새롭고 놀랍다. 인간은, 수백 년 전이나 지금이나, 요컨대 이제나저제나 어쩜 이리 변하지 않는 동물인가. 아마도 이 낯익음과 익숙함과 새로움, 그리고 놀라움의 근원은 저 '탄식'과 관련이 있는 것일 수도 있겠다. 여자들은 언제나 제도의 구속을 벗어나 새로운 자유를 꿈꾸면서도 여전히 현존하는 제도가 강요하는 도덕적 굴레로부터 자유롭지 못하다. 이 오랜 갈등이 소설을 형성해온 힘이라고 해도 좋다. 소설은 '여자가 사랑할 때'를 포착함으로써 내면성이라고 하는 덕목을 자신의 유일한 특성으로 자부하게 되었다.

그렇지 않은가? 의심하고 질투하며 갈망하는 우리의 클레브 공작부인은 오늘날 현대 여성의 또다른 얼굴이다. 『클레브 공작부인』이 고전의 반열에 오른 까닭이다.

신수정 문학평론가. 명지대 교수. 계간 『문학동네』 편집위원. 고석규비평문학상, 소천비평문학상을 수상했다. 평론집 『푸줏간에 걸린 고기』가 있다.

클레브 공작부인 *La Princesse de Clèves*(1678)

17세기 문학평론가인 부알로가 "파리 사교계에서 가장 총명한 여성, 가장 글 잘 쓰는 여성"이라 높이 산 라파예트 부인의 대표작이다. 1678년 익명으로 발표되어 파리 사교계와 문학계에 엄청난 반향을 불러일으켰다. 살롱문학을 넘은 심리소설의 정전이자 근대소설의 효시로 꼽힌다. 세기를 아우르며 볼테르, 루소, 텐, 생트뵈브 등 문인들의 찬사를 받았고, 스탕달, 지드, 프루스트, 카뮈 등 후대 작가들은 이 작품에서 지대한 영향을 받았음을 고백했다. 이 작품은 앙리 2세 치세 말년의 프랑스 궁정을 배경으로 정숙한 클레브 공작부인과 궁정의 매력남 느무르 공 사이의 사랑을 그렸다. 사랑을 소재로 인간의 본성을 탐구한 이 매력적인 이야기는 장 콕토가 각색하고, 소피 마르소가 열연하며, 크리스토프 오노레가 연출하는 등 꾸준히 재해석되어 영화로 만들어졌다.

라파예트 부인 Madame de Lafayette(1634~1693)

프랑스에서 공병 장교이자 왕실 시종인 마르코 피오슈와 이자벨 페나 사이에서 태어났다. 열여섯 살에 대모의 소개로 안 도트리슈 왕비의 시녀가 되었다. 문법학자이자 역사가인 질 메나주를 만나 문학 수업을 받으며 그의 소개로 프랑스 살롱의 창시자 랑부예 후작부인과 작가 스퀴데리 부인 등의 살롱에 드나든다. 스물한 살에 18세 연상의 라파예트 백작과 결혼했다. 얀센주의자들과 교류하며 라로슈푸코를 만나 교분을 쌓는다. 1661년 파리로 이주해 앙리에트 당글르테르 공주를 모시게 되고, 1662년 『몽팡시에 공작부인』을 발표해 호평을 받았다. 이후 역사소설 『자이드』를 발표했고, 1678년 『클레브 공작부인』을 발표해 성공을 거두었다. 사망 후 『1688년과 1689년 프랑스 궁정 회고록』 등이 출간되었다.

『P세대』를 읽고

『P세대』 빅토르 펠레빈

김홍중

대학에 입학한 후 첫 두어 해 동안 나는, 그 시절의 많은 청년들이 그러했듯이, 뒤늦은 방황의 미로에서 벗어나지 못한 채, 모든 것들과의 기약 없는 전투를 벌이고 있었다. 대학에 와서 눈뜬 한국사회의 추악함과 싸웠고, 나의 분노와 또 싸웠고, 서울의 밤을 밝히던 십자가들과 싸웠고, 사적 유물론과 싸웠다. 서울 중산층의 허위의식과, 지방 촌놈의 열등감과 싸웠다. 나는 성욕과, 담배와, 술과, 시간과 싸웠다. 나는 나의 유치함을, 헛것에 불과한 나 자신이라는 어떤 껍데기의 허약함을 견딜 수 없었다. 이런 생각을 하게 하는 비대한 자존심과 싸웠다. 나의 싸움은 우스웠고, 비천했다. 그 시절 나는 모든 것들과의 전쟁에서 패망한 채, 깊은 불안을 감춘 짐짓 심드렁한 안색을 하고, 골방으로 기어들어갔고, 그 청춘의 은둔지에서 패잔병의 겸허한 자세로, 수많은 소설들을 읽기 시작했다.

마음에도 깊이가 있다면, 내 어둡고 여린 마음의 가장 깊은 곳까지 길을 내준 것은 러시아 소설이었다. 나는 고골과 체호프, 투르게네프 등을 읽었지만, 결국은 톨스토이와 도스토옙스키를 만났다. 러시아 소설은, 누구와 왜 무엇을 위해서 싸우는지를 알지 못한 채 분투하지만, 바로 그 이유로 적이 아니라 싸움 그 자체에 패배해버린, 미숙하고 어리석은 한 젊은 바보에게, 모종의 형이상학적 위안을 제공했다. 그들이 그린 19세기의 너른 황야에는 나를 닮은, 내가 증오하는, 하지만 그만큼 나를 사로잡고 있는 어리석은 인간들이 꿈틀거리고 있었다. 러시아적인 영혼의 공간감은 광활했다. 선과 악 사이에 거대한 거리가 존재했지만, 그것은 단 한 번의 회개로도 좁혀질 수 있는 신비의 비합리성을 내포하고 있었다. 세상 끝 최상급의 타자도 끌어안을 수 있는 순결한 동정심과 인류 전체를 파멸시킬 욕망과 논리에 불타는 최악의 비열함이 한 인간 안에 공존할 수 있다는 러시아 소설의 대륙적 통찰 앞에서 나는 한편으로 해방감을 느낀 것도 사실이지만, 다른 한편으로 이제 인간에 대해서만큼은 어떤 단정적 진술도 자신 있게 제시할 수 없을지도 모르겠다는 깊은 좌절감, 자랑스런 좌절감을 느꼈다.

불행인지 다행인지 모르겠지만, 20대에 내가 인간에 대해 깨달았다고 '자부했던' 거의 모든 것들은 대부분 러시아 소설의 어느 갈피를 읽는 체험을 통해서였다. 나는 러시아의 소설가들이 세상에 대해 절망한 바로 그 지점에서 절망했고, 그들이 꿈꾸며 달려간 어떤 세계의 문 앞으로 따라 달려갔다. 대학에 들어가던 1989년에 베를린 장벽이 무너졌고, 군에 입대했던 1991년에 구소련은 붕괴했다. 하지만, 내 완고한 의식 속의 러시아는 언제나 도스토옙스키와 톨스토이의 러시아, 즉 19세기의 그것이었다. 그것은 아마도, 러시아적인 것에서 모종의 가능성을 찾고자 하는, 궁색하고 편파적인 욕망에서 비롯된 가소로운 자기 검열이었을 것이다. 그저 나에게는 내가 읽은, 번역된 러시아 소설들 수십 권에서 이리저리 몽타주한 하나의 풍경이 있었을 뿐이었지만 말이다. 가령 9등 문관의 인색하고 궁색한 삶과, 러시아 여자들의 도도하고 위태로운 히스테리와, 보드카와 사모바르, 치유 불가능한 광기, 황량한 대지에 입맞추고 울부짖는 남자들, 학대받는 개들, 정교회의 수사들과 그들이 피우는 독한 향, 혁명 직전의 혼돈과 비참, 승리와 암투와 죽음, 아메리카와는 근본적으로 다른, 자본주의가 아닌 어떤 삶의 가능성, 속아주고 싶은 그 대안의 꼿꼿함. 그것이 러시아였다.

그 이미지가 붕괴한 것은 20대의 후반에 파리에 가서 살아 있는, 말하는, 실제의 러시아 친구들을 만나 교제하면서였다. 내 관념 속의 러시아와 실제의 러시아 사이에는 별다른 공통점이 없었다. 20세기의 의미의 전당이 무너진 폐허를 사는 그들의 마음 풍경은 오랫동안 나에게 아픔인 동시에 하나의 수수께끼로서 남아 있었다. 펠레빈의 『P세대』를 읽으면서, 10여 년 전의 그 감정과 의문들이 일부 해소되는 것을 느꼈다. 촉망받던 시인 타타르스키가 광고계에 입문하여 카피라이터가 되어 성공적 삶을 살면서 90년대 러시아 사회의 다면적 변화상을 체험하고, 결국 방송조직의 최고 단계의 한 작업에 발탁되는 과정을 다루고 있다. 작가 빅토르 펠레빈은 포스트소비에트 러시아 사회의 단면들을 복잡하고, 착잡하고, 현란하게 그려내고 있다. 동서양의 형이상학적 관념의 전통들로부터 수많은 요소들을 기발하게 활용하면서, 요설과 장광설과 기묘한 상상력과 비판적 감수성이 결합되어 있는 하나의 모자이크를 구성하고 있다. 읽는 내내, 그 복잡계가 나를 괴롭혔다. 무수한 말장난과 이미지와 언어의 눈사태에 폭격당하는 기분, 과장되게 말하면, 기호학적 테러를 당하는 기분이었다. 환각제를 투여하고 바라보는 세계와 명증한 상태의 세계가 뒤섞이고, TV의 현실이 실제의 현실과 삼투되어 있으며, 고대의 신화와 최첨단의 사회 시스템이 얽혀 있었다. 펠레빈이 P세대라 호명하는 러시아의 신인류는 소설에 반복적으로 등장하는 특정한 이미지에 의해 수식되고 있다. 그것은 자극-반사 시스템으로서의 인간, 즉 구강과 항문의 긴 파이프에 달라붙어 있는 감각기관의 총체로 이해되는 새로운 인간의 이미지다. 죄와 신을 사유하고, 광기와 이성 사이에 분열되어 있던 19세기의 러시아적 인간은 21세기의 벽두에, 소비 자본주의와 기호적 자율세계의 신기루 속에서 순수한 감각의 앙상블로 환원된 존재로 등장하고 있는 것이다.

소설을 읽으면서 내 마음속의 아름답던 한 세계가 무너지는 소리를 들었다. 더는 돌아갈 수 없는 한 시절의 모든 풍경이 허물어지는 소리였다.

김홍중 사회학자. 서울대 사회학과 교수, 계간 『문학동네』 편집위원. 저서로 『마음의 사회학』 『사회학적 파상력』이 있다.

P세대 *Generation* 《П》(1999)

현재 러시아의 가장 유력한 노벨문학상 후보 중 하나로 꼽히는 펠레빈의 대표작으로, 그를 추종하는 열혈 독자들을 만들어내며 출간 첫 주 만에 20만 부가 팔린 베스트셀러다. 'P세대'는 1991년 소련 해체를 전후해 태어난 신러시아인을 가리키는 용어로, 펠레빈이 작품의 제목으로 삼으며 널리 쓰이게 되었다. 갑작스러운 국가 붕괴를 겪은 후 공산주의 유토피아에 대한 믿음이 하루아침에 무너지고, 자본주의 사회에서 새로운 정체성을 찾아야 하는 한 카피라이터의 이야기가 러시아문학의 전통 위에 신화와 환상, 종교와 철학적 사유의 씨실로 촘촘히 직조된다. 이 작품은 리하르트 쇤펠트 독일문학상을 받았으며, 2011년 빅토르 긴즈부르크 감독에 의해 영화화되었다.

빅토르 펠레빈 Виктор Пелевин(1962~)

러시아 모스크바에서 태어났다. 모스크바 에너지 공대 전기공학과를 졸업하고 잡지사에서 편집일을 하며 글을 쓰기 시작했다. 1989년 첫 단편집 『푸른 등불』로 러시아 소(小)부커상을 받으며 성공적으로 데뷔했고, 연이어 『오몬 라』 『벌레들의 삶』 『공포의 헬멧』 등 발표하는 작품마다 큰 인기를 모으며 러시아를 대표하는 작가 반열에 오르게 된다. 포스트소비에트 문학을 대표하는 작가로서 "전화번호부 외에는 아무것도 들고 다니지 않는 요즘 사람들조차 (그의 작품은) 읽는다"는 말이 나올 정도로 러시아 젊은이들에게 특히 큰 지지를 얻고 있으며, 기존의 문학작품에서는 볼 수 없었던 철학적 주제와 종교적 사유, 신화와 역사에 대한 새로운 해석으로 열광적인 팬들을 확보하고 있다.

파멸당할 수는 있을지언정 패배하진 않는다

『노인과 바다』 어니스트 헤밍웨이

남진우

몇 달 동안 물고기를 잡지 못한 늙은 어부가 있다. 마을에선 그를 따르는 어린 소년 하나만 그의 편이 되어줄 뿐 아무도 '운이 다한' 그를 가까이하려 하지 않는다. 어느 날 홀로 배를 타고 망망대해로 나간 그의 낚싯바늘에 거대한 청새치가 걸려든다. 그의 배보다 더 큰 그 물고기와 이틀 밤낮에 걸쳐 드잡이를 한 끝에 그 물고기를 끌고 항구를 향해 돌아오게 된다. 하지만 해안에 도착했을 때엔 물고기는 이미 피냄새를 맡고 몰려든 상어들에 의해 다 뜯어먹히고 앙상한 뼈와 대가리만 남은 상태였다. 노인은 오두막집에 지친 몸을 누이고 아프리카 초원의 사자 꿈을 꾸며 잠든다.

누구나 다 아는 이 이야기의 작가는 어니스트 헤밍웨이다. 가없는 바다와 하늘이라는 자연의 원형극장을 무대로 펼쳐지는 이 드라마는 좌절을 모르는 불굴의 인간 정신에 대한 찬양이자 광활한 우주 속에서 고독한 단독자로 존재하는 인간의 운명에 대한 비감 어린 헌사다. 상어와 사투를 벌이며 노인이 뱃전에서 되뇌는 "사람은 파멸당할 수는 있을지언정 패배하지는 않는다A man can be destroyed but not defeated"는 단언 그대로 이 작품은 자신에게 주어진 고난을 정면에서 받아들이고 묵묵히 시련을 견디는 강인한 노인의 초상을 통해 고전적 휴머니즘의 정수를 보여준다. 눈부신 빛과 파도, 바람과 구름 같은 자연의 4원소가 진동하는 이 소설은, 비교하자면, 지중해의 태양과 소금기의 맛이 감도는 카뮈 같은 유럽 작가의 소설과는 다른 향일성의 감흥을 읽는 사람에게 제공한다. 거기엔 멕시코만 특유의 역사적 상흔과 생존을 위한 투쟁이 강렬한 피냄새와 뒤섞여 있다.

20세기에 행동주의 문학이란 것이 있다면 프랑스에서는 앙드레 말로를, 미국에서는 헤밍웨이를 손꼽을 수 있을 것이다. 이들은 자기 나라 일이 아닌데도 세계 어디선가 큰 사건이 터지면 바로 달려가서 몸으로 직접 참여하고 소설로 형상화하는 작업을 되풀이했다. 1차세계대전 당시 이탈리아 전선에서 박격포탄에 맞아 수백 바늘 꿰매는 대수술을 받고 은성무공훈장을 받은 전쟁 영웅, 스페인 내전에 의용군으로 참가, 2차세계대전 동안엔 자신의 낚싯배를 개조해 독일 잠수함 U보트 수색, 노르망디상륙작전 취재, 이밖에도 여러 차례 아프리카 탐험대에 참가했다가 두 번이나 경비행기가 추락하는 사고를 겪고도 불사조처럼 살아남…… 이런 작가 이력은 창백한 책상물림이 대다수인 문학판에서 이 작가가 차지하는 독특한 위상과 색깔을 잘 말해준다. 그가 즐겼다는 스포츠 역시 사냥, 바다낚시, 권투 등 거친 남성미가 물씬 풍기는 것들이다.

'파파Papa'라는 닉네임이 말해주듯 그는 건강하고 거침없는 미국 남성상의 상징이었다. 20세기를 통틀어서 그보다 더 뛰어난 미국 작가는 여럿 꼽을 수 있겠지만 그보다 더 유명한 작가, 그보다 더 미국이라는 나라의 이미지와 부합하는 작가를 찾기란 어렵다(작가로서 그는 생전에 『타임』지에 두 번, 『라이프』지에 세 번 표지 모델로 등장함으로써 유명세를 과시했다). 그런 의미에서 그는 메릴린 먼로나 존 F. 케네디, 엘비스 프레슬리가 그러하듯 미국을 대표하는 문화 아이콘 가운데 하나다. 지금도 해마다 7월이 되면 미국의 플로리다 반도에 위치한 키웨스트에서는 헤밍웨이를 닮은 사람을 뽑는 경연 대회가 벌어진다. 전국 각지에서 허연 수염을 기른 건장한 마초들이 몰려와 그들의 영원한 우상인 헤밍웨이를 경배하는 시간을 가진다. 노먼 메일러를 포함해서 많은 후배 작가들이 헤밍웨이의 이런 측면, 즉 문학이란 울타리를 뛰어넘어 한 시대 한 나라를 대표하는 상징성을 획득하는 과업에 도전했지만 성공하지는 못했다.

흔히 헤밍웨이의 문학세계를 말할 때 언급되는 것이 냉정하고 비인간적인 초연함을 보여주는 남자주인공의 모습이다. 때로 스토아적 극기나 용기에 비견되기도 하는 이런 강인한 남성의 모습은 현실 공간에서든 문학 공간에서든 점차 만나기 힘든 자질이 되어가고 있다. 헤밍웨이에게 어떤 자세로 죽음을 맞느냐 하는 것은 평생 따라다닌 관심사이자 문학적 주제였다. 그는 자본주의나 공산주의 같은 이념 문제를 포함해서 모든 정치 사회적 현안을 배격한 채 비극적 세계에서 고독한 영웅주의를 추구하는 인물을 소설에 구현하고자 했다. 그에게 그 외의 것들은 다 협잡물에 다름 아니었다. 그런 점에서 이 작가는 미국문학에서 아담적 전통Adamic Tradition을 가장 잘 계승한 작가라고 할 수 있다. 쿠바의 한적한 어촌의 오두막에 누워 아프리카 초원의 사자를 꿈꾸며 잠든 초라한 늙은 어부의 모습에서 우리가 오랜 시련에 단련된 인간만이 지닐 수 있는 위엄을 보게 되는 것도 그 때문이다.

남진우 시인, 문학평론가. 명지대 문예창작학과 교수. '문학동네 세계문학전집' 편집위원, 계간 『문학동네』 편집위원. 1981년 동아일보 신춘문예 시 부문에, 1983년 중앙일보 신춘문예 평론 부문에 각각 당선되어 작품활동을 시작했다. 대한민국문학상, 김달진문학상, 소천비평문학상, 현대문학상 등을 수상하였다. 시집 『깊은 곳에 그물을 드리우라』 『죽은 자를 위한 기도』 『타오르는 책』, 평론집 『바벨탑의 언어』 『숲으로 된 성벽』 『나사로의 시학』 『폐허에서 꿈꾸다』, 산문집 『올페는 죽을 때 나의 직업은 시라고 하였다』가 있다.

노인과 바다 *The Old Man and the Sea*(1952)

불운과 역경에 맞선 한 노인의 숭고하고 인간적인 내면을 강렬한 이미지와 간결한 문체로 그려낸 작품이다. 작가 헤밍웨이의 원숙한 인생관 위에 독보적인 서사 기법과 문체가 훌륭하게 응축된 작품이라는 점에서 그의 필생의 걸작으로 꼽힌다. 『누구를 위하여 종은 울리나』 이후 헤밍웨이의 작가적 명성을 재확인시켜준 만년의 대표작이며, 1952년 작품이 처음 발표된 『라이프』지 9월호가 불과 이틀 만에 5백만 부 이상이 팔릴 정도로 큰 성공을 거두었다. 헤밍웨이에게 1953년 퓰리처상, 1954년 노벨문학상 수상의 영광을 안겨주었고, 오늘날까지 세계문학사에 불후의 명작으로 남아 독자들에게 큰 감동을 주고 있다. 헤밍웨이 자신도 『노인과 바다』를 가리켜 "평생을 바쳐 쓴 글" "지금 내 능력으로 쓸 수 있는 가장 훌륭한 글"이라고 언급한 바 있다.

어니스트 헤밍웨이 Ernest Hemingway(1899~1961)

미국 일리노이주 오크파크에서 태어났다. 고등학교 졸업 후 대학 진학을 포기하고 〈캔자스시티 스타〉지에서 수습기자로 일했다. 제1차세계대전에 적십자사의 구급차 운전병으로 참전했고, 이후 해외특파원으로 파리에 체류하는 동안 스콧 피츠제럴드와 에즈라 파운드를 비롯한 유명 작가들과 교유하며 작가로서의 기반을 다졌다. 『단편 셋과 시 열 편』으로 작품활동을 시작했고 『태양은 다시 뜬다』로 '잃어버린 세대'의 대표작가로 주목받았다. 『누구를 위하여 종은 울리나』 『무기여 잘 있거라』 등 다수의 작품을 발표했고, 『노인과 바다』가 큰 성공을 거두며 퓰리처상과 노벨문학상을 받았다. 엽총 자살로 생을 마감했다.

도쿠쇼가 쓰다

『물방울』 메도루마 슌

황정은

이시미네.

나는 오늘 굉장한 것을 썼다. 소설이라는 것을 말이다. 그것도 썩 괜찮은 소설이다. 처음 쓸 무렵에는 이런 굉장한 것이 될 줄은 몰랐다. 구상하게 된 계기도 하찮았다. 습기에 지쳐 창턱에 몸을 의지하고 마당을 내다보며 가려운 발가락 틈을 긁다가 말이다, 동과冬瓜가 열린 것을 보았다. 넓은 잎 틈으로 벌써 내 넓적다리만하게 열매가 자라 있었다.

이시미네.

우리가 군인의 신분으로 배고프고 목마른 채로 미군을 피해 구덩이에 누워 있을 때, 다른 것 말고 시원하게 얼린 동과 한 점을 씹고 싶다! 라고 말했던 것을 나는 여태 기억하고 있었나보다. 그렇다고는 해도 소금에 절인 반찬으로나 올라오는 동과를 보고,

나, 도쿠쇼가 소설을 쓰게 될 줄은 몰랐다. 그것도 이렇게 굉장한 것을 말이다. 최근 요양차 마을에 머물고 있는 소설가 선생에게 이것을 보여주고 평가를 받을 생각이다. 좋은 평가를 받고 선생에게 추천을 받게 되면 신문에 내 이름을 싣게 될지도 모르겠다. 그렇게 되면 후련해질 것이다. 이시미네, 너나 나처럼 평범한 사람은 죽어서도 죽었다고 이름 석 자 실리지 못할 신문에, 살아서 이름이 실리는 꼴을 보게 된다면 말이다.

신문에 실릴 경우 원고료라는 것도 받게 되는 모양이다. 그 돈을 받아 여름 웃옷을 마련하고 싶다. 지금 입는 것은 소매가 너무 닳아 움직일 때마다 여기저기 걸린다. 전쟁 때 눈물나는 이야기를 팔아 돈을 벌면 벌을 받는다고 마누라 우시는 핀잔을 주었지만 책도 읽지 않는 여편네가 알 일이냐. 조만간 원고를 가지고 선생을 찾아갈 생각이다.

이시미네.

어제 쓴 것을 다시 읽어보았다. 이런 하찮은 것을 써두고 굉장한 것을 썼다고 말했다니 부끄러워 면목이 없다. 다른 부분은 그럭저럭 괜찮았다고 생각한다. 나도 미처 몰랐던 기지를 발휘해 모든 것을 생기 있고 재치 있게 다듬어 소설로 말해두었다.

그런데 그 부분만은 지금 읽고 보니 밋밋하기가 짝이 없다. 밋밋하다기보다는, 아무래도 거짓말 같다. 기가 차고 모를 일이다. 거짓말을 동원한 다른 부분은 참말 같은데, 참말에 가까워지려고 노력한 부분만은 거짓 같다.

이시미네, 네가 죽은 대목 말이다.

그 부분을 쓸 적에 나는 정성을 다해 네가 정말 어떻게 죽었는지를 말해보려고 노력했는데, 희한하게도 그 대목이, 가장 거짓 같은 대목이 되고 말았다. 부끄럽다. 이런 것을 신문에 싣겠다고 생각했다니 믿을 수 없다. 남에게 보일 것이 아니다. 오늘밤에라도 찢어야겠다고 생각하고 있다.

이시미네.

어제의 일이다. 종이 풍선을 파는 네 누이가 마침 길을 지나는 나를 흘겨보았다.

안녕이고 뭐고 인사도 없이 말이다. 심하게 흘겨보았다. 착각이 아니다. 그녀가 그 이야기를 알아낸 것이다. 나를 책망하는 것이다. 내 소설을 찾아내 구석구석 읽어버렸을지도 모르겠다. 그렇게 생각하고 집으로 돌아온 즉시 나는 책상 서랍을 뒤졌으나 소설을 찾지 못했다. 온 집안을 다 뒤졌는데도 찾지 못했다. 마누라 우시를 불러 그것을 어떻게 했느냐고 따져 묻자, 우시는 눈을 동그랗게 뜨더니, 당신이 직접 마당에서 태웠잖아요, 어제, 라고 대꾸했지만 뭔가 착각이 있었던 게 틀림없다. 내게는 그 소설을 태운 기억이 없으니 말이다. 태웠더라도, 다른 종이였을 것이다. 본래의 원고는 바람에 날려서, 결국 네 누이의 손에 들어갔는지도 모르겠다. 정말로 태웠다면, 그 재가 남김없이 그녀의 귀로 날려가 그 이야기를 기필코 다 속삭인 것인지도 모르겠다.

이시미네.

그녀가 알게 되었으니 여태 죽지 못하고 너를 그리는 너의 노모도 알게 될 것이다. 우시도 알게 될 것이고 온 마을 사람들이 다 알게 될 것이다. 나는 폐인이 될 것이다. 지금보다도 더 폐인이 될 것이다. 마을 아이들이 내게 돌을 던질 것이다. 하지만 나는 억울하다.

이시미네.

죽은 척을 하고 있던 네가 나빴다. 이시미네, 하고 부르는 내 목소리에 제대로 대답만 했더라도 나는 너를 죽은 셈치고 그 물을 다 마시지는 않았을 것이다. 너를 단념하고 혼자서 그 자리를 빠져나오지는 않았을 것이다. 아무리 생각해도 이시미네, 네가 나빴다. 아니다. 조국이 잘못이었다. 전쟁이 잘못이었다. 나 도쿠쇼에게 조국이란 해변에 엎어진 조개껍데기를 물들이는 석양이고, 마누라 우시의 종아리에 밴 짠맛이고, 내 집 마당에 열리는 동과의 즙이었는데, 조국에게도 조국 자신이 그런 것이었다면 전쟁은 일어나지 않았을지도 모른다. 어쨌거나 잘못을 저지른 사람은 내가 아니다. 나는 살아남아 억울하게 되었다.

살아남아 나만 억울하게 되었다.

이시미네.

억울하게 10년을 살고 20년을 살아도, 살아 있는 게 좋다.

똥밭에 굴러도 이승, 이승이고 보니 똥밭도 꽃밭이 될 수 있는 것이다.

나는 이대로 이 세계라는 똥밭을 구르며 만끽할 것이다.

이시미네.

네가 그것을 심하게 원망하고 질투하여 매일 밤 이 도쿠쇼의 머리맡을 방문하는 것 아니겠냐.

황정은 소설가. 2005년 경향신문 신춘문예에 단편소설 「마더」가 당선되며 작품 활동을 시작했다. 한국일보문학상, 젊은작가상을 수상했다. 소설집 『일곱시 삼십이분 코끼리열차』 『파씨의 입문』 『아무도 아닌』, 장편소설 『百의 그림자』 『야만적인 앨리스씨』 등이 있다.

물방울 水滴(1997)

현대 오키나와 문학을 대표하는 작가 메도루마 슌의 작품집이다. 아쿠타가와상 수상작 「물방울」은 한 남자의 오른다리가 통나무처럼 부어오르더니 엄지발가락 끝에서 물방울이 떨어지기 시작한다는 기발한 발상이 돋보이는 작품이다. 이 물은 매일 밤 나타나는 병사들의 유령에게는 '생명수'가 되고, 젊음을 되찾고자 하는 사람들에게는 '기적의 묘약'이 된다. 메도루마는 전쟁 후의 상처와 살아남은 자의 죄의식을 유머러스한 인물 묘사와 위트 넘치는 문체로 무겁지 않게 풀어나간다. 색채감 풍부한 문체로 오키나와의 자연 풍광을 느낄 수 있는 「바람 소리」와 기존의 소설 형식을 파괴하고 가상의 책에 대한 서평들로만 이야기를 완성시키는 기상천외한 단편 「오키나와 북 리뷰」가 함께 실려 있다.

메도루마 슌 目取眞俊(1960~)

일본 오키나와 나키진에서 태어났다. 1983년 「어군기」로 등단해 「평화의 길이라고 이름 붙여진 거리를 걸으며」로 신 오키나와 문학상, 「물방울」로 아쿠타가와 문학상, 「혼 불어넣기」로 가와바타 야스나리 문학상 등을 수상하며 일본문단의 주요 작가로 성장했다. 메도루마 슌은 오키나와의 비극적인 역사, 일본 본토와 미국인에 대한 오키나와인의 의식을 해박한 지식과 독특한 상상력으로 풀어내는 작가로, 일본문단에서도 주요한 위치를 차지하고 있다. 오키나와를 배경으로 기발하면서도 메시지가 강한 작품세계를 보여주고 있으며, 지역사회 문제에도 적극적으로 참여해 신문이나 잡지에 오키나와 전투와 미군기지 문제에 관한 에세이와 평론 등을 발표하고 있다.

허깨비불

『도깨비불』 피에르 드리외라로셸

김태용

권총
그것은 차갑고 단단하지
사람들은 말한다
그것은 강철로 되어 있다고
그러니 구부러질 수 없다고
구부러지는 것만 사랑하느라 나는 인생을 탕진했다
탕(진)! 탕(진)! 탕(진)!
마지막 총소리는 이층에서 들렸다
전쟁이 끝났다
도대체 전쟁이 끝날 수 있다고 믿은 건가
심장도 통과하지 못하는 탄환이 있다
하나의 탄환을 얻기 위해 많은 여자들을 갈아치워야 했다

여자들은 모두 나를 사랑했다고 말했다
왜 모든 사랑은 과거형일까
궁금해하지 말아야 한다
마지막 탄환을 위해
마지막 여자가 필요하다
마지막 여자
누가 나를 위해 허리를 구부려줄 수 있을까
옷은 충분히 갈아입었다
잠은 충분히 잤다
술은 충분히 마셨다
약은 충분히 했다
싸움은 충분히 했다
도망은 충분히 쳤다
여자는 충분하지 않다
내가 남자라서가 아니다
아니 나는 남자다
남자가 되기 위해 남자다운 것을 찾아 헤맸다
그러니까 여자를 찾아 헤맸다
모든 이에게서 여자를 빼앗으려고 노력해야만 했다
빼앗은 다음에는 경멸하면 된다
농담이 아니다
아무도 없는 윤리의 방에서 살던 시절 나는 썼다
'세상은 불완전하고 세상은 나쁜 것이다. 나는 이 세상을 배척하고 심판하고 파괴한다.'
택시비가 남았지만

돌아갈 곳이 없다
어디로 돌아가도 내가 누울 곳은 아니다
내가 누운 곳
거기가 내가 돌아간 곳이다
이집트의 여름 속으로 개미가 되어
친구들은 여전히
부인과 아이라는 기생충을 등에 업고
엉뚱하고 초라한 연구에 사로잡혀 산다
그건 나의 세계가 아니다
내가 원하는 바가 아니다
아무도 자신에 대한 연구를 하지 않는다
카페 드 마리에서
자끄 드뉘망을 기다렸다
그는 나보다 먼저 죽은 자이다
틀린 맞춤법으로 자신만 연구한 사람
문학에 대한 경멸이다
탕!
11월의 그 밤은 아름다웠지만 나는 다시 홀로
거리로 돌아왔다
벌써 계단이다
인생의 반은 초조함으로
남은 인생은 무관심으로 탕진했다
계단의 정신
고독한 사람의 정신
모두가 되었다

모두의 하룻밤 속에서
천장까지 나의 성기가 커지기를 바랐지만
자고 나면 천장이 높아져만 갔다
마지막까지 버릴 수 없는 것
남은 것
남은 남자
내 생명의 주인
그것이 나라고 말할 수는 없지만
이제 증명하겠다
어린아이라고 자백하거나 죽어버리는 수밖에
허리가 구부러진 여자
허리에 얹힌 차가운 손
아니 이제 그만
결국 나는 오쟁이 진 남자에 불과했다
앉아서 오줌을 쌌다

'당신이 나를 사랑하지 않았고 또한 내가 당신을 사랑하지 않았기 때문에 나는 자살한다. 우리의 관계가 느슨했기 때문에 그것을 좁히기 위해 자살하는 것이다. 나는 당신에게 지울 수 없는 흠집을 남길 것이다.'

농담이다
마지막 거짓말을
기록을 믿는가
헛소리다
헛수고다
허깨비다

헛소동이다
허깨비에 달라붙는 한줌의 불이 되기 위해
권총
그것은 사물이다
유일하다
마침내 사물과 맞부딪치는 것이다
탕!
사람들은 말하겠지
내가 죽었다고
구부러졌다고
대충 그렇다고
잘 가
라고는
아무도 말하지 않겠지

이 글은 『도깨비불』의 문장을 인용 혹은 도용하여 쓴 시입니다. 쪽수를 표기하려 했으나 읽는 자의 재미를 위해 남겨두기로 합니다. 루이 말 감독의 영화를 보고 오랫동안 이 소설이 번역되기를 기다렸습니다. 영화의 이미지와 겹쳐 보다 흥미롭게 읽을 수 있었습니다. 주인공을 연기한 모리스 로네의 표정과 영화의 전반에 흐르는 에릭 사티의 곡 〈짐노페디〉는 책을 읽는 내내 다시금 살아났습니다. 솔직히 말하면 영화의 우울함과 강렬함에 비해 책의 여운은 덜했습니다. 읽지 않고 영원히 기다려야만 하는 책이 있다면, 이 책은 저에게 그중 하나입니다. 이 작품이 없다면 영화도 없었겠지만 영화가 없었다면 저에게 이 책은 어쩌면 아무 의미도 없었을지도 모르겠습니다. 영화 이전의 책을 읽을 당신은 어떤지 궁금합니다.

김태용 소설가. 2005년 계간 『세계의 문학』 봄호에 단편소설 「오른쪽에서 세번째 집」을 발표하며 작품활동을 시작했다. 한국일보문학상, 웹진문지문학상을 수상했다. 소설집 『풀밭 위의 돼지』 『포주 이야기』, 장편소설 『숨김없이 남김없이』 『벌거숭이들』, 옮긴 책으로 자끄 드뉘망의 시집 『뿔바지』가 있다.

도깨비불 *Le feu follet*(1931)

전후 프랑스 불안의 시대를 대표하는 작가 드리외라로셸의 걸작. 전후 파리 사교계에서 마약과 기행으로 악명을 떨치던 다다이스트 시인이자 작가의 친구였던 자크 리고를 모델로 삼은 소설 「도깨비불」과 리고가 자살했다는 소식에 충격을 받고 쓴 글 「잘 가라, 공자그」를 함께 묶은 작품이다. 「도깨비불」의 주인공 알랭은 자크 리고와 작가 자신을 섞어서 빚은 인물이다. 마약을 제외한 알랭의 회의와 방황은 온전히 드리외라로셸의 것이다. 궤변으로 마약중독을 합리화하며 퇴폐에 빠진 사람들, 가난한 예술가가 범접할 수 없는 유한계급의 군상을 멸시와 부러움의 눈길로 바라보는 주인공은 리고와 작가 자신뿐만 아니라 전후 허무에 빠진 프랑스 젊은이들의 내면을 비추는 거울이다. 1963년 에릭 사티의 음악과 루이 말 감독의 연출이 조화를 이룬 영화로도 만들어졌다.

피에르 드리외라로셸 Pierre Drieu la Rochelle(1893~1945)

프랑스 파리에서 태어났다. 부모의 불화와 경제적 파탄으로 어린 시절을 외할머니 곁에서 보냈다. 1910년 파리 사립정치학교에 입학해 정치학을 전공했다. 부유한 학생들 사이에서 궁핍한 처지를 비관하며 화려한 출세를 꿈꾸지만 졸업시험에 낙방하며 자살을 생각한다. 2차대전이 발발하자 나치에 협력해 갈리마르 출판사의 문예지 『신프랑스평론』을 총괄하는 지위에 올랐다. 그러나 채 1년도 지나지 않아 자신의 선택을 후회하고 전쟁이 끝나는 1945년 음독자살했다. 소설 『샤를루아의 희극』 『몽상적 부르주아지』 『젊은 날의 반 고흐』, 시집 『의문』 『그릇 밑바닥』, 자서전 『호적부』 등 수많은 작품을 남겼다. 전설적 여성 편력과 실패로 끝난 정치 참여, 자살로 마감한 삶으로 인해 오랫동안 그늘에 머물러 있었던 그의 작품들은 오늘날 그 문학적 진가를 인정받아 다시금 커다란 주목을 받고 있다.

섬약한 당신

『프랑켄슈타인』 메리 셸리

김유진

많은 괴물들이 있었다. 신이 타락했거나, 저주를 받아 잘못 태어났거나, 어느 날 잠에서 깨어나보니 괴물로 변한 자신을 발견하거나, 혹은 복수심에 불타 스스로 괴물이 되거나. 그러나 이 괴물은 여러모로 다르다. 그는 역사상 가장 서정적이고 섬약한 괴물이며, 탄생한 지 2백 년이 지나도록 이름 하나 얻지 못해, 무어라 불러야 할지 여전히 알 수 없는 비운의 존재이기 때문이다.

촉망받던 젊은 과학자 프랑켄슈타인은 스스로 조물주가 되기로 마음먹는다. 그전까지 그의 인생은 정도에서 벗어난 적이 없었다. 점잖은 귀족 집안의 자제인 프랑켄슈타인에게는 일찌감치 정해놓은 아름다운 약혼녀도 있었다. 그의 내면에 실금이 가기 시작한 것은, 어머니의 죽음 이후다. 죽고 사는 것이 신의 영역이었던 때,

만연한 죽음만큼 자연스러운 것도 없던 시절에, 젊은 천재는 생명체의 탄생에 비상한 관심을 갖기 시작한 것이다.

『프랑켄슈타인』의 작가, 메리 셸리가 이 이야기를 막 탄생시킬 무렵, 그녀의 나이는 열아홉에 불과했다. 조숙했던 그녀는 17세에 아버지의 제자와 사랑의 도피를 감행한다. 재능 있는 시인이었던 퍼시는 유부남이었다. 둘의 불장난 앞에 놓인 것은 8년간의 긴 유랑과 가난의 그림자였다. 도피 이듬해, 메리 셸리는 아이를 낳았으나, 얼마 지나지 않아 죽었다. 그녀가 전 유럽 대륙을 지나며 긴 여행을 하는 동안, 소설 『프랑켄슈타인』의 뼈대에 살이 붙어갔을 것이다. 그사이 셋째딸을 낳았으나 이듬해 잃었다. 메리 셸리는 10대 후반에 사로잡힌 불같은 감정 이후, 거의 모든 것을 차례로 잃었다. 그녀의 연보는 주인공 주변의 사람들이 하나씩 죽어나가는 공포영화와 크게 다르지 않다. 남은 것은 그녀의 소설뿐이다.

물론 프랑켄슈타인의 호기심과 열정은 순수한 것이었다. 어떠한 의도도, 욕심도 없었다. 그는 키가 240센티미터에 이르는 거구의 괴생명체를 성공리에 만들어낸다. 생명체가 고르게 숨쉬는 것을 확인한 순간, 박사는 자신이 만든 것이 흉측한 괴물이라는 사실을 깨닫는다. 프랑켄슈타인의 독특한 성향은 여기서 발현된다. 박사는 '그것'을 책임지지 않는다. 혼신의 힘을 다해 만들어낸 결과물을 방기한 채로, 실험실을 박차고 나가버리는 것이다. 프랑켄슈타인은 비탄에 젖은 채로 두려움에 떨며, 괴물을 외면한다. 아버지와 약혼녀가 있는 고향의 품으로 돌아간다. 일말의 애정도, 미련도 없다. 그는 실상, 보수적인 귀족에 지나지 않는 것이다. 깨어난 괴물이 처음 본 광경은 텅 빈 실험실의 천장이다. 괴물은 태생적으로 고독하다.

이 소설의 뼈대는 공포소설의 형식을 띠고 있으나, 첫 장을 펼치는 순간 눈앞에 보이는 것은 아름다운 북극의 풍광이다. 기괴한 이야기의 진행과는 별개로, 작가는 아름다운 자연경관을 지속적으로 보여준다. 그녀가 기행을 통해 보았던 유럽의 울창한 숲과 여과 없이 떨어지는 태양, 달빛을 받으며 바스러지는 호수, 단단히 여문 열매들, 혹은 전혀 본 적 없는 상상 속의 풍경들이 이야기의 결을 따라다닌다. 죄책감에 몸서리를 치는 프랑켄슈타인도, 두려움과 고독에 몸을 웅크린 괴물도, 고요한 호숫가 앞에서 사색의 시간을 갖는다. 죽음의 그림자가 열린 창문으로 날벌레처럼 속속 들이치는 상황에서도, 풍경은 무심한 아름다움을 잃지 않는다. 서정적이고 고상한 말법이다.

순진무구한 괴물이 복수의 화신으로 거듭나는 결정적인 계기가 사랑의 부재라면 어떠할까. 태어나면서부터 아버지에게 버림받았고, 사랑하는 사람들을 위하여 노력을 기울였으나, 그마저 거부당한 운명이라면. 죽을 때까지 누구도 자신을 사랑하지 않으리라는 사실을 깨닫는다면, 자신을 향해 경멸과 분노의 눈초리로 무기를 들이미는 조물주를 맞닥뜨린다면. 누구도 자신에게 이름을 주지 않아, 영원토록 무명無名의 괴물로 남아야 할 운명이라면, 그에게는 복수 이외에 무엇이 남아 있을까.

메리 셸리는 꼭 자신의 운명과 닮은 두 개체를 탄생시켰다. 훗날 사람들은 종종 프랑켄슈타인이라는 박사의 이름을 괴물의 것과 혼동한다. 괴물은 진실한 과학의 힘을 빌려, 머리에 못이 박힌 녹색 괴물로 형상화되었다. 그사이 프랑켄슈타인이란 이름은 박사의 것이었다가, 누군가는 괴물의 이름으로 부르기도 한다. 그러나 오해를 푸는 것은 애초에 무의미한 일인지도 모른다.

김유진 소설가. 2004년 단편소설 「늑대의 문장」으로 문학동네신인상을 수상하며 작품활동을 시작했다. 젊은작가상, 황순원신진문학상을 수상했다. 소설집 『늑대의 문장』 『여름』 『보이지 않는 정원』, 장편소설 『숨은 밤』, 산문집 『받아쓰기』, 옮긴 책으로 『마마의 성을 습격하라』 『음악 혐오』가 있다.

프랑켄슈타인 *Frankenstein*(1818)

19세기 천재 여성 작가 메리 셸리가 열아홉의 나이에 놀라운 상상력으로 탄생시킨 과학소설의 고전. 무생물에 생명을 부여할 수 있는 방법을 알아낸 물리학자 프랑켄슈타인이 시체를 이용해 만든 괴물에 생명을 불어넣는다. 인간 이상의 힘을 발휘하는 괴물은 추악한 자신을 만든 창조주에 대한 증오심에서 복수를 꾀한다. 과학기술이 야기하는 사회, 윤리적 문제를 다룬 최초의 소설 『프랑켄슈타인』은 아이작 아시모프의 『아이, 로봇』, 카렐 차페크의 『R. U. R.』 등의 과학소설은 물론, 〈블레이드 러너〉 〈터미네이터〉 등의 영화에도 지대한 영향을 미쳤다. 나사못이 관자놀이에 박힌 괴물의 강렬한 시각적 이미지는 20세기 대중문화사에서 무한히 재생산되며 『프랑켄슈타인』을 오늘날 세계에서 가장 유명한 공포소설 중 하나로 만들었다.

메리 셸리 Mary Shelley(1797~1851)

영국 런던에서 급진 정치사상가인 윌리엄 고드윈과 여성주의자인 메리 울스턴크래프트 사이에서 태어났다. 생후 며칠 만에 어머니가 사망하자 아버지는 재혼했고, 부녀의 돈독한 유대 관계를 질시했던 계모 때문에 어린 메리는 제대로 된 교육을 받지 못했다. 대신 아버지의 서재에서 무수히 많은 장서를 독파했고, 당대 최고 사상가들과 아버지가 함께 나누는 대화를 어깨너머로 들으며 지적 허기를 채워나갔다. 1816년 시인 바이런 경, 의사 존 폴리도리, 남편 퍼시 비시 셸리와 모인 자리에서 괴담을 하나씩 짓기로 약속해 무서운 이야기를 쓰기 시작했고, 1818년에 『프랑켄슈타인』이라는 작품으로 출간했다. 이후 소설 『마틸다』 『마지막 남자』 『포크너』, 남편 셸리와 공동 집필한 시극 『페르세포네』 등 수많은 작품을 남겼다.

래그타임은 말이 없지만

『래그타임』 E. L. 닥터로

서효인

1897년부터 유행한 래그타임은 훗날 재즈의 원류가 된다고 한다. 소설을 읽기 전, 음악 포털에서 래그타임을 검색해보았다. 내용이 없다. '지금'이라는 시간과 '인터넷'이라는 공간에서 래그타임을 찾긴 쉽지 않았다. 인터넷 창에 보이는 표면적 정보로는 음악의 구체적 성질은 물론이고, 단순한 감각조차 일깨우기 어려웠다. 동영상을 찾는다. 새하얀 소매에서 뻗어나온 시커먼 두 손이 하얗고 검은 건반 위를 뛰어다닌다. 버퍼링이 일어나고, 음악이 멈춘다. 래그타임은 분명히 음악이라고 했지만, 나는 음악 없이 책장을 펼치기로 한다. 때는 니그로의 현란한 피아노 연주가 공기 중에 흩뿌려지던 1902년. 그곳은 미국, 뉴욕주 뉴로셸, 브로드뷰 애비뉴.

1900년, 고집 센 청교도 노인처럼 미국은 자신의 속내를 금방 드러내지 않았다. 실제 인물이라고 믿기엔 너무나 터무니없는 인간들이 터무니없는 짓을 자연스럽게 해냈다. 그것을 우리는 '진보 시대'라고 부른다. 그 기간 동안 인류는 두 차례 세계대전을 겪었고, 특정 인종에 대한 대대적이고도 과학적인 학살이 벌어졌으며, 핵무기가 만들어졌다. 나는 책을 되도록 천천히 읽어야 했다. 그곳에 섞여 있는 인간의 냄새가 독서를 방해했기 때문이다. 진보하는 인간에게는 살 타는 냄새가 난다. 코를 벌렁거리느라 많은 시간을 보냈다. 연기가 내 쪽으로만 왔다. 환기되지 않는 독서의 시작이었다.

1620년, 메이플라워호를 타고 아메리카 땅을 밟은 청교도 이민자들과, 그후로 오랫동안 배에 개나 닭처럼 실려 아메리카 땅에 들어온 흑인들, 대기근을 피해서 대서양을 건넌 유럽 이민자들이 미국에서 몸을 섞고 부비고 있었다. 몸과 몸이 닿는 마찰에 살이 거멓게 타는 냄새가 났다. 급기야 그들은 도시 한가운데서 총격전을 벌이거나, 탈옥을 감행하고, 폭탄 테러를 벌인다. 몸과 몸이 부딪치고 죽음과 탄생이 교차하는 순간, 뉴욕에는 지하철이 완공되었고 고층 빌딩은 제 높이를 하늘에 가깝게 했다. 진보의 시대에는 진보 시대의 방식이 있다. 그것은 누군가의 죽음과 죽음으로 인한 성공으로 완성된다.

1996년, 내 꿈은 미국인이 되는 것이었다. 미국에서 태어나기만 했다면 단어를 못 외운 죄로 영어 선생에게 매를 맞거나 하진 않았을 것이다. 마이클 조던은 돌아왔고(I'm back) 마이클 잭슨은 세계 자체였다(We are the world). 시트콤 〈LA아리랑〉에 나오는 가족이 누구보다 부러웠다. 까까머리를 하고 팔목이 짧은 교복을 입고서 살 타는 냄새는커녕 모두 같은 표정과 피부색을 하고 마늘 냄새를 풍기는 자그마한 반도를 저주했다. NBA 선수 카드를 그러모으고, R&B 흑인 창법을 흉내냈다. 떠나고 싶을수록 시간과 공간은 교복 소매 끝에 바락바락 달라붙었다. 영어 선생의 손은 매웠다. 그가 화를 낼 때는 내장이 타는 고소한 향이 났다.

1998년, 나는 야간자율학습 시간에 박경리의 『토지』를 미친놈처럼 읽어댔다. 『래그타임』을 그 시기에 읽은 것만 같은 느낌은 엉뚱한 환각일 것이다. 콜하우스가 J. P. 모건의 도서관 앞에서 장렬한 죽음을 택하는 모습에서 나는 길상이가 죽음으로 그려내는 관음탱화를 떠올렸다. 어리석은 연상이다. 이민자와 그들의 아이는 목조 셋방에 모여 살았고, 살인 직전의 노동환경에 놓여 일을 했으며, 파업을 벌이기도 했다. 파업은 처참한 진압으로 끝이 났고 좋은 차를 끌고 다니는 흑인은 도둑으로 간주되었다. 고등학생이던 나는 무릎 사이에 책을 두고 몰래 책장을 넘겼다. 선생에게 걸리면 니그로가 된 듯 맞았다. 맞고 나면 아일랜드 이민자가 된 듯 배고팠다. 100년이라는 시간이 책장과 매질 사이로 미친놈처럼 지나간다.

1917년 독일은 무제한 잠수함 작전으로 적들의 상선을 까부신다. 탈출의 명수 후디니가 만났던 동유럽의 왕세자가 젊은 사내의 총탄에 죽었다. 전쟁은 걷잡을 수 없이 덩치를 불렸다. 이민자는 우연한 기회에 부자가 되고, 독실한 공산주의자는 냉담한 신자처럼 신념을 버린다. 형편없이 처박히기 직전의 포드 자동차처럼 세계는 가속페달을 밟았다. 발목의 주인은 미국이었을지도 모른다. 발목을 이루고 있는 세포는 삶과 죽음으로 분열하고 사랑과 증오로 번식을 거듭했다. 후에 미국의 역사는 세계의 역사가 되었다.

2001년 대학생이던 나는 반미를 외치는 선배를 따라 뙤약볕 아래를 길길 뛰어다녔다. 훗날 내가 들었던 깃발이 역사 자체가 될 것이라 믿어 의심치 않았다. 그러나 깃발은 선배가 좋아하던 여자 후배의 방석으로 쓰이고 며칠 뒤 사라졌다.

2012년 여름은 화가 난 사람의 입김이 되어 우리의 몸을 빙 둘렀다. 아버지는 마지막 탐험을 떠났다. U보트의 어뢰 공격을 받아 숨진 미국인처럼, 같은 시간 TV쇼와 래그타임과 뮤지컬을 보고 있던 사람처럼, 전철을 타고 지각을 하고 살이 찌는 당신처럼 아버지 또한 어디선가 역사가 되고 있을 것이다. 우리가 살아온 시간은 생과 사라는 씨실과 날실로 엮인 털옷이며 믿을 수 없이 촘촘하고 놀랍도록 두텁다. 갑자기 거대한 손이 소매 바깥으로 뻗어나온다. 피아노를 두드린다. 래그타임의 시대가 끝났다. 책장을 덮는다. 아이돌이 부르는 현란한 노래가 들린다. 지금은 무슨 시대인가. 세계와 음악은 대답을 기다리지 않는다. 그저 박자에 맞춰 영원히……

서효인 시인. 2006년 계간 『시인세계』를 통해 작품활동을 시작했다. 김수영문학상을 수상했다. 시집 『소년 파르티잔 행동 지침』 『백 년 동안의 세계대전』 『여수』, 산문집 『이게 다 야구 때문이다』 『잘 왔어 우리 딸』이 있다.

래그타임 *Ragtime*(1975)

'미국 역사의 냉철한 기록자'로 평가되는 닥터로의 대표작으로 1975년 출간 첫해 20만 부 이상 판매되는 큰 성공을 거두고 이후 영화와 뮤지컬로 제작되어 지금까지 큰 인기를 끌고 있는 작품이다. 이 작품의 제목으로 쓰인 '래그타임'은 재즈의 전신이자 스콧 조플린이 완성한 피아노 음악을 뜻한다. 왼손으로는 규칙적인 리듬을, 오른손으로는 빠르고 힘찬 당김음을 연주하는 방식으로, 닥터로는 래그타임의 선율을 통해 누군가는 여전히 19세기적 가치관으로 관성적 삶을 살고 또 누군가는 20세기의 새로운 변혁의 흐름을 수용하거나 변혁을 이루는, 다양한 삶의 모습을 은유했다. 더불어 여성, 이민자, 흑인, 노동자 등의 약자를 성장의 동력으로 취했던 '걸레(rag)' 같은 '시대(time)'의 어두운 이면을 고발하기도 한다.

E. L. 닥터로 E. L. Doctorow(1931~2015)

미국 뉴욕에서 태어났다. 캐니언 칼리지와 컬럼비아대학에서 철학과 희곡을 공부했다. 1960년 첫 소설 『하드 타임스에 온 것을 환영합니다』를 출간했으며 이 작품은 1967년 영화로 제작되었다. 1971년 『다니엘서』가 출간되면서 비평가들의 절대적인 찬사를 받고 작가로서의 명성을 굳건히 다졌다. 1975년 『래그타임』을 출간하여 첫해에만 20만 부 이상의 판매 기록을 세우면서 전미도서비평가협회상을 받았다. 이 작품은 1981년 영화로, 1998년 뮤지컬로 제작되었다. 2005년 발표한 『행군』으로 생애 세번째 전미도서비평가협회상과 두번째 펜포크너상을 수상했다. 닥터로의 작품들은 32개국 언어로 번역되어 사랑받고 있다.

흔들리는 남자, 오스카 와일드

『캔터빌의 유령』 오스카 와일드

조남주

영화 〈사랑해, 파리〉에는 오스카 와일드의 무덤을 배경으로 하는 에피소드가 나온다. 사소한 일로 다투고 헤어지려는 연인. 남자가 떠나는 여자의 뒤통수에 대고 "당신 없다고 내가 죽을 줄 알아?"라며 독설을 퍼붓는데, 이때 오스카 와일드 유령(?)이 홀연히 나타나 남자에게 충고한다. "그녀를 이대로 보낸다면 당신은 괴로워서 죽을지도 몰라."

나는 여행을 그다지 좋아하지 않고 여권도 이미 만료되었는데 파리에 가보고 싶어졌다. 구체적으로 말하면 페르 라셰즈 공동묘지, 오스카 와일드의 무덤. 영화 속, 천사가 날아가는 모습이 새겨진 커다란 묘비는 수천 개의 키스마크로 뒤덮여 있었다. 나도 저기 키스마크를 남겨야겠다고, 여권을 새로 만들고 면세점에서 새빨간 샤넬 립스틱도 하나 사야겠다고 생각했는데 어영부영하는 사이 그럴 수 없게 됐다. 작년 겨울, 와일드의 묘비에 유리벽이 둘러졌기 때문이다. 립스틱에서 흘러나온 기름 성분이 석회석으로 된 묘비를 부식시키자 보호벽을 세운 것이란다.

죽어서도 묘비가 으스러지도록 여인들에게 키스 세례를 받는 남자. 오스카 와일드는 그런 남자다.

> "난 도무지 여자를 이해할 수 없어." (…)
>
> "이런, 제럴드." 내가 말했다. "여자는 사랑을 해야지 이해하려고 하면 안 돼." _60쪽

> '무슨 권리로 날 심문하시죠?' (…)
>
> '당신을 사랑하는 남자의 권리입니다.' _65쪽

> "그런데 매력적인 남편이 될까요? 내가 궁금한 건 바로 그거예요." (…)
>
> "순진도 하셔라. 남편들이란 결코 그다지 매력적이지 않아요." _19쪽

보수적이고 엄격한 19세기 영국에서 오스카 와일드는 이런 문장들을 썼다. 마치 100여 년 후의 여성 독자들이 밑줄을 그어가며 자기 소설을 읽게 될 줄 알았다는 듯. 이러니, 내가 안 반해?

무엇보다 오스카 와일드 소설의 가장 큰 미덕은 '재미'다.

「캔터빌의 유령」은 유령이 사는 영국 캔터빌 저택에 합리적인 미국인 목사 가족이 이사 오면서 시작된다. 유령은 3백 년 출몰 경험에서 우러난 제법 공포스러운, 하지만 조금은 진부한 방법으로 열심히 자신의 존재를 드러내는데 이성적인 미국인들이 당최 두려워

하지를 않는다. 유령이 무겁고 녹슨 쇠사슬을 몸에 휘감고 끼익끼익 쇳소리를 내며 나타났을 때 목사는 이렇게 말한다.

"영감님, 그 쇠사슬에 기름칠을 꼭 하셔야겠습니다."

유령의 등장에도 합리적으로 대응하는 미국인 가족과 오히려 사람을 두려워하게 된 유령의 이야기, 살인 계획이 자꾸만 실패로 돌아가 난감한 한 남자의 이야기(「아서 새빌 경의 범죄」), 품격 있는 꽃거지 이야기(「모범적인 백만장자」)들은 웬만한 시트콤보다 더 기발하고 흥미진진하다. 오스카 와일드는 정말 타고난 이야기꾼이다.

삶과 예술이 도달할 수 있는 최고의 경지는 '아름다움'이라고 믿었던 유미주의자 오스카 와일드. 그의 소설에는 자신의 추한 외모를 보고 심장이 터져 죽는 난쟁이(「공주의 생일」)와 온갖 화려하고 아름다운 것에 몰두하는 어린 왕(「어린 왕」)이 등장한다. 이들은 사랑을 완성시키기 위해 생명을 바치는가 하면(「나이팅게일과 장미」), 사랑을 얻기 위해 영혼을 팔기도 한다(「어부와 그의 영혼」).

하지만 와일드의 소설이 진짜 매력적인 이유는 미美에 대한 찬양을 넘어서기 때문이다. 그가 창조한 아름다운 인물들은 대체로 냉혹하고 이기적이며 결국 파멸의 길을 걷는다. 그는 상류계급의 우아한 삶 이면에 가난으로 고통받는 삶이 있다는 것을 강조하고, 무서울 정도로 냉정하게 현실을 직시한다.

> 사람이 부유하지 못하면 매력적이어도 아무 소용이 없다. 로맨스는 부자들의 특권이지 실직자들이 할 수 있는 일이 아니다. 가난한 사람은 실질적이고 단조롭게 살아가야 한다. 매력적인 것보다는 지속적인 수입이 있는 편이 더 낫다. _110쪽

화려한 보랏빛 벨벳 재킷, 단춧구멍에는 초록색 꽃을 꽂고, 넥타이는 매듭지어 길게 늘어뜨린 모습(오늘날 가장 보편적인 넥타이 매듭법인 포인핸드 스타일은 오스카 와일드가 고안했다고 알려져 있다). 외모보다 더 튀는 말과 행동. 급기야 동성 애인과의 요란한 스캔들로 기행에 정점을 찍는 오스카 와일드. 하지만 그는 생계를 위해 펜을 잡은 가장이자 아들들을 위해 동화를 쓰는 아빠이기도 했다.

이상과 현실 사이, 예술가와 생활인 사이, 고민과 방황과 언행 불일치의 기록들. 나는 일관성 있고 확신에 찬 사람보다 '흔들리는 사람'이 좋다.

조남주 소설가. 2011년 장편소설 『귀를 기울이면』으로 문학동네소설상을 수상하며 작품활동을 시작했다. 황산벌청년문학상, 오늘의 작가상을 수상했다. 소설집 『그녀 이름은』, 장편소설 『고마네치를 위하여』 『82년생 김지영』이 있다.

캔터빌의 유령 *The Canterville Ghost and Other Stories*

19세기 영국 최고의 이야기꾼, 오스카 와일드의 독특하고 개성 넘치는 단편과 산문시를 묶은 단편전집이다. 이 책에 실린 단편들은 오스카 와일드가 1887년부터 1891년까지 발표한 작품들로, 빅토리아시대의 낡은 도덕적 관습과 시대정신을 풍자한 「아서 새빌 경의 범죄」, 조건 없는 헌신과 사랑을 보여주는 동화의 고전 「행복한 왕자」, 추리소설 형식의 비평 「W. H. 씨의 초상화」를 포함해 「공주의 생일」 「별 아이」 등의 작품과 정제된 언어의 산문시까지, 오스카 와일드의 탁월한 재담가로서의 재능을 유감없이 보여준다.

오스카 와일드 Oscar Wilde(1854~1900)

아일랜드 더블린에서 태어났다. 유명한 의사이자 고고학자였던 아버지, 시인이었던 어머니 밑에서 자란 와일드는 어려서부터 문학과 예술에 남다른 재능을 보였으며 그리스어와 고전에도 능통했다. 트리니티 칼리지를 거쳐 옥스퍼드대학을 우수한 성적으로 졸업했고, 존 러스킨과 월터 페이터의 영향을 받아 '예술을 위한 예술'을 주장하며 유미주의에 심취했다. 사교계의 유명인사였고 뛰어난 이야기꾼이라는 명성이 자자했으나 그때까지 작품활동은 부진했다. 1884년 콘스턴스 로이드와 결혼하여 두 아들이 태어나자 책임감을 느끼고 본격적으로 글을 쓰기 시작했다. 1888년 『행복한 왕자와 그 밖의 이야기들』을 발표한 뒤 소설가로 명성을 얻었고, 「W. H. 씨의 초상화」 『도리언 그레이의 초상』 등을 차례로 출간했다. 작가로서 성공 가도를 달리던 중 남색 혐의로 2년간 레딩 감옥에 수감되었다. 1897년 출감 후 파리에서 가난하게 살다가 1900년 세상을 떠났다.

질투 유발자를 찾아 떠나는 달콤쌉쌀한 여정

『맨해튼 트랜스퍼』 존 더스패서스

이현수

내가 이 책을 고른 이유는 순전히 '존 더스패서스'란 낯선 이름 때문이었다. 나뿐만 아니라 영문학을 하는 친구들에게도 이 작가가 좀 낯선 모양이다. 그는 작가로서 출생부터가 매력적이다. 포르투갈계 더스패서스가의 혼외자로 태어나 하버드대학을 우수한 성적으로 졸업하고 1차대전 때는 자원입대해 프랑스와 이탈리아 전선에 있었다. 훗날 스페인 내전이 발발하자 헤밍웨이와 스페인으로 건너간다. 거기서 아나키스트 조직인 민병대에 가담해 우익세력과 싸우던 조지 오웰을 만나 자신의 정치적 사회적 이념을 솔직하게 밝히기도 한다. 이를테면 그는 엄친아에다 세상에서 해볼 것은 다 해본, 질투를 심하게 유발하는 작가다.

심지어 그는 오래 살기까지 했다!

맨해튼 트랜스퍼는 1910년부터 1937년까지 뉴욕과 저지시티 사이에 존재했던 펜실베이니아 철도의 환승역이다. 배와 승용차, 기차 등 모든 교통편은 이 환승역을 거치지 않고는 맨해튼섬으로 들어갈 수 없었다. 아메리칸 드림에 부푼 이민자들이 뉴욕항 엘리스섬에서 입국수속을 마치고 처음 발을 딛는 곳이자 미합중국의 숱한 개인들이 그들의 삶과 시간을 갈아타는 곳이기도 했다.

『맨해튼 트랜스퍼』의 주인공은 인간이 아니라 세계 자본주의의 메트로폴리스인 뉴욕, 더 정확히 말하면 '맨해튼'이다. 20여 명의 등장인물들은 철저히 조연에 머문다. 전후 뉴욕은 불안의 그림자가 너울처럼 일렁거린다. 뇌물수수와 부정부패, 권모술수가 판을 치고 개혁파와 온건파의 정치적인 대립, 정치 후원금 문제와 차명 계좌까지 등장한다. 게다가 유대인 처녀인 재봉사 '애너'를 내세워 노동자 문제를 심도 있게 다룬다. 1925년에 출간된 이 책 속의 정치, 사회적인 문제가 한국의 오늘과 놀라울 정도로 닮아 있다.

그 시절 더스패서스는 벌써 영화적인 기법을 도입해 카메라의 눈으로 맨해튼을 활보하는 전후의 불안한 인간 군상을 훑는다. 작가는 카메라의 회전, 겹침, 시점 변화 등을 적절히 선택해 편집한다. 그런 탓에 맨해튼이라는 도시가 갓 잡은 물고기처럼 살아서 펄떡펄떡 뛴다.

1920년대의 맨해튼과 1990년대의 맨해튼은 얼마나 다를까?

1999년 6월에 나도 맨해튼에 있었다. 미국에 도착한 지 일주일 만이었다. 나는 운동화 끈이 풀린 것도 모른 채 5번가를 터덜터덜 걷고 있었다. 운동화 끈을 묶으면서 그리니치빌리지와 소호 거리를 지나왔다는 걸 알았다. 구찌와 카르티에 같은 화려한 쇼룸도 타임스퀘어의 번쩍거리는 광고판도 내 눈길을 끌어당기지 못했다. 나는 아무것도 보지 않았다. 발이 가는 대로 무작정 걷기만 했다. 아침에 아무렇게나 입고 나온 옷은 심하게 구겨졌고 점심조차 굶었다. 배가 고프지 않았다. 록펠러센터의 로어 플라자 노천카페에서 무슨 맛인 줄도 모르고 먹은 샌드위치 한 조각이 그날 섭취한 음식물의 전부였다. 커피를 마시며 국제연합 회원국들의 국기가 펄럭이고 있는 걸 멍하니 바라봤다. 나오는 길에 지나친 패트릭 대성당도 내게 아무런 감흥을 불러일으키지 못했다.

한참을 걷다보니 맨해튼 북동쪽에 있는 할렘 가에 도착해 있었다. 지금은 그 거리가 정비되었지만 그땐 우범지대였다. 길에 걸어다니는 사람이 없었다. 특히나 여자 혼자는 더욱더. 나는 아무래도 상관없었다. 흑인들이 길에서 서성거렸지만 누구도 내게 총을 쏘지 않았고 어두운 골목으로 날 끌고 가지도 않았다. 나는 폭격 맞은 얼굴을 하고 있었다. 할렘 가의 흑인들도 그런 내가 무서웠을 것이다. 그날 밤 할렘 가에 갔었다고 했더니 여동생은 기함한 얼굴을 했다. "언니, 너 미쳤구나!"

나는 그때 미국이 초행이었다. 비행기에서 내려 뉴저지에 있는 잉글루드 병원을 물어물어 찾아갔다. 병원 로비에는 환자의 이름과 병실 번호가 적힌 안내판이 걸려 있었다. 아무리 찾아봐도 '강수향'이라는 엄마의 이름이 없었다. '강수향'이 '캥수'로 등록되어 있었다. 캥수라니? 무슨 들짐승 이름 같았다.

병실 문을 열었을 때 난 거기가 미장원인 줄 알았다. 화장을 짙게 한 백인 할머니가 로드로 은발을 죄 감고서 손에 매니큐어를 바르고 있었다. 얼굴이 바비 인형처럼 예뻤다. 충격적인 것은 그 예쁜 할머니가 의자에 걸려 있다는 점이다. 그레이스는 엉덩이가 절반밖에 없어서, 그러니까 하체가 없어 하루종일 의자에 등이 꽂힌 채 걸려 있을 수밖에 없었다.

엄마는 오른팔다리가 마비된 채 그레이스의 옆 침대에 누워 있었다. 엄마는 뉴욕에 사는 여동생을 만나러 왔다가 하루 만에 뇌졸중으로 쓰러졌다. 우리는 갑자기 닥친 불행 때문에 제정신이 아니었다. 미국 병원은 보호자가 환자를 면회한 후 집으로 돌아가야 한다. 우리는 그 규칙을 철저히 무시했다. 한국식으로 병원에서 밤을 새며 엄마를 간병했다. 아무도 우리를 쫓아내지 않았다.

여동생은 그레이스가 간살쟁이라고 했다. 겨우 단어 몇 개만 알아들을 뿐이었지만, 내가 보기에도 간호사들에게 아부하는 정도가 심했다. 복도에서 발자국 소리만 나도 그레이스는 종달새처럼 재재거리며 찬사의 말을 늘어놓았다. 그토록 친절한 그레이스가 유색인인 우리는 대놓고 무시했다. 장애인임을 내세워 사람을 교묘하게 부릴 줄도 알았다. 그 병원에 있는 동안 여동생은 그레이스와 팽팽한 신경전을 벌였고, 나는 그레이스가 흥미로워 엄마의 수발보다 그레이스의 수발을 더 많이 들었다. 대한민국 작가를 하녀처럼 부려먹다니. 여동생은 폭풍처럼 분노했다.

600여 쪽에 이르는 묵직한 이 책을 아껴가며 읽는 동안, 병원에서 날밤을 새운 후 발작처럼 버스를 타고 뛰쳐나갔던 맨해튼의 거리와 하체가 없는 바비 인형 그레이스가 책의 곳곳에서 어른거린다. 나는 책을 덮고 자주 서성거렸다. 책을 읽을 때 문장에 흠뻑 젖어서, 그 책을 쓴 작가의 호흡까지 같이 읽는 경우가 있는데 내겐 이 책이 그랬다. 나는 지미 허프를 따라 읽었다. 종군기자가 되고 싶은 지미 허프는 작가의 분신인 듯 보인다. 존 더스패서스가 동시대 작가인 헤밍웨이나 피츠제럴드보다 대중적 인지도가 약한 것은 그의 소설에 비극과 낭만이 없어서일 것이다. 다 읽고 나니 이 책이 왜 〈르몽드〉 선정 20세기 100대 도서인지 알겠다.

이현수 소설가. 1991년 충청일보 신춘문예와 1997년 문학동네신인상을 수상하며 작품활동을 시작했다. 무영문학상, 한무숙문학상을 수상했다. 소설집 『토란』 『장미나무 식기장』, 장편소설 『길갓집 여자』 『신 기생뎐』 『나흘』 『사라진 요일』이 있다.

맨해튼 트랜스퍼 *Manhattan Transfer*(1925)

어니스트 헤밍웨이, F. 스콧 피츠제럴드 등과 함께 미국문학의 '잃어버린 세대' 작가로 손꼽히는 존 더스패서스의 대표작이다. 제목인 '맨해튼 트랜스퍼'는 1910년부터 1937년까지 뉴욕과 저지시티 사이에 존재하던 환승역으로, 대서양을 사이에 둔 미국과 유럽 대륙을 연결하고, 미국 대륙과 뉴욕 맨해튼섬을 연결하는 상징적인 지점이었다. 인파로 붐비는 이 환승역처럼, 소설에서는 수많은 삶의 단면이 파노라마처럼 펼쳐진다. 더스패서스는 수많은 에피소드를 병렬적으로 나열하는 파노라마식 구성과 의식의 흐름 기법, 빠른 장면 전환과 객관화된 시점이 특징인 '카메라의 눈' 기법 등 실험적인 기법을 사용하여 뉴욕의 본질을 그려냈으며, 이로써 미국 문학사에서 특출한 모더니스트로 자리매김했다.

존 더스패서스 John Dos Passos(1896~1970)

미국 시카고에서 태어났다. 하버드대학을 졸업하고 1차대전에 참전했으며, 종전 후 소르본대학에서 인류학을 공부했다. 1920년 발표한 첫 작품 『한 남자의 성인식』과 이듬해 출간된 『세 명의 군인』은 전쟁 체험을 바탕으로 한 리얼리즘 소설의 정수라는 찬사를 받았다. 그후 몇 년간의 특파원 생활과 여러 나라를 여행한 경험, 특히 거트루드 스타인의 살롱에 드나들며 피츠제럴드, 헤밍웨이 등과 교유한 일에 큰 영향을 받았다. 자본주의 체제에 환멸을 느끼던 더스패서스는, 사코·반제티 사건을 계기로 정부를 비판하는 글을 기고하고 공산주의를 공부하기 위해 소련을 여행했다. 그러나 표현의 자유를 제한하는 스탈린 정부와 친구의 의문사 등으로 인해 사상의 변화를 겪고, 정치적인 입장 차이로 헤밍웨이와 결별했다. 대표작으로 『맨해튼 트랜스퍼』 『U. S. A. 삼부작』 등이 있으며 『토머스 제퍼슨의 지성과 감성』 『나라를 만든 사람들』 등 미국 역사 관련 저서로 비평가, 사회사가로도 명성을 얻었다. 볼티모어에서 세상을 떠나는 날까지 작품활동을 계속했다.

아주 단순한 결론

『단순한 열정』 아니 에르노

김이설

시작은 했는데 완성하지 못한 소설이 한 편 있다. 장편으로 계획한 소설이었고, 어떻게든 끝내겠다는 생각으로 600매까지 썼지만, 결국 접었다. 이유는 단순했다. 사랑에 관한 소설을 쓰려고 했던 것이 문제였다. 사랑이라니, 김이설아. 가당키나 한 것이냐. 하여, 깨끗이 잊기로 했다.

잊기로 했지만, 그래서 잊었다고 생각했지만, 잊지 못했다. 잊고 싶을수록 더욱 나를 잡아끌었다. 600매라는 원고 매수가 아까워서가 아니었다. 사랑이기 때문에 그랬다. 사랑이 아니라, 욕망이나, 열망, 애욕이나 열정이었다면 달라졌을 것이다.

그러니까, 고백하자면, 나는 사랑을 모르는 사람이 되어 있었다. 사랑을 잃은 것인지, 사랑을 잊은 것인지조차도 모호했다. 내가 사랑이라는 것을 한 적이 있었던가, 그조차도 나는 확신할 수 없었다.

> 어렸을 때 내게 사치라는 것은 모피 코트나 긴 드레스, 혹은 바닷가에 있는 저택 따위를 의미했다. 조금 자라서는 지성적인 삶을 사는 게 사치라고 믿었다. 지금은 생각이 다르다. 한 남자, 혹은 한 여자에게 사랑의 열정을 느끼며 사는 것이 바로 사치가 아닐까. _66~67쪽

마지막 문장을 읽고 나서, 나는 정말로 내 무릎을 탁! 쳤다. 옆에서 〈코코몽〉을 보던 다섯 살 둘째가 그 소리가 재미있는지 계속 자기 무릎을 쳐댔다. 탁! 탁! 탁! 그리고 깔깔깔 웃었다. 괜히 웃어대는 아이 옆에서 서른여덟의 내게 부재되어 있던 것이 그 '사치'에의 열망이었다는 것을 깨달았다. "한 남자, 혹은 한 여자에게 사랑의 열정을 느끼며 사는 것" 말이다. 그러니, 그런 내가 무슨 사랑 소설을 쓰겠다고. 그러니까 앞서 했던 말은 정정되어야 했다. '열망, 애욕이나 열정이었다면 달라졌을 것이다'가 아니라, 그런 소설도 분명 나는 쓸 수 없었을 것이다.

소설은 허구의 이야기, 작가의 상상력으로 현실을 재구성하는 일이라고 배웠다. 그렇다면, 내가 사랑을 몰라도 사랑에 대해서 쓸 수 있어야 한다. 그게 소설가의 마땅한 자질이어야 했다. 그런데 다른 건 모르겠지만 사랑의 영역은 그럴 수가 없었다.

내 오래전 연애들은 너무 구닥다리여서 현실로 재구성하기에는 현장성이 부족했다. 혹 어떻게든 이야기로 만들어내면 드라마보다도 밋밋하거나, 너무 정상적이었다. 사랑은 자고로, 사랑의 대상을 발견하고, 그 사랑을 싹틔우고, 그 사랑이 완성되는 찰나 방해요인이 나타나고, 그 방해요인을 헤쳐나가면서 더 깊어지기 마

련. 따라서 그 방해요인을 이겨내면 해피엔딩이고, 그 방해요인을 극복하지 못하면 이별하고 마는. 이별하면 남남으로, 혹은 아스라한 추억의 편린으로 남는 것. 사랑이라는 행태는 나에게 그런 것이었다.

그러니 누군가에게 자랑할 만한 추억은 아예 존재하지도 않고, 어렴풋이 남은 옛사랑의 기억을 혼자 품고 아슴아슴하게 아픈 척하는 일도 무의미해진 지 오래. 심지어는 그런 회상을 불온한 것으로 치부하고 산 날들도 아무렇지 않았다. 그보다도 매일 아침 전쟁통처럼 남편과 아이들을 내보내고, 끝이 없는 집안일을 하고, 마감날짜에 허덕이며 원고를 쓰고, 때 되면 명절과 제사 일정을 소화하는 일상이 나에게는 가장 숭고한 일이었다. 남편이 아닌 이성과 눈 마주치는 일이란 동네 슈퍼 아저씨나 대형마트 매대의 총각 들, 그도 아니면 아이 학교의 교장 선생님이 전부인 나였으니, 열정을 품기에 내 일상은 너무 번잡하거나 너무 고요했다. 하루하루 근근이 버티는 일만으로도 숨이 찼다. 열정을 갖기에 나는 늘 수면이 부족한 소설 쓰는 주부였고, 열정을 품기에는 통념에 완벽히 적응한, 너무 늙은 여자가 되어 있었던 것이다.

그러니 아니 에르노의『단순한 열정』을 읽는 내내 나는 심사가 불편했다. 자꾸 소설 속 인물에게 눈을 흘겼다. 배가 불러서 그래. 먹고살 만하니까 그런 거지. 한가해서 그렇다고. 일상을 송두리째 다른 사람을 그리워한다는 것이, 그게 어디 나 같은 사람들에게 가당키나 한 일이야! 너 잘났다, 흥! 그렇게 시부렁거리다보니,

몹시, 쓸쓸해졌다.

작년 9월 이후로 나는 한 남자를 기다리는 일, 그 사람이 전화를 걸

어주거나 내 집에 와주기를 바라는 일 외에는 아무것도 할 수 없었다.
_11쪽

이 문장을 나는 2001년에 읽었다. 감히 말하건대, 그때의 나는 '단순한 열정'이라는 제목이 소설의 전부라고 생각했을 것이다. '직접 체험하지 않은 허구를 쓴 적은 한 번도 없고 앞으로도 그럴 것'이라 말했다는 작가의 정보를 읽고 더더욱 그런 오만을 떨었을 것이다. 그때의 나는 스물일곱이었다.

그렇다. 나도 한때는 사랑에 빠졌던 여자였다. 설렘의 감정을 온몸으로 받아들이고, 내 사랑을 확인받기 위해 온몸을 던지던 여자였다. 타인에게 차마 밝힐 수 없을 만큼의 집착을 부리고, 생의 에너지를 모두 사랑으로 치환하여 그런 사랑이 순도 높은 사랑이라고 유세를 떨었다. 저무는 사랑을 감지하면 사랑이 무엇이냐며 패악을 떨었고, 이미 헤어진 연인에게는 술만 취하면 전화를 걸어 진상을 부렸다. 그렇게 사랑했었다는 사실 자체를 혐오하게 만드는 것으로 사랑의 흔적을 지웠다. 그것이 사랑의 끝이라 여겼다. 온전한 사랑의 결말은 결혼이 아니라, 죽음이라고, 사랑이 극에 달한 순간 함께 세상을 뜨는 것이 사랑을 완성하는 것이라 믿었던, 사랑밖에는 모르는 여자였다. 그렇게 나는 뜨거웠고, 또한 차가웠다.

그리고 10년이 흘렀다. 서른여덟 가을에 읽는 『단순한 열정』은 단순하지 않았다. 내 지금은 비록 아랫배가 출렁거리고, 숱 없는 머리카락은 푸석거리며, 발뒤꿈치는 허옇게 각질을 떨구고, 손톱에 매니큐어 한번 바르지 못한 채, 색깔이 안 맞는 속옷을 아무렇지 않게 입고 사는 서른여덟 아줌마지만, 나도 한때는 누군가를 끊임없이 기다렸던 여자였다는 기억이 떠올랐기 때문이다. 그 쓸데없는 각성이 내 일상에 한 치의 영향도 끼칠 리 없으니, 그건 다행한 일인 걸까, 아닌 걸까. 그래서 다시,

몹시, 쓸쓸해졌다.

그러나 쓸쓸한 시간조차 충분하지 않다는 건 유쾌한 일. 사랑에 관한 소설을 600매까지 썼다 해도 얻은 건 잘했다는 새삼스러운 확신은 유익한 일. 내가 아니어도 사랑 이야기는, 사랑이 아니라, 욕망이나, 열망, 애욕이나 열정에 관한 이야기는 이렇게 버젓이 존재하므로, 나까지 쓸 필요는 없겠다는 결심을 한 건 훌륭한 일. 서른여덟의 내게 부재한 것이 그 '사치'에의 열망이었다는 것을 깨달았다는 건 심란한 일이겠으나, 그저 나 혼자만의 상념이니, 역시나 다행한 일. 뿐인가 남편에게도 다행한 일. 하여,

『단순한 열정』은 아주, 단순한, 열정으로만 읽어야 했다. 몹시 쓸쓸해졌다 하더라도.

김이설 소설가. 2006년 서울신문 신춘문예에 당선되어 작품활동을 시작했다. 황순원신진문학상을 수상했다. 소설집 『아무도 말하지 않는 것들』 『오늘처럼 고요히』, 장편소설 『나쁜 피』 『환영』 『선화』 등이 있다.

단순한 열정 *Passion simple*(1991)

프랑스의 문제적 작가 아니 에르노의 대표작. 1991년 그녀는 연하의 외국인 유부남과의 사랑을 다룬 『단순한 열정』을 발표한다. 유명 작가이자 문학교수의 불륜이라는 선정성과 그 서술의 사실성 탓에 출간 당시 평단과 독자층에 큰 충격을 안겨 그해 최고의 베스트셀러 화제작이 되었다. 임상적 해부에 버금가는, 철저하게 객관화된 시선으로 '나'라는 작가 개인의 열정이 아닌 일반적이고도 보편적인 열정을 분석한 반(反)감정소설로, '이별과 외로움이라는 무익한 수난'을 겪은 모든 사람들의 속내를 대변한다.

아니 에르노 Annie Ernaux(1940~)

프랑스 노르망디의 소도시에서 태어났다. 루앙대학교를 졸업하고 중등학교에서 교직생활을 시작해 1971년 현대문학교수 자격시험에 합격한 뒤 2000년까지 문학교수로 재직했다. 1974년 자전적 소설인 『빈 장롱』으로 등단해 1984년 『자리』로 르노도상을 수상했다. 『단순한 열정』 『탐닉』 『집착』 『칼 같은 글쓰기』 등 다양한 작품을 발표했고, 2008년 마르그리트 뒤라스 상, 프랑수아 모리아크 상 등을 수상했다. 2011년 선집 『삶을 쓰다』로 생존 작가로는 최초로 갈리마르 총서에 편입되었으며, 2022년 노벨문학상을 수상했다. '직접 체험하지 않은 허구를 쓴 적은 한 번도 없고 앞으로도 그럴 것'이라고 자신의 작품세계를 규정하는 프랑스의 문제적 작가로, 사회, 역사, 문학과 개인 간의 관계를 예리한 감각으로 관찰하며 가공도 은유도 없는 독보적인 작품세계를 이룩했다.

참새, 몇 걸음을 걸었지?

『열세 걸음』 모옌

심윤경

모옌에게는 세상에 크게 알려지지 않은 한 가지 영예가 있다. 심윤경이 소설을 읽고 악몽을 꾼 유일한 소설의 저자라는 점이다.

심윤경은 꿈을 잘 꾸지 않기로, 어쩌다 꾸는 꿈도 그저 사소하기로, 어쩌다 심각한 꿈을 꿔도 크게 마음에 담아두지 않기로 유명한 소설가다. 그런 그녀가 모옌의 소설을 읽고서 악몽을 꾸었고 그 불쾌한 뒷맛에 오래 시달렸다.

나는 무서운 걸 싫어해서 호러무비도 보지 않는 사람이다. 읽는 내내 불쾌하고 속이 뒤집히기로는 『탄샹싱』이 최고였다. 인간에게 고통의 최대치를 선사하기 위한 예술의 경지로 승화된 고문 기술. 하지만 내가 악몽을 꾸고 그 영상에 오래 시달렸던 소설은 『술의 나라』였다. 술안주로 아이를 삶아 내놓는 마을 이야기를 읽은 그날 밤 꿈에서 나는 내 아이를 술안주로 받았다. 커다란 접시에 갓 태어난 알몸의 내 딸이 웅크리고 있었다. 소설에서 묘사된 것처럼 삶는 기술도 발달하여, 아이는 생시와 똑같이 매끈하고 고요했다. 심지어 동그란 눈이 나를 응시하고 있었다. 원망도 공포도 없이 차분한 눈길이었다. 나 역시 접시에 놓인 아이를 앞에 두고, 원망도 공포도 없이 차분한 슬픔만을 느꼈다.

모옌은 내 꿈 이야기를 들으면 분명 기뻐할 것이다. 그런 영예를 딱 좋아하게 생겼다. 『술의 나라』 사건 이후 그 능글맞은 얼굴에 정이 뚝 떨어져서 다시는 그의 책을 읽지 않으리라 결심했는데, 꿈으로 치자면 그보다 더이상 기분 나쁜 꿈이란 존재하기 힘들 터. 얼결에 에베레스트에 오른 셈인데 이제 와서 굳이 안나푸르나를 피할 이유가 있을까? 유혹을 이기지 못하고 또다시 『열세 걸음』을 읽고 말았다.

장르를 가리지 않는 모옌의 주요작들을 시간순으로 나열해보면 다음과 같다. 「붉은 수수」(1986), 『열세 걸음』(1989), 『술의 나라』(1993), 「패왕별희」(1997), 「사부님은 갈수록 유머러스해진다」(1999), 『탄샹싱』(2001). 작가의 활동 순서와는 거꾸로 후기작들을 먼저 읽어서일까, 모옌이라는 작가가 어떤 식으로 망치를 휘둘러 독자의 머리를 때리는지 이제는 좀 눈치챈 것 같다. 그렇게 말이 많은 주제에 모옌莫言이라니, 시작부터 독자를 놀리기로 작정한 작가다.

『열세 걸음』이라는 제목 앞에는 '참새의'라는 수식어가 숨어 있다. 참새가 늘 하던 대로 두 발을 모아 깡충깡충 뛰지 않고 병아리처럼 한발 한발 걷는 모습을 보면 상상할 수 있는 온갖 행운이 찾아온다고 한다. 열두 걸음까지는. 열세 걸음을 보는 순간 그동안 찾아왔던 모든 행운이 곱절의 악운으로 변해 머리에 뚝 떨어진다. 러시아 속담이다.

독자가 똑바른 정신을 유지하기를 결코 바라지 않는 심술궂은 작가 모옌은 이 소설을 읽는 독자들의 귓전에서 꽹과리처럼 시끄럽게 떠들어댄다. 귀청이 찢어지도록 시끄러운 모옌의 목청에 현혹되지 않도록 주의해야 한다. 예를 들자면, 소설의 화자가 말하는 너와 내가 누구인지 파악하려고 애쓰는 짓 따위에 나처럼 에너지를 낭비하지 말아야 한다. 그건 모옌이 설치한 저질 쥐덫에 제 발로 걸어들어가는 부끄러운 짓이다. 모옌의 진짜 목소리라는 게 과연 존재하는지 의문이지만, 어쨌거나 그 가상의 존재는 시끄러운 가짜 목소리들, 모옌이 신나게 두들기고 불어대는 꽹과리와 경적과 나팔 소리의 지층 아래 파묻혀 있다.

소설 속에서 일어나는 사건들은 사뭇 소설적이다. 장의사에서는 뚱뚱한 부시장의 시신을 날씬하게 성형한다. 시체에서 뽑아낸 비계와 내장으로는 동물원의 맹수들을 먹여 키운다. 장례미용사는 시체들을 꽃단장하던 실력을 십분 발휘해 옆집 남자를 자기 남편의 얼굴로 둔갑시킨다. 절망한 전직 교사는 스스로 동물원의 한 칸을 차지해 분필을 먹고 살며 자신의 믿을 수 없는 인생 이야기를 관람객들에게 들려준다.

기를 쓰고 방해하는 모옌에게 발길도 날리고 욕도 퍼부어가며 쓰레기의 지층을 파내려가면 한발 한발 걷고 있는 모옌의 불길한 참새들을 만날 수 있다. 학교 부설 공장에서는 토끼고기 통조림을 생산해 부족한 교육 재정을 벌충한다. 대학에서 러시아어를 전공한 엘리트는 통조림 공장에서 토끼가죽을 벗긴다. 교단에서 의식을 잃고 쓰러진 교사는 열악한 교사의 처우를 개선하고 대학 진학률을 높이기 위해 억지로 죽을 것을 강요당한다. 기절했던 교사가 의식을 회복해 숨을 쉬고 말을 한다는 사소한 문제는 과감하게 무시한다. 어쨌든 사회를 개선하기 위해서는 순교자의 시체가 필요하니까. 더이상 교단에 설 수 없게 된 교사는 맨몸으로 시장에 부딪친다. 모든 것이 돈, 돈, 돈을 향해 질주한다.

모옌이 노벨문학상을 받기 한참 전, 그가 이 소설을 쓰고 있던 1980년대 후반, 그때부터 이미 우리는 한발 한발 걷는 참새들의 출현을 목격하기 시작했다. 모옌의 조국이나 나의 조국이나, 한발 한발 걷는 그 참새들이 몰고 온 행운의 돈벼락을 만끽했다. 그런데 그 참새들이 몇 걸음이나 걸었더라? 누구 세본 사람? 잊지 말아야 한다. 행운은 열두 걸음까지다. 열세 걸음부터는 그동안 누린 모든 행운이 악운으로 변해 우리 머리에 뚝 떨어질 것이다.

심윤경 소설가. 2002년 『나의 아름다운 정원』으로 한겨레문학상을 수상하며 작품활동을 시작했다. 한겨레문학상, 무영문학상을 수상했다. 장편소설 『달의 제단』 『이현의 연애』 『서라벌 사람들』 『사랑이 달리다』 『사랑이 채우다』, 동화 『화해하기 보고서』 등이 있다.

열세 걸음 十三步(1989)

“모옌은 환상적 리얼리즘으로 민담, 역사 그리고 당대 현실을 하나로 융합해냈다.” 『열세 걸음』은 스웨덴 한림원이 2012년 노벨문학상 수상자로 모옌을 선정하면서 밝힌 이유를 가장 잘 구현한, 모옌 문학의 정수라고 할 수 있다. 참새가 한발 한발 열두 걸음까지 걷는 걸 보면 천운을 얻지만, 열세번째 걸음을 걷는 걸 보는 순간 열두번째 걸음까지 들어온 모든 운이 곱절의 악운이 되어버린다는 러시아 민담을 모티프로 환상과 현실의 경계를 넘나들며 민중의 삶과 억압된 현실을 리얼하게 풍자한다. 1989년 초판이 출간된 지 10여 년 후인 2003년 대폭 개작되어 재출간되었다.

모옌 莫言(1955~)

본명은 관모예. 중국의 윌리엄 포크너, 프란츠 카프카로 불리는 중국 현대문학의 거장이다. 글로만 뜻을 표할 뿐 ‘입으로 말하지 않는다’는 뜻의 ‘모옌’이라는 필명을 쓴다. 1955년 산둥성 가오미에서 태어났다. 초등학교 5학년 때 문화대혁명이 일어나자 학업을 포기하고 수년간 농촌생활을 하다 열여덟 살에 면화가공 공장에 들어가 노동자로 일했다. 1976년 고향을 떠나 중국 인민해방군에 입대했고, 해방군 예술학원 문학과를 졸업했으며, 베이징 사범대학과 루쉰 문학원에서 문학 석사학위를 취득했다. 1981년 단편 「봄밤에 내리는 소나기」로 등단했다. 중국 다자문학상, 이탈리아 노니노 문학상, 홍콩 아시아문학상, 일본 후쿠오카 아시아문화대상, 프랑스 예술문화훈장을 받았고, 2007년 중국 문학평론가 열 명이 선정한 ‘중국 최고의 작가’ 1위로 선정되었다. 2012년 중국 대륙 최초로 노벨문학상을 수상했다.

문학동네 세계문학전집 100

우리가 아는 모든 성장소설의 원형이자 성장소설의 모든 것이 들어 있는 소설

『**데미안**』 헤르만 헤세

박현욱

"새는 힘겹게 투쟁하여 알에서 나온다. 알은 세계다. 태어나려는 자는 한 세계를 깨뜨려야 한다. 새는 신에게로 날아간다. 그 신의 이름은 아프락사스다." _110쪽

10대에 이 근사한 문장을 보고도 가슴이 뛰지 않았다면 더 행복했을까. 한 세계란 대체 무엇인지 괜히 미간에 주름 잡아가며 고민하지 않아도 되니까. 세계와 불화하겠다고 하릴없이 쏘다니지 않아도 되니까. 그 세계를 굳이 깨뜨리려고 애쓰지 않아도 되니까. 그랬다면 그 세계 안에서 성실하게 공부하고 착실하게 직장 잡아서 건실하게 살아갔을까. 그 세계 안에서의 그러한 삶도, 혹은 그러한 삶이 더욱 녹록지 않다는 것도 사실이지만 그래도 별빛이 길을 비추어주는 시대가 행복한 거라고 어느 잘난 헝가리인이

말하지 않았던가.

나는 오로지 내 안에서 저절로 우러나오는 것에 따라 살아가려 했을 뿐. 그것이 어째서 그리도 어려웠을까? _115쪽

열여섯. 근사한 사람이 되고 싶었다. 하지만 어떻게 해야 근사한 사람이 되는지 알지 못했다. 알려주는 사람도 없었다. 왜? 그들도 알지 못했으니까. 공부를 잘해야 좋은 대학에 갈 수 있고 좋은 대학을 나와야 안정적으로 살 수 있다. 선생도 알고 부모도 알고 우리도 알고 있었다. 그런데 그러면 근사한 사람이 되는 걸까. 답은 스스로 알아내야 했다. 누구는 싸움질을 했다. 누구는 노래를 불렀다. 누구는 책을 읽었다. 누구는 여학생을 만났다.

고백하건대 나는 근사한 사람이고 나발이고 간에 예쁜 여학생이나 만나고 싶었다. 하지만 공교롭게도 내가 짝사랑한 그녀들은 나를 외면했고 저 근사한 문장은 나를 사로잡았으며 예쁜 여학생들을 만나는 이들이 (비록 부러웠음에도 불구하고) 근사해 보였던 것도 아니었다.

나는 싱클레어이고 싶었다. 나를 이끌어주는 사람을 원했다. 데미안 같은 친구를 바랐고 에바 부인 같은 여자를 동경했다. 하지만 그런 일은, 우리 모두가 경험했다시피, 일어나지 않았다. 싱클레어의 세계에서도 싱클레어는 그 자신밖에 없다. 하물며 여기는 다른 세계이니.

"우리가 살아내는 생각만이 가치가 있어." _76쪽

스물. 근사한 사람이 되고 싶었다. 근사한 고민을 하면 근사한 사람이 되는 것일까. 우리는 그렇게 생각했다. 그리하여 우리는 근사한 고민을 했다. 나를 넘어서는 거창한 고민들. 조국과 민족. 역사와 사회. 이념과 혁명. 우리는 스물이었다. 때는 80년대였다. 어찌 아니 근사해 보였겠는가.

고백하자면 사회고 나발이고 예쁜 여자를 만나서 연애나 하고 싶었다. 하지만 공교롭게도 내가 좋아한 그녀들은 나를 외면했다. 예쁜 여자와 연애하는 이들이 (정말 부러웠음에도 불구하고) 근사해 보이진 않았다. 그리고 역사와 혁명을 말하는 여학생들 중에 멋진 이들이 많았다. 우리는 우리의 생각대로 살아내려고 했다. 그게 가치 있다고 믿었다. 적어도 생각대로 살아내는 사람으로 보이기를 바랐다.

> 많은 일에서 매우 조숙했지만, 또다른 일에서는 매우 뒤처져서 어쩔 바를 몰랐다. (…) 또래 친구들의 기쁨과 삶을 함께 누리는 일이 내게는 잘되지 않았다. 내가 희망 없이 그들에게서 멀리 떨어져 있는 것만 같아서, 삶이 내게는 닫혀 있는 것만 같아서 때때로 스스로를 비난과 근심으로 괴롭혔다. _131쪽

서른. 근사한 사람이 되고 싶었던가. 아니다. 그럴 겨를이 없었다. 그간 나름 근사한 사람이 되어보겠다고 행했던 허영들이 부메랑이 되어 한꺼번에 되돌아왔다. 나는 허덕거렸다. 정신을 차릴 수 없었다. 많지 않은 오랜 친구들과 멀어졌고 몇 안 되는 새로운 친구들과는 서로의 삶에 개입하지 않을 정도로만 가까워졌다. 내 삶이야말로 닫혀 있었다. 스스로를 비난과 근심으로 괴롭히는 게

일상이었다.

먹을 거 좋아하는 어느 프랑스인은 이런 말을 했다. 당신이 먹는 음식을 말해주면 당신이 누구인지 알려주겠다. 나는 음식으로 당신이 누구인지 말해줄 재주는 없다. 다만 직업적 활동 말고 당신이 하는 그 일이 당신에 대해 더 잘 말해줄 거라 생각한다. 당신은 그러니까 그걸 하는 사람인 거다. 당신은 곧 사랑을 하는 사람이다. 당신은 그림을 그리는 사람이다. 당신은 책을 읽는 사람이다. 그리고 당신은 글을 쓰는 사람이다.

그렇게 해서 나는 글을 쓰는 사람이 되었다.

> 모든 사람의 삶은 제각기 자기 자신에게로 이르는 길이다. (…) 그 누구도 온전히 자기 자신이 되어본 적이 없건만, 누구나 자기 자신이 되려고 애쓴다. _9쪽

마흔하고도 어언. 이 나이쯤 되면 많은 것들이 정해져 있을 거라 생각했다. 삶의 괴로움이 줄어들지는 않을지언정 쓸데없는 고민들은 덜 하게 될 거라 기대했다. 그렇지 않다. 예전에 했던 고민들이 여전히 되풀이되고 있다. 그러니까, 어떻게 살 것인가.

예전에 내가 원했던 건 다른 이들에게 근사해 보이는 삶이었다. 정작 스스로에게 근사해 보이는 삶에 대해서는 뒤늦게야 생각하게 되었다. 헤세식으로 말하자면, 온전하게 자기 자신이 되는 그런 삶 말이다. 그와 동시에 이제는 더이상 내가 근사한 사람이 될 수 있을 거라 기대하지 않게 되었다. 누구나 자기 자신이 되려고 애쓰지만, 그 누구도 온전히 자기 자신이 될 수 없다. 이전에는 애쓴다는 쪽에 찍혔던 방점이 이제는 될 수 없다는 쪽에 찍힌다. 수

십 년 동안 이루어지지 않았던 일이 갑자기 되겠는가. 그러니 당신도 철 좀 드시길, 이라고 말했을 그녀들에게 말하고 싶다. 이제 나는 철이 들었다. 정말이다.

박현욱 소설가. 2001년 『동정 없는 세상』으로 문학동네작가상을 수상하며 작품활동을 시작했다. 세계문학상을 수상했다. 소설집 『그 여자의 침대』, 장편소설 『새는』 『아내가 결혼했다』가 있다.

데미안 *Demian*(1919)

토마스 만으로부터 "독특하게 매혹하는 시적 소설"이라는 찬사를 받은 『데미안』은 한 인간이 자기 자신에게로 이르는 길을 그리고 있는 작품이다. 에밀 싱클레어라는 한 청춘의 고독하고 힘든 내면의 성장 과정은 작품 속에서 쉽고도 보편적인 이미지로 바뀌어 단단한 보석처럼 빛을 발한다. 한 인간의 이야기이자 곧 세상 모든 청춘들의 이야기인 『데미안』은, 지난 한 세기 가까이 수없이 읽혀왔듯, 앞으로 그 이상의 시간을 두고 세상의 가치가 아닌 제 내면의 목소리를 따라 자신에게로 이르는 길을 찾는 '젊음'들의 소중한 길잡이가 되어줄 것이다.

헤르만 헤세 Hermann Hesse(1877~1962)

독일 뷔르템베르크의 소도시 칼프에서 태어났다. 명문 마울브론 신학교에 진학하지만 '시인이 아니면 아무것도 되고 싶지 않아' 도망쳤다. 열다섯 살에 자살을 기도했으나 실패하고 신경쇠약 치료를 받는 등 방황을 거듭했다. 이후 시계공장과 서점에서 수습생으로 일하며 정신적 안정을 찾고 글쓰기에 전념했다. 『페터 카멘친트』로 성공을 거두며 전업작가가 되었고, 이후 『데미안』 『청춘은 아름다워라』 『나르치스와 골드문트』 『유리알 유희』 등을 발표했다. 1946년 괴테상과 노벨문학상을 수상했다. 뇌출혈로 스위스 몬타뇰라에서 사망했다. 그의 작품은 전 세계 60개가 넘는 언어로 번역되어 1억 5천만 부 이상의 판매를 기록하면서 20세기에 가장 널리 읽힌 독일 작가가 되었다.

고독이 태어나는 시간

『수레바퀴 아래서』 헤르만 헤세

정여울

『수레바퀴 아래서』는 한 소년의 고독한 내면이 태어나는 시간을 아름답고 투명한 언어로 그린다. 한스 기벤라트는 가난한 시골 마을에서 태어나 자란 소년에게 유일하게 허락되는 입신출세의 길, 신학교 입학을 목표로 하는 천재 소년이다. "보티첼리의 그림을 연상시키는 나른한 우아함을 지닌" 가느다란 팔다리와 창백한 얼굴에는 이 좁은 시골 마을을 벗어나 더 높고 커다란 세계를 꿈꾸는 낭만적 열정이 가득하다. 슈투트가르트에서 신학교 입학시험을 보게 된 한스는 처음으로 낯선 도시 문물을 경험한다. 화려하지만 왠지 두려움을 느끼게 하는 도시의 풍경들, 차갑고 무뚝뚝한 도시 사람들이 이 순진한 시골 소년에게 끝도 없이 신선하고 놀라운 자극을 준다.

한스는 자신의 인생이 처음부터 완벽하게 '정해진 운명'이라 믿었다. 슈바벤 지방에는 그의 경쟁자가 없었고, 그는 모든 면에서 탁월했기에 사람들은 그가 당연히 신학자의 길을 갈 것이라 생각했다. 그런데 슈투트가르트에서 처음 만난 신학교 수험생은 한스에게 묻는다. "그런데 만약 떨어지면 넌 김나지움에 갈 거니?" 이 간단한 질문이 한스를 엄청난 혼란에 빠뜨린다. 이미 정해진 줄 알았던 인생의 답안이, 사실 아무것도 제대로 정해지지 않았다는 고통스러운 진실과 마주하는 순간. 그때가 바로 우리의 잠든 무의식이 깨어나 의식에 말을 거는 순간이다.

'나는 남들과 다르다'는 인식이 한스를 더욱 외롭게 하지만, 그는 자신이 남다르다는 것에 커다란 자긍심을 느낀다. 그는 어딜 가나 '정신적 우월함'을 느꼈으며, 수재들만 모아놓은 명문 신학교는 그 우월함을 시험할 수 있는 기회로 다가온다. 그는 오직 1등, 최고만을 목표로 하며 희열을 느낀다. 한편으로 그는 낚시를 즐길 줄 알고, 자연 속에서 뒹구는 것을 좋아하는 사춘기 소년이기도 했다. 방학 때만이라도 신나게 놀기로 결심한 한스를 어른들은 내버려두지 않는다. 교장 선생님과 목사는 청소년 시절의 마지막 휴식 기간인 방학마저 공부로만 채우려 한다. 그렇게 한스는 아름다운 유년 시절의 추억을 점점 잃어버린다. 아무 걱정 없이 자연 속에서 뛰노는 즐거움의 가치를 알아주는 사람은 구둣방 주인 플라이크밖에 없다. "네 나이 때는 바깥공기를 많이 마시고 많이 움직이고 제대로 쉬어야 해. 대체 방학은 뭐 때문에 있는 거냐? 방안에 틀어박혀 공부만 하라고 있는 게 아니라고. 너는 정말 뼈와 가죽뿐이로구나!"

한스는 엄청난 경쟁률을 뚫고 신학교에 2등으로 합격하지만, 새로운 환경에 쉽게 적응하지 못한다. 신학교에서도 역시 훌륭한 모범생으로 인정받는 데 성공하지만, 한스는 마음 깊은 곳에서 짙은 외로움을 느낀다. 그는 우선 공부와 사랑에 빠진다. 진리를 추구하는 사람들의 무리에 끼게 된 것만으로도 무한한 희열을 느낀다. 교사들은 그를 '최고'로 만들어주려 한다. 상승의 욕망, 우월감의 욕구가 그를 등 떠민다. 하지만 점점 또다른 세상의 신비가 그를 매혹하기 시작한다. 우선 그는 모성의 결핍을 느끼기 시작한다. 어린 시절 어머니를 잃은 한스에게 한 존재를 향한 조건 없는 사랑 같은 것은 일찍이 경험하지 못한 신세계였다. 아버지는 한스를 '남에게 자랑하고 싶은 아들'로 생각하긴 했지만, '무조건 사랑스러운 내 아들'로 바라봐주진 않았던 것이다. 각자 어머니와 이별하며 눈물을 꾹 참는 신학교 입학생들을 보며 한스는 처음으로 자신의 진정한 결핍을 느낀다. 나에겐 처음부터 허락되지 않은, 대체 불가능한 결핍의 정체를 어렴풋이 깨달은 것이다. 그것은 잃어버린 모성이기도 했으며, 지배하고 통제하는 남성성으로 가득한 세계에서 근원적으로 결핍된, 보다 원초적인 여성성이기도 했다. 카를 구스타프 융이 '아니마anima'라고 불렀던 그것, 자신의 지위나 권력보다는 타인과의 관계와 배려를 먼저 생각하는 여성성의 따스한 본질. 그것이 한스에게 결핍된 그 무엇이었던 것이다.

한스에게는 점점 '또다른 세상'을 향한 열망이 자라난다. 그 다른 세상의 가장 매혹적인 메신저는 바로 친구 하일너였다. "매혹적인 색깔로 채색된 우정의 나라가 황홀하게 지평선에 나타났다. 애타게 그리운 그 우정의 나라가 조용하게 한스를 잡아끌었지만 수줍음이 가로막았다. 어머니 없이 엄격하게 자랐기 때문에 남에게 다가가 다정하게 기대는 능력이 위축되어버린 것이다. 무엇보다 그는 열정적으로 보이는 것을 두려워했다."(83쪽) 천하의 모범생 한스와 달리, 하일너는 모든 권위에 도전하고, 모든 위대한 존재들을 시니컬하게 바라본다. 하일너는 어디서든 신나게 즐기는 법을 아는 풍류 소년이다. 하일너의 삶은 정확히 '한스에게는 없는 것들'로 구성되어 있다. 하일너는 한스에게 대담하게 키스까지 해버린다. "왠지 모험적이고 새롭고 어쩌면 위험하기까지 한" 하일너의 키스에 한스는 당황한다. 하지만 두 사람은 곧 더없이 소중한 친구가 된다. 하일너를 통해 한스는 문학의 진정한 아름다움에 눈뜨고, 속 깊은 우정을 나누는 일의 소중함을 깨닫는다. 하일너와 함께하면, "호메로스의 천사처럼 날개 돋친 발로 자신과 동급생들을 떠나 훨훨 멀리 날아가는 것 같은 느낌"이 들었던 것이다. 하지만 그 우정은 사랑만큼이나 강렬한 것이어서, 한스는 공부에 대한 사랑을 점점 소홀히 하게 되고, 점점 더 성적이 떨어져 더이상 어른들의 기대를 한몸에 받는 천재 소년의 자리를 지킬 수 없게 되어버린다.

그후 한스의 연약한 영혼을 뒤흔드는 끔찍한 사건이 일어난다. 힌딩거라는 동급생이 물에 빠져 죽은 것이다. 힌딩거의 죽음을 통해 한스는 성적과 평판만이 최고의 가치가 되는 삶의 허무함을 아프게 깨닫게 된다. 그에게 이제 중요한 것은 학교 공부가 아니라 타인과 진정한 관계를 맺는 것, 즉 하나밖에 없는 우정을 지키는 일이었다. 우정을 지키는 일과 우등생을 유지하는 일, 양심과 실리 사이에서 단 하나를 선택해야 하는 상황들을 겪으며, 한스는 깨닫기 시작한다. 빛나는 무언가를 선택하는 순간 다른 소중한 무언가를 잃어버려야 한다는 것을. 우리가 무엇을 선택한다는 것은 다른 것을 버려야 함을 의미한다는 것을. 하일너는 "고독하게 지내며 박해받는 순교자의 행복"을 알았으며, "이해받지 못하는 자신에 만족하고" "굴종을 강요하는 세계와는 다른, 더 강력하고 더 멋진 세계"를 아는 멋진 친구였던 것이다. 그러나 하일너는 결코 신학교의 시스템으로 훈육할 수 있는 학생이 아니었다. 교사들은 점점 하일너를 경계했으며, 그와 어울려 '물들어버린' 한스마저 경계하게 된다.

한스가 우정을 통해 과거의 어떤 것에서도 느낄 수 없었던 완전한 만족감을 느끼는 동안, 하일너는 퇴학을 당하고 만다. 한스의 인생을 새로운 빛으로 물들여주던 우정은 이제 다시 돌아오지 않는다. 하일너는 편지 한 통 보내지 않고, 한스는 점점 신경쇠약 증세가 심해지면서 수업시간에 멍하니 앉아 있다가 교사의 질문에 답하지 못한다. 공부에 완전히 흥미를 잃은 한스를 기다리고 있었던 것은 심한 우울증과 신경쇠약이었다. 마침내 한스마저 신학교에서 축출당하고, 아버지는 한스를 기계공이나 서기로 취직시키려 한다. 하지만 아버지가 간과한 것이 있었다. 한스에게 진정으로 중요한 것은 '어떤 직업을 가질 것인가'가 아니라, 어떤 삶을 살아갈지 스스로 선택할 수 있는 자유의지였다. 그저 무턱대고 높은 곳만 바라보다 진정한 유년 시절의 아름다움을 잃어버린 한스에게 필요한 것은 조건 없는 사랑과 보살핌이었다. 인생에서 어떤 출구가 완전히 가로막힌 것처럼 보이는 순간에도, 다른 한쪽 문이 열릴 수 있다는 희망. 한스에겐 그런 희망이 필요했다. 그러나 아무도 그런 희망을 심어주지 않는다. 그가 사랑을 느끼기 시작한 에마마저도 몇 번의 뜨거운 키스로 한스의 순진한 마음을 뒤흔들어놓고는 말없이 떠나버리고 만다. 세상 가장 높은 곳에서 가장 낮은 곳으로 추락해버린 느낌에 시달리는 한스는 끊임없이 자살충동에 시달리고, 마침내 차가운 강물 속 시체로 발견되고 만다.

> 아무도 소년의 여윈 얼굴에 나타난 당혹스러운 미소 뒤에 물에 빠져 가라앉는 영혼이 아파하고 있으며, 그 영혼이 두려움과 절망에 차 죽어가면서 주위를 두리번거리고 있다는 것을 알아차리지 못했다. 아무도 아버지와 몇몇 교사의 야만적인 공명심과 학교가 이 연약한 존재를 그렇게 만들었다고 생각하지 않았다. 감수성이 가장 예민하고 가장 위태로운 소년 시절에 왜 한스는 날마다 밤늦게까지 공부해야 했을까? (…) 왜 하찮고 소모적인 명예욕을 추구하겠다는 공허하고 세속적인 이상을 그에게 심어주었을까? 왜 시험이 끝나고 힘들게 얻은 방학 때조차 푹 쉬게 하지 않았을까? _141쪽

한스가 가장 깊은 애착을 느끼는 대상은 하나같이 그를 떠나기만 했다. 어린 시절의 엄마도, 가장 친한 친구 하일너도, 처음으로 진정한 사랑을 느낀 에마까지도. 그리고 그들은 작별인사도 없이, 그리고 또다른 희망이 시작될 수 있다는 가능성도 남겨두지 않은 채, 영원히 한스를 떠나버린다. 그런데 아버지는, 교사는, 목사는, 주위의 모든 어른들은 한스에게 '슬퍼하지 말고, 뒤처지지 말고, 그저 앞으로 나아가라, 그저 더 높이 날아오르라'고만 이야기한다. 한스는 방황하고, 옆길로 새고, 때로는 아무 생각 없이 낚시와 수영을 즐기고, 자기와는 너무도 다른 친구들과 더 자유롭게 노닐

수 있는 권리가 있었다. 아무도 그 무한한 자유의 소중함을 일깨워주지 않았다. 『수레바퀴 아래서』는 '목표'에 저당잡힌 인생의 끔찍한 비극을, 성공만으로는 결코 행복해질 수 없는 인간의 소중한 본성을 일깨워준다.

정여울 문학평론가. 2004년 계간 『문학동네』에 「암흑의 핵심을 포복하는 시시포스의 암소-방현석론」을 발표하며 평론활동을 시작했다. 저서로는 『마음의 서재』 『정여울의 소설 읽는 시간』 『정여울의 문학 멘토링』 『그때, 나에게 미처 하지 못한 말』 『늘 괜찮다 말하는 당신에게』 등이 있다.

수레바퀴 아래서 *Unterm Rad*(1906)

헤르만 헤세의 사춘기 시절 경험을 바탕으로 한 자전적 소설이다. 총명하고 기품 있는 한 소년이 어른들의 비뚤어진 기대, 권위적이고 위선적인 기성 사회와 규격화된 인물을 길러내는 교육제도에 희생되어 결국 순수한 본성을 잃어버리고 삶의 수레바퀴 아래서 비극적으로 생을 마감하는 이야기를 담고 있다. "따뜻한 언어로 청춘의 권리를 주장하는" 이 책은 헤세의 분신인 두 소년 한스 기벤라트와 헤르만 하일너를 통해 개인의 개성을 존중하지 않고 억지로 '사회의 유용한 일원'을 만들려는 사회와 학교라는 권력을 고발하며, 오늘의 청소년들은 어떤 삶을 살고 있는지 돌아보게 한다.

헤르만 헤세 Hermann Hesse(1877~1962)

독일 뷔르템베르크의 소도시 칼프에서 태어났다. 명문 마울브론 신학교에 진학하지만 '시인이 아니면 아무것도 되고 싶지 않아' 도망쳤다. 열다섯 살에 자살을 기도했으나 실패하고 신경쇠약 치료를 받는 등 방황을 거듭했다. 이후 시계공장과 서점에서 수습생으로 일하며 정신적 안정을 찾고 글쓰기에 전념했다. 『페터 카멘친트』로 성공을 거두며 전업작가가 되었고, 이후 『데미안』 『청춘은 아름다워라』 『나르치스와 골드문트』 『유리알 유희』 등을 발표했다. 1946년 괴테상과 노벨문학상을 수상했다. 뇌출혈로 스위스 몬타뇰라에서 사망했다. 그의 작품은 전 세계 60개가 넘는 언어로 번역되어 1억 5천만 부 이상의 판매를 기록하면서 20세기에 가장 널리 읽힌 독일 작가가 되었다.

천치도 아니면서

『소리와 분노』 윌리엄 포크너

한은형

천치도 아니면서 왜 그랬는가. 한동안 천치의 시간에 사로잡혀 있었고, 천치의 언어로 말하고 있었으니. 이게 다 천치가 나오는 책을 읽어서다. 첫째 장의 화자가 천치이니, 다른 세 장의 화자들도 각각의 방식으로 천치 같을 거라는 게 이 소설을 100쪽가량 읽은 나의 예감이자 기대였다. 이 소설은 '너는 쳤다'거나 '나는 했다'거나 '그들은 먹었다'와 같은 목적어가 없는 문장들을 공깃돌처럼 허공에 던진다. 천치의 말은 연인의 말인가. 기호와 패턴을 공유하는 사이에서는 많은 것들을 없애고 말할 수 있으니까. 천치의 말이 이상하게 느껴지는 것은 그가 나의 연인이 아니어서다. 나와 다른 시간과 공간에 살고 있어서다. 이 책의 천치는 여러 시간과 공간을 한몸에 살아내고 있는 만신萬身이었다. 그런 천치의 언어를 받아 적는다면 그것이야말로 모더니즘 소설의 '의식의 흐름'이 아닌가, 라는 생각을 이 패기만만한 작가는 했던 걸까.

독자들의 짜증을 북돋우기로 악명 높은 걸작 『소리와 분노』다. 이 책을 읽기 전에 이런 글을 먼저 읽었다. "슬픈 진실은, 벤지가 이 소설의 나머지 부분이 주는 기쁨을 많은 독자에게서 앗아갈 뿐이라는 것이다. 벤지의 부분이 없다면 『소리와 분노』는 믿기지 않을 정도로 좋아질 것이다."(잭 머니건 저, 『고전의 유혹』, 오숙은 역, 을유문화사) 그러니까 내가 100쪽가량 읽고 거의 전이轉移 상태에 빠진 그 문제의 부분을 지적하고 있다. 첫째 장의 화자인 벤지는 서른셋의 천치로, 수시로 여러 시간과 공간을 오간다. 출발과 도착, 시간과 장소를 예고하지 않는 타임머신에 실려다니는 것과 마찬가지다. 문제는, 제정신인 우리가 그 정신없음을 수락해야 한다는 것. "나는 퀜틴 앞부분까지 곧장 건너뛰라고 충고하고 싶다."(같은 책) 어느 정도는 장난 섞인 말이겠지만, 첫 장을 읽지 말고 둘째 장부터 읽으라고 하다니. 이럴 때일수록 기필코 첫째 장을 읽는 오기를 부려봐야 하지 않겠는가.

이 책은 꽤나 야하기로도 유명하다. '어렵다'는 오명과 '야하다'는 명성이 장미와 그 가시처럼 함께하는 것이다. 문장도 문장이지만, 분위기가 그렇다. 누이에게 성性적으로 집착하는 콤슨가의 두 남자들 '덕'에 타락과 방종의 냄새인 '나무 냄새'가 이 책을 휘감고 있다. 천치인 벤지는 '나무 냄새가 났다'라고, 수재인 퀜틴은 '캐디에게서 인동덩굴 냄새가 났다'라고 반복하면서 유령처럼 캐디를 쫓는다. 또 퀜틴은 "왜 깜둥이 여자들처럼 목초지나 도랑이나 어두운 숲속에서 뜨겁고 은밀하고 격렬한 어두운 숲속에서 그래야 하는 거니"라고 캐디에게 항의도 한다. 그리고 이런 문장들. "그 안은 밖을 향한 매끄럽고 동조적인 상태가 형성되어 접촉을 기다린다." 여기서의 '그 안'이란 여자의 몸속! 저항할 수 없는 소문에 대항하는 가장 확실한 방법으로 직접 확인하는 것만한 게 없다. 포크너는 자기만큼이나 까다로운 제임스 조이스의 소설을 '무식한 침례교회 목사가 구약성서에 접근하듯이' 읽어야 한다고 했다. 그렇다면 포크너는 어떻게 읽어야 하나. 우리는 시간에 저항하는 천치이거나 철학자가 되어야 하는 걸까.

나는 『소리와 분노』를 천치로 태어난 한 남자와 천치가 돼버린 사람들이 나오는 이야기로 읽었다. 한때 미국 남부의 명망가였으나 이제는 몰락해버린 콤슨가는 땅도 잃고 자식도 잃었다. 퀜틴, 캐디, 제이슨, 벤지, 이렇게 네 명의 아이는 죽거나 사라졌거나 미쳤거나 혹은 미친 것보다 나은 게 없다. 미친 것보다 나을 게 없는 제이슨은 콤슨가의 가장이 되어 병든 노모와 미친 벤지, "어린애같이 그리고 영악하게 무능"한 '깜둥이들'까지 부양한다. 엄마 캐럴라인은 제이슨을 시켜 문란한 딸 캐디를 감시하게 하고, 누이 캐디를 사랑하는 퀜틴은 고통받다 자살한다. 나는 이 책을 시간과의 싸움에서 패배한 이들의 이야기로도 읽었다. 여러 시간을 오가며 살고 있는 벤지, 시곗바늘을 뽑아버림으로써 시간을 없애려 한 퀜틴, 현실의 시간을 살고 있는 제이슨 모두 각각의 방식으로 불행하다. "시간은 모든 일이 동시에 일어나지 말라고 존재하는 것이다. 공간은 모든 일이 나한테 일어나지 말라고 있는 것이다"(수전 손택)라는 말은 '모든 일이 동시에' 벌어지고 있는 벤지의 머릿속에서는 무력하기만 하다.

혹은 한 여자 때문에 온 가족이 불행해지는 이야기라고도 할 수 있을 것이다. 한 여자란 어머니 '숙녀' 캐럴라인일 수도 있고 '숙녀가 아닌' 그녀의 딸 캐디일 수도 있다. 어머니는 온 가족을 그녀의 종교인 남부 귀족 사회의 규율로 조종하려 했고, 딸은 그녀의 종교인 욕망과 쾌락을 향해 뛰쳐나갔다. "악을 좋아하고 악에 없는 것까지 채워주기 좋아하며 잠들었을 때 본능적으로 이불을 끌어당겨 덮듯이 악을 위해 마음을 비옥하게 하길 좋아하지." 콤슨가의 아버지는 그런 여자를 이렇게 악의적으로 정의한다. "캐디를 너무 사랑했기 때문에 단편으로 짧은 생을 살게 할 수 없었다"라고 포크너는 말한 바 있다. 이 편애의 결실인 캐디는, 지나친 사랑으로 불행해져버렸다. 변태라면 변태고 기벽이라면 기벽이다. 이 작가는 단편 「에밀리에게 장미를」에서 남부 숙녀 에밀리를, 사랑하는 남자를 거의 박제시켜버린 사랑에 제 스스로 박제돼버린 여인으로 만든 전력도 있다. 세상에는 이런 사랑을 받는 여자도 있는 것이다. 가혹하게 사랑받은 '캐디에게, 장미를'.

한은형 소설가. 2012년 단편소설 「꼽추 미카엘의 일광욕」이 문학동네신인상에 당선되어 작품활동을 시작했다. 소설집 『어느 긴 여름의 너구리』, 장편소설 『거짓말』, 산문집 『베를린에 없던 사람에게도』가 있다.

소리와 분노 *The Sound and the Fury*(1929)

가공의 땅 제퍼슨의 대지주 가문 콤슨가를 통해, 남북전쟁에서 패한 이후 남부 사회가 경제적·정신적으로 와해되고 타락해가는 모습을 입체적으로 묘사한 포크너 최고의 걸작. 의식의 흐름, 분열된 서술, 다수의 서술 관점, 상충하는 관념들을 통한 시간과 과거의 구성 기법이 포크너 특유의 강렬한 시각적 언어로 구현되어 있다. '4악장의 심포니 구조'로 이루어져, 콤슨가 4남매 가운데 첫째인 퀜틴, 셋째 제이슨, 막내 벤지가 각각 화자가 되어 1인칭 시점으로 서술하는 장과 전지적 작가 시점으로 쓰인 마지막 장 등 총 4장으로 나뉘어, 콤슨가의 몰락 과정에서 주요한 역할을 하는 사건들이 서로 다른 화자에 의해 반복, 서술되며 재구성된다.

윌리엄 포크너 William Faulkner(1897~1962)

미국 미시시피주 뉴올버니에서 태어났다. 10대 때부터 시를 쓰기 시작해 1924년 첫 시집 『대리석 파우누스』를 출간했다. 셔우드 앤더슨 등의 문인들과 교유하며 소설에 대한 관심을 쌓아갔고, 1926년에 출간한 첫 장편소설 『병사의 보수』를 통해 소설가로서 이름을 알리기 시작했다. 『소리와 분노』를 비롯해 『내가 죽어 누워 있을 때』 『성역』 『8월의 빛』 『압살롬, 압살롬』 등을 차례로 발표하며 남북전쟁을 거쳐 현대에 이르는 미국 남부 사회의 변천 과정을 자신만의 독자적이며 강렬한 언어로 그려냈다. 1949년 형식과 주제에서 현대 소설에 기여한 공로를 인정받아 노벨문학상을 수상했으며, 1955년과 1963년 각각 『우화』와 『약탈자들』로 퓰리처상을 수상했다. 미국문학예술아카데미 회원이었으며, 프랑스 레지옹 도뇌르 훈장을 받았다. 1962년 7월 심장마비로 생을 마감했다.

포크너를 읽다

『곰』 윌리엄 포크너

손보미

내가 윌리엄 포크너의 이름을 중요하게 기억하게 된 계기는 그가 〈빅슬립〉의 시나리오 작가라는 것이었다. 바로, 하워드 혹스가 만든 레이먼드 챈들러 원작의 그 〈빅슬립〉 말이다. 〈빅슬립〉을 보기 직전에 나는 빌리 와일더의 〈이중 배상〉을 보았는데 그 시나리오를 레이먼드 챈들러가 썼다는 사실을 알게 되었고, 그것 때문에 굉장히 신이 났다. 이제 와서 생각해보면 뭐가 그리 신날 일이었는지 모르겠지만, 아마도 그 당시 나 자신이 〈이중 배상〉의 대사들에서 챈들러를 이미 느꼈고, 바로 그 사실—언제 어디서나 챈들러를 알아볼 수 있다는 사실 때문에 의기양양해졌던 것 같다.

하워드 혹스의 〈빅슬립〉을 보고 난 후에는 좀 알쏭달쏭했다. 이건 내가 아는 챈들러가 아닌데, 그렇다면, 이것은 윌리엄 포크너의 〈빅슬립〉인가? 그때가 아마도 스물다섯 살 때였던 것 같다.

그런 궁금증으로 그 당시 번역이 되어 있던 포크너의 거의 유일한 작품, 『내가 죽어 누워 있을 때』를 읽게 되었다. 민음사판이었는데, 표지에는 고요하고 평화로워 보이면서도 한편으로는 굉장히 기괴한 분위기를 풍기는 마을을 그린 그림이 있었다. 그 표지를 보고 좀 당황했던 기억이 난다. 나는 포크너가 '챈들러스러운' 작가일 거라고 예상했었는데 전혀 아니었다. 결국 나는 그 작품을 끝까지 읽지 못했다. 중간까지도 못 갔다. 하지만 그것 때문에 아쉽거나 하지는 않았다. 내게는 훨씬 더 재미있고 심지어는 반복해서 읽고 싶게 만드는 그런 다른 소설이 많이 있었다. 헤밍웨이나 피츠제럴드, 혹은 레이먼드 카버나 퍼트리샤 하이스미스 같은.

이번에 포크너의 『곰』을 읽게 되었다. 내가 선택한 거다. 누군가 내게 포크너의 작품 중에서도 내용이 어렵지 않고 동화 같은 면이 있는 이야기라고 했다. 총 5장으로 이루어져 있는 이 소설은 3장까지는 주인공 소년과 소년의 스승격인 샘, 형편없는 사냥꾼 분, 그리고 길들여지지 않는 야생개 '라이언'을 포함한 사냥꾼 무리들이 전설적인 곰 '올드벤'을 잡기까지의 이야기로 되어 있다. 5장은 곰이 죽고 난 후, 마지막으로 사냥지를 찾은 소년이 겪는 아주 짧고 환상적인 경험에 대한 것이다. 누구나 짐작할 수 있는 그런 이야기. 그런데 재미있는 것은 바로 4장이다. 3장에서 갑자기 시간이 점프해서 소년은 어른이 되어 있다. 그러니까 시간대별로 보면—물론 세세한 시간을 따지자면 달라지겠지만—1장, 2장, 3장, 5장, 4장의 순으로 진행되는 것이다.

읽는 이에 따라서 4장은 굉장히 중요해질 수도 있고 또 그 반대로 없어도 될 만한 그저 그런 사족에 지나지 않을 수도 있다. 내가 느끼기에 포크너에게는 이 4장이 대단히 중요했으리라고 짐작된다. 왜냐하면 아마도 포크너 역시 이 부분이 '사족'이라는 평가를 받을 가능성에 대해 알고 있었을 테니까 말이다. 그럼에도 불구하고 포크너는 이 4장에 다른 어떤 장보다 훨씬 더 많은 분량을 할애했다. 포크너에게는 곰을 사냥하는 사람들에 대한 이야기만큼이나 곰과 또다른 죽음을 경험하고 난 후 일어난 소년의 변화도 중요했던 것이다. 어른이 된 소년은 신, 인간, 역사, 자유에 대해 이야기하고, 이제 자신에게 주어진 중요한 것을 포기하려고 한다. 이 소설에서 시간의 역전은 단순한 테크닉 이상이다. 적어도 내가 느끼기에는 그렇다. 5장의 내용은 반전도 아니고 어떤 일에 대한 설명이나 원인도 아니다. 그저 그런 일이 있었다는 것이다. 하지만 전체적으로 보면 그게 진짜 '마지막'이라는 느낌이 강렬하게 든다. 그러니까 이 구조는 내적인 필연성에 따른 것이라고 봐도 무방하다.

이 소설의 다른 매력은 '소리'다. 이 소설의 다른 매력은 포크너가 만들어낸 숲의 세계일 것이다, 라고 말하는 것이 더 맞겠지만 이 세계가 가장 강렬하게 자극하는 감각은 청각이다. 소년과 올드 벤이 대면할 때, 그리고 곰이 서서히 사라져갈 때, 마치 저멀리서 곰의 소리—그게 뭔지도 모르면서—가 안개 속에서 흩어져가는 듯한 상상을 하게 만든다. 샘은 전형적인, 지혜로운 사냥꾼의 역할을 충실하게 해내고, 소년 역시 곰사냥을 통해 자신이 대결하는 세계에 대해 알아나가는 성장소설의 주인공 역할을 충실하게 보여준다. 가장 흥미로운 인물은 분이다. 그는 흉측한 얼굴에 무능하며 자기 절제력도 없다. 하지만 그가 보여주는 쓸데없는 충성심은 우스꽝스럽기는커녕 대단히 매력적이다. 이 소설의 마지막 장에서 분이 다시 등장할 때, 아마도 여러분은 소름이 끼치거나 혹은 그 부분을 반복해서 읽게 될 것이다.

본격적으로 소설을 쓴 지 이제 겨우 3년차에 접어든 나는 지나치게 자주 궁금해한다. '좋은' 소설은 뭘까? 그리고 지나치게 자주 두려워한다. 내가 계속 소설을 쓸 수 있을까? 어쩌면 내가 쓰고 있는 모든 이야기가 다 가짜, 꾸며진 것이어서 아무런 의미도 울림도 가치도 없이 이 세상에 던져진 글자 덩어리에 지나지 않는 것은 아닐까? 포크너는 『곰』을 거의 40대 중반의 나이에 썼다. 너무 어지러워서 현기증이 날 것만 같은 형식과 내용의 소설을 줄곧 써온 그는 이런 단순한 형식과 이야기로 돌아왔다. 무서울 정도로 뚝심이 있고, 아무런 흘러넘침이나 꾸민 듯한 느낌이 없다. 그저 하나의 이야기를 할 뿐이다. 나도 그 정도 나이가 되면 저렇게 정직하게 작품을 쓸 수 있을까, 하는 생각이 들었는데 아마도 너무 큰 소망인 것 같아 그냥 접어두기로 했다. 그 대신 포크너의 『내가 죽어 누워 있을 때』를 비롯한 다른 작품들을 한번 읽어봐야겠다. 어쩌면 내게 지금 필요한 것은 아무 소망도 없이 그저 읽는 것인지도 모르겠기에. 물론, 포크너는 그냥 옆으로 치워두기엔 너무 아까운 작가다.

손보미 소설가. 2009년 계간 『21세기문학』 신인상, 2011년 동아일보 신춘문예에 단편소설 「담요」가 당선되어 작품활동을 시작했다. 젊은작가상, 한국일보문학상, 김준성문학상을 수상했다. 소설집 『그들에게 린디합을』, 장편소설 『디어 랄프 로렌』이 있다.

곰 *The Bear*(1942)

백인 소년 아이작이 최고의 사냥꾼 샘과 전설적인 늙은 곰 올드벤을 만나 진정한 숲의 주인으로 성장해가는 과정을 그리고 있다. 포크너의 주요 장편소설들에서 보이는 난해한 절망감에서 탈출한 최초의 작품이며 신화적 분위기 속에 도덕적 성숙을 향해 가는 미국판 성장소설이라 할 수 있다. 윌리엄 포크너의 중단편들 중에서도 단연 압권으로 평가받는 작품으로, 미국의 제22대 계관시인인 대니얼 호프만은 이 작품을 어니스트 헤밍웨이의 『노인과 바다』에 비유하며 "성인이 되어 숲을 찾은 소년이 사냥의 스승이었던 죽은 샘의 환영을 보며 '할아버지'라고 부르는 장면은 북받쳐오르는 감정을 추스르기가 쉽지 않은, 미국 소설 역사상 가장 뭉클한 장면 중 하나다"라고 말했다.

윌리엄 포크너 William Faulkner(1897~1962)

미국 미시시피주 뉴올버니에서 태어났다. 10대 때부터 시를 쓰기 시작해 1924년 첫 시집 『대리석 파우누스』를 출간했다. 셔우드 앤더슨 등의 문인들과 교유하며 소설에 대한 관심을 쌓아갔고, 1926년에 출간한 첫 장편소설 『병사의 보수』를 통해 소설가로서 이름을 알리기 시작했다. 『소리와 분노』를 비롯해 『내가 죽어 누워 있을 때』 『성역』 『8월의 빛』 『압살롬, 압살롬』 등을 차례로 발표하며 남북전쟁을 거쳐 현대에 이르는 미국 남부 사회의 변천 과정을 자신만의 독자적이며 강렬한 언어로 그려냈다. 1949년 형식과 주제에서 현대 소설에 기여한 공로를 인정받아 노벨문학상을 수상했으며, 1955년과 1963년 각각 『우화』와 『약탈자들』로 퓰리처상을 수상했다. 미국문학예술아카데미 회원이었으며, 프랑스 레지옹 도뇌르 훈장을 받았다. 1962년 7월 심장마비로 생을 마감했다.

이토록 미친, 슬픈, 가엾은 사랑!

『롤리타』 블라디미르 나보코프

장석주

블라디미르 나보코프의 장편소설 『롤리타』를 전율과 탄식 속에서 단숨에 읽었다. 이토록 미친, 슬픈, 가엾은 사랑이라니! 『롤리타』는 세계문학사상 가장 시끄러운 스캔들에 휘말리면서 늙은 유럽(험버트)이 어린 아메리카(롤리타)를 능욕하는 은유를 담은 "가장 더러운 책"이라는 혹평을 받았다. 이 소설은 1955년에 출간되었으니, 공교롭게도 나와 같은 나이를 먹은 책이다. 지금까지 『롤리타』를 각각 다른 번역본으로 최소한 세 번 이상을 읽었는데, 세월이 흘러 다소 미약해진 기억에만 의존해서 세번째 판본과 앞서 읽은 두 판본을 견준다면, 김진준이 옮긴 문학동네 판본이 문장, 표현, 어휘의 선택에서 모호함은 줄고 구체성과 강렬함은 커졌으며, 그런 결과로 소설에서 관능성이 양감이 풍부해지며 약동한다는 느낌이다.

『롤리타』의 첫 문장은 여전히 매혹적이다.

> 롤리타, 내 삶의 빛, 내 몸의 불이여. 나의 죄, 나의 영혼이여. 롤-리-타. 혀끝이 입천장을 따라 세 걸음 걷다가 세 걸음째에 앞니를 가볍게 건드린다. 롤. 리. 타. _17쪽

거의 시에 가까운 리듬을 보여주는 이 첫 문장은 주인공의 감각과 영혼이 오로지 롤리타에게만 집중한다는 사실을, 이 사랑이 미친 사랑이기에 이것은 치욕과 절망으로 변질되고 그의 영혼을 흉측하게 일그러뜨리고 마침내 파괴해버릴 것이라는 비극을 암시하고 압축한다. 롤리타는 '님펫'이다. '님펫'은 "야릇한 기품, 종잡을 수 없고 변화무쌍하며 영혼을 파괴할 만큼 사악한 매력"을 지닌, 천진함과 천박함을 동시에 지닌 사춘기 소녀들을 가리킨다. 님펫은 일종의 환영幻影이다. 즉 "내가 미친듯이 소유해버린 것은 그녀가 아니라 나 자신의 창조물, 상상의 힘으로 만들어낸 또하나의 롤리타, 어쩌면 롤리타보다 더 생생한 롤리타"일 것이다. 험버트가 소년이던 어느 해 여름에 미친듯이 빠져들었던 소녀 애너벨이 롤리타의 원본이다. 애너벨이 티푸스에 걸려 죽음으로써 첫사랑은 미완으로 남는다. 그 사건은 험버트의 가슴에 '악몽 같은 여름날의 좌절감으로 그대로 굳어버렸고, 그것이 연애를 가로막는 영구적인 장애물'로 남는다. 가엾어라, 이 원체험 때문에 험버트는 아홉 살에서 열네 살 소녀들 중에서 선택받은 '님펫'들을 사랑하는, 성도착적 소아애 강박증이라는 저주에 걸려버린다. 이 저주는 끝내 풀리지 않는다.

『롤리타』의 끝 문장은 다음과 같다.

> 지금 나는 들소와 천사를, 오래도록 변하지 않는 물감의 비밀을, 예언적인 소네트를, 그리고 예술이라는 피난처를 떠올린다. 너와 내가 함께 불멸을 누리는 길은 이것뿐이구나, 나의 롤리타. _497쪽

알타미라 동굴의 벽화로 그려진 고대인들의 '들소'가 그렇듯이, 주인공은 정신병원과 감옥의 독방에서 이 미친 사랑에 대해 씀으로써 제 사랑에 불멸의 지위를 부여한다. '들소'가 영구한 세월을 견디고 살아남았듯 롤리타에 대한 제 사랑도 초시간성을 얻어 불멸화할 것이라는 믿음은 가엾고 끔찍하다. 그는 이 세상이 따르는 규범들, 즉 어린 여자를, 더구나 의붓딸을 사랑하면 안 된다는 금기를 거부하고 위반한다. 이 비극의 끔찍함과 어처구니없음은 그 거부와 위반에서 시작한다. 이 거부를 가장 극적으로 보여주는 은유가 역주행이다. "중앙선을 넘어가서 어떤 기분이 드는지 확인해보니 과연 꽤나 괜찮은 기분이었다. 횡격막이 녹아내리듯 시원하고 상쾌한 느낌이 온몸으로 퍼져갔다. 이렇게 일부러 역주행을 하는 일이야말로 기본적인 물리법칙을 극복하는 일에 가장 가깝겠다는 생각이 들면서 기분이 더욱더 고조되었다." 그는 님펫을 좇는 사람, 그 환영을 거머쥐기 위해 사랑의 경쟁자를 죽이고 역주행을 하는 사랑의 피에로다. 그는 세상의 엄연한 금기와 도덕들에 저항함으로써 세상을 역주행하고, 자신의 행동이 "영적인 충동"이었다고 굳게 믿는다. "인류가 정한 규범을 모조리 무시"해버리고, 이로 인해 그의 인생은 온통 헝클어지지만, 손톱만큼도 개전改悛의 정을 보이지 않는 것이다.

사랑은 늘 감정의 과도함에서 시작하고, 이 과도함의 한계를 짓는 것은 불가능하다. 이 과도함에 의해 사랑의 정당성이 구축되고, 동시에 이 과도함이 사랑의 탑을 허물게 한다. 이 과도함은 두 얼굴을 갖는다. 이것은 사랑을 싹트게 하는 촉매자이자 고갈에 이르게 하는 파괴적 동력이다. 이 과도함이 사랑의 비극을 머금게 한다. 누가 사랑을 아름답다고 하는가? 『롤리타』와 같이, 이토록 강렬하고 끔찍하게, 사랑이 품은 불과 얼음, 죄와 열락, 빛과 어둠을 동시적으로 보여주는 소설을 찾기는 어렵다. 이 소설은 소아성애 강박에 빠진 한 중년 남자의 추악한 욕망을 폭로하는 자기고백서이자, 가망이 없는 사랑에 대한 애달픈 이야기다.

한 중년 남자가 10대의 어린 의붓딸에게 반해 벌이는 사랑의 도피행각은 건조한 통념과 법의 잣대로 보자면 반인륜적인 성범죄다. 과연 험버트는 도덕적 파탄자이거나 파렴치한 성범죄자인가? 험버트가 좇은 것은 붙잡을 수 없는 궁극의 아름다움이고, 금지된 욕망을 넘어서면서까지 찾으려는 것은 이 역겨운 세상에서 자신을 구할 순수와 아름다움이자 피난처다. 어쩌면 험버트는 님펫으로 위장한 팜므파탈의 가엾은 희생제물이고 순수한 사랑에의 순교자일지도 모른다. 롤리타는 험버트가 잃어버린 사랑, 꿈, 아름다움, 시간에 대한 은유로서만 생생하다. 험버트는 롤리타를 데리고 미국 전역을 횡단하며 불가능한 사랑/쾌락에 한사코 매달리는데, 이때 롤리타는 늙은 남자의 욕망과 갈구를 집요하게 파고들며 제 변덕에 따라 그를 뒤흔들고 농락하고 조롱한다. 마치 부러진 뼈가 살갗을 뚫고 튀어나오듯 금지된 욕망과 그것이 불러오는 파국, 삶에 내장된 블랙유머와 아이러니가 돌출한다. 롤리타는 다른 남자를 만나 결혼해서 가정을 꾸리고, 살인죄로 수감된 험버트는 감옥에서 자신의 얘기를 수기로 써서 남긴다.

『롤리타』는 아름다움의 환영에 매혹된 자의 넋에서 흘러나온 시이고, 노래다. 산문적으로는 법과 사회적 규범들이 금지하는 것을 욕망하고 갈구하는 비극에 대한 탐구다. 즉 불가능한 사랑에 제 삶과 미래를 다 바친 중년 남자의 비극적인 이야기, 인간 내면의 어두운 열정, 더 나아가 인간 욕망의 불가해함과 광기에 대한 이야기다. 다시 읽어도 감동의 폭풍 속으로 들어서게 하는 걸작이다.

장석주 시인. 1975년 『월간문학』 신인상을 수상하며 작품활동을 시작했다. 1979년 조선일보 신춘문예에 시가, 같은 해 동아일보 신춘문예에 문학평론이 당선되었다. 애지문학상, 질마재문학상, 동북아역사재단의 독도사랑상, 영랑시문학상 등을 수상했다. 시집 『꿈에 씻긴 눈썹』 『오랫동안』 등, 비평·인문서로 『이상과 모던뽀이들』 『느림과 비움의 미학』 『마흔의 서재』 『철학자의 사물들』 등, 산문집 『가만히 혼자 웃고 싶은 오후』 『슬픔을 맛본 사람만이 자두 맛을 안다』 등이 있다.

롤리타 *Lolita*(1955)

언어의 마술사 나보코프가 자신의 작품 중 가장 좋아한 작품으로, 열두 살 소녀를 향한 중년 남자의 사랑과 욕망을 그리고 있다. 나보코프는 탈고 후 미국의 출판사 네 곳에 보냈으나 모두 퇴짜를 맞았다. 그 역시 처음에는 스캔들을 우려해 가명으로 출간할 것을 고려했지만 결국 실명으로 프랑스 파리의 한 이름 없는 출판사에서 출간했다. 미국에서 영어판이 출간되자 첫 3주 만에 10만 부가 팔려나가며 180일 동안 베스트셀러 1위를 기록하는 등 엄청난 성공을 거두었다. 결국 이 소설은 1955년에 처음 출간된 후 50년 동안 5천만 권 이상이 팔린 세기의 베스트셀러가 되었다. 처음에는 선정적인 내용으로 유명해졌지만, 이후 작가가 겹겹이 숨겨놓은 수많은 은유와 상징 들이 다양하게 해석되고 새로운 의미들이 하나하나 밝혀지면서 『롤리타』는 문학적으로 재평가되고 고전의 반열에 올랐다.

블라디미르 나보코프 Vladimir Nabokov(1899~1977)

러시아 상트페테르부르크의 오래된 귀족 명문가에서 태어났다. 유복한 가정에서 다방면에 걸쳐 최상의 교육을 받으며 자란 그는 17세에 자비로 『시집』을 발간하며 문학에 입문했다. 1917년 볼셰비키 혁명으로 조국을 등진 후 영국, 독일, 프랑스, 미국, 스위스를 전전하며 평생을 집 없는 떠돌이로 살았다. 1922년 베를린으로 이주한 후 '블라디미르 시린'이란 필명으로 러시아어 작품들을 발표하기 시작한 그는 1936년 『절망』을 출간하며 확고한 작가적 명성을 얻는다. 1955년 '롤리타 신드롬'을 일으킨 소설 『롤리타』로 일약 세계적인 작가가 되어 부와 명성을 거머쥐었지만 여전히 집 없는 떠돌이였던 그는 스위스의 작은 휴양도시 몽트뢰에서 생을 마감했다.

강물 같은 사람들의 이야기

『부활』 레프 톨스토이

루시드 폴

소설을 읽기 시작해서 책장이 어느 정도 넘어가면 보통은 등장인물들의 이름이 머릿속에 정리되기 마련이다. 그런데 러시아 소설은 이름부터 골칫덩어리다. 워낙 이름 자체가 긴데다 한 인물의 다른 이름들이 불쑥불쑥 등장하기 때문이다. 이름과 성뿐만 아니라 부칭отчество, patronymic과 지소형指小形 애칭에 별명까지 등장하는 러시아의 문화 때문인데, 톨스토이의 『부활』도 예외는 아니다.

이를테면 주인공 네흘류도프의 정식 이름은 드미트리 이바노비치 네흘류도프인데, 그의 어린 시절 애칭은 미텐카다. 러시아에선 누군가를 격식 있게 부를 때 이름과 부칭을 함께 부르는데, 귀족인 그는 소설 속에서 드미트리 이바노비치 공작으로 자주 불린다. 여주인공인 마슬로바의 이름은 카테리나 미하일로바 마슬로바다.

카테리나의 지소형인 카츄샤로 불리는 그녀는 유곽에서 일할 때엔 류보피로 이름을 바꾼다. 러시아어로 '사랑'이란 뜻의 단어다. 사생아로 태어난 그녀의 부칭 미하일로바는 대부代父의 이름에서 따온 것이었다.

만일 내가 다른 이름을 얻었다면, 난 어쩌면 지금 다른 삶을 살고 있을지도 모르겠다고, 가끔 생각하곤 한다. 때와 장소에 따라 우리는 다르게 불리기도 하고 또 전혀 다른 존재로 각인되기도 한다. '미텐카'였던 네흘류도프와 '드미트리 이바노비치 공작'인 네흘류도프는 분명 같은 사람이다. 하지만 정의를 고민하던 청년 미텐카와 안락한 기득권의 호사를 누리고 살던 드미트리 이바노비치 공작은, 서로 보색補色과도 같은 상반된 존재다. 소설 속의 표현을 빌리자면 미텐카는 "스스로 삶의 아름다움과 의미를 깨닫고 인간에게 주어진 삶의 과업이 얼마나 중요한지 깨"달은 자였다. 그런데 그런 미텐카가 어느 순간 "내면의 목소리에는 아예 귀를 막"은 드미트리 이바노비치가 되어버린 것이다.

'미텐카'와 사랑에 빠졌던 '카츄샤'를 버린 이는 '드미트리 이바노비치'였다. 그렇게 카츄샤는 류보피가 된다. 유곽을 떠돌다 살인누명까지 쓴 류보피를 처음 본 네흘류도프는 믿을 수 없었을 것이다. "'그럴 리가 없어.' 네흘류도프는 그렇게 생각하며 세번째 피고의 얼굴에서 눈을 떼지 못했다. '그런데 어째서 이름이 류보피이지?'" 류보피와 카츄샤 사이에서 충격을 받은 그는, 이내 자신이 한때 사랑했지만 자신에게서 버림받은 카츄샤를 알아본다. "처음에는 헤어져 있는 동안 일어난 변화에 놀"랐다가, 마침내 "그사이의 모든 변화가 사라지고 그 사람만의 특별하고 고유한 모습이 마음의 눈앞에 떠오르게" 되었기 때문이다.

그는 그녀에 대한 죄책감과 지난날에 대한 후회에 사로잡혀 미텐카와 드미트리 이바노비치 사이에서 고통스러워한다. 그리고 다시 미텐카로 돌아갈 것임을 선언한다. 그는 그때의 신념대로 모든 영지와 재산을 포기하고 그녀와 여생을 함께하겠다고 마음먹는다. 그리고 그런 회귀의 과정 속에서 수많은 사회의 모순과 비참하기 그지없는 민중들의 생활을 대면하게 된다.

그녀를 따라서 시베리아로 유형을 떠나던 길에, 그는 황제에게 올린 청원서가 받아들여졌다는 소식을 전해 듣는다. 그는 기쁜 마음으로 그녀에게 소식을 전하지만 그녀의 반응은 전혀 의외다. 그녀는 동료 시몬손과 결혼하기로 마음먹은 것이다. 마슬로바가 '카테리나 미하일로바'라는 존칭으로 불리는 장면은 소설을 통틀어 단 한 번 나오는데, 시몬손이 네흘류도프에게 그의 마음을 고백하는 장면에서다.

"저는 카테리나 미하일로바와 결혼하고자 합니다." 그리고 그녀는 '카츄샤'도 '류보피'도 아닌 한 남자의 '카테리나 미하일로바'가 된다. 그녀는 시몬손을 "실망시키지 않기 위해 매 순간 자신이 상상할 수 있는 모든 장점들을 끌어내려고 혼신의 힘을 다"한다. 네흘류도프도 "될 수 있는 한 가장 선한 여자가 되려고 애쓰"는 그녀, '카테리나 미하일로바'의 뜻을 기꺼이 받아들인다.

레프 니콜라예비치 톨스토이가 『부활』을 쓸 무렵, 이미 그는 문장가를 넘어선 당대의 사상가로 추앙받고 있었다. 하지만 남편으로서나 아버지로서는, 말년까지도 식구들의 아무런 이해도 받지 못했던 불행한 남자이기도 했다. 그가 세상을 떠나기 2년 전, 고향 야스나야 폴랴나에서 찍은 사진 한 장이 있다. 러시아의 화학자 세르게이 미하일로비치 프로쿠딘-고르스키가 찍은 그의 유일한 컬러사진이다.

그때의 촬영 기법으로는 세 개의 각기 다른 색 필터를 통과한 이미지를 겹쳐 하나의 사진을 만들 수밖에 없었는데, 그래서 세 번 연속 촬영을 하는 동안 피사체는 움직일 수가 없었다고 한다. 대가 '톨스토이'의 이름 위에 평생을 외롭게 살다 간 남자 '레프 니콜라예비치'의 이름이 어렴하게 겹쳐져서일까. 어딘지 불편해 보이는 그의 사진을 보다가, 문득 빨강, 초록, 파랑의 세 가지 빛이 떠올랐다.

필터를 통과한 세 가지 빛이 모여 원색의 사진이 되었듯이, 네흘류도프나 마슬로바도 그 많은 이름이 모여서 하나의 원형이 되었으리라. 미텐카가 만난 현자의 말처럼, "모든 사람이 자기 안의 영성을 믿"는 순간, 결국 환하게 빛나는 "하나가 되는 것"일까. 하지만 분명한 것은, 톨스토이의 말처럼, 만일 사람이 "강물"과 같다면 우리는 "소멸되는 게 아니라 그저 변화될 뿐"이며 "어디에 있든 언제나 같은 물"이라는 것이다.

루시드 폴 싱어송라이터. 1998년 인디밴드 '미선이'의 1집 〈Drifting〉으로 데뷔했다. 2001년에 솔로 1집 〈lucid fall〉 이후 넉 장의 정규 앨범과 한 장의 영화음악 OST를 발표했다. 가사집 『물고기 마음』, 서간집 『아주 사적인, 긴 만남』, 소설집 『무국적 요리』, 산문집 『모든 삶은, 작고 크다』, 옮긴 책으로 『부다페스트』 『책 읽는 유령 크니기』 『마음도 번역이 되나요』가 있다.

부활 Воскресение(1899)

『안나 카레니나』 이후 대작을 쓰지 못하던 톨스토이가 황제의 학정으로부터 두호보르교도들을 구원하기 위해 쓴 작품. 발표 당시 『부활』은 에밀 졸라의 작품을 발행한 파리의 출판업자들조차 출간을 꺼릴 정도로 파격적인 작품이었다. 런던의 도서관에서는 이 책의 진열을 거부했고 미국에서는 제1부의 17장이 모조리 삭제될 정도였다. 톨스토이의 절친한 친구인 퀘이커교도들은 생생하게 묘사된 여주인공의 성적 매력을 불편해했고, 그의 아내마저도 교회 의식에 대한 그의 냉소에 반발했다. 급기야 정교회로부터 파문당한 그는 논란에 휩싸인 노년을 보내다 쓸쓸히 죽음을 맞이했다. 그의 또다른 대표작인 『전쟁과 평화』보다 스무 배나 많은 독자들에게 널리 읽힌 이 작품은, 예술로서의 힘과 정치적 선전물로서의 효율성을 잘 보여준다.

레프 톨스토이 Лев Толстой(1828~1910)

러시아 야스나야 폴랴나에서 태어났다. 1852년 「유년 시절」을 발표하고, 잡지 『동시대인』에 익명으로 연재를 시작하면서 왕성한 창작활동을 펼쳤다. 결혼 후 『전쟁과 평화』 『안나 카레니나』 등의 대작을 집필하며 세계적인 작가로서 명성을 얻었지만 『안나 카레니나』의 뒷부분을 집필하던 1870년대 후반기에 죽음에 대한 공포와 삶에 대한 회의에 시달리며 정신적 갈등을 겪었다. 이후 원시 기독교에 복귀하여 러시아정교와 사유재산제도에 비판을 가했고 금주, 금연 등 금욕적인 생활을 하며 빈민구제 활동을 하기도 했다. 1899년 발표한 『부활』에서 러시아정교를 비판했다는 이유로 종무원으로부터 파문을 당하고, 1910년 사유재산과 저작권 포기 문제로 부인과의 불화가 심해졌다. 이후 집을 나와 방랑길에 나섰다가 폐렴에 걸려 아스타포보 역(현 톨스토이 역) 역장의 관사에서 82세의 나이로 숨을 거두었다.

이야기 이상의 무엇

『모래그릇』 마쓰모토 세이초

박주영

인간의 선택은 욕망에 의해 결정된다. 읽기만 하던 시절 나는 무엇을 읽을 것인가에 대해 고민하지 않았다. 무엇을 읽어도 상관없었고 오히려 읽을 것을 구하지 못해 고민이었던 어린 날들도 있었으니까. 그런 날들은 발견의 연속이었다. 우연이 내게 가져다준 선물은 반짝반짝 마음을 설레게 하기 일쑤였다. 하지만 이제 나는 좀 달라졌다. 무엇을 읽을 것인가, 아니 읽을지 말지 자체로 고민한다. 소설 한 권을 읽는 시간과 소설 한 권을 쓰는 시간에는 엄청난 시간의 차이가 존재한다. 나는 쓰기 위해 읽는 시간을 줄일 수밖에 없는 사람이 되어버렸다.

이제 나는 쓰기를 완전히 멈추고 온전히 읽기만 하는 시간을 욕망한다. 쓰고 싶은 것이 없어서 쓰지 않아도 될 때까지 읽을 것을 마음 내키는 대로 선택할 수 없다. 나이가 들면 자신에 대해 제법 잘 알게 된다. 내가 원하는 것, 내게 필요한 것을 고르는 선구안은 갈수록 선명해진다. 이 이야기는 좋게는 실패를 하지 않는다는 뜻이고 나쁘게는 모험을 하지 않는다는 뜻이다.

지금으로부터 100년도 전에 태어났고 40년 남짓 활동하며 700권에 달하는 저서를 남겼다는 작가 마쓰모토 세이초, 하지만 셜록 홈스처럼 미스 마플이나 포와로처럼 매그레처럼 필립 말로처럼 캐릭터와 시리즈로 각인되지 않는 그의 추리소설이 나에게 발견되기까지는 제법 시간이 걸렸다.

시작은 마쓰모토 세이초 탄생 100주년 기념작품이라는 〈제로 포커스〉라는 영화였다. 스릴러나 미스터리 영화를 좋아하는데 그런 영화를 무심코 보다가 이건 원작소설이 따로 있는 게 틀림없어, 라는 생각이 들고 추리물의 결정적 요소인 '누가 왜 어떻게'를 다 알고 난 후에도 소설이 어떤 형태일지 궁금할 때가 있다. 계속해서 영상화되며 기념작까지 만들 정도의 작가 마쓰모토 세이초는 어떤 작가일까? 그리고 20세기를 대표하는 걸작 미스터리라는 그의 소설 『모래그릇』은 어떤 소설일까?

열차가 출발하기 전 새벽 조차장에서 시체가 발견된다. 얼굴이 뭉개졌고 여타 신분을 확인할 수 있는 것이 아무것도 없는 시체. 게다가 철로에 얼굴을 놓은 걸로 봐서 범인은 시체의 신분을 철저히 숨기고자 했다. 죽은 자는 누구이기에 이렇게 처참한 모습으로 잔혹하게 살해되었을까? 죽인 자는 누구이기에 이토록 철저히 죽은 자를 세상에서 지워버리려 했을까?

탐문수사를 벌인 끝에 반백의 죽은 남자가 30대의 젊은 남자와 함께 바에서 술을 마셨고 그들 사이에서 '가메다'가 언급되었고 특정 지방의 사투리를 썼다는 것이 유일한 단서로 남는다. 수사본부는 별 수확도 없이 한 달 만에 해체되지만 이마니시 형사는 이 사건에 매달린다. 그리고 그런 그를 젊은 형사 요시무라가 돕는다.

일본의 추리드라마를 보면 형사들은 늘 양복을 입고 다닌다. 그 모습이 참 성실한 회사원을 연상시킬 때가 많은데 이마니시나 요시무라도 그런 형사다. 게다가 1960년대 소설인지라 수사과정이 아날로그 방식이다. 궁금한 걸 편지로 묻고 답장이 오기를 기다리고 조사를 위해 열차를 타고 길고 긴 여행을 할 수밖에 없다. 그 느림이 묘한 정서적인 감흥을 불러일으킨다. 하이쿠 짓기가 취미이며 헛된 출장비를 걱정하면서 휴가기간을 이용해 자비로 수사를 하기까지 하는 형사 이마니시는 말한다.

> "상당히 오랫동안 수사하고도 미궁에 빠진 사건도 이걸로 세 건인가 네 건이 됐어. 오래됐다면 오래된 이야기지만, 언제까지고 머리 한구석에서 떠나질 않아. 무슨 일이 있으면 반드시 그 녀석이 얼굴을 내밀지. 신기하게도 말이야. 해결된 사건은 더이상 아무것도 기억나질 않는데, 해결되지 않은 사건에 한해서는 죽은 피해자의 얼굴이 또렷하게 남더라고. 거참, 이걸로 또 꿈자리 뒤숭숭한 녀석이 하나 늘었군." _1권, 134쪽

범죄소설의 주인공은 누구일까? 사건을 추적하고 해결하는 탐정 혹은 형사? 기상천외한 사건을 일으키고 완전범죄를 꿈꾸는 범죄자? 아니면 사건 그 자체? 최근 추리물에서 범죄자는 괴물에 가깝고, 그를 쫓아 응징하는 탐정 혹은 경찰은 영웅이자 초인에 가깝고, 사건은 기예에 가깝다. 그들의 게임 같은 두뇌 싸움을 쫓아서 페이지를 수없이 넘긴 끝에 남는 것은 정말 깔끔한 끝일 때가 많다. 시작과 끝이 한마디면 끝날 경우가 많기 때문이다. 재밌

어? 범인은? 트릭이 기발해? 그러면서 이런 생각을 하게 된다. 무엇을 위해 이런 이야기를 만들어낸 것일까. 어떻게 하면 보는 사람을 즐겁게 할 것인가를 위해 사람을 죽이는 방식에 대해서 고민한 것이 아닌가.

고전적인 범죄소설인 『모래그릇』은 다르다. 마지막 페이지를 덮는 순간 모든 것을 깔끔하게 잊어버릴 수 있는 추리소설이 아니다. 성실하고 이상적인 형사 이마니시, 좋은 사람이었다는 평가 일색인 피해자의 반대편 범인은 어떤 인간이기에 이런 일을 저질렀을까. 지금 우리의 현실에 비추어 범인의 뒷모습이 이상적인 경찰들의 앞모습보다 더 가깝게 느껴진다. 조부모의 재력과 지위에 따라 손주의 미래가 결정된다는 허망한 운명론의 시대, 요즘처럼 사회의 구조적 모순이 팽배하고 태생과 출신이 노골적으로 부러움과 칭송의 대상이 되는 시절이 있을까.

요시무라는 이마니시에게 "인생이란 사소한 일을 계기로 운명이 바뀐다는 말을 알 것 같"다고 말한다. 재능도 있고 노력도 했지만 도저히 그것만으로 범접할 수 없는 위치. 자신이 누구인가 밝혀지는 순간 노력으로 쌓은 그 모든 것이 무너질 것이라는 위기와 불안. 세상 모두가 알았으면 하는 '나'와 세상 누구도 몰라야 하는 '나'. 『모래그릇』을 읽으면 피해자에 대한 정의와 가해자에 대한 연민 둘 중 어느 하나만을 선택하기가 쉽지 않다.

마쓰모토 세이초는 범죄의 원인을 사회의 구조적 모순에서 찾는 사회파 미스터리의 시작점으로 알려진 작가다. 하지만 그 시대에만 유효한 사회적 질문이라면 소설이 드라마로 영화로 몇 번씩이나 다시 만들어질 리가 없다. 마쓰모토 세이초는 창작자에게도 새로운 영감을 주는 작가다. 원작소설에는 없는 인물을 추가하거나 인물의 배경을 추가하거나 시간적 배경을 아예 현대로 옮기거나 인물의 초점을 젊은 형사에 두거나 범인에게 두어 새로운 모래그릇을 만들고 싶은 욕망은 어디에서 오는 것일까.

현실에서 일어난 사실은 한 가지지만 진실은 사람들의 관점에서 여러 가지 답을 가지고 있다. 마쓰모토 세이초의 『모래그릇』에는 지금도 누군가에게 다시 책을 펼치고 새롭게 읽으면서 의미를 만들고 싶어지게 하는, 한번 읽어버리는 것 이상의 무엇, 범인을 알게 되는 것 이상의 무엇, 이야기 이상의 무엇이 있다.

박주영 소설가. 2005년 동아일보 신춘문예에 중편소설 「시간이 나를 쓴다면」이 당선되어 작품활동을 시작했다. 오늘의작가상, 혼불문학상을 수상했다. 소설집 『실연의 역사』, 장편소설 『백수생활백서』 『냉장고에서 연애를 꺼내다』 『무정부주의자들의 그림책』 『종이달』 『고요한 밤의 눈』이 있다.

모래그릇 砂の器(1961)

마쓰모토 세이초의 대표작으로, 사회파 미스터리의 '금자탑'이라 불린다. 전차 조차장에서 발견된 신원불명의 시체에 대한 수사를 시작으로 전후 혼란스러운 일본 사회의 모습을 묘사하고 그로 인해 희생될 수밖에 없는 개인의 모습을 그려낸다. 뿐만 아니라 사회 저변에 깔려 있는 약자에 대한 차별과 편견이 어떤 비극을 불러오는지를 보여준다. 범죄를 단순히 개인과 개인 사이에 일어나는 문제가 아니라, 일그러진 사회구조와 그 구조로 인해 차별받고 희생당하는 개인 사이에서 필연적으로 일어나는 인과로 본 것이다. 그의 작품과 함께, 일본문단에는 이른바 '사회파 미스터리'가 등장하게 되었다. 1960년 신문 연재 당시부터 큰 화제를 불러일으켰으며, 출간된 지 50여 년이 지난 지금도 수차례 영화 및 드라마로 만들어질 정도로 큰 사랑을 받고 있는 작품이다.

마쓰모토 세이초 松本清張(1909~1992)

본명은 마쓰모토 기요하루. 필명인 세이초는 본명 기요하루의 한자를 음독한 것이다. 일본 기타큐슈 고쿠라에서 태어났다. 어려운 가정형편 탓에 중학교 진학을 포기하고 일을 해야 했다. 1950년 첫 작품 「사이고사쓰」가 〈주간 아사히〉 '백만인의 소설'에 입선하면서 등단했다. 1952년 발표한 「어느 '고쿠라 일기'전」은 나오키상 후보에 올랐으나 심사위원의 추천으로 아쿠타가와상 후보작으로 변경, 제28회 아쿠타가와상을 수상했다. 트릭에만 집중하던 당시의 추리소설과 달리 사회구조의 모순과 그로 인해 일어나는 범죄를 다룸으로써 일본 사회파 문학의 새로운 지평을 열었다. 또한 일본 고대사 및 현대사에 조예가 깊어 논픽션, 역사, 평전 분야에서도 여러 작품을 발표했다. 『모래그릇』 『점과 선』 『제로의 초점』 등 많은 작품이 여러 나라에 번역되었으며 지금까지도 영화와 드라마로 만들어지고 있다. 1994년 그의 업적을 기념해 마쓰모토 세이초 상이 제정되었으며, 1998년에는 기타큐슈 고쿠라에 시립 마쓰모토 세이초 기념관이 세워졌다.

쓸쓸하고 외롭게 그러나 당당하게

『은둔자』 막심 고리키

정지아

나는 빨치산의 딸이다. 1990년 『빨치산의 딸』이 출판된 이래, 누가 뭐래도 나는 빨치산의 딸이다. 내가 아니라고 해도 소용이 없다. 하기야 내 부모가 빨치산이었던 것은 명백한 사실이니 죽는 날까지 빨치산의 딸이긴 할 것이다. 그럼에도 불구하고 내가 자꾸 변명하고 싶어지는 것은 내 이름 앞에 따라붙는 '빨치산의 딸'이라는 수식어가 나의 본질을 왜곡하기 때문이다. 나는 위스키를 좋아한다. 누군가에게 그 말을 했더니 그 누군가가 부르르 떨며 외쳤다.

"빨치산의 딸이 어떻게 위스키를! 그건 변절이오!"

나는 스틸레토 힐도 좋아한다. 이유는 없다. 그냥 예뻐서다. 어떤 이유로든 빨치산의 딸이 스틸레토 힐을 좋아해서는 안 된다. 빨치산의 딸이 어떻게 스틸레토 힐을! 이게 이유다. 조선일보 신춘문예에 당선이 되어도, 예쁜 옷을 입어도, 분을 발라도, 빨치산의 딸답지 않단다. 변절자라는 비난도 서슴지 않는다. 나는 과연 변절했을까? 그게 한동안 내 주요한 고민 중 하나였다.

고리키도 그랬을 것이다. 빨치산의 딸이어야 한다는 강박관념 속에서 수십 년을 살아온 나에게도 고리키는 민중문학의 상징이었다. 그래서 한동안 고리키를 잊고 살았다. 노동자들이 스스로의 몸을 불살라 죽거나 말거나, 잘사는 것만이 지상 최대의 과제였던 시절이 있었다. 그 시절, 나는 청춘이었고, 시대의 아픔에 공분하며, 새로운 세상이 내일이라도 도래할 듯 흥분해 있었다. 고리키의 『어머니』를 읽으며 노동자라는 이름으로 인간에게 짐 지워진, 어찌할 수 없는 삶의 고통에 분노하여 눈물 뚝뚝 떨구며 지새우던 밤이 아직도 기억에 선연하다.

그뒤로 30여 년의 세월이 흘렀다. 공분할 일이 오늘이라고 없을까만, 사람 사는 세상에 고통이란 어찌해도 제거할 수 없는 생의 필수 요소라는 명목으로, 나는 차츰 편히 눈감는 법을 배워왔다. 그런 나이에 만나는 고리키라니, 이런 젠장(하며 생각하기는 했다. 내 소설을 읽는 사람들의 마음도 이렇겠군, 나는 달라져야 하나, 이런 고민들이 꼬리에 꼬리를 물기도 했다), 단편선의 첫 장을 펼치며 뭐 이런 심정이었다. 마지막 장을 덮으며 어쩐지 마음이 개운해졌다.

세상은 오해의 연속이다. 거짓으로 오해를 조장하기도 하지만 그보다는 진실이라는 게 사물처럼 명료히 손에 잡히는 게 아닌 까닭이다. 게다가 사람들은 저 자신조차 잘 알지 못한다. 그러니 진심을 말한다 해도 어디까지 진심인지 확인하기 어렵고, 그 순간만의 진실일 수도 있으며, 그 진실이 타인에게 제대로 전달되기는 더더욱 어렵다. 빨치산의 딸인 나나 100여 년 넘게 민중문학의 상징이었던 고리키뿐만 아니다. 그냥 누구에게나 산다는 게 그렇다. 그러니 불평할 것도 없다. 담담히 견디는 것만이 할 수 있는 전부다.

고리키의 험난했던 인생역정을 구구절절이 설명할 생각은 없다. 다만 그는 혁명의 시기를 살았던 사람이고, 그 시기에 가난한 사람으로 최선을 다해 자기 앞에 놓인 삶을 살아낸 사람이고, 인간과 삶과 세상의 본질을 알고 싶어했던 사람이며, 자신이 한때 믿었던 혁명의 이상이 무너지는 것을 목도한 사람이고, 그 참담한 현실 앞에서 자신과 혁명을 부정했던 사람이다. 그리하여 그가 마침내 목도한 것은 무엇이었을까?

똑같은 질문을 몇 년 전 작고한 내 아버지에게 물은 적이 있다. 아버지가 목숨을 걸고 지키려 했던 사회주의가 세계적으로 막을 내린 뒤였다. 후회하지 않느냐는 내 질문에 아버지는 분노했다. 그리고 대답했다.

"내가 지키려 한 것은 사회주의가 아니다. 인간은 목숨이 붙어 있는 한 더 나은 세상을 만들기 위해 싸워야 한다. 나는 더 나은 세상을 위해 싸웠을 뿐이다."

「이제르길 노파」에서 고리키는 단코의 전설을 빌려 내 질문에 답한다. 단코는 노예들을 이끌고 험난한 길을 걸어 자유를 찾아나선다. 마침내 자유를 찾았고, 단코는 당당하게 웃으며 숨을 거둔다. 기쁨에 겨운 사람들은 아무도 단코의 죽음을 알지 못하고 단 한 사람만이 단코의 시체 옆에서 불타는 심장을 발견한다. 겁이 난 그는 당당한 단코의 심장을 발로 짓밟는다. 심장은 수많은 불꽃으로 흩어져 사라진다. 이것이 위대한 혁명가의 최후다. 고리키 역시 새로운 시대를 위해 제 목숨을 걸었던 혁명가였다.

자신들의 목숨을 걸었던 새로운 시대가 또다른 질곡으로 사람들의 삶을 억압할 때, 바로 그 지점에서 진정한 혁명가가 탄생하는 것인지도 모른다. 고리키가 여러 편의 소설을 통해 우리 앞에 보여주고 있는 당당한 사람은 제 못남과 왜곡과 오류조차도 당당하게 받아들인다. 어쩌면 겨우 그 정도가 인간이 할 수 있는 최선인지도 모르겠다. 그러나 어쩐지 나는 슬프다. 고리키 또한 슬펐을 것이다. 그래서 그토록 당당한 인간에 사로잡혔을 것이다.

단코 못지않게 고단한 인생을 살아온 이제르길 노파에게 남은 것이라곤 헤아릴 수 없는 이야기뿐이다. 이야기만을 남기고 고달픈 인생은 저물었다. 이야기는 광대하지만 이야기를 하다 지쳐 잠든 노파의 옷은 남루하고 바람에 날리는 옷 사이로는 메마른 가슴이 드러날 뿐이다. 이것이 인생이나. 겨우 이것이 인생일지라도 우리는 당당하게 삶과 마주해야 하고, 어떻게든 살아내야만 한다. 이 보잘것없는 사소한 삶의 진실을 위해 누군가는 목숨을 걸고 누군가는 돈의 노예가 되고 누군가는 대중의 볼모가 된다.

고리키는 민중문학의 상징이 아니다. 민중문학이라는 수식어는 그가 한때 전부라고 생각했으나 혁명이 완성되고 난 뒤 그 오류까지 냉정하게 비판했던 고리키의 삶에 적합하지 않다. 젊은 날의 고리키에게만 통용될 수 있는 수식어다. 그는 단코처럼 제 심장을 태워서라도 삶의 진실을 찾고 싶은 소설가였을 뿐이다. 민중문학의 상징이라는 수식어는 대중이 그에게 요구하는 굴레에 불과하다. 고리키는 그따위 굴레에 연연하지 않았다. 진실이 아니었으므로. 그는 단코처럼 나아갔다. 쓸쓸하고 외롭게 그러나 당당하게.

마지막 책장을 넘기며 마음이 개운해진 것은 그 덕분이었다. 나는 빨치산의 딸이고, 그러나 그건 내 부분의 진실일 뿐이다. 아무렴 어떤가. 나는 나의 길을 나아갈 것이다. 에라 모르겠다, 위스키나 마셔야겠다.

정지아 소설가. 중앙대 문예창작학과 교수. 1990년 『빨치산의 딸』을 출간하면서 등단했으나 국가보안법 위반으로 판금 조치 당하고, '노동해방문학' 활동으로 수배생활을 했다. 1996년 조선일보 신춘문예에 「고욤나무」가 당선되었다. 이효석문학상, 한무숙문학상, 올해의소설상을 수상했다. 소설집 『행복』 『봄빛』 『숲의 대화』, 르포집 『벼랑 위의 꿈들』, 청소년소설 『숙자 언니』 『어둠의 숲에 떨어진 일곱 번째 눈물』 『하늘을 쫓는 아이』 등이 있다.

은둔자 Отшельник

초기에서 중기, 후기로 가며 변화하는 고리키 문학세계를 파악할 수 있는 일곱 편의 단편을 실었다. 「거짓말하는 검은방울새와 진실의 애호가 딱따구리」는 국내 초역으로 고리키 초기 문학의 새로운 측면을 보여준다. 이 단편은 고리키가 초기부터 인간의 삶과 이념의 문제가 간단치 않다는 진실을 상당히 깊이 인식하고 있었음을 대변해준다. 고리키 후기 문학에 속하는 「은둔자」를 통해, 혁명을 체험하고 해외로 나온 고리키는 이전과는 전혀 다른 형식과 주제를 탐구할 뿐만 아니라 정치평론에서 드러나던 가치관과는 사뭇 다른 세계를 보여준다. 민중 출신의 혁명가이자 사회주의 리얼리즘의 창시자라는 신화, 다양한 이데올로기적 낙인, 그리고 1990년대의 급격한 평가절하까지. 『은둔자』는 고리키라는 작가와 그의 문학세계를 왜곡하는 모든 것을 넘어, 러시아 역사의 격변기를 살았던 고리키의 진정한 삶과 문학을 다시 일깨워준다.

막심 고리키 Максим Горький(1868~1936)

본명은 알렉세이 막시모비치 페시코프. 러시아 니즈니노브고로드에서 태어났다. 1892년 막심 고리키라는 필명으로 「마카르 추드라」를 발표했다. '고리키'란 러시아어로 고통스럽다는 뜻이다. 이어 단편과 평론 등을 발표했고, 단편집을 출간하며 세계적으로 명성을 얻기 시작하면서 체호프, 톨스토이 등 대문호들과 교류를 나누었다. 1905년 '피의 일요일' 사건에 항의하는 성명서를 발표하여 체포되고 망명생활을 시작했다. 이 시기에 만난 레닌과 평생 우정을 나누게 된다. 1913년 귀국할 때까지 러시아혁명을 전폭적으로 지지했으나, 이후 1917년 볼셰비키 혁명의 폭력성을 강력하게 비판하면서 정부와 마찰을 빚었다. 결국 레닌의 강권으로 1921년 신병 치료라는 명목 아래 외국으로 떠났다. 1932년 귀국하여 전소작가동맹의 의장으로 선출되었다. 스탈린과의 내적 갈등 속에서 죽음을 맞았다.

도시를 읽는 방법

『불타버린 지도』 아베 고보

박솔뫼

처음 읽은 아베 고보 소설은 『모래의 여자』였다. 자세히 기억나지는 않지만 흥미롭다고는 생각했으나 끌리거나 좋다는 생각은 들지 않았다. 오히려 좀 싫은 쪽이었는데 그 이유가 뭐였는지 생각이 나지 않다가 이번 기회에 『모래의 여자』도 다시 읽어봐야지 마음먹고 책장을 넘기다가 기억이 났는데 나는 주인공이 처하는 상황 자체가 너무 짜증이 났던 것이다. 그 상황은 다시 읽어도 괴로웠고 거기에 더해 무언가 비밀이 있는 듯한 느낌을 주는, 약간의 수동성과 그에 대한 반동처럼 여겨지는 묘한 에너지를 가진 여성 캐릭터도 내 안에서는 지겨운 느낌이 들었다. 하지만 그럼에도 흥미롭고 대단한 작품이라는 것은 알 수 있었는데 아 싫어 라고 생각하면서도 책을 쥔 손을 붙잡는 힘은 분명했던 것이다. 훌륭한 작품에는 물리적인 힘이라는 것이 분명히 존재해서 첫 장만 넘겨도 그 끓는 힘이 느껴지거나 팔목을 덥석 붙잡는 것 같거나 뒤통수를 누르는 것 같은 느낌을 직접적으로 느끼게 되는 것 같다. 가끔은 아베 고보를 좋아한다는 사람을 만날 때가 있고 그러다 보면 자연스럽게 『모래의 여자』 이야기도 나오게 되는데 내가 『모래의 여자』 이야기가 나올 때마다 상대방에게 묻는 질문이 있는데 그것은 그 마을이나 집 모양을 머릿속으로 어디까지 구체화시킬 수 있는가 하는 것이다. 『모래의 여자』를 좋아한다고 했던 사람들은 다들 읽자마자 그 장면을 머릿속에 그리는 것이 어렵지 않았다고 했다. 나는 그 반대였는데 그래서 『모래의 여자』가 막 좋지는 않았던 걸까 하고 잠시 생각했다. 아무튼 아베 고보의 대표작처럼 여겨지는 『모래의 여자』가와 맞지 않았기 때문인지 재작년까지 그의 다른 작품과는 인연이 없었다.

『불타버린 지도』를 처음 읽게 된 것은 도서관에서 책을 고르다 아베 고보 소설 중에 이런 소설이 있었나? 하는 생각이 들어 처음 몇 페이지를 넘기게 되었을 때였다. '조사 의뢰서'로 시작하는 이 소설은 첫 장을 펼치자마자 아 힘이 있다 라는 느낌이 들었고 멈춰서서 몇 페이지를 넘기다 빌려와 집에서 계속 읽어내려갔다. 그러고 보면 훌륭한 소설……이라고 해야 할까, 뛰어난 소설에는 정말 물리적인 힘이 있어서 그 자리에서 멈춰서게 하고 그 힘은 정말로 책을 쥔 손목을 꽉 쥐고 있는 것 같다.

이 소설은 네무로 하루라는 여성이 주인공인 탐정에게 실종된 남편을 찾아달라는 의뢰를 하는 것에서 시작한다. 하지만 별로 남편을 애타게 찾는 것 같지도 않고 남편의 행적을 물으면 말을 빙빙 돌리거나 맥주를 마시거나 한다. 이 여성은 앞서 말한 『모래의 여자』의 여성 캐릭터처럼 미스터리함을 중심에 두고 묘한 에너지, 특히 성적 에너지를 보여주고 있는데 그것이 때로 음 또 이런 여성인가? 싶기도 하지만 주인공인 탐정 역시 그에 대응하는 성격을 보여주기 때문에 어울린다는 생각이 든다. 하지만 이런 이야기를 하다보면 역시 인물에서부터 이 소설을 시작하는 것은 잘못이라는 생각이 든다. 이 소설은 사람과 사람이 얼굴을 맞대고 서로의 표정이 오가며 그 사이를 대화와 감정과 사연이 각자의 속도로 만나는 그런 소설이 아닌 것이다. 오히려 그림을 그리자면 비슷한 길을 반복해서 오가는 한 남자가 있는데 이 남자는 길에 비해 아주 작은 모습으로 화면에 드러나고 그 앞을 붉은 자동차가 마치 이 사람을 칠 것처럼 급히 지나가고 남자는 반복적으로 방금 지나간 골목의 위치, 지나는 사람들의 얼굴, 자동차의 번호판을 되뇌는 그런 모습인 것이다. 『모래의 여자』처럼 압도적인 장소적 배경이 있는 것은 아니지만 도시라는, 다른 의미에서는 훨씬 강력한 장소를 전면으로 드러내고 있는 소설이다. 이 소설이 그리고 있는 '도시'는 아마도 도쿄 올림픽 전후의 도쿄이겠지만 그런 생각을 하지 않고 보더라도 주인공이 찾고 헤매는 것은 의뢰인의 남편이 아닌 '도시' 속의 자신으로 '자신'은 이 도시를 익숙하게 느끼면서도 굉장히 낯설어하며 동시에 지겨워하고 있는 존재라는 것을 반복되는 장소에 대한 묘사로 드러내고 있다. 또한 이 도시에 대한 묘사라는 것도 가만히 앉아 풍경을 바라보는 느낌이 아니라 내 눈앞으로 갑자기 골목이 드러나고 회색 길이 팔을 스치고 지나가듯 가까운 거리에서 불쑥 드러나버리고 그 순간을 깨는 것은 아이들의 목소리이며 어지러운 햇살이고 자동차의 경적인 그런 식이다. 끊임없이 가늘고 복잡한 손으로 사람들의 머리를 흩뜨려놓고 새로운 바닥으로 던져버리는 장소로의 도시이다. 오히려 그런 점에서 이 소설과 나란히 보면 좋을 소설은 『모래의 여자』보다는 『상자인간』일 듯하다. 도시 속에서 점처럼 사라지는 사람들과 하지만 누군가의 어깨를 치며 말을 거는 도시의 얼굴들을 두 소설은 어지럽게 잘 그리고 있다.

아베 고보가 그리는 도시는 그런 면에서 사람들이 창밖을 통해 바라보는 식의 도시가 아니라 도로의 느낌이나 골목의 방향, 자동차의 경적 등 여러 요소들이 생생하게 사람들을 헤집는 느낌의 도시이다. 그것을 이 사람은 딱히 집요한 느낌으로 그리고 있지는 않은데 이미 머릿속에 도시의 모습이나 지도 그 자체가 들어앉아 있는 사람이 그리는 느낌이라 이상한 생생함과 강렬함이 있다. 소설의 시작 부분의 거리 묘사는 아주 잘 아는 거리를 쉼없이 반복적으로 중얼거리는 느낌이라 긴장감을 가지고 여러 개의 선을 그으며 시선을 이동시켜야 했다. 아베 고보는 누가 여기에서 거기를 어떻게 찾아가느냐고 물으면 아주 자세하게 약도를 그릴 수 있는 사람이라는 생각이 들었다.

그렇다면 이 소설에는 사람들이 흔히 '도시' 혹은 '현대' '도시인' 같은 단어를 떠올릴 때 이야기하는 특성들이 잘 드러나고 있을까. 아니라고 할 수는 없지만 그것과는 조금 다른데 고독한 현대인이나 익명성, 단절 같은 것이 크게 드러나지는 않는다. 쉴새없이 오가는 사람들과 정신없는 일상들이 그려지지도 않는다. 오히려 도시의 동물성이 느껴진다고 할 수 있을 것이다. 어느 순간 굴러떨어지는 것도 아니고 우리가 어디로 가는지 알고 있으면서도 밟게 되는 구덩이 같은 순간과 사람들이 이 소설에는 있다. 한밤중 가로등 너머 웅크리고 있는 늑대인가 싶은 큰 개 같은 존재들이. 그래서인지 이 소설을 읽는 내내 떠올리게 되는 것은 동시대의 일본 영화들이었다. 독특한 작품세계로 유명한 스즈키 세이준의 〈살인의 낙인〉 같은 영화는 조직의 넘버3가 2인자와 1인자를 처치하고 1인자가 된다는 줄거리로 아베 고보의 소설과는 완전히 다른 내용이지만 여성 캐릭터의 성격이나 그에 대응하는 남자 주인공의 성격이 비슷하고 도시를 바라보는 시선도 이 소설과 닮아 있다. 〈살인의 낙인〉만큼은 아니지만 도시를 그리는 방식에서 여러 영화들이 스치고 지나갔다. 달리 생각하면 그런 영화들을 보고 곧 열릴 도쿄 올림픽을 카운트다운하고 여전히 예전의 모습을 유지하고 있지만 빠르게 변화하는 도쿄의 모습을 실감하던 사람들 중 몇몇은 이 소설이 자신들의 생활이나 사고방식과 너무 가깝게 붙어 있다고 생각했을 것이라는 생각도 들었다. 이미 나는 그런 식으로 읽을 수가 없고 또 그런 식으로 이 소설을 읽는 감각은 어떤 것일까 상상해보게 되고 약간의 부러움을 갖게 되기도 한다. 물론 나는 지금 발표되는 소설을 그런 식으로 읽을 수 있을 것이고 『불타버린 지도』가 나왔을 시기를 그저 상상해보는 것이겠지만 이 소설이 발표될 당시에 이것을 읽는 압도적인 느낌은 가정해보는 것으로도 강렬한 독서로 느껴진다.

나는 꼭 대단한 것을 읽는 것만이 독서라고 생각하지는 않고, 심심할 때 읽는 책들은 그 나름대로의 좋은 친구라고 생각한다. 하지만 가끔씩 독자가 아 이 소설은 읽는 사람에게 쉽게 장악되지 않네 라는 생각을 갖게 하는 책들을 읽는 것은 다른 차원의 경험이라고 생각한다. 『불타버린 지도』를 처음 읽을 때 그랬다. 쉽게 장악되지 않는 소설, 줄거리와 관계없는 새로운 국면을 드러내는 소설이었다. 그래서 다시 읽고 또 읽게 되는 것 같고 아베 고보는 대단하네 이런 식으로 끝맺고 싶다.

박솔뫼 소설가. 2009년 자음과모음 신인문학상을 수상하며 작품활동을 시작했다. 문지문학상, 김승옥문학상을 수상했다. 소설집 『그럼 무얼 부르지』 『을』 『백 행을 쓰고 싶다』 『도시의 시간』 등이 있다.

불타버린 지도 燃えつきた地図(1967)

20세기 전위문학의 신화가 된 작가 아베 고보의 대표작. 『불타버린 지도』의 전반부는 추리소설 형식을 띠고 있다. 사라진 남편을 찾아달라는 의뢰를 받고 탐정 '나'는 사건의 단서들을 하나하나 탐색해가지만, 사건은 오리무중에 빠진다. 후반부로 가면서 '나'는 찾아낸 단서들을 하나둘 잃고 오히려 의뢰인과 증인들에게 관찰당하게 된다. 수사 자체도 의뢰인의 저의부터 파악해야 하는 형국에 놓인다. 작가가 이 작품을 집필하던 당시 일본은 경제성장기를 맞이하고 있었다. 사람들이 일자리를 찾아 나날이 도시로 모여들면서 소통 부재와 인간 소외가 문제로 떠올랐으며, 실제 곳곳에서 실종 신고가 속출하고 생사를 알 수 없게 된 사람들이 늘어났다. 아베 고보는 이처럼 일상을 지탱하던 지반들이 상실되는 과정에서 개인의 자아와 인간 존재 일반에 대해 고민하는 작품을 여럿 썼다. 『불타버린 지도』는 『타인의 얼굴』 『모래의 여자』와 함께 '실종 3부작'이라 불리며, 영화로도 만들어졌다.

아베 고보 安部公房(1924~1993)

1924년 도쿄에서 태어났다. 만주에서 유소년 시절을 보내고 일본으로 돌아와 도쿄제국대학에서 의학을 공부했다. 1947년 릴케와 하이데거의 영향을 받은 첫 시집 『무명시집』을 자비출판했다. 1948년 『길 끝난 곳의 이정표에』로 본격적인 문학활동을 시작했다. 1951년 「벽—S. 카르마 씨의 범죄」로 제25회 아쿠타가와상을 받았다. 이 무렵 전위예술운동에 적극적으로 가담하며 일본공산당에 가입하지만, 1961년 당을 비판하는 글을 쓰고 제명당했다. 1962년 『모래의 여자』를 발표하여 이듬해 요미우리 문학상을 받았고, 이 작품으로 프랑스 최우수 외국문학상을 받으며 국제적인 명성을 얻었다. 그후 도시인의 고독, 타자와의 소통 가능성을 주제로 『불타버린 지도』 『타인의 얼굴』 『상자인간』 등 실험정신이 돋보이는 작품들을 발표했다. 1973년 극단 '아베 고보 스튜디오'를 만들어 국내외에서 큰 성공을 거두었고, 사진작가로도 활동했다. 1993년 급성 심부전으로 사망하기 전까지 유력한 노벨문학상 후보로 여러 차례 거론되었다.

월리, 도미에, 그리고 조반니 베르가

『말라볼리아가의 사람들』 조반니 베르가

구효서

'월리'는 빨간 방울 달린 흰 털모자에 동그란 안경을 썼다. 책의 저자인 마틴 핸드퍼드는 월리를 좀 꺼벙하면서도 친근하게 그렸다. 숨어봤자 들키게 생겼다. 게다가 늘 빨간 가로 줄무늬의 흰 티셔츠인지 흰 가로 줄무늬의 빨간 티셔츠인지를 입는다. 그리고 주머니선이 선명한 청바지를 입는다. 그것도 모자라 친절하게 갈색 지팡이까지 들어준다.

그래서인지 월리를 찾는 것은 시간문제처럼 보인다. 시간이 좀 걸리겠지만 못 찾을까 걱정이 되지는 않는다는 말이다. 하기야 찾기가 매우 힘들거나 끝내 못 찾을 월리라면 『월리를 찾아라!』가 세계적인 베스트셀러가 됐을까.

제목이 '월리를 찾아라!'니까 이 책을 찾는 사람들의 목적은 숨은그림찾기 하듯 월리를 찾는 것일까. 아니라고 할 수는 없겠지만 정말 그것뿐일까. 그것뿐이라면 어째서 다른 많은 숨은그림찾기책보다 이 책이 그토록 인기가 많았던 걸까.

월리를 찾는 것이 목적이라면 그야말로 월리를 찾으면 그만이다. 월리를 찾는 거니까 월리 아닌 것들은 될수록 빨리 무시하고 지나치는 게 좋다. 시간 들여 다시 볼 것 없다. 월리가 아닌 것들을 굳이 더 들여다볼 필요 없잖은가. 그러다 마침내 월리를 찾는다. 찾으면 다음 페이지로 넘어간다.

그런데 작가는 월리만 찾기를 바라지 않는다. 여자친구 '웬다'와 흰 수염의 마법사도 찾으란다. 맘에 안 들게 생긴 '오드로'와, 월리와 같은 패션의 강아지 '우프'도 찾으라 하고, 심지어는 스무 명도 넘는 월리의 팬클럽 친구들까지 찾아보라고 한다.

월리만을 위한 책이 아니라는 뜻이다. 월리와 월리의 친구들, 그리고 책에 등장하는 무수한 사람들 모두를 위한 책이라는 뜻이기도 하다. 사람들뿐일까. 바닷가, 공장, 시장, 놀이시설, 농원 등 삶의 공간도 그냥 지나칠 수 없다. 책을 대하는 목적에 따라 그냥 지나칠 것도 그냥 지나칠 수 없게 된다.

『말라볼리아가의 사람들』의 무대는 바닷가다. 시칠리아섬의 작은 포구 아치 트레차. 그곳에 가난한 사람들이 모여 산다. 시칠리아의 역사에 조금이라도 관심이 있는 사람이라면 이들의 가난이 얼마나 오래되고 다양한 수탈의 슬픈 유산인지를 쉽게 알 수 있을 것이다. 가난한 사람들 중에서도 말라볼리아가의 사람들은 유독 더 가난하다.

이 소설의 주인공은 말라볼리아가의 가장인 파드론 느토니 노인인 것처럼 보인다. 혹자는 그의 손자인 느토니(할아버지와 이름이 같다)를 주인공이라고 말할지도 모른다. 미리 말하자면 이 소설의 주인공은 불분명하다. 제목이 그러하듯이 어쩌면 말라볼리아 가족 전부가 주인공일 수도 있다. 하지만 그럴 거라면 아치 트레차에 모여 사는 사람들 모두가 주인공이라고 해도 이상할 게 없겠다. 모두가 주인공이라면 주인공이 없는 것과 같은 것이기도 하고.

등장인물들의 이름을 한국 독자가 어렵지 않게 구별할 수 있도록 역자가 나름의 원칙을 갖고 애써 간결하게 다듬어놓았다. 그랬는데도 워낙 등장하는 인물들이 많아서 일일이 기억하기 힘들다. 이야기의 흐름이 특정한 사건을 중심으로 일관되게 흐르지 않는다는 점도 인물들을 쉽게 기억하지 못하게 하는 이유다. 아치 트레차의 인물들은 고사하고 말라볼리아 가족들의 이름조차 일일이 헤아리기 힘들다. 제대로 읽으려면 일찌감치 메모장을 옆에 놓고 인물 관계도를 그려야 하는데 그것마저 곧 소용없게 된다. 새로운 사람들이 끝없이 등장하기 때문이다.

책 제목이 '월리를 찾아라!'지만 월리만을 찾고 만다면 책의 효용은 절반에도 미치지 못할 것이다. 마찬가지로 『말라볼리아가의 사람들』의 주인공을 파드론 느토니나 그의 손자 느토니로 주목해서 본다면 소설은 반밖에 안 보일 것이다. 그러니 그렇게 읽으면 안 되고 그렇게 읽을 수도 없으며 작가 베르가도 그렇게는 읽지 않게끔 썼다는 것을 읽다보면 곧 알게 된다. 『월리를 찾아라!』를 펼쳐놓고 월리가 있든 없든 임의의 5제곱센티미터 공간 안의 인물과 그들의 표정을 가만히 살펴보라. 월리를 찾느라 무시하고 지나쳤던 인물과 이야기 들이 비로소 생생하고 풍성한 표정으로 되살아나기 시작한다. 베르가도 『말라볼리아가의 사람들』의 한 페이지 한 페이지를 그런 식으로 들여다보기를 바라지 않았을까.

'세기말'은 한 세기의 끝을 뜻하지만 '세기말적'이라는 말은 베르가가 활동했던 19세기 말을 특정한다. 절망적이고 퇴폐적 분위기가 지배하던 유럽 사회와 흡사한 상황을 일컫는 말인데, 절망과 퇴폐는 당시의 사회를 보는 관점에 따라 달리 해석될 수 있다. 이대로는 도저히 안 된다는 절망은 새로운 세상에 대한 맹렬한 갈망으로, 규범이 총체적으로 붕괴되는 혼란은 새로운 세계관을 위한 필연적 탈피 과정으로 이해될 수 있다. 예술사에서 19세기 말처럼 화려할 만큼 실험적이고 획기적인 시기가 있었을까. 르네상스와 근대가 이루어놓은 예술의 원리와 원칙 들이 전방위적으로 부정되는 시기여서, 19세기 말을 우리는 현대의 출발이라고 부르는 것이다. 전체와 부분, 내용과 형식, 사회와 개인의 위상이 역동적으로 역전되는 흐름 속에 조반니 베르가가 있었던 것.

밀레의 〈만종〉은 평화롭다. 부부가 들일을 마칠 즈음 멀리서 교회 종소리가 들렸겠지. 잠시 마음을 가다듬고 두 손을 모은다. 한 순간 삶의 엄숙함이 자연의 노을빛에 완벽히 조응한다.

주목할 것은 또 있다. 배경으로서의 풍경이 진짜 풍경이라는 것이며 인물은 필부필부라는 점이다. 진짜 풍경들은 17세기 네덜란드 풍경화에서 이미 보인다. 경전 속 성인이나 영웅을 강조하기 위해 초라하게 왜곡되었던 배경으로서의 풍경이 아닌, 회화 속 주체로서 당당해진 풍경을 진짜 풍경이라고 말하는 것이다.

그러나 〈강변의 풍차〉나 〈나무들에 둘러싸인 작은 연못〉*이라

* 〈강변의 풍차〉는 네덜란드 풍경 화가 얀 판 호이언의 1642년 작이고, 〈나무들에 둘러싸인 작은 연못〉은 네덜란드 풍경 화가 야코프 판 라위스달의 1665~70년 작이다.

는 제목에서처럼 진짜 풍경의 시작은 풍경 자체였다. 19세기 말 밀레의 시기에 와서 비로소 풍경과 인물이 조응하는데 인물은 성인이나 영웅이 아닌 삽질하는 남자거나 쇠스랑 든 여인이거나 감자 먹는 사람들이다. 진짜 풍경이라는 말에 걸맞은 진짜 인물에 대한 밀레의 관찰이라 해도 좋을 것이다.

밀레보다 스물여섯 살 어렸던 베르가가 밀레의 그림을 보았는지는 알 길이 없다. 알 수는 없으나 자연과 생활인에 주목하던 당시 유럽 예술의 한 흐름을 몰랐다고는 할 수 없겠다. 게다가 유럽에서 가장 척박한 땅의 하나였던 시칠리아섬의 카타니아가 베르가의 고향이었고 『말라볼리아가의 사람들』은 뼈빠지게 가난한 고향 사람들을 모델로 그린 작품이었으니 낭만적이거나 아름다움의 형식과는 거리가 있는, 시쳇말로 '징한' 방식의 이야기일 수밖에 없다.

징한 삶의 세부들을 낱낱이 그려내는 방식을 소설 창작의 제일 원칙으로 삼았으므로 베르가는 속도를 내어 주요 갈등이나 사건을 따라가려 하지 않는다. 속도의 목적을 따르려다보면 다양한 인물들의 다채로운 사정과 표정을 무시하고 지나칠 수밖에 없기 때문이다.

밀레의 시기를 전후로 해서 풍경화 안에다 더 많은 수의 인물들을 그려넣는 화가들이 있었다. 한 캔버스 안에다 수십 명에 달하는 인물들의 생활상을 묘사하다보니 인물의 크기는 작아졌고 따라서 중심인물도 사라졌으며 역으로 모든 인물이 중심이 되어 삶의 현장감과 역동성이 부각되었다. 더는 풍경화가 아닌 풍속화라는 이름으로 불리게 되었는데 부알리와 도미에 같은 화가가 대표적이다.

베르가의 소설 풍경은 아무래도 시기적으로 좀더 가까운 동시대인이었던, 〈삼등 열차〉 시리즈의 도미에의 풍경을 많이 닮았다. 도미에의 판화를 정리했던 델테유라는 사람이 도미에에 관해 이런 말을 남긴 적이 있다. "도미에는 일상에서 겪는 사소한 불행과 재난까지도 진솔하고 희극적으로 묘사해낸다. 이 예술가의 위대함은 바로 무자비한 솔직함에 있다."

'희극적 묘사' '무자비한 솔직함'. 이런 말들은 『말라볼리아가의 사람들』을 소개하는 데도 썩 유효하다. 말라볼리아가의 지독한 가난과 고난, 그리고 그 가족의 회생할 수 없는 몰락을 베르가는 무자비하도록 솔직하게 묘파한다. 작중인물들이 처한 형편에 대해 베르가는 동정과 연민은 물론 아무런 관점조차 취하지 않음으로써 기존의 자연주의라든가 사실주의라는 이름과 변별되는 '진실주의verismo' 작가라는 이름을 얻는다.

그의 '희극적 묘사'는 어떤가. 『말라볼리아가의 사람들』을 읽는 또다른 재미는 우스우면서 슬프고, 슬프면서 우스운 베르가의 독특한 유머를 음미하는 것이다. 어떻게 해도 헤어날 수 없는 지독한 삶의 질곡에 빠졌을 때 사람들은 그래도 살아남기 위해 마지막으로 무언가를 찾아 의지하려 한다. 그 무언가가 유머라는 점이 아연하다. 그 유머는 재밌고 웃기지만 산다는 게 얼마나 덧없고 하릴없는 것인지를 잔인하게 환기한다. 베르가는 이래저래 무자비하다.

우리는 종종 어느 바닷가 마을에 도착한다. 그러나 그 포구에서 언젠가 일어났었을 법한 살인사건이나 연애사건에 관해 궁금해하면서 둘러보지는 않는다. 그물 깁는 사람들의 억센 말과 웃음과 해조음을 듣고, 그들의 풍부한 표정과 말린 생선과 붉은 등대 아래 낚시질하는 노인을 보며, 바닷바람과 테트라포드에 부딪쳐 비산하는 포말에 깜짝깜짝 놀라고, 비릿한 바다내음을 맡는다.

주요 인물 중심으로 펼쳐지는 사건 사고와 그를 통해 면밀히 기도되는 계몽적 혐의. 이러한 이야기들에 비하면 『말라볼리아가의 사람들』의 형식은 와해된 것이며, 따라서 중심과 구조가 없으며, 결국엔 모든 것이 중심인 낯설지만 새로운 구조로 재탄생하는 것이다. 이것이 『말라볼리아가의 사람들』이 출간 당시에는 호응을 받지 못했으나 지금에 와서는 이탈리아문학 대표작가의 최고 걸작으로 평가되는 이유다.

구효서 소설가. 1987년 중앙일보 신춘문예에 단편소설 「마디」가 당선되며 작품 활동을 시작했다. 동인문학상, 황순원문학상 등을 수상했다. 장편소설로 『늪을 건너는 법』 『비밀의 문』, 소설집 『아닌 계절』 『별명의 달인』, 산문집 『인생은 지나간다』 『인생은 깊어간다』 등이 있다.

말라볼리아가의 사람들 *Malavoglia*(1881)

낭만주의풍이 유행하던 19세기 이탈리아문학에 민중의 삶을 사실적으로 재현하는 진실주의를 정립한 작가 조반니 베르가의 대표작. 시칠리아의 작은 어촌을 배경으로, 가난하지만 자족하며 살아가던 한 가족이 더 풍요로운 삶을 꿈꾸다 몰락해가는 비극을 그린다. 에밀 졸라의 '루공마카르' 총서에서 영향을 받아 구상한 '패배자들' 총서의 첫 작품으로, 주어진 신분과 처지에서 벗어날 수 없는 사회구조적 모순 탓에 인간은 궁극적으로 운명에 패배할 수밖에 없음을 이야기한다. 만초니의 『약혼자들』에 비견되는 이탈리아문학의 고전이자 1948년 비스콘티 감독에 의해 영화화된 작품이기도 하다.

조반니 베르가 Giovanni Verga(1840~1922)

시칠리아 카타니아에서 태어났다. 1862년 『산속의 카르보나리 당원들』을 발표하며 작품활동을 시작했다. 청년기를 피렌체, 밀라노 등 화려한 도시에서 보냈으나 하층민의 일상에서 진실된 삶의 가치를 찾을 수 있다고 생각해 고향의 시골 마을을 배경으로 하는 작품을 주로 썼다. 작가의 주관적인 관점을 배제한 채 민중의 삶을 있는 그대로 재현하는 진실주의 문학의 새로운 흐름을 주도했으며, 주요 작품으로는 「네다」 『시골의 삶』 『시골 이야기들』 등이 있다. 1878년부터 '패배자들' 총서를 구상해 써나가기 시작했지만 두 작품만을 완성시킨 채 1922년 뇌혈전증으로 세상을 떠났다.

이야기하다, 살아나다

『디어 라이프』 앨리스 먼로

최은영

앨리스 먼로의 소설을 생각하면 숲에 인접한 작은 농장이 떠오른다. 눈이 가득 쌓인 그곳에는 이층집이 있고, 껍질을 벗길 여우와 밍크를 키우는 사육장이 있고, 도살을 기다리는 말이 있으며, 말굽에 밟혀 흙탕물이 된 샘이 있다. 동물의 껍질을 벗긴 누린내가 빠지지 않는 집에는 겨울 내내 먹을 병조림이 쌓여 있다.

이 집의 마당에는 아버지의 사랑과 인정을 원하는 작고 예민한 여자아이가 있다. 아버지는 그애에게 따뜻한 말 한마디 하지 않고, 허리띠로 그애를 종종 때리는 남자다. 그리고 어머니가 있다. 사람들에게 섞이고 싶지만 계속 겉돌기만 하는, 작은 파티장에서 아무도 말을 걸어주지 않아 그것을 만회하려고 혼자 웃어 보이는 여자.

어른이 된 그 여자애는 말한다. 결국 아버지의 모피 사업은 망했다. 어머니는 파킨슨병에 걸려 죽고 나는 어머니의 장례식장에 가지 않았다. 아버지의 사업이 망했을 때도, 어머니가 발병했을 때도 그보다 더 안 좋은 일은 없으리라고 생각했지만 그렇지 않았다고. 어른이 된 아이의 목소리는 서늘하고 건조하다. 어른이 된 '나'가 살아내는 인생 또한 어린 시절의 외로움을 이어갈 뿐이다.

앨리스 먼로의 소설을 계절로 말하자면 겨울에 가까울 것이다. 손이 곱아들 만큼 추운 날씨지만 난로는 추위를 녹여주기에 충분하지 않고, 침대 위의 모포는 몸을 추위로부터 보호하기에 너무 얇다. 얇은 모포를 덮고 추워서 자꾸 깨어나지만 밤은 길고 곁에는 누구도 없다.

이런 이야기들이다. 사랑하는 남자는 결혼식날 떠나고(「아문센」), 유일한 친구였던 언니는 내가 보는 앞에서 물에 빠져 죽으며(「자갈」), 부모는 멀리 떠나고(「안식처」), 얼굴에 선천적인 장애를 갖고 태어나 고통을 겪고(「자존심」), 고립된 사랑을 하고(「코리」), 자신이 아닌 다른 사람을 사랑한 남편의 사연을 짐작하면서도 어쩔 수가 없다(「돌리」).

이 이야기들은 모두 내밀한 고통의 영역을 다루고 있다. 자기 마음속에만 간직해야 하는, 차마 누구에게도 발설할 수 없어 혼자 끌어안고 살아야 하는 고통에 관한 이야기다. 그녀의 소설을 읽으며 나는 평범한 사람들이 살며 경험할 수밖에 없는 상처에 대해 생각했다. 아무렇지 않은 사람은 없다. 누군가는 자기 상처를 잘 감추고, 누군가는 잘 감추지 못할 뿐이다.

앨리스 먼로의 이야기는 대부분 과거의 일을 회상하는 방식으로 진행된다. 여든이 다 된 작가가 어린 시절의 일을 소설로 기록하는 장면을 상상해봤다. 그건 어떤 일일까. 그리고 대체 무슨 힘이 노인이 된 작가에게 어린 시절의 일을 돌아보고 기록하게 하는 걸까. 자신의 과거에 대해 집요하게 이야기하고자 하는 힘은 어디에서 올까.

앨리스 먼로의 인물들은 과거의 자신에 대해 말하는 사람들이다. 그들은 과거의 한 지점에서 일어난 일이 여전히 현재의 삶에 영향을 주고 있다는 사실을 이해하고, 자신의 경험을 말하는 방식으로 살아나간다. 그들에게 말한다는 것은 곧 자신에게 일어난 일을 수용하고 인정하는 일이다. 침묵 속에서 몸집을 키우는 과거의 상처를 이야기의 세계로 끌고 와서 그것의 부정적 영향력을 약화시키고, 삶의 주도권을 가져오려는 시도다. 죽음을 밀어내고 삶을 끌어당기는 일이다.

「기차」에서 '그녀'는 자신의 오래된 동거인에게 자기 삶의 진실을 말한다. 아버지가 자신의 알몸을 훔쳐보고 그다음날 기차에 치여 자살했다는 것에 대해서. 그녀는 이렇게 말한다. "이제 마음이 한결 편해진 것 같아. 내가 그 비극을 느끼지 않게 되어서가 아니라 그 비극을 밖으로 꺼내놓았으니까. 그건 그저 인간이기에 저지르는 실수에 불과해. 내가 안타까워할 줄 몰라서 웃고 있는 거라고 생각한다면 곤란해. 나는 정말로 안타까워하고 있으니까. 하지만 내 마음이 한결 편해졌다는 말은 해야겠어. 어쨌거나 지금 더 행복하다는 말도."(258쪽) 병실에 누운 그녀의 고백은 의미심장하다. 그녀의 소설에서 인물들은 말한다. 말해야 한다. 말함으로써 고통을 느끼지 않아서가 아니라, 고통을 꺼내놓는 것만으로도 달라질 수 있기 때문에.

「밤」에서 어린 '나'는 불면에 시달린다. "나는 그 생각을 해서는 안 됐지만 생각을 멈출 수 없었다." 그녀는 말한다. "그 생각이 거기, 내 마음에 걸려 있었다. 아래층 침대에서 잠들어 있는 동생, 세상 그 누구보다 사랑하는 동생의 목을 내가 조를 수도 있다는 그 생각이."(362쪽) 그 생각에 빠져서 '나'는 며칠이고 밤에 홀로 집 밖을 헤맨다. 어느 날 밤, 그녀는 집 앞에 앉아 있는 아버지를 맞닥뜨린다. 밤에 돌아다니는 이유가 뭔지 묻는 아버지에게 그녀는 말한다. "목을 조를까봐서요." '나'는 말을 멈추지 못하고 자신을 고통스럽게 하는 충동을 아버지에게 고백한다. 그녀의 말을 다 듣고 난 뒤 아버지는 말한다. 사람들은 이따금 그런 생각을 한다고. 그의 말을 듣고 난 뒤 그녀는 자신을 묶어두던 충동에서 벗어난다. "아버지는 어떤 경멸이나 놀라움도 내비치지 않았고, 나는 그렇게 우리가 사는 세상으로 되돌아왔다."(369쪽)

『디어 라이프』는 앨리스 먼로의 열세번째 소설집이자 마지막 소설집이다. 총 열네 편의 중·단편이 실린 소설집의 마지막 네 편의 소설을 그녀는 '피날레'라는 장으로 묶고 "이것은 소설이 아니다"라고 밝혔다. 이 네 편의 소설 중 한 편인 「목소리들」에서 그녀가 자신의 어린 시절을 고백하는 장면을 보자.

> 나는 용감하지 않았다. 처음 다녔던 학교에서 집으로 돌아오는 길에 누군가가 나를 쫓아와 돌멩이로 맞히면 나는 울었다. 타운의 학교에서 선생님이 엉망진창으로 지저분한 내 책상을 웃음거리로 만들려고 나만 혼자 교실 앞으로 불러냈을 때도 울었다. 선생님이 그 문제로 어머니에게 전화를 걸어서, 어머니가 전화를 끊은 뒤 내가 자랑스러운

딸이 아니라는 사실에 참담한 심정을 견디며 흐느꼈을 때도 나는 울었다. 어떤 사람들은 태어날 때부터 용감하고 어떤 사람들은 그렇지 않은 것 같다. _387~388쪽

나는 이 부분을 읽으며 노인이 된 작가와 어린아이였던 작가가 한 문장 한 문장을 따라가며 읽는 상상을 했다. 자신의 과거에 대해서 제3자를 대하듯 객관적으로 서술하던 작가가 이 부분에서는 어린 시절의 자기 입으로 이야기하는 것 같았다. 나는 용감하지 않았다. 그녀는 말한다. 그러나 정말 그럴까. 어떤 용감함은 자신의 비겁을 고백하는 순간에 발생한다. 잘 울고 잘 상처받고 누구에게도 인정받지 못했던 소녀들의 이야기에서 나는 삶을 살아가겠다는, 살아내고야 말겠다는 힘을 느꼈다. 비참을 미화하지 않되 비참 안의 인간을 침묵 속에 가두지 않으려는 힘을 봤다. 결국 상처받을 수밖에 없고, 계획은 뜻대로 되지 않고, 우리의 자리는 내일도 차가운 침상일지 모르지만 그래도 말할 수 있어서 견딜 수 있는 일이 있는지도 모른다는 작가의 믿음이 느껴졌다.

1931년생, 캐나다 태생 작가의 소설에서 나는 미성년의 나, 겨우 성년에 진입한 나의 모습을 떠올렸다. 감각은 어느 때보다도 예민했지만 내가 보고 듣고 느낀 것이 무엇인지, 나에게 벌어진 일이 무엇인지 분명하게 이해하지 못하고 말하지 못했던 그때의 모습이 떠올랐다. 우울과 분노에 잠겼던 시간도. 시간이 지나 나의 이야기를 글쓰기로 풀어냈을 때의 해방감을 기억했다.

삶의 고됨과 상처를 그리면서도 앨리스 먼로의 글은 언제나 삶을 향한다. 세상에 의해 아무리 훼손된 삶이라고 하더라도 함부로 잊히고 지워질 수 없다고 말하는 것처럼. 디어 라이프. 이 책은 '친

애하는 인생'에게 보내는 열네 편의 편지 같다.

최은영 소설가. 2013년 『작가세계』 신인상에 중편소설 「쇼코의 미소」가 당선되면서 작품활동을 시작했다. 2014년, 2017년 두 차례 젊은작가상을 수상했고, 제8회 허균문학작가상을 수상했다. 소설집 『내게 무해한 사람』 『쇼코의 미소』가 있다.

디어 라이프 *Dear Life*(2012)

2013년 노벨문학상 수상 작가 앨리스 먼로의 마지막 걸작. 작가가 어린 시절을 회고하며 쓴 표제작 「디어 라이프」를 포함하여, 2012년 오헨리상 수상작 「코리」, 남편과의 결혼생활에 권태를 느끼며 호감을 가졌던 남자를 만나겠다는 희미한 희망을 품은 젊은 시인을 그린 「일본에 가 닿기를」 등 총 열네 편의 단편이 실려 있다. 앨리스 먼로는 우연한 상황, 선택하지 않은 행동 혹은 운명의 뒤틀림에 의해 한 인간의 삶이 완전히 변화하는 순간을 정확히 포착함으로써 평범한 삶이라는 것이 사실은 얼마나 기이하고 위태로우며 또 결코 평범하지 않은지를 보여준다. 섬세한 통찰력과 빼어난 구성으로 짧은 이야기 속에 복잡하고 미묘한 삶의 한순간을 그려내는 앨리스 먼로 소설의 정수가 오롯이 담겨 있는 작품집이다.

앨리스 먼로 Alice Munro(1931~)

1931년 캐나다 온타리오주 윙엄에서 농장을 운영하는 아버지와 교사인 어머니 사이에서 태어났다. 웨스턴온타리오대학교에서 영문학을 전공하던 시절 첫 단편 「그림자의 차원」을 발표하며 작가로서의 첫걸음을 내디뎠다. 1968년 출간된 첫 소설집 『행복한 그림자의 춤』이 캐나다 최고 권위의 문학상 중 하나인 총독문학상을 받으며 평단의 주목을 받은 이후 영어권을 대표하는 작가로 자리매김했다. 총 세 차례의 총독문학상과 두 차례의 길러상, 전미도서비평가협회상, 오헨리상 등 다수의 상을 수상했다. 2009년에는 맨부커 인터내셔널 상을 수상했다. 2012년 발표한 『디어 라이프』를 끝으로 먼로는 더이상 글을 쓰지 않겠다고 밝혀, 이 소설집은 사실상 그녀의 마지막 작품이 되었다. 섬세한 통찰력과 빼어난 구성으로 짧은 이야기 속에 복잡하고 미묘한 삶의 한순간을 아름답게 그려내 '우리 시대의 체호프'라 불리는 앨리스 먼로는, 2013년 "현대 단편소설의 거장"이라는 평을 들으며 노벨문학상을 수상했다.

당신의 첫 희곡을 추천합니다

『돈 카를로스』 프리드리히 실러

유희경

문예의 위대함은 당장에 존재하지 않는 것을 여기로 불러오는 힘에 있습니다. 이를 상상력이라고 부르죠. 문예작품 속으로 뛰어든 독자는 자신의 경험을 환기하거나 재생하고 미처 겪어보지 못한 일들을 마치 있었던 일인 양 체험하게 됩니다. 이를 통해, 직선의 시공간 위를 자유롭게 떠돌 수 있는 것이죠.

문예의 가장 오래된 장르 중 하나인 희곡은 이 자유로운 부유로부터 예외입니다. 아니, 예외인 것으로 보입니다. 극작가는 희곡의 원래 목적 중 하나인 '무대'를 의식해야 하죠. 여기서 '무대'라는 것은 머릿속에 있는 것이 아니라 눈앞에 펼쳐져 있는 빈 곳입니다. 희곡은 이 물리적 공간에서의 실연實演을 전제로 하기 때문에 마음껏 쓸 수 없습니다. 한편 희곡을 읽는 독자는 극작가가 언어로 만들어놓은 설정들을 의식해야 합니다. 형식도 정해져 있는

지라 어느 순간 방심을 했다가는 도로 되짚어 돌아가야 하죠. 그러나 이러한 부자유로움을 상상력의 제약으로 생각해서는 안 됩니다. 다른 체계로 이해해야 하죠. 이를 '연극적 상상력'이라고 부릅니다. 이를 얻기란 쉽지 않습니다. 독서와 관람을 통해 훈련을 해야 하죠. 익숙해지기만 한다면 입체적으로 그려보는 일이 가능하고, 구조에 대한 감각도 생길 수 있어서 저는 글을 쓰고 싶어하는 학생들에게 희곡 읽기를 자주 권하곤 합니다. 어디 작가 지망생들에게만 해당될까요. 희곡 읽기는 누구에게라도 큰 기쁨을 줄 수 있습니다. 그렇다면 시작하기에 어떤 희곡이 좋을까요. 통념상의 희곡 구조를 지닌 동시에 너무 뻔하거나 지루하지 않은 희곡. 너무 새로워 낯설거나 어렵게 느껴지지 않는 희곡. 저는 프리드리히 실러의 작품들을 꼽습니다. 뚜렷한 개성을 지닌데다가, 유명한 역사 속 사건을 새로운 시각으로 다루고, 그러면서도 희곡의 영원한 주제인, 인간에 대한 고찰을 놓치지 않기 때문입니다.

프리드리히 실러는 18세기 후반에 활동한 독일 극작가입니다. 당시 독일은 수많은 공국으로 나뉘어 있었고, 각각의 공국들은 나름의 법령으로 통치되고 있었죠. 실러가 태어난 곳은 뷔르템베르크 공국으로 그곳을 통치하던 공작은 예술보다는 군사력, 경제력을 더 중시했던 사람이었습니다. 문재文才가 남달랐던 실러도 어렸을 때부터 군사교육을 받아야 했죠. 하지만 그는 몰래 습작을 이어나갔고, 20대 초반에는 첫 작품 『군도』를 출간하게 됩니다(결국 이 작품 때문에 실러는 조국을 떠나야 했죠). 이후 그는 마흔여섯의 아까운 나이로 세상을 뜰 때까지 아홉 편의 희곡을 비롯해 다양한 작품을 쓰고 연구 성과를 남겼어요. 실러의 문학을 이야기할 때 빠지지 않고 등장하는 이름이 있습니다. 『젊은 베르테르의 슬픔』을 쓴 괴테입니다. 실러와 괴테는 생전에 두터운 우정을 나눴으며, 서로의 문학에 대한 존경심을 가지고 있었던 것으로 알려져 있습니다. 이들의 초기 작품들은 '질풍노도 운동Sturm und Drang'을 대표합니다. 이는 기존 예술의 왕실중심주의와 엄격한 형식주의를 타파하고, 개인의 감정, 인간의 자유사상 등을 적극적으로 옹호하기 위해 성립된 예술사조이죠. 그래서 이 시기의 작품들은 무척이나 뜨겁습니다. 어찌나 뜨거운지, 작품의 부족한 점마저 아름다워 보일 정도죠. 실러의 초기작 중 하나인 『돈 카를로스』는 5막 11장에 달하는 대작임에도 이러한 열기 때문에 순식간에 읽을 수 있습니다.

『돈 카를로스』는 16세기 중반 광적인 삶을 살다 간 스페인 왕세자의 이야기입니다. 스페인 국왕 펠리페 2세의 아들 돈 카를로스는 한때 자신의 약혼자였으나, 아버지 펠리페 2세의 아내가 된 왕비 엘리자베스를 여전히 사랑하고 있죠. 그는 이 사랑을 플랑드르에서 온 자신의 친구 포사 후작에게 고백합니다. 포사 후작은 어릴 적 카를로스에게 은혜를 입은 인물로 플랑드르 지역 신앙의 자유를 위해 스페인까지 찾아왔죠. 후작은 카를로스를 위해 (그리고 자신의 목적인 플랑드르 지역의 자유를 위해) 두 사람이 단둘이 만날 기회를 만들어냅니다. 하지만 엘리자베스는 카를로스의 사랑을 거절하죠. 한편 우연한 계기에 돈 카를로스가 왕비에게 연모의 정을 지니고 있음을 알게 된 국왕의 심복들은 이를 이용해, 두 사람을 제거할 계획을 세웁니다. 이들의 계획은 후작에 의해 수포로 돌아가죠. 이 과정에서 후작의 의도를 오해한 카를로스는 자신의 사랑을 타인에게 실토하는 실수를 저지르게 되고, 후작은 이 일을 무마하기 위해 자신의 목숨을 바칩니다. 후작의 죽음에 충격을 받은 카를로스는 아버지 국왕에게 칼을 휘둘러 탑에 갇히는 처지에 놓이고 맙니다. 탈출해 아버지와 싸우기로 작정한 카를로스는 떠나기 전 왕비를 만나 작별을 고하지만, 그의 탈출 계획은 왕에게 적발되고 연극은 막을 내립니다.

이 희곡이 한 사내의 비극적인 사랑 이야기로 읽히는 것은 어쩌면 당연합니다. 하지만 제가 보기에 이는 포장에 불과해요. 펠리페 2세는 가톨릭의 수호자를 자처하며 갖은 방식으로 신교를 탄압한 절대군주의 상징과도 같은 존재입니다. 신교에 대한 무자비한 탄압은 당시 실러에게 기존 예술의 폭력적 권위같이 느껴졌음이 분명합니다. 이 희곡의 클라이맥스이자 백미라 할 수 있는 3막 10장에서의 지친 왕과 의욕적이며 젊은 포사 후작의 대화(혹은 대립)는 이를 잘 보여주죠. 인간의 자유와 그 가치란 어떤 것보다 우선한다는 포사 후작의 생각은 실러의 이후 작품들을 관통하는 중요한 주제입니다. 이 장면은 무척 상징적인 의미를 가지고 있는데요, 실러 이전 시대의 희곡에서 볼 수 있는 구시대적이고 평면적인 인물과 현대 희곡의 인간적 고뇌를 지닌 입체적인 인물 간의 갈등으로 읽히기도 하기 때문입니다. 이 희곡 안에서 자신의 의지에 의해 움직이는 인물은 포사 후작뿐입니다. 돈 카를로스를 포함한 다른 인물들은 욕망에 눈멀어 허둥댈 뿐, '살아 있는' 존재로 이해하기 어렵죠. 아닌 게 아니라 포사 후작은 대단히 매력적인 인물입니다. 극 전개의 중요한 동력이면서도 지나치게 극단적이며 개연성이 부족한 인물이지만, 쉽게 감화되어 이해할 수 있는 인물이죠.

『돈 카를로스』에는 새로운 희곡, 새로운 문학의 태동이 감춰져 있습니다. 그리고 이 거창해 보이기까지 하는 작가의 의도를 포장하고 있는 것은 비극적인 사랑 이야기이죠. 덕분에, 『돈 카를로스』에는 희곡을 별로 접해보지 않은 사람도, 희곡 읽기에 어느 정도 훈련이 된 사람도 충분히 즐길 법한 다채로운 층위가 있습니다. 거기에 문학사적으로도 가치가 있으니, 그야말로 팔방미인 격의 작품이라고 할 수 있습니다. 희곡 작품을 통해 새로운 상상력 훈련을 원하는 독자들에게 첫 극작가로 프리드리히 실러를, 첫 극작품으로 『돈 카를로스』를 권하는 까닭은 여기에 있습니다. 부디 실러의 과장되지 않은, 그러면서도 아름다운 시적 비유의 세계에 흠뻑 빠져보기를 바랍니다.

유희경 시인. 2008년 조선일보 신춘문예에 당선되어 작품활동을 시작했다. 시집 『우리에게 잠시 신이었던』 『오늘 아침 단어』 『당신의 자리—나무로 자라는 방법』이 있다. '작란' 동인으로 활동중이다.

돈 카를로스 *Don Carlos*(1787)

독일 극작가 프리드리히 실러의 대표작. 16세기 스페인 왕실에서 실제로 일어났던 사건을 소재로 자유의 이념과 복잡하고 섬세한 인간 심리를 그렸다. 실러의 희곡을 청년기와 장년기 작품으로 나누었을 때, 청년기의 마지막 작품에 해당한다. 실러는 이 작품을 도이치 고전주의의 대표적인 운문 형식인 얌부스 율격(약강격)을 이용해서 썼다. 도스토옙스키의 『카라마조프가의 형제들』, 베르디의 오페라 〈돈 카를로〉 등 유럽 예술의 역사에 복합적이고 무게 있는 영향을 미친 작품으로, 도이치 고전주의 최고의 극작품으로 손꼽힌다.

프리드리히 실러 Friedrich Schiller(1759~1805)

독일 바덴뷔르템베르크주 마르바흐에서 태어났다. 영주의 명에 따라 열네 살에 카를 학교에 들어갔고, 군사훈련을 기본으로 한 엄격한 학교생활 속에서 셰익스피어를 비롯한 여러 문학작품을 탐독하고 시와 희곡을 습작했다. 졸업 이듬해, 학생 시절 집필한 희곡 『군도』를 자비로 출간하며 작품활동을 시작했다. 시 「환희의 송가」, 소설 『범죄자』 등을 발표했고, 역사와 미학에도 조예가 깊어 『연합 저지대의 독립의 역사』 『미학 편지』 등의 저서를 남겼다. 질병에 시달리면서도, 희곡 창작에 열을 올려 『발렌슈타인』 『메리 스튜어트』 등의 대작을 연달아 발표하다 1805년 세상을 떠났다.

"이제 어쩌지?"

『인간 짐승』 에밀 졸라

최정화

빵과 파테, 백포도주를 식탁에 내려놓은 루보의 오후 세시가 지옥으로 변한 것은 고작 삼십 분 뒤의 일이다. 루보가 아내 세브린을 박살내버릴 정도의 분노를 느끼는 이유는 쇼핑을 간 그녀가 약속 시간이 지나도 돌아오지 않고 있기 때문이다. 이때 처음 등장하는 짐승(야수)이라는 단어는 다소 낯설어 루보의 성격적 결함으로 느껴진다. 그는 고작 몇십 분을 더 기다리지 못하고 그녀를 '박살내' 버리고 싶어한다.

다행히도 세브린의 발랄한 등장이 이 짐승이 당장에 발현되는 것을 지연시키지만 짐승은 결국 깨어나 둘의 관계를 파탄내고 만다. 짐승은 여기서 그치지 않고 또다른 인물의 또다른 짐승을 불러일으켜 소설에 등장하는 거의 모든 인물을 연쇄적 파멸로 몰아간다. 루보는 아내 세브린을 폭행하고, 자크는 연인 세브린을 살해하고, 페쾨는 자크를 죽인다. 등장하자마자 살해된 그랑모랭 역시 이 짐승의 현현이 아닐 수 없으며, 플로르의 열차사고 모반과 자살 또한 이와 다르지 않다. 마치 인간 삶의 마땅한 귀결이 오로지 파멸뿐이라는 듯 『인간 짐승』은 등장하는 모든 인간이 망가져 가는 과정을 순차적으로 보여준다. 인물들은 하나같이 자신이 감당할 수 없는 일들을 기어코 저지르고 그로 인해 파멸한다. 자신의 짐승이 어떤 것인지 모른 채로 짐승에게 당하는 자도 있고, 자신의 짐승을 너무 잘 알고 있어 피하고자 발버둥을 치지만 끝끝내 짐승에게 굴복하고 마는 인물도 있다.

"이제 어쩌지?" _44쪽

소설 전체를 통틀어 가장 와닿은 이 문장은 세브린에게서 과거를 듣고 그녀를 심하게 폭행하고 난 루보의 무력한 외침이다. 딱히 의미를 담지 않은 말이 모든 상황을 명쾌하게 설명해줄 때가 있는데, 내게는 이러한 루보의 토로가 소설 속 모든 인물의 말을 압축해놓은 한 문장으로 읽혔다.

'이제 어쩌지?'라는 말에는 여러 의미가 담겨 있다. 일단 그렇게 하는 것이 내가 원한 바는 아니라는 것, 그럼에도 불구하고 나는 그렇게 할 수밖에 없었다는 것, 그리고 그뒤에 일어날 일에 대해 책임질 능력이 자신에게 없다는 이 말은 충동에서 벗어날 수 없는 인간의 삶을 꽤나 리얼하게 표현하고 있다.

인물들이 자신의 짐승을 발현시키는 데는 분명 어떤 조건이 있는 것으로 보인다. 세브린이 아니었다면 루보는 평범한 기관사의 삶을 살았을지도 모르고, 자크가 아니었다면 플로르는 자살에 이르지 않았으리라. 그러니까 이 충동이 발현되기 위해서 인물은 타인을 만나야 한다. 이때 만나는 타인이란 그의 일상적인 모습이 아닌 '누구인지 모를' 대상이다. 루보는 너무 사랑스러운 아내에게서 '그가 전혀 알지 못하는 여인'을 본다. 그 낯선 대상은 타인뿐만 아니라 자기 자신 또한 마찬가지여서 세브린 역시 '자신이 왜 그러는지 그 까닭을 분명히 알 수 없'다. 행위를 한 주체는 그것이 자기가 한 행동이 아니라고 느끼고, 그 행동을 유발한 대상 또한 자신이 왜 그랬는지 모른다. 그들은 그저 그렇게 했다.

그들은 왜 감당하지 못할 충동을 피해 좀더 안전한 욕망에 머물지 못했을까? 그들은 왜 타인의/자신의 짐승을 구태여 만나야 했을까? 왜 그것을 못 본 척할 수 있었는데도 그러지 않았을까? 왜 미리 짐작하고 두려워해 피해가지 않았을까? 굳이 알고자 했을까? 그러니까 루보가 과거에 대해 침묵하고 있는 세브린을 두들겨 패서 추한 과거를 듣고자 한 것은 왜일까? 그런데 잘못은 순전히 루보에게만 있는 것일까? 그렇다면 세브린은 왜 반지를 끼고 있었을까? 세브린은 왜 하필이면 그 순간에 그 반지를 만지작거렸을까? 왜 말실수를 했을까? 왜 평소와 같이 루보의 욕정을 채워주는 척 연기하지 않았을까?

왜 우리는 우리가 원치 않은 것을 보고 우리가 원치 않은 행동을 하고 우리가 원치 않는 파멸을 향해 스스로 걸어들어가는 것일까? 그리고 우리가 그것을 원치 않았다고 어떻게 확신할 수 있을까?

세브린은 왜 루보에게 칼을 선물했을까? 세브린이 먼저 말한 것이 아니라 루보가 질문했듯, 칼을 어디에 사용하는지 또한 아무도 강요하지 않은 루보 자신의 선택이었다. 세브린이 무슨 마음으로 칼을 주었든 그것은 세브린조차 알지 못하는 세브린의 욕망이었으므로 우리는 그것을 세브린에게 물을 수 없다. 세브린이 하지 못한 그 대답은 자기 자신의 것이다. 대답을 할 능력이 없는 세브린을 대신해서 우리 스스로 대답해야 한다.

"아이, 그만! 다 말해줄게요…… 근데 그전에 뭣 좀 먹어요. 배고파 죽겠어요!…… 아! 잠깐, 조그만 선물이 하나 있어요. 따라 해봐요, '나의 조그만 선물'."

그 역시 사람 좋은 표정을 지으며 웃었다. 그러고는 마침내 마음을 먹었다.

"나의 조그만 선물." _16쪽

소설을 끝까지 읽고 난 뒤에 다시 앞장으로 돌아가 이 상면을 다시 읽을 때, 이후 들이닥칠 그들 관계의 붕괴를 염두에 둔 채 이 장면을 다시 읽을 때, 이 장면이 아름답고 슬프다고 느끼는지 아니면 소름 끼치고 무섭다고 느끼는지를 확인한 뒤에 우리는 적어도 한 가지 사실, 인간의 삶에 대해 자신이 무엇을 생각하고 있는지, 자신이 인간의 어느 지점을 보고 있는지를 알 수 있을 것이다.

때로 우리는 기어나오기 어려운 구덩이에 기꺼이 몸을 던지기 위해서 소설을 펼친다. 감당하지 못할 짐승을 만나기 위해 순진한 얼굴로 책장을 넘긴다. 『인간 짐승』은 아주 깊은 구덩이를 파놓고 거기서 맞닥뜨린 짐승의 얼굴을 더이상 견딜 수 없는 순간에 외칠 만한, 아주 평범하고 무력한, 그러나 매우 적절한 대사 한 문장만을 알려줄 뿐이다.

"이제 어쩌지? 이제 어쩌지?" _45쪽

최정화 소설가. 2012년 창비신인소설상에 단편소설 「팜비치」가 당선되며 작품 활동을 시작했다. 젊은작가상을 수상했다. 소설집 『모든 것을 제자리에』 『지극히 내성적인』, 장편소설 『없는 사람』이 있다.

인간 짐승 *La Bête Humaine*(1890)

자연주의 문학의 정점을 이루는 '루공 마카르' 총서 스무 권 중 열일곱번째 작품. '인간다움'과 '짐승스러움'이라는 두 축의 패러다임 아래 배열할 수 있는 요소들을 복잡하고 교묘하게 얽은 견고한 서사로 이루어져 있다. 에밀 졸라는 관찰과 해부를 통해 당대의 짐승스러움을 들춰내고 그에 근거해 인간다움의 전망을 제시한다. 죽음이 난무하는 잔혹성과 외설적인 성 묘사, 진실을 외면하고 거짓을 수호하는 고위 관료들의 부패상, 그리고 먹잇감 앞에서 가차없이 육식 본능이 작동하는 야수와도 다름없는 인간 짐승들의 음험하고도 치밀한 범죄 심리를 정교한 서사를 통해 보여주어 출간 당시 큰 반향을 불러일으켰다. 1938년 장 르누아르 감독에 의해 영화화되었다.

에밀 졸라 Émile Zola(1840~1902)

프랑스 파리에서 태어났다. 일곱 살 때 아버지가 폐렴으로 사망하여 어릴 적부터 극심한 생활고를 겪었다. 생루이 고등중학교를 졸업하고 대학 입학 자격시험에 두 번이나 떨어진 후 학업을 포기하고 아셰트 출판사에 취직했다. 자전소설 『클로드의 고백』을 발표한 이듬해 출판사를 그만두고 전업작가의 길로 들어선다. 1867년 최초의 자연주의 소설 『테레즈 라캥』을 출간했고, 이후 스무 권의 연작소설 '루공 마카르' 총서를 22년에 걸쳐 출간했다. 『목로주점』 『나나』 『제르미날』 『인간 짐승』 등 그의 대표작 대부분을 포함하고 있는 '루공 마카르' 총서를 통해 자연주의 문학의 대표작가로 자리매김했다. 1898년 유대인에 대한 인종적 편견에서 비롯된 드레퓌스 사건이 일어나자 대통령에게 보내는 공개서한 「나는 고발한다」를 발표하여 행동하는 지성의 상징이 되었다. 파리에서 가스중독으로 사망했다.

너무 짙은, 사랑

『빌러비드』 토니 모리슨

박연준

옛날 옛날에.

나는 작은 흑인 소녀였다. 그랬던 적이 있었다. 내게는 단 한 가지 소원이 있었고 날마다 빌었다. "푸른 눈을 갖게 해주세요." 그랬던 적이 있었다. 나는 곱슬곱슬한 머리카락과 도톰한 입술, 피부색보다 까맣고 반짝이는 눈동자를 가진 흑인 소녀였다. 책 속에서. 책을 읽는 도중에 그랬다. 읽고 난 후에도, 때로 지금까지도 나는 어린 흑인 소녀로 지낸 적이 있었다. 토니 모리슨의 첫 장편소설 『가장 푸른 눈』이 아니었다면 내가 어떻게 '자신에게 일어나는 모든 불행이 푸른 눈을 갖지 못해서'라고 믿는 흑인 소녀가 되어보겠는가? 잘 쓰인 작품을 통해 겪는 간접 경험은 전생의 기억처럼 몸에 붙는다. 어떤 학술 보고서도 할 수 없는 일을 '소설'이 해낸다. 바로 이 점이 소설의 위대한 점이다. 겪게 하는 것, 몸에 각인시키는 것!

옛날 옛날에.

이렇게 시작하는 것이 이야기라면 혹은 소설을 만드는 주문이라면, 토니 모리슨은 그 주문을 가장 잘 부리는 사람이다. 책을 펼치면 그녀가 그려내는 모든 옛날이 '지금'으로 둔갑하여 도착한다. 모든 옛날—끔찍하고 다정했으며, 처참하고 아름다웠던—이 현재형으로 펼쳐진다. 토니 모리슨은 대부분 사랑에 대해 쓴다. 그것도 지독하고 맹렬한 사랑에 대해서만 쓴다. 책 속에서 그녀는 선언하지 않는다. 계몽하지 않고 직언하지 않는다. 가능한 한 우회하고, 망설이며, 은밀하게 보여준다.

> 언어란 노예, 집단 학살, 전쟁을 '못박아' 말해서는 결코 안 됩니다. 또한 그렇게 할 수 있다는 오만을 갖고자 갈망해서도 안 됩니다. 언어의 힘이란, 언어의 축복이란 바로 말로 표현할 수 없는 것에 도달하려는 데 있습니다. _토니 모리슨, 노벨문학상 수상 연설문, 『아버지의 여행가방』 수록

『빌러비드*Beloved*』는 사랑에 대한 이야기다. 1800년대 미국의 흑인 노예제도 문제, 인종차별과 소외된 자들의 고통에 대해 그리고 있지만 기본적으로 이 소설이 이야기하는 것은 '사랑'이다. 비틀린 사랑. 가령 너무 간곡하게 돌봐서 죽어버린 나무 같은 것. 썩은 내가 진동하도록 품어서, 사랑만으로 대상을, 죽게, 만든, 한 여자에 대한 이야기다.

우선 소설의 시작 부분에 주목할 필요가 있다. 토니 모리슨의

거의 모든 소설은 첫 페이지, 특히 첫 문장이 매혹적이니까. 토니 모리슨은 음악적인 문체를 가진 작가다. 음악이 시작될 때를 생각해보라. '클라이맥스의 찬란함'을 예고하면서 동시에 숨기기 때문에 발생하는 떨림이 있다.

> 124번지는 한이 서린 곳이었다. 갓난아이의 독기가 집안 가득했다. 그 집 여자들은 그걸 알고 있었고 아이들도 마찬가지였다. _13쪽

아름다운 시작이다. 이런 시작에는 '씨앗이 숨긴 열매'가 들어 있다. 엎드린 풀처럼 '숨죽인 미래(일어날 일들)'가 들어 있다. 일어설 거라고, 언젠가 저 풀들이 죄다 일어나 푸르게 펄럭일 거라고 말하는 시작.

세서는 흑인을 가축처럼 부리는 농장에서 도망친 흑인 노예다. 아이 셋을 먼저 탈출시키고 임신한 몸으로 신시내티의 시어머니 집으로 도망친다. 세서는 누구보다 강했다. 어떤 고통도 그녀를 완전히 꺾어놓을 순 없었다. 임신한 몸으로 백인 남자들에게 겁탈당하고, 등에 거대한 나무가 새겨질 정도로 채찍으로 맞고, 죽음에 다다를 정도로 몸을 다친 일도 그녀의 정신을 상하게 하진 못했다. 그러나 백인들이 세서와 그녀의 아이들을 잡아가려고 찾아왔을 때 그녀는 달라진다. 그녀는 저절로 불붙은 나무처럼, 타올랐다. 아이들을 노예로 만들지 않기 위해 '공격적인 방패'가 되었다. 그녀는 아이 넷을 어깨에 이고 안고 손으로 잡고 입으로 불러 창고 안으로 데려갔다. 그들이 오기 전에, 이제 막 기어다니기 시작한 딸의 목을 톱으로 잘랐다. 아이의 머리를 떨어뜨리지 않으려고 피 묻은 손으로 머리통을 붙들고 있어야 했다. 그것은 귀중한 것

을 지키려는 자가 보일 수 있는 최대치의 몸짓이었고, 방패가 지닌 수동성을 넘어서는 행동이었다. 세서는 아기의 묘비에 "빌러비드(참으로 사랑하는)"라는 단어를 새겨주었고, 그때부터 이 집은 죽은 아기의 원한이 머물게 되었다.

토니 모리슨은 빌러비드의 영혼이 그 집을 떠돌도록 두지 않고, 집안으로 들인다. 집안에서 세서와 여동생 덴버를 만나게 한다. 한 집에서 세 명의 여자가 서로 얘기하고 돕고 탓하고 사랑하고 아플 수 있도록, 그것을 겪어낼 수 있도록 만들었다.

후에 농장에서 알고 지냈던 폴 D가 빌러비드가 죽게 된 과정을 알고 충격을 받았을 때, 그들은 이런 대화를 나눈다.

> "당신의 사랑은 너무 짙어." 이렇게 말하며, 그는 생각했다. 그년이 날 보고 있어. 바로 내 머리 위에서 바닥 틈으로 날 내려다보고 있어.
>
> "너무 짙다고?" 그녀는 베이비 석스의 명령 한마디에 마로니에 열매가 후드득 떨어지던 공터를 생각하며 말했다. "사랑이 그런 거야. 그렇지 않으면 사랑이 아니지. 옅은 사랑은 사랑이 아니야." _272쪽

옅은 사랑은 사랑이 아니라고, 자기 아기를 죽인 적 있는 어느 여자가 얘기한다면, 우리는 어떤 표정을 지어야 할까? 눈살이 찌푸려질 정도로 짙은, 그녀의 사랑에 압도당한 채 먹먹해질 수밖에 없을까? 놀라운 것은 토니 모리슨이 절정에서 슬픔을 이야기하는 방식이다. 그녀는 슬픔을 말하지 않는다. 노래한다. 음악처럼, 시처럼.

마지막으로 이 책을 읽는 도중 책을 떨어뜨린 적이 있음을 고백해야겠다. 아름답고 황홀해서 그만 책을 놓쳤다. 머리부터 발끝까

지 꼼꼼히, 소름이 돋아나는 기분이었다. 10년도 더 전의 일이지만 그 순간을 기억하고 있다. 그 대목은 소설의 뒷부분에 나오는데 밝히지는 않겠다. 이 책을 읽을지도 모르는 미래의 독자에게 예의가 아니므로. 대신 그 이름을 천천히, 불러보고 싶다.

박연준 시인. 2004년 중앙신인문학상을 받으며 작품활동을 시작했다. 시집 『속눈썹이 지르는 비명』『아버지는 나를 처제, 하고 불렀다』『베누스 푸디카』와 산문집 『밤은 길고, 괴롭습니다』『소란』『우리는 서로 조심하라고 말하며 걸었다』 등이 있다.

빌러비드 *Beloved*(1987)

노예라는 운명의 대물림을 끊기 위해 딸을 죽인 흑인 여성의 실화를 바탕으로 노예제의 참상을 시적인 언어와 환상적인 서술 기법으로 풀어낸 토니 모리슨의 대표작. '노예 여성'에 초점을 맞추어 모성애마저 박탈한 노예제의 참상을 묘사했다. 노예 신분의 대물림을 끊기 위해 아이를 죽인 도망노예 세서가 잊고 싶은 과거를 기억함으로써 슬픔과 분노를 수용하고 앞으로 나아가는 과정을 의식을 따라가는 독특한 서사 기법과 언어로 그려냈다. 이 작품은 퓰리처상, 미국도서상, 로버트 F. 케네디 상 등을 수상하며 새로운 미국문학의 정전으로 자리매김했다.

토니 모리슨 Toni Morrison(1931~2019)

미국 오하이오주 로레인에서 태어났다. 하워드대학교에서 영문학을 전공하고 코넬대학교에서 석사학위를 받았다. 졸업 후 여러 대학에서 문학을 가르쳤고 랜덤하우스 출판사 편집자로 일하며 본격적으로 글을 쓰기 시작했다. 1970년 첫 소설 『가장 푸른 눈』을 발표했다. 그후 『술라』 『솔로몬의 노래』 등을 발표했다. 토니 모리슨의 작품은 노예제부터 인종차별에 이르기까지 넓은 스펙트럼으로 흑인문제를 다루며 대중과 평단을 모두 사로잡았다. 1987년 출간한 『빌러비드』로 퓰리처상, 미국도서상 등을 수상했고, 1993년 흑인 여성작가 최초로 노벨문학상을 받았다. 2006년 프린스턴대학교의 교수직에서 퇴임한 후 집필활동에 매진해 『자비』 『고향』 『하느님 이 아이를 도우소서』, 희곡 『데스데모나』를 출간했고 잡지 〈네이션〉 편집위원으로 활동했다. 2019년 8월 숨을 거두었다.

도대체 삶에 뭘 기대한 거야?

『미국의 목가』 필립 로스

정영수

필립 로스는 지독한 사디스트임이 틀림없다. 그는 자신의 소설 속 주인공을 정성스레 다듬어서 가장 완벽하고 고결한 모습으로 만들어놓은 다음, 일말의 자비도 없이 바닥에 패대기치고 부수고 짓밟아버리곤 한다. 그의 소설을 읽다보면 “아니 로스 씨, 꼭 이렇게까지 해야 하나요?”라고 묻고 싶어지는데, 아마도 그는 이렇게 대답하겠지. “뭐 어때서? 도대체 삶에 뭘 기대한 거야?” 이를테면 『에브리맨』(성공 가도를 달리던 주인공이 자기가 죽는 걸 의식도 못한 채 죽어버린다), 『울분』(모범적인 대학생인 주인공이 느닷없이 한국전쟁에 징집되어 죽어버린다), 『휴먼 스테인』(여기서는 주인공도 주인공이지만 완벽하고 고결한 여성 델핀 루가 처하는 상황이 너무 참혹해서 차마 보고 있을 수가 없을 정도다……) 같은 작품들. 정말이지 자비가 없다. 그런데 생각해보면 더 자비가 없는 것은 실제 삶인 듯도 하다. 그는 그저 인생의 참모습을 적나라하게 보여주는 것뿐일지도 모른다. 인간 삶의 비극을 그려낸다는 점에서 그는 현대의 소포클레스, 현대의 아이스킬로스다. 추락, 추락, 추락. 파멸로 치닫는 광기의 드라마. 이제 좀 그만해도 되지 않나요? 싶을 때까지 밀어붙이는 그의 잔혹함을 생각하면 어찌 그를 사디스트라고 여기지 않을 수 있을까. 적어도 지금까지 읽은 그의 작품들은 모두 그러했는데, 아직 내가 읽지 않은 그의 작품 속 인물들의 안녕을 빌어본다……

하지만 퓰리처상 수상작이자 그의 대표작인 『미국의 목가』를 보면 그런 소망은 요원하다는 강한 예감이 밀려온다. 우리의 완벽한 주인공 '스위드'. '스웨덴 사람'이라는 별명으로 불리는 이 잘생긴 금발의 유대인 시모어 레보브는 외모적으로, 육체적으로, 지적으로, 거기다 윤리적으로까지 완벽한 인물이다. 그 이름은 그가 사는 뉴어크에서는 '마법의 이름'으로 통한다. 모두가 그를 경외시하고 사랑한다. 하지만 이번에도 역시 우리의 기대(?)를 저버리지 않고 스위드는 그의 완벽함만큼이나 철저하게, 나락으로 곤두박질친다. 그러니까 『미국의 목가』는 스위드라는 인물로 대변되는 미국적 이상주의의 몰락 과정을 그려낸 소설인 것이다.

내가 '미국적 이상주의'라고 했는데 이 말은 사실 내가 만든 게 아니라 『미국의 목가』 뒤표지에 적힌 〈파이낸셜 타임스〉의 리뷰에서 가져온 말이다. 나는 소설을 읽을 때 알레고리적 요소(가 분명히 드러나 보인다고 해도)를 배제하고 이야기 자체로 받아들이는 편을 선호하지만, 제목부터 다분히 은유적인 이 소설에서 '스위드'를 미국이라는 나라의 정체와 연관시키지 않기는 어려운 일이다. 뉴어크에서 스위드라는 이름이 그러하듯이, 우리나라 사람들에게는 물론이고 전 세계적으로 '아메리카'는 마법의 이름으로 통한다. 그러나 그처럼 이상적인 인간 스위드의 딸 메리는 베트남에서 벌어지고 있는 살상 전쟁에 반대하면서 폭탄 테러로 무고한 사람을 죽이는 모순적인 인물이다. 그래놓고 나중에 그녀는 어떤 생물도(심지어 공기 중의 미생물까지!) 죽이지 않는 신실한 자이나교도가 되기도 한다. 누가 보아도 완벽한 가정에서 자란 아이가 이토록 극단적이고 광기 어린 사람이 된다는 사실은 아이러니하다. 결국 메리의 광기는 '고결한' 스위드의 도덕성에 치명적인 균열을 일으키고, 결국 그 또한 완벽하지 않은, 불완전하고 깨지기 쉬운 약한 개인일 뿐이라는 사실이 드러난다. 파괴되는 것은 단지 그의 도덕적 고결함만이 아니다. 메리만 제외하면 모든 것이 견고해 보이던 그의 가족 전체가 사실은 언제 터질지 모르는 폭탄으로 이루어져 있었다는 사실이 밝혀진 후, 이 일련의 사건에 발을 들인 모든 이들은 맹렬한 속도로 파국으로 치닫는다. 모두 함께 눈을 감고 불행을 향해 질주하는 것이다. 그리고 이 이야기를 전부 기술하는 소설 속 인물, 필립 로스의 얼터 에고인 네이선 주커먼의 의미심장한 독백.

> 그런데 그들의 삶이 뭐가 문제인가? 도대체 레보브 가족의 삶만큼 욕먹을 것 없는 삶이 어디 있단 말인가? _2권, 288쪽

이 질문은 필립 로스가 천착하는 주제이기도 하며, 우리 모두가 인생을 겪어내다보면 느낄 수밖에 없는 '삶 자체가 품고 있는 아이러니'를 선명하게 보여주는 대사이기도 하다.

『미국의 목가』가 보여주는 이야기가 언뜻 미국의 모순을 은유하

고 있는 알레고리처럼 보인다고 해도, 반드시 그렇게만 읽을 필요는 없다. 그럴 필요가 있을까? 어차피 나는 미국에 대해 잘 알지도 못하는데, 뭐. 그가 펼쳐놓은 이야기를 그저 삶의 재현 그 자체로 받아들이면 그만이다. 그리고 내게 무엇보다 중요한 것은 그가 늘어놓는 이야기들이 매우 재미있다는 점이다. 그는 『파리 리뷰』에 실린 허마이어니 리와의 인터뷰에서 자신은 오로지 독자에게 읽을거리를 제공하는 것뿐이고, 읽는 이에게 현실적인 변화는 결코 일어나지 않는다고 말한다. "소설을 읽는 것은 깊고 독특한 기쁨이며 성性과 마찬가지로 도덕적, 정치적 정당화를 요구하지 않는 흥미롭고 신비로운 인간 활동"이라고. 그는 인터뷰어의 여러 차례 유도 심문에도 굴하지 않고 그 관점을 유지한다. 문학은 오로지 즐거움만을 위해 존재한다고 말이다. 그런 면에서 본다면 『미국의 목가』는 철저히 성공한 작품이다. 이 소설은 독자에게 문학이 줄 수 있는 극한의 쾌감을 느끼게 해준다. 문학을 통해 쾌감을 느끼고 싶으신가요? 그렇다면 『미국의 목가』를 읽읍시다. 아니면 필립 로스의 다른 작품이라도 상관없습니다. 그는 늘 기대하는 것을 주니까요.

물론 그가 말하는 즐거움은 단순히 유흥을 뜻하는 것이 아니라 문학만이 줄 수 있는 지적 기쁨이다. 문학작품이 읽는 이에게 주는 쾌감의 메커니즘은 결코 단순하지 않다. 그것은 문학이 우리의 삶과 닮아 있기 때문에, 어느 면에서 보면 완전히 맞닿아 눌어붙어 있기 때문에 느낄 수 있는 감정이다. 로스는 자신의 이야기를 쓴다. 자신만의 이야기를 쓴다. 그의 소설을 읽다보면 그의 내면에서 흘러넘치는 삶의 에너지, 소용돌이치는 감정들의 폭발이 느껴진다. 그의 이야기는 사실과 허구가 뒤섞여 있다. 그의 이야기는 혼란으로 가득차 있다. 그러나 결국 거기에서 도출되는 것은 참기 힘들 정도로 적나라한, 날것 그대로의 삶의 모습이다. 인생이라는 것을 경험하다보면 발견할 수밖에 없는 불가해한 진실들. 그래서 그의 소설은 늘 충격적이고, 강렬하며, 기이하다. 지극히 개인적이면서도 동시에 인간 보편의 정서가 담겨 있는 것이다. 그의 소설이 우리에게 문학적 쾌감을 선사할 수 있는 비결은 바로 거기에 있다. 물론 그는 빛나는 통찰을 지적인 유머에 담아내고 있지만, 그의 소설의 비밀은 그가 삶의 '실재'를 철저히 재현하고 있다는 데 있다. 그의 소설을 읽는 것은 단지 독서 행위를 넘어서서 어떤 삶을 살아내는 것이라고도 할 수 있다. 책장을 넘기면 폭발적인 에너지가 가득한 '진짜 삶'이 펼쳐진다. 그것이 필립 로스의 문학인 것이다. 그러니, 재미있을 수밖에.

순수한 문학적 즐거움을 느끼고 싶을 때, 우리는 그저 그의 책을 펼치고 몸에 힘을 뺀 채 그의 폭풍 같은 이야기 속으로 빨려들어갈 준비만 하면 된다. 그것이 필립 로스를, 『미국의 목가』를 읽는 방법이다.

정영수 소설가. 2014년 창비신인소설상에 단편소설 「레바논의 밤」이 당선되어 작품활동을 시작했다. 2018년 젊은작가상을 수상했다. 소설집 『애호가들』이 있다.

미국의 목가 *American Pastoral*(1997)

미국 현대문학의 거장 필립 로스에게 퓰리처상 수상의 영예를 안긴 그의 대표작. 광기와 폭력으로 얼룩진 1960년대 말의 혼돈스러운 미국을 배경으로, 역사의 소용돌이 속에 몰락하는 한 남자의 이야기를 생생하게 그려낸다. 팍스아메리카나의 위상에 도취되어 한껏 달아오른 미국의 취기가 베트남전쟁의 실패와 맞물리며 어떻게 한순간에 사라지는지를, 그 몰락의 파도 속에 개인의 삶이 어떻게 비극 속으로 휩쓸려가는지를 예리하게 펼쳐 보인다. 필립 로스는 〈가디언〉지와의 인터뷰에서, 『미국의 목가』가 자신의 인생에서 제일 강렬했던 시절인 1960년대와 그 시대를 관통하던 격동을 잘 담아낸, 자신이 완성한 서른한 편의 작품 중 가장 훌륭한 작품이라고 자평한 바 있다. 『나는 공산주의자와 결혼했다』 『휴먼 스테인』으로 이어지는 '미국 3부작'의 출발점이 되는 작품.

필립 로스 Philip Roth(1933~2018)

미국 뉴저지의 폴란드계 유대인 가정에서 태어났다. 1998년 『미국의 목가』로 퓰리처상을 수상했다. 그해 백악관에서 수여하는 국가예술훈장을 받았고, 2002년에는 존 더스패서스, 윌리엄 포크너, 솔 벨로 등의 작가가 수상한 바 있는, 미국 예술문학아카데미 최고 권위의 상인 골드 메달을 받았다. 필립 로스는 전미도서상과 전미도서비평가협회상을 각각 두 번, 펜/포크너 상을 세 번 수상했다. 2005년에는 "2003~2004년 미국을 테마로 한 뛰어난 역사소설"이라는 평가를 받으며 『미국을 노린 음모』로 미국 역사가협회상을 수상했다. 또한 펜(PEN) 상 중 가장 명망 있는 두 개의 상을 수상했다. 2006년에는 "불멸의 독창성과 뛰어난 솜씨를 지닌 작가"에게 수여되는 펜/나보코프 상을 받았고, 2007년에는 "지속적인 작업과 한결같은 성취로 미국 문학계에 큰 족적을 남긴 작가"에게 수여되는 펜/솔 벨로 상을 받았다. 2018년 5월 심장마비로 사망했다.

문학동네 세계문학전집 117-118

내가 어쩔 줄 모르는 내 마음

『대성당』 레이먼드 카버

김행숙

레이먼드 카버 소설의 인물들과 상황은 심리적으로 무너지기 쉬운 어떤 지점을 건드린다. 카버 소설의 독자가 된다는 것은, 적어도 나의 경우에는, 무너지는 게 더 쉽다면 더 쉬운 쪽으로 기울어지는 그 순간의 방심放心의 감각에 기꺼이 사로잡힌다는 것을 의미한다. 어쩔 수 없이 나는 레이먼드 카버의 '감상적인' 독자다. 그래, 나도 수건을 던지고 싶다. 링 위로 수건을 던지고 나면, 그래봤자 잠시겠지만, 나는 죽은 새처럼 말없이 쓰러져 있어도 되는 것이다.

그 기분을 카버의 말로 옮기자면(『파리 리뷰』 인터뷰), "여전히 가난했고, 언제나 한 발만 내딛으면 파산이 기다리고 있었"던 시절, "삶에서 가장 원했던 일들이 결코 일어나지 않을 거라는 걸" 깨달았던 어느 날, "저는 대충 포기했고, 권투 경기에서 하듯이 수건을 내던지고 나서 하루종일 심각하게 술을 마셔댔어요." 이 발언은 카버의 자전적인 고백이면서 동시에 그의 소설 속 인물들의 중얼거림처럼도 느껴지는 말이다. 소설가 김영하는 카버의 소설에 대해 이렇게 말한 바 있다. "소설이 끝난 후에야 독자들은 자신의 벚나무가 잘린 것을 안다." 카버의 말마따나, "파산하거나 알코올 의존자가 되거나 바람을 피우거나 도둑이 되거나 아니면 거짓말쟁이가 될 의도를 갖고 삶을 시작하는 사람은 아무도 없"지만, 삶이 그런 쪽으로 쏠리기 시작하면 걷잡을 수 없이 아찔한 기울기에 휩쓸리고 만다.

레이먼드 카버는 그의 소설이 유명해지는 바람에 결국엔 알코올중독자로서의 면모도 유명세를 탔다. 그러나 그에게 세계적인 명성을 안겨주었던 소설집 『대성당』의 단편들은 단 한 방울의 알코올도 없이 쓴 것들이라고 한다. 카버는 그의 단편 「춤 좀 추지 그래?」가 술을 끊고 쓴 첫번째 소설이며, 1977년 6월 2일이 술을 완전히 끊은 첫날이라고 밝힌 바 있다. 그날은 그에게 특별히 기억할 만한 기념일이 되었음이 분명하다. 이를 의식하며 그는 "두 개의 다른 삶이 있던 느낌"이라고 했다. 카버는 밀란 쿤데라의 『참을 수 없는 존재의 가벼움』의 한 문장을 「내가 전화를 거는 곳」의 제사로 인용하여, "우리는 무엇을 원하는지 결코 알 수가 없다. 왜냐하면 단 한 번의 삶을 사는 이상, 우리는 우리의 삶을 이전의 삶들과 비교할 수도 없고 다가올 삶들 속에서 완성시킬 수도 없기 때문이다"라는 문장을 붙였다고 한다.* "두 개의 다른 삶이 있던 느낌" 속에서, 드디어 레이먼드 카버는 자신이 무엇을 원하는지 분

* 이는 내가 읽은 소설집 『대성당』에 수록되어 있는 「내가 전화를 거는 곳」에서는 찾아볼 수 없는데, 캐롤 스클레니카가 쓴 작가 전기 『레이먼드 카버: 어느 작가의 생』에서 밝힌 바에 따른 것이다.

명히 알았을까? 그가 사랑했던 두번째 삶은 1988년에 50세의 일기로 느닷없이 툭 끊겨버렸다. 그에게도 그 누구에게도 세번째 삶은 다시 시작되지 않는 것, 그것이 몇번째이든 다시 시작되는 일이 없는 것으로 끝나는 것, 그것이 인생일 것이다. 그렇다면 우리는 끝내 다가올 삶들 속에서 완성할 수 없는 삶을 살다 가는 것이리라.

아메리카의 체호프라 불리는 레이먼드 카버는 인생의 강물에서 삶의 단편斷片들, 작은 조각들만이 암시할 수 있는 삶의 비의(秘義이자 悲意)를 순간, 순간적으로 정확하게 낚아챘다. 또한 그렇기에 그의 소설은 매우 시적이기도 하다. "암시가 가장 중요한 거야." 단편 「열」에서, 수채화 수업 시간에 미술교사가 한 아이의 손을 가볍게 잡고 붓질을 이끌면서 말한다. "의도가 보이면 그건 그림을 잘못 그린 거야. 알겠니?" 지금 이 미술교사는 의도가 보이지 않는 삶에서 모호한 암시의 미로에 빠져 혹독한 시간을 보내는 중이다. 이 말은 소설의 시공간인 미술 수업 시간에 무심코 튀어나온 듯이 보이지만, 무심 속에 진심이 담기는 법. 이 말을 우리는 힘겨운 인생 수업을 통해, 또다른 한편으로 앞이 잘 보이지 않았던 작가 수업을 거치면서 몸으로 건져올린 레이먼드 카버의 직접적인 진술로 읽어도 무방하다.

카버 소설의 특장特長은, 많은 사람들이 감탄하다시피, 인물들 간의 대화에서 더욱 빛을 발한다. 어느 인터뷰에서 직접 밝힌 바대로 카버는 "서로의 얘기를 듣지 않고 있는 사람들 사이의 대화"를 존재론적으로 흥미롭게 다뤘다. 우리가 레이먼드 카버의 소설에서 "체호프적인 명료함"과 동시에 그 "이면의 무엇인가가 끔찍하게 잘못되어가고 있다는 카프카적 의식"(마이클 고프)을 함께 읽고 있다면, 아마도 우리는 가장 '카버스러운' 소설 공간인 '방'(거실, 식탁, 침실) 안에서 인물들 사이에 서로 길을 잃은 채 오가는 대화들을 엿듣고 있는 중일 가능성이 높다. 기형도를 빌리면 뒤늦게 이렇게 탄식할 수 있겠다. "나 못생긴 입술 가졌네. (…) 그토록 좁은 곳에서 나 내 사랑 잃었네."(「그 집 앞」) 이를테면, 어쩔 수 없이 감상적인 독자인 나는 카버의 '그 집'을 들여다보며 "너무나 가까운 거리"에서, "그토록 좁은 곳"에서 나도 번번이 당신과 어긋나고 멀어졌음을 참담하게 환기하게 되는 것이다.

그리고 『대성당』에서 카버는 그 이전 소설집 『제발 조용히 좀 해요』 『사랑을 말할 때 우리가 이야기하는 것』의 세계에서 어떻게든 '더' 걸어나와서 '더' 말하고자 애쓴다. 카버는 『대성당』에서 더 다층적이고 풍부하게 말한다. "그토록 좁은 곳에서 나 내 사랑 잃었"고, 혹은 잃어버리는 중일지라도, 그럼에도 불구하고 '말하기'를 계속하려는 몸짓들이 레이먼드 카버의 소설에 뜻밖의 온기를 만들어낸다. 그리하여 『대성당』은 겨울이 시작되는 온도로 차갑고, 겨울이 끝나가는 온도로 따뜻한, 그런 미묘한 영혼의 온도계를 가진 책이 되었다.

가령, 이런 인물이 있다. 그는 못생긴 입술로 뭐라도 말하기 위해 오늘밤에는 망설이고…… 또 머뭇거렸으나…… 내일 아침에는 전화를 하리라. 그렇지만 수화기를 들고 있는 그 순간까지도 그 "마음의 일부는 도움을 원하고 있"고, 그 옆에는 "그렇지 않은 마음도" 동상이몽의 부부처럼 나란히 누워 있다. 그러나

그녀가 전화를 받으면 그렇게 말하리라. "나야." _201쪽

이것은 『대성당』의 단편들 중에서 내가 특별히 좋아하는 소설 중 한 편인 「내가 전화를 거는 곳」의 마지막 문장이다. 나는 결코 감상적이지 않은 카버의 소설을 읽으며 이상하게 감상적으로 변하고 마는 못생긴 애독자임에 틀림없다. 나는 내 마음을 어쩔 줄 모르겠다.

김행숙 시인. 1999년 『현대문학』으로 등단하여 시를 쓰기 시작했다. 현재 강남대 한영문화콘텐츠학과에서 학생들을 가르치고 있다. 노작문학상, 전봉건문학상, 미당문학상 등을 받았다. 시집 『사춘기』 『이별의 능력』 『타인의 의미』 『에코의 초상』, 그 밖에 『문학이란 무엇이었는가』 『마주침의 발명』 『에로스와 아우라』 『천사의 멜랑콜리』 『사랑하기 좋은 책』 등이 있다.

대성당 *Cathedral*(1983)

'헤밍웨이 이후 가장 영향력 있는 소설가' '리얼리즘의 대가' '미국의 체호프' 등으로 불리며 미국 현대문학의 대표작가로 꼽히는 레이먼드 카버의 대표작. 단편 작가로서 절정기에 올라 있던 레이먼드 카버의 문학적 성과가 고스란히 담겨 있는 작품집으로, 표제작 「대성당」을 비롯해 「별것 아닌 것 같지만, 도움이 되는」 「깃털들」 등 총 열두 편의 단편이 실려 있다. 삶의 한 단면을 현미경 들여다보듯 비추어주며 언제 부서질지 모르는 위태로운 일상을 포착하는 카버 특유의 날카로운 시선은, 이 소설집에서도 여전히 유효하다. 그러나 생의 말기에 쓰인 『대성당』은 그런 황량한 풍경 속에서도 이전 작품들보다는 한층 충만하고 희망적인 모습을 보여준다. 동정이나 연민이 아닌 정직하고 무심한 태도로 삶을 응시하며 이를 더없이 간결하고 적확한 언어로 표현해내면서도, 삶의 가장 깊숙한 곳까지 단번에 관통해 보여주는 카버 문학의 정수를 확인할 수 있는 작품집. 군더더기 없고 적확한 카버의 문장을 소설가 김연수의 충실한 번역으로 만날 수 있다.

레이먼드 카버 Raymond Carver(1938~1988)

1938년 미국 오리건주에서 가난한 제재소 노동자의 아들로 태어났다. 고등학교를 졸업하고 제재소, 약국, 병원 등에서 일하며 틈틈이 문예창작 수업을 받다가 1959년 치코주립대학에서 문학적 스승인 존 가드너를 만나게 된다. 이듬해 문예지에 첫 단편소설 「분노의 계절」이 실린다. 1963년 훔볼트대학에서 문학사 학위를 받고, 아이오와주로 이사하여 아이오와 작가 워크숍에 참여한다. 1967년 그의 작가로서의 삶에 많은 영향을 끼친 편집자 고든 리시를 만난다. 첫 시집 『겨울 불면』을 출간하고 이후 UC 버클리, 아이오와 작가 워크숍 등에서 강의를 하지만, 알코올중독, 아내와의 별거, 파산을 겪으며 불행한 삶이 이어진다. 1976년 첫 소설집 『제발 조용히 좀 해요』를 출간한다. 이후 구겐하임 기금, 아트 펠로십 소설 부문 국립기금 등을 수상하며 의욕적인 창작활동을 이어간다. 1983년 그의 대표작이라 평가받는 『대성당』을 출간했으며, 이 작품으로 전미도서상과 퓰리처상 후보에 오른다. 미국 예술문학아카데미 회원이었으며, 1988년 암으로 사망했다.

나나, 아름다운 사신

『나나』 에밀 졸라

강성은

“수캐떼가 암캐 한 마리를 쫓아간다. 그러나 암컷은 발정하지 않고, 따라오는 수컷들을 비웃는다. 세상을 움직이는 커다란 지렛대인 수컷들의 욕망에 대한 한 편의 시詩.” 에밀 졸라는 창작노트에서 『나나』를 이렇게 설명했다.

여기 희대의 악녀가 있다. 이름은 나나. 연극배우이지만 연기도 못하고 발성도 좋지 않고 노래도 못한다. 음치에 가깝다. 그러나 그녀에게는 아름다운 금발과 풍만한 가슴과 엉덩이가 있다. 거기 더해 거짓말과 애교 솜씨는 파리 사교계 모든 남자들의 가슴을 녹이고 포로로 만들고 전 재산을 갖다 바치게 만든다. 더구나 그녀는 사랑을 의심하거나 갈구하거나 독점하고자 하는 남자들에게는 쉽사리 싫증을 내며 끝을 선언해버려서, 애간장이 타는 남자들이 눈물을 흘리며 그녀의 치맛자락에 매달리곤 한다. 그녀를 스쳐간 남자들은 부모와 자식을 속이고 형제를 미워하고 전 재산을 바치고도 끝없는 고통과 절망에 시달리다 파멸과 죽음에 이르는 폐허로 향한다. 나나를 죽음과 파멸로 이끄는 사신이라 불러도 좋을 것이다.

작가는 시종일관 그녀가 단지 몸뚱이 하나로 남자들을, 파리 사교계를 바보로 만들었다는 사실만을 보여준다. 소설에 나오는 다른 등장인물들과 마찬가지로 나나 역시 그다지 매력적이지 않으며 한없이 탐욕스럽고 방종하기만 하다. 독자들은 나나에 사로잡힌 남자들의 심리 또한 공감하기 힘들 것이다(작가가 의도한 것이겠지만). 그런데도 그녀를 둘러싼 관계는 놀랍도록 우스꽝스럽고 재미있다. 어리석은 남자들을 맘껏 조롱하는 나나의 행동들. 백작에게 손수건을 던져주고 개처럼 손과 무릎으로 기어가서 입에 물고 오라고 시키거나 제복과 훈장에 침을 뱉고 밟으라고 시키는 장면에선 실소가 터졌다. 나나를 둘러싼 남자들에게 동정심이 느껴질 정도였다.

읽기 전 친구에게 이 책에 대해 물어보니 지나치게 남성적 관점에서 쓰였으며 너무 길어서 읽다 말았다고 했다. 조금 두려운 마음으로 책을 펼쳤는데 무척 황당하고 엉뚱하고 웃기는 이야기가 펼쳐져 육백 페이지가 넘는데도 킥킥거리며 이틀 만에 다 읽어버렸다. 그리고 책의 마지막 장을 넘겼을 때 나의 소감은 친구의 것과는 달랐다. 이 소설이 내게 남긴 것은 뜻밖에도 '여자들'이었다. 소설의 말미, 천연두로 죽어가는 그녀 곁에 남은 자들은 누구인가. 살아있을 적엔 그녀와 경쟁했던 로즈가 전염병과 싸우는 그녀를 끝까지 지켰다. 그리고 소식을 듣고 속속 몰려들어 죽어가는 그녀 곁을 지킨 이들 모두 여자들이었다. 그토록 사랑한다고 속삭이고 자신이 가진 모든 것을 바치겠다 맹세하고 헌신하던 남자들은 그러나 그녀가 죽어가는 동안 호텔 밖에서 서성이며 침통한 표정을 짓고 서 있었을 뿐이다. 병이 옮을까 두려워하며. "의사인 내 친구 말로는 죽은 직후의 시간이 가장 위험하다더군요. 독기가 퍼진대요"라는 말을 주고받으며.

이 소설은 끝까지 읽어야 작가의 의도를 조금이나마 짐작해볼 수 있다. 친구가 소설을 끝까지 읽었더라면 그의 감상 역시 달랐을 것이다. 백여 년 전에 쓰인 소설이지만 21세기 서울에서 살고 있는 여성인 내가 읽기에 굉장히 통쾌하고 공감할 만한 부분이 있었다. 작가는 왜 이렇게 비도덕적이고 비윤리적이고 욕망에만 충실한, 독자에게까지 비난받을 만한 여성을 주인공으로 만들어내야 했을까? 나나는 사회를 향한 거대한 조롱을 위한 은유일 것이다. 괴테처럼 "영원히 여성적인 것이 우리를 구원한다"는 메시지를 던지려고 했나? 그렇다면 그것 역시 불편한 부분이긴 하다. 하지만 글을 쓰는 여성이기 전에 여성 독자로서 불편한 부분도 분명 있었지만 통쾌한 부분이 더 많았다. 내가 사랑하는 다수의 작가들이 이미 죽은 작가라는 건 얼마나 다행한 일인가. 나에게 에밀 졸라는 드레퓌스 사건을 고발한 「나는 고발한다」의 작가로 기억된다. 그가 쓴 수많은 문학 작품에 앞서 프랑스 사회의 부조리를 고발하고 지식인으로서의 양심과 책무를 다했던 상징적인 작가. 작가는 무엇으로 남는가를 고민하게 해준 작가이다. 문학작품 그리고 작가의 삶은 몇 세기가 지나서도 비평의 대상이 될 수 있다. 그렇기 때문에 작가란 물리적 죽음 이후에도 영원히 살아남을 수 있다. 문학이 가지는 이러한 미덕이 괴로움과 불편함을 자주 맞닥뜨리는 나와 같은 독자들에게 아주 조금은 위로가 되길 바란다.

나나의 죽음과 전쟁의 발발을 알리는 마지막 장면은 압권이었다. 호텔방에서 여자들에게 둘러싸여 죽음을 맞이한 나나의 모습은 숭고하고 비장하고 장엄했다. 밖으로는 보불전쟁이 터지기 직전 거리로 쏟아져나온 군중들이 "베를린으로! 베를린으로! 베를린으로!" 함성을 지르고 있었다. 전쟁의 불길한 기운이 파리를 물들일 때 나나의 아름다운 육체는 썩어가고 있었다. 눈은 시커먼 구멍으로 파이고 얼굴은 곰팡이 같은 고름집으로 뒤덮여 형체를 알아볼 수 없이.

소설은 그렇게 끝이 나지만 이후 프랑스는 보불전쟁에 패하고 파리는 독일에게 포위된다. 소설은 남자들에 대한 조롱을 넘어 파리 사교계, 프랑스 사회에 대한 조롱이 실려 있었다. 지금 여기를 생각했다. 정신 나간 얼간이들만 19세기 파리에 살았던 것일까. 21세기 서울은 어떠한가. 우리는 또 어떤 어리석음의 시대를 서늘하게 눈을 감은 채로 지나가고 있을까.

강성은 시인. 2005년 문학동네신인상에 「12월」 외 다섯 편의 시가 당선되어 작품활동을 시작했다. 시집으로 『Lo-fi』 『구두를 신고 잠이 들었다』 『단지 조금 이상한』이 있다.

나나 *Nana*(1880)

'루공 마카르' 총서 아홉번째 작품으로, 『목로주점』 『제르미날』 『인간 짐승』과 더불어 4대 역작으로 꼽힌다. 『목로주점』의 주인공 제르베즈의 딸이자 이 작품의 주인공인 여배우 나나가 타고난 육체적 매력으로 상류사회 남자들을 파멸시키는 내용을 담고 있다. 화류계의 방탕과 퇴폐를 사실적으로 묘사해 당시 프랑스 사회에 엄청난 화제와 논란을 불러일으켰다. "불결하고 노골적인 포르노 작가의 음탕한 소설"이라는 사람들의 비난에 졸라는 "악덕을 묘사함으로써 사회 풍속을 바로잡으려고 집필한 것"이라고 응수했다. 플로베르를 비롯한 많은 작가들이 감탄한 『나나』는 연극과 영화, TV 시리즈로 제작되는 등 명실상부한 불멸의 고전 반열에 올라 있다.

에밀 졸라 Émile Zola(1840~1902)

프랑스 파리에서 태어났다. 일곱 살 때 아버지가 폐렴으로 사망하여 어릴 적부터 극심한 생활고를 겪었다. 생루이 고등중학교를 졸업하고 대학입학 자격시험에 두 번이나 떨어진 후 학업을 포기하고 아셰트 출판사에 취직했다. 자전소설 『클로드의 고백』을 발표한 이듬해 출판사를 그만두고 전업작가의 길로 들어선다. 1867년 최초의 자연주의 소설 『테레즈 라캥』을 출간했고, 이후 스무 권의 연작소설 '루공 마카르' 총서를 22년에 걸쳐 출간했다. 『목로주점』 『나나』 『제르미날』 『인간 짐승』 등 그의 대표작 대부분을 포함하고 있는 '루공 마카르' 총서를 통해 자연주의 문학의 대표작가로 자리매김했다. 1898년 유대인에 대한 인종적 편견에서 비롯된 드레퓌스 사건이 일어나자 대통령에게 보내는 공개서한 「나는 고발한다」를 발표하여 행동하는 지성의 상징이 되었다. 파리에서 가스중독으로 사망했다.

싹트는 달, 4월, 제르미날

『제르미날』 에밀 졸라

이은희

가난한 엄마는 아이들을 데리고 상점에 갔다. 주인 남자는 엄마가 문을 열고 들어오는 기척에도 눈길을 주지 않았다. 한참 주저하던 엄마가 인사를 하고 난 뒤에도 주인 남자는 엄마를 거들떠보지 않았다. 빵을, 좀, 꿔달라는 말은 목구멍 안에서 겨우 기어나왔다. 그 구차한 말을 몇 번이나 하고 나자 주인 남자의 눈은 엄마의 몸을 훑었는데, 새끼를 너무 많이 낳은 암소처럼 병들어버린 엄마의 몸뚱이가 아니라, 그 몸속에서 나왔을 첫째 딸을 생각하는 것 같았다. 주인 남자는 빵을 줄 수 없다고 말했다. 가난한 엄마는 상점에서 나왔다. 탄광에서 일하고 있을 첫째 딸 카트린을 떠올리며 엄마는, 그애를 빵과 바꿀 수는 없다고 생각했다.

가난한 엄마는 아이들과 함께 부잣집으로 갔다. 탄광의 주식을 보유한 덕에 아무 일을 하지 않고도 매일 번성하는 부잣집에 가서 돈을 얻을 생각이었다. 가는 길에 사제를 만났고, 사제가 혹시나 자기를 도와줄지도 모른다는 생각에 인사를 했다. 어느 누구의 심기도 거스르지 않기 위해 그 무엇에든 무관심하게 구는 습관이 있던 사제는 엄마의 얼굴을 황급히 피했고, 아이들을 향해서만 미소를 지어보인 뒤 재빠르게 걸어가버렸다.

부잣집에 도착했을 때 가난한 엄마는 그 집의 훈기 때문에 쓰러질 것 같았다. 추위 속을 헤매다 맡은 빵 냄새는 머리를 어지럽게 했다. 엄마는 100수짜리 동전 하나를 얻고 싶어했다. 부자에게는 아무것도 아닐 그 동전 하나만 있다면 온 식구가 토요일의 봉급날까지 풀칠을 할 것이었다. 그러나 부자는 고개를 저었다. "그건 안 될 말이오. 돈은 줄 수 없소."

부자는, 가난한 사람에게 돈을 주지 않는다는 철칙을 지니고 있었다. 가난한 사람들은 돈이 생기면 술을 마실 거라고 생각하기 때문이었다. 그러나 약간의 적선은 자식 교육을 위해 필요하다고 생각했다. 자비로움을 가르칠 기회라고 여긴 부자는 자기 딸을 향해 눈짓했다. 부자의 싱그러운 딸, 포동포동하고 향기롭고 천진한 세실은 가난한 아이들에게 자비를 베풀었다. 내내 음식 냄새만을 좇던 아이들을 위해 빵 두 조각을 잘라 건넸다. 아이들은 반색을 하며 빵을 받았다. 그런데 무슨 생각인지 세실은 빵을 도로 돌려달라고 했다. 아이들이 영문 몰라 하는 가운데 세실은 하녀에게 신문지를 가져오라고 하여 빵조각을 싼 뒤 다시 건넸다. "집에 가져가서 언니 오빠들이랑 나눠 먹어."

위의 내용은 『제르미날』의 제2부에 나오는 장면들을 간추려 재구성한 것이다. 음탕하고 잔인한 상점 주인의 외양, 가난한 엄마의 궁기 찌든 모습을 찬찬히 훑어보는 부자의 시선, 죽도록 일해도 빚을 갚을 수 없어서 의욕을 잃어버린 광부 가장의 모습, 신문지로 빵을 싸는 세실의 손동작에 따라붙었을 아이들의 눈길, 추위에 터져버린 손으로 빵을 받아드는 아이들의 모습을 담지 못했지만 그것 말고도, 나는 이 엄마의 비참한 표정을 차마 담지 못했다. 나는 이 가난한 엄마와 차마 눈을 마주치지 못하는 기분으로 고개 숙인 채 위 장면을 재구성했다. 이 엄마가 부자의 딸을 향해 "고맙습니다, 아가씨…… 모두들 정말 자비로우시군요……"라고 말하는 대목은, 감히 내가 문장으로 담는 것이 예의가 아닌 것처럼 느껴진다.

꿈꾸던 혁명이 실패한 뒤 탄광에 매몰된 노동자들이 절망에 맞서는 이야기는 오래 묵은 한처럼 막막하기만 하다. 그러나 이는 『제르미날』의 시대적 배경으로부터 백 년도 더 지난 오늘날의 현실에서도 낯설지 않은 이야기다. '집어삼키다' '탐욕스럽게 먹다'라는 의미의 프랑스어에서 비롯된 '르 보뢰' 탄광을 자본주의의 은유로 파악해도 무방할 것이다. 전날 어떤 노동자가 죽어나간 자리를 새로운 노동자가 채우면, 죽은 자에게 그렇게 했듯이, 르 보뢰가 새 노동자의 젊음과 열정과 사랑마저 집어삼킨다.

그런데, 현실적인 묘사들 속에서 유독 낯설게 느껴지는 것은 분노한 여성들이 상점 주인이자 고리대금업자인 메그라를 응징하는 장면이다. 메그라의 남근을 깃발처럼 치켜들고 행진하는 여자들의 행태는 상징으로 보아야 할 듯하다. 이야기의 참혹함은 둘째 치고, 성과 권력과 계급의 문제에 대한 저항이 그토록 폭발적이고 극단적인 방식으로 일어날 현실적 가능성은, 나로서는, 상상하는 것조차 어렵기 때문이다. 경제적 착취에 더해진 성 착취, 인간의 존엄성을 침탈한 일을 상징하기 위해 메그라의 신체가 허공에 나부낀 것이라고 해석하는 게 좋겠다. 이 장면이 환기하는 것은 피맛에 취한 군중의 살기가 아니라 훼손당한 인간 존엄, 성 착취로 침탈당한 여성으로서의 존엄에 대한 슬픔 어린 분노다.

영글지도 않은 나이에 착취당하고 유린당하는 카트린과 짐을 나르는 말의 모습은 병들어 쓸모없어지지 않는 한 탄광을 벗어날 길이 없다는 공통점을 지녔다. 어둠 속에서 발버둥치며 죽어가는 말을 보며 카트린이 절규한 까닭은 단 한 번 사람다운 자유를 누려보지 못하고 죽을 것만 같은 예감 때문이었다.

그러나 매몰된 탄광의 갱도 끝에서도 희망은 처절하게 반짝인다. 한 번도 이루어지지 못했던 카트린과 에티엔의 사랑이 죽음을 앞두고서야 비로소 확인되는 것은, 사람이 마지막 순간까지 놓지 말아야 할 것이 인간에 대한 애정이라는 점을 환기시킨다. "그들은 마침내 지하 무덤 깊숙한 곳에 갇힌 채 진흙 침대 위에서 첫날 밤을 맞이하게 된 것이다. 그들은 행복을 맛보기 전에는 죽고 싶지 않았다. 그것은 삶에 대한 끈질긴 애착이자, 마지막으로 제대로 한번 살아보고 싶다는 간절한 욕구의 표출이었다."(2권, 348쪽) 카트린은 결국 죽고 말지만 에티엔은 그녀를 깨울까봐 조용히 슬픔을 버틴다. "그녀에게 아이를 배게 했을 수도 있었다는 생각이 들자 울컥 슬픔이 북받쳐올랐다." 연인과 함께 죽어버린 모든 가능성들을 애도하는 인물의 모습은 이 작품이 그리고자 하는 인간다움을 생각하도록 만든다.

그러나 무엇보다도 이 작품이 위대한 이유는 광부들이 보여주는 형제애에 있다. 매몰된 탄광에서 에티엔이 살아남을 수 있었던 것은 광부들이, 동료의 죽음을 막기 위해 아무 대가 없이, 자기 목숨을 걸고 구조에 나섰기 때문이었다. 파업도, 임금 문제도 신경쓰지 않고 분연히 일어난 광부들은 운명과 싸우듯이 흙을 파헤쳐 에티엔을 구한다. 싹트는 달, 4월의 태양은 흙을 뚫고 솟아날 그 무언가를 기다리며 내리쬐고 있다. 에밀 졸라의 장례식에 참석한 광산 노동자들이 세 시간이 넘도록 작가의 무덤을 돌며 외쳤다는 이 단어는 삶에 매몰되었을 때에도 결국에는 싹틔워야 하는 희망, 어떻게든 만나야만 하는 봄을 의미한다. 제르미날! 제르미날!

이은희 소설가. 2015년 세계일보에 「선긋기」가, 서울신문에 「1교시 언어이해」가 당선되면서 작품활동을 시작했다. 소설집 『1004번의 파르티타』가 있다.

제르미날 *Germinal*(1885)

'루공 마카르' 총서 열세 번째 작품. '제르미날'은 프랑스 혁명력에서 일곱 번째 달을 가리키는 말로 '싹트는 달'을 뜻한다. 제2제정기 프랑스 북부의 탄광촌을 배경으로 노동자들의 비참했던 삶의 모습과 그들의 저항, 투쟁을 생생하고 사실적으로 묘사한 자연주의 문학의 걸작이며, 노동자계급을 주인공으로 내세운 최초의 소설이다. 『목로주점』『나나』『인간 짐승』과 더불어 에밀 졸라를 대표하는 작품으로 수차례에 걸쳐 영화화되기도 했다. 졸라의 장례식에 참석한 광부 대표단이 세 시간 넘게 묘혈 앞을 돌면서 연호한 "제르미날!"은 노동자들이 이 위대한 리얼리스트에게 바치는 마지막 경의이자 최고의 찬사였다고 할 수 있다.

에밀 졸라 Émile Zola(1840~1902)

프랑스 파리에서 태어났다. 일곱 살 때 아버지가 폐렴으로 사망하여 어릴 적부터 극심한 생활고를 겪었다. 생루이 고등중학교를 졸업하고 대학 입학 자격시험에 두 번이나 떨어진 후 학업을 포기하고 아셰트 출판사에 취직했다. 자전소설 『클로드의 고백』을 발표한 이듬해 출판사를 그만두고 전업작가의 길로 들어선다. 1867년 최초의 자연주의 소설 『테레즈 라캥』을 출간했고, 이후 스무 권의 연작소설 '루공 마카르' 총서를 22년에 걸쳐 출간했다. 『목로주점』『나나』『제르미날』『인간 짐승』 등 그의 대표작 대부분을 포함하고 있는 '루공 마카르' 총서를 통해 자연주의 문학의 대표작가로 자리매김했다. 1898년 유대인에 대한 인종적 편견에서 비롯된 드레퓌스 사건이 일어나자 대통령에게 보내는 공개서한 「나는 고발한다」를 발표하여 행동하는 지성의 상징이 되었다. 파리에서 가스중독으로 사망했다.

여행의 독법

『현기증. 감정들』 W. G. 제발트

김금희

세상에 존재하는 모든 아름다운 것들, 황홀한 것들, 사랑을 주고 싶은 것들을 가리키는 말은 언제나 부족하다. 그러니 나는 고민하게 되는 것이다. 아직 제발트를 만나지 못한 사람에게 이 위대하고 언제나 나를 압도하는 작가에 대해서, 그에 대한 내 열망에 대해서 설명한다면 어떤 말들이 동원되어야 하는지.

독일에서 출생해 영국에서 독문학을 가르치며 마흔넷의 나이로 작가가 된 그는 제발디언(제발트 문학에 열광하는 독자들)이라는 말을 탄생시키며 '위대한 거장'이라는 수전 손택의 찬사를 받았다. 『이민자들』 『토성의 고리』 『아우스터리츠』 같은 소설에서부터 산문시집 『자연을 따라. 기초시』, 비평서인 『공중전과 문학』까지 제발트가 보여주는 세계는 다양한 문학 장르로 표현되어 있다. 그중 『현기증. 감정들』은 네 편의 연작으로 구성된 제발트의 첫 장편소설이다. 연작이라고는 하지만 이들 작품의 연관성을 파악하기란 쉽지 않은데 그것이 하나의 기미나 이미지, 암시 같은 것으로 전달되기 때문이다. 마치 음악의 특정한 파사주처럼 스탕달의 작품인 『사랑에 대하여』, 카프카의 단편 「사냥꾼 그라쿠스」와 이탈리아 여행기 같은 텍스트들이 연속해서 변주되면서 작품들 간의 연관성을 만들어낸다. 여기에 회화나 사진, 영화, 음악 같은 다른 매체들이 끼어들면서 작품은 무한한 깊이로 확장된다.

만약 독법의 촉수가 좀더 예민하고 촘촘하다면 미학과 지적 세계가 조응해 완벽한 우주를 만들고 있는 제발트의 작품에 더 희열을 느낄 수 있을 것이다. 하지만 그 모든 배경의 지식들이 이 작품의 유일한 행로는 아니다. 「벨, 또는 사랑에 대한 기묘한 사실」 「외국에서」 「K 박사의 리바 온천 여행」 「귀향」으로 구성된 네 작품의 주인공들이 모두 여행자들이며 그들이 그 여정에서 이질적인 세계와 부딪쳐 혼란해하고 당황해하며 내면의 균열을 드러내고 있다는 사실만으로도 또다른 독해의 준비는 충분하다. 우리가 떠났던 아주 짧고 사소한 여행을 떠올려보더라도, 어렵지 않게 제발트가 안내하는 세계의 형태를 파악할 수 있다.

그 세계는 여행자에게 불친절한 식당 주인과, 여관의 프런트를 지키는 권태로운 여자가 있는 곳, 지킬 수 없는 사랑의 맹세들이 있고 그것에 대한 환멸이 있으며 나약하게 파멸해버린 인간들이 허름한 선술집의 간판처럼 어디든 내걸려 있는 곳, 여권을 잃어버려 자기 자신을 더이상 증명할 수 없는 여행지에서의 흔한 사고와, 그런 분실 없이도 매번 무력하게 미궁 속에 빠지는 것이 삶이라는 불안한 인식이 있는 공간이다. 우리가 어느 여행지에서의 알아들을 수 없는 언어들 사이에서 가만히 모국어로 어떤 친숙한 단어들을 떠올려볼 때 느껴지는 기이함, 이동중인 여행자들이 관찰하는 타인들의 일상—우둔하지만 자존심이 센 어린 아들과 그의 거칠 것 없는 아버지, 그리고 무력하게 탈출을 꿈꾸는 그 가족 속의 여자 같은—풍경과 마주쳤을 때 지긋지긋한 환멸 속에서도 생겨나는 그리움에 대한 자각들. 삶 또한 긴 여정의 여행이라는 것을 생각해본다면 이 소설의 인물들은 예외적인 여행자들에서 더 확장된다. 그러니 제발트의 소설에서 빈번하게 여행자들이 선택되는 것은 우리의 삶의 형태가 그것에 가깝기 때문일 것이다.

「벨, 또는 사랑에 대한 기묘한 사실」은 1800년 5월 나폴레옹의 알프스 원정에 참가했던 열일곱 청년 앙리 벨에 관한 이야기다. "열나흘 가까이 사람, 가축, 전쟁장비 들이 끝이 보이지 않는 장대한 행렬을 지어" "해발 2500미터의 산마루에 도달하는" 이 여정에 나선 벨은 우리가 익히 아는 대작가 스탕날이다. 그가 여기서 획득하는 것은 모사와 실제의 차이에 대한 감각이다. 전쟁이라는 참혹한 고통 앞에서 벨은 "눈에 들어온 실제의 인상이 너무나 압도적이어서 추상적 이해력이 무너져내린 것 같다"라고 회상한다.

그러한 위압감은 벨을 혼돈으로 몰아넣고, 이후 그는 이탈리아의 점령지에서 우연히 만나게 된 오페라 가수에 대한 연모로, 동료의 정부인 안젤라에 대한 열정적인 숭배와 마침내 기혼자 메틸데에 대한 사랑으로 들뜬 방황을 계속한다. 하지만 "어딘가를 끝없이 떠돌며 여행하는 자인 그는" 사랑의 완성이라고 생각했던 지점에서 허무하게 사랑이 무너져버리는, 그래서 다만 실패한 사랑을 반추하고 기억하며 최종적으로는 문학적으로 기록하는 것 이외에 무엇도 할 수 없는 막막함에 이른다. 마치 우리가 오래전 누군가와 함께한 여행의 기억을 사진이나 물건 같은 것에서 길어올리듯, 그것이 환기하는 풍광과 정서에 그러한 과거의 시간에 대한 한 줌의 실감이 있으리라 기대하면서.

연인과 함께 여행을 간 벨은 암염광산에서 "이미 죽어버리기는 했지만 도리어 그 덕분에 수천 조각의 크리스털로 뒤덮인 나뭇가지"를 발견한다. 벨은 그렇게 소금 알갱이가 붙어 빛나는 나뭇가지야말로 "성장해가는 사랑의 알레고리"라고 여기지만 정작 연인은 그 황홀한 인식에 차갑기만 하다. 그리고 그 차가움의 결과였을까, 벨의 인생에서 연인들은 모두 떠나고 그는 매독 치료의 부작용으로 서서히 죽어간다. 여행지에서 본 아름다운 풍경을 모사한 그림들을 사지 말라는 그의 충고는 그래서 사랑했던 순간의 도저한 완결성을 지켜내려는 안간힘처럼 들리기도 하고, 흘러간 사랑의 시절을 어떤 식으로든 복기할 수 없음에 대한 냉담한 경고처럼 들리기도 한다. 그는 그 찰나의 감정이 지나간 뒤의 그것에 대한 모사들은 결국 "고유한 인상과 기억을" "완전히 파괴"하리라고 말한다.

제발트의 작품이 대부분 과거에 대한—사진과 역사적 기록, 그림, 도표 등을 동원한—복원이라는 점에서 이것은 매우 의미심장하게 읽힌다. 죽어버린 것에 달라붙은 소금 알갱이들이 시간을 통과해 마침내 다이아몬드에 가까운 찬란함으로 그것을 빛나게 한다는 것. 벨이 사랑에 비유한 그것은 사실 제발트 소설에 대한 정확한 지시가 아닌가. 하지만 그렇다면 그러한 복원의 과정에서 모사에 따른 파괴는 어떻게 피할 수 있는가 하는 의문이 남는다. 혹은 제발트는 그것의 파괴는 어쩔 수 없는 것이고—우리는 언제나 그리 근사하지도 않은 포즈로 여행지에서 사진을 찍고, 조야한 기념품들을 사고야 마니까—파괴 이후에 남는 혼란들과 감정들을 무수한 현기증 속에 남기는 것만이 삶에서 가능하다고 말하고 있는 것일까. 그러니까 카프카의 이탈리아 여정을 따라가며 진행되는 「K 박사의 리바 온천 여행」의 이러한 말들처럼.

적어도 우리가 눈을 뜨고 있는 한 행복의 근원은 자연이지 이미 오래전에 자연으로부터 유리된 우리의 육체가 아님을 알 수 있다. 하지만 어리석은 연인들은, 사랑에 빠지면 대부분 다 어리석어지기 마련인데, 아예 눈을 감아버리거나, 결과적으로는 마찬가지지만, 욕망으로 흐려진 눈을 찢어져라 크게 떠버리기 마련이다. (…) 일단 그런 강박에 사로잡히면 모든 것이, 인간이 영원히 붙들어놓고 싶어하는 사랑하는 사람의 형상조차도, 허공에 산산히 흩어지고 만다. _150쪽

제발트의 작품을 읽는 것이란 사실 매번 부스러지고 아득해지는 것이다. 기차를 타고 한 번도 가지 않은 도시의 어느 플랫폼으로 흘러들어가야 하는 여행자처럼. 그런 이질감 속에 내려 걸으면 어느덧 아주 오래전 우리보다 먼저 이 생경하고 혼란스러운 삶을 견뎠던 누군가들이, 셀 수 없이 많은 누군가가 따라붙으며 이야기한다. 나폴레옹과 함께 떠났던 여정에서 끔찍하게 많은 이가 죽었던 설산의 풍경들에 대해, 그것이 갑작스럽게 불러일으켰던 성적 욕망과 그것이 가져온 성병과 수은중독에 대해, 엄마를 따라 병원에 갔던 (제발트로 짐작되는) 어린 소년이 맞닥뜨렸던 책상에 엎드린 채 자살한 의사의 포즈에 대해. 그렇게 유령처럼 우리 곁을 서성이는 이들의 속삭임과 텅 빈 표정들이 "수없이 많은 밤과 낮의 꿈에서 끊임없이" 나타나는 것이 제발트 세계의 형상이다. 거기에는 기억도 불가능하고 온전한 이해도 가능하지 않은 상태에 대한

불분명한 지시가 있으며, 그런 현기증의 감정들 속에서 소용돌이치는 상태야말로 우리가 겨우 파악할 수 있는 생의 분명함이라는 전언이 있다.

모든 여행자가 어찌 되었든 집으로 돌아가는 것처럼 『현기증. 감정들』의 마지막에서도 자신의 고향 W를 찾아가는 주인공의 여정이 그려진다. 이미 아주 낯선 곳이 된 그 유년의 도시에서 주인공은 과거 그 마을에 살았던 어딘가 무기력하고 정신이 망가져 보이던 목수 페터 아저씨를 회상한다. 마차를 만들었던 그는 사이비 건축가 흉내를 내며 계단이나 물막잇둑을 짓겠다며 복잡한 설계 도면을 그리고 지우기를 반복했는데, 유일하게 실현된 것은 별을 볼 수 있는 유리 전망대였다.

아무도 찾아가지 않는 그 전망대에서 아저씨는 천체의 별, 아득하게 먼 곳에서 생과 멸의 순환에 대해 지시하고 있는 밤하늘의 별을 관찰한다. 그리고 자신이 본 것을 청색의 마분지에 그리고, 완성된 별자리들을 유리 전망대에 붙여나가기 시작한다. 그렇게 실제의 밤하늘을 대체하게 된 무능한 목수 페터 아저씨의 별그림들. 그것은 인간의 근원적인 고독과 유한함, 미궁에 빠진 삶 앞에서 한없이 어리석고 나약한 인간이라는 존재, 그리고 예술 행위로서의 모사와 그 실제에 대한 풍부한 의문을 불러일으키며 우리를 이런 느닷없는 위안 속으로 안내한다.

> 마분지를 유리 전망대의 나무틀에 붙여놓으면 머리 위에서 별들이 반짝이는 천공이 펼쳐지는 모양이므로, 정말로 천체투영관 플라네타륨에 들어와 있다는 착각이 들 정도였다. (…) 그는 자신이 그린 천구좌표를 잘라 만든 망토를 걸치고 마을 인근을 여기저기 정처 없이 돌

아다니며, 깊은 우물 밑바닥이든 높은 산꼭대기든 관계없이, 그리고 설사 대낮이라 할지라도 별을 보는 것이 가능하다는 말을 하곤 했다.
_190쪽

W시의 원주민이 아니라 티롤 지방에서 옮겨와 은근한 이방인으로 살았던 페터 아저씨, 정신이 형편없이 망가졌다는 타인들의 판단 속에서도 자기 손으로 별자리를 완성하고 그것에 대해 사람들에게 귀띔하며 다녔다는 이 인물을 나는 여러 번 상상했다. 그의 모사의 시간들에 대해. 천체라는 완전한 세계에 대해 탐구하며 보냈을 좁은 유리 전망대와 거기서 나와 발길을 멈추지 않은 채, 언제든 별을 볼 수 있다고 속삭이는 사람의 말투와 표정 그리고 그 오래 걸어 부르텄을 발가락들에 대해. 그런 것들에 대해 생각하고 있으면 문득 슬퍼지다가도 최종적으로는 담담해졌다. 그것은 아무리 환한 대낮이라도 우리가 생성한 방식으로 언제든 별을 볼 수 있다는 말 때문이기도 했지만, 결국 병원에 강제로 입원된 그가 하루 만에 그곳을 탈출해 영영 실종되었기 때문이기도 했다.

그는 나는 티롤로 돌아갑니다, 라고 쓴 쪽지만을 남겼다고 제발트는 적어둔다. 병원에 갇힌 채 맞아야 하는 죽음을 거부하고 그가 찾아갔을 티롤, 고향, 그리고 집에 대해 생각하면 그후 아무도 그를 본 사람이 없었다는 언급조차 아무런 불행이 되지 않는다. 그 실종의 귀착지는 다른 어떤 비극적 결말이 아니고 오로지 귀향이었으리라 믿게 되는 것이다. 그렇게 해서 집을 떠나온 자들은 모두 집으로 돌아갔으리라고.

물론 그런 집마저 이제 더이상 의미를 지니지 못하는 죽은 것들로—수십 년 동안 방치해둔 물건들로만 채워진 제발트 생가의 다락방처럼—가득하더라도 우리는 가지에 달라붙는 작은 소금 알갱이처럼 견디며 어떤 아름다운 전화轉化를 기대할 수밖에 없다. 우리의 오랜 떠돎은 결국 무용하지 않았다고, 우리가 이동하는 동안 일어났던 수많은 현기증과 감정들이야말로 생의 가장 본질적인 것에 가깝다고 믿으면서. 슬픈 사랑을 끝낸 채 여행지를 떠나는 K 박사, 카프카는 "세상에서 가장 끔찍하고 소름 끼치는 두려움이 사랑의 두려움이지만" "그 두려움을 거두어주기 위해서는 어떤 종류의 사랑이라도 무조건 필요한 것"이라고 항변한다. 여기서 사랑이라는 단어는 생이라는 것으로도 훌륭히 대체되어 읽힌다. 이렇듯 생의 불가해를 그 불가해함에 대한 사랑으로 읽어내는 것. 적어도 나는 제발트를 읽는 것에 대한 환희를 그 이상의 말로 지시할 수는 없을 것 같다.

김금희 소설가. 2009년 한국일보 신춘문예에 단편소설 「너의 도큐먼트」가 당선되며 작품활동을 시작했다. 젊은작가상 대상, 신동엽문학상, 현대문학상을 수상했다. 소설집 『센티멘털도 하루 이틀』 『너무 한낮의 연애』, 장편소설 『경애의 마음』 등이 있다.

현기증. 감정들 *Schwindel. Gefühle.*(1990)

동시대 가장 경이로운 작가로 손꼽히는 제발트의 첫 장편소설. 제발트 고유의 주제들인 '여행하는 작가의 삶, 가볍게 되기, 기억하기, 고뇌에 시달리기, 파괴의 비전' 등이 모두 집약되어 있다. 구성 면에서 두 편의 짧은 이야기와 두 편의 긴 이야기로 직조된 이 작품은 각각 별개인 듯 보이지만 하나의 우주 안에 있는 네 개의 별자리로 이루어져 있다. 내용 면에서 보면 스탕달 '앙리 벨'과 프란츠 카프카에 화자-작가 자신을 겹쳐넣고, 단테와 로베르트 발저, 루트비히 2세, 프란츠 그릴파르처, 자코모 카사노바 등 이미 죽은 이들과 마주하는 환영에 사로잡힌 채 이탈리아 북부 지역과 독일 남부 지역을 끝없이 걸어다니는 일종의 여행문학이자, 제발트의 작품 중 드물게 어린 시절 자전적인 내용이 담긴 일종의 자전문학이다. 한편 이 책은 제발트에게 매혹된 수많은 '제발디언' 중 하나임을 고백해온 작가 배수아가 번역한 첫 제발트 작품이기도 하다.

W. G. 제발트 W. G. Sebald(1944~2001)

독일 남부 알고이 지역 베르타흐에서 태어났다. 독일과 영국에서 독문학과 영문학을 공부했고, 1988년 영국 이스트앵글리아대학 독일어문학 교수로 임용되었다. 그해 첫 문학작품 『자연을 따라. 기초시』를 출간하며 문단에 등장했고, 이후 『현기증. 감정들』 『이민자들』 『토성의 고리』 등을 발표했다. "문학의 위대함이 여전히 가능함을 보여주는 몇 안 되는 작가"라는 수전 손택의 찬사와 함께 큰 주목을 받았다. 제발트는 문학연구가로서 학술서도 꾸준히 발표했으며, 특히 1999년에 펴낸 『공중전과 문학』으로 독일 사회에 민감한 반응과 거센 반론을 불러일으키기도 했다. 2001년 『아우스터리츠』를 발표해 다시 한번 열렬한 지지를 받았으나, 그해 12월 노리치 근처에서 불의의 교통사고로 세상을 떠났다. 2003년에 유고집 『캄포 산토』가 출간되었다.

애상의 세계, 시적인 모험

『강 동쪽의 기담』 나가이 가후

기준영

나는 가끔 우연에 기대어 모르는 사람이나 풍경을 만나러 나서듯이 한 작품을 접한다. 몇 개 문장을 읽어보고 어쩐지 더 궁금해서라거나 작가가 왠지 모르게 말을 걸어보고 싶은 인상이라거나 하는 게 선택의 이유가 될 때도 있다. 『강 동쪽의 기담』은 그런 경로로 접하게 된 책이다. 머리카락을 한 가닥도 남김없이 정갈하게 뒤로 빗어넘기고 나비넥타이를 맨, 어쩐지 시무룩해 보이는 표정의 작가 사진, 그리고 '3월 적성에 맞지 않았던 정금은행을 독단으로 퇴직하고 동경해온 파리로 감'(그의 나이 서른 즈음) 같은 연보 한 줄에 어쩌다 눈길을 주게 됐던 것이다. 정보를 조금 더 찾아보니 『열쇠』 「만卍」의 작가 다니자키 준이치로는 그를 일컬어 "나가이 가후는 내 예술의 혈족이다"라고 표현하고 있다. 나는 '야릇하고 퇴폐적인 분위기를 자아내는 소설을 썼을까?' 하는 추측을 막연히 해보면서 한때 다니자키 준이치로의 소설을 흥미롭게 읽었던 기억을 되살린 한편, 작가가 화류계를 주로 다뤘다고 하니 혹시 여자를 뮤즈 정도로 묘사하며 탐미의 나래를 펼치는 남자일 것인가 하며 조심스러운 경계심을 품기도 했다. 그러다 역시 소설을 읽어봐야 궁금증을 해소할 수 있겠지 하면서 책장을 펼쳐들게 되었다.

이 책에는 총 세 편의 소설이 수록돼 있다. 변두리 사창가를 배회하며 「실종」이라는 작품을 집필하는 소설가의 이야기 「강 동쪽의 기담」, 게이샤가 된 여자친구를 그리워하며 전통적 예인의 세계를 동경하다 열병에 걸리는 조키치라는 남자의 이야기 「스미다강」, '도쿄 시 유럽전쟁강화 기념제' 축하 불꽃놀이를 배경으로 근대문명을 비판적으로 바라보는 작가의 시선을 담은 「불꽃」.

「불꽃」은 세 작품 중 가장 짧은 분량의 소설인데, 작가로서의 나가이 가후의 태도가 직접적으로 드러나 있는 문장이 있어서 여기 인용하고 싶다.

> 1911년 게이오기주쿠 대학에 통근할 무렵, 나는 학교에 가는 길에 때마침 죄수들을 실은 마차가 대여섯 대나 연달아 요쓰야 거리에서 히비야 재판소 쪽으로 가는 것을 보았다. (…) 이때만큼 말로 표현할 수 없는 혐오스러운 기분을 느낀 적은 없었다. 나는 문학가인 이상 이런 사상 문제에 대해 침묵해서는 안 되었다. 소설가 에밀 졸라는 드레퓌스 사건에 대한 정의를 외치고 국외로 망명하지 않았던가. 그러나 나는 세상의 다른 문학가들과 마찬가지로 아무것도 말하지 않았다. 양심의 가책에 견딜 수 없을 것 같았다. (…) 그후 나는 내 예술의 품위를 에도시대의 희작자들의 작품 수준으로 끌어내리는 것보다 좋은 방법은 없

다고 생각했다. _185쪽

1910년 일본 경찰은 사회주의자와 무정부주의자를 말살하기 위해 대역 사건을 조작했다. 에밀 졸라의 작품에 심취했던 나가이 가후는 에밀 졸라가 1894년 프랑스 군부가 유대인이었던 알프레드 드레퓌스 대위에게 간첩 혐의로 종신형을 선고한 사건에 맞섰던 데 비해 자신은 그러지 못했다는 데 양심의 가책을 느꼈다. 그래서 스스로를 에도 시대 통속작가의 위치로 낮추었고, "새하얗다고 칭찬을 받는 벽 위에서 여러 가지 오점을 찾아내기보다는 내버려진 누더기 천조각에서 아름다운 자수의 흔적을 발견하"는 글을 쓰고자 했다.

「강 동쪽의 기담」에는 일본의 군국주의가 점차 강화되던 1930년대의 시대 변화를 "괴상한 인상"이라 여기며 후미진 사창가를 배회하는 한 작가가 등장한다. 그는 자신의 신분을 숨기고서 오유키라는 여성을 만나고 헤어지는 일을 반복하면서 「실종」이라는 소설을 써나간다. 두 남녀의 관계나 남자가 여자를 묘사하는 방식은 오늘날의 관점에서 보기에는 다소 고루하게 느껴지는 데가 있기도 하지만, 한 작가가 제 이야기 속의 인물 심리를 이해하기 위해서 특정한 경험을 원하고 찾아다니는 모양을 엿보는 듯한 예기치 못한 재미도 있는 작품이다.

작가는 오유키, 그리고 소설 속 소설 「실종」 이야기를 중후반 즈음 스르륵 놓아버린다. 그리고 부를 쌓으려 경쟁적으로 겉치레 욕망을 부둥켜안고 사는 현대 사회를 비판적으로 바라보면서 1920년대에 고서점 거리에서 만난 소요 옹이라는 인물에 대한 회상으로 슬쩍 방향을 튼다. 변두리와 번화가를 오가는 산책을 하며 '허무하고도 이상한 과거의 환영'에 젖어들었다가는 고인이 된 소요 옹을 그리며 "꽃이 지듯 잎이 떨어지듯 나와 가까웠던 그 사람들은 한 사람 한 사람 연달아 떠나버렸다"는 감회에 젖고, 마지막 문장에 이르러서는 '무덤'이라는 단어를 적어넣고야 만다. 이처럼 섬세한 작가의 시선을 따라서 사라진 옛 정취나 풍경, 사람들을 끝없이 떠올리고 찾아다니다보면 시적인 순간들을 만나게도 되는데, 내게는 번개가 번쩍 내리친 순간 이층 창가에 기대어 선 오유키의 옆얼굴을 포착하는 대목이 특히나 기습적으로 느껴질 만큼 놀랍고도 아련했던 순간이었다.

「스미다 강」은 게이샤가 된 여자친구를 그리워하는, 예인의 기질을 지닌 조키치라는 인물과 그런 아들을 훌륭한 월급쟁이로 키워내겠다는 일념을 지닌 어머니 오토요, 젊은 날엔 방탕한 생활을 하며 도락을 즐기다가 이제 인생의 가을을 맞은 조키지의 외삼촌 라게쓰, 그리고 게이샤가 되어 조키치를 애타게 만드는 오이토 간의 이야기다. 예인의 세계에 대한 갈망과 "비애의 미감", 이루어지 못한 인연에 대한 그리움이 열병으로 번지다 홍수를 만나는 이야기이기도 하다. 이야기의 주인공은 조키치이나, 챕터가 바뀔 때마다 그 챕터를 끌고 가는 인물이 바뀌면서 다른 관점에서 이야기를 따라가게 된다. 조키치의 마음으로 조키치를 따라가다가 다시 오토요의 시선으로 조키치를 바라보는 잠깐의 전환을 겪고 이후 다시금 라게쓰의 입장에서 조키치를 이해해보는 식이다. 이런 구성이 특별한 건 아니지만, 장의 전환마다 미묘한 즐거움과 긴장을 느꼈다.

나는 마지막 책장을 덮고 나서도 한동안은 나가이 가후가 택한 통속의 자리와, 심미안을 지닌 그의 예민한 기질에 마음이 쓰였다. 그의 작품을 단지 세 편 접했을 뿐이고, 그 세 편이 꼭 내 취향이라고 말할 수 없는데도 그랬다. 정의를 부르짖으면서도 이해타산을 놓고 다른 계산을 하며 그것을 매끄럽게 합리화하는 사람들도 얼마든지 있는데 그의 자의식은 그를 다른 차원의 삶으로 데려갔다. 그는 고급관료였던 아버지의 바람을 벗어나 실업가가 아닌 작가가 됐고, 현대를 비판하는 반시대적인 태도를 지닌 에도 문화 예찬자로 살았다. 『강 동쪽의 기담』을 펼쳐드는 일은 그렇게 조금은 희귀한 인물과 함께 에도 시대의 풍류가 남아 있는 일본의 어느 뒷골목으로 걸어들어가는 기이한 체험이며, 이 여정의 끝에는 오늘이라는 시간과 자신을 놓고 질문하고 음미하는 일이 여운처럼 남는다.

기준영 소설가. 2009년 문학동네신인상에 단편소설 「제니」가 당선되며 작품활동을 시작했다. 2011년 창비 장편소설상, 2014년·2016년 문학동네 젊은작가상을 수상했다. 소설집 『연애소설』 『이상한 정열』 등이 있다.

강 동쪽의 기담 濹東綺譚(1937)

일본 탐미주의 문학의 선구자 나가이 가후의 문학세계를 잘 알 수 있는 단편 세 편이 실린 소설집. 「강 동쪽의 기담」은 도쿄 변두리를 배경으로 시대적 변화에 물들지 않은 과거의 정취를 그리고 있으며, 나가이 가후의 작품세계를 관통하는 주제, '과거지향적 아름다움'이 잘 나타나 있다. 여러 나라에서 사랑받은 가후의 대표작으로, 최명희의 『혼불』에도 등장한다. 「스미다 강」은 어머니와 아들 사이의 갈등을 바탕으로 사라져가는 에도 정서를 묘사한 소설이다. 근대 도시화가 진행되던 당시 스미다 강과 그 주변 거리에는 에도 정서가 가장 많이 남아 있었고, 가후는 스미다 강을 배경으로 많은 작품을 썼다. 근대 문명에 대한 비판을 담은 자전적인 작품 「불꽃」 에는 나가이 가후가 왜 현실을 등지고 통속작가로 자칭하게 되었는지 해명해주는 이야기가 등장한다.

나가이 가후 永井荷風(1879~1959)

본명은 나가이 소키치. 1879년 도쿄에서 태어났나. 1894년부터 병으로 일 년 가까이 요양하며 전기소설(傳奇小說)과 에도 패사소설 등을 읽었는데, 이때 읽은 작품들은 그의 작품세계에 큰 영향을 끼쳤다. 프랑스 자연주의 문학에 매료되어 『야심』『지옥의 꽃』 등을 썼고, 에밀 졸라의 『인간 짐승』을 번안하기도 했다. 미국에서 일하다가, 동경하던 파리로 가서 서양 음악에 대한 글을 여러 편 썼다. 1908년 일본에 돌아와 『아메리카 이야기』『프랑스 이야기』『환락』 등 여러 작품을 출간했으나 풍속을 해친다는 이유로 연이어 발매금지를 당했다. 도쿄 아사히신문에 『냉소』를 연재하고 『후카가와의 노래』「스미다 강」 등을 발표하면서 작가로서 위치를 굳혔다. 1910년 대역 사건을 보며 문학가로서 무력감과 양심의 가책을 느낀 후 에도의 풍속을 주로 다루는 소설과 수필 창작에 전념했다. 1952년 문화훈장을 받았으며 1954년 일본예술원 회원으로 선정되었다. 1959년 4월 병으로 사망했다.

버로스, 시간에 구멍을 내다

『붉은 밤의 도시들』 윌리엄 버로스

이유

"그의 작품에서 뭔가 굉장한 일이 벌어지고 있다고 생각합니다."

노먼 메일러가 외설 시비에 휘말렸던 『네이키드 런치』를 변호하며 재판정에서 한 말이다. (『네이키드 런치』 보스턴재판기록 발췌문에서 인용. 기록은 되지 않았지만 메일러는 두 눈을 동그랗게 뜬 채 고개를 갸웃거리며 말했을 것 같다.) 이 소설에 붙은 수식어는 어마어마하다. 시간여행, 다중현실, 초현실적인 이야기와 미스터리 마법. 한마디로 정의내리기 어려운 소설이다. 아방가르드적이 아니라 아방가르드 그 자체다. 난해한 소설이다. 이 소설을 읽어낸 당신의 감상이 나는 몹시 궁금해진다.

"이 소설 어땠어?"

당신은 분명 작가에 대해 가장 먼저 말하고 싶어질 것이다. 대체 이런 소설을 써낸 작가는 어떤 인물인지.

버로스는 약쟁이에 대한 소설로 유명했다. 약쟁이 소설가야 많지만 내가 읽어본 작가 중에서 약쟁이에 대한 소설을 대놓고 쓴 작가는 버로스가 유일하다. 그만큼 성정체성과 욕망을 제약하는 사회적 억압에서 벗어나고자 하는 의지가 강렬했다. 어쩌면 우리는 그의 충격적인 인생에 대해 더 많은 말을 하게 될지도 모르겠다. 아내의 죽음과 끊지 못했던 마약과 영화화된 〈킬 유어 달링〉 속 그와 잭 케루악과의 관계에 대해.

이 소설이 추구하고 있는 실험성에 대해서도 우리는 말하지 않을 수 없을 것이다. 문학적 텍스트는 과거 지향적일 수밖에 없다. 따라서 영화나 회화에 비해 한계를 가질 수밖에 없다고 생각해왔던 게 사실이다. 나의 안이한 생각을 버로스는 무참히 깨버렸다. 회화의 영역이라고 생각했던 초현실적인 콜라주를 버로스는 텍스트로 보여주고 있다. 에른스트의 기괴함, 베이컨의 피비린내, 〈게르니카〉의 비명까지 생생하게 들려온다. 이것이 어떻게 가능한 일인가. 그러나 내가 당신과 더 깊이 하고 싶은 말은 다른 지점에 있다.

소설의 제목이기도 한 '붉은 밤의 도시들'은 현실에 있을 법하지 않은 가상의 도시다. 10만 년 전 고비사막에 흩어져 있던 여섯 개의 도시들.

누군가 죽지 않으면 아무도 태어나지 않는다. 태어나서 죽기까지 인생을 계획할 수 있었으며 영원한 청춘의 삶을 누렸던 이들에게 불길한 사건이 일어난다. 북부 사막에 거대한 구멍이 생긴 것이다.

밤이 되면 거대한 용광로에서 빛이 반사되듯 붉게 빛나고 여기서 노출된 방사선으로 도시에는 다양한 돌연변이가 등장한다. 신분의 차이가 생기고 전쟁은 불가피하게 된다. 힘과 권력을 가진 백작부인과 맞서 싸우는 오드리가 주인공이다. 그러나 오드리를 만나기 전에 먼저 만나야 할 두 명의 주인공이 우리에게는 더 있다.

소설은 모두 3부로 나눠져 있으며 세 개의 플롯을 품고 있다. 제1부는 전통적인 장르인 탐정소설과 해적 이야기가 교차하며 이야기가 진행된다.

첫번째 플롯의 주인공 나는 냉혈한 사설탐정이다. 이름은 클렘 스나이드. 함께 진행되는 두번째 플롯은 200년 전 총기제작자인 노아 블레이크의 항해일지로 시작된다. 노아가 탄 배는 해적선에 나포되어 그들의 정착지인 요새로 향하게 되고, 한편 사라진 소년들을 쫓던 스나이드는 고서『붉은 밤의 도시들』의 존재를 알게 된다. 본격적으로 붉은 밤의 도시들이 등장하는 제2부에서부터 소설은 급격하게 난해하고 불친절해진다. 현실적인 기반 위에 서 있는 두 주인공과 달리 세번째 플롯의 주인공인 오드리는 확실한 정체성을 부여받지 못한다.

어떤 에피소드에서 오드리는 스나이드가 쓴 위조본 속 인물이 되고, 또다른 에피소드에서는 오드리의 몸에 들어간 스나이드가 임무를 완수하기 위해 붉은 밤의 도시들을 누빈다. 붉은 밤의 도시들이 미래의 우주 도시로 묘사되는 에피소드에서는 오드리의 전생이 스나이드이다. 어떤 시간 속에 나 스나이드는 존재하지 않는다. 또다른 나 오드리가 존재한다. 나와 또다른 나인 오드리가 동시에 존재하기도 한다. 어지러운 시공간의 그물망, 서로 가까워졌다가 갈라지기도 하고 서로를 잘라버리기도 하는 세계는 보르헤스의 「두 갈래로 갈라지는 오솔길들의 정원」에 등장하는 혼돈의 소설 그대로다.

소설의 후반부에서는 지금까지 일어난 모든 일들이 오드리가 의식이 없는 상태로 꾼 꿈으로 기술된다. 내가 유일하게 의지하며 읽어왔던, 소설의 실질적인 주인공이라고 믿었던 나 스나이드는 허구의 인물로 전락하고 만다.

버로스는 모래성을 쌓았다 허무는 것처럼 자신이 만든 세계를 계속해서 부정한다. 플롯과 플롯을 오가며 거미줄처럼 연결되어 있는 주변 인물들 역시 명쾌하게 설명하지 않는다. 단지 끊임없이 암시할 뿐이다. 나는 당연하게도 길을 잃는다. 무슨 이야기를 하고 있는지, 어디쯤에 와 있는지. 화자인 나는 누구인지. 오독에 오독을 거듭하다 다시 정신을 차리고 문장을 되짚어 이야기를 꿰어 맞추고 재구성해본다. 왜냐면 버로스는 이성적 현실을 조롱하고 비웃는가 싶다가도 다음 순간 내게 불쑥 물어오기 때문이다. 나는 누구인지, 누구였는지 알겠냐고. 어디에서 왔으며 어떻게 이곳에 왔는지 알아야만 한다고.

어느새 나는 폐허 속에 있다. 어떤 것을 현실이라고 인식하느냐에 따라 뒤섞이듯 얽혀 있는 또다른 현실들은 허구가 된다. 유일하게 소설에서 변하지 않는 건 도시 야스와다를 지켜내려 하는 소년들의 열망. 그러나 야스와다 역시 연극이 끝나고 사라진다. 홀로 폐허에 남겨진 나는 폭죽을 터뜨려 시간에 구멍을 낸다. 너희들이 동의한 법에 따라 너희들이 선택한 동지들과 원하는 곳에서 살았던 과거로 돌아가라고 소년들을 향해 소리친다. 그러나 뭔가 내 맘에 걸린다. 평화로웠던 도시에 떨어진, 차별과 전쟁을 불러온 것 역시 구멍이지 않았나.

끝과 끝이 맞닿아 있는 뫼비우스의 띠처럼 내 머릿속에 떠오른 것은 구멍, 블랙홀, 유성, 전쟁이다. 굶주림과 죽음의 냄새, 녹색 섬광과 낯설고 희뿌연 태양의 이미지, 핵실험, 노출된 방사선이다. 기다리고 있는 건 피할 수 없는 '히로시마 사태'.

악몽 같은 예감과 황량함 속에 서 있는 마지막 에피소드의 나는 확실히 버로스 자신이었지만 슬픔과 분노, 무력함으로 소설의 마지막 장을 덮지 못하는 나이기도 했다.

돌이켜보면 우리에게도 몇 번의 기회가 있었다. 그것을 획득한 순간, 획득했다고 착각하는 순간, 방심하는 순간 기회를 놓쳤다. 지금 우리에게 필요한 것이 기적인지, 혹은 재앙인지 나는 당신에게 묻고 싶다. 보르헤스 말대로 미래는 이미 존재하는 것일까?

이유 소설가. 2010년 세계일보 신춘문예에 「낯선 아내」가 당선되며 작품활동을 시작했다. 소설집 『커트』, 장편소설 『소각의 여왕』이 있다.

붉은 밤의 도시들 *Cities of the Red Night*(1981)

비트제너레이션의 리더 윌리엄 버로스의 대표작. 『붉은 밤의 도시들』은 크게 세 가지 이야기로 나뉜다. 현재를 배경으로 하는 첫번째 이야기는 사설탐정 클렘 스나이드가 살인 사건을 수사해나가는 내용이다. 두번째 이야기에서는 18세기를 배경으로 보스턴의 총기 제작자 노아 블레이크가 우연히 해적선의 일원이 되어, 유토피아 공동체를 건설하기 위해 정복자들과 전쟁을 벌인다. 세번째 이야기의 배경은 소설의 제목이기도 한 '붉은 밤의 도시들', 바이러스 전염병이 발생한 고비사막 일대의 여섯 도시다. 세 개의 이야기는 별개인 듯하지만 소설이 진행될수록 서로 뒤얽히고 스치며 또 마주친다. 이 소설은 전통적인 서사 형식으로 진행되지 않는다. 오히려 이야기의 논리를 노골적으로 교란시키고 해체시켜버린다. 개인을 구속하는 모든 억압과 통제로부터 자유로운 삶을 추구하며 기성세대의 보수성에 저항했던 비트제너레이션을 상징하는 작품이다.

윌리엄 버로스 William Burroughs(1914~1997)

1914년 세인트루이스에서 태어났다. 명문가의 자제들이 다니는 남자 기숙학교에서 자신의 동성애 성향을 자각하고 보들레르, 지드, 와일드의 작품을 탐독했다. 1932년 하버드대학에서 문학을 전공하고 졸업 후 사설탐정, 해충구제사, 바텐더, 신문기자 등 다양한 직업을 전전했다. 1945년 잭 케루악과 앨런 긴즈버그를 만나 친분을 나누었다. 마약중독으로 체포되어 재활 치료를 받는 생활을 반복했다. 1953년 약물중독자를 묘사한 자전적 작품 『정키』로 세상에 이름을 알렸고, 같은 해에 『퀴어』를 썼으나 마약과 동성애라는 소재가 논란이 되어 1985년에야 출간되었다. 1959년 『네이키드 런치』로 문학적 명성을 얻었다. 외계인의 침략에 빗대어 통제 사회의 문제를 파헤친 디스토피아 과학소설 '노바' 3부작 『소프트 머신』 『폭발한 티켓』 『노바 익스프레스』와 '붉은 밤' 3부작 『붉은 밤의 도시들』 『길이 끝나는 곳』 『웨스턴 랜드』 등을 출간했다. 멕시코시티, 탕헤르, 파리, 런던 등지를 오가며 생활하다가 1997년 캔자스에서 심장마비로 세상을 떠났다.

“고양이 나만 없어”를 외치는 당신에게

『수고양이 무어의 인생관』 E. T. A. 호프만

이수진

내가 한 권의 책을 마주하는 순서는 보통 이와 같다. 첫째, 표지와 뒤표지를 본다. 둘째, 작가 소개를 확인한다. 셋째, 목차를 훑는다. 이쯤이면 이 책이 내 책이 될지 안 될지 알 수 있다. 넷째, 본문을 즐긴다. 다섯째, 해설을 읽는다. 여기서 서평의 위치는 어디쯤일까. 다섯째 이후라고 생각할 수 있겠으나 이는 해설 읽기의 연장으로 보인다. ‘모든 독서는 오독’이라는 확신을 갖고 있는 나는 해설 읽기를 좋아하는데 이는 나보다 더 잘 아는 사람의 오독과 내 것을 비교하는 일이 재밌기 때문이다. 고백하건대 나는 독문학도가 아니고 온갖 것에 조예가 얕아 이 책의 문학적 진가를 오롯이 설명하는 것이 불가능한 사람이다. 다만 ‘읽은 사람’이기 때문에 당신이 감을 잡는 데 도움을 줄 수는 있으리라 생각한다. 사실상 이 글은 『수고양이 무어의 인생관』에 대한 나의 ‘영업’이 될 것

이다.

한 권의 책을 기준으로 세상 사람들을 분류하면 '읽을 사람'과 '안 읽을 사람'으로 나눌 수 있을 텐데, 사실 나는 처음부터 전자였다. 이 책의 존재를 몰랐다면 모르겠지만 알았다면 언젠가는 꼭 읽었으리라고 생각한다. 왜냐하면 제목이 '수고양이 무어의 인생관'이니까. 이 제목은 내게 어떤 기억을 떠오르게 한다, 지금은 없는 내 삶의 고양이에 관한.

나는 열두 살 때부터 지금까지 쭉 개를 키우고 있지만 내게도 고양이들과의 인연이 있었다. 여러 해에 걸쳐 다섯 마리. 모두 내가 구조해낸 길고양이로 넷은 좋은 입양처를 찾아주었고 하나는 임종을 지켰는데, 이름조차 지어주지 못했던 녀석은 만난 시점에 이미 죽음의 문턱에 서 있었다. 아침부터 비가 내리다 긋다 하던 이태 전 여름 날, 검은 고양이 한 마리가 차도 곁 화단에 쓰러져 있었다. 교통사고였다. 녀석의 뒷다리는 완전히 으스러져 있었고, 죽음의 냄새를 맡고 몰려든 금파리떼 탓에 온몸엔 알 무더기가 빼곡했다. 그러나 살아 있었고, 눈이 마주쳤기 때문에, 그냥 지나칠 수 없었다. 엑스레이를 들여다본 의사는 할 수 있는 게 없다며 어느 정도 회복이 되어야 깁스 같은 걸 해줄 수 있다고 말했다. 녀석을 작업실로 데려와 물과 캔을 먹이고 몸을 데워주었지만 그는 그날 밤 숨을 거뒀다. 나는 꽤 오래 울었던 것 같다.

입양처를 찾아주기까지 짧게는 보름 길게는 두 달 남짓 함께 지냈던 다른 고양이들이 아닌, 그 녀석이 왜 그렇게까지 가슴에 맺혔는지는 잘 모르겠다. 단지 죽음을 목격해서일까. 하지만 온몸이 검고 눈이 연두색이었던 그 수고양이는 내가 돌봤던 그 어떤 고양이와도 달랐다. 인간의 도움 따위 필요 없다고 말하는 듯 끝내 쌀쌀맞았던 눈빛. 경계 끝에 내 손등에 손톱자국을 내기도 했던 그는 오만하고 위엄이 넘치는 수고양이였다. 작은 무덤 앞에서 나는 그의 '묘생'을 생각했다. 이름조차 지어주지 못했던 고양이의 죽음과 삶에 대하여.

녀석을 떠올리며 책을 골랐지만 『수고양이 무어의 인생관』은 무어의 이야기만으로 이루어져 있지 않다. (분량으로만 따지면 무어의 부분이 도리어 적은 편이다.) 이 작품은 열일곱 부분의 '무어'와 '파지', 도합 서른 네 파트와 몇 차례의 편자 끼어들기로 이루어져 있는데, 편자의 말에 의하면 이 책은 오롯이 한 편의 자서전이 되어야 했으나 무어가 책을 쓸 때 "주인집에서 발견한 인쇄본 한 권을 주저 없이 찢어 그 책장을 받침으로 쓰거나 잉크를 빨아들이는 압지로 사용"해 이와 같은 구성이 되었다고 한다. 덕분에 세상의 빛을 볼 계기가 없던 신비로운 악장 크라이슬러의 생애 일부를 우리도 읽게 되었으니 아무튼 사랑스러운 실수라 하지 않을 수 없다.

쉽게 말해 서두와 말미를 장식하고 불쑥불쑥 끼어들어 독서를 돕는 편자의 목소리가 틀, 즉 훠궈 냄비라면 백탕이 '무어', 홍탕이 '파지' 되겠다. 이 책이 어려워 보인다면 문학과 과학, 음악, 철학, 종교를 마구 버무려놓았기 때문일 텐데, '탕'의 힘으로 그것들은 맛있게 익어 다채로운 훠궈, 아니 읽기의 재료들로 느껴진다. 아무튼 "수고양이의 문학적 난폭행위"라는 설정에 힘입어, '무어' 부분은 연대기적 구성을 취하지만 '파지' 부분은 어쩔 수 없는 소실과 본의 아닌 편집으로 순서가 뒤죽박죽이다. 구성이 특이한 까닭에 난해할 듯하지만 결코 그렇지는 않다. 호프만은 독자를 못 믿는 작가가 틀림없는 듯한데, 충실히 따라 읽기만 하면 되도록 온갖 장치를 해두었기 때문이다. 이를테면 그는 '파지'의 전기작가 목소리로 아래와 같은 독법을 제시한다.

> 그러한 멋진 연대기적 배열은 전혀 생겨날 수가 없다. 불행한 서술자에게 사용하도록 주어진 것은 입을 통해 단편적으로 전달된, 전체를 기억에서 잃어버리지 않기 위해 즉시 기록해야 하는 소식들뿐이기 때문이다. 이 소식이 대체 어떻게 전달되었는지는, 그대, 대단히 친애하는 독자여! 책의 결말에 이르기 전에 알게 될 것이다. 그러면 그대는 어쩌면 전체의 단편적인 성격을 용서하게 될지도 모른다. 하지만 어쩌면 또한 갈기갈기 찢겨 있는 겉모습에도 불구하고 죽 이어지는 하나의 단단한 실이 모든 부분을 결합시키고 있다고 생각할지도 모른다. _69쪽

이 독법은 '파지'뿐 아니라 이 책 전체를 읽기에도 유효한데, '단단한 실'이 작품 속뿐만 아니라 현실에까지 이어져 있어서다. 다름 아닌 크라이슬러-무어-호프만의 연결이다.

'무어'의 무어는 '장화 신은 고양이'의 귀족적 후예로, 인간의 읽기와 쓰기를 익힌 잘생긴 수고양이다. 그는 미스미스의 남편이자, 무치우스와 푸들 폰토의 친구이기도 하다. '파지'의 요하네스 크라이슬러는 대공의 밑에서 악장으로 일하다 뛰쳐나온 인물로 작곡가이자 연주자고, 지크하르츠바일러의 궁정에서는 헤드비가 공주와 고문관의 딸 율리아의 음악 선생을 맡고 있다. 마이스터 아브라함은 마술적인 재능을 지닌 기술자로, 파이프 오르간 제작자이자 크라이슬러의 스승이다. 이들의 서사에는 호프만의 유년기, 가정환경, 직업 등이 녹아 있다.

『수고양이 무어의 인생관』은 호프만의 자전적 소설이라 해도 무

방할 듯하다. 무엇보다 이 책을 관통하는 주제인 '고매한 정신을 지닌 예술가들과 사회적 지위를 가진 속물들의 갈등'은 호프만의 평생 고민거리였을 것이다. 그의 묘비명은 이렇다. "대법원 고문관, 관직에서, 시인으로, 음악가로, 화가로, 출중하였다."(583쪽) 공무원이자 예술가라니, 균형잡기가 쉽지는 않았으리라. 문제는 내가 자전적인 무엇, 특히나 자서전을 좋아하지 않는 편이라는 것이다. 그런 글쓰기에서 엿보이기 마련인 작가의 자기-모에화(自己-萌え化, 해설의 표현으론 "주관주의적 자아 집중의 행태")는 나를 견딜 수 없게 만든다. 하지만 다행스럽게도 호프만 역시 여기에 넌덜머리를 낸 모양인지, 그는 그 시대 교양소설의 특징과도 같은 이런 점을 코웃음 치며 격파해낸다. 특별하다 못해 거슬리는 존재인 불화의 아이콘 요하네스 크라이슬러와 미학교수조차 질투하는 무어, 자칭 천재 고양이의 속물스러움을 통하여. 물론 결코 미워할 수 없는 자전적 캐릭터의 창조란 보다 고도의 자기-모에화일지도 모르겠지만, 그렇다면 경탄할 일이다.

> 진정한 천재에게 천부적으로 주어진 자신감과 침착성으로, 독자들이 위대한 수고양이로 성장하는 법을 배우도록 나의 전기를 세상에 내놓는 바이다. 나의 탁월함을 알아보고, 나를 사랑하고, 높이 평가하고, 존경하고, 찬미하고, 경탄하고, 조금 숭배하기까지 하도록 말이다. _15쪽

실수로 인쇄된 무어 자서전의 머리말 일부를 보면 실소가 터질지언정 조소를 짓게 되진 않는다. 다소 뻔뻔하긴 하지만, 잉크병에 앞발을 퐁당퐁당 빠뜨리는 고양이가 한 말이라 상상하면 우습고

귀엽다. 후대의 고양이들을 '독자'로 상정한 만큼, 이 책을 읽는 우리들에게도 선뜻 고양이 탈을 씌워주는 무어의 손길이 느껴지는 것만 같다. 어쩌면 호프만은 무어를 단지 '돈키호테의 산초'처럼 감초 역할로 쓴 것이 아니라 하나의 이상형으로 제시했는지도 모르겠다. 크라이슬러가 타인과의 관계에 치여 내몰릴 때, 차라리 남 탓을 하며 예술가적 자존을 지키는 무어. 고양이인 탓에 어딘가 허술하지만, 한편 고양이다보니 더 자유로운 무어의 인생사. 아무튼지 자아분열의 크라이슬러보다는 자아도취의 무어가 더 행복한 영혼이며, 고양이기 때문에 치외법권일 수 있는 것이다.

『수고양이 무어의 인생관』은 귀엽고 웃긴데다 현학적이며 웅숭깊기까지 한 소설이다. 그리고 나는 귀여운 것과 웃긴 것만이 세상을 구원하리라고 믿는 사람이다. 귀여움에 집중하느라 웃긴 걸 놓친 기분이라 덧붙이지만 호프만은 풍자와 아이러니, 유머를 즐기는, 환상과 통속의 배열에 능한 예술가다. 무어 부분의 재미는 말할 것도 없고 파지의 단편적인 성격조차 서스펜스, 읽기의 긴장감을 유지하는 역할을 한다. 헤드비가 공주와 결혼하는 동시에 그녀의 자매와도 같은 친구 율리아를 연인 삼으려는 파렴치한 헥토르 왕자, 딸 율리아를 이용해 신분 상승을 꾀하는 궁정의 숨은 실세 벤촌 부인. 우아한 궁정의 암막 뒤에서 벌어지는 불륜과 치정, 이중살인 사건들을 따라 읽다보면 모든 퍼즐이 맞아들며 이야기의 전체가 단번에 이해되는 동시에, 작품의 설계도가 한눈에 그려짐을 느낄 수 있다.

이 서평을 쓰는 동안엔 호프만이 작곡한 오페라 〈운디네〉와 〈아우로라〉를 유튜브로 들었는데, 혹시나 그를 더 잘 이해할 수 있게 되지 않을까 하는 미신 같은 마음에서긴 했지만 나는 이런 흐름을 좋아한다. 작품 속에 다른 작품이 인용되는 경우엔 그 융해를 즐길 뿐 따로 찾아 읽지 않는 편이지만, 작가가 작곡한 오페라가 있다면 들어보는 게 인지상정 아니겠는가. 어떤 작품을 접했을 때 다른 작품으로 뻗어나갈 가지가 충만한 것은 즐거운 일이다. 여담이지만 막 책을 덮고 나서는 아쉬움에 지브리의 애니메이션 〈고양이의 보은〉을 다시 봤는데, 내가 무어 이전에 사랑했던 고매한 수고양이 캐릭터, 훔벨트 폰 지킹겐 남작을 만나고 싶어서였다. (그는 여전히 멋있었지만 역할의 후광이 더 컸던 듯하다. 솔직히 고슴도치나 도마뱀이었더라도 나는 그를 사랑했을 것이다.) 여담에 여담을 잇자면 이 흐름 아래, 나는 벌써 다음 읽을 책도 정했다. 로런스 스턴의 『신사 트리스트럼 섄디의 인생과 생각 이야기』는 호프만뿐만 아니라 나쓰메 소세키 또한 영향을 받은 작품인데, 그의 것은 1759년, 『수고양이 무어의 인생관』은 1819년, 『나는 고양이로소이다』는 1906년 작이다. 어쩌다 보니 근작부터 읽게 되었다. 나쓰메 소세키가 호프만의 영향을 받았는지는 알 수 없지만, 같은 작가의 같은 작품 영향 아래 동서양의 대표적인 '고양이 의인화 소설'이 탄생했다고 생각하니 재밌어서 견딜 수가 있어야지. 말하자면 나는 E. T. A 호프만의 본의 아닌 로런스 스턴 '영업'에 넘어간 셈인데, 여러분은 어떠실지? 부디 내 '영업'이 유효하길 바라는 마음으로, 이만 총총.

ps. 서평의 제목에 대하여: 이 책을 다 읽을 즈음 나는 내 검은 고양이의 이름을 찾게 되었는데, 무치우스, 그는 작중 무어의 친구로 등장한다. 그는 검은 옷을 입은 수고양이로 베이스 가수, 고양이 학우회원인데 비열한 여우덫에 뒷발을 다쳐 숨지고 만다. 내가 만났던 고양이의 낮은 야옹 소리와 이 얼마나 슬프도록 유사한 '묘생'인지! 그러니 이름 모를 고양이와의 추억을 간직한 당신, 이번 주말엔 "나만 없어. 진짜 사람들 다 고양이 있고 나만 없어"를 외치는 대신 이 책을 읽어보는 게 어떨까? 혹시 아는가. 당신을 스쳐지났던 고양이의 이름을 이 책에서 찾게 될지.

이수진 소설가. 2009년 무등일보 신춘문예에 단편소설 「원초적 취미」가 당선되어 작품활동을 시작했다. 제4회 중앙장편문학상을 수상했다. 소설집으로 『머리 위를 조심해』 『취향입니다 존중해주시죠』가 있다.

수고양이 무어의 인생관 *Lebens-Ansichten des Katers Murr*(1819)

독일 낭만주의 문학을 대표하는 작가이자 환상문학의 개척자로 꼽히는 E. T. A. 호프만의 대표작. 독특하고 현대적인 구성을 통해 지적인 풍자와 아이러니를 펼쳐 보이는 소설이다. 유럽 문학에서 예술적 기교가 뛰어나고 유머가 풍부한 소설들 가운데 하나로 평가받고 있는 기이한 걸작이다.

번갈아가며 이어지는 무어의 자서전과 크라이슬러의 전기는 내용상으로는 연관점이 거의 없어 보이지만, 구조상으로는 매우 밀접하게 연관되어 있다. 이어지는 두 단편에서 유사한 상황이 펼쳐지고, 그 상황에서 비슷한 표현이 쓰이거나 서술기법상의 유사함이 나타나기도 한다. 고전적 형식 개념을 혁파하는 이 독특한 형식 실험은, 작품의 결정적인 강조점이 내용에서 구조 및 구성 방식으로 옮아가는 현대적 소설의 경향을 선취했다고 볼 수 있다. 인간의 본성과 다중적인 심리에 대한 정신분석적 탐구와 범죄소설 방식의 전개 역시 현대적인 면모를 보여주고 있다.

E. T. A. 호프만 E. T. A. Hoffmann(1776~1822)

본명은 에른스트 테오도어 빌헬름 호프만. 모차르트를 숭배하여 이후 빌헬름을 아마데우스로 바꿨다. 1776년 프로이센의 쾨니히스베르크에서 태어났다. 법학 교육을 받고 법률관으로 일했다. 1806년 나폴레옹의 진군으로 관직을 잃자, 이를 계기로 음악가로서 꿈을 이루기 위해 지휘자, 비평가, 공연감독 등으로 일했다. 이 시기에 오페라 〈아우로라〉 〈운디네〉 등을 작곡했다. 1814년 다시 법관직에 나섰다. 1808년부터 단편소설을 쓰기 시작했고, 1814년 단편들을 모은 『칼로풍의 환상작품집』을 발표해 작가로서 명성을 확립했다. 이후 법관으로 재직하면서 장편소설 『악마의 묘약』 『수고양이 무어의 인생관』과 소설집 『세라피온 형제들』 『브람빌라 공주』 『벼룩 대장』 등을 발표했다. 1822년 46세의 나이로 베를린에서 사망했다.

승자도 아닌 패자도 아닌

『맘브루』 R. H. 모레노 두란

백민석

이제 우리는 전쟁에서 승자도 패자도 아닌 사람들이 있다는 사실을 알고 있다. 사실상 숫자를 따지면 그들이 가장 많은 수를 차지하고, 압도적 다수를 이룬다. 그들은 대체로 '희생자'라고 불리며, 참전한 전쟁에서 국가가 승리했든 패배했든, 그 육체적이고 정신적인 실질의 부채를 떠안는 역할을 한다. 그들은 전쟁의 현장에서 총을 들고 싸웠던 일반 병사들이다.

국가가 전쟁에서 승리하면, 정치인들은 승자로 역사에 이름이 남고 전쟁을 지휘한 장성들은 동상이 세워진다. 국가가 전쟁에서 패배하는 경우에도, 정치인과 장성은 역사에 패자로 기록될지언정 참호 속에서 매 순간 목숨을 내놓는 모험을 견딜 필요는 없다. 한편 국가가 전쟁에서 이기든 지든 전장에서 포탄을 맞은 병사는 팔다리를 잃고 불구가 되며, 피를 말리는 긴장 속에서 정신의 한계를 넘나든 병사는 전쟁 신경증의 희생자가 된다. 전쟁에 참여한 대가로 얻은 육체적 불구와 정신적 손상은 고스란히, 절대적으로 그들의 남은 생애에 걸림돌이 된다. 내 친구의 아버지는 월남전에 참전해 얻은 고엽제 후유증으로 평생 병을 달고 사셨다. 그런 분들 앞에서 월남전의 승자와 패자를 가르는 일이 얼마나 의미가 있을까.

모레노 두란의 『맘브루』는 1950년대에 있었던 한국전쟁을 배경으로, 바로 그 승자도 패자도 아닌 희생자들의 이야기를 다루고 있다. 한국전쟁에 참전한 콜롬비아 병사들이 주된 화자로 등장해, 공인된 전쟁사에 기록되지 않은, 혹은 잘못되고 심지어 왜곡된 자신들의 이야기를 증언한다. "귀국 장면은 영화에서 나오는 모습 같았어요. 우리는 으스대며 행진했고, 대통령 경호부대와 심지어 권력을 장악한 군인까지도 모습을 보였어요. (…) 모든 연사들이 훌륭한 실패작을 언급하는 걸 잊었지요. (…) 그리고 수많은 전사자와 부상자, 실종자와 포로도 언급하지 않았습니다."(402쪽)

병사들은 살아남아 수십 년이 지난 1980년대 후반에 자신이 겪은 전쟁을 구술하지만, 구술의 내용에 자신들이 승자였는지 패자였는지에 대한 판단은 없다. 승리와 패배의 자리를 대신하는 것은 환멸이다. 그들은 불구가 되어 평생 고통을 받거나, 아예 귀국을 포기하고 한국에 남거나, 정부가 약속한 보상을 받지 못하고 밑바닥부터 인생을 다시 일으켜야 했다. 전쟁은 30년도 더 전에 끝났지만 전장의 슬픔과 분노와 바닥없는 환멸을 어제 일처럼 생생히 기억해낸다. 그들은 어째서 한국전쟁에 참전해야 했는지 이해하지 못한다. 자신들이 어째서 낯선 땅 한국에서 총을 쏘고 지뢰를 밟아 죽어야 했는지 이유를 모른다. 나도 한국전쟁에 콜롬비아가 참전했는지 이 소설을 통해 처음 알았다. 남아메리카의 먼 나라 병사들이 어째서 우리나라에서 피를 흘려야 했을까. "내 말은 콜롬비아는 사실상 미국의 사주를 받아 한국에 가서 북한군과 싸웠지만, 북한군이 동시에 중공군의 사주를 받았다는 것도 모른 채 러시아군과 싸운 꼴이 되었다는 소리야. 나는 이것이 최근 들어 문학도들이 '탈脫영토성'이라고 부르는 것이라고 생각하네."(281쪽)

이는 냉전 시대 강대국들의 대리전 성격이었던 한국전쟁에 대한 통찰력 있는 진술이다. 세력을 확장하려는 미국과 중국, 구소련의 꼭두각시 노릇을 했던 건 단지 우리나라뿐이 아니었다. 냉전의 비극은 강대국의 눈치를 봐야 했던 제3세계 전체의 비극이었다. 병사들은 참전하면 미국에서 대학 장학금을 준다는 약속에 넘어가 한국행 배를 탔고, 콜롬비아의 독재 정부는 자유주의의 수호를 참전의 명분으로 내세웠다. "대통령은 말끝마다 그가 매일 짓밟았으나 검열 때문에 그 누구도 문제삼지 못했던 단어인 '자유'를 입에 올렸어요. 우리 나라에서는 자유가 범죄인데 머나먼 아시아 국가로 가 자유를 위해 죽으라니 그게 말이 된다고 생각합니까?"(54쪽) 자국에도 없는 자유를 지키기 위해 머나먼 극동의 한국으로 총을 들고 떠난다는 아이러니는 그들이 이미 비극을 겪을 만치 겪은 다음에 깨달은 아이러니다. 참전의 명분이 얼토당토않음을 깨달았을 때는 팔 한쪽을 잃은 다음이다.

모레노 두란의 『맘브루』가 소개된 비슷한 시기에 스베틀라나 알렉시예비치의 『전쟁은 여자의 얼굴을 하지 않았다』도 번역되어 나왔다. 전자는 허구의 형식인 소설이고, 후자는 진술의 형식인 구술 문학이지만 여러모로 공통된 점이 많다. 무엇보다 승자도 패자도 아닌 희생자의 증언을 전면에 내세워, 기존의 승자와 패자 중심의 역사 기술을 다시금 사유하게 한다. 승자와 패자의 관점에서 전쟁을 서술하면, 필연적으로 그 승패의 과실에 책임이 있는 영웅들을 중심으로 서술하게 된다. 그게 누구겠는가? 『맘브루』에도 등장하는 이승만 같은 정치인이나 군 장성들이고, 실제 전장에서 전투를 했던 병사들의 이야기는 자연히 잊힌 목소리가 되어 역사 바깥을 떠돌게 된다.

『전쟁은 여자의 얼굴을 하지 않았다』는 잘 알려졌다시피 제2차 세계대전의 와중에 러시아를 침략한 독일 군대에 맞서 전쟁에 참여한 러시아 여성 병사들의 이야기다. 작가는 그들을 일일이 찾아다니며 참전 경험들을 하나하나 녹음했고, 그 목소리들을 가능한 한 훼손하지 않고 책에 기록했다. 러시아 여성 병사들도 콜롬비아 병사들처럼 수십 년 전 경험인데도 어제 일처럼 생생하게 자신의 경험들을 들려준다. 전장에서의 고통은 나이를 먹지 않는다. 슬픔도 분노도 환멸도 나이를 먹지 않는다. 전쟁의 희생자들은 아직도 매일을 전장에서 보내고 있다. 러시아의 여성 병사들은 일반 병사가 겪는 고통에, 여성인 까닭에 겪는 고통까지 떠안고 있다.

모레노 두란과 스베틀라나 알렉시예비치의 작업에는 영웅이 등장하지 않는다. 실제 전쟁에서 영웅의 역할은 이름을 빌려주는 것뿐이다. 정작 전장에서 생지옥을 견디는 이들은 기록되지 않는 병사들이다. 이 새로운 역사 기술, 전쟁문학이 의미하는 것은 사회의 성숙하고 여유 있는 시선이다. 그 시선이 더 넓고 더 깊고 더 섬세하고 더 밝아질 때, 영웅 중심 서사의 승패를 따지는 허구는 사라지고, 역사는 비로소 진짜 제 영웅들을 맞이할 것이다.

백민석 소설가. 1995년 『문학과 사회』 여름호에 소설 「내가 사랑한 캔디」를 발표하며 작품활동을 시작했다. 『16믿거나말거나박물지』 『장원의 심부름꾼 소년』 『혀끝의 남자』 『교양과 광기의 일기』 『헤이, 우리 소풍 간다』 『공포의 세기』 『리플릿』 『아바나의 시민들』 등이 있다.

맘브루 *Mambrú*(1996)

라틴아메리카 포스트모던 문학을 대표하는 콜롬비아 작가 라파엘 움베르토 모레노 두란의 대표작. 『맘브루』는 한국전쟁에 참전했던 콜롬비아 용사들의 고백을 통해 새로운 역사의식을 드러내는 소설로, 공식 역사에 의문을 제기하며 진실은 역사와 양립할 수 없음을 이야기한다. 장교로 한국전쟁에서 사망한 아버지에 대한 기억을 간직하고 있는 역사학자 비나스코는 콜롬비아의 공식 역사에 의혹을 품고 한국전쟁에 참전했던 콜롬비아 군인들을 찾아다니며 인터뷰한다. 역사학자의 의혹에 자신의 이야기를 털어놓는 참전용사들의 고백이 하나하나 더해지며 소설은 차츰 뼈대를 갖춰나간다. 총 6부 6장으로 구성되어 있는 이 소설에 화자로 등장하는 참전군인은 모두 일곱 명이며, 장이 바뀔 때마다 각기 다른 군인이 등장해 자신의 이야기를 들려준다. 같은 시간과 같은 장소를 지나온 여러 사람들의 경험과 사연은 각기 조금씩 다르지만, 결국 이들이 토해내는 것은 전쟁의 고통이다.

R. H. 모레노 두란 R.H. Moreno-Durán(1946~2005)

콜롬비아 통하에서 태어났다. 라틴아메리카의 대표적인 포스트모던 작가로, 아이러니와 패러디 등을 토대로 한 문학적 유희를 통해 기존의 담론을 해체하고 역사적 진실에 의문을 던지는 작품들을 발표해왔다. 주요 작품으로 『여인들의 장난』을 포함한 '여성 모음곡' 3부작, 로물로 가예고스 상 최종 후보로 선정되었던 『외무부 장관의 고양이들』을 비롯해 『무적의 기사』 『카뮈, 아프리카 커넥션』 등이 있다. 작품활동의 범위를 넓혀 단편집 『판도라』 『우수의 기분』, 에세이집 『음모자들의 축제』 『파우스트: 너무 많이 읽은 지옥』, 희곡 『습관의 문제』 등을 발표하기도 했다. 1987년 유럽 생활을 접고 고국 콜롬비아로 돌아갔으며, 2005년 사망했다.

20세기, 너무나 20세기적인, 오에 겐자부로 '만년의 작업'에 부쳐

『익사』 오에 겐자부로

정끝별

모든 사랑은 익사의 기억을 가지고 있다 _진은영, 「오필리아」

침몰한 세월호가 인양되는 동안 『익사』를 읽었다. 소녀상, 독도, 역사교과서, 전쟁가능국으로의 개헌 등 군국주의 부활을 내세운 아베 내각의 교묘한 '한국 때리기'가 극대화되고, 북한의 핵실험이 계속되는 동안 오에 겐자부로를 읽었다. 오에 겐자부로가 일본 현대문학을 대표하는 행동하는 문학인, 시대의 지성이라는 것은 잘 알려진 사실이다. 그는 자유와 민주주의와 평화헌법을 수호하고, 원전과 핵무기와 천황제를 거부하고, 정치적 억압이나 여성폭력에 반대한다. 그런 그가 일흔이 넘어 쓴 장편소설 『익사』에는 이 모든 메시지들이 담겨 있다. 장황하다 할 만큼 방대하고, 시시콜콜하다 할 만큼 치밀하고 섬세하기 때문일까. 아니면 어디에도 힘을 주지 않은 듯 자연스럽게 흘러가는 문장의 힘 때문일까. 며칠을 두었다 읽어도 방금 전에 읽은 듯 익숙하고 생생하다. 노대가의 역작답게 세상 많은 화두와 세상 많은 언어형식들이 용광로처럼 끓고 있다.

1. 아버지의 익사溺死에서 아버지 제자의 순사順死로 이어지는 두 죽음의 순사殉死적 이면을 들여다본 소설이다: 메이지 정신의 후예이자 군국주의자였던 아버지가 1945년 일본 패망 후 자발적 익사溺死를 선택하는 과정과, 군국주의 시절의 인연으로 아버지를 만나게 된 조선 혹은 중국 출신의 외팔이 다이오가 60년 후 스승의 '빙의자'가 되겠다며 자발적인 순사順死를 선택하는 과정을 그린 소설이다. 아버지와 다이오는 '국민'이라는 이름으로 명명되는 일본의 보수주의를 대변한다. '국민'의 관점에서 그들의 죽음은 '사무라이적' 순사殉死에 해당한다. "메이지 정신이 천황에서 시작해서 천황에서 끝났다라는 말을 의심한단 말인가? 가장 강렬하게 메이지의 영향을 받은 우리라고 말하고 있지 않은가! 그것을 전제로 실제로, 메이지 정신을 따라 순사한 건데! 그 고귀한 죽음을 폄하하는가?"(205쪽)라는 논리다. 천황이 항복 선언을 하자 아버지는 '지는 신神'으로서의 천황을 살해하고 '새로운 신神'을 세우려는 집단적 궐기를 기획한다. 그러나 고향 마을의 상징인 시코쿠 숲을 지키기 위해 집단 궐기를 포기하고 개인적 궐기를 완성하고자 자발적인 익사를 선택한다. 60년 후 아버지의 제자 다이오는, 10대의 조카를 강간하고 성인이 된 조카가 그때의 강간 사실을 연극 무대에 올리려 하자 이를 제지하기 위해 납치 감금 후 또다시 성폭행하려 한 교육계 고위공무원을 권총으로 살해한다. 그리고 스승(의 죽음)을 따

르겠다는 전언을 남기고 시코쿠 숲으로 사라진다. 작가는 그들의 죽음을 통해 메이지 정신의 후예들이 겪게 되는 모순과 고뇌와 선택의 복합적 이면을 조명해낸다.

2. 군국주의, 민주주의, 자본주의가 혼재했던 격동의 '20세기 일본'을 살았던 삼대의 가족 서사다: 익사를 선택한 아버지와 평생 아버지의 빈자리를 지켜오다 죽음을 맞이한 어머니, 평범치 않은 가족들을 뒷바라지하다 지금은 암투병중인 아내, 머리에 혹을 달고 태어난 아들과 우울증을 앓는 예민한 딸, 어머니를 대신해 고향을 지키는 여동생과 여동생이 지지하는 연극인 우나이코(작가의 작품들을 연극화하는 극단의 단원이다)를 중심으로 펼쳐지는 가족 소설이다. 물론 그 한가운데 전후민주주의 교육의 수혜자인 작가의 분신으로서의 '나'가 있다. "코기를 산으로 올려보낼 준비도 하지 않고/ 강물결처럼 돌아오질 않네./ 비 내리지 않는 계절의 도쿄에서,/ 노년기에서 유년기까지/ 거슬러오르며 돌이켜보네."(28쪽) 작가가 큰 상을 받은 일을 기념하기 위해 세운 기념비에 새긴 시다. 어머니가 쓴 앞의 두 행에 작가가 쓴 뒤의 세 행을 덧붙였다. '코기'는 어릴 적 작가 분신의 이름이자 아명이고, 장애를 가지고 태어난 아들을 가리키는 말이기도 하다. 어머니의 문장으로는 작가 자신과 아들의 삶을, 작가의 문장으로는 작가 자신의 삶을 조망하고 있다. 고향 시코쿠 숲을 떠나 자본주의의 메카인 도쿄를 떠도는 아들의 삶에 빗댄 '강물결처럼 돌아오질 않네'라는 어머니의 은유는 아버지의 익사 사건 또한 암시하고 있다. 노년기에서 유년기까지 거슬러오른다는 작가의 은유는 또다른 의미의 자신의 익사, 즉 20세기 일본이라는 역사와 시대의 강

물에 휩쓸려왔음을 함의한다. 아들은 장애라는, 우나이코는 성폭행이라는 강물에 휩쓸리고 있다. 이 소설은 아버지(어머니) → '나'(여동생/아내) → 아들/우나이코로 이어지는 삼대의 각기 다른 익사 이야기다.

3. '아버지'라는 이름의 국가주의에 맞서는 여성 신화와 그 계보를 잇는 여성 서사다: 소설의 절반 이상은, 작가인 '나'에게 전하는 여동생 아사의 편지와 대화, 아사가 '나'에게 소개해준 연극인 우나이코의 연극 활동과 그녀의 이야기가 차지한다. 남편의 익사 사건을 봉인한 채 고향의 집과 가족을 지켜낸 어머니가 있고, 그 어머니 곁에서 어머니의 강인함과 현명함을 고스란히 계승한 인물이 여동생 아사다. 아사는 작가의 고향집과 작가와 관련된 제반 문화사업을 관리하면서 투병중인 올케를 포함해 오빠의 가족들을 보살핀다. 어머니의 죽음 이후 어머니가 봉인했던 익사와 관련된 아버지의 유품 '붉은 가죽 트렁크'를 작가에게 전해주면서 '익사 소설'을 다시 쓰게 하려는 아사의 제안과 기획으로부터 소설은 시작된다. 아사가 지지하는 젊은 연극인 우나이코는 '메이스케 전승담'에서 집단 강간을 당한 '메이스케 어머니'의 이야기를 연극화하고자 한다. 그리고, 10대 때 큰아버지에게 강간을 당하고 임신한 후 큰어머니에게 낙태를 강요당한 자신의 이야기를 무대화하고자 한다. 봉기에 앞서며 불렀던 "우리들 여인들이여, 봉기에 나섭시다/ 남자는 강간하네, 국가는 강간하네/ 우리들 여인들이여, 봉기에 나섭시다/ 속지 마라, 속지 마라!"(399쪽)라는 집단의 노래는 우나이코가 부르는 노래와 오버랩된다. 150년 동안 '아버지'라는 이름으로 자행되었던 국가적이고 남성적 폭력에 맞서서

여성들이 불렀던 노래가 되는 것이다. 그러니까 이 소설은 고향 마을의 할머니들과 어머니, 여동생과 아내, 우나이코와 릿짱과 딸로 이어지는 여성 신화를 잇는 지혜롭고 용감한 여성들의 족보인 셈이다.

4. 질병과 늙음, 장애와 성폭력, 이주와 귀화, 자살과 살인 등 소수자의 문제를 다룬 소설이다: 소설은 다음과 같은 엘리엇의 시구절을 제사題詞로 인용하면서 시작된다. "바다 및 조류가/ 소곤대며 그의 뼈를 주워올렸다. 떠오르다간 가라앉으면서/ 나이와 젊음의 계단들을 오르내리다/ 곧 소용돌이 속으로 휩쓸려갔다." 앞서 언급한 기념비에 새긴 5행의 자작시와 상응하는 이 시인데, '바다 및 조류'를 통해 아버지의 익사를 암시하면서 자신 또한 시대의 소용돌이 속으로 휩쓸려갈 것을 암시한다. 뿐만 아니라 노작가로서의 늙음에 대한 자각과 성찰을 담고 있다. 작가로서 필생의 '익사 소설'을 쓰지 못하게 된 열패감, 장애아들에게 폭력적인 말을 내뱉게 된 조바심과 말실수, 주변의 여성들에게 의존해야만 하는 일상적 무능, 자궁암 수술을 받는 아내에 대한 방관적인 연민, '거대현기증'을 앓고 난 후의 불안 등은 붕괴의 조짐으로 감지되는 늙음의 징후들이다. 이 외에도 장애아들이 겪는 육체적 고통과 관계 속에서의 폭력, '메이스케 어머니'나 우나이코가 당한 여성 폭력, 작가나 아내나 딸이 직면한 질병의 폭력, 자살이나 살인과 같은 선택적이고 의지적인 죽음이 빚어내는 폭력 등 소수자에 가해지는 폭력에 대한 문제의식이 편재해 있다. 내게는 특히, 다이오라는 인물이 가진 장애인이자 이방인으로서의 이중적 타자성이 흥미로웠다. 원래 성이 오黃씨였고 덩치가 커서 다이오大黃라 불

렸다는, 조선인이었을지도 모르는, 패전 이전의 점령지에서 고아가 되어 점령국으로 귀화한, 한쪽 팔이 없는, 어머니의 배려로 교육을 받고 아버지의 '훈련도장'을 얼마간 운영했다는, 아버지의 '빙의자'로 선택받았다며 성폭행범을 권총으로 살인하는, 그러고는 스승의 정신을 계승한다며 자살을 선택하는 다이오야말로 역사와 시대의 강물에 익사당한, 가장 타자화된 인물이었고 소수자의 전형이었다.

5. 세계적인 대작가의 '만년의 작업Late Work' 과정을 그린 20세기 문학의 종합선물세트다: 이 소설은 1935년에 태어나 이른바 '군국소년'으로 자랐고 군국주의의 과거를 부정하는 '전후 일본'의 70년을 살아온 대작가 오에 겐자부로의 자전적 소설이다. 평생의 숙원 사업이었던 아버지의 죽음과 관련된 '익사 소설'이 창작되는 과정을 그린 메타픽션적 소설이다. '익사 소설' 초고를 비롯해 『만엔 원년의 풋볼』『손수 나의 눈물을 닦아주시는 날』『새로운 사람이여 눈을 떠라』『아름다운 애너벨 리 싸늘하게 죽다』와 같은 자신의 이전 작품이 재소환되는 자기반영적 소설이다. 엘리엇과 블레이크의 시, 에드워드 사이드의 애도문, 프레이저의 『황금가지』, 나쓰메 소세키의 『마음』 등이 직접 인용되고 서사에 관여한다는 점에서는 상호텍스트적 소설이다. 작가의 작품들이 공동제작으로 연극화되는 과정을 기록하는 연극을 위한 작업노트와도 같다. 주변 사람들과 주고받은 편지글, 전화, 연극대사, 대화 등을 기록한 기록물과도 같은 다큐멘터리적 소설이기도 하다. 사소설과 대하소설, 시와 연극(희곡), 음악과 영화, 철학과 정치, 기록과 창작, 사실과 허구, 이 모든 게 자연스럽게 뒤섞인 혼종적 소설이며, 문학

과 글쓰기, 인간과 인권, 신화와 역사, 국가와 개인에 대한 성찰을 담고 있다는 점에서 비평적 소설이다. 자가는 엘리엇의 '이런 글 조각 하나로 나는 나의 붕괴를 지탱해왔다'라는 시 구절에 의지해, "나는 왜 이런 꽉 막힌 골목으로 들어와 있는가, 하고…… 그랬지만 곧바로, 이런 방식의 글쓰기가 아니면 글쓰기 자체를 지속할 수 없었다고, 즉 나 자신의 세계를 좁게 한정할 수밖에 없었다는 걸 깨달았네"(345쪽)라며 붕괴 직전의 파토스를 지탱해왔던 이런 글쓰기 방식의 필연성을 고백한다. 그리고 릿짱의 입을 빌려 사이드의 말을 인용하며 이렇게 덧붙인다. "진정한 예술가는 나이를 먹으면서 원숙 또는 조화와는 반대되는 지점에 도달한다. 그러한 '만년의 작업'을 궁극의 지점까지 몰고 감으로써 때로는 완벽한 조화에 이를 수도 있다."(267쪽) 사이드의 문장에 기대 오에 겐자부로는 스스로 이 소설의 의미를 부여하고 있다. "예술가는 인생 마지막에 이전까지의 모든 작품을 돌이켜보고 진정한 '만년의 작업'에 임하는 거"(332쪽)라고.

숨막히게 빨아들이는 서사도, 영웅적인 캐릭터도, 감각적인 문체나 화려한 수사도, 선명한 주제나 화려한 미장센들도 없는데, 읽는 내내 아니 읽고 나서도 자꾸만 소설 속으로 끼어들고 싶게 하고, 이것저것이 궁금해져 여기저기를 뒤적이게 한다. 이상하다. 이 소설은 자꾸만 나를 소환하고 나를 생각하게 하고 나에게 답을 묻게 한다. 모든 것이 다 있고 그 모든 것을 다 녹여놓았기 때문일까. 20세기, 너무나 20세기적인 방식으로 지나온 20세기의 사랑을 '거슬러오르며 돌이켜보'았기 때문일까. 물 흐르듯 자연스럽게 익사하기 좋은 소용돌이에 독자를 휩쓸리게 하는 소설이다.

정끝별 시인, 평론가, 이화여대 교수. 1988년 『문학사상』 신인발굴 시 부문에 「칼레의 바다」 외 6편의 시로 신인상을 수상하며 작품활동을 시작했다. 1994년 동아일보 신춘문예 평론 부문에 「서늘한 패로디스트의 절망과 모색」이 당선된 후, 시 쓰기와 평론 활동을 병행하고 있다. 유심작품상, 소월시문학상, 청마문학상 등을 수상했다. 시집 『자작나무 내 인생』 『흰 책』 『은는이가』 등, 시론·평론집 『패러디 시학』 『천 개의 혀를 가진 시의 언어』 등이 있다.

익사 水死(2009)

오에 겐자부로가 처음으로 아버지에 대해 본격적으로 말하는 소설이다. 작가는 '아버지의 부재'가 자신의 문학세계를 만드는 데 큰 영향을 끼쳤으며, 자신은 아버지가 어떤 사람인지 알기 위해 소설가가 되었는지도 모른다 말한 바 있다. 언젠가 반드시 쓸 테지만 "그 소설을 쓸 수 있을 만큼 수련을 쌓지 않았다는 것을 잘 알고 있었"기에 아껴온, 아버지에 대한 이야기. 『익사』는 오에 겐자부로가 소설가로서는 평생의 과제였던 아버지의 죽음을, 개인으로서는 오래전 세상을 떠난 아버지를 이해해나가는 과정을 마침내 소설로 완성한 작품인 셈이다. 이는 아버지를 받아들임으로써 다시 아버지로 돌아오기 위한 과정이다. 아들로 살아온 시간보다 아버지로 살아온 시간이 훨씬 더 긴 작가에게, '아버지'와 '죽음'에 대해 돌아본다는 것은 자신의 인생 전체를 돌아보는 일 그 자체다.

오에 겐자부로 大江健三郎(1935~2023)

1935년 일본 에히메현에서 태어났다. 1954년 도쿄대학에 입학해 불문학을 공부했으며, 도쿄대학 신문에 게재한 단편 「이상한 작업」이 평론가들의 호평을 받았다. 1958년 「사육」으로 아쿠타가와상을 수상했다. 1963년에 장남 히카리가 지적 장애를 갖고 태어난 일을 계기로 작품세계에 큰 변화를 맞았다. 지적 장애아와의 공존이 작품의 주요 테마로 자리잡았으며, 『히로시마 노트』『만엔 원년의 풋볼』『핀치 러너 조서』 등 전후 일본 사회의 불안한 상황과 정치, 사회적 문제에 대한 비판 의식을 담은 작품을 여럿 발표했다. 1994년 노벨문학상을 수상했고, 같은 해 일본정부가 문화훈장과 문화공로자상을 수여하기로 결정하자 "나는 민주주의 그 이상의 가치를 인정하지 않는다"라며 수상을 거부했다. 2002년 레지옹 도뇌르 훈장을 받았다. 사회·국제 문제에 꾸준히 목소리를 내고 일본 헌법 9조를 수호하는 '9조회'에 참여하는 등 작가로서, 지식인으로서 반전과 평화, 인류 공존을 역설해왔다. 2011년 3월 11일에 일어난 '동일본대지진' 이후 반원전 운동에도 앞장섰던 그는 2023년 3월 3일 영면에 들었다.

그렇게 살다 죽으면 된다

『땅의 혜택』 크누트 함순

황유원

없어지려고 하는 길, 없어지고자 하는 길을 본 적이 있다. 내가 자주 가던 동네 뒷산인 봉산에서 본 그 길. 더는 아무도 가지 않던 길로 가던 중 발견했던, 인적이 끊겨 길의 흔적만 남은 그 길엔 새로 쌓인 낙엽들만이 그득했다. 아직 아무도 밟지 않은 낙엽을 밟으며 나는 그 길이 사라지고 있다고 생각했고, 이윽고 그 길은 사라지는 게 좋겠다고 생각했다. 곳곳에 썩어 갈라진 나무둥치 안에는 이미 버섯들의 고요가 한가득. 하나의 길이 사라진다는 단순한 사실이 그렇게 반가울 수가 없었다. 없어지기 직전의 길을 내가 한 번 걸어본다고 다시 길이 생기지는 않을 터. 인간이 걸어가면 그곳에 길이 생긴다고, 그게 무슨 대단한 선언이라도 된다는 듯 말한 사람이 있었던 것 같은데, 나는 그런 것보단 당장 그 길의 소멸이 훨씬 아름답다고 느꼈다. 길은 집으로 돌아가는 중이었다.

우리에게 『굶주림』이란 소설로 더 잘 알려진 작가, 크누트 함순이 1920년 노벨문학상을 수상하는 데 결정적으로 기여한 『땅의 혜택』은 "황야를 지나 숲으로 통하는 기나긴 길. 그 길을 낸 것은 누구였을까?"라는 문장으로 그 긴 발걸음을 뗀다. 이 문장을 읽은 누군가는 생각하리. '모든 길이 사라진 곳에 다시 처음으로 길을 낸 사람에 관한 다소 전형적인 이야기가 되겠군.' 그러나 『굶주림』만을 기억하던 나로서는 '혼자 땅을 경작하다 미쳐가는 사람의 이야기가 아닐까' 하고 생각했었는데, 그건 정말이지 너무나도 섣부른 속단이었다.

우선 첫 장부터 나를 사로잡았던 것은 무엇보다도 문단들의 배열 형식이었다. 마치 커다란 건초더미를 쌓아올리듯 한 문단, 한 문단이 끝난 다음, 갑자기 내쉬는 한숨처럼, 혹은 오랜 시간을 들여 도끼질을 한 나무가 한순간 쩌억, 하고 땅 위로 쓰러지기라도 하듯 결기를 품고 쓰인 단 한 줄의 문단들. 이를테면 "그래서 그는 혼자 살 수밖에 없었다"라든가 "그러니 염소들도 이사크도 그냥 궁하게 사는 데 익숙해지는 수밖에 없었다"와 같은.

나는 이 문단들의 배열 형식이 생성하는 리듬이 이미 주인공인 이사크의 성격, 더 나아가 이 소설의 성격을 보여주고 있다고 느꼈는데, 그건 전혀 엉뚱한 생각만은 아니었다. 함순은 조심스럽게, 그러나 아주 확신을 가지고 모든 문장들을 써내려간다. 마치 땅을 일구고 거기 "금이 하늘에서 쏟아지는 것처럼 곡선을 그리며 씨를 던"진 다음, 창가에 가만히 앉아 비가 쏟아지길 기다리듯이.

그러나 『굶주림』의 주인공과는 달리 이사크가 혼자 보내는 시간은 길지 않다. 곧 잉에르라는 여자가 등장하면서 생기는 리듬의 변화. 이어지는 의심과 불안. 대체 왜 이 여자는 굳이 황야까지 와서 나와 함께 살려는 것일까? 그녀가 데려온 소는 어디선가 훔쳐 온 것이어서 훗날 나를 곤경에 빠지게 하진 않을지?

잉에르가 황야로 온 이유는 곧 드러나는데, 그것은 그녀가 주변 사람들로부터 도망치고 싶어했기 때문이다. "악마가 바꿔친 흉한 아이". 그것이 잉에르가 어린 시절 들어야만 했던 말. 그것도 고작 '언청이'라는 이유 때문에! 그런데 잉에르는 황야에 와서도 결국 그 사회적 편견으로부터 쉽게 탈출하지 못한다. 그녀는 농부의 아내가 되었고, 앞으로 많은 아이를 낳을 것이며, 그 아이 또한 언청이로 태어날 가능성이 얼마든지 있기에. 삶을 노동으로 가득 채운 채 숲에서 밭으로, 다시 밭에서 숲으로 몸을 바삐 움직여봐도 마음 한구석에 돋아난 그 불안의 싹은 제거되기는커녕, 시간과 함께 덩달아 자라난다. 훗날 눈덩이처럼 커져버리게 되는 이 문제는 그녀가 6년간 도시의 감옥에 다녀오게 되면서 해결이 되는데, 그것은 그것대로 또다른 문제의 싹을 틔우고 만다.

이렇듯 이 소설의 플롯은 '황야(쟁기/안개) 대 도시(주사위/번개)'라는 다소 단순한 대립구조의 운동과 황야가 거두는 기묘한 승리의 반복으로 요약할 수 있다. 주로 도시에서 기인하는 갈등이 황야에서의 삶에 가져오는 모종의 변화와 이에 대한 황야의 (다소 이념적인) 승리의 반복이 소설 전체에 밀물과 썰물과도 같은 리듬을 만들어내고 있는 것. 물론 함순이 이를 강력한 펜으로 땅을 일구듯 흐트러짐 없이 써내고 있기 때문에 소설은 전혀 지루하지 않을뿐더러, 매우 강한 자연친화적 메시지를 내뱉을 때도 촌스럽기는커녕 울컥하는 감동을 준다(특히 1부의 16장과 2부의 마지막 장은 그중에서도 백미다).

그런데 늘상 그렇듯, 책 안에서 '좀 놀 줄 아는' 독자들의 관심을 끄는 것은 소설의 주제보다도 그 안에서 벌어지는 사소하고도 디테일한 사건들이 아닐까? 대가답게, 함순은 황야에서 일어나는 지극히 사소한 일들을 마치 핀셋으로 조심스레 잡아 책에 그대로 옮겨놓듯 생생하게 표현해낸다.

그중 하나는 바로 이사크와 잉에르의 귀여운 사랑법. 이사크는 건실하고도 타고난 일꾼이지만 때로 그가 일을 하는 건 오로지 잉에르의 칭찬을 듣기 위해서이고(그는 잉에르가 없을 때는 그저 습관적으로 일을 할 뿐이라고, 아무런 보람도 느끼지 못한다고 말한다) 이를 눈치챈 잉에르는 듣기 좋으라고 때로 그에게 과한 칭찬을 해준다. “당신은 별걸 다 할 줄 아네요!” “저 목재는 뭐할 거예요? 뭘 지으려는 건지 궁금해요”라고 부러 물어주는 잉에르는 사랑스럽고, 허구한 날 “글쎄, 나도 잘 모르겠는걸” 하고 괜히 똥폼을 잡는 이사크도 그에 못지않게 사랑스럽다. 그런데, 그런 사소한 것들이야말로 바로 삶을 살게 하는 재미 아니던가?

이 소설은 또한 황야에서 살아본 사람만이 쓸 수 있는 담담하고도 단단한 비유들로 넘쳐난다. 이를테면 이런 식의 대화를 보라. “아빠가 종이에 글을 썼을 때, 그때 어땠어요?” “아무 느낌이 없었어. 마치 손에 아무것도 없는 것 같았지.” “얼음 위에서처럼 그렇게 그냥 미끄러지지 않아요?” “뭐가?” “글을 쓰는 펜이요.” 당신은 종이에 펜으로 글을 처음 써봤을 때의 촉감과 소리를 기억하는가? 도시에 사는 우리 중 그 누가 그것을 “얼음 위에서처럼 그렇게 그냥 미끄러지지 않”느냐고 물을 수 있단 말인가?

이처럼 황야는 도시보다 심심하고 적적하기만 한 곳이 되길 결단코 거부한다. 그 와중에 등장하는 거의 시에 가까운 문장들. “(기러기) 한 무리가 지나가고 나면, 온 세상이 조용히 멈추는 듯했다. (…) 이들은 일을 다시 계속하기에 앞서 일단 숨을 깊이 들이쉬었다. 저세상의 숨결이 이들을 스치고 지나간 것이다" 같은 문장들은 신비와 경건함으로 가득해서, 그들뿐만 아니라 그 문장들을 옆에서 바라보는 우리 또한 종종 깊은 생각에 잠기게 만든다. 그러면 숲속 작은 연못은 그곳에 사는 물고기들의 노랫소리가 들릴 정도로 고요해지고, 겨울에는 무겁게 내리쌓인 흰 눈이 나뭇가지가 뚝, 하고 부러지고 말 때까지 함께 묵직한 생각에 잠기는 것이다.

이제 다시 처음의 물음으로 돌아가보자. 그렇다. 지속되는 것의 아름다움이 있는 반면, 분명 소멸하는 것만의 아름다움이 있다. 그런데 소멸은 지속되던 것이 없이는 불가능하다는 점에서 어디까지나 지속되는 것과 서로 등을 맞대고 있는 것. 소멸의 아름다움은 다름아닌 더이상 지속하지 않아도 된다는 쾌감에서 오는 것이다. 그리고 그러한 쾌감은 죄책감이나 미련에 정확히 반비례하는 것. 그러므로 소멸의 아름다움을 느껴보려면 우선 소멸 직전까지 뼈가 휘도록 일하고 건설해봐야 한다. 그렇지 않으면 우리는 그 아름다움의 근처에도 가보지 못하리.

어쩌면 함순이 자신의 목소리를 가장 직설적이고도 진실되게 내뱉고 있을 『땅의 혜택』의 마지막 장은 이렇게 끝이 난다. "세상은 넓고, 점들로 가득했다. 잉에르도 거기 속했었다. 그녀는 사람들 사이에서 아무것도 아니었다. 그저 그 많은 이들 중 한 사람이었다. / 그렇게 저녁이 되었다." 거의 500페이지에 이르는 책의 마지막에 뿌려진 이 문장들은 허무함보다는, 왠지 모를 깊은 위안을 준다. 그래, 결국 그런 거지. 그러나 더욱 위안이 되는 건, 우리가 소멸해도 세상은 거기 그대로 남아 있을 거라는 사실. 우리는 잠시 세상에 묻었다 가는 흙먼지에 불과하다. 그러므로 우리는 누구를 지독하게 원망할 것도 없이, 그저 스스로 확신을 갖고 최선을 다해 살다 죽으면 된다. 그렇게 우리는 누가 알아주기도 전에 세상의 일부가 되었다 뒤에 남겨진 세상의 축복, 혹은 (나치에 동조했다는 이유로 참혹한 말년을 보내버린 함순처럼) 저주를 받으며 이곳을 뜬다. 당연한 일이다.

황유원 시인. 2013년 문학동네신인상으로 등단해 작품활동을 시작했다. 제34회 김수영문학상을 수상했다. 시집으로 『세상의 모든 최대화』 등이 있고, 옮긴 책으로 『밥 딜런: 시가 된 노래들 1961-2012』 『예언자』 등이 있다.

땅의 혜택 *Markens grøde*(1917)

황무지에 자리잡은 한 남자의 일생을 서사적으로 그린 소설로, 자연의 위대함과 그에 순응하며 정직하게 살아가는 인간의 생명력을 찬미한 걸작이다. 함순의 작품에는 언제나 문명에 대한 깊은 성찰이 담겨 있는데, 특히 후기 작품세계는 자연을 찬미하고 문명에서 유리되고자 하는 목가적인 작품이 주를 이룬다. 그중에서도 대표적인 작품이 『땅의 혜택』으로, 작가가 추구한 이상적인 삶이 그대로 녹아 있다. 함순에게 기계 문명이란 인간을 소외시키는 물질주의의 원흉이었다. 이런 근대 문명의 공허함 속에서 인간다움을 되찾기 위해서는 어떻게 해야 하는가. 답은 명료하다. 자연으로 돌아가 땅을 경작하면서, 모든 생명을 존중하며 소박하게 사는 것. 이 작품은 출간되자마자 2만 부 가까이 팔리면서 대중에게 큰 사랑을 받았으며, 여러 평론가들과 작가들에게도 극찬을 받았다. 산업화, 도시화에 대한 비판과 기계 문명에 대한 회의를 담고 있는 이 작품은 전쟁으로 피폐해진 유럽 사회에 큰 반향을 일으켰고, 함순이 1920년 노벨문학상을 받는 데 결정적인 역할을 했다.

크누트 함순 Knut Hamsun(1859~1952)

본명은 크누드 페테르센. 1859년 노르웨이의 구드브란스달에서 태어났다. 1862년에 노르웨이 북부 함순으로 이사했고, 훗날 이 이름을 필명으로 사용한다. 미국으로 두 번 건너가 몇 년씩 체류했으나 크게 실망하고 미국의 현대 문명에 비판적인 시각을 갖게 되었다. 1890년 『굶주림』으로 유럽 전체에 이름을 알렸다. 이후 『신비』『목신 판』『빅토리아』 등을 발표해 작가로서 명성을 얻었다. 1911년 농사를 짓기 시작하면서 『시대의 아이들』『세겔포스 마을』『땅의 혜택』 등 목가적인 작품을 주로 썼다. 제2차세계대전 당시 친독일적인 발언을 한 일로 전쟁이 끝난 후 반역 혐의로 체포되어 정신병원에 강제 수용되었다. 1947년 벌금형을 받아 재산의 대부분을 벌금으로 낸 후 집으로 돌아왔고, 1952년 92세로 사망했다.

문학동네 세계문학전집 129

사랑이라면 불안이여, 괜찮다

『불안의 책』 페르난두 페소아

이규리

작가 페르난두 페소아라는 이름은 그의 고국 포르투갈과 두운이 잘 어울렸다. 『불안의 책』에 매혹된 이유는 제목 때문이었는데, 불안은 과거에도 그러했고 미래에도 좀체 떨쳐버릴 수 없는 한몸일 것 같아서이다. 리스본을 사랑하고 그곳에서 살았던 주인공 소아르스처럼 책을 읽는 동안 리스본의 도라도레스 거리를 걸었고 커피를 마셨으며 나른한 햇볕 속에 있기도 했는데 물론 회계사무원인 그와 함께할 때도 있었고 혼자일 때도 있었다. 어떤 장소나 그 장소만의 특유한 감정이 있다. 도라도레스 거리는 음울했고 가벼웠으며 자주 비가 내렸는데 나뭇잎 흔드는 바람 있는 저녁이 특히 좋았다.

15년 전, 나는 실제로 리스본 특급열차를 탄 적이 있다. 스페인을 거쳐 포르투갈로 들어가는 길이었는데 '리스본 특급열차'라는 말에 마음이 먼저 흥분하고 있었다. 영화의 한 장면처럼 내 침대칸에서 맞닥뜨리게 될 미지의 장면들과 함께 그 열차가 관통하게 될 서방의 새벽을 어떻게 서술해야 할지 설레었던 것이다. '리스본'이라는 이름이 감미롭고도 아련하게 머물고 있는 동안 열차는 달리고 있었고 새벽을 지켜보는 내면에는 어떤 푸른 기운이 기득했으나 고요했다. 마찬가지로 꽤 두꺼운 『불안의 책』을 읽은 후에도 서늘하고 젖은 기운이 감지되었지만 아늑하고 평온했다. 그것이 포르투갈 혹은 리스본의 색조였을까?

> 비 내리는 풍경에서는 추위와 슬픔, 어떤 길을 선택해도 희망이 없다는 느낌, 그리고 지금까지 꿈꿨던 모든 이상理想의 냄새가 난다. _389쪽

어디에서도 불안을 명확히 가르쳐주지는 않았다. 불안은 안개처럼 잡을 수도 보관할 수도 없는 그저 부윰한 심리인 것을. 종이를 설명하기 위해 종이 아닌 물과 공기와 햇볕과 나무를 이야기해야 하듯, 사랑을 말하기 위해 사랑 아닌 불안과 질투와 의심을 말해야 하는 것과 같지 않을까. 작가 스스로 밝히듯 자서전에 가까운 이 책은 스토리가 없는 대신 인간의 슬픔을 말했고 권태를 말했으며 기타 무수한 형태로 삶과 의식의 편린을 다양하게 서술하고 있었다. "인간이 완전해질 수 없음을 믿지 못하니 얼마나 큰 비극인가!—그리고 그것을 믿는다면 얼마나 큰 비극인가!" 모든 살아 있는 것은 모순을 포함하기 마련이고 갈등하는 삶은 이미 불안을 내포한다 하겠다. 그리하여 불안은 떨쳐버리는 게 아니라 함께하는 것.

작가는 평생 수십 개의 이명異名을 사용했다. 1에서 481까지 번호로 나타나는 이 책의 전개는 그가 이명으로 사용했던 수많은 분신처럼 자신 안에 존재하는 분열된 자아들의 중얼거림이거나 독백일 것이다. 따라서 이 책은 꼭 순서나 페이지를 따라갈 필요가 없어 보인다. 그의 고통은 그의 의식을 지배했던 세상의 부조리함과 불가항력, 그리고 삶의 불완전과 권태이며, 따라서 이 책은 예민한 감각과 지성으로 짚어나가는 불안의 간접의 코드가 될 것이다. 그 불안 역시 백색소음처럼 익숙해지고야 마는 우리 삶의 한 형식이 되겠지만.

그의 이성은 고독하고 지성은 패배자의 그것처럼 고통스럽다. "내가 다른 이들과 어울리지 못한다고 마음 깊이 절실히 느끼는 이유는, 대부분의 사람들이 느낌을 가지고 생각하는 반면 나는 생각을 가지고 느끼기 때문인 것 같다." 혼자이기를 갈망하고 혼자이기를 자처했던 소아르스의 페르소나는 작가 페소아의 진실과 상통한다. 그리고 어떤 이념이나 사람, 어떤 상황에도 종속되지 않으려 했던 그의 고독은 마침내 자유롭고도 초월한 이성의 중심을 관통하는 것으로 나타난다.

> 사람이든 사랑이든 어떤 이념이든 무엇에도 종속되지 않는 것, 진실을 믿지 않고 진실을 안다는 것의 유용성도 믿지 않으며 초연한 독립성을 유지하는 것, 이것이야말로 늘 사고하며 사는, 내면이 지성적인 자가 갖춰야 할 바른 자세라고 본다. 어딘가에 소속되면 평범해진다. 신념, 이상, 여인, 직업, 이 모든 것이 감옥이고 족쇄다. 존재는 자유로운 것이다. 야망도 우리가 그로 인해 자부심을 갖는다면 한낱 짐일 뿐이다 (…) 심지어 우리 자신에게도 묶이지 말 것! 다른 이들로부터 자유

로운 것처럼 우리 자신으로부터 자유로워지고 명상하되 황홀경에 빠지지 말고, 생각하되 결론을 구하지 말자. 우리가 신으로부터 자유롭다면, 감옥 마당에서 간수가 잠시 한눈을 파는 바람에 생긴 이 짧은 휴식 시간의 행복을 누릴 수 있을 것이다. _302~303쪽

그의 명징한 사유는 "다른 사람을 지배할 필요가 있다면 다른 사람이 필요하다는 뜻이다. 지배하는 자는 의존하는 자다"와 같이 단독자로서의 결심을 보여주며 "우리의 어떤 것이 비록 나쁠지라도 지속될 거라는 환상을 갖기 위해 적어도 새로운 비관주의와 새로운 부정을 만들어낼 것!"이라 하여 더 냉철해진다. 다시 말하지만 이 책은 인간의 자의식과 인식에의 다양한 서술이다. 그 생각을 따라가면서 어느 대목에 우리는 우리의 불안을 대입하거나 슬그머니 동승하면 된다. 더 잘 살기 위한 것이 아니라 잘못 살지 않기 위한 성찰의 서술이다. 그 사이사이에서 고요히 당신의 고통이 위로될 것이다.

여러 얼굴을 지닌 불안의 정의들도 개인의 슬프고 아픈 내면의 감각일 터인데, 결국 불안은 부조리한 삶의 이면이며 사랑의 숨은 의미소일 것이다. "만일 우리가 모나리자의 초상화를 볼 수 없다면 그것은 훨씬 더 아름다운 작품이 되지 않을까?"라는 의미도 역설이자 이면 너머의 확장된 사고이다. 그걸 안다 해도 우리의 세속의 삶은 모나리자를 보고야 말 것이며 어찌되건 사랑도 하고야 말기 때문이다. 불화하고 불편했던 인간의 불가피한 선택이 불안이었다면 그것을 수렴하는 것은 결국 사랑이어야 하지 않을까.

방파제에서 두 척의 배가 서로 엇갈려 지나갈 때 배가 지나간 흔적

에서 알 수 없는 그리움을 느끼듯이 너희를 사랑한다. _133쪽

“대부분의 사람들은 타인들”이라 할 때나 “한 영혼이 다른 영혼을 이해하려고 아무리 애를 써본들 그는 고작 타인이 말한 단어 하나를 이해할 뿐”인 것도 우리가 영원히 타인을 소유할 수 없다는 아픔에서 비롯된 것이며, 마찬가지로 “매력적인 육체를 소유했을 때 우리가 품에 안은 것은 아름다움이 아니라 살과 지방덩어리”와 같다는 극명한 인식 역시 사랑에의 객관적이고 냉철한 접근인 것이다.

이 책의 서두에서 보듯 “아무것도 말하지 않는다면 그것은 할말이 아무것도 없기 때문이”며 그 말은, 떠나는 사람은 떠난다 말하지 않으며 정말 아픈 사람은 아프다 말 못하는 것과 상응할 것이다. 어쩌면 이 책은 말을 안으로 숨긴, 말할 수 없지만 말해야 했던, 결국 말이 되지 않은 말들의 기록인 셈이다. 그리고 지리멸렬하지만 세상은 다시 사랑으로 수렴되고 우리의 삶은 계속될 것이다.

우리가 했던 모든 일이 사랑이라면 죽어도 괜찮다. _299쪽

정말 괜찮다. 페소아, 당신의 이름으로 패러디를 해볼까? 우리가 했던 모든 불안이 사랑이라면 더 오래 불안해도 괜찮다, 괜찮다, 정말 괜찮다고.

이규리 시인. 1994년 『현대시학』을 통해 등단했다. 시집으로 『최선은 그런 것이에요』 『앤디 워홀의 생각』 『뒷모습』이 있다.

불안의 책 *Livro do Desassossego*(1982)

페소아가 1913년부터 세상을 떠나기 직전까지 약 20년의 세월 동안 틈틈이 공책이나 쪽지에 기록한 단상들을 모은 고백록. '회계사무원 베르나르두 소아르스의 작품'이라는 부제를 달고 있는 이 책은 페소아가 자신이 창조한 소아르스를 묘사하고 소개하는 짧은 머리말과, 소아르스가 '사실 없는 자서전'이라는 표제 아래 써내려간 481개의 단상으로 이루어져 있다. 짧게는 한 줄에서부터 길게는 한 장을 넘어가는 481개의 고백적 단상들은, 순간적으로 스치는 생각과 감정에서부터 삶에 대한 사유, 작가로서의 존재 의식에 대한 성찰, 감정 묘사 등에 이르기까지 한 평범한 회계사무원의 내면에서 일어나는 다양한 면모를 모두 아우른다. 페소아가 자신을 해체시켜 창조해낸 이명만큼이나 다양한 얼굴을 지닌 글들 사이에 일관된 흐름이나 기준은 찾아보기 어렵다. 잘 지어진 벽돌집 같은 정제된 글이 아니라, 가슴속에서 무언가가 쏟아질 때마다 그것을 손끝으로 받아 휘갈긴 작가의 필체가 그대로 느껴지는 살아 있는 명상록에 가깝다.

페르난두 페소아 Fernando Pessoa(1888~1935)

포르투갈 리스본에서 태어났다. 1912년 『아기아』에 포르투갈 시문학에 대한 글을 발표하면서 작가 활동을 시작했고, 1915년 포르투갈 모더니즘 문학의 시초라 평가받는 잡지 『오르페우』를 창간했다. 일생 동안 여러 잡지와 신문을 통해 130여 편의 산문과 300여 편의 시를 발표했고, 자신이 직접 운영하는 출판사에서 몇 권의 영어 시집을 펴냈다. 1934년 생전에 출간된 저서 중 유일하게 포르투갈어로 쓴 시집 『메시지』를 출간했다. 틈틈이 기록해놓은 단상들을 모아 『불안의 책』을 출간하려 했으나 뜻을 이루지 못하고 간질환이 악화되어 1935년 47세의 나이로 사망했다. 사후 엄청난 양의 글이 담긴 트렁크가 발견되었고, 아직도 분류와 출판이 진행되고 있다.

문학동네 세계문학전집 130

작가의 탄생과 국가의 탄생

『사랑과 어둠의 이야기』 아모스 오즈

김혜순

어디에나 시가 있듯, 어디에나 소설이 있다. 유럽에서 예루살렘으로 유태인들이 쏟아져 들어갔을 때, 그 땅을 영국인들이 위임통치하고 있었을 때, 독립전쟁 후 아랍인들이 이스라엘인을 한 사람도 남김없이 죽여버리려고 총공세를 시작했을 때, 그때 거기에도 소설이 있었다. 그리고 열다섯 살 소년이 자진해서 들어간 협동농장 키부츠 훌다에도. 물론 내가 아모스 오즈의 그때 거기를 읽는 지금 여기에도 소설이 있다.

『사랑과 어둠의 이야기』는 한 사람의 작가가 자서전적 소설을 쓴다면 어떻게 해야 하는지 가장 모범적으로 보여주는 소설 같다. 이 소설은 아모스 오즈의 소설 가운데 가장 수다스럽고, 반복이 많으며, 정치·사회적인 사건이 직접적으로 언급된다. 그럼에도 엄청나게 슬프고, 현학적이고, 유머러스하다. 특히 인물 묘사는 각각의 인물을 가지고 한 편씩의 영화를 만들어도 될 만큼 각기 다른 인생의 시공간을 품은 채 생생하게 살아 있다. 나는 우리나라 말로 번역되어 약 천 페이지에 가까운 이 소설을 식음과 수면을 폐하다시피하고 읽어버렸다. 그리고 내가 살아보지 않은 시대의 예루살렘을, 홀로코스트 이후에 유럽 각지에서 이스라엘로 몰려든 유대인을, 그 속에서 서른여덟 살에 자살한 여인과 살아남은 한 아이를 알게 되었다. 이 소설은 아모스 오즈의 주름진 얼굴 뒤에 숨어서 숨쉬는 예민한 한 아이를 사라진 시간의 지평 위에 영원히 살아 있게 만들어주었다.

소설엔 소년과 그의 부모를 둘러싼 예루살렘 사람들의 이야기가 서브플롯을 만들며 촘촘하게 얽혀 있는데, 작가는 그들의 행위와 그들이 사용하는 언어들을 섬세하게 묘사하고 제시해, 그것들의 얼개가 이스라엘의 미시사가 되도록, 이스라엘 국가 혹은 민족 공동체가 되도록 만들었다. 한 편의 소설로 세상에 존재하지 않으나 이스라엘과 매우 유사한 어떤 하나의 국가를 구현했다. 이렇게 한 편의 소설이 하나의 국가를 구현하는 다른 예로 살만 루슈디의 『한밤의 아이들』을 들 수 있겠다. 그 소설은 주인공의 생애와 용모와 사건들을 묘사함으로써 주인공 자체가 인도 대륙을 상징하는 것처럼 느껴지게 했지만, 이 소설은 각기 다른 인물들의 모자이크를 통해 한 국가 민족 공동체가 구현되도록 만들었다. 이 소설 국가는 에토스나 거대 이념에 물들지 않은 다면적인 역사성을 가진, 생물처럼 살아 있는 독자적인 풍경과 시간의 지도를 가지고 있다. 각기 다른 등장인물의 견지에서 보면 각기 다른 역사성이 도출되는 국가 말이다. 그러면서도 한 사람이 하나씩의 국가가 되는 소설. 슬프면서도 아름답고, 절망적이면서도 아련하고, 파란만장하면서도 다시 살아나는 하나씩의 소설 국가. 이 개별 국가에서는 누군가라는 하나의 국가가 누군가라는 다른 하나의 국가를 느끼는 은밀한 기쁨이 충만했다. 소년 화자의 진실함을 담은 시선에서 퍼지는 개인들을 향한 다정한 이해가 마치 지금 여기에서 그때 거기를 사진 찍어놓은 것처럼 아련했다. 이 소설 국가에는 열일곱 개 언어를 말하고 그 문자들을 읽을 수 있는 서지학자 겸 사서이면서 교수 자격을 취득하는 데에는 실패한 아버지와, 늘 상상하던 유토피아의 반대편인 전쟁터와 사막에 사느라 병들어 점점 사그라지는 젊고 감성적인 어머니가 살아 있다. 더불어 세계 언어의 퀼트로 지은 수의를 입은 아버지와 히브리어를 이어붙여 만든 부드럽게 번뜩이는 이야기의 수의를 입은 어머니가 죽어 있다. 작가는 그들을 소설 속에 반복 소환함으로써 감수성 예민하고, 따뜻한 장난기로 뭉쳐진, 독서량 풍부한 한 소년이 혈류처럼 시공간이 얽혀 있는 소설 국가의 모든 시점에 출몰할 수 있게 만들었다.

다시 말하지만 이 소설엔 이스라엘이라는 실제 국가의 탄생과 한 작가의 탄생 신화가 서로 맞물려 있다. 전 유럽으로부터 몰려들어온 주변 인물들의 촘촘한 묘사가 소설 국가와 실제 국가의 스며듦을 도모했다면, 부모에 대한 생생한 묘사는 작가라는 정체성을 가진 한 아이가 그들에게서 탄생하고 성장할 수밖에 없는 필연적인 조건이 되었음을 증명한다. 작가의 아버지는 언어의 발생과 그 유의어들의 연상 작용을 몸속에 내재한 채 걸어다니는 거대한 사전이었으나 여성을 이해하는 데에는 아주 열등했다. 어머니는 부재와 절망과 우울과 병으로 몸을 감쌌으면서도 이야기의 재능이 남달랐다. 이에 덧붙여 파란만장의 환경은 언어에 대한 탁월한 재능과 자폐와 우울이 병존하는 감수성 예민한 한 작가를 세상에 탄생시킬 절대적 토양이 되었다. 그리고 그것은 한 국가의 탄생과 맞먹는 사건이 되었다. 소설은 독자가 센티멘털해지려는 순간, 객관적인 역사의 전개로 그것을 뭉개어준다. 국가적 사건들로 소설이 건조해지려는 순간, 환희와 슬픈 작별과 절망으로 그것을 흐물흐물하게 풀어버린다. 무엇보다도 어머니의 위태로운 재능과 질병은 소설을 이끌고 가는 수증기같이 약한 끈이지만, 가장 질긴 끈이 되어 소설을 읽는 독자를 언제나 소설에 단단히 얽어매어준다.

여자는 바이올린과 드럼 간의 차이처럼, 무한대로 더 부유하고, 더 부드럽고, 더 정교하다. 아니면 내 삶이 바로 시작되는 그 지점에서 기억의 메아리가 있는 건지도 모른다. 칼 대 가슴. 세상에 태어나자마자 나를 기다리던 여자가 있었고, 비록 내가 그녀에게 끔찍한 고통의 원인이 되었음에도, 그녀는 내게 온화함으로 보답해주고, 자기 젖을 주었다. 반면, 남성의 성에서는 벌써 할례 칼이 쨍그랑거리며 숨어 나를 기다리고 있었다. _2권, 384쪽

앞에서 인용한 부분은 아모스 오즈가 어머니에 대한, 나아가 여성들에 대한 감정과 죄의식, 경이를 드러내는 부분이면서 자신을 비롯한 남성들에 대한 실망을 감추지 않는 대목이다. 소설에는 소년의 조력자가 된 주변 여성들에 대한 연모와 존경의 에피소드가 되풀이되어 등장한다. 반면에 학계나 정치계에서 실력이나 권력을 가진 친지나 친척 남성들의 희화화도 유머를 장착한 프레임 속에서 되풀이 묘사된다. 소년은 이들과 늘 한 공간에서 비극

의 관찰자이면서 경고자처럼 존재한다. 특히 이 긴 소설의 끝에서는 오래 간직한 비밀을 누설하는 것처럼, 어머니의 죽음이 서술되는데 작가는 "새가 놀라워하며 몇 번이나 그녀를 부르고 또 불렀는데도 헛수고였는데, 그 새는 몇 번이고 계속 그녀를 깨우려 애를 썼으며, 지금도 여전히 때때로 그녀를 깨우려 애쓰고 있다"라고 쓰고 있다. 이 문장들을 읽으면서 나는 아모스 오즈의 모든 소설이 죽은 어머니를 깨우기 위한 것이 아니었나, 어머니의 죽음 앞에 당도해서 '모든 이들을 서로 떨어뜨려놓았던 천 년 동안의 어둠'을 깨트리려고 문을 두드리는 소년의 주먹질 같은 새 울음소리가 아니었나 되돌아보게 되었다.

소년은 어머니가 죽고 얼마 후 키부츠 훌다로 떠나 그곳에서 작가가 된다. 소년의 어머니가 폴란드에서 이주하기 전 전형적인 알리야aliyah 내러티브에 젖어서 꿈꾸고 갈망했던 젖과 꿀이 흐르고 팔뚝 굵은 사내가 농장을 가꾸는 곳. 소년은 어머니가 죽고 어쩌면 그런 유토피아(키부츠 훌다)를 찾아 나섰을지도 모른다. 아버지의 성을 버리고 제 이름을 지은 다음, '매일 두세 번 찬물로 샤워를 하고, 피부를 그을리고, 밤마다 하던 불결한 짓을 그만두어야 한다'고 결심한 다음에야 살아갈 수 있는 곳. 감정과 생각(어머니)마저 버리고 건강한 이스라엘인이 되어야 하는 곳, 유럽인의 삶과 멀리 떨어진 곳. 그러나 결국 소년이 살았던 한 편의 소설(아버지의 언어, 어머니의 정서, 국가의 시간)은 소년을 작가로 만들고, 그 소설을 소년에게 쓰게 하고야 말았다.

마지막으로 한 가지, 나는 이 소설을 읽으면서 소설의 배경이 된 알리야 이전과 이후, 홀로코스트는 결국 유럽인의 아시아인에 대한, 타 대륙 출신에 대한 경멸이 아니었던가, 그리고 지금 유럽으로 몰려드는 아시아 난민들에게 이 소설은 언젠가 또 일어날 일이 아닌가 두려워졌다.

김혜순 시인, 서울예대 문예창작과 교수. 1978년 동아일보 신춘문예에 평론 「시와 회화의 미학적 교류」로 입선하고, 1979년 『문학과 지성』에 「담배를 피우는 시인」「도솔가」등을 발표하며 작품활동을 시작했다. 시집 『또 다른 별에서』『어느 별의 지옥』『불쌍한 사랑 기계』 등, 저서로 『않아는 이렇게 말했다』『여성, 시하다』 등이 있다.

사랑과 어둠의 이야기 סיפור על אהבה וחושך(2002)

사실과 허구가 어우러진 아모스 오즈의 자전적 소설로, 유대인 박해의 역사와 현대 이스라엘 건국에 대한 이야기를 작가 자신의 개인사를 통해 아름답게 풀어냈다고 평가받는 걸작이다. 소설 안에서는 자전적 이야기와 소설적 이야기, 두 개의 내러티브가 펼쳐진다. 자전적 이야기에는 홀로코스트 생존자인 친척들의 이야기, 부모님과의 기억, 여러 큰 사건들을 겪으며 새로운 정체성을 찾아가는 여정 등이 담겨 있다. 소설적 이야기에는 어린 시절의 추억, 당대의 사상과 이념, 역사적인 실존 인물들을 기반으로 한 에피소드가 있다. 이스라엘의 역사적인 시기를 배경으로 오즈 자신의 개인적인 체험이 묘사되고, 그 이야기들은 자연스럽게 유럽에 살던 유대인들의 이민과 이스라엘 건국으로 연결된다. 작가가 시간과 공간을 넘나들며 덤덤하게 서술하는 친척들의 일화와 어린 시절의 기억은 유대인의 역사를 그대로 관통하고 있다. 출간 이래 9개국에서 10개의 문학상을 수상하고 30여 개 언어로 번역되었으며, 2007년 '이스라엘 건국 이후 가장 중요한 책 10권'에 선정되었고, 2015년에는 내털리 포트먼 연출, 주연으로 영화화되기도 했다.

아모스 오즈 עמוס עוז (1939~2018)

본명은 아모스 클라우스너. 1939년 예루살렘 시온주의자 집안에서 태어났다. 열두 살 때 어머니의 자살로 큰 변화를 겪었으며, 1954년 집을 떠나 키부츠 훌다에 들어가면서 히브리어로 '힘'을 뜻하는 오즈로 개명했다. 예루살렘 히브리대학교에서 히브리 문학과 철학을 전공했다. 1965년 『자칼의 울음소리』로 데뷔한 이후, 『나의 미카엘』 『여자를 안다는 것』 『사랑과 어둠의 이야기』 『삶과 죽음의 시』 『친구 사이』 등을 발표하며 문단과 대중의 찬사를 받았다. 또한 이스라엘 문학상, 괴테상, 프란츠 카프카 상 등 유수의 문학상을 휩쓸며 이스라엘에서 가장 영향력 있는 작가로 자리매김했다. 이스라엘과 팔레스타인의 평화로운 공존을 주장하며 1978년 이스라엘 평화단체 '샬롬 악샤브', 2008년 좌파 사회민주주의 정당 '메레츠'의 창립자로 참여했다. 2015년 박경리 문학상을 수상했다. 2018년 텔아비브에서 암으로 사망했다.

문학동네 세계문학전집 131-132

쥐는 어디서든지 살아간다

『페스트』 알베르 카뮈

김솔

그것은 '은'이나 '는'이라고 쓰거나 읽고 '쥐'라고 이해한다. 그러니까 앞의 문장에는 세 마리 또는 네 마리의 쥐가 살고 있다. 음습한 틈 속에서 새끼를 낳고 먹이를 구하는 쥐 말이다. 애완용으로 사육되면서 주기적으로 백신주사까지 맞는 쥐도 있다지만 그렇게 호사를 누리는 것이 건조하기 이를 데 없는 이 문장 안에 숨어들 리 없으므로 괘념치 않겠다. 앞의 문장에는 쥐가 세 마리 숨어 있다. 쥐가 살고 있지 않은 문장은 거의 없다. '은'이나 '는'이라고 쓰거나 읽은 단어는 주로 주어나 수식어와 조응하는데, 적어도 주어가 없는 문장은 존재하지 않기 때문이다. 물론 주어가 문장에서 생략되기도 한다. 앞의 문장에는 쥐가 살고 있지 않는 것처럼 보이지만, 자세히 뒤져보면 쥐의 꼬리나 흔적을 발견할 수 있다. 쥐는 모습을 완전히 드러낼 때보다 그것의 그림자를 주변에 투영할 때 더 확실해진다. 쥐의 존재감은 인간이 감지하는 공포의 크기로 측정될 수 있다. 쥐는 현실태와 가능태의 틈 속에서 태어난다. 그리고 단어와 단어 사이, 부호와 부호 사이, 문장과 문장 사이를 드나들면서 먹이를 구하고 새끼를 낳는다. 세상 모든 언어에 쥐를 지칭하는 단어가 있기 때문에 국경과 시대를 쉽게 뛰어넘을 수 있을 뿐만 아니라 다양한 변이를 통해 멸종을 피한다. 그것의 서식지는 종이나 컴퓨터의 액정, 심지어 죽은 자의 문신 속에서도 발견된다. 쥐는 몇 달을 먹거나 마시지 않고도 끄떡없으며 환경에 맞춰 자유자재로 몸을 늘이거나 줄일 수도 있다. 겨울잠보다도 더 길고 지루한 침묵도 잘 견딘다. 그러다가 누군가 말을 하고 글을 퍼뜨리는 순간 그것은 **순식간에** 생기를 회복하고 제 합목적성을 실현한다. 노회한 것들은 본능적으로 수식어보다 주어 아래 숨어서 검열과 방역을 피한다. 그리고 화자나 등장인물을 거쳐 독자에게 옮겨가기도 한다. 책은 알렉산더의 거울*과 같아서—그 거울은 세상을 단순히 반영하는 게 아니라 흡수하고 저장한다—완전히 없앨 수 없을 뿐만 아니라, 플라나리아처럼 몇 페이지만 살아남아도 언제든 한 권의 책으로 복원될 수 있기 때문에, 독자에게 이르는 순간 영생을 보장받는다는 사실을 쥐는 잘 알고 있다. 그러니 쥐를 구제하기란 불가능하다. 구제라는 단어에는 살리는 의미救濟와 죽이는 의미驅除가 동시에 반영되어 있다. 동음이의어는 쥐약이 섞여 있는 음식과도 같다. 하지만 쥐는 명민하여 맹독이 섞인 음식 앞에선 식탐을 멈춘다. 책 안에서 불결하고 썩은 것들, 가령 오탈자나 오문이나 궤변 따윈 거들떠보지 않는 대신 신선하고 무르고 청

* 호르헤 루이스 보르헤스의 『알렙』에는 마케도니아의 알렉산더 비코르니스 대왕의 것으로 간주되는, 전 우주가 비치는 거울에 대한 내용이 나온다.

량한 것만을 골라 탐닉한다. 식사를 마치고 나면 삼삼오오 모여서, 너무 딱딱하여 닳거나 깨어지지 않는 문장과 부조리한 상황에 이빨을 갈아대면서 다음 차례의 식사를 준비한다. 한 차례의 식사만으로도 한 세기는 너끈히 버틸 수 있으며 그사이 인간은 적어도 두 번 죽는다. 자신의 분신처럼 지내던 자의 죽음으로 한 번, 그리고 자신의 죽음을 더이상 부인할 수 없을 때 또 한 번.

> 죽은 쥐가 있다는 것은 그에게는 이상한 일에 불과했지만 수위에게는 추문이 될 만한 일이었다. 수위의 입장은 단호했다. 그 건물에는 쥐가 없다는 것이었다. _16쪽

쥐의 존재를 극구 부정한 수위가 고통 속에서 "쥐들!"이라고 소리친 순간 그것들은 언어와 국경과 시간을 일제히 뛰어넘어 오랑시로 몰려들었다. 건물과 건물 사이, 중심과 외곽 사이, 낮과 밤 사이, 건기와 습기 사이를 먼저 채우고 난 뒤 인간과 인간 사이, 말과 말 사이, 책과 책 사이, 생각과 생각 사이, 습관과 습관 사이, 심지어 침묵과 잠 속에까지 파고들어 서식지를 늘렸다. 선천적으로 조심성이 많은 쥐는 하나의 시공간을 절반 이상 장악하기 전까진 백주에 제 모습을 드러내지 않는다. 그러니까 숨을 곳이 더이상 남아 있지 않을 때 그것은 저절로 드러난다. 그리고 일단 그것이 드러나면 인간은 더이상 자신의 일상을 정상적으로 통제할 수 없다. 쥐의 존재를 부정한 인간이 가장 먼저 쓰러진다. 그리고 페스트라는 단어를 쓰고 말하는 순간 모든 인간은 페스트에 **감염된다.** 하지만 쥐들의 연대만으로는 페스트가 창궐할 수 없다. 페스트의 숙주는 쥐가 아니라 인간이며, 병균은 인간의 육신보다 영

혼의 영역으로 더욱 깊이 파고들어, 윤리와 철학과 종교와 문법 같은 것들을 닥치는 대로 파괴했다. 수천 년 역사를 통해 쌓아올린 지식을 무기나 갑옷으로 삼을 수 없었다. 페스트에 감염된 증상은 너무 다양하고 모호해서 어느 누구도 인과를 제대로 이해하지 못했다.

인간은 관념이 아니에요, 랑베르. _194쪽

위선과 위악 사이에서 인간의 시체가 천천히 부패하며 구더기 같은 이야기들이 흘러나왔다. 이웃 도시로 드나드는 출입문이 모두 폐쇄된 뒤에도, 쥐를 구제하면 병균을 제압할 수 있다는 거짓 희망이 오랑의 시민들을 도덕적 타락과 자살의 충동으로부터 잠시 보호해주었으나 갈등과 희생을 줄이진 못했다. 쥐가 음습한 틈 속에 살면서 불결하고 썩은 음식만을 먹는다고 생각하는 한, 그리고 오랑시 밖에는 쥐들이 결코 파괴할 수 없는 세계가 존재한다고 믿는 한, 페스트로부터 오랑시를 해방시키기 위한 영웅들의 노력은 숙명적인 실패를 확인해줄 따름이었다. 그래서 2월의 어느 화창한 날 새벽, 오랑시의 출입문들이 개방되고 도청이 공식 성명을 발표한 뒤에도 오랑의 시민들은 여전히 페스트로 죽는다. 그리고 의사는 페스트와 쥐 중 어느 것 하나도 완벽하게 구제하는 일이 불가능하다는 사실을 시인한다. 그는 바닷물에 몸을 담그면서 "인간들!" 하고 격하게 소리질렀으나 아무에게도 들리지 않았다.

기쁨에 젖어 있는 군중은 모르고 있지만 책에서 확인할 수 있는 사실, 즉 페스트균은 결코 죽거나 소멸되지 않으며, 수십 년 동안 가구나 내복에 잠복해 있고, 방이나 지하실, 트렁크, 손수건, 낡은 서류 속에서 참을성 있게 기다리고 있다는 사실을 그는 알고 있었다. 또한 인간들에게 불행과 교훈을 주기 위해 페스트가 쥐들을 다시 깨우고, 그 쥐들을 어느 행복한 도시로 보내 죽게 할 날이 오리라는 사실도 그는 알고 있었다. _360~361쪽

알제리 출신의 프랑스 작가가 완성한 책에 숨어서 오랑을 빠져나온 쥐들은 너무 딱딱하여 닳거나 깨어지지 않는 문장과 부조리한 상황에 이빨을 수시로 갈아대면서 다음 차례의 식사를 준비했다. 인간과 인간 사이, 책과 책 사이, 말과 말 사이, 생각과 생각 사이를 장악하는 데 그리 많은 시간이 소요되지 않았다. 그리고 오랑시에서보다도 더 격렬하고 파괴적인 사건들이 세계 곳곳에서 재현되었다. 쥐들은 신선하고 무르고 청량한 먹이를 찾지 못했기 때문에 닥치는 대로 파헤쳤다. 하지만 모든 걸 의심했기 때문에 눈앞의 먹이를 거의 삼키지 않고 그대로 놔둔 채 다음 식탁으로 옮겨갔다. 그것을 집어삼킨 쪽은 인간들이었고, 그 때문에 피해는 더욱 불어났다. 가짜 소문과 도덕적 위선과 종교적 망상이 천천히 부패하면서 혐오스러운 징후들을 쏟아내자 노인들이 가장 먼저 감지해내고 불평했다. 그 **노인들의** 나이 어린 형제들은 그 징후들을 소각하고 살균제를 뿌려댔지만 말과 글을 통해 불어나는 쥐들을 특정 시공간에 가두는 일이 불가능하다는 사실을 깨닫자 자신을 **격리시키는** 방법으로 목숨과 권력을 부지했다. 그 노인들의 자식들에게 폐허는 차라리 처연하고 아름다운 낙원이었다. 그래서 그들은 쥐를 기르거나 스스로 쥐가 되는 방법으로 자신이 포함된 세계를 철저하게 파괴하는 데 열광했고, 폐허 위에서 새로운 윤리

와 철학과 종교와 문법을 세우려고 노력했다. 자신의 행동을 설명하기 위해 그들은 그 프랑스 작가의 책을 인용하였을 뿐만 아니라 부정하는 일도 서슴지 않았다. 겨우 마흔네 살에 '오늘날 인간 의식에 제기되는 여러 가지 문제들에 빛을 던졌다'는 칭송과 함께 노벨문학상을 받았을 때 그 작가 역시 자신의 자리와 역할을 확실하게 인지했다.

> 작가의 역할은 그러므로 여러 가지 어려운 의무들과 분리해 생각할 수가 없습니다. 당연히 작가는 오늘날 역사를 만드는 사람이 아니라 역사를 겪는 사람을 위해 봉사할 수밖에 없습니다. 만일 그렇지 않다면 그는 외톨이가 되어 자신의 예술을 잃게 될 것입니다. _알베르 카뮈, 노벨문학상 수상 연설문, 『아버지의 여행가방』 수록

헛헛한 환호와 모호한 칭송이 쥐들을 다시 **불러모았고** 작가는 자신마저 페스트에 감염되었다는 사실을 깨닫게 되었다. 낮 동안 몰이해와 비난에 시달렸고 환청과 우울의 증세가 밤마다 반복되었다. 자신의 작품을 '냉동제품들의 비밀회담'이라고 폄하하거나 '그에게 상을 줌으로써 노벨상 위원회는 끝장나버린 작품에 시상한 셈이다'라고 조롱하는 자들이 신문에 등장하기까지 했다. 작가는 자신을 서재에 유폐시키고 외부와 단절시켰다. 그곳에서 그는 친구들의 죽음과 세계의 몰락을 다시 경험했다. 단 한 명의 생존자만이 허락된 폐허 위에서 그는 스스로 의사와 검사와 신부와 기자와 허무주의자가 되어 쥐가 아직 침범하지 않은 세상과 거기서 최초로 태어난 인간에 대한 이야기를 완성해갔다. 추억과 운명이 오니汚泥처럼 혼재된 시공간에서 그는 조바심이 났다. 그래서

그는 검은 가방 속에 늘 그 원고를 넣고 다녔다. 파셀 베가가 빌블르뱅 근처의 플라타너스 나무를 들이받고 두 동강 났을 때, 네 명의 탑승자 중 세 명은 차 밖으로 튕겨져 나왔는데도 그는 납작해진 차 안에 남아 자신의 가방을 찾고 있었다. 희미한 의식 속에서 그는 몇 마리의 쥐들이 자신 주변에서 꿈틀거리는 것을 보았다. 그것이 죽음의 냄새를 맡고 밖에서 몰려온 것인지 아니면 해방의 기운을 감지하고 안에서 튀어나온 것인지 알 수는 없었으나 모습과 냄새만큼은 전혀 낯설지 않았다. 이미 식사를 끝내고 이빨로 갉을 만한 것을 찾고 있던 그것들은 그 작가의 검은 가죽가방 속으로 숨어들어가 원고를 갉기 시작했다. 작가는 필사적으로 사지를 움직이면서 소리쳤지만 그것들을 『최초의 인간』으로부터 떼어낼 순 없었다. 사고 현장에 도착한 의사가 "사망한 것이 틀림없습니다"라고 확인하기 전까지도 그는 살아서 자신의 원고가 어떻게 파괴되고 있는지 망연히 지켜보았다. 완성 상태에서 미완성 상태로 파괴된 원고를 유족이 수습하자 비로소 쥐들은 거기서 떨어져 나왔는데, 그 작가의 죽음을 애도하기 위해 훗날 세상 모든 곳에서 몰려드는 추모객들 사이에서 적어도 한 세기 동안 먹이를 구하고 새끼를 키울 수 있다고 확신했기 때문에 그것들은 파리로 가지 않고 사고 현장에 남았다. 작가가 **갑작스러운** 죽음을 선고받은 지 30년 뒤에 비로소 출간된 소설은 전혀 판독할 수 없는 언어와 인간과 세계로 가득했다. 그것을 기다려온 독자들은 괴로웠지만, 밤과 고독 속에 쥐처럼 숨어서, 그 작가가 평생을 천착했던 주제와 이야기들을 끊임없이 베껴 쓰고 있던 수많은 후배 작가들은 표절 혐의에서 무사히 빠져나올 수 있어서 행복했다. 하지만 어디서든지 살아가는 쥐들이 언젠가 그들의 작품을 장악하고 스스로를 드러낼 게 자명했다.

김솔 소설가. 2012년 한국일보 신춘문예에 단편소설 「내기의 목적」이 당선되어 작품활동을 시작했다. 문지문학상, 김준성문학상, 제7회 문학동네 젊은작가상을 수상했다. 소설집 『암스테르담 가라지 세일 두번째』 『망상,어語』, 장편소설 『너도밤나무 바이러스』 『보편적 정신』 『마카로니 프로젝트』가 있다.

페스트 *La peste*(1947)

1957년, 43세라는 역대 최연소 나이로 노벨문학상을 수상한 카뮈의 다섯번째 작품. 1947년 『페스트』가 출간되었을 당시 서른네 살이던 카뮈는 『이방인』으로 문단의 주목을 받았지만 아직 대중에게는 유명 작가가 아니었다. 페스트 발생으로 죽음의 공포에 휩싸인 오랑에서의 10개월간의 사투를 담은 『페스트』로 비로소 카뮈는 첫 상업적 성공을 거둔다. 이 작품은 장편소설이지만 실제 사건을 관찰하고 취재해서 기록한 르포르타주의 형식을 취한다. 구상해 출간하기까지 소요된 7년 동안 작가가 겪은 사회적·개인적 경험은 페스트라는 극한의 절망과 공포, 그리고 이에 대응하는 다양한 인간 군상으로 수렴되었다. "『이방인』이 부조리 또는 부정의 주제를 대표하는 소설이라면, 『페스트』는 반항 또는 긍정의 주제를 다루고 있다"는 작가 자신의 말처럼, 카뮈는 이 작품을 통해 비극적 운명 속에 갇혀 살지만 희망과 긍정을 향해 나아가려면 무엇보다 인간들 간의 연대의식이 중요하다는 점을 강조한다.

알베르 카뮈 Albert Camus(1913~1960)

알제리 몽도비에서 태어났다. 아버지는 포도주 제조공으로 카뮈가 태어난 이듬해 1차대전에서 사망했고, 문맹에 귀머거리였던 어머니가 날품팔이를 하며 남은 가족들을 부양했다. 고등학교 졸업반에서 평생의 스승이 될 장 그르니에를 만나 큰 영향을 받고 알제대학 철학과에 진학했다. 1938년 좌파 성향의 신문사에서 기자로 일하며 언론인으로 활동을 시작했다. 1942년 첫 소설 『이인』으로 큰 명성을 얻었고 이후 『페스트』 『전락』 등을 발표하며 프랑스문단의 대표 작가로 자리매김했다. 1957년에는 43세의 젊은 나이로 노벨문학상을 받았다. 이때 받은 상금으로 남프랑스의 작은 마을 루르마랭에 난생처음 집을 마련하고 집필활동에 전념할 수 있었지만 그로부터 3년이 안 된 1960년 1월 4일, 친구 미셸 갈리마르가 모는 차를 타고 루르마랭에서 파리로 돌아오던 중 교통사고로 생을 마감했다.

머리는 76페이지에서 발견된다

『다마세누 몬테이루의 잃어버린 머리』 안토니오 타부키

정세랑

안토니오 타부키가 세상을 뜬 걸 모르고 있었다. 『페레이라가 주장하다』가 국내에서 출간된 건 2011년, 그 책에만 해도 작가 약력에 "현재 시에나대학에서 포르투갈어와 문학을 가르치고 있다"고 되어 있었기 때문이다. 『페레이라가 주장하다』가 너무 좋았다. 읽고 나서 몇 년 동안 그 책을 곱씹었다. 작가에 대해서도 자주 생각했고, 그럴 때마다 꽤 구체적인 모습까지 그려보곤 했다. 강단에서 있는 모습을. 실제로 만나면 말 한 마디 통하지 않을 다른 나라의 작가를 떠올린다는 건 좀 이상한 행위지만 아무튼 그랬다. 그래서 2016년 출간된 『다마세누 몬테이루의 잃어버린 머리』의 약력 칸을 펼쳐보고 놀라고 말았다. "2012년 암으로 사망했다"고 쓰여 있었기 때문이다. 늦게 전해진 부음 같았다.

이 소설은 잃어버린 머리에 대한 소설이며, 동시에 그렇지 않기

도 하다. 살인사건을 극적으로 다루는 기사를 쓰는 피르미누가 주인공인데, 피르미누가 정말로 하고 싶어하는 것은 문학 연구다. 살인사건 전문기자 일은 밥벌이일 뿐이다. 스물일곱 살, 사람들에게 무시받지 않기 위해 "곧 서른 살입니다"라고 말하곤 하는 피르미누는 휴가에서 돌아오자마자 포르투로 파견된다. 머리가 없는 시신이 발견되었기 때문이다.

시신을 발견한 것은 집시 마놀루다. 한때는 안달루시아 평원을 달리며 아름다운 구리 장신구를 만들어 팔고, 은장식이 달린 칼을 위엄 있게 비껴 차고 다니던 집시 왕이었다. 이제 집시들은 좁고 쓰레기가 쌓인 땅에 갇혀 있다. 화장실이 없어 볼일을 보려면 소나무 숲으로 가야 하는데, 어느 날 아침 그 숲에서 머리 없는 시체를 발견한 것이다. 집시 마놀루는 그를 인터뷰하러 찾아온 피르미누에게 시신이 입고 있던 티셔츠에 대해 알려준다. 경찰은 시신이 상의를 입고 있지 않았다고 발표했기에, 이상함을 느낀 피르미누는 티셔츠를 실마리 삼아 끈질긴 추적을 시작한다.

추리소설의 도입부 같고, 어느 정도는 추리소설의 형식을 따르고 있지만 머리가 금방 발견되는 시점에서 이 소설은 약간 다른 길을 간다. 머리는 76페이지에서 발견된다. 뱃사공이 강에서 건져 올리는데, 뱃사공은 평생 7백 구의 시신을 건져올렸다고 말한다. 그러니까 포르투는 강에서 시신이 발견되는 게 별로 놀랍지 않은 그런 도시인 것이다. 폭력이 너무 가까이, 언제나 존재하고 사람들이 그것에 익숙해져 있는 곳 말이다. 피르미누는 기사에서 이렇게 쓴다.

안타깝게도 오늘날 우리나라에서 이런 일들이 벌어지고 있다. 최근에야 비로소 민주주의를 되찾고 구대륙의 문명화되고 진보적인 나라들과 나란히 유럽공동체에 가입할 수 있게 된 나라에서. 정직하고 부지런한 국민들, 밤이면 고된 노동으로 지친 몸을 이끌고 각자의 집으로 돌아가 이처럼 자유롭고 민주적인 신문이 전하는 매우 어두운 사건에 대한 기사를 읽으며 몸을 떠는 국민들로 이루어진 나라에서. _89쪽

피르미누의 '우리나라'에 대한 묘사가 퍽 가깝게 느껴진다. 강에서 건져올린 머리에는 왼쪽 관자놀이 부근에 총알구멍이 있다. 머리의 주인은 86페이지에서 밝혀진다. 다마세누 몬테이루, 무역회사의 사환이었다. 홍콩에서 오는 첨단 장비 컨테이너로 마약을 밀수하던 국가방위대의 경위 티타니우 실바를 협박하려다 일이 잘못돼 살해당한 것이다. 살해는 경찰서에서 방위대 손에 이루어졌다. 그 정황을 증언하려는 다마세누 몬테이루의 친구는 망설이고, 피르미누는 그를 설득한다.

"하지만 누가 절 지켜준답니까?"

"변호사요." 피르미누가 대답했다. "저희에게 훌륭한 변호사가 있습니다." 그런 다음 확신을 주기 위해 말을 이었다.

"그리고 포르투갈의 모든 신문이 있죠. 신문을 믿어요." _101쪽

주인공이 두 사람 더 있다. 포르투에서 피르미누가 머무는 하숙집을 운영하는 도나 호자와 몰락한 귀족 출신의 변호사 세퀘이라가 그들이다. 지역사회를 꿰뚫어보는 도나 호자는 피르미누를 필요한 모든 사람들과 연결해준다. 피르미누는 도나 호자에게 크게

의지한다. 세퀘이라 변호사는 투명하게 돌아가는 구석이 없는 포르투에서, 그나마 귀족 출신인 자신에겐 아무도 해코지할 수 없음을 알기에 그 점을 이용해 약자를 돕는 변호사다. 도나 호자의 소개로 세퀘이라 변호사는 피르미누에게 힘을 보태기로 한다.

두껍지 않지만 공권력의 폭력을 똑바로 바라보는 사회소설이다. 그런데 읽다보면 안토니오 타부키가 정말로 쓰고 싶었던 주제는 아름다움이 아니었을까 의심하게 되는 것도 사실이다. 문학과 철학과 아름다움, 그리고 맛있는 요리에 대해서 쓰고 싶었을 거라고 말이다. 국가 폭력을 고발하는 이 소설에서도 카프카와 루카치와 휠덜린과 플로베르에 대해, 팥을 넣은 쌀 요리와 농어튀김, 오븐에 구운 대구 룰라드에 대해 타부키는 쓰고 있다. 만약에 더 평화롭고 정의로운 시대에 작가로 살았더라면 탐미적 요리 소설을 마음 편하게 쓸 수 있었을 텐데, 20세기 후반부 이탈리아와 포르투갈이 그렇게 두지 않았을 것이다. 그에 관한 고민이 책에서는 이렇게 드러나고 있다.

> 문학이 본질적으로 추구하는 대상은 인간의 인식이고 법정이야말로 그 인식을 가장 잘 공부할 수 있는 곳이기 때문에, 배심원에 반드시 작가를 포함하도록 법으로 규정해야 하지 않겠는가? 작가의 존재는 모두에게 좀더 생각해보라고 권유하는 말과 같다. _119쪽

> "별이 참 많군요." 그가 말했다. "성운이 셀 수도 없이 많아요. 젠장, 성운이 셀 수도 없이 많은데, 우리는 여기서 사람 생식기에 끼워 고문할 때 쓰는 전극 같은 것에나 골몰하고 있다니." _177쪽

세퀘이라 변호사는 두번째 부검을 요청하고, 다마세누 몬테이루의 몸에서는 고문의 흔적이 발견된다. 이 소설에서 정의는 한 번만에 오는 일이 없다. 피르미누와 세퀘이라는 여론을 형성하고 증거를 확보하며 재판을 준비하지만, 국가방위대의 용의자들은 고작 편두통과 경찰서의 고장난 커피 머신을 근거로 대며 빠져나가고 만다.

피르미누가 6개월 휴직을 신청하고 장학금을 받아 파리 소르본 대학으로 떠나기 직전, 세퀘이라로부터 전보가 도착한다. 새로운 목격자가 나타났다고. 이 몰락했지만 배짱이 두둑한 변호사는 재심을 신청하려 마음먹은 것이다. 목격자는 완다라는 이름의 거리에서 일하는 여장남자다. 완다는 다마세누 몬테이루가 죽은 날, 경찰서의 다른 방에서 전부 지켜보았다고 말한다. 그럼에도 완다의 소수자성 때문에 완다를 증인으로 채택하길 망설이는 피르미누에게 세퀘이라는 단호하게 대답한다.

"변호사님," 그가 말했다. "아무도 완다의 증언을 믿으려 하지 않을 겁니다."

"그렇게 생각하시오?" 변호사가 물었다.

"여장을 하고 다니는데다," 피르미누가 말했다. "정신병원에 입원했었고 경찰 기록에는 매춘부로 분류돼 있지요. 생각해보십시오."

피르미누가 등뒤로 막 문을 닫으려는 순간, 돈 페르난두가 손짓으로 그를 멈춰 세웠다. 힘들게 자리에서 일어나 방 한가운데로 걸어오더니, 마치 허공을 가리키듯 집게손가락으로 천장을 가리켰다가 피르미누 쪽으로 손가락을 돌리고, 그런 다음 자신의 가슴을 찔렀다.

"완다는 그냥 한 명의 인간이오." 변호사가 말했다. "이걸 기억해요, 젊은이, 무엇보다 먼저 그녀가 한 명의 인간이라는 사실을." _238쪽

사람들은 각자의 싸움을 한다. 어떤 싸움을 택할지 스스로 정하기도 하고 때론 싸움이 시간과 공간, 그러니까 시대와 국적에 따라 주어지기도 한다. 누군가는 잠깐 싸우고 누군가는 오래 싸운다. 함께 싸우기도, 홀로 싸우기도 한다.

실제로 신문사에서 여러 차례 근무하며, 유럽 저널리스트 협회에서 주는 저널리즘 상을 수상하기도 했던 타부키는 자신의 싸움을 어떤 마음으로 해냈을까? 저널리스트로서 소설가로서 여러 겹의 싸움을 했을 텐데 2012년 삶의 끄트머리에서 그는 희구하던 정의, 약간의 안도와 희망을 얻었을까? 집시와 여장남자와 다른 이방인 들의 편에 섰던 단단한 신념은 그대로였을까? 끝내 알 수 없을 것들을 궁금해하고 만다. 왜냐하면 나는 아주 최근에야 내 싸움을 발견했고, 소설가가 싸움을 피할 수 없는 직업이란 걸 깨달았기 때문이다. 우유 거품 같은 연애소설을 쓰려고 소설가가 되었는데, 알고 보니 평생 싸워야 하는 직업이었다. 그래서 앞으로도 타부키의 책을 읽을 계획이다. 살아 있는 사람처럼 그를 자주 떠올리면서 말이다.

각자의 싸움을 시작한 사람들에게 『다마세누 몬테이루의 잃어버린 머리』와 타부키의 다른 책들을 권하고 싶다. 보이는 싸움에도 보이지 않는 싸움에도 큰 도움을 얻을 수 있으리라 믿는다.

정세랑 소설가. 2010년 『판타스틱』에 「드림, 드림, 드림」을 발표하며 작품활동을 시작했다. 창비 장편소설상, 한국일보문학상을 받았다. 장편소설 『덧니가 보고 싶어』 『보건교사 안은영』 『피프티 피플』 등이 있다.

다마세누 몬테이루의 잃어버린 머리
La testa perduta di Damasceno Monteiro(1997)

반민수 정권에 대한 저항과 언론 자유의 상징이 된 『페레이라가 주장하다』의 맥을 잇는 작품이다. 타부키의 작품세계는 대부분 몽환적이고 환상적이지만, 『다마세누 몬테이루의 잃어버린 머리』는 드물게 직접적으로 독재정권과 부패한 사회를 비판한 작품 중 하나다.
1996년 포르투갈에서 실제로 일어난 살인 사건을 소재로 쓴 이 작품은 큰 화제를 불러일으켰다. 출간 두 달 후 작품의 소재가 된 사건의 재판이 열렸는데, 경찰이 진행한 부검에서 고문 여부가 명확히 밝혀지지 않은 점, 일부러 살해한 것이 아니라 실수로 일어난 사고라고 주장한 점, 시체를 동료들과 함께 처리하고 유기한 점 등 많은 부분이 범인들의 진술과 일치하거나 아주 비슷했던 것이다. 타부키는 포르투갈의 정치와 사회에 대해 알고 있는 몇 가지 사실을 조합하는 것만으로 과정을 충분히 유추할 수 있었다고 했다.

안토니오 타부키 Antonio Tabucchi(1943~2012)

1943년 이탈리아 피사에서 대어났다. 피사대학 재학 시절 페르난두 페소아에게 매료돼 포르투갈의 언어와 문학을 공부했고, 졸업 후에는 부인 마리아 조제 드 랑카스트르와 함께 페소아를 연구하며 그의 작품을 번역해 유럽에 소개하는 일에 앞장섰다. 페소아의 영향을 받아 환상적이고 몽환적인 소설을 주로 썼다. 젊은 시절부터 부패한 정부를 비판하는 글을 쓰고 이민자 수용, 파시즘 타도 등 여러 사회문제에 대해 끊임없이 발언했으며, '이탈리아의 행동하는 지성' '가장 문제적인 서술가'로 평가받았다. 1975년 『이탈리아 광장』으로 문단에 데뷔했고, 1984년 발표한 『인도 야상곡』이 메디치상을 수상하며 주목받는 작가로 자리매김했다. 1994년 『페레이라가 주장하다』로 비아레조상, 장 모네 유럽문학상, 캄피엘로상, 스칸노상, 아리스테이온상 등 유럽의 권위 있는 문학상을 휩쓸었다. 『레퀴엠』 『트리스타노 죽다. 어느 삶』 등 다수의 작품을 발표했고, 2012년 암으로 사망하기 전까지 매년 노벨문학상 후보로 거론되었다.

어떤 사랑의 방식

『작은 것들의 신』 아룬다티 로이

윤이형

나는 멀리서 큰 것들을 바라보는 사람이었다. 큰 것들을 가리키는 단어들을 좋아했고, 까치발을 든 채 항상 그 단어들 쪽으로 시선을 향하고 서 있었다. 역사, 정치, 지식 혹은 지성, 공동체, 그리고 어쩌면 저항, 투쟁까지. 그런 말들을 동경했던 건, 내게는 그것들이 결핍되어 있다고 느껴서였다. 나는 내가 가진 작은 것들을 바라보지 않았고 좋아하지 않았다. 정확히 말하면, 내게 어떤 것들이 있는지조차 알지 못했다.

그래선지 『작은 것들의 신』의 첫 2백 페이지가량을 읽는 동안 내 안에서는 큰 신, 정확히 말하면 '큰 이야기의 신'이 계속 으르렁거리며 재촉해댔다. '이 이야기는 뭐야? 대체 무슨 일이 일어나고 있는 거야?' 읽는 이가 그 목소리에 굴복한다면 이 소설은 다음과 같이 납작하고 특징 없는 몇몇 문장들로 요약되고 말 것이다. '공산주의가 득세하기 시작했지만 여전히 카스트제도의 뿌리깊은 차별이 남아 있는 인도 남부의 보수적인 마을 아예메넴. 이곳에는 에스타와 라헬이라는 이란성 쌍둥이 남매가 있고, 그들의 엄마인 암무가 있다. 이혼한 암무는 불행했고, 쌍둥이는 혼란스러웠으며, 그들의 사촌 소피 몰은 죽었는데, 그 죽음은 의문에 싸여 있으며……'

물론 이 서술들 모두 틀린 것은 아니지만, 『작은 것들의 신』은 이런 식으로는 요약되지 않고 요약될 수도 없는 이야기다. 그런 식으로 사태의 전모를 파악하고 세계를 단순하게 이해하는 일에 아무런 관심이 없달까. 이 소설을 처음 읽는 독자들은 나와 마찬가지로 낯설고 당황스러운 느낌, 궁금증을 유발하다가 결국 그것을 무력화해버리는 수많은 목소리, 그것에 귀기울이다가 온몸의 다른 감각들이 뒤따라 충격을 받으며 깨어나는, 그에 따라 세계가 해체되고 새롭게 재구성되는 경험을 하고 놀라게 될 것이다.

가령, 식민지였던 영국으로 대변되는 '서구의 삶'과 공산주의라는 '새로운 사상'이 어떻게 아예메넴에 스며들고 기존의 삶과 충돌하는지를 읽기 위해 독자는 역사 교과서에 나오는 것 같은 몇 개의 문장을 읽는 게 아니라, 맘마치의 파라다이스 피클&보존식품 공장에서 만들어진 피클의 냄새를 맡고 병조림 속 과육들의 질감을 혀끝에서 느끼게 된다. '커프스단추'라는 단어 속에 숨은 논리를 연구하는 일에 초대받는다. 쌍둥이 가족과 함께 하늘색 플리머스 안에 갇히며, 미치광이 멀리다란이 허리에 묶고 다니는 열쇠꾸러미가 짤랑거리는 소리를 듣고, 그 열쇠들에 맞는 문을 단 옷장들을 하나씩 열어보게 된다. 베이비 코참마가 두려움 속에서 돌리는 묵주알 하나하나를 손가락 끝에 쥐고 문질러보게 되고, '엘비스 머리'를 만들기 위해 에스타가 썼을 헤어젤과 라헬의 '도쿄의 사랑' 머리끈이 머리카락과 두피에 어떤 감각을 전하는지 에스타와 라헬이 되어 느끼게 된다. 이 소설을 이루는 모든 문장은 제각기 작은 독립국과 같다. 작가는 국가를 하나씩 수립하듯 시간과 공을 들여 진실 하나하나를 재현한다. 집요하고 지난한 노동이다.

인물들도 마찬가지다. 한 명 한 명이 모두 작가에 의해 만들어진 게 아니라 이야기 속에서 자연발생하여 각자의 삶을 충실히 살아온 지 오래인 것만 같다. 소설은 끝나지만 독자에게는 이들의 삶이 소설 속에 드러난 사실들만으로 요약되지 않는다는 사실이 분명히 남는다. 중심인물도 없다. 물론 차별적인 신분제도의 벽을 넘어 사회의 관점에서는 커다란 죄악인 사랑을 나누는 두 인물, 암무와 벨루타가 있고, 이들의 사랑과 그에 따르는 파괴를 목격하고 그 충격을 흡수하는 쌍둥이가 있긴 하지만, 이것조차 지극히 편의적인 방점 찍기일 뿐이며, 이들은 결코 다른 인물들 위에 '핵심 인물'로 서 있지 않다.

그렇다면 이것은 '세계를 지배하는 추상적이고 폭력적인 거대구조에 의해 파괴된 모든 사소한 존재들의 반란'에 가까운 이야기인가? 어쩌면 그럴지도 모른다. 래리가 아내 라헬을 바라보는 장면에서 작가는 이렇게 쓰고 있으니 말이다.

그는 어딘가에서는, 라헬이 떠나온 나라 같은 곳에서는, 여러 가지 절망이 서로 앞을 다툰다는 것을 알지 못했다. 그래서 개인적인 절망은 결코 충분히 절망적일 수 없음을. 한 국가의 거대하고 난폭한, 휘몰아치며 밀어붙이는, 우스꽝스러운 미친, 현실적으로 불가능한, 공적인 혼란이라는 성지聖地 옆에 불시에 개인적인 혼란이 찾아오면 무언가가 일어난다는 것을 알지 못했다. '큰 신神'이 열풍처럼 아우성치며 복종을 요구했다. 그러자 '작은 신'(은밀하고 조심스러운, 사적이고 제한적인)이 스스로 상처를 지져 막고는 무감각해진 채 자신의 무모함을 비웃으며 떨어져나갔다. _35쪽

'큰 신'이 만약 역사, 국가, 인종, 사회규범, 계급과 신분제 같은 것을 다스린다면 그 신이 휘두르는 속도와 변화의 폭력, 차별과 혐오의 광풍은 '작은 것들'을 흔적없이 부스러뜨릴 만큼 막강할 것이다. 그러나 이것은 지나치게 도식적인 해석일 것이다. 이 소설은 아무것도 확정하거나 강요하지 않는다. 다만 그곳이 미로라는 사실을 잊은 채 미로 속을 즐겁게 걷는 아이들처럼, 조용히 쉬지 않고 '작은 것들' 자체가 되어 움직임을 계속할 뿐이다. 그리고 그 작은 존재들의 저항은 울분과 함성이라기보다는 아주 소박하고 희미하며 정직한 고백에 가깝다. 암무와 벨루타가 서로를 만나며 아주 조그만 거미를 계속 신경쓰고 걱정하는 것은, 그들이 자신들을 고통스럽게 하는 '큰 것들'에 관해 단 한 마디도 할 수 없기 때문이고, 그들에게는 미래가 없기 때문이다. 그러나 그 걱정이 마법처럼 그 작은 거미를 그들로, 그들의 세계로, 마침내 이 이야기 전체로 바꿔놓는다. 그들은 파괴되지만, 그전에 세상 전체가 된다.

작가이자 사회활동가인 아룬다티 로이는 이 이야기를 두고 '내가 세상을 보는 방식'이라고 말했다. 조심스레 거기에 첨언하고 싶다. 이 이야기는 이 작가가 세상을 보는 방식이자 사랑하는 방식이다. 어머니가 아이를, 아이가 부모를, 신뢰와 친밀함 속에서 함께 자란 한 쌍둥이가 다른 쌍둥이를, 상대방의 몸에 있는 모든 흉터와 결점을 이제 막 애틋하게 바라보기 시작한 세상의 모든 연인

들이 서로를 사랑하는 방식으로, 이 작가는 장미꽃잎과 오렌지드링크와 악취와 눈물과 웃음으로 가득찬 이 세상을 사랑하며, 그 사랑이 이 이야기다. 감히 말하건대, 나는 지금껏 이런 사랑을 본 적이 없다.

윤이형 소설가. 2005년 중앙신인문학상에 단편소설 「검은 불가사리」가 당선되어 작품활동을 시작했다. 2014년 「쿤의 여행」으로 젊은작가상을, 2015년 「루카」로 젊은작가상과 문지문학상을 수상했다. 지은 책으로 『셋을 위한 왈츠』 『큰 늑대 파랑』 『러브 레플리카』 『개인적 기억』 『졸업』 『설랑』 등이 있다.

작은 것들의 신 *The God of Small Things*(1997)

1997년 데뷔와 동시에 부커상을 수상한 작품. 사회운동가로도 잘 알려진 아룬다티 로이의 반(半)자전적 소설로 여성, 아이, 자연환경 등 지구상의 작고 연약한 존재들의 대변인으로 활동중인 아룬다티 로이의 인간과 세상에 대한 시선, 그리고 문학의 본질에 대한 정수가 담겨 있는 작품이다.

1969년 인도 케랄라 아예메넴을 배경으로 '단 하루 만에 모든 것이 바뀐' 한 가족의 비극을 그려낸 이 작품은 누가 사랑받아야 하는지, 어떻게 사랑받아야 하는지, 그리고 얼마나 사랑받아야 하는지를 규정짓는 '사랑의 법칙'이라는 규범과 관습의 잔인함을 폭로하고 모든 권위적인 질서에 사랑으로 대항한다. 아룬다티 로이는 카스트제도에 억압받는 불가촉민과 남성중심적 분위기에 억눌린 여성의 삶을 두 '작은 존재'의 결합이라는 방식으로 강렬하게 그려냄으로 핍박받는 자의 대의를 대변하면서도 서로의 존재를 긍정하고 위무하는 인간의 '작은 힘'을 강렬하게 보여준다.

아룬다티 로이 Arundhati Roy(1961~)

1961년 인도의 메갈라야 실롱에서 태어났다. 부모의 이혼으로 외가인 케랄라에서 지내다가 1977년 델리로 이주해 건축설계학교에 입학한다. 졸업 후 국립도시계획연구소에서 일하던 중 독립영화 감독 프라디프 크리셴을 만나 영화 〈매시 사히브〉에 주인공으로 출연하고 크리셴과 결혼한다. 이후 영화 〈애니〉 〈전기 달〉, TV시리즈 〈바르가드〉 등을 남편과 공동 작업하고, 영화 비평 「인도의 대단한 강간 트릭」을 발표한다.

1997년 첫 소설 『작은 것들의 신』으로 부커상을 수상하며 일약 세계적인 작가로 발돋움했고 2017년 두번째 소설 『지복의 성자』를 발표했다. 사회운동가로서 인도 사회, 나아가 세계의 여러 이슈에 대해 계속해서 목소리를 내고 있다. 라난 재단의 문화자유상, 시드니 평화상, 노먼 메일러 집필상, 이호철통일로문학상을 수상했고, 타임지 선정 '세계에서 가장 영향력 있는 100인'에 이름을 올렸다.

행복

『시스터 캐리』 시어도어 드라이저

강화길

행복하고 싶다. 행복하고 싶다. 건강하면 좋겠고, 글도 잘 써졌으면 좋겠고, 일도 잘했으면 좋겠고, 남의 말에 상처를 안 받았으면 좋겠고, 밥은 많이 먹어도 살은 안 쪘으면 좋겠고, 옛날 일 생각하다 분통 터뜨리는 일도 없으면 좋겠고 그래서 내 감정을 깎아내는 무수한 일들에 의연했으면 좋겠고, 그렇다. 그러면 행복해질 것 같다. 편안할 것 같다. 온통 그렇게 바라는 일뿐이다. 이런 내게 친구가 말했다. "기대하지 마. 기대하면 안 돼."

나는 그 말에 웃음을 터뜨렸는데, 왜냐하면 바로 며칠 전에 내가 친구에게 이미 했던 말이기 때문이다. 우리는 각자 바라는 게 많아서 힘겨울 때마다, 서로에게 이 말을 반복하며 위로하고 있었던 것이다.

『시스터 캐리』는 시어도어 드라이저의 데뷔작이다. 그는 이 두툼한 소설을 발표하며 무슨 기대를 했을까. 소설을 쓰는 내내 무슨 마음이었을까. 그에게 직접 듣고 싶지만, 그런 일은 영영 불가능해졌다. 따라서 알 수 없을 것이다. 다만, 내가 이 책을 집어들었을 때 책장을 휙휙 넘기며 훑어보다 마주한 마지막 문장에 대해서는 말할 수 있을 것 같다.

그는 마지막 장면에서 캐리를 두고 이렇게 말했다.

창가의 흔들의자에 앉아 결코 느끼지 못할 그런 행복을 꿈꾸리라. _653쪽

그때 나는 모파상 『목걸이』의 여주인공을 떠올렸고, 그녀처럼 마음이 텅텅 빈 상태로 앉아 있는 캐리라는 여자를 상상했다. 나는 이 소설을 읽기가 겁이 났다. 여주인공이 험난한 상황에 내몰려 고생하다가 영혼이 부서져버리는 이야기를 읽게 될 것 같았기 때문이다. 게다가 그 문장만 보면 작가는 꽤 냉정할 것 같았다. 『레 미제라블』의 팡틴이나 『더버빌가의 테스』의 테스를 몰아붙이던 무거운 문장들이 떠오르며 긴장이 되었다.

다행스럽게도 그런 일은 일어나지 않았다. 작은 트렁크와 싸구려 가짜 악어가죽 가방, 노란 가죽 손지갑을 들고 시카고라는 대도시로 온 시골 소녀는 모두의 사랑을 받는 여배우로 성장한다. 그녀는 사기를 당하거나, 끔찍한 일을 겪지도 않는다. 고생스러운 경험을 하기는 하지만, 앞서 말한 팡틴이나 테스와 비교하면 그녀는 괜찮다. 그러니까 여주인공이 마땅히 겪는 어떤 착취를 당하지 않는다. 그녀는 도움을 주는 남자들을 만나 물질적인 안정을 얻

고, 그것을 발판 삼아 더 위로 올라간다. 그리고 차례차례 그들을 떠난다. 몰락하는 쪽은 남자 중 한 명인 허스트우드다. 하지만 그는 캐리를 괴롭히거나 복수를 다짐하지도 않는다. 자신의 몰락을 천천히 받아들이고, 가끔 캐리를 기억할 뿐이다. 그래, 내게 그런 근사한 시절이 있었지. 이렇게 추억을 꺼내보는 심정으로. 그리고 캐리가 탄 운명의 배는 부드럽게 순항한다. 시스터 캐리는 그렇게 자존감을 지키며, 바라는 것 많은 인간 그대로 존재한다.

그런데, 기대하지 않는 일이 가능하긴 한가.

친구와 나는 사실 딱히 자신은 없었다. 기대하지 않는다는 건 마음을 끊는 일이다. 가까운 사람, 혹은 내가 인정받고 싶은 공간, 잘하고 싶은 일에서 스스로 멀어지는 쪽을 택한다는 것이다. 그건 정말 어렵다. 그건 다짐에 다짐을 더하며, 그럼에도 불구하고 계속 뭔가를 바라는 내게 실망하고, 마음을 다잡는 감정 소모도 견뎌야 하는 일이니까.

그리고 시어도어 드라이저는 이 책을 출간한 후 엄청난 비난에 시달렸다. 캐리가 남자들의 정부가 되고 죄책감도 느끼지 않는 것은 물론이고, 타락 끝에 벌을 받는 것이 아니라 오히려 성공하는 이야기가 도덕적이지 않다고 여겨졌기 때문이다. 그가 바라본 도시의 풍경, 즉 검소함과 성실함이 아니라 사치와 욕망이 보석처럼 반짝거리는 모습이 많은 사람들을 불편하게 만들었던 모양이다. 19세기였다. 그의 시선이 당시 사람들에게 달갑지는 않았을 것 같다. 친언니마저 구름 위를 꿈꾸는 캐리를 부담스러워했듯 말이다. 그건 시어도어 드라이저가 기대한 평가는 분명 아니었을 것 같다.

알려진 바로 그는 무척 낙담했다고 한다. 하지만 내 추측에는 실망했다기보다 분했을 것 같다. 그는 자신이 바라본 세상의 조직 한쪽을 뚝 떼어내 펼쳐놓은 것뿐이고, 그것은 그가 소설이라는 장르를 이해하는 방식이었을 테니 말이다. 어쩌면 그는 소설에서 교훈이나 비현실적인 결말, 감상적인 클라이맥스야말로 비도덕적이라고 생각했을지 모른다. 그는 결코, 그런 걸 쓰고 싶지 않았을 것이다. 그래서 나는 그가 분했으리라 생각한다. 그는 자신이 하고 싶은 걸 했을 뿐이니까. 캐리가 자신이 바라고 원하는 것을, 계속 바라며 앞으로 걸어갔던 것처럼.

> 캐리는 수줍음이 많았지만 재능이 있었다. 다른 사람들이 믿어주기만 하면 꼭 제대로 해내고 말겠다는 생각이 들었고, 그렇게 마음을 먹으면 정말 해냈다. 세상 경험이 있고 궁핍을 겪어본 것도 도움이 되었다. 남자의 부질없는 말에 더는 흔들리지 않았다. 남자들은 변할 수도 있고 실패하기도 한다는 것을 그녀는 알았다. 아무리 듣기 좋은 말로 아첨을 해도 그녀에게는 소용없었다. _558쪽

이제 친구와 나는 기대에 대해 말하지 않는다. 기대하지 않는 일이 더 힘들다는 걸 깨달은 후, 우리는 어차피 잘하지도 못하는 그 감정 관리를 관뒀다. 그리고 지금도 우리는 똑같은 생각을 한다, 행복하고 싶다고. 그러면 대체 뭘 어떻게 해야 하는 걸까? 잘 모르겠다. 다만, 우리는 그냥 자신들이 어쩔 수 없는 인간들이라는 걸 인정했다. 우리는 여전히 일이 잘 풀렸으면 좋겠고, 더 사랑받았으면 좋겠고, 좋은 사람들을 만나고 싶고, 편안하고 싶고, 그렇다. 우리도 안다. 아마 만족할 일은 없을 것이다. 다음을 원하

고, 또 다음을 원하겠지.

그리고 나는 시어도어 드라이저의 마지막 문장에도 불구하고, 캐리가 행복했으리라 생각한다. 그녀야말로 바라는 사람이다. 원하고 또 원하는 사람이다. 계속해서 뭔가를 선택하고 얻어내면서, 그녀는 '결코 느끼지 못할 행복'으로 돌진한다. 언젠가는 그것을 얻어내리라 기대하면서. 캐리는 절대 그 기대를 접지 않을 것이다. 아마 결코 얻어내지 못한다 할지라도.

시어도어 드라이저도 끝내 자신의 방식을 바꾸지 않았다. 그의 문장들이 삶의 한쪽을 그대로 펼쳐낸 인생 그 자체라는 평가를 받는 데까지는 아주 오랜 시간이 걸렸다.

그는 『시스터 캐리』 이후의 작품을 썼고, 그 이후의 작품을 또 썼다. 그때 그는 만족했을까? 이제야 기대가 충족된다고 기뻐하며 행복해했을까? 역시 영원히 알 수 없는 일이다. 다만 내가 할 수 있는 건, 캐리의 분투하는 기대감에 대한 그의 언급을 떠올리며 뭔가를 조금 추측하는 것뿐이다. 덕분에 나는 앞서 있는 그 여자를 바라보며 그래 어디 한번 걸어가보자고 마음을 다독일 수 있었다. 그의 말대로 그것이 바로 '인간의 마음'이니까. 그렇게 우리들은 시스터 캐리라고.

강화길 소설가. 2012년 경향신문 신춘문예에 단편소설 「방」이 당선되어 작품활동을 시작했다. 2017년 젊은작가상과 제22회 한겨레문학상을 수상했다. 소설집 『괜찮은 사람』, 장편소설 『다른 사람』 등이 있다.

시스터 캐리 *Sister Carrie*(1900)

미국 문학사에서 자연주의 문학을 대표하는 작가를 넘어 윌리엄 포크너, F. 스콧 피츠제럴드, 솔 벨로, E. L. 닥터로 등에 지대한 영향을 끼친 시어도어 드라이저의 데뷔작. 1900년에 발표된 이 작품은 19세기 말 급격한 산업화가 진행되던 시카고와 뉴욕을 배경으로, 대도시로 상경한 시골 소녀 캐리 미버가 배우로 성공하기까지의 이야기를 그린다. 미국 자연주의 문학의 거장답게 도덕률과 무관하게 작동하는 인간의 욕망을 생생하고도 냉철하게 묘파해 빅토리아시대의 가치가 고수되던 당대 사회에 큰 충격을 주었고, 시대를 앞선 작품으로 인해 빚어진 출판사와의 대립과 출간 일화는 문학사에서 가장 유명한 논쟁 중 하나로 꼽힌다.

시어도어 드라이저 Theodore Dreiser(1871~1945)

1871년 인디애나주 테러호트의 독일계 이민자 가정에서 태어나 극심한 가난과 종교적 엄숙함 속에서 불우한 어린 시절을 보냈다. 1889년 인디애나대학에 진학하나 1년 만에 중퇴한다. 1892년 〈시카고 데일리 글로브〉에서 기자 생활을 시작하며 당시 미국의 사회상을 직접 보고 듣게 된다. 1900년 첫 소설 『시스터 캐리』를 발표하지만 비도덕적이라는 여론의 비난에 신경쇠약 증세를 보이며 자살을 결심하기까지 한다. 그 영향으로 10년 후에야 두번째 작품 『제니 게르하르트』를 발표하게 된다. 이후 드라이저는 『자본가』 『거인』 『천재』 『미국의 비극』 『방파제』 등의 작품을 꾸준히 출간했다. 1945년 심장마비로 사망했다.

그 많은 슬픈 경험 이후

『고독한 산책자의 몽상』 장자크 루소

김엄지

> 죽어야 하는 순간이 과연 어떻게 살았어야 했는지를 배울 적절한 시기인가? _「세번째 산책」

'죽어야 하는 순간'이란 죽을 수밖에 없는 순간일 것이다. 모든 시간과의 분리. 모든 시간에의 고립. 생의 모든 것이 담긴 순간일 것이다.

『고독한 산책자의 몽상』은 장자크 루소의 마지막 저작이다. 루소가 '이승'에 남아 마지막까지 해야 할 일은 오직 '자기에 대한 공부'였다. 루소는 생을 마감하는 그 순간까지 '나'에 대한 연구를 해나갈 것이며, 그것만이 자신이 하려는 '철학'임을 밝힌다. 성숙한 영혼과 보다 높은 덕을 갖추고 생을 마감하기 위해, 생이 끝나는 날까지 '자기'에 대한 연구를 해나가야 한다는 것. 루소는 그 방법으로 지난 삶을 회상하고 기록하기로 한 것이다.

> 이 종이들은 말 그대로 내 몽상을 기록한 형식 없는 일기에 불과하다. _「첫번째 산책」

'그 많은 슬픈 경험 이후'라고 루소는 말한다. 그는 자신이 겪은 불운과 불행이 더욱 자기에의 탐구로 이끌었기에, 세상과 분리된 자신의 처지를 오히려 다행으로 여긴다고 덧붙인다. 그의 삶에서 불행은 멈추지 않았고, 더욱이 잦아들지 않았다. 루소는 불행이 이끄는 대로 이끌렸으며, 그 방향을 가늠할 수 없었다. 방향보다, 그가 밟는 땅마다 문제가 있었던 것일까.

루소는 산책중에 개에게 들이받히기도 했다. 그는 걷고 개는 달린 것이다. 이 사고로 루소는, '루소가 죽었다'는 소문을 듣게 된다. 더불어 사후에 출판될 자신의 책에 대한 소문까지 듣게 된다. 아직 죽지 않은 루소에게, '죽은 루소'에 대한 소식이 들려오는 나날들. 그의 불행은 여기서 그치지 않는다.

개와 부딪친 사고 이후, 아파 누워 있는 루소에게 '도르무아 부인'이 자주 병문안을 온다. 도르무아 부인은 자신이 집필중인 글을 가져왔고, 루소에게 주석에 대한 의견을 묻는다. 루소는 도르무아 부인의 병문안 목적을 의심하게 된다. 책이 출판된 뒤에 받게 될 비난을 자신에게 돌리려는 것이라 생각한 것이다.

루소는 도르무아 부인에게 메모를 남긴다.

> 어떤 작가의 방문도 받지 않는 저 루소는 도르무아 부인의 친절에 감사드리며, 저를 방문해주시는 영광을 더는 베풀지 마시기를 간청합

니다. _「두번째 산책」

루소의 메모는 루소만이 할 수 있는 메모였고, 그의 성격은 그의 모든 것이었다. 루소의 단 하나의 불행은, 장자크 루소가 다른 그 누구도 아닌 장자크 루소일 수밖에 없다는 것이었다.

> 나는 미워하는 법을 모르기에 그들을 조금도 미워하지 않는다. 하지만 그들이 마땅히 받아야 할 멸시를 애써 참거나 감출 수는 없다. (…) 요컨대 나는 나 자신을 너무나 사랑해서 그 누구도 미워할 수가 없는 것이다. _「여섯번째 산책」

루소의 단 하나의 행복은, 장자크 루소가 다른 그 누구도 아닌 장자크 루소일 수밖에 없다는 것이었다. 루소는 자기에 대한 확고한 믿음이 있었다. 그의 철학은 자기 신념의 산물이었다. 그는 자신의 양심과 신념을 기준으로, '거짓' '진실' '행복' '자유'의 개념을 정립한다. 그리고 그는 검토한다. 자신의 가까운 과거와 먼 과거에 대해서.

> 설령 내가 얻은 결과에서 오류가 있을지라도 적어도 그 오류가 내가 저지른 잘못일 수는 없다고 확신한다. 왜냐하면 나는 잘못을 저지르지 않기 위해 모든 노력을 다했기 때문이다. _「세번째 산책」

열 개의 소제목, 열 번의 산책으로 이루어진 『고독한 산책자의 몽상』을 완독한 후에, 루소의 '이승'에 대해서 어쩌면 짐작해볼 수도 있을 것 같았다. 그의 삶 전반의 역경과 도피에 대해. 루소가 잠시 안정적인 생활을 했던 생피에르섬에서의 평화로운 나날, 호수에 대한 묘사. 몽상의 경험, 행복감. 큰 섬에서 작은 섬으로 토끼를 옮긴 일화. 루소의 식물학에 대한 몰두. 루소가 산책중 만난 소녀들, 그 소녀들을 줄 세워놓고 과자를 나누어준 일화. 루소의 어린 시절, 친구와 싸워 머리에 피가 터진 일화. 루소가 하인으로 지내던 시절, 여주인의 리본을 훔치고 마리옹에게 누명을 씌운 것. 그의 천진하고 이기적인 천성에 대하여.

루소가 과거의 자기를 서술하는 방식은 관대하기도, 가혹하기도 하다.

> 소란스러운 사회생활이 야기한 지상의 온갖 정념에서 해방된 내 영혼은 자주 이 대기 밖으로 뛰어올라, 자신들의 숫자가 곧 불어나기를 바라는 천사들과 미리 사귀게 될 것이다. _「다섯번째 산책」

그래서 그는 생에서 무엇을 배우고 갔을까.

『고독한 산책자의 몽상』에는 '이승'이라는 단어가 빈번하게 등장한다. 나는 이 책을 읽는 동안 '이승'이라는 단어가 나올 때마다 체크를 해보려 했다. 본문 중 2/3에는 '이승'에 동그라미 표시를 했지만, 나머지 1/3은 그냥 두었다. 그리고 작년 겨울 어느 밤에 책을 잃어버렸다. 잃어버리기로 한 것처럼 잃어버렸다. 그러니까 내가 잃어버린 『고독한 산책자의 몽상』에는 '이승'에 표시한 동그라미 외에 밑줄, 별표, 물음표, 꽂아놓은 낙엽이 있었다. 지금은 다 없다. 지금쯤 모두 편안하기를 바란다.

김엄지 소설가. 2010년 『문학과 사회』 신인문학상에 단편소설 「돼지우리」가 당선되어 작품활동을 시작했다. 소설집 『미래를 도모하는 방식 가운데』와 장편소설 『주말, 출근, 산책: 어두움과 비』, 에세이집 『소울반띵』(공저)이 있다. '무가치' 동인으로 활동중이다.

고독한 산책자의 몽상 *Les Rêveries du promeneur solitaire*(1782)

18세기를 대표하는 사상가, 프랑스 혁명의 아버지 장자크 루소의 미완성 유작. 당대의 비판적 여론에 맞서 자신을 해명하고자 집필한 『고백록』 『대화: 루소, 장자크를 심판하다』와 함께 루소의 자전적 3부작으로 불리는 이 작품은, 루소가 삶의 끝자락에 이르러 일평생 탐구하고 추구해온 '나 자신'이라는 주제를 몽상의 경험과 더불어 자유롭게 기술한 내적 성찰의 기록이다. 자연 속에서 온전히 자기 자신과 마주한 열 번의 산책을 통해 파란 많던 과거를 회고하고 나아가 보편적 주제에 대한 철학적 성찰을 피력한다. 독백 형식을 취하고 있어 '서정적 자서전'이라고도 불리는 『고독한 산책자의 몽상』은 프랑스 낭만주의 문학사상 불후의 산문시로 꼽히는, 루소의 저서 중에서도 가장 독특한 작품이다.

장자크 루소 Jean-Jacques Rousseau(1712~1778)

1712년 신교의 세력이 강했던 스위스 제네바에서 시계제조공의 아들로 내어났다. 출생 직후 어머니가 세상을 떠난 탓에 고모의 손에서 자랐다. 16세 때 제네바를 떠나 안시에서 후원자인 바랑 부인을 만나 가톨릭으로 개종하고, 이후 유럽의 여러 지역을 돌며 귀족 가문에서 집사나 가정교사로 일한다. 정식 교육은 받지 못했으나 역사와 윤리학에 관심이 많았고 특히 플루타르코스의 저작을 탐독하며 독학했다. 파리에서 디드로와 콩디야크를 만나 『백과전서』의 집필에 참여하며 볼테르와도 교유했다. 1750년 『학문예술론』 출판을 계기로 작가 생활을 시작한다. 1755년 『인간 불평등 기원론』을 출간했고, 1761년 연애소설 『누벨 엘로이즈』를 출간해 큰 성공을 거뒀다. 1762년 『에밀』이 출간되나 책에 담긴 이신론적 주장과 자녀를 모두 고아원에 맡긴 이력 탓에 루소는 사회로부터 철저히 배척당하게 된다. 이후 고립된 생활을 고집하며 식물학에 몰두했고, 자신을 향한 비난에 맞서 자전적 산문인 『고백록』과 『대화: 루소, 장자크를 심판하다』를 썼다. 『고독한 산책자의 몽상』을 집필하다가 1778년 사망했다.

횡단하다, 경계를

『용의자의 야간열차』 다와다 요코

백수린

어느 장소에서든 독서는 매번 우리를 머나먼 곳으로 데려다주지만 나는 여행을 떠날 때 읽으면 더 좋을 것 같은 책들이 따로 있다고 생각하는 편이다. 그런 까닭으로 그때, 『용의자의 야간열차』는 비행기 좌석 앞주머니에 꽂혀 있었다. 『용의자의 야간열차』는 먼 대륙을 향해 날아가는 비행기 안에서 읽기 위해 아껴둔 책이었다. 국경을 벗어나면서 읽을 소설로 다와다 요코의 작품처럼 근사한 것이 또 없으리란 예감 때문이었다. 원래는 비행기가 이륙하고, 식사도 마친 후, 기내가 어두워지면 담요를 목까지 끌어올린 채 독서등을 켜놓고 이 책을 읽을 작정이었다. 하지만 어쩐 일인지, 비행기는 좀처럼 이륙할 생각을 하지 않았다. 삼십 분 정도 지연해 출발할 예정이라던 비행기는 한 시간이 다 되도록 꼼짝할 생각이 없었다. 나는 지루함을 견디지 못하고 결국 『용의자의 야간열차』

를 집어들었다. '용의자'의 '야간열차'라니. 이것은 일종의 추리소설일까? 용의자도, 야간열차도 뭔가 심상치 않은 일이 벌어질 것 같다는 느낌을 주는 단어들이라 나는 어떤 끔찍한 사건이 일어나지 않을까 하는 기대를 가지고 책장을 넘겼다. 아니나 다를까. 소설의 첫머리는 이렇게 시작한다.

> 역 분위기가 뭔가 심상찮다. 플랫폼에 이상하게 사람이 적다. 게다가 역무원들이 왠지 소란스러운 게 무슨 비밀이라도 감추고 있는 것 같다. 역무원을 불러 무슨 일이냐고 묻기도 뭣하니, 그저 묵묵히 관찰할 수밖에 없다. 역 전체가 가면을 들쓰고 있지만, 당신은 그것을 벗겨내지 못한다. _9쪽

하지만 만약 미스터리로 가득한 추리소설을 기대하고 이 책을 처음 읽는 독자가 있다면 그는 책을 읽어나갈수록 당혹스러움을 느끼게 될 것이다. 『용의자의 야간열차』에는 피비린내 나는 살인 사건도, 사소한 증거들로 보란듯이 사건을 풀어나가는 전직 형사 출신의 사립탐정도, 뒤통수를 치는 반전도 없으니까. 이 소설의 줄거리를 요약하는 것만큼 무의미한 일이 있을까? 그래도 간단히 요약해보자면 이 소설은 '파리로' '자그레브로' 같은 열세 개의 소제목이 알려주듯이 세계의 어딘가로 향하는 야간열차 안에서 (혹은 밖에서) '당신'이 겪게 되는 일들에 대한 이야기라고 할 수 있겠다. 하지만 서사 중심이 아닌 소설들이 보통 그렇듯 『용의자의 야간열차』 역시 이렇게 요약하는 것은 소설을 이해하는 데 아무런 도움이 되지 못한다. 다와다 요코의 소설은 1호부터 13호까지의 차량이 질서정연한 방식으로 묶인 채 하나의 목적지를 향해 맹

렬히 달려가는 그런 야간열차가 아닌 셈이다. 소설은 창백한 허공에 우아한 곡선을 그리며 날아가는 철새들처럼 저마다의 장소로 흩어지는 열세 대의 야간열차에 더 가깝다. 그러므로 이 이야기들의 매력을 느끼기 위해서 필요한 것은 한 권 전체를 관통하는 줄거리를 찾는 일이 아니다. 우리는 주인공인 '당신'과 함께 밤과 새벽의 경계를, 국가와 국가의 경계를, 나와 너의 경계를 가로지르는 야간열차에 올라타, 끊임없이 덜컹거리고 흔들리다가, 견고한 것들이 기어코 무너져내리는 다와다 요코의 세계로 기꺼이 미끄러지기만 하면 된다. 그 세계란 지금까지 상이하다고 생각했던 것들이 찰흙처럼 한데 뭉쳐지고, 얼음처럼 단단하다고 믿었던 것들이 눈 결정처럼 반짝이며 부서져내리는, 그런 종류의 세계다. 가령 이런 식으로.

> 당신은 하는 수 없이 옷을 벗으면서, 어느새 양성구유가 된 자기 몸을 별로 놀라지도 않고 바라보았다. 제아무리 이상한 일도 옛날부터 그렇게 되기로 정해져 있었고, 게다가 자신은 그 사실을 이미 알고 있었으면서도 모르는 척했을 뿐이라는 것을 깨달았다. 물은 수증기를 자욱하게 뿜어내는 것치고는 그리 뜨겁지 않았다. 왼 다리를 담그고, 오른 다리를 담그고, 배에 주름을 잡으며 웅크려 앉자, 가슴과 무릎이 붙으며 그 언저리까지 물이 차올랐다. 봉긋이 솟은 유방 사이로 아래쪽에서 흔들거리는 남자 성기가 보인다. 나는 정말로 남자이기도 하고 여자이기도 한 걸까. _81쪽

『용의자의 야간열차』에서 가장 기이하고 매혹적인 장면 중 하나라고 생각되는 이 대목에서 '당신'은 자기가 남성의 성기와 여성의

성기를 모두 가지고 있다는 사실을 발견하고 당황한다. 물론 이는 주인공이 열차 안에서 꾸는 꿈속에서 벌어진 일에 불과하다. 하지만 '당신'이 자기가 양성구유의 상태가 아닐까 의심하는 장면은 소설 속에서 또 한차례 반복된다. "수술과 암술. 꽃 한 송이 안에는 암술인 여자와 수술인 남자, 양쪽 다 살고 있다. 그렇다, 식물에게는 양성구유가 보통인 것이다. 당신은 문득 자기 마음속에도 여자와 남자가 다 살고 있을지 모른다는 생각이 들었다."(104쪽) 호명되는 이에 대한 정보를 미미하게라도 제공하는 이름이 아니라 대명사, 그것도 그나 그녀 대신 성별조차 짐작할 수 없는 '당신'이라는 호칭으로 끝끝내 명명되는 주인공이 자기가 양성구유는 아닐지 의심하는 바람에 독자는 주인공의 성별을 좀처럼 확신할 수 없다. 그런데 어떻게 보면 한 송이의 꽃처럼 빛나고 싱그러운 양성구유의 몸이야말로 다와다 요코의 야간열차가 목적지 삼아 달리는 이상적 세계를 가장 잘 보여주는 상태는 아닐까? 이것도 저것도 아니면서 동시에 이것이면서 저것인 상태. 여성이면서 남성이고, 일본인이면서 일본인이 아니고, 어린아이이자 성인이었다가 궁극에 이르면 '나'이고 동시에 '당신'인 상태.

일본인이면서 독일에서 30여 년 동안 이방인으로 살고, 그 탓에 낯설어졌을 일본어와 영원히 모국어가 될 수 없는 독일어 두 가지 모두로 소설을 쓰는 다와다 요코의 소설에서 열차여행은 특별한 소재다. 실제의 삶 속에서도 여행을 즐기고 사랑한다는 작가답게 『용의자의 야간열차』는 당장이라도 야간열차 여행을 떠나고 싶게 만드는 신비로운 분위기와 문장들로 가득하다. 선로와 바퀴의 마찰음, 증기가 뿜어져나오는 소리, 분주한 새벽의 역사에 감도는 희붐한 빛. 영원토록 야간열차를 타고 여행해야 할 마법 같은 운명에 처해진 만큼, 어쩐지 고독한 옆얼굴을 지녔을 것 같은 주인공은 계획 없이 낯선 이와 만나고, 경로를 돌발적으로 바꾸게 되며, 의지와 무관하게 누군가의 오해를 산다. 예정보다 2시간 가까이 지연되었다가 이윽고 활주로를 달리기 시작하는 비행기 안에서 나는 책장을 잠시 덮으며 생각했다. 어쩌면 여행이란, 아니 삶이란, 목적지에 도착해 펼치는 모험이 아니라 낯선 이에게 손톱깎이를 내어주는 것 같은 뜻밖의 일들을 통해 '나'라는 딱딱한 껍질을 깨고 '당신'이 꽃송이처럼 피어나는 과정 자체라고 다와다 요코는 말하고 있는 것이 아닐까. 어스름이 내리는 활주로 위의 유도등 불빛이 윤곽을 잃은 별처럼 흔들리다가 이내 멀어졌다.

백수린 소설가. 2011년 경향신문 신춘문예에 「거짓말 연습」이 당선되면서 작품활동을 시작했다. 제6회·제8회 문학동네 젊은작가상, 제8회 문지문학상을 수상했다. 소설집 『폴링 인 폴』 『참담한 빛』, 옮긴 책으로 『문맹』 등이 있다.

용의자의 야간열차 容疑者の夜行列車(2002)

독일어와 일본어, 두 언어로 작품을 쓰는 작가 다와다 요코의 대표작. 이 소설에서 다와다 요코는 기존의 시간과 공간, 그리고 정체성을 넘어서려 시도한다. 소설 속에서 '당신'은 야간열차를 타고 유럽과 아시아로 여행을 떠난다. 이 여행은 시기도 배경도 명확하지 않으며 여행자가 누구인지, 목적지가 어디인지조차 분명하지 않다. 그저 시간과 공간의 틀을 넘어 영원히 반복될 뿐이다. '당신'과 화자의 관계는 이 작품을 관통하는 주제와 연결되어 있다. 고정관념의 틀을 넘어서는 순간 우리는 새로운 인식이 가져다주는 자유를 맛볼 수 있지만, 다른 한편으로는 낯선 사유가 불러오는 불안감에 휩싸일 수밖에 없는 것이다. 이는 안전지대를 벗어나 익숙한 공동체의 규범과 모국어의 보호를 받지 못한 채 새로운 세계를 접하는 여행 그 자체와도 닮아 있다. 낯선 것을 마주하고서 지금까지 당연하다고 생각해온 것들에 대해 고민하게 되는 순간, 이것이 바로 다와다 요코 문학의 시작점이다.

다와다 요코 多和田葉子(1960~)

1960년 도쿄에서 태어났다. 1982년, 와세다대학 러시아문학과를 졸업한 후, 독일로 이주했다. 1987년, 일본어로 써놓았던 시를 지인의 도움을 받아 독일어로 번역해 『네가 있는 곳에만 아무것도 없다』를 출간하며 데뷔했다. 이듬해에 독일어로 처음 쓴 소설 『유럽이 시작하는 곳』을 출간했고, 1991년 일본에서 「발뒤꿈치를 잃고서」로 군조 신인 문학상을 수상하면서 일본어로도 작품을 출간하기 시작했다. 이후 독일어와 일본어로 글을 쓰면서 연극과 사진, 그림 등 여러 분야의 예술가들과 함께 새로운 작업을 하고 있다. 또한 원전에 반대하는 목소리를 내는 등 사회적인 문제에도 활발히 참여한다. 독일에서 레싱 문학상, 샤미소 상, 괴테 메달 등을, 일본에서 아쿠타가와상, 이즈미 교카 상, 다니자키 준이치로 상, 요미우리 문학상 등을 받았으며 독일 이주자 문학의 중요한 작가로 평가받고 있다. 주요 작품으로 『용의자의 야간열차』 『유럽이 시작하는 곳』 『개 신랑 들이기』 『데이지 차의 경우』 『구형시간』 『목욕탕』 등이 있다.

위대한 타락, 불가능한 사랑

『세기아의 고백』 알프레드 드 뮈세

조재룡

> 오 신이시여! 인간들은 무엇을 불평하는 건가요? 사랑하는 것보다 더 감미로운 것이 존재할까요? _176쪽

문학은 삶에서 제기될 수 있는 온갖 물음을 쏟아내지만, 때론 자신이 대답임을 자청하기도 한다. 『세기아의 고백』은 (나에게) 그런 소설이다. 번민이 날카로운 창이 되어, 절망으로 휩싸인 삶을 일시에 꿰뚫을 때 솟아나는 패자의 힘을 무엇으로 설명할 수 있을까? 뮈세에게 사랑은 정치적 좌절 이후 나타난 분열증이 아니었다. 그는 차라리 가슴을 찢을 것 같은 자기 이야기를 드라마로 펼쳐 보이면서, 절절한 말들을 통해서 우리가 누구인지, 어떤 존재인지 들려주는 주인공인 것처럼 보인다. 그는 사랑을 하거나 사랑을 받고 싶은 마음, 이 양자를, 그러니까 갈망을 멋지게 드러내

는, 그래서 메모해둘 만한 문장으로 구사한다. 그의 문장들을 읽다보면 어느새 우리의 마음도 강렬하게 타오르고, 이때 그의 드라마는 사랑과 상처를 봉합하는 훌륭한 중재 역할을 한다. 뮈세는 몹시 타락했으나 순수했다고 말할 만큼, 감정의 방출과 시간의 삼킴에 제한을 두지 않았다. 그는 실로 연약한 몸이었다고 전해지나, 여러 자료들을 살펴보면, 아름다웠다는 인상을 자주 남긴다. 나폴레옹의 패배 이후, 위대한 역사의 완성이 물거품이 되어버리고 만 이후의 삶을 본격적으로 궁리하고 또 견뎌내기 이전에, 그는 스스로 절망했다고 믿고 있었던 것으로 보인다. 그랬기 때문이었을까? 현실에서 자주 불가능한 것으로 여겨진 사랑의 완성에 그는 너무나 오래도록 사로잡혔다. 그에게 사랑은 질병과도 흡사했으며, 이 때문인지, 그는 환자와도 같은 삶을 견뎌내야 했다. 사랑의 갈증을 자주 사창가에서 달래곤 하던 그는 자신의 삶에 침입해 어디론가 이상한 곳으로 자신을 이끄는 저 타락에로의 충동을 치료할 가장 손쉬운 처방을 알코올과의 기묘한 우정에서 찾고자 했다.

"타락하라, 타락하라! 너는 더이상 고통받지 않을 것이다!" _74쪽

뮈세는 마침내 이 기묘한 사랑의 체험을 제 글로 남겼다. 이렇게 이 소설은 현실에서 실제로 벌어졌던 뮈세-상드-파젤로의 삼각관계에서 태어났다. 베네치아와 파리를 오가며 감행했던 위험한 현실의 사랑 이야기에 조금 변형을 가했을 뿐, 『세기아의 고백』은 문학사에서 사실에 바탕을 두고 구성한 작품으로 간주된다. 상드를 향한 뮈세의 열정, 그러니까 뮈세와 상드의 불가능해 보이는

사랑은 이 책이 아니었더라면 전기 연구가들의 훨씬 밋밋한 문체로 우리에게 남겨졌을 것이다. 뮈세-상드는 한마디로 파란만장했으나 불행한 관계였다고 해도 좋겠다. 우리는 이 실제 이야기를 엿보기로 하자.

1833년 『양세계 평론』에서 주최한 저녁식사 자리에서 상드와 처음 만났을 때, 뮈세는 고작 스물두 살이었다. 저항할 수 없는 매력의 소유자였던 것일까? 확실한 것 하나는 최소한 상드의 모성애를 뒤흔들어놓기에 그는 충분히 연약했으며 매혹적이었다는 점이다. 연인이 된 두 사람은 파리 근교의 퐁텐블로 숲에서 황홀한 순간을 갖는다. 그러나 이 둘의 사랑은 그렇게 해서 끝날 성질의 것이 아니었다. 어쩌면 마약과도 같은 것이었던가? 베네치아 여행을 함께 가기로 결심할 때, 이 둘의 눈앞에는 두려운 것도 보이는 것도 없었을 것이다. 내리막 위에 놓인 브레이크 없는 두발 자전거…… 이 위태로운 자전거의 페달을 밟다가 이 위태로운 자전거에서 먼저 내린 쪽은 상드였다.

유약한 청년 뮈세는 고단한 여행중에 병에 걸리고 말았다. 밤낮으로 고열에 시달리는 뮈세를 상드는 자신의 책을 집필하면서 틈틈이 돌본다. 의사가 왜 필요하지 않았겠는가? 헌신적인 간호의 시간과 반비례하여 차츰 수그러든 상드의 정념에 다시 불을 붙인 이는 뮈세를 치료하기 위해 불려온 의사였다. 두 사람이 사랑을 나눈다. 바로 옆방, 저 벽 너머에서 뮈세는 펄펄 끓어오르는 고열로 신음한다. 뮈세의 헛소리가 계속해 이 둘의 귓전을 때린다. 그러나 상드가 파젤로와 사랑을 나누는 걸 막지는 못한다. 어쨌든 사랑에 빠진 두 사람이 짝을 이루어 돌본 덕분에 뮈세는 완쾌되었고, 자신의 불행을 알아차린 그가 선택한 쪽은 두 사람을 용서하는 길이었다.

뮈세는 새로 탄생한 두 연인을 놔두고 베네치아를 과감히 떠나온다. 상당한 고통으로 몸과 영혼에 고문을 가하는 일에 있어서 뮈세만큼 탁월한 재능을 갖고 있었던 사람도 드물다고 해야 하나. 고통의 시간이 조금 지났다. 그러나 그것이 끝은 아니었다. 상드가 베네치아에서 만난 연인을 대동하고 파리로 돌아왔기 때문이다. 문단 사람들과 어울리기에는 이 의사가 더러 우둔하고, 자주 서툴고, 빈번히 지성에서 뒤떨어진다는 사실을 상드가 알지 못했던 것과 마찬가지로 이 이탈리아 미남 의사 역시, 문단 사람들을 볼 때마다 거북해하고 체할 것 같은 표정을 지을 수밖에 없는 자신을 왜 상드가 창피해하는지, 도무지 이해하지 못했다.

파젤로는 그러니까 베네치아로 돌아갈 운명이었나 보다. 놀라운 사실은 시간이 얼마 흐르지 않아 상드가 뮈세를 다시 만났다는 것이고, 이보다 더 놀라운 사실은 두 사람이 다시 연인이 되었다는 것이다. 뮈세는 버림받은 이후, 자신이 겪어야 했던 가혹한 고통이나 상처는 개의하지 않았다. 차라리 그는 자기에게 쓰라림과 상처를 남겼고, 좌절과 절망을 겪게 했던 옛 애인이 현재 자기 옆에서 뿜어내는 모종의 열정과 쾌락, 사랑의 미래에 사활을 걸었다. 그러니까 이러한 만남이 갖게 마련인 묘한 쾌락을 그는 더 중시한 것처럼 보인다. 생각해보라! 헤어진 연인, 그것도 자신이 원해서 그렇게 했던 것이 아닌, 소중함을 지속시켜나갈 수 있었던 연인, 그러니까 항시 사랑하고 있었다고 말할 수도 있는, 다시 말해, 떠나간 이후 밤낮으로 그리워했던 연인과 다시 맺어지게 된 순간이 주는 그 기쁨의 크기는 과연 얼마만할까! 상드와 뮈세는 추억의 눈물을 흘렸고, 서로를 부둥켜안고 침대로 향했다. 그리고 서로 정성껏 어루만졌으며, 못다 한 지정知情도 밤을 새워가며 나누었다. 그들은 이렇게 자기들이 주인이었던 저 배신의 이야기를 마음속에 묻어두는 대신, 현실로 불러와 활활 태워버렸다. 뷔세와 상드는 서로가 서로에게 했던, 저 숱한 거짓말과 변명과 핑계를 여전히 간직하고 있는 각자의 입술을 서로에게 포개는 일에서 한 치의 주저함도 보이지 않았다. 서로가 서로를 통해 보았던, 그들의 지성이 놓칠 리 없을, 서로에게 가했던 위선과 배신 따위는 아무래도 좋았다. 질투와 증오, 모욕과 원망을 그들은 사랑이라는 이름의, 욕망이라는 이름의 영원히 열리지 않을 판도라의 상자 속에 가두었다고 굳게 믿었고, 오로지 부활할 사랑, 그리로 향할 순간과 그 순간으로 현실의 시곗바늘에 무거운 추를 달아놓을 궁리만을 하였다. 하지만 그것은 정확히 파멸의 유혹과 파괴의 본능이었다.

그들은 예전의 열정과 관능으로 돌아갈 수 없다는 사실을 알고 있었던 것은 아닐까? 파멸로 향하는 걸음이 멈춘 것은 아니었다. 한번 각인된 마음의 상처는 쉴새없이 재촉하는 이 정념의 발걸음을 붙잡을 수도 없었으며, 막을 길도 묘연해 보였다. 두 사람은 물론 사랑의 부활과 영원이라는 시간에 속하는 일이 가능하지 않다는 사실을 굳이 말하지 않아도 알 정도로 충분히 명민한 자들이었다. 그뿐만이 아니었다. 갈라서는 것이 보다 현명하다는 사실도 그들은 숙지하고 있었으며, 뷔세는 헤어지는 데 있어서 직관을, 상드는 지성의 명령을 따랐다. 그러나 그들은 서로에게 해를 끼치는 일을 삼갈 정도의 덕성을 충분히 갖추고 있지는 못했다. 오히려 반대였다고 문학 사가들은 입을 모아 말한다. 가능한 최대한의 방법을 동원해서 서로를 비난하고 헐뜯는 일이 벌어졌고, 간혹 머리를 맞대어, 풀리지 않는 상황에서 벗어날 방법으로 고구해 낸 것은 어리석게도 동반 자살 같은 더러 허황되고 실현될 수 없는 제안이었다. 뮈세보다 상드가 조금 더 현명했던 것은 사실이다. 심연으로 침잠하여 마지막 남은 불꽃을 태우려 했던 뮈세와 달리 상드는 막다른 골목에 다다른 둘의 관계에서 최선이 무엇일지를 잘 알고 있었다. 뮈세와의 관계를 일절一切한 상드는 헤어지는 데 있어서 과거와는 반대의 길을 걷는다. 그러자 베네치아에서 자기 애인을 빼앗긴 채, 파리로 혼자 떠나왔던 뮈세는 이번에는 자신을 훌쩍 떠나간 애인의 모습을 쓸쓸히 바라보며 홀로 남겨졌다.

뮈세에게 남겨진 것은 고작 추억이었으며, 그는 이 추억에서 위대한 사랑의 흔적을 보았지만, 새로울 것도, 기대도, 들뜸의 열병도 없이, 정념이 홀라당 태우고 남겨놓은 한줌의 재 같은 현실을 한없이 슬퍼했다. 모든 희망이 이렇게 그에게서 사라지게 되었다고 말해야 할까? 그는 펜을 잡고 제 이야기를 기록하기로 마음먹는다. 그에게 남은 것이라고는 오직 글을 쓰는 일뿐이었다. 『세기아의 고백』은 이렇게 탄생했다. 그렇기에 이 소설은 그가 평생을 집필한 단 하나의 소설일 수밖에 없었다. 그래서 차라리 소설이라기보다 고백록에 가까워 보인다. 사랑을 추억하는 방법은 기록을 해두는 수밖에 없다. 사랑을 잊기 위해서도 기록이 최선이었던 것일지도 모른다. 문장과 문장을 덧대어 힘겹게 제 과거를 다시 구성하면서, 그는 자신이 빠져들었던 사랑의 감정과 까닭 모를 정념, 기이하고도 신비한 체험, 극적으로 뿜어나오는 감정 등을 매우 고통스럽고 격정적인 언어로 바꾸어내는 데 성공했다. 그랬기 때문일까? 뮈세는 기록의 한계, 그러니까 사실을 기록한다는 행위란 실상 불가능하다고 생각했던 것 같다. 아니 그에게 이 고백록은 오직 기억의 주관적인 재현의 한 형태로 존재할 수밖에 없었을 것이며, 뮈세는 누구보다도 이 사실을 절감하고 있었던 것으로 보인다. 따라서 『세기아의 고백』은 사실에 기초한, 담백하고 진솔한 고백록의 조건을 완전히 충족시키는 것은 아니라고 보아야 한다. 현실과 하나씩 대응되는 정확한 사실이나 시대적 배경, 등장인물의 자리 대신, 비극적 드라마를 이끌어가는 소설적 요소들이 자리한다.

광기와 불행으로 가득한 뮈세와 상드의 사랑은 흔히 옥타브와 브리지트에 비교되고, 마찬가지로 불행하다 할 의사 파젤로는 스미스를 통해 작품 속에서 발현된다고 말한다. 그러나 여주인공 브리지트는 상드와 닮은 구석이 그다지 없다. 브리지트가 위대한 사랑의 성녀처럼 묘사된 것에 비추어볼 때 특히 그렇다. 현실에서는 좀처럼 찾아보기 어려운 순결한 이상으로 가득한 주인공 브리지트의 모습을 상드에게서 찾는 일은 쉽지 않다. 마찬가지로 소설 도입부에서 옥타브를 배반하는 여인 역시, 상드의 모습과 쉽사리 포개어지지는 않는다. 아주 세속적인 동시에 몹시 관능적인 인물로 그려진 이 작품 속 여인은 지적이며 결단력이 뛰어난 상드에게서 뮈세가 좀처럼 발견하지 못한 모습, 그러니까 기대치라고 보는 편이 오히려 옳을 것이다. 그렇다고 해도 『세기아의 고백』을 허구와 상상력에 기댄 허구, 오롯한 소설이라고 부를 수도 없다. 너무나도 명백한 역사적 사건이 다소 변형되어 녹아 있으며, 항간에 널리 알려졌을 뿐만 아니라 편지나 기록 등 여타의 문서로도 엄연히 존재하는 실제 에피소드에 대한 인유引喩의 흔적들로부터 이 작품이 자유롭지 못하기 때문이다. 그러니까 『세기아의 고백』은 한마디로, 반고백적인 문학의 정수를 보여주는 좋은 예이기도 한 것이다.

방탕을 배우는 데서는 현기증 같은 것이 느껴진다. _103쪽

『세기아의 고백』은 읽을 만하다. 뮈세의 뛰어난 재능은 실수를 반복하면서 까닭 모를 고통에 휩싸이는 기이한 체험을 독자에게 선사하는 데도 있지만, 또한 흔하다 할, 패배한 사랑 이야기로 우리를 우수에 젖게 하고 마음 한구석을 저리게 하는 데도 있다. 환멸로 가득찬 프랑스 낭만주의 작가의 손에서 탄생한 이 소설은 신기하게도 저 위험한 불꽃, 그 미친 욕망을 우리 스스로가 우리의 내면에다가 불사르게끔 이끈다. 그러니 조금 위험한 소설이라고 하겠다. 열정은 치유되지 않으며 우수는 희망보다는 절망에 미소 짓고, 기다림을 한없이 부추기고 신경을 몹시 자극한다. 차라리 한눈에 반하여 위대한 사랑의 주인공이 되었을 때, 항상 치르기 마련인 고통과 위험을 그 대가로 즐겁게 받아들여야 한다고 이 소설은 말하는 듯하다. 『세기아의 고백』에 논리로 설명되지 않는 처절한 무언가가 있다면 바로 이 때문이다.

이렇게 이야기하자. 버림받는다는 게 뭔지 진정으로 알고 싶은 사람, 열정을 홀라당 태운다는 게 뭔지 맛보고 싶은 사람, 그냥 한없이 처지고 싶은 사람, 쓰라린 맛, 떫은 감정을 체험하고 싶은 사람에게는 더없이 좋은 치료약이자 질병일 것이라고. 이 책은 패자의 민낯을 보고 싶어 환장한 사람, 감정 놀이의 끝판을 겪고 싶은

사람, 삶을 마구 팽개치고서 맹목적인 열정에 몰입하고 싶은 사람에게 선물로 주고 싶은 명저들 중 상위에 랭크될 자격이 있다. 패자에 관한 글을 쓰고자 할 때, 마음속으로 가장 먼저 떠올리게 되는 작품이라고나 할까. 코앞에서 애인을 빼앗긴 자의 심정을 알고 싶거든, 당장 구입하라. 책장을 넘기는 것으로 충분하다. 여기에 더해 만사가 귀찮고 사는 게 빡빡해서, 공허한 마음이 수시로 드는 어느 날, 당신이 혹시, 빼앗긴 애인과 그 애인의 새 남자를 계속해서 만나야만 하는 기이하고도 피학적이라 할 쾌락이나 비애, 뭐 이런 감정에 사로잡혀보고 싶다면, 가끔씩 몰래 꺼내서, 몇 번이고 읽어도 좋을 것이다. 이 책의 유용한 점은 또 있다. 글이 잘 풀리지 않을 때, 책의 아무 쪽이나 열어 무심히 읽다보면, 얼마 지나지 않아 영감을 받을 만한 구절을 한두 개쯤은 쉽사리 발견할 것이다. 비장한 문장, 표정이 일그러진 문장, 속을 박박 긁어대는 문장, 폭발하듯 감정을 적나라하게 까발리는 대목들, 그러나 한편, 내적인 열망으로 흠뻑 젖은 문장, 축축하고 너절하고, 음침하고 비장한 문장을 우리는 이 책의 도처에서 마주하게 되리라. 주의할 점은, 젊은 낭만주의자가 꿈꾸었던 이 격정의 이야기를 읽다가 가끔 잠을 빼앗길 수도 있다는 것 정도. 번역도 좋다. 더구나 연보도 잘 정리되어 있으며, 마지막에 실린 '해설'은 작품의 이해를 풍부하게 도와준다. 그러하니 사랑이라는 마법에 홀라당 빠지고, 또 살짝 풀려나고, 다시 사로잡히는 사람들의 이야기를 어서 집으라고 말하는 수밖에. 자주 마주치는, 더러 들뜬 것처럼 보이는 문체와 미사여구도 눈에 거슬리지 않는다. 지나치게 요란한 대목도 더러 있지만, 결점으로 작용하지 않는다. 차라리 이 소설의 매혹은 여기에 있으며, 읽다보면 오히려 이 같은 지점들이 오히려 우리를 압도하기도 한다는 사실을 알게 될 것이다.

조재룡 문학평론가. 고려대 불어불문학과 교수. 번역가. 2003년 『비평』지에 문학평론을 발표하며 작품활동을 시작했다. 지은 책으로 『앙리 메쇼닉과 현대비평』 『번역의 유령들』 『시는 주사위 놀이를 하지 않는다』 『의미의 자리』, 옮긴 책으로 『잠자는 남자』 『알 수 없는 여인에게』 『시학 입문』 『스테파의 비밀노트』 『사랑예찬』 등이 있다.

세기아의 고백 *La Confession d'un enfant du siècle*(1836)

프랑스 낭만주의를 대표하는 천재 시인 알프레드 드 뮈세의 유일한 소설이자 마지막 걸작. 뮈세는 여섯 살 연상의 작가 조르주 상드와 사랑에 빠져 극한의 감정을 경험했고, 낭만주의가 꿈꾸었던 격정적 사랑을 온몸으로 체현한 경험을 시인의 섬세한 필치로 그려냈다. 『세기아의 고백』은 그가 베네치아에 상드를 남겨둔 채 홀로 파리로 돌아올 때까지의 감정 변화와 사랑의 상처 등을 재구성한 자전적인 작품이다. 그는 '옥타브'라는 청년의 목소리를 통해 자신의 섬세한 내면을 묘사한다. 정열과 배신, 광기와 불행으로 요약되는 뮈세와 상드의 사랑은 옥타브와 상드를 대변하는 여주인공 브리지트, 그리고 파젤로에 해당하는 스미스를 통해 발현된다. 사랑의 고통으로 점철된 그의 경험은 그만의 것을 넘어, 나폴레옹의 몰락으로 혁명의 꿈이 좌절되어 절망과 무력감에 사로잡힌 채 사랑에 모든 것을 걸었던 당대 젊은이들의 것이기도 했다는 점에서 중요한 의미를 지닌다.

알프레드 드 뮈세 Alfred de Musset(1810~1857)

프랑스 파리에서 태어났다. 셰익스피어나 실러가 되기를 꿈꾸었던 그는 18세 때부터 샤를 노디에의 살롱에 출입하고 빅토르 위고의 문학 클럽 '세나클'에 참여했다. 법학대학과 의과대학에 진학하나 차례로 포기하고 문인의 길을 택한다. 1830년 첫 시집 『스페인과 이탈리아 이야기』를 발표해 시인으로서의 천재성을 인정받으며 낭만주의 문학의 총아로 떠오른다. 1833년 낭만주의 희곡의 최고봉으로 평가되는 『로렌차초』를 출간한다. 1845년에는 문학적 공훈을 인정받아 발자크와 함께 레지옹 도뇌르 훈장을 받았고 1852년 아카데미프랑세즈 회원으로 선출되었다. 1857년 사망했다.

황폐한 곳(串)에 버려진 인간, 우리들

『햄릿』 윌리엄 셰익스피어

조해진

윌리엄 셰익스피어의 『햄릿』을 읽지 않은 사람도 그 히어로인 햄릿을 안다. 아니, 그의 언어 중 일부를 안다. 그야 물론 'to be, or not to be, that is the question'이다. 그래서 누군가는 캄캄한 무대 위에서 스포트라이트를 받으며 끊임없이 이 말만을 반복하는, 헝클어진 머리칼에 몸은 깡마르고 눈빛은 형형한 배우의 이미지 속에 햄릿을 가두기도 한다. 그가 왜 생과 사를 두고 갈등했는지, 그 장면의 앞뒤에는 무슨 사건이 있었는지, 보다 근원적으로는 햄릿이 어떤 인물인지조차 알지 못한 채. 『햄릿』에 매혹된 독자 입장에서는 그 한 줄의 대사만으로 『햄릿』을 안다고 믿는 객석의 무심함이 서운할 때가 있다.

내가 처음 『햄릿』에 매혹된 계기는 문장이었다. 『햄릿』은 연극의 대본이면서 한 편의 장시이기도 해서 어느 페이지를 펼쳐도 우아하고도 깊이 있는 문장을 발견할 수 있다. 가령 이런 문장—햄릿이 친구이자 신하인 길던스턴과 로즌크랜츠에게 하는 말이다—은 평면에 불과했던 그의 세계를 감각적으로 입체화한다.

> 최근에 나는, 이유는 모르겠네만, 즐거움을 모두 잃었고, 평소에 하던 운동도 중단하고, 진정 마음이 몹시 우울해져서 이 훌륭한 구조물인 지구가 내게는 황폐한 곶串처럼 보인다네. _2막 2장

이 문장은 우리를 곧바로 황폐한 곶으로 데려가고, 그 안에 내재된 비관을 환기시킨다. 이 도저한 비관은 이렇게도 표현된다.

> 우리는 살찌려고 다른 생물들을 살찌우고, 우리 자신을 살찌워서 구더기에게 바치죠. 살찐 왕이나 여윈 거지는 서로 다르게 만들어진 동류의 음식, 두 가지 음식이 되지만 한 식탁에 오르게 됩니다. 그게 끝이랍니다. _4막 3장

햄릿이 클로디어스 왕에게 하는 말인데, 이 정도로 강렬한 비관을 나는 동시대의 작품에서도 발견하지 못했다. 시간이 흐르면서 이 비관적 세계관은 내게 문장보다 더 큰 매혹으로 다가왔다. 그 비관의 기원이 궁금했고, 내가 햄릿의 한정 없는 비관에 공감하는 이유도 궁금했다.

가장 먼저 떠오른 단어는 패륜이었다. 알다시피 『햄릿』의 배경은 클로디어스 왕의 지배하에 있는 12세기 덴마크이다. 클로디어스는 형을 죽인 뒤 그의 지위와 아내를 차지했다. 그 결과 햄릿에게 클로디어스는 숙부이면서 아버지가 되었고 거트루드 왕비는 어

머니이면서 숙모가 되었다. 햄릿은 그들에게 조카이자 아들이 된 셈이며, 또한 고아가 아니지만 고아이기도 하다. 보통의 사람은 상상하기도 힘든 이 혼란스러운 가계에서 햄릿의 비관은 싹텄을 것이다. 특히 정념과 결탁한 어머니에게 느끼는 자식의 배신감은 측량이 불가능한 영역이 아닐까. 기묘하게도 거트루드 왕비는 어머니가 아닌 성적인 여인의 이미지로 묘사되어 햄릿의 배신감을 더더욱 부각한다.

권력욕이라는 단어도 떠올랐다. 그야 물론 클로디어스의 권력욕이다. 권력욕에 눈이 멀어 친형(선왕)까지 살해한 클로디어스는 사람들 앞에서 태연히 그 친형을 애도하고, 햄릿을 걱정하는 척하며 광증으로 몰아 고립시키려 한다. 햄릿이 준비한 연극—클로디어스의 악행을 비유적으로 드러내는 극중극—을 본 뒤로는 그의 복수를 차단하기 위해 그를 영국으로 보내 살해하려는 계획도 세운다. 이 탐욕스러운 왕이 지배하는 덴마크는 혼란 상태에 있으며 백성들은 밤낮없이 고역에 시달리고 있다. 백성의 사랑을 받는 햄릿에게는 클로디어스의 권력욕이 덧없고도 비참하게 보였을 것이다. 그 덧없고 비참한 것이 절대적인 힘이 되어 아버지를 죽이고 어머니를 부정한 여인으로 타락시켰으며 수많은 백성을 고통 속에 몰아넣었다. 햄릿은 홀로 그 모든 과정을 지켜보면서 점점 외로워졌을 것이다.

마지막으로 떠올린 단어는 무지이다. 햄릿의 눈에 세계가 구원의 가능성도 없는 쓰레기와 구더기의 구조물로 보이는 가장 큰 이유가 바로 이 무지 때문일 거라고 나는 생각한다. 클로디어스의 만행을 아는 인물은 햄릿과 실재하지 않는 선왕의 혼령뿐이다. 햄릿을 제외하면 아무도 클로디어스가 무슨 짓을 했는지 알지 못하는 것이다. 혹은 알려 하지 않거나. 거트루드 왕비뿐 아니라 연인인 오필리어와 그녀의 오빠와 아버지, 클로디어스의 신하들과 햄릿이 한때 의지했던 친구들, 그리고 전면에 드러나지 않으나 저마다 고달픈 현실을 감당해야 하는 백성들 모두 마찬가지이다. 심지어 어머니인 거트루드 왕비는 남편이 죽고 두 달 만에 남편의 동생과 결혼한 것에 죄책감도 느끼지 않는다. 그들은 진실을 알려 하기보다 햄릿이 연기하는 광증을 믿는다. 햄릿의 광증을 걱정하는 척하는 클로디어스의 기만을 믿는다.

아무도 모르는 진실을 혼자 알고 있는 자는 아름다운가. 아마도. 그러나 안다는 것은 고통이기도 하다. 그 진실을 수면 위로 끌어올려 증명하려 한다면 더더욱. 햄릿은 단순히 복수하는 자가 아니라 진실의 파수꾼인 셈이다. 그 진실을 지키기 위해 그는 미친 척을 하고 사랑하는 사람들을 한 명씩 잃는다, 오필리어, 오필리어의 가족, 어머니, 그리고 자신의 목숨마저…… 햄릿의 죽음은 희생에 다름 아니다.

최근에 우리는 그동안 몰랐거나 모른 척했던 진실을 목도하고 있다. 우리는 우리가 평범한 줄 알았는데, 일을 하고 좋아하는 것을 찾고 사랑을 하고 가족을 이루던 평범한 우리 앞에 펼쳐진 것은 상식조차 통용되지 않는 야만의 국가였다. 권력욕이 즉물적으로 실현되는 나라, 너무도 부정한 이들이 법과 제도를 악용하여 정의와 변혁의 가능성을 잘라온 나라, 문화와 언론의 자유를 앗아가고 어린 생명마저 지켜주지 않은 나라, 그럼에도 아무도 진심으로 사과하지 않는 나라…… 대부분의 사람들이 비슷한 분량의 환멸을 느끼고 있을 터이다. 저마다 상처받았을 것이다. 그러나 나는 안다. 알았으므로 고통스럽고 고통스러우므로 광장으로 나가는 것임을, 광장이 저렇게 빛나는 한 우리는 이길 거라는 것도……

지금 이 시대에도 『햄릿』을 읽어야 하는 이유는 너무도 많지만, 우리가 햄릿처럼 황폐한 곳에 버려졌다는 것이 어쩌면 가장 큰 동기여야 하는지도 모르겠다.

결국, 진실은 남을 것이다.

조해진 소설가. 2004년 중편소설 「여자에게 길을 묻다」로 『문예중앙』 신인문학상을 받으며 등단했다. 신동엽문학상, 문학동네 젊은작가상, 무영문학상, 이효석문학상, 김용익소설상을 받았다. 소설집 『천사들의 도시』 『목요일에 만나요』 『빛의 호위』, 장편소설 『한없이 멋진 꿈에』 『아무도 보지 못한 숲』 『로기완을 만났다』 『여름을 지나가다』 등이 있다.

햄릿 *Hamlet*(1603)

셰익스피어가 세상을 떠난 지 400년이 되었다. 그가 인류에 남긴 유산의 영향력을 이루 헤아릴 수 없기에 4대 비극 중 하나인『햄릿』만을 한정해 살펴도 막대하다. 가장 권위 있는 영어사전인 옥스퍼드영어사전에서 성경 다음으로 많은 문장이 발췌된 작품은 단연『햄릿』이다. 셰익스피어가 창조한 인간 중 가장 유명한 이름 역시 햄릿이며, 전 세계인이 암송할 수 있는 희곡 대사 역시 햄릿의 독백인 "To be or not to be"이다.『햄릿』은 이토록 널리 알려진 가장 유명한 작품인 동시에 세대를 거듭해 새롭게 해석될 여지가 충분할 정도로 넓고도 깊은 작품이다. 그 중심에는 수수께끼처럼 헤아리기 어려운 인물인 햄릿이 있다. 햄릿은 선왕의 혼령으로부터 숙부인 현왕이 아버지를 독살하고, 왕위와 더불어 어머니인 왕비를 취했음을 전해 듣고 복수하겠다고 마음먹는다. 광증을 꾸미고 극중극을 연출하는 등 치밀한 계획을 세우나 복수의 결행을 미루며 오히려 자살을 고민한다. 햄릿은 충동적인 행동과 우유부단한 숙고를 동시에 드러내는 탓에 그를 온전히 이해하기 위해서는 섬세하고도 진중한 독법이 요구된다.

윌리엄 셰익스피어 William Shakespeare(1564~1616)

영국 스트랫퍼드 어폰 에이본에서 태어났다. 1590년경『헨리 6세』를 집필하며 극작가로서 첫발을 내디뎠고, 1592년경에는 이미 천재 극작가로서 재능을 유감없이 발휘하며 큰 명성과 인기를 얻었다. 또한 국왕 극단의 전속 극작가로 활동하기도 한다. 20여 년간 37편의 희곡과 더불어 시를 발표했다. 셰익스피어는 사회적 격변기이자 문화적 번영기였던 엘리자베스여왕 치하의 영국에서 당대의 사회적 분위기를 작품 곳곳에 녹여냄으로써 작품에 역사적 가치를 더했다. 19세기 영국의 비평가 토머스 칼라일이 셰익스피어를 '인도와도 바꾸지 않겠다'고 말한 이야기는 너무도 유명하다. 그의 희곡들은 시간과 장소를 뛰어넘어 지금까지 세계 곳곳에서 가장 많이 공연되는 작품이 되었으며, 셰익스피어는 1999년 BBC에서 조사한 '지난 천 년간 최고의 작가' 1위에 올랐다.

가장 밝게 빛나는 것

『카산드라』 크리스타 볼프

백은선

그녀는 사랑하기 위해 사는 사람이었다. 사랑하고 사랑하기 위해. 사랑을 압도하는 모든 것을 온몸으로 받아내기 위해 운명에 뛰어든 사람이었다. 나는 카산드라를 그렇게 이해했다.

이 소설에는 어려운 이름들이 많이 나온다. 어려운 이름이 계속 나와서 가끔 인물이 헷갈릴 수도 있다. 그렇지만 대부분의 사람들이 트로이의 목마 이야기는 알고 있다. 아이스킬로스의 '오레스테이아' 삼부작을 읽었을 수도 있고 영화 〈트로이〉를 봤을 수도 있고. 어쨌든 대략적인 스토리는 여기저기서 들어 알고 있을 것이다.

그것들을 잊지 않고 스토리를 따라가면 어렵지 않다. 파리스가 스파르타에서 메넬라오스의 아내 헬레네를 데려오고, 트로이에서

헬레네를 되찾기 위한 전쟁이 벌어진다는 이야기. 트로이의 목마로 전쟁에 승리한 그리스, 카산드라를 데리고 돌아가는 아가멤논.

그러나 가장 중요한 것은 카산드라의 내면에 귀기울이고 따라가는 일이다.

아이스킬로스의 『아가멤논』을 보면 카산드라는 거의 병풍 같은 존재다. 아가멤논을 따라 미케네에 도착하고 거기에서 클리타임네스트라에게 죽기 직전까지 그녀에게는 아무 대사도 없다. 왜 그럴까? 그런 생각이 들었다. 그녀는 관찰자이다. 그녀의 숙명은 이 모든 것을 지켜보고 겪어내는 것이다. 그래서 그녀의 안에는 이렇게나 많은 말이 쌓여 있다.

이 이야기는 함락당한 트로이의 공주 카산드라의 1인칭으로 진행되는 소설이다. 트로이는 10년이 넘는 전쟁을 끝으로 패했고, 카산드라는 전리품이 되어 아가멤논을 따라간다. 죽게 될 것임을 알면서도. 아이네이아스를 두고서.

나는 이 이야기가 불가해한, 삶을 살아내고 이해하려고 애쓴, 한 여자의 기록이라고 생각한다. 카산드라의 유모는 말한다. "아폴론이 입에 침을 뱉었다면 그건 아기씨가 예언 능력을 갖게 된다는 의미라고. 하지만 아무도 아기씨 말을 믿지 않을 거라고." 진실을 내다보지만 그것을 아무하고도 나눌 수 없는 사람의 절망이란 어떤 것일까. 어쩌면 자신마저 스스로를 의심하게 되지 않을까.

지속되는 전쟁 속에서 사람들은 새 보금자리를 만든다. 앙키세스, 모두를 편하게 만들고 마음의 빗장을 풀게 하는 사람. 적과 동지를 한곳에서 웃고 떠들게 만드는 사람. 동굴 속의 날들. 함께 아이를 키우고 상처받은 남자들이 들러 쉬었다 가던 곳. 그렇게 계속 삶이 지속될 수 있었으면 어땠을까. 그런 공동체의 가능성은 얼마나 불안정하고 따듯한 것이었는지. 그러나 그것은 그리스의 승리와 함께 부서지고 결국 카산드라에게는 선택의 순간이 도래한다.

“그는 나의 죽음을 알고, 내가 왜 그가 아니라 포로의 신분과 죽음을 선택했는지 계속 스스로에게 물을 것이다. 그가 내가 사랑한 남자라면 말이다. 어쩌면 그는 내가 이 세상에 없어도 내가 목숨을 걸고 거부해야 했던 것이 무엇인지 이해할지도 모른다. 나는 내게 어울리지 않는 역할에 절대 굴복할 수 없었다.” 이것이 카산드라의 말. 여성으로, 미래를 보는 예언자로, 한 나라의 공주로, 한 남자의 연인으로, 수없이 많은 사람들에게 괴롭힘당하며 살았던 사람의 말. 아프고 담담하고 닿을 수 없이 어두운 말.

나는 그녀를 이해하면서도 이해할 수 없을 것 같다. 나라면 도망쳤을 것이고 새로운 나라에 정착했을 것이다. 그렇게 하지 않은 그 마음이 참으로 미련하고 너무나 단단하게 재련되어 있어 감히 짐작할 수 없다.

크리스타 볼프는 이 소설로 세계적인 작가가 되었다고 한다. 이 소설이 비단 과거 신화에 대한 이야기만이 아닌 동시대의 현실까지도 반영하고 드러냈기 때문이다. 나는 이 소설이 아직도 현실과 깊게 맞물려 있다고 느낀다. 진실을 대하는 사람들의 태도와 여성으로서의 삶을 생각해본다면 공감하지 않을 수 없을 거라고 생각한다.

“나는 정말 멍청이였다. 그들과 내가, 우리가 같은 걸 원한다고 생각했다. 처음으로 아니라고, 아니요, 나는 다른 걸 원해요, 라고 했을 때 얼마나 마음이 홀가분했던가." 아니라고 말하는 것. 아니라고 말함으로써 아버지의 사랑을 잃고 감옥에 갇히고 모두에게 멸시받게 되는 것. 그럼에도 불구하고 계속 아니라고, 아니요, 라고 말하는 것. "짐승 아킬레우스가 천 번 죽었으면. 그가 죽을 때마다 내가 그 자리에 있었으면. 땅이 그의 재를 다시 뱉어내기를." 그녀의 분노와 증오. 그토록 간절한 증오는 본 적도 없다.

아니라고 말하는 것, 증오를 표출하는 것, 믿어주지 않을 것을 알면서도 목마를 들여놓아서는 안 된다고 말하는 것, 죽을 것을 알면서도 아가멤논을 따라가는 것. 이것들은 모두 같은 결이다.

그녀는 절대적인 세계 속의 인물이다. 나는 이 소설에 대해 무엇을 말해야 할지, 이렇게 많은 문장을 써놓고서, 지금도 잘 모르겠다. 왜 그럴까 며칠 동안 생각해보았다. 나는 어쩌면 카산드라에게 이입하는 동시에 그녀를 외면하고 침략한 사람들의 자리에 서 있었던 건 아닐까. 혐의를 벗을 수 없다. 왜냐하면 나는 '절대'라고 말할 수 없는 사람이기 때문에.

이렇게 철저하게 한 인물을 재건해낸 작가에게 깊은 경외감마저 느낀다. 어려움과 혼란 속에서도 다행히도 내가 알고 느낄 수 있는 게 있었다면 그것은 카산드라의 사랑과 증오이다. 꿈을 꾸며 답을 찾기 위해 애쓰던 카산드라처럼.

밤이라는 걸 알았지만, 하늘에는 달과 태양이 동시에 떠서 주도권을 다투고 있었다. 누가 나를 임명했는지 언급이 없었지만 나는 심판관이 되었다. (…) 결국 나는 용기를 잃고 불안에 떨며, 누구나 알고 또 보듯이 가장 밝게 빛나는 것은 태양이라고 했다. (…) 카산드라, 당신 꿈에서 가장 중요한 것은 질문이 완전히 틀렸는데도 당신이 대답하려고 애

썼다는 거예요. 때가 되면 그걸 기억해야 할 거예요. _116~117쪽

백은선 시인. 2012년 『문학과 사회』 신인문학상을 수상하며 작품활동을 시작했다. 시집 『가능세계』가 있다.

카산드라 *Kassandra*(1983)

크리스타 볼프의 대표작으로, 그리스신화에 나오는 예언자 카산드라의 이야기를 재해석한 작품이다. 신화에서 아폴론 신은 카산드라에게 누구도 그의 예언을 믿지 않을 거라는 저주를 내렸다. 저주 탓에 아무도 카산드라의 예언을 믿지 않았고, 카산드라는 결국 트로이가 멸망한 후 아가멤논의 포로가 되었다가 살해당한다. 그러나 볼프는 카산드라를 신화 속 수동적인 희생물이 아니라 통찰력을 갖고 스스로 판단하며 행동하는 한 명의 여성으로 그린다. 주인공 카산드라는 단순한 아폴론의 대리자가 아닌, 사회에서 영향력 있는 사람이 되고 싶은 야심과 진실을 추구하고자 하는 욕망이 있는 인물이다. 외압에 굴하지 않고 진실을 외치는 카산드라와 옳은 말에 귀를 막고 멸망을 향해 달려가는 트로이의 모습은, 당시 동독의 현실과 그에 저항하던 볼프 자신을 떠올리게 한다.

크리스타 볼프 Christa Wolf(1929~2011)

1929년 동독 란츠베르크에서 태어났다. 1945년 제2차세계대전이 끝나 고향이 폴란드령이 되면서 메클렌부르크로 강제이주했고, 예나대학과 라이프치히대학에서 독문학을 전공했다. 1949년 통일사회당에 입당한 후 꾸준히 정치적 활동을 했다. 1961년 『모스크바 이야기』로 등단, 『나누어진 하늘』과 『크리스타 테를 생각하며』를 발표하며 동독을 대표하는 작가로 자리매김했다. 1976년 볼프 비어만 사건에 반대하는 성명을 내고 동독 사회를 비판하는 일련의 작품을 출간하면서 당국의 문책을 받았다. 1990년, 과거 슈타지 비공식 정보원이었음이 밝혀졌고 『남아 있는 것』을 출간한 시기에 대해서도 논란이 일었다. 이 일로 지식인의 책임과 문학의 사회참여 문제를 둘러싼 신념-미학 논쟁, 일명 '크리스타 볼프 논쟁'이 벌어졌다. 사회주의자였음에도 작품에서 전체주의 체제를 비판하고 여성의 주체성을 다뤘다. 대표작으로 『카산드라』 『메데이아』 『천사들의 도시』 등이 있다. 2011년 82세로 사망했다.

오독과 치유

『이 글을 읽는 사람에게 영원한 저주를』 마누엘 푸익

김형중

『이 글을 읽는 사람에게 영원한 저주를』은 푸익이 『거미 여인의 키스』를 출판한 직후, 뉴욕에 거주하는 동안 영어로 쓴 작품이다. 알려진 바로는 한 미국인 청년과 계약을 맺고 일정한 급여를 지불하면서 나눈 대화를 기록한 자료가 이 소설의 모태가 되었다고 한다. 그래서인지 말미에 등장하는 병원 문서들 몇 장과 작중 래리의 구직 신청서를 제외하면 모두가 두 인물의 대화로만 이루어진 소설이다.

두 인물이란 '후안 호세 라미레스'와 '로런스 존'(래리)이다. 라미레스는 일흔네 살의 아르헨티나 정치 망명자이고, 기억상실증에 걸려 있다. 래리는 서른여섯 살의 라틴계 미국인으로 역사학을 전공했고, 한때 마르크스주의자였으며 대학에서 학생들을 가르친 적도 있으나 현재는 직업이 없다. 공간적 배경은 뉴욕의 한 요양

원과 정신병원, 매주 서너 차례 래리가 라미레스를 방문해 일정한 시간 동안 대화를 나눈다. 이들 사이를 매개해주는 것은 라미레스가 래리에게 지급하는 얼마간의 주급이다. 그러나 작품의 1부가 끝나갈 즈음부터 둘을 매개해주는 것은 돈보다는 한 권의 책이 된다.

라미레스가 감옥에서 읽었던 프랑스어 서적들이 소포로 날아오는데, 그 책들의 몇몇 단어들에는 아마도 라미레스가 적어넣은 것으로 보이는 숫자들이 붙어 있다. 그 단어들을 숫자순으로 조합하면 온전한 문장들이 완성된다. 그러니까 라미레스는 감옥에서 책에 쓰인 단어를 이용해 암호처럼 수기를 썼던 셈이다. 강단에 복귀하기를 꿈꾸는 역사학도 래리에게 그 자료는 학문적 흥미의 대상이자 신분 상승의 기회이기도 하다. 이 작품의 제목 '이 글을 읽는 사람에게 영원한 저주를'은 그렇게 래리가 조합한 수기의 첫 문장이다.

그렇다면 래리의 입장에서 볼 때 둘 간의 대화는 라미레스가 망각해버린 삶의 행적을 재구성하고 거기에 역사적 의미를 부여하려는 작업이 된다. 말하자면 래리는 '망명자 라미레스의 삶'이라는 텍스트를 읽어내려는 능동적 독자이다. 반면 라미레스의 입장에서 볼 때, 그는 래리에 의해 읽혀야 하는 텍스트가 된다. 그러나 작품을 읽어갈수록 '우리－독자'는 '래리－독자'에 의한 '라미레스－텍스트' 읽기가 수월한 작업이 될 수 없음을 직감한다. 읽혀야 할 텍스트, 그러니까 라미레스가 독자 래리에게 끊임없이 저항하기 때문이다.

둘 간의 대화는 금세 래리의 해석 작업과 라미레스의 방어기제가 격돌하는 전장이 된다. 라미레스는 온갖 방어기제들을 동원해 래리의 해석 작업을 방해한다. 또 더러는 래리에게 되레 고약한 질문들을 던짐으로써 그를 유년기의 아픈 상처들, 아내와의 비참했던 관계 속으로 다시 밀어넣는다. 게다가 그 어떤 독서에도 독자의 주관이 개입하지 않을 도리는 없다는 사실을 강변하는 이 또한 라미레스 본인이다("이거 아나요…… 당신이 읽고 있던 메모라는 것은…… 나는 그 메모에 있는 그 어떤 단어도 믿지 않아요…… 그 단어들은 소설 같아요. 게다가 아주 오래된 거지요. 당신은 그 메모를 읽고 그 안에서 당신이 원하는 것을 보고 있어요." _207쪽).

그러니까 라미레스는 절대 쉽게는 읽을 수 없는 텍스트다. 그러므로 이 책의 제목에서 말하는 '저주'란 일차적으로 수용미학에서 제기하는 '오독'의 문제를 암시한다. 즉 텍스트란 항상 독자의 단선적 읽기에 저항하기 마련이고, 그런 의미에서 모든 독서는 오독이라는 테제를 소설적으로 형상화한 작품이 바로 『이 글을 읽는 사람에게 영원한 저주를』이다.

그러나 그 정도의 주제를 다룬 메타소설들의 목록은 길다. 이 작품이 정작 흥미로워지는 지점은 다음의 대화를 읽게 될 때이다. 라미레스가 먼저 가장 두려운 순간에 보이는 걸 말하라며 래리를 도발한다. 그리고 대화가 이어진다.

"그러니까 내 방어기제를 알고 싶은 것이군요."

"당신의 적을 알고 싶어요. 그게 내 적이라고 믿으려고 해요."

"……"

"눈을 감고 당신의 적이 어떤지 말해줘요. 아주 순하고 그리 대단하지 않을 것 같아요."

"……"

"집이 보이나요? 당신이 살았던 집인가요? 아니면 처음 보는 장소인가요? 사람들이 보이나요? 아는 사람들인가요?" _119쪽

물론 라미레스가 말하는 '집'에는 폭력으로 얼룩진 래리의 유년기가 있다. 다른 장면에서는 반대로 래리가 라미레스의 방어기제를 직접 지적하기도 한다.

"내가 가진 것이라고는…… 최소한의 희망, 그러니까 내가 적어놓은 메모를 찾고 싶다는 소망뿐이에요."

"그렇게 애처롭게 말하지 마십시오. 나한테는 안 통합니다. 그런데 그 메모를 왜 그토록 중요시하는 겁니까? 외부에서는 그 어떤 메모도 찾을 수 없을 겁니다. 그건 모두 당신의 머릿속에 있어요. 당신의 뇌는 아무런 손상도 입지 않았습니다." _120쪽

이제 이 둘의 대화가 어떤 대화 상황을 닮았는지 말하기는 어렵지 않다. 그것은 외상적 경험을 둘러싸고 진행되는 정신분석 상담 상황의 대화이다. 그러나 정신분석의가 빠진 상담 상황, 대신 두 신경증 환자 사이에서만 이루어지는 기이한 상담 상황이다. 물론 그 두 환자는 외상성 기억상실증 및 박해편집증 환자 라미레스와, 오이디푸스적 욕망에 의한 자기 징벌욕에 시달리는 래리이다. 그 둘이 서로를 오해하고 간파하고 충동질하고 괴롭히면서 나누는 대화가 이 소설의 전체인 셈이다.

라미레스의 도발 앞에서 래리는 유년기의 오이디푸스적 욕망을 실토하지 않을 도리가 없다. 역으로 명민한 래리 앞에서 라미레스

는 자신의 무책임이 가족들 모두를 학살당하게 했다는 사실에 직면하지 않을 도리가 없다. 둘은 그런 방식으로 서로에게 전이된다. 물론 정통 학설에 따르면 정신분석 상황에서 역전이는 금물이다. 그러나 소설에서는 그렇지가 않다. 이 이상한 '상호 전이'는 정신분석의가 통제하는 상담 상황보다 훨씬 생산성이 높기 때문이다.

수용미학자들의 말마따나 우리는 아마도 그 어떤 텍스트일지라도 오독하기 마련일 것이다. 그러나 독서 상황에서 오독은 항상 얼마간의 치유 효과를 낳는다. 소설 말미, 우리는 라미레스가 편안하게 죽었다는 메모를 읽는다. 래리 또한 비관에서 벗어나 전공과 관련된 일자리를 찾아 나섰다는 정보도 읽게 된다. 오독은 끝내 정정되거나 화해에 이르지 않았지만 오독의 긴 과정 끝에 치유는 이루어진 셈이다.

텍스트를 읽는 일은 항상 그처럼 운명적인 오독의 처지를 피하기 힘들 것이다. 그러나 그 저주가 우리로 하여금 내 안의 상처와 만나게 하고, 죽을 만큼 고통스럽게 하다가, 운이 좋을 경우 우리를 치유 쪽으로 한 발짝 나아가게 만든다. 그것이야말로 책이 우리에게 내리는 '저주'의 힘은 아닐는지.

김형중 문학평론가. 2000년 문학동네신인상 평론 부문에 당선되어 평론활동을 시작했다. 소천비평문학상, 팔봉비평문학상을 수상했다. 평론집으로 『켄타우로스의 비평』 『변장한 유토피아』 『단 한 권의 책』 『살아 있는 시체들의 밤』 『후르비네크의 혀』, 에세이집으로 『평론가K는 광주에서만 살았다』가 있다. 현재 조선대학교 국문학과 교수로 재직중이다.

이 글을 읽는 사람에게 영원한 저주를

Maldición eterna a quien lea estas páginas(1980)

대중문화로 예술성을 창조하며 20세기 후반 라틴아메리카 문학을 주도한 아르헨티나 대표작가 마누엘 푸익의 국내 초역작. 라틴아메리카가 아닌 외국의 공간을 배경으로 하며 모국어가 아닌 영어로 초고를 쓴 유일한 소설이다. 푸익의 대표작『거미여인의 키스』와 마찬가지로, 이 작품도 두 남자의 대화로 진행된다. 74세의 노인 라미레스는 아르헨티나 반체제 인사로 국제인권위원회의 지원하에 뉴욕에서 치료를 받고 있다. 36세의 미국인 청년 래리는 시간제 노인 요양사로 일주일에 세 번 라미레스를 찾아가 산책을 돕는다. 병든 망명자 신분의 라미레스와, 사회에 흡수되지 못하고 겉도는 래리 사이의 대화는 독자를 오해와 이해 사이에 위치하게 한다. 푸익은 '대화'라는 소설적 기법을 통해 두 사람의 개인적인 상처와 시대 상황을 간접적으로 보여주는 동시에 두 인물의 기억과 심리상태, 그리고 팽팽한 심리전을 통해 텍스트와 독자의 관계를 다루며 '어떻게 읽을 것인가'의 문제를 제기한다.

마누엘 푸익 Manuel Puig(1932~1990)

1932년 아르헨티나의 헤네랄 비예가스에서 태어났다. 다섯 살 때부터 극장에 드나들며 영화감독을 꿈꿨다. 부에노스아이레스대학교 건축학부에 진학하나 적응하지 못하고, 영화 공부에 필요한 이탈리아어와 영어 등 외국어를 익힌다. 대학 졸업 후 로마에서 영화를 공부하고, 유럽 곳곳을 다니며 시나리오를 쓰지만 결국 소설가로 전향한다. 1968년 영화기법을 차용한 첫 소설『리타 헤이워스의 배반』이 출간되었고, 이듬해 프랑스어로 번역되어 〈르몽드〉의 격찬을 받으면서 베스트셀러 작가로 떠올랐다. 1973년 아르헨티나의 정치 상황에 환멸을 느껴 망명길에 오른다. 첫 망명지인 멕시코에서 쓴『거미여인의 키스』는 아르헨티나에서는 판매 금지를 당하나 전 세계에서 대성공을 거두며, 이후 연극과 영화로 만들어진다. 독일과 미국의 여러 대학에서 문학창작을 가르치며 활발한 작품활동을 했다. 1990년 멕시코에서 심근경색으로 세상을 떠났다.

너무, 뼛속까지 너무

『마음』 나쓰메 소세키

홍희정

A에 대한 생각이 깊어 주변 사람들을 엉망으로 대했다. 그렇게 얼마나 지났을까. 신촌에서 볼일을 보고 집으로 돌아온 밤, 현관에 놓인 아기의 신발이 문득 낯설게 느껴졌다. 물끄러미 내려다보다 아기의 신발을 들고 안방으로 향했다. 아기는 팔다리를 양껏 벌리고 동그란 배를 내민 채 잠이 들어 있었다. 조용히 곁에 쭈그리고 앉아 아기의 발 가까이 신발 밑창을 대보았다.

아기의 발이 어느새 많이 자랐다는 걸 깨닫게 된 그 밤, 나쓰메 소세키의 『마음』을 다시 펼쳤다.

> 인간을 사랑할 수 있는 사람, 사랑하지 않고는 못 배기는 사람, 그러면서도 자기 품속에 들어오려는 사람을 두 팔 벌려 감싸안을 수 없는 사람—그런 사람이 바로 선생님이었다. _22쪽

이 문장으로 충분하다고 생각했다. 적요한 마음으로 책날개를 살폈다. 나쓰메 소세키의 사진을 보며 언젠가 읽었던 그의 연보를 떠올렸다. 부모가 연로한 탓에 다른 가정에 두 번이나 양자로 갔다가 결국에 다시 집으로 보내진 사람, 열네 살 때 어머니가 죽고, 스무 살 땐 큰형과 둘째형이 폐결핵으로 죽고, 서른 살엔 아버지가 죽고, 서른다섯에는 친한 친구가 죽고, 마흔네 살에는 두 살 난 딸아이를 떠나보내고 그리고 마흔아홉의 나이에 지병으로, 모두처럼 기어이 죽어버린 사람. 그 사람은 세상을 떠나기 2년 전에 집필한 작품으로 인간 심리를 가장 잘 표현한 작가, 일본의 국민작가라는 칭호를 받게 된다. 그 작품이 바로『마음』이었다.

『마음』은 총 3부로 구성되어 있는데 대학생인 '나'가 세상을 등진 채 불신의 삶을 사는 남자를 우연히 만나 선생님이라 부르며 따르게 되는 이야기인 1부 '선생님과 나', 병이 깊어진 아버지의 곁을 지키기 위해 고향으로 내려가 머무르던 '나'가 선생님에게서 받은 편지가 유서라는 사실에 충격을 받고 황급히 도쿄행 기차에 올라타는 이야기인 2부 '부모님과 나', 선생님인 '나'가 질투와 번뇌, 인정하고 싶지 않은 자신의 모순을 장문의 편지로 고백하는 이야기인 3부 '선생님과 유서'로 이루어져 있다. 나는『마음』을 총 세 번 읽었는데 매번 읽을 때마다 마음에 드는 부분이 달랐다.

처음『마음』을 읽었던 건 대학교 1학년 때였다. 어찌된 일인지 상상했던 것과는 다르게 대학생활이 하나도 재미가 없어서 순환선인 지하철 2호선을 타고 합정에서 당산, 당산에서 합정으로 향할 때 창밖으로 보이는 한강 풍경에만 매달리던 시절이었다. 실컷 풍경을 보고 나면 나는 도서관으로 가서 '우선순위 영단어'라는 책 위에 엎드려 긴 잠을 잔 뒤 서가에 꽂힌 책을 내키는 대로 읽었다. 그러다 마음에 드는 책을 발견하면 집으로 돌아가는 길에 서점에 들르곤 했다.

나는 학교 앞 서점에서 구입한 오래된 책을 찾아 밑줄이 그어진 문장들을 다시 읽어보았다.

> 난 죽기 전에 단 한 사람이라도 좋으니까 남을 믿어보고 죽고 싶어요. 학생은 그 단 한 사람이 돼줄 수 있겠습니까? 돼주겠어요? 진정 진지한 겁니까? _85쪽

새로울 것도 완전할 것도 없는 영원한 질문이었다. 끊임없이 움직이고 있지만 다시금 같은 모습을 되풀이하는 질문. 『마음』 속 선생은 무엇 때문에 그토록 불신의 삶을 살다 결국 죽음에까지 이르게 된 것일까. 소중한 친구를 배신했다는 죄의식 때문이었을까. 메이지 정신에 따른 자기처벌의 의무감 때문이었을까.

백여 년 전에 죽은 작가가 건넸고, 내가 오래전 밑줄을 그었던 그 질문들을 노트에 옮겨적은 나는 믿을 만한 사람에게 소리 내어 읽어달라 부탁했다. 글자 하나하나를 또박또박 읽은 그에게 감상을 묻자 그는 배고파 죽는 사람은 없어도 속상해서 죽는 사람은 있더라는 옛말을 알려주었다. 또 일단 마음이란 게 생기면 피할 수 없는 진동이 시작되기 마련인데 그걸 극복하는 방법은 착실함밖에 없다고 덧붙였다.

날이 밝자 나는 착실하게 걷기로 했다. 외벽이 아라베스크 무늬 타일로 장식된 청송 슈퍼를 시작으로 사계절 내내 '여름 보약 상담 받습니다'라는 팻말이 붙은 박충훈한약국을 지나 노란 연필을 귀

뒤에 꽂은 채 목재 손질에 열중인 사람들이 가득한 경기목공기술원을 거쳐, 그렇게 두 시간 남짓을 걸었다. 종아리가 당겨올 때쯤 다시 내가 사는 동네로 돌아온 나는 숯가마사우나로 향했다. 주말이라 사람이 많았다. 열탕에 몸을 담그는 순간 A에 대한 상념이 살갗을 빠져나가며 따끔거리는 게 느껴졌다. 탕 벽에 기대앉아 세신사가 일하는 모습을 바라보았다. 머리를 쪽 지어 올린 군살 없는 세신사는 침대 위에 엎드려 누운 중년여자의 등 위에 김이 나는 뜨거운 수건을 덮었다. 젖은 수건 위로 세신사의 손이 내리쳐질 때마다 팡, 하고 엄청난 소리가 목욕탕 안에 울려퍼졌다. 마사지를 마친 세신사는 아이보리비누를 닮은 네모난 돌로 중년여자의 뒤꿈치 각질을 자비 없이 갈아냈다. 정확한 방향과 확실한 노력이 담긴 동작들이었다. 그 모습을 한참 동안 바라보는데 『마음』에서 읽은 한 대목이 떠올랐다.

몇천만 명이나 되는 일본인 중에서 나는 오직 한 사람, 자네에게만 내 과거를 얘기해주고 싶은 겁니다. 자네는 진실한 사람이니까. 자네는 진지하게 내 인생 그 자체에서 산 교훈을 얻고 싶다고 했으니까.

나는 어두운 인간 세계의 그림자를 가차없이 자네의 머리 위로 쏟아붓겠습니다. 하지만 두려워하지는 마세요. 어두운 면을 가만히 지켜보고 그중에서 자네에게 참고가 될 만한 부분만 자기 것으로 만드세요. _152~153쪽

어쩌면 나쓰메 소세키는 특정한 이념이나 책임 때문이 아니라 다만 자신이 보고 느낀 것들을 진솔하게 고백하기 위해 선생의 죽음을 그린 게 아닐까. 단 한 사람, 『마음』을 읽고 있는 독자를 위

해서 말이다. 문장을 곱씹던 나는 온탕에서 나와 다시 몸을 씻었다. 그러면서 집으로 돌아가는 길에 시장에 들러 삼치 한 마리와 생강 한 주먹을 사야겠다고 생각했다. 빛과 온기가 적당한 삼치구이에 생강채를 올려 남편과 나눠먹은 뒤 낮잠에서 깬 아이의 손을 잡고 산책을 가야겠다고 다짐했다. 아기의 발에 여유 있게 맞는 새 신발을 신기고 정확한 방향과 확실한 노력을 착실하게 담은 걸음을 함께 내딛고 싶은 마음이 가득 생겨났다.

홍희정 소설가. 2008년 서울신문 신춘문예에 「우유의식」이 당선되어 작품활동을 시작했다. 소설집 『시간 있으면 나 좀 좋아해줘』가 있다.

마음 こころ(1914)

'지난 천 년간 일본인이 가장 사랑한 작가 1위', 일본의 국민작가 나쓰메 소세키의 대표작이다. 소세키가 살았던 시대는 서양문물이 급격히 유입되면서 전통 가치와 새로운 사상이 충돌하던 때였다. 격변하는 시대 흐름 탓에 사회는 불안정했고 사람들은 정체성의 혼란을 겪었다. 『마음』에는 과도기를 살아가는 당대 지식인의 고뇌와 인간 내면의 죄의식, 고독 그리고 윤리 의식이 잘 나타나 있다. 소세키 본인도 무척 아낀 작품으로, "자기 마음을 파악하고 싶은 사람들에게, 인간의 마음을 파악할 수 있는 이 작품을 권한다"라는 광고문을 직접 쓰기도 했다. 일본의 고등학교 교과서에도 일부가 실려 있으며, 일본 근대소설 중에서 가장 많이 연구되는 작품이기도 하다.

나쓰메 소세키 夏目漱石(1867~1916)

본명은 나쓰메 긴노스케. 1867년 에도에서 태어났다. 도쿄제국대학 영문과를 졸업한 후 최초로 문부성 국비유학생이 되어 영국에서 이 년을 보내고 귀국해 제1고등학교와 도쿄제국대학에서 영문학을 가르쳤다. 1905년 발표한 『나는 고양이로소이다』가 크게 호평을 받아 여러 지면에 작품을 연이어 발표하기 시작했다. 1907년 아사히신문사에 연재소설가로 입사했고, 이후 10년 동안 『산시로』 『그후』 『마음』 등 많은 작품을 발표했다. 1916년 지병인 위궤양으로 세상을 떠났다. 사망 백 년이 넘은 지금까지도 일본을 대표하는 작가로 꼽힌다. 20년 동안 천 엔 지폐에 초상화가 실려 있었으며, 2000년 아사히신문에서 실시한 조사에서 '지난 천 년간 일본인이 가장 사랑한 작가' 1위를 차지하기도 했다.

언젠가 바다 앞에서

『바다』 존 밴빌

조경란

9년 전 오월에 『신들은 바다로 떠났다』라는 책을 읽은 적이 있습니다. 이 책은 아름답지만 나에게는 너무 어렵군, 하고는 눈에 띄는 데다 잘 세워두었습니다. 아름다운데 어렵게 느껴지는 책. 지금까지의 독서 경험에 비춰본다면 그런 책들은 한 번 더 읽을 만한 가치가 있으며 당장은 그것을 나 자신이 발견하지 못했을 가능성이 큽니다. "섬세한 문체, 감미롭고도 격렬한 파도에 실려온 시리도록 아름다운 소설"이라는 찬사가 새겨진 그 책을 언젠가 다시 읽어야지, 생각했습니다. 그러는 동안 시간이 이렇게 흘러버렸고 그 책을 두번째로 읽은 것은 겨우 며칠 전입니다. 이번에는 'The Sea', 원서의 제목을 그대로 살린 『바다』로. 세번째 읽은 것은 마지막 책장을 덮고 나서였습니다. 곧장은 아닙니다. 무엇이 이 책을 당장 다시 펼쳐보고 싶은 마음이 들게 하는 거지? 라는 질문이 들었기 때문입니다. 예전에는 발견하지 못했지만 지금은 가슴을 뛰게 만드는 것, 예전에는 어렴풋하기만 했지만 지금은 눈에 보일 듯 생생한 것. 마치 무방비 상태로 있다 언뜻 보고 듣게 된 어떤 노래 어떤 그림 어떤 사람처럼 나를 곧장 기억 속으로 빠트려버리는, 한없이 부드럽게 굽이치며 손을 끌어당기는 너울 같은 것. 세번째로 『바다』를 펼쳤습니다. "내 속에서 두번째 심장처럼 고동"치는 그 기억 속으로 빠져들듯.

미술사학자이자 아내를 잃은 한 남자가 어린 시절 여름 한 철을 보낸 바닷가 마을의 하숙집에 와 지내게 됩니다. 한평생 아내만을 그렸던 화가 피에르 보나르에 관한 책을 쓰겠다는 계획을 갖고 있지만, 부풀어오르고 철썩이고 일렁이는 바다는 그를 내버려두지 않습니다. 그 남자, 맥스가 소년이었을 때도 가난한 부모와 여름을 보낸 곳이 그 바다였습니다. 50년 전 그 여름에 '신'들처럼 보였던 부유한 그레이스 가족을 보자마자 동경하게 된 것도, 처음 사랑에 빠진 것도, 삶이 완전히 바뀌는 순간을 경험한 때도, 처음 죽음을 목격하게 된 것도. 이제 맥스는 노인이 되었습니다. 그가 그 바다와 함께 경험했던 수많은 기억들과 과거들은 지금이 가장 적당한 때라는 듯, 매 순간 떠오릅니다. 모든 과거는 살금살금 지나가지 않습니다. 어떤 과거는 깊은 곳에 잠겨 있다 수면 위로 펄쩍 뛰어오르기도 합니다. 클로이와 서툰 사랑을 시도했던 유년 시절, 암으로 죽어가는 아내 애나와 보낸 시간, 그리고 혼자가 되어 다시 그 바닷가를 찾은 현재의 시간. 맥스의 삶은 그렇게 세 조각으로 나누어진 듯합니다. 그는 거의 모든 것을 기억해내려 애씁니다. 약간씩 균형을 잃고 각도가 어긋나버린 조각들을 맞춰 하나의 풍경을 완성하려는 듯. 혹은 그가 살아온 인생 전부를 다시 살 수 있기를 바라는 사람같이.

아일랜드 작가 존 밴빌의 열네번째 장편소설『바다』의 줄거리를 요약하는 일은 이처럼 쓸모없는 노력 같아 보입니다. 줄거리가 무엇인지, 사건이 무엇인지, 소설에서 말하는 시공간이 무엇인지, 인물들은 어떤 역할을 하는지 같은 질문들조차 이 소설을 두고는 할 수 없을지도 모릅니다. 아름답고 정교한 것은 잡을 수도 없고 형체를 설명하기도 어렵지 않습니까. 게다가 그것이 남아 있는 생의 가치를 말하는 한 결정結晶이라면 말입니다. 물론『바다』는 쉽게 읽히지도 않습니다. 문장들은 천천히 읽지 않으면 흐름을 따라가기 어렵습니다. 존 밴빌이 "현존하는 최고의 언어 마법사"라고 불린다는 사실도 수긍하기 힘듭니다. 이 책을 단 한 번만 읽는다면 말입니다. 그러나 역시 지금까지의 제 독서 경험에 의하면 이 책은 한 번 읽으면 곧장 한 번 더 읽지 않을 수 없는 그런 종류의 책입니다. 져도 기분좋은 일일 테니 내기를 해도 좋습니다. 어떤 책은 재미를 어떤 책은 깨달음을 어떤 책은 지식을 남겨줍니다.『바다』는 "인생은 많은 가능성들을 잉태하고 있다"는 것, 순간을 기억한다는 것의 의미, 잊지 않아서 되찾을 수 있는 것들을 보여줍니다. 세심히 닦고 매만진 문장과 유연한 반추의 힘으로. 책을 읽고 쓰면서 저는 자주 질문합니다. 문학으로 할 수 있는 게 무엇이 있을까. 생의 비애에 대해 보여주는 것, 우리가 안다고 생각하는 것, 잃어버렸다고 느껴지는 것, 소멸되는 것, 그리고 기억의 복원에 관해서. 그러고 보니『바다』는 기억의 항해술을 보여주는 책인 것 같습니다. 그래서 첫 장을 열고 한 번 떠나면 같은 자리로 되돌아오기 어려운.

『바다』의 마지막 장면에 대해서는 쓸 수 없습니다. 지금까지 제가 읽은, 바다에서 일어날 수 있으며 바다에서 한 사람이 경험할 수 있는 가장 짧고 아름다운 장면이 거기에 담겨 있으니까 말입니다. 돌연 저를 깨어나게도 하는. 『바다』는 우리로 하여금 그 바다로 걸어들어오라고 말하는 것 같습니다. 발아래 늑골 무늬의 모래가 또렷하게 보이는 물의 투명함과 그 깊은 곳에서부터 건져내온 현현한 언어로. 그리고 나는 기다립니다.

"그저 큰 세상이 또 한번 무관심하게 어깨를 으쓱한 것일 뿐"인 잊지 못할 순간을.

조경란 소설가. 1996년 동아일보 신춘문예에 단편소설 「불란서 안경원」이 당선되어 작품활동을 시작했다. 문학동네작가상, 오늘의 젊은 예술가상, 현대문학상, 동인문학상 등을 수상했다. 『불란서 안경원』 『나의 자줏빛 소파』 『코끼리를 찾아서』 『국자 이야기』 『언젠가 떠내려가는 집에서』 『움직임』 『식빵 굽는 시간』 『가족의 기원』 『혀』 『복어』 『조경란의 악어이야기』 『백화점—그리고 사물·세계·사람』을 펴냈다.

바다 *The Sea*(2005)

주이스와 사뮈엘 베케트의 뒤를 잇는 아일랜드 작가로 손꼽히며, 정교한 스타일로 블라디미르 나보코프와 헨리 제임스에 비견되는 '현존하는 최고의 언어 마법사' 존 밴빌. 『바다』는 그의 열네번째 장편소설이자 2005년 맨부커상 수상작이다. 유명 작가들의 대표작으로 꼽히는 작품들이 대거 발표되어 '황금의 해'라는 별칭까지 붙은 2005년의 맨부커상 위원회는 『바다』를 수상작으로 선정하며, "아련하게 떠오르는 사랑, 추억 그리고 비애에 대한 거장다운 통찰"이라 평했다. 아내와 사별하고 슬픔을 달래기 위해 어린 시절 한때를 보낸 바닷가 마을로 돌아와 자신의 과거와 마주하게 된 미술사학자 맥스를 화자로 한 『바다』는, 자전적 경험과 함께 밴빌 특유의 섬세하고도 냉철한 아름다움을 지닌 문체로 슬프고도 아름다운 생의 궤적을 그려낸 소설이다.

존 밴빌 John Banville(1945~)

1945년 아일랜드 웩스퍼드에서 태어났다. 세인트 피터스 칼리지를 졸업한 뒤 대학에 진학하는 대신 아일랜드 항공에 취직해 그리스, 이탈리아 등을 여행하고, 1969년 〈아이리시 프레스〉에 입사해 1999년까지 기자 생활과 작품활동을 병행했다. 1970년 작품집 『롱 랭킨』을 발표하며 작가로서 첫발을 내디뎠다. '과학 4부작' 『닥터 코페르니쿠스』 『케플러』 『뉴턴 레터』 『메피스토』와 '예술 3부작' 『증거의 책』 『고스트』 『아테나』를 잇달아 출간하며 평단과 독자의 지지를 얻게 된다. 2005년 『바다』로 맨부커상을 수상했다. 2006년부터는 '벤저민 블랙'이라는 필명으로 일곱 편의 범죄소설을 발표하기도 했다. 벤저민 블랙과 존 밴빌로 전혀 다른 방식의 글쓰기를 이어오며, 2012년 『오래된 빛』으로 다시금 평단의 찬사와 함께 오스트리아 정부가 수여하는 유럽 문학상을 수상한다. 가디언 소설상, 래넌 문학상, 휫브레드 문학상, 프란츠 카프카 상, 프린시페 데 아스투리아스 상 등을 수상했다.

전쟁과 사랑의 영원한 서사시

『전쟁과 평화』 레프 톨스토이

김인숙

언제 처음 읽었는지는 기억나지 않는다. 십중팔구 어린이 명작 선집으로 처음 접했을 것이다. 초등학교 시절, 책 한 권을 사기 위해 아득바득 용돈을 모아야 했던 그 시절 그때 가슴 설레며 읽었던 어떤 책들은 지금도 그 삽화와 함께 기억이 난다. 가슴이 떨린다는 게 뭔지, 슬픔이란 게 뭔지를 글자가 아니라 몸으로 가르쳐주었던 책들. 그런 책들을 읽고 나면 정말로 몸이 아팠었다. 마음이 아프고, 가슴이 떨린다는 게 뭔지 몰라 그냥 몸이 아픈 걸로만 알았던 모양이다. 그중에 『부활』이 있었다. 내용은 거의 기억나지 않는데 카츄사, 그 이름은 기억이 나고, 그저 이름만 기억이 날 뿐인데 자동적인 것처럼 가슴이 아프다. 『안나 카레니나』는 언제 읽었을까? 좀더 나이가 들었을 때였던 모양이다. 아픈 가슴의 위치가 다른 걸 보면.

『전쟁과 평화』는 도무지 기억이 나지 않는다. 다시 읽으니 아슴아슴 기억은 난다. 그러나 읽어서 기억이 나는 건지, 읽었다고 생각해서 기억이 나는 건지 모르겠다. 새삼스러운 일도 아니다. 너무나 당연히 읽었을 거라고 생각하지만 정작 읽지 않은 책이 무수하다. 더 기가 막히게는 분명히 읽었는데, 책 속에 내가 읽었다는 표시까지 있는데 생전처음 보는 것 같은 책들도 있다. 마지막 장에 이르러서야 어머나 이거 읽은 거네 하는 책도 있다. 그럴 때는 잠시 얼이 빠지는 기분이지만, 나쁘게 생각하지 않기로 했다. 두 번 읽으면 두 번 감동받는 건데, 뭐.

책꽂이가 있는 내 방에는 드물게 아주 옛날 책들이 있다. 그중 소위 '세계명작'은 거의 없는데, 새 번역의 책을 갖게 될 때마다 옛날 책들은 한 번씩 정리했기 때문이다. 만일 아주 오래전의 번역본인 『전쟁과 평화』가 지금 내 책장에 있다면 좋았을 것 같기도 하다. 번역에도 시대가 있고 그 시대의 문체와 슬픔이 있으니 그 비교를 해보는 의미도 있었을 것이다. 오역이나 잘못된 문장을 발견하는 건 그 덤이 되었을 것이다. 그러나 내 책꽂이에 아주 오래된 도스토옙스키도 있고 숄로호프도 보이는데 오래된 톨스토이는 보이지 않는다. 톨스토이보다 도스토옙스키를 좋아했던 기억이 난다. 톨스토이든 도스토옙스키든 너무 길다고, 길어도 너무 길다고 진저리쳤던 기억도 난다.

그러나 정작 이 글을 청탁받을 때 나를 사로잡았던 것은, 사실 톨스토이나 『전쟁과 평화』가 아니라 '긴 글'이었다. 아주 아주 길고 두꺼운 책을, 그것도 아주 아주 오래전의 글을 작심하고 읽고 싶었다. 편집자가 농담처럼 '체력이 허락되시겠느냐' 물었다. 나는, 체력이 떨어질 때까지 마냥 이어지는 글을 읽고 싶었다. 곧 책이 왔다.

이미 출간된 1, 2권과 아직 출간 전인 한 박스 분량의 3, 4권 교정지. 교정지를 일하는 방에서 침실로 옮길 때마다, 또 그 반대로 옮길 때마다, 평소 허리를 자주 다치는 나는 무릎을 구부려 허리를 보호하는 자세로 그걸 들어올렸다. 묵직한 정도가 아니라 무거웠다. 그게 이야기의 무게일 것이었다. 얼마나 짜릿한가. 만일 나처럼 1, 2권만 먼저 갖게 되는 게 아니라 네 권을 한꺼번에 갖게 된다면, 꼭 네 권을 한꺼번에 들어보시길 바란다. 무게와 두께는 그 자체로 이야기가 된다.

모두가 알고 있는, 혹은 모두가 알고 있다고 믿는 이 책의 줄거리에 대해 길게 이야기할 필요는 없겠다. 전쟁 이야기다. 1800년대 나폴레옹 군대가 러시아를 침공했을 때, 그 전쟁을 겪는 사람들. 그 전쟁의 뒤편에 남겨진 사람들. 전쟁에 대한 열정, 황제에 대한 애정, 인간의 의지와 신의 뜻, 그리고 사랑의 고통과 파멸과 평화.

> "그것 보세요, 공작. 제노바도 루카도 보나파르트 일가의 영지, 영지나 다름없이 되어버렸잖아요."[1)]

책은 이렇게 시작된다. 그리고 잠시 후, 이렇게 이어진다.

> 1805년 7월, 마리야 페오도로브나 황태후를 가까이 모시면서 이름을 떨치고 있던 여관女官 안나 파블로브나 셰레르는 자기 집 야회에 맨 먼저 도착한 위세 있는 고관 바실리 공작을 맞아들이면서 말했다.

이 책을 읽기 위해 당신이 필요한, 필요할지도 모를 '자세'가 첫 페이지에서부터 보인다. 첫 페이지에 이미 주석 번호가 붙어 있고,

우리말로만은 정확히 의미가 전달되지 않는 단어가 한자로 병기되어 있다. 그리고 보나파르트를 포함, 이미 네 명의 이름이 나온다. 이 소설에 나오는 인물 수만 5백 명이 넘는다던가. 이제 곧 길을 떠나기 위해 집을 나서야 하는데, 처음 가는 곳의 까다로운 지도를 펼친 것처럼 어깨가 약간은 굳어오는 기분이다. 실은, 오래된 기억들 때문이다. 톨스토이 소설을 읽으면서 그 길이와 이름들과 그 배경에 압도당하다가 그만 길을 잃어버렸던 기억들. 아마 좋지 못한 번역과 지나치게 빼곡한 활자로 편집된 책의 판형도 영향을 미쳤을 것이다. 아마 그 영향이 가장 컸을 것이다. 오래전, 그런 책들은 소설이라기보다는 뭘 가르치려 든다는 느낌을 주었다. 봐, 이게 세계명작이야, 어쩔래 하고 가슴부터 들이미는 듯했던 책들. 안 읽으면 나만 무식, 읽자니 고생, 그래서 읽었다고 그냥 믿어버리고 싶어지게 만들던. 그래서 나는 1권의 초반부를 아주 오랜 시간에 걸쳐 읽는다. 몸 풀기, 기억으로부터 자유롭기.

등장인물이 5백 명 이상이라고 하지만, 사실 이 소설은 몇 명의 주인공들의 이야기다. 안드레이, 피예르, 니콜라이, 나타샤 등. 그러나 책을 읽어가면서 나는 처음의 내 생각이 틀렸다고 믿는다. 이 책은, 몇 명의 주인공들의 이야기가 아니라 5백 명이 넘는 사람들의 이야기다. 말하자면 지도처럼, 소설은 세밀하고 정밀하게 거의 모든 것을, 가능한 모든 것을 묘사한다. 그렇게 느껴지게 만든다. 전쟁은 눈앞에 있고, 전쟁을 치르는 사람들의 고뇌도, 열정과 흥분도 눈앞에 있다. 전쟁이 정말로 이렇게 치러진단 말인가, 치러졌단 말인가, 어리둥절해질 만큼. 그 전쟁을 치르는 지휘관들, 즉 귀족들의 고뇌가 이러했나, 이토록 고결했나, 또 어리둥절해질 만큼. 그 전쟁에서 이름도 없이 죽어간 수십만의 보통사람에 대한 이야기는 잘 보이지 않는다. 그 정밀한 묘사에도 불구하고, 그 전쟁이 영화를 보듯 보이는 것은 그래서일 것이다. 대신, 갈등과 고뇌는 생생하다. 귀족으로 태어나, 귀족이기 때문에, 명예와 존엄과 목숨에 대한 갈등과 고뇌는 그 자체로 존재의 이유가 된다. 이 고뇌를 가장 명징하게 보여주는 인물은 안드레이와 피예르다.

공작 안드레이는 조국을 구하는 영웅이 되기를 염원하고, 그 과정에서 명예로운 죽음을 꿈꾸지만 결국 살아서 포로가 되었다. 그 과정에서 그는 참담한 회의에 빠지지 않을 수 없었을 것이다. 포로에서 풀려난 후 그는 재참전을 거부하고, 농노를 해방하고, 귀족적인 모든 삶에 냉소를 품는다. 그런 그를 구원하는 것은, 말해 뭐하겠는가, 물론 사랑이다. 그러나 그냥 사랑이 아니라, 그 무엇에도 때 묻지 않은, 전쟁과 허세와 욕망에 물들지 않은 소녀, 나타샤와의 사랑이다. 안드레이에게 이 사랑은 영혼을 씻는 세례처럼 보인다. 그러나 나타샤도 그러했을까. 이 때 묻지 않은 소녀가 영원히 소녀로 머물지 않기 위해서는, 누군가를 위해서가 아니라 자신을 위해서 성장하기 위해서는, 적당히 '때가 묻을' 시간과 사건이 필요하지 않겠나.

전쟁을 겪는 또다른 방식을 보여주는 피예르도 있다. 엄청난 유산을 상속받아 졸지에 어마어마한 부자가 된 사생아 피예르는 돈과 욕망으로만 치장되었던 결혼에 실패한 뒤, 자신의 삶의 존엄을 되찾기 위해 분투한다. 프리메이슨이 되어 농노들에게 엉뚱한 선의를 베풀며 다만 자신의 선의에만 자족하는 삶이 한동안 이어진다. 다분히 허위적일 수밖에 없던 그 삶이 바뀌게 되는 것은 불타는 모스크바에서 포로가 되는 순간이었다. 포로 생활 중에 그가 함께한 사람들은 농민들, 농노들, 그가 늘 무언가를 베풀며 자족을 찾았던 대상들이다. 그들과 바닥까지 함께하는 순간, 그는 마침내 보통사람들의 삶의 경건으로부터 구원을 얻는다. 구도자의 모습이다. 이 구도자는, 폭풍 같은 사랑의 열정과 고난을 통해 마침내 한 여인으로 성장한 나타샤와 맺어짐으로써 완성형이 된다. 그러니까 안드레이의 나타샤, 안드레이가 살아서는 이루지 못했던 경건한 사랑, 죽음으로서만 남길 수 있었던, 고결한 가능성인 바로 그 나타샤다.

그야말로 분투다. 삶과 존재에 대해 던지는 질문, 전쟁과 조국에 대해 던지는 질문, 황제와 귀족과 사랑에 대해 던지는 질문은 대충이 없다. 모스크바가 통째로 타오르는 동안에도, 점령군이었던 나폴레옹군의 수십만 병사가 얼어죽고 굶어 죽어가는 동안에도, 철없는 러시아 귀족 군인이 황제를 위해 목숨을 버리는 동안에도, 피에르를 인간적으로 각성시킨 농민 포로가 행군중에 쓰레기처럼 버려져 죽어가는 동안에도, 질문은 온몸으로 계속된다. 무엇이 그들을 마침내 고결하게 할 것인지. 명예가 아니라 존재에 대해.

분명히 이 소설은 안드레이와 피에르를 중심으로 한 이야기지만, 책을 읽는 나는 니콜라이에게 마음이 끌렸다. 철없는 귀족 자제 니콜라이 로스토프. 그의 전쟁, 황제에 대한 그의 사랑, 여인에 대한 그의 변덕. 그가 처음으로 참전했던 전투에서 하마터면 적군에게 죽음을 당하게 되었을 때의 장면이다.

'저 녀석들은 누구일까? 뭐 때문에 달려오는 걸까? 정말 내게 오는 걸까? 나한테 오는 걸까? 대체 뭐 때문에? 나를 죽이려? 그토록 모두에게서 사랑받고 있는 나를?' _1권, 364쪽이 철없는 소년 귀족은 다행히 살아나지만, 그보다 많이 어렸고 그보다 훨씬 더 철이 없었던 동생 페탸는 전쟁터에서 죽는다. 참전할 필요도 없는 전쟁에 자원해, 진격할 필요도 없는 순간에 뛰어들어 죽는 것이다. 그야말로 소년의 죽음이다. 죽음의 방식에도 이런 말을 붙일 수 있다면, 그야말로 치기 어린 죽음이다. 귀족으로 태어나 아직 어른이 되지 못했던 소년, 이 불행한 죽음은 이 소설을 관통하는 질문일지도 모른다. 이 소년은 커서 안드레이가 될 수도 있고, 피에르가 될 수도 있었을 텐데. 형인 니콜라이처럼 종교로부터 모든 위안을 받는 아내를 맞이할 수도 있었을 텐데. 사랑으로 구원받거나, 민중으로부터 구원받거나, 혹은 신으로부터 구원받거나, 어쨌든 무엇이든 될 수 있었을 텐데.

아주 오래전, 1990년대 초반에 모스크바와 상트페테르부르크에 갔었다. 안드레이와 피에르와 나타샤의 시대는 혁명으로 끝이 났고, 그 혁명으로 이어졌던 사회주의국가는 다시 '혁명적'으로 깨졌다. 내가 모스크바에 갔던 시기는 오랫동안 소련으로 불렸던 나라가 완전히 깨진 뒤, 다시 러시아가 되었을 때였다. 그 러시아는 그들만의 러시아가 아니라 내 청춘의 러시아이기도 했다. 볼셰비키 혁명사를 공부하면서 제정러시아의 몰락사를 읽었었다. 내가 모스크바에 갔을 때는 또다른 몰락의 역사가 눈앞에 생생했다. 제국의 무너진 흔적들, 그것이 황제의 제국이든 사회주의제국이든, 그 흔적들은 무너질 듯한 고층빌딩에서, 운전중에 완전히 박살이 난다고 해도 이상할 것 같지 않은 승용차들에서, 그 승용차로 푼돈을 벌기 위해 불법 영업을 하던 박사학위의 운전기사에게서, 모든 곳에서 보였다. 쓸쓸하고 쓸쓸했다.

그후로 다시 러시아에 갈 일이 없었다. 그래서 이 책을 읽으며 자주 1990년대의 모스크바와 상트페테르부르크를 떠올렸다. 모스크바의 길거리에서 스쳤던 사람들, 상트페테르부르크의 여름궁전에서 보았던 사람들. 그들의 모습이 『전쟁과 평화』의 장면들과 겹쳤다. 또다른 안드레이, 또다른 피에르, 그리고 또다른 나타샤. 톨스토이라면 그들 역시도 집요하게 묘사해냈을 것이다. 그들을 바라보고 있는 저 먼 나라에서 온 여행자인 나에 대해서도 역시. 그 여행자의 혼란과 쓸쓸함에 대해서도 역시. 역사를 넘어, 아니, 역사와 함께 흘러가며, 여전히 던져지는 질문들. 삶과 구원에 대해, 전쟁과 평화에 대해, 마치 영원히 끝나지 않는 이야기처럼.

한 권당 거의 600페이지에 가까운 책이다. 이야기는 물결처럼 흘러간다. 전쟁은 전쟁으로 이어지고, 사랑은 사랑으로 이어지고, 열정과 욕망도 그러하다. 이야기를 읽는 기분이 아니라 이야기에 담기는 기분이다. 천천히, 천천히 읽으시길 바란다.

김인숙 소설가. 1983년 조선일보 신춘문예에 단편소설 「상실의 계절」이 당선되어 작품활동을 시작했다. 한국일보문학상, 현대문학상, 이수문학상, 대산문학상, 동인문학상, 황순원문학상을 수상했다. 장편소설 『모든 빛깔들의 밤』 『'79~'80 겨울에서 봄 사이』 『꽃의 기억』 『봉지』 『소현』 『미칠 수 있겠니』, 소설집 『단 하루의 영원한 밤』 『칼날과 사랑』 『브라스밴드를 기다리며』 등이 있다.

전쟁과 평화 Война и мир(1869)

1805년부터 1820년에 걸친 러시아 역사의 결정적 시기를 배경으로 나폴레옹 침공과 조국전쟁 등의 굵직한 사건과 유기적이고 총체적인 수많은 개별 인간의 이야기를 통해 전쟁과 죽음, 새로운 삶의 발견을 그린 일대 서사시적 장편소설. 악을 상징하는 나폴레옹에서 선을 상징하는 농민 병사 카라타예프까지 총 559명의 인물이 등장하고, 톨스토이의 심오한 사상과 철학이 남김없이 녹아 있는 방대하고 복합적인 이 작품은『일리아스』에 비견되는 최고의 고전이자, 투르게네프와 로맹 롤랑, 버지니아 울프, 헤밍웨이, 토마스 만 등의 극찬 속에 러시아 유산을 넘어 인류 공동의 문화유산이 되었다. 대문호의 치열했던 청년기의 사상과 고뇌가 오롯이 담긴 세계문학사의 뛰어난 성취이자, 모든 인간과 모든 삶의 초상이다.

레프 톨스토이 Лев Толстой(1828~1910)

러시아 야스나야 폴랴나에서 태어났다. 1852년「유년 시절」을 발표하고, 잡지『동시대인』에 익명으로 연재를 시작하면서 왕성한 창작활동을 펼쳤다. 결혼 후『전쟁과 평화』『안나 카레니나』 등의 대작을 집필하며 세계적인 작가로서 명성을 얻었지만『안나 카레니나』의 뒷부분을 집필하던 1870년대 후반기에 죽음에 대한 공포와 삶에 대한 회의에 시달리며 정신적 갈등을 겪었다. 이후 원시 기독교에 복귀하여 러시아정교와 사유재산제도에 비판을 가했고 금주, 금연 등 금욕적인 생활을 하며 빈민구제활동을 하기도 했다. 1899년 발표한『부활』에서 러시아정교를 비판했다는 이유로 종무원으로부터 파문을 당하고, 1910년 사유재산과 저작권 포기 문제로 부인과의 불화가 심해졌다. 이후 집을 나와 방랑길에 나섰다가 폐렴에 걸려 아스타포보 역(현 톨스토이 역) 역장의 관사에서 82세의 나이로 숨을 거두었다.

문학동네 세계문학전집 145~148

문장을 쓰기만 하면 되는 그런 책

『세 가지 이야기』 귀스타브 플로베르

정지돈

1.

갈수록 이야기를 정리하기 힘들다. 정확히는 이야기를 정리하는 노력을 기울이기 힘들고 왜 그런 노력을 기울여야 하는지 모르겠다. 잘 정돈된 이야기가 말하고자 하는 바를 전달할 수 있으리라는 믿음이 없는 걸까. 전달해봤자 소용이 없다고 생각하는 걸까. 그러나 나는 내가 뭘 말하려는지도 모르겠다.

2.

내가 말하고 싶은 게 뭔지 정확히 알기 위해선 내가 말하고자 하는 바를 정리해야 한다. 그런데 정리되어 나온 그것이 정말 내가 말하고자 했던 바인가.

3.

말하고자 하는 바는 중요하지 않다. 정리된 이야기만이 필요하다.

4.

「순박한 마음」을 다시 읽기 얼마 전에 클린트 이스트우드의 〈설리: 허드슨강의 기적〉을 봤다. 존 보이트가 파일럿으로 나올 때 기분이 나빴고 클린트 이스트우드의 트럼프 지지가 생각나 화가 났지만 잘 만든 영화였다. 소설가 이상우와 합정역 오거리를 건너며 〈설리〉에 대한 이야기를 나눴다. 보수주의 또는 보수적인 작품에 대한 이야기였다.

5.

나는 플로베르의 작품을 다음과 같이 분류한다. 『마담 보바리』: 리얼리즘, 『감정 교육』: 모더니즘, 『부바르와 페퀴셰』: 포스트모더니즘, 『통상 관념 사전』: 하이퍼텍스트, 『살람보』: 팩션, 『성 앙투안의 유혹』: 판타지.

6.

『세 가지 이야기』는 「순박한 마음」「구호수도사 성 쥘리앵의 전설」「헤로디아」로 이루어진 소설집이다. 「순박한 마음」은 플로베르가 살았던 시대가 배경이고, 「구호수도사 성 쥘리앵의 전설」은 중세, 「헤로디아」는 고대가 배경이다. 작품의 순서는 시대 역순으로 현재에서 고대로 거슬러올라간다.

세 단편은 다음과 같이 분류할 수 있다. 「순박한 마음」: 리얼리즘, 「구호수도사 성 쥘리앵의 전설」: 판타지, 「헤로디아」: 팩션. 『세 가지 이야기』는 장르 문학 모음집이다.

7.

플로베르는 『세 가지 이야기』를 쓸 때 자신감을 잃은 상태였다. 미완성으로 남은 그의 마지막 작품 『부바르와 페퀴셰』는 누구의 이해도 얻지 못했고 재정 상태는 파국을 향해 가고 있었으며 신뢰했던 지인들은 하나둘 세상을 떠났다.

그는 이 세 단편을 "문체 치료"로 썼다고 말했다. 소설에 대한 자신감도, 자신을 지지해주는 지인들도 모두 잃은 스스로를 구원하기 위해 썼다는 뜻이다. 플로베르는 어느 소설보다 빠른 속도로 『세 가지 이야기』를 완성했다.

8.

「순박한 마음」은 완벽한 작품이다. 〈설리〉와 「순박한 마음」 모두 자신의 일에 충실했던 한 사람의 이야기를 순차적인 서술과 플래시백에 담아낸다. 너무나 전형적이라 '자연'처럼 느껴지는 글과 카메라의 움직임은 이야기의 '내용'에 빠져들게 만든다. 압축과 생략, 강조가 완벽하게 조율된 전개는 감동을 주지만 감동을 이용하지 않는다. 우리가 흔들리고 주저앉을 것 같을 때 시점은 다시 평온한 상태로 옮겨간다.

그러나 〈설리〉에서 클린트 이스트우드는 청교도적 영웅주의를 감출 수 없었고 「순박한 마음」에서 플로베르는 가톨릭적인 희생정신에 대한 찬미를 감출 수 없었다. 감추지 않은 거라고 해야 될지도 모르겠다.

9.

나는 종교가 없고 신을 믿지 않는다. 그러니 「구호수도사 성 쥘리앵의 전설」과 「헤로디아」의 중심을 이루는 종교적인 주제에 대해 할말이 없다. 하지만 두 작품의 묘사에 대해선 할말이 있다. 플로베르는 고정된 사물이나 풍경을 설명하지 않는다. 플로베르의 묘사에는 이동하는 선이 있다. 그 선은 카메라의 동선과 인물의 시선과 풍경의 선이 교차하는 영화처럼 움직인다. 그러나 영화와는 또 다른데 언어의 시선은 내부와 외부, 생각과 시각을 가리지 않기 때문이다. 플로베르의 시선은 어두운 바다 위를 비추는 탐조등처럼 세부를 드러내고 우리가 물결 위를 지나간 뒤에 물길을 이해하게 만든다. 어느 순간 조류를 이해한 선원처럼.

10.

극의 관점에서 소설은 선형적 전개와 3막 구조 또는 기승전결의 논리를 따른다. 우리는 스토리를 따라가고 등장인물의 사건과 감정에 휩쓸린다. 그러나 책의 관점에서는 그럴 필요가 없다. 책을 읽는 장소와 시간은 고정되어 있지 않고 우리는 책의 모든 부분에 임의 접속할 수 있다.

플로베르는 이 사실을 알고 있었다. 또는 전혀 다른 방향으로 이러한 인식에 이르렀다. 롤랑 바르트는 플로베르의 문장이 하나의 사물이라고 말했다. 플로베르에게 중요한 것은 서사나 플롯으로 독자들에게 감동을 주는 것이 아니라 살아 있는 세부를 존재하게 하는 것이었다. 플로베르는 어떤 문장도 내용을 위해 희생시키지 않았다. 문장은 이야기를 전개시키기 위한 도구가 아니다. 반대로, 이야기가 문장을 위해 존재한다.

11.

나는 그저 문장들을 쓰기만 하면 되는 그런 책들을 쓰고 싶소.*

12.

나는 수많은 영화감독들이 단지 이야기에 필요한 무엇인가를 설명하기 위해서 쇼트들을 만들어내고 있는 방식을 도저히 상상할 수 없다. 지금까지 어떤 화가도 그런 이유 때문에 그림을 그린 적이 없고 어떤 음악가도 그런 이유 때문에 음악을 녹음한 적은 없다. 어떤 사람이 한 장소에서 다른 장소로 가고 있다는 것을 이해시키기 위하여 거리를 가로질러가는 모습을 나는 절대 보여주지 않겠다. 내가 그 거리를 좋아한다거나, 혹은 빛 때문에, 혹은 인상적인 무엇인가가 있다면 찍을 것이다. 그런 경우가 아니라면 나는 찍지 않고 그걸 잘라낼 것이다.**

13.

플로베르의 마지막 작품 『부바르와 페퀴셰』에는 『세 가지 이야기』에서와 같은 묘사가 거의 없다. 플로베르의 전 작품에서 통일된 문학적 경향을 찾는 것 자체가 힘들다. 같은 것은 책이라는 사실뿐이다.

* 모리스 블랑쇼, 「비트겐슈타인의 문제」, 방미경 엮음, 『플로베르』, 문학과지성사, 1996, 38쪽.

** 조나산 로젠바움, 「고다르를 고향에 데려오며」, 장 뤽 고다르 지음, 데이비드 스테릿 엮음, 박시찬 옮김, 『고다르X고다르』, 이모션북스, 2010, 172쪽.

14.

일반적으로 작가의 창작 의도와 몰입도가 강할수록 작품은 독자에게서 멀어진다. 플로베르의 경우 자신이 꺼린 작품인 『마담 보바리』와 가장 빨리 쓴 작품인 『세 가지 이야기』가 사람들의 호평을 받았다. 반면 평생의 작품인 『성 앙투안의 유혹』과 『부바르와 페퀴셰』는 지금도 읽는 사람이 없다. 내가 말한 보수적인 작품은 전자를 의미한다.

15.

좋은 작품이 무엇인지, 내가 원하는 작품이 무엇인지 날이 갈수록 모르겠다. 플로베르가 쓰고 싶었던 건 「순박한 마음」이었을까, 『부바르와 페퀴셰』였을까. 그는 둘 모두를 썼고, 그래서 나는 모든 작가들 중에 그를 가장 좋아한다.

16.

저는 잘 쓰기 위해서 잘 생각하려 애씁니다. 하지만 제 목표는 분명 잘 쓰는 일입니다. 저는 그것을 감추지 않겠습니다.*

* 모리스 블랑쇼, 같은 책, 32쪽.

정지돈 소설가. 2013년 『문학과 사회』 신인문학상에 단편소설 「눈먼 부엉이」가 당선되며 작품활동을 시작했다. 젊은작가상 대상과 문지문학상을 수상했다. 소설집 『내가 싸우듯이』, 문학평론집 『문학의 기쁨』(공저), 장편소설 『작은 겁쟁이 겁쟁이 새로운 파티』가 있다.

세 가지 이야기 *Trois contes*(1877)

19세기 프랑스 사실주의 문학의 거장 귀스타브 플로베르의 유일한 단편집이자 마지막 완성작. 사랑하는 대상들과의 이별을 감내하며 살아야 했던 가련한 하녀 펠리시테의 모습을 담은 「순박한 마음」, 사냥에 몰두하다 부모를 살해하게 되리라는 저주를 피하지 못하는 비운아를 그린 「구호수도사 성 쥘리앵의 전설」, 살로메와 세례자 요한의 이야기를 소재로 한 「헤로디아」가 수록되었다. 플로베르는 세 편의 짧은 이야기 속에 평생의 성찰을 녹여내며 인간의 결핍과 그것이 욕망으로 변모하는 과정을 드러냈다. 작가가 살던 동시대의 프랑스 북부에서부터 찬란한 기독교의 중세를 거쳐 이교도의 시대였던 고대까지, 전혀 다른 시공간 속을 살아가는 세 인물의 서로 다른 이야기는 각각 완결성을 가지면서도, 모두 합쳐진 『세 가지 이야기』라는 하나의 작품으로서 커다란 주제와 통일성을 지닌다.

귀스타브 플로베르 Gustave Flaubert(1821~1880)

프랑스 북부 루앙에서 태어났다. 16세였던 1837년 지역 문예지에 처음으로 글을 발표하며 습작을 시작했다. 파리 법과대학에 입학했다가 23세 되던 해 갑작스러운 간질 발작으로 학업을 중단하고 고향으로 돌아와 자신이 원하던 창작활동에 전념했다. 『성 앙투안의 유혹』『마담 보바리』『감정 교육』 등 수많은 대작을 남겼으나 『세 가지 이야기』를 제외하고는 가치를 인정받지 못하다 사후에서야 빛을 발했다. 1866년 레지옹도뇌르 훈장을 받았다. 플로베르는 이십여 년 동안 구상해온 『부바르와 페퀴셰』의 집필을 이어가다가 결국 미완으로 남긴 채 1880년 뇌출혈로 사망했다.

웃어도 좋은 비극

『제5도살장』 커트 보니것

임현

한번은 누가 물어서 소설을 쓴다고, 주로 밤에 쓰는데 바쁠 땐 낮에도 쓴다고 대답한 적이 있었다. 술자리였고 돌아가면서 자기소개를 하는 자리였다. 내게 무슨 일을 하느냐고 물었던 그 사람은 금융권에서 일하다가 지금은 다른 사업을 구상중이라고 했다.

나는 사람들이 대체로 이상하다고 생각하는 편인데, 누구 하나 이상하지 않은 사람이 없어서 모아놓고 보면 나만 너무 평범한 거 아닌가, 그래서 내가 가장 별나 보이지 않나, 신경이 쓰인다. 비교적 무난하고 책임질 만한 일 없이 잘 살아왔다고 생각했는데 그런 것들이 너무 나를 결정해버린 것 같다.

그런데도 그 사람은 나를 더 이상하게 보고, 자꾸 직업이 뭐냐고만 묻고, "아까 못 들으셨구나", 똑같은 말을 참을성 있게 반복하는데도 아니, 아니, 그거 말고 돈은 어떻게 버냐며 집요하게 굴어서 사람을 참 난처하게 만들었다. 그것도 아니면 들어보라고, 들어보면 뭔가 도움이 될 거라며 자꾸 자기 이야기를 하는데, 이상한 사람이네 싶어 나로서는 진짜 이상하게 불쾌했다. 더구나 그런 이야기들 대부분은 어딘가 비장하고 거대한데다가 시작과 끝이 아주 명료한 까닭에 무얼 더 보탤 수 있는 게 하나도 없다. 눈치가 없는 건지 내가 너무 돌려 말한 건지, 선생님만큼 그걸 의미심장하게 표현할 재간이 내게는 없다고 하는데도 왜 자꾸 그걸 강요하나, 자기도 하기 힘든 일을 왜 남한테 미루나.

누군가에게는 너무 중요한 것들이 다른 사람에게는 하나도 중요하지 않아서 지루해지는 순간이 있는데, 무엇보다 언제든 나도 그런 사람이 될 것 같아서 종종 불안해진다. 뭐랄까, 아무도 안 읽는데 혼자만 열심인 사람이 벌써 되어버린 거 아닌가 싶은 그런 외로움. 그런데 드레스덴에 관해 무언가를 써보고자 마음먹었던 커트 보니것에게는 이것과는 조금 다른 고민이 있었던 게 아니었나 싶다. 그러니까 너무 중요해서 지루해지는 순간을 우려했던 건 아닐까.

사건의 배경을 대강 요약하자면 이렇다. 제2차세계대전 막바지, 연합군 전투기 수백 대가 아름다운 독일의 도시 드레스덴을 사흘 밤낮으로 폭격한다. 아주 짧은 시간 13만여 명을 사살하며 유럽 최대의 대학살로 기록된 이 참혹한 공습 현장에는 독일군에게 포로로 잡힌 커트 보니것도 있었다.

> 전장에서 집에 돌아왔을 때는 드레스덴 파괴에 관해 쓰는 게 쉬울 거라 생각했다. 그냥 내가 본 것을 전하기만 하면 되니까. 게다가 걸작

이 되거나 적어도 큰돈은 손에 쥐게 해줄 거라 생각했다. 주제가 워낙 거대하니까.

그러나 그때 내 마음에서는 드레스덴에 관한 말이 별로 나오지 않았다. _14쪽

익히 알려진 말들을 빌려, 이 소설이 반전의 정신을 되새기는 데 도움이 된다거나 미국을 대표하는 포스트모더니즘 문학이라거나 하는 표현은 아무래도 좀 어려워 보인다. 그것은 내가 뭐라 보증하기에는 너무 크고 대단한 영역 같기도 하고, 무엇보다 그런 중요한 말로 포장하기에는 이 소설이 좀 안타깝다. 대신 『제5도살장』은 너무 웃기고, 그것으로 읽는 사람을 더 아프게 만드는 소설이라는 점만은 분명해 보인다.

『제5도살장』은 아이러니투성이다. 우선 쓰는 작가부터가 그렇다. 독일계 미국인으로 태어난 커트 보니것은 제2차세계대전에 연합군으로 참전하여 240밀리 곡사포를 다루는 기초 훈련을 받았으나 전장에서는 정작 적군의 첩보를 수집하는 척후병으로 근무했다. 이후 독일군에게 포로로 잡힌 뒤, 연합군의 폭격으로부터 독일군의 보호를 받으며 살아남았는데 도대체가 이런 상황에서는 누구를 향해 총구를 겨눠야 하는지부터가 애매하게 되어버린다. 또한 당시에는 몰랐으나 나중에야 비로소 자신이 엄청난 일을 겪었다는 것을 알게 된 보니것은 곧바로 이와 관련된 집필에 돌입하지만 종전 후 거의 한 세대를 지나보낸 뒤에야 『제5도살장』을 출간한다. 더구나 예상했던 것에 비해 전혀 거대한 이야기도 아니었다. 그러니까 짐짓 전쟁 서사에 기대하게 되는 어떤 스펙터클함도 부족하고, 비장함과 잔인함과 비극으로 점철된 처참한 전장 대신,

외계인에게 납치되기도 하고 과거와 미래를 자유롭게 여행하기도 하는, 황당하고 무기력하고 정신분열을 앓는 빌리 필그림을 주인공으로 내세워버린 것이다.

게다가 이 소설의 가장 당혹스러운 점은 읽는 사람을 자꾸 웃기려 든다는 것인데, 아무것도 주장하지 않고 노골적인 데도 전혀 없이, 페이지가 넘어가는 동안 쉬지 않고 누군가 계속 죽어나가는 데도 뭐지? 왜 웃기지? 그런데도 또 슬픈 건 도대체 무슨 이유야, 그렇게 되어버린다.

> 매일 세상에는 아기가 324,000명 새로 태어난다. 또 하루에 평균 10,000명이 굶어죽거나 영양실조로 죽는다. 뭐 그런 거지. 추가로 123,000명이 다른 이유로 죽는다. 뭐 그런 거지. 이렇게 되면 이 세상이 매일 얻는 순인구는 191,000명이 된다. 인구 조회 사무소는 세계의 총인구가 2000년 전에 두 배가 되어 7,000,000,000에 이를 것이라고 예측한다.
>
> "나는 그 사람들 모두가 존엄을 원할 거라고 생각해." 내가 말했다.
>
> "나도 그래." 오헤어가 말했다. _262쪽

어떤 거대한 서사들은 지나치게 중요한 것들로만 이루어져서 사소하고 잡다한 것들은 생략해버릴 때가 있다. 물론 그것 나름대로의 선 굵은 독서를 담보하는 재미가 있겠으나 적어도 『제5도살장』은 그런 부류의 소설이 아니다. 오히려 너무 거대한 것들 사이에서 자칫 잃어버리거나 뭉개지기 쉬운 것들을 굳이 되살려보려는 쪽에 가깝다. 이를테면 존엄 같은 것. 빌리 필그림을 보면서 우리가 웃을 때 우리를 아프게 하는 그 무엇 또한 어쩌면 그런 종류의 것인지도 모르겠다.

임현 소설가. 2014년 『현대문학』 신인추천에 단편소설 「그 개와 같은 말」이 당선되어 작품활동을 시작했다. 2017년 문학동네 젊은작가상 대상을 수상했다. 소설집 『그 개와 같은 말』이 있다.

제5도살장 *Slaughterhouse-Five*(1969)

풍자와 블랙유머의 대가 커트 보니것의 대표작으로, 제2차세계대전의 드레스덴 폭격을 소재로 한다. 일반적으로 전쟁을 다룬 이야기들과 달리, 평화를 주장하고 전쟁을 반대하는 사상적인 표현은 거의 등장하지 않는다. 시간과 공간을 어지럽게 넘나드는 이야기 안에서 빌리가 겪은 드레스덴 폭격은 매우 비현실적이고 무덤덤하게 그려져, 얼핏 보면 그저 숙명론의 결과물처럼 보인다. 그러나 유쾌하고 황당한 이야기 뒤에는 인간에 대한 희망과 정교하게 계산된 아이러니가 숨어 있다. 전통적인 서사를 전복시킴으로써 이 소설은 전쟁의 비극적인 면모를 더 분명히 드러내는 것이다. 20세기 포스트모더니즘 문학을 대표하는 반전(反戰)소설로 평가받는 작품이다.

커트 보니것 Kurt Vonnegut(1922~2007)

1922년 미국 인디애나주 인디애나폴리스에서 독일계 미국인 가정의 3남매 중 막내로 태어났다. 코넬대학교에서 생화학을 공부했고, 재학중 〈코넬 데일리 선〉 편집에 참여했다. 제2차세계대전이 발발하자 징집되어 전쟁에 나갔다가 독일군에게 포로로 잡혔고, 1945년 드레스덴 폭격을 겪었다. 전쟁이 끝난 후 시카고 대학에서 인류학을 공부했다. 1952년 『자동 피아노』를 출간하며 등단했고, 『고양이 요람』이 베스트셀러가 되면서 주목을 받았다. 1969년 『제5도살장』을 출간하면서 미국 문학사에 한 획을 그은 반전(反戰)작가로 발돋움했다. 이후로도 여러 편의 소설을 쓰고 영화 작업에도 참여했으며, 1997년 『타임퀘이크』를 마지막으로 소설가로서 은퇴를 선언했다. 대표작으로 『타이탄의 미녀』 『마더 나이트』 『고양이 요람』 『제5도살장』 『나라 없는 사람』 등이 있다. 2007년 맨해튼 자택 계단에서 굴러떨어져 머리를 크게 다쳤고 몇 주 후 사망했다.

한국 작가가 읽은 세계문학

1판 1쇄 2013년 12월 10일 | 1판 3쇄 2014년 3월 7일
증보판 1쇄 2018년 8월 17일 | 증보판 6쇄 2024년 10월 31일

지은이 김연수 김애란 심보선 신형철 최은영 외

책임편집 김수현 | 편집 박신양 김경은
디자인 신선아 최미영 | 저작권 박지영 형소진 최은진 오서영
마케팅 정민호 한민아 이민경 서지화 왕지경 정경주 김수인 김혜원 김하연 김예진
브랜딩 함유지 함근아 박민재 김희숙 이송이 박다솔 조다현 정승민 배진성
제작 강신은 김동욱 이순호 | 제작처 영신사

펴낸곳 (주)문학동네 | 펴낸이 김소영
출판등록 1993년 10월 22일 제2003-000045호
주소 10881 경기도 파주시 회동길 210
전자우편 editor@munhak.com | 대표전화 031)955-8888 | 팩스 031)955-8855
문의전화 031)955-1927(마케팅), 031)955-1916(편집)
문학동네카페 http://cafe.naver.com/mhdn
인스타그램 @munhakdongne | 트위터 @munhakdongne
북클럽문학동네 http://bookclubmunhak.com

ISBN 978-89-546-5264-3 03800

www.munhak.com

51, 52 염소의 축제 마리오 바르가스 요사 | 송병선 옮김
53 고야산 스님·초롱불 노래 이즈미 교카 | 임태균 옮김
54 다니엘서 E. L. 닥터로 | 정상준 옮김
55 이날을 위한 우산 빌헬름 게나치노 | 박교진 옮김
56 톰 소여의 모험 마크 트웨인 | 강미경 옮김
57 카사노바의 귀향·꿈의 노벨레 아르투어 슈니츨러 | 모명숙 옮김
58 바보들을 위한 학교 사샤 소콜로프 | 권정임 옮김
59 어느 어릿광대의 견해 하인리히 뵐 | 신동도 옮김
60 웃는 늑대 쓰시마 유코 | 김훈아 옮김
61 팔코너 존 치버 | 박영원 옮김
62 한눈팔기 나쓰메 소세키 | 조영석 옮김
63, 64 톰 아저씨의 오두막 해리엇 비처 스토 | 이종인 옮김
65 아버지와 아들 이반 투르게네프 | 이항재 옮김
66 베니스의 상인 윌리엄 셰익스피어 | 이경식 옮김
67 해부학자 페데리코 안다아시 | 조구호 옮김
68 긴 이별을 위한 짧은 편지 페터 한트케 | 안장혁 옮김
69 호텔 뒤락 애니타 브루크너 | 김정 옮김
70 잔해 쥘리앵 그린 | 김종우 옮김
71 절망 블라디미르 나보코프 | 최종술 옮김
72 더버빌가의 테스 토머스 하디 | 유명숙 옮김
73 감상소설 미하일 조셴코 | 백용식 옮김
74 빙하와 어둠의 공포 크리스토프 란스마이어 | 진일상 옮김
75 쓰가루·석별·옛날이야기 다자이 오사무 | 서재곤 옮김
76 이인 알베르 카뮈 | 이기언 옮김
77 달려라, 토끼 존 업다이크 | 정영목 옮김
78 몰락하는 자 토마스 베른하르트 | 박인원 옮김
79, 80 한밤의 아이들 살만 루슈디 | 김진준 옮김
81 죽은 군대의 장군 이스마일 카다레 | 이창실 옮김
82 페레이라가 주장하다 안토니오 타부키 | 이승수 옮김
83, 84 목로주점 에밀 졸라 | 박명숙 옮김
85 아베 일족 모리 오가이 | 권태민 옮김
86 폭풍의 언덕 에밀리 브론테 | 김정아 옮김
87, 88 늦여름 아달베르트 슈티프터 | 박종대 옮김
89 클레브 공작부인 라파예트 부인 | 류재화 옮김
90 P세대 빅토르 펠레빈 | 박혜경 옮김
91 노인과 바다 어니스트 헤밍웨이 | 이인규 옮김
92 물방울 메도루마 슌 | 유은경 옮김
93 도깨비불 피에르 드리외라로셸 | 이재룡 옮김
94 프랑켄슈타인 메리 셸리 | 김선형 옮김
95 래그타임 E. L. 닥터로 | 최용준 옮김
96 캔터빌의 유령 오스카 와일드 | 김미나 옮김
97 만(卍)·시게모토 소장의 어머니 다니자키 준이치로 | 김춘미, 이호철 옮김
98 맨해튼 트랜스퍼 존 더스패서스 | 박경희 옮김
99 단순한 열정 아니 에르노 | 최정수 옮김

100 열세 걸음 모옌 | 임홍빈 옮김
101 데미안 헤르만 헤세 | 안인희 옮김
102 수레바퀴 아래서 헤르만 헤세 | 한미희 옮김
103 소리와 분노 윌리엄 포크너 | 공진호 옮김
104 곰 윌리엄 포크너 | 민은영 옮김
105 롤리타 블라디미르 나보코프 | 김진준 옮김
106, 107 부활 레프 톨스토이 | 박형규 옮김
108, 109 모래그릇 마쓰모토 세이초 | 이병진 옮김
110 은둔자 막심 고리키 | 이강은 옮김
111 불타버린 지도 아베 고보 | 이영미 옮김
112 말라볼리아가의 사람들 조반니 베르가 | 김운찬 옮김
113 디어 라이프 앨리스 먼로 | 정연희 옮김
114 돈 카를로스 프리드리히 실러 | 안인희 옮김
115 인간 짐승 에밀 졸라 | 이철의 옮김
116 빌러비드 토니 모리슨 | 최인자 옮김
117, 118 미국의 목가 필립 로스 | 정영목 옮김
119 대성당 레이먼드 카버 | 김연수 옮김
120 나나 에밀 졸라 | 김치수 옮김
121, 122 제르미날 에밀 졸라 | 박명숙 옮김
123 현기증. 감정들 W. G. 제발트 | 배수아 옮김
124 강 동쪽의 기담 나가이 가후 | 정병호 옮김
125 붉은 밤의 도시들 윌리엄 버로스 | 박인찬 옮김
126 수고양이 무어의 인생관 E. T. A. 호프만 | 박은경 옮김
127 맘브루 R. H. 모레노 두란 | 송병선 옮김
128 익사 오에 겐자부로 | 박유하 옮김
129 땅의 혜택 크누트 함순 | 안미란 옮김
130 불안의 책 페르난두 페소아 | 오진영 옮김
131, 132 사랑과 어둠의 이야기 아모스 오즈 | 최창모 옮김
133 페스트 알베르 카뮈 | 유호식 옮김
134 다마세누 몬테이루의 잃어버린 머리 안토니오 타부키 | 이현경 옮김
135 작은 것들의 신 아룬다티 로이 | 박찬원 옮김
136 시스터 캐리 시어도어 드라이저 | 송은주 옮김
137 고독한 산책자의 몽상 장자크 루소 | 문경자 옮김
138 용의자의 야간열차 다와다 요코 | 이영미 옮김
139 세기아의 고백 알프레드 드 뮈세 | 김미성 옮김
140 햄릿 윌리엄 셰익스피어 | 이경식 옮김
141 카산드라 크리스타 볼프 | 한미희 옮김
142 이 글을 읽는 사람에게 영원한 저주를 마누엘 푸익 | 송병선 옮김
143 마음 나쓰메 소세키 | 유은경 옮김
144 바다 존 밴빌 | 정영목 옮김
145, 146, 147, 148 전쟁과 평화 레프 톨스토이 | 박형규 옮김
149 세 가지 이야기 귀스타브 플로베르 | 고봉만 옮김
150 제5도살장 커트 보니것 | 정영목 옮김
151 알렉시 · 은총의 일격 마르그리트 유르스나르 | 윤진 옮김

152 말라 온다 알베르토 푸겟 | 엄지영 옮김
153 아르세니예프의 인생 이반 부닌 | 이항재 옮김
154 오만과 편견 제인 오스틴 | 류경희 옮김
155 돈 에밀 졸라 | 유기환 옮김
156 젊은 예술가의 초상 제임스 조이스 | 진선주 옮김
157, 158, 159 카라마조프가의 형제들 표도르 도스토옙스키 | 김희숙 옮김
160 진 브로디 선생의 전성기 뮤리얼 스파크 | 서정은 옮김
161 13인당 이야기 오노레 드 발자크 | 송기정 옮김
162 하지 무라트 레프 톨스토이 | 박형규 옮김
163 희망 앙드레 말로 | 김웅권 옮김
164 임멘 호수 · 백마의 기사 · 프시케 테오도어 슈토름 | 배정희 옮김
165 밤은 부드러워라 F. 스콧 피츠제럴드 | 정영목 옮김
166 야간비행 앙투안 드 생텍쥐페리 | 용경식 옮김
167 나이트우드 주나 반스 | 이예원 옮김
168 소년들 앙리 드 몽테를랑 | 유정애 옮김
169, 170 독립기념일 리처드 포드 | 박영원 옮김
171, 172 닥터 지바고 보리스 파스테르나크 | 박형규 옮김
173 싯다르타 헤르만 헤세 | 권혁준 옮김
174 야만인을 기다리며 J. M. 쿳시 | 왕은철 옮김
175 철학편지 볼테르 | 이봉지 옮김
176 거지 소녀 앨리스 먼로 | 민은영 옮김
177 창백한 불꽃 블라디미르 나보코프 | 김윤하 옮김
178 슈틸러 막스 프리슈 | 김인순 옮김
179 시핑 뉴스 애니 프루 | 민승남 옮김
180 이 세상의 왕국 알레호 카르펜티에르 | 조구호 옮김
181 철의 시대 J. M. 쿳시 | 왕은철 옮김
182 카시지 조이스 캐럴 오츠 | 공경희 옮김
183, 184 모비 딕 허먼 멜빌 | 황유원 옮김
185 솔로몬의 노래 토니 모리슨 | 김선형 옮김
186 무기여 잘 있거라 어니스트 헤밍웨이 | 권진아 옮김
187 컬러 퍼플 앨리스 워커 | 고정아 옮김
188, 189 죄와 벌 표도르 도스토옙스키 | 이문영 옮김
190 사랑 광기 그리고 죽음의 이야기 오라시오 키로가 | 엄지영 옮김
191 빅 슬립 레이먼드 챈들러 | 김진준 옮김
192 시간은 밤 류드밀라 페트루솁스카야 | 김혜란 옮김
193 타타르인의 사막 디노 부차티 | 한리나 옮김
194 고양이와 쥐 귄터 그라스 | 박경희 옮김
195 펠리시아의 여정 윌리엄 트레버 | 박찬원 옮김
196 마이클 K의 삶과 시대 J. M. 쿳시 | 왕은철 옮김
197, 198 오스카와 루신다 피터 케리 | 김시현 옮김
199 패싱 넬라 라슨 | 박경희 옮김
200 마담 보바리 귀스타브 플로베르 | 김남주 옮김
201 패주 에밀 졸라 | 유기환 옮김
202 도시와 개들 마리오 바르가스 요사 | 송병선 옮김

203 루시 저메이카 킨케이드 | 정소영 옮김
204 대지 에밀 졸라 | 조성애 옮김
205, 206 백치 표도르 도스토옙스키 | 김희숙 옮김
207 백야 표도르 도스토옙스키 | 박은정 옮김
208 순수의 시대 이디스 워턴 | 손영미 옮김
209 단순한 이야기 엘리자베스 인치볼드 | 이혜수 옮김
210 바닷가에서 압둘라자크 구르나 | 황유원 옮김
211 낙원 압둘라자크 구르나 | 왕은철 옮김
212 피라미드 이스마일 카다레 | 이창실 옮김
213 애니 존 저메이카 킨케이드 | 정소영 옮김
214 지고 말 것을 가와바타 야스나리 | 박혜성 옮김
215 부서진 사월 이스마일 카다레 | 유정희 옮김
216 사람은 무엇으로 사는가 레프 톨스토이 | 이항재 옮김
217, 218 악마의 시 살만 루슈디 | 김진준 옮김
219 오늘을 잡아라 솔 벨로 | 김진준 옮김
220 배반 압둘라자크 구르나 | 황가한 옮김
221 어두운 밤 나는 적막한 집을 나섰다 페터 한트케 | 윤시향 옮김
222 무어의 마지막 한숨 살만 루슈디 | 김진준 옮김
223 속죄 이언 매큐언 | 한정아 옮김
224 암스테르담 이언 매큐언 | 박경희 옮김
225, 226, 227 특성 없는 남자 로베르트 무질 | 박종대 옮김
228 앨프리드와 에밀리 도리스 레싱 | 민은영 옮김
229 북과 남 엘리자베스 개스켈 | 민승남 옮김
230 마지막 이야기들 윌리엄 트레버 | 민승남 옮김
231 벤저민 프랭클린 자서전 벤저민 프랭클린 | 이종인 옮김
232 만년양식집 오에 겐자부로 | 박유하 옮김
233 이상한 나라의 앨리스 루이스 캐럴 | 존 테니얼 그림 | 김희진 옮김
234 소네치카 · 스페이드의 여왕 류드밀라 울리츠카야 | 박종소 옮김
235 메데야와 그녀의 아이들 류드밀라 울리츠카야 | 최종술 옮김
236 실종자 프란츠 카프카 | 이재황 옮김
237 진 알랭 로브그리예 | 성귀수 옮김
238 말테의 수기 라이너 마리아 릴케 | 홍사현 옮김
239, 240 율리시스 제임스 조이스 | 이종일 옮김
241 지도와 영토 미셸 우엘벡 | 장소미 옮김
242 사막 J. M. G. 르 클레지오 | 홍상희 옮김
243 사냥꾼의 수기 이반 투르게네프 | 이종현 옮김
244 험볼트의 선물 솔 벨로 | 전수용 옮김
245 바베트의 만찬 이자크 디네센 | 추미옥 옮김
246 나르치스와 골드문트 헤르만 헤세 | 안인희 옮김
247 변신 · 단식 광대 프란츠 카프카 | 이재황 옮김
248 상자 속의 사나이 안톤 체호프 | 박현섭 옮김
249 가장 파란 눈 토니 모리슨 | 정소영 옮김
250 꽃피는 노트르담 장 주네 | 성귀수 옮김

● 문학동네 세계문학전집은 계속 출간됩니다